VIVO O MUERTO

Tom Clancy
con Grant Blackwood

Vivo o muerto

Traducción de Victoria E. Horrillo Ledesma

Umbriel Editores

Argentina • Chile • Colombia • España
Estados Unidos • México • Perú • Uruguay • Venezuela

Título original: *Dead or Alive*
Editor original: G. P. Putnam's Sons, New York
Traducción: Victoria E. Horrillo Ledesma

1.ª edición Octubre 2011

ISBN: 978-84-92915-02-6
E-ISBN: 978-84-9944-119-1
Depósito legal: B-28.227-2011

Fotocomposición: Pacmer, S.A.
Impreso por Romanyà-Valls, S.A. – Verdaguer, 1 – 08786 Capellades (Barcelona)

Impreso en España – *Printed in Spain*

1

Los Rangers (los soldados de infantería ligera conocidos como Eleven Bravo en la nomenclatura oficial del Ejército de Estados Unidos) son, en teoría, tropas impecables y «bonitas», de impoluto uniforme y cara bien afeitada. Hacía algún tiempo, sin embargo, que el sargento primero Sam Driscoll ya no respondía a esa descripción. El concepto de camuflaje abarcaba a menudo mucho más que un traje de faena estampado. Bueno, un traje de faena, no: porque ya no se llamaban así, ¿no? Ahora se llamaban «uniformes militares de combate». *Y qué más da.*

La barba de Driscoll medía diez centímetros de largo y tenía tantos mechones blancos que a sus hombres les había dado por llamarle Santa Claus, lo cual resultaba exasperante para alguien que apenas tenía treinta y seis años. Claro que cuando la mayoría de tus compañeros tienen de media diez años menos que tú... En fin, podría ser peor. Podrían llamarle «abuelo» o «carcamal».

Más le molestaba aún llevar el pelo largo. Lo tenía oscuro, greñudo y grasiento, lo cual era muy útil allí, donde la población local rara vez se molestaba en cortárselo. La barba, áspera y desaliñada, era un elemento importante de su disfraz. Su atuendo era absolutamente autóctono, y lo mismo podía decirse del de su equipo. Eran quince en total. El comandante de la compañía, un capitán, se había roto una pierna al dar un mal paso (en aquel terreno sólo hacía falta un traspié para quedar fuera de combate), y estaba sentado en la cima de un cerro esperando a que le evacuara el Chinook, junto con uno de los dos asistentes sanitarios del equipo, que se había quedado con él para asegurarse de que no se desmayaba. Eso dejaba a Driscoll al mando de la misión. A él no le importaba. Tenía más experiencia en combate que el capitán Wilson, aunque éste tuviera un título universitario y él no hubiera conseguido el suyo aún. Cada cosa a su tiempo. Todavía tenía que sobrevivir a aquel despliegue; después podría volver a sus clases en la Universidad de Georgia. Tenía gracia, pensó, que hubiera tardado casi tres décadas en empezar a cogerle gusto a los estudios. Pero qué diablos, mejor tarde que nunca, pensó.

Estaba cansado, con ese cansancio que embotaba la mente y molía los huesos y que tan bien conocían los Rangers. Podía dormir como un perro encima de un bloque de granito, con la culata de un fusil como única almohada; sabía mantenerse alerta cuando su cerebro y su cuerpo le pedían a gritos que se tumbara. El problema era que, ahora que andaba más cerca de los cuarenta que de los treinta, notaba un poco más los dolores y las agujetas que cuando tenía veinte años, y le costaba el doble desprenderse de los calambres por las mañanas. Claro que la sabiduría y la experiencia compensaban con creces esas molestias. Con los años había descubierto que, pese a ser un tópico, era cierto que la mente se imponía sobre la materia. Había aprendido a neutralizar en gran medida el dolor, una habilidad que resultaba muy útil cuando uno comandaba a hombres mucho más jóvenes, a los que sin duda las mochilas les pesaban mucho menos que a Driscoll la suya. La vida, se dijo, era un toma y daca.

Llevaban dos días en aquellos cerros, siempre en marcha, durmiendo dos o tres horas por las noches. Formaba parte del equipo de operaciones especiales del 75.º Regimiento de Rangers, con base permanente en Fort Benning, Georgia, en cuyo bonito club de suboficiales se servía rica cerveza de barril. Si cerraba los ojos y se concentraba, le parecía saborear aún la cerveza fría, pero aquel instante pasaba velozmente. Tenía que concentrarse en el presente cada segundo. Estaban a cuatro mil quinientos metros sobre el nivel del mar, en las montañas de Hindu Kush, en esa zona gris que pertenecía al mismo tiempo a Afganistán y a Pakistán y a ninguno de los dos, al menos para la población local. Las líneas de los mapas no creaban fronteras, Driscoll lo sabía, y menos aún en territorio apache como aquél. Había comprobado su GPS para cerciorarse de su posición, pero la latitud y la longitud no importaban gran cosa en aquella misión. Lo que importaba era adónde se dirigían, y no dónde quedaba en el mapa.

La población autóctona ni sabía de fronteras, ni falta que le hacía. Para ellos, lo que contaba era a qué tribu pertenecías, de qué familia eras y a qué vertiente del islam te acogías. Allí, los recuerdos duraban cien años y las historias muchos más. Y las rencillas muchos más aún. Los habitantes de aquellas tierras alardeaban aún de que sus antepasados expulsaron a Alejandro Magno del país, y algunos recordaban todavía los nombres de los guerreros que vencieron a los lanceros del macedonio, que hasta entonces habían conquistado todos los lugares en los que se aventuraron. Pero sobre todo hablaban de los rusos, y de cuántos habían matado, casi siempre en emboscada, algunos a cuchillo, cara a cara. Se sonreían y reían abiertamente al contar esas historias, leyendas transmitidas de padres a hijos. Driscoll dudaba de que a los soldados rusos que lograron salir de Afganistán aquella experiencia les hiciera mucha gracia. No, señor, aquélla no era gente amable, y él lo sabía. Eran tan duros que daban miedo, curtidos por el clima, por la guerra y el hambre, y por el simple hecho de intentar sobrevivir en un país que la mayor parte del tiempo parecía empeñado en matarte. El sargento primero sabía que debía sentir cierta compasión por ellos. Dios les había repartido malas cartas, nada más, y quizá no fuera culpa suya, pero tampoco era culpa del suboficial, ni asunto suyo. Eran enemigos de su país, y los mandamases les habían señalado con su vara y habían ordenado «id», y allí estaban ellos. Ésa era la pura verdad, lo único que importaba en ese momento: la razón de que estuvieran en aquellas puñeteras montañas.

Un cerro más, ésa parecía ser también otra verdad decisiva, sobre todo allí. Habían recorrido quince kilómetros a pie, casi todos ellos cuesta arriba, por pedregales y rocas afiladas, desde que habían saltado del Chinook CH-47 modelo Delta, el único helicóptero a su disposición capaz de desenvolverse a aquella altitud.

Allí está. La cresta. Cincuenta metros.

Driscoll aflojó el paso. Iba el primero, a la cabeza de la patrulla, como correspondía al suboficial de mayor rango presente, con sus hombres desplegados a cien metros de distancia por detrás de él, los ojos bien abiertos, mirando a derecha y a izquierda, arriba y abajo, con los fusiles M4 listos y apuntando hacia sus respectivos sectores. Esperaban que hubiera unos cuantos centinelas en la zona de la cresta. Los pobladores de aquellas tierras podían ser incultos en el sentido tradicional del término, pero no tenían un pelo de tontos; por eso los Rangers estaban efectuando aquella operación de noche: a las dos menos cuarto de la madrugada, la 01:44, según su reloj digital. Esa noche no había luna, y las nubes eran tan altas y espesas que tapaban la luz de las estrellas. Buen tiempo para cazar, se dijo Driscoll.

Miraba más hacia abajo que hacia arriba. No quería hacer ningún ruido, y el ruido procedía de sus pies. Una maldita piedra que se soltara de un puntapié y rodara colina abajo era lo único que hacía falta para delatarlos. Y eso no podía permitirlo, ¿verdad? No podía tirar por la borda los tres días y los quince kilómetros que les había costado llegar hasta allí.

Veinte metros para alcanzar la cresta. Sesenta pies.

Escudriñó la zona en busca de movimiento. No se veía nada cerca. Unos cuantos pasos más mirando a derecha e izquierda, con el fusil pegado al pecho y el dedo suavemente apoyado en el gatillo, lo justo para saber que estaba allí.

Costaba explicar a la gente lo duro que era aquello, lo fatigoso y extenuante que era (mucho más que una caminata de quince kilómetros por el monte) saber que podía haber alguien con un AK-47 en las manos, el dedo en el gatillo y el selector de función puesto en automático, listo para partirte el culo por la mitad. Sus hombres se encargarían de esa persona, si la había, pero eso a él no le serviría de nada, y el sargento primero lo sabía. Aun así, se consolaba pensando que, si pasaba, probablemente no se enteraría de nada. Había liquidado a suficientes enemigos como para saber cómo funcionaban las cosas: vas caminando con los ojos fijos hacia delante y el oído alerta, atento al peligro, y un segundo después nada. Estás muerto.

Driscoll conocía la norma que regía allí, en el yermo, y en plena noche: lo lento es lo más rápido. Moverse con lentitud, caminar con parsimonia, pisar con todo cuidado. Le había dado resultado todos esos años.

Apenas seis meses antes había acabado el tercero en el Campeonato al Mejor Ranger, la Super Bowl de las tropas de operaciones especiales. El suboficial y el capitán Wilson, de hecho, habían participado formando el Equipo 21. El capitán tenía que estar muy cabreado por haberse roto la pierna. Era muy buen Ranger, pensó Driscoll, pero una tibia rota era una tibia rota. Cuando se rompía un hueso, no había mucho que hacer al respecto. Un desgarro muscular dolía de la hostia, pero mejoraba rápidamente. Un hueso roto, en cambio, tenía que soldarse y curarse, y eso suponía pasarse semanas enteras postrado en un hospital militar, hasta que los médicos te dejaban volver a apoyar el pie. Y luego tenías que aprender a correr otra vez, después de haber aprendido a andar. Qué fastidio tenía que ser aquello... Él había tenido suerte: a lo largo de su carrera, lo peor que le había pasado había sido torcerse un tobillo, romperse un meñique y magullarse una cadera, nada de lo cual le había tenido de baja más de una semana. Nunca un balazo, ni un rasguño de metralla. Los dioses de los Rangers le habían sonreído, de eso no había duda.

Cinco pasos más...

Vale, ahí estás... Sí. Tal y como esperaba, allí estaba el vigía, justo donde debía estar. Veinticinco metros a su derecha. Era un lugar muy obvio para un centinela, aunque aquél en concreto fuera una mierda de centinela: allí sentado, miraba hacia atrás casi todo el tiempo, seguramente contando los minutos que faltaban para que llegara su relevo, aburrido y medio dormido. Pues bien, el aburrimiento podía matar, y menos de un minuto después mataría a aquel tipo, aunque él ni se enteraría. *A no ser que falle el tiro*, se dijo Driscoll, consciente de que no fallaría.

Se volvió una última vez e inspeccionó la zona a través de sus gafas PVS-17 para visión nocturna. *No hay nadie más cerca. Vale.* Se agachó, apoyó el fusil en su hombro derecho, centró las miras en la oreja derecha de aquel tipo, controló la respiración y...

Por un estrecho sendero, a su derecha, le llegó un ruido, un roce de cuero sobre piedra.

Se quedó paralizado.

Hizo una rápida comprobación, situando de memoria al resto de su equipo. ¿Había alguien por allí? No. Casi todo el equipo estaba desplegado detrás de él y a su derecha. Moviéndose con extrema lentitud, Driscoll giró la cabeza hacia la dirección de donde venía el sonido. No vio nada con las gafas de visión nocturna. Bajó el fusil, colocándoselo en diagonal sobre el pecho. Miró a la izquierda. A tres metros de allí, Collins se había agazapado detrás de una roca. El sargento primero le hizo señas: «Ruido a la izquierda; llévate a dos hombres». Collins asintió con la cabeza y retrocedió hasta perderse de vista. El suboficial hizo lo mismo; después se tumbó entre un par de matorrales.

Sendero abajo se oía ahora otro sonido: el de un líquido salpicando las piedras. Aquello hizo sonreír a Driscoll. *La llamada de la naturaleza.* La micción fue disminuyendo y luego cesó. Empezaron a oírse pasos por el sendero. A seis metros de distancia, calculó el sargento primero, pasado el recodo.

Segundos después, una figura apareció en el sendero. Caminaba sin prisas, casi con pereza. A través de las gafas de visión nocturna, Driscoll vio el AK-47 colgado de su hombro, con el cañón hacia abajo. El guardia seguía acercándose. El sargento primero no se movió. Cuatro metros y medio. Tres.

Una figura se levantó de las sombras, al lado del camino, y se deslizó tras el guardia. Una mano apareció sobre el hombro del guardia; después, sobre el otro hombro, se vio el destello de un cuchillo. Collins giró al hombre hacia la derecha y lo empujó hacia el suelo, y sus sombras se fundieron. Pasaron diez segundos. Collins se levantó, se apartó del sendero y arrastró al guardia hasta quitarlo de la vista.

Una neutralización de centinela de manual, pensó Driscoll. Películas aparte, los cuchillos rara vez se usaban en su oficio. Aun así, estaba claro que Collins seguía dándose maña con ellos.

Un momento después, lo volvió a ver aparecer a su derecha.

El sargento primero fijó de nuevo su atención en el centinela del risco. Seguía allí. No se había movido lo más mínimo. Levantó su M4, centró las miras en la nuca del sujeto y tensó el dedo sobre el gatillo.

Tranquilo, tranquilo... Dale...

Pop. Un ruido mínimo. Casi imposible de oír a una distancia de más de cincuenta metros, y sin embargo la bala voló certera, atravesó la cabeza del objetivo dejando a su paso una nubecilla de vapor verde, y el centinela se fue a ver a Alá, o al dios al que adorara, y los veintitantos años que había pasado creciendo, alimentándose y aprendiendo (y luchando, quizá) llegaron así a su fin, bruscamente y sin previo aviso.

El objetivo se desplomó y, cayendo de lado, se perdió de vista.

Mala suerte, chaval, pensó Driscoll. *Pero esta noche andamos detrás de presas más grandes que tú.*

—Centinela fuera de combate —dijo en voz baja, dirigiéndose a su radio—. La cresta está despejada. Subid sin hacer ruido. —Esto último sobraba, en realidad, tratándose de aquellos chicos.

Al volver la cabeza, vio que sus hombres avanzaban ahora un poco más deprisa. Parecían nerviosos, pero dueños de sí mismos, listos para ponerse manos a la obra. Driscoll lo notaba en sus posturas, en la economía de movimientos que distinguía a los verdaderos soldados de los que sólo aspiraban a serlo y de quienes estaban allí de paso, esperando el momento de regresar a la vida civil.

Su verdadero objetivo podía estar a menos de cien metros de distancia, y durante los tres meses anteriores se habían esforzado mucho por atrapar a aquel cabrón. Escalar montañas no era del gusto de nadie, excepto quizá de esos locos que se pirraban por el Everest y el K2. El caso era que aquello formaba parte del trabajo y de su misión, así que todo el mundo apretaba los dientes y seguía adelante.

Los quince hombres componían tres equipos de combate de cinco Rangers cada uno. Un equipo se quedaría allí con el armamento pesado: llevaban dos ametralladoras M249 SAW para las labores de vigilancia y fuego de cobertura. Era imposible saber cuántos enemigos habría por allí, y la SAW era una manera estupenda de igualar las cosas. Los datos que ofrecían los satélites eran siempre limitados; ciertas variables había que afrontarlas a medida que te salían al paso. Sus hombres observaban las rocas buscando movimiento. Cualquier movimiento. Quizá sólo un enemigo que salía a cagar. En aquella parte de las montañas, había un noventa por ciento de posibilidades de que cualquier persona con la que te encontraras fuera del otro bando. Lo cual facilitaba mucho su trabajo, se dijo Driscoll.

Avanzó moviéndose aún más despacio: apartaba fugazmente la mirada de los pies para ver dónde pisaba, en busca de ramas y piedras sueltas, y miraba luego hacia delante, escudriñándolo todo. Otra ventaja de la experiencia, pensó: estar tan cerca de la línea de meta y saber refrenar la emoción. Solía ser allí donde se equivocaban los novatos y los muertos, creyendo que ya había pasado lo peor y que el objetivo estaba al alcance de la mano. Driscoll sabía que era entonces cuando el bueno de Murphy, el de la famosa ley, solía presentarse por la espalda y, dándote una palmadita en el hombro, te hacía entrega de una sorpresa desagradable. La euforia y el nerviosismo eran caras letales de la misma moneda. En la dosis adecuada, en el momento menos oportuno, podían ser mortíferas.

Pero esta vez no. No estando yo al mando. Y menos aún con un equipo tan bueno como aquél.

Driscoll vio alzarse la cresta a no más de tres de metros de allí y se encorvó, con cuidado de mantener la cabeza por debajo del reborde: no quería convertirse en un blanco irresistible, si había algún centinela alerta. Recorrió los últimos metros con los pies bien plantados en el suelo; después se inclinó hacia delante, apoyó la mano izquierda en la roca y levantó la cabeza para asomarse.

Y allí estaba. La cueva.

2

—Nivel de combustible bajo. —*Gup, gup*—. Nivel de combustible bajo —anunció la voz generada por ordenador.

—Ya, ya —respondió el piloto con un gruñido.

Veía los datos necesarios en la pantalla del panel de mandos. La luz de alerta del ordenador de a bordo llevaba un cuarto de hora parpadeando. Habían cruzado la costa canadiense hacía diez minutos, y al mirar hacia abajo veían lo que a plena luz del día sería terreno verde cubierto de tocones. A no ser que la hubiera cagado con el navegador, pronto verían luces. Y en todo caso estaban sobre tierra firme, lo cual era un alivio.

Los vientos del Atlántico Norte habían sido mucho más fuertes de lo previsto. A aquella hora, la mayor parte del tráfico nocturno se dirigía hacia el este, y esos aparatos llevaban mucho más combustible que un Dassault Falcon 9000. Tenían carburante para veinte minutos. Diez más de los que necesitaban. Los indicadores marcaban una velocidad relativa de vuelo superior a quinientos nudos y una altitud de veinticinco mil pies y bajando.

—Torre de control de Gander —dijo dirigiéndose al micrófono de su radio—, aquí Hotel cero nueve siete Mike Foxtrot, aproximándome para repostar, cambio.

—Mike Foxtrot —respondieron—, aquí Gander. Vientos en calma. Pista veintinueve recomendada para aproximación normal.

—¿Vientos en calma? —repitió el copiloto—. Lo que hay que oír. —Acababan de atravesar una corriente en chorro de más de cien nudos con el viento de cara y habían aguantado tres horas de vibraciones que, aunque de escasa magnitud, no estaba mal para encontrarse a cuarenta y un mil pies de altitud—. Así de largos me gustan a mí los viajecitos por mar.

—Sobre todo con vientos como éstos —contestó el piloto.

—¿Tenemos luz verde con aduanas?

—Deberíamos tenerla. Pedimos el CANPASS y tenemos permiso para entrar en Moose Jaw. ¿Allí hay que hablar con los de inmigración?

—Sí, claro. —Los dos sabían que no sería así. Aquel vuelo iba a ser un tanto extraño de Gander en adelante, hasta su destino final. Pero les pagaban por ello. Y saldrían ganando con la tasa de cambio entre euros y dólares. Sobre todo si eran dólares canadienses.

—Ahí están las luces. Quedan cinco minutos —dijo el copiloto.

—Recibido, pista a la vista —respondió el piloto—. Flaps.

—Desplegando flaps a la de diez. —El copiloto operó los mandos y oyeron el chirrido de los motores eléctricos que extendían los flaps—. ¿Despierto a los pasajeros?

—No. ¿Para qué? —decidió el piloto. Si hacía las cosas bien, no notarían nada hasta que aceleraran para el siguiente despegue. Tras demostrar su valía en veinte mil horas de vuelo con Swissair, se había jubilado y comprado un Dassault Falcon de segunda mano para llevar a millonarios y multimillonarios por toda Europa y alrededor del globo. La mitad de la gente que podía permitirse sus servicios acababa yendo a los mismos sitios: Mónaco, Harbor Island, en las Bahamas, Saint Tropez, Aspen... El hecho de que su pasajero no fuera a ninguno de aquellos lugares constituía una rareza, pero, mientras le pagaran, a él el destino le traía sin cuidado.

Descendieron diez mil pies. Las luces de la pista de aterrizaje se veían sin esfuerzo: una calle recta en la oscuridad, que antaño había dado cabida a una escuadra de cazas F-84 de la Fuerza Aérea de Estados Unidos.

Cinco mil pies y bajando.

—Flaps en veinte.

—Recibido, flaps en veinte —respondió el piloto—. Tren de aterrizaje —ordenó a continuación, y el copiloto echó mano de las palancas. El ruido del aire irrumpió en la cabina al abrirse las puertas del tren de aterrizaje y bajar los montantes. Trescientos pies.

—Desplegado y afianzado —contestó el copiloto.

—Cien pies —dijo la voz del ordenador.

El piloto tensó los brazos y volvió a relajarlos para que el aparato descendiera suavemente mientras elegía el lugar idóneo para aterrizar. Sólo sus refinados sentidos notaron cuándo tocó el Falcon la pista de cemento de diez metros de anchura. Activó los inversores de empuje y el Dassault perdió velocidad. Un vehículo con luces parpadeantes le indicó dónde ir y a quién seguir para dirigirse hacia el lugar donde estaría esperando el camión del combustible.

Estuvieron en tierra veinte minutos en total. Un funcionario de inmigración les interrogó por radio y llegó a la conclusión de que no había cambios respecto a los datos del CANPASS. Fuera, el conductor del camión cisterna desconectó la manguera y aseguró la válvula del combustible.

Vale. Esto ya está, pensó el piloto. Ahora, el segundo segmento de aquel vuelo en tres etapas.

El Falcon regresó al extremo norte de la pista y, tras esperar allí, el piloto repasó la lista de comprobación previa al despegue, como hacía siempre. La aceleración transcurrió sin incidentes; el aparato despegó y ganó altura. Se alzaron las ruedas, seguidas por los flaps. Diez minutos después se hallaban a treinta y siete mil pies, la altitud inicial que les había asignado el Centro de Control de Toronto.

Volaban rumbo oeste a Mach 0,81 (unos quinientos veinte nudos, o novecientos sesenta y cinco kilómetros por hora de velocidad verdadera), con los pasajeros dormidos en la cabina de popa y los motores engullendo combustible a un ritmo constante de tres mil cuatrocientas libras por hora. El transpondedor del aparato comunicaba su velocidad y altitud a los radares de control del tráfico aéreo, pero, aparte de eso, no hacían falta más comunicaciones por radio. Con mal tiempo podrían haber pedido una altitud distinta, posiblemente más elevada, para volar con mayor comodidad a velocidad de crucero, pero la torre de Gander tenía razón: tras cruzar el frente frío que surgió en dirección a Terranova, el avión daba la impresión de no moverse en absoluto, salvo por el estruendo amortiguado de los motores a reacción que colgaban de la cola. El piloto y el copiloto apenas se dirigían la palabra. Llevaban tanto tiempo volando juntos que se sabían los mismos chistes, y en un vuelo tan tranquilo como aquél no hacía falta intercambiar información. Todo estaba previsto hasta el último detalle. Ambos se preguntaban cómo sería Hawái. Tenían ganas de probar un par de suites en el Royal Hawaiian y de dormir una larga siesta para combatir el inevitable desfase horario que acompañaría a las diez horas de día adicional que iban a vivir. Dormitar en una playa soleada era del agrado de ambos, y en Hawái las previsiones auguraban un tiempo tan monótonamente perfecto como de costumbre. Pensaban pasar dos días de relax antes de emprender el viaje de regreso rumbo este, hacia su base a las afueras de Ginebra, esta vez sin pasajeros previstos.

—Cuarenta minutos para Moose Jaw —comentó el copiloto.

—Es hora de volver al trabajo, supongo.

El plan era muy sencillo. El piloto encendió la radio de alta frecuencia (una reliquia de la Segunda Guerra Mundial) y llamó a Moose Jaw para anunciar su aproximación y su descenso inicial, además de su hora estimada de llegada. El control de aproximación de Moose Jaw extrajo la información de los sistemas de control zonal y localizó en sus pantallas los caracteres alfanuméricos del transpondedor.

El Dassault comenzó a perder altitud en una aproximación completamente normal, de lo cual tomó debida nota el Centro de Control de Toronto. Eran las 03:04 hora local, o zulú –4:00 conforme a la hora universal o del meridiano de Greenwich, cuatro horas al este.

—Ahí está —anunció el piloto. Las luces de aproximación de Moose Jaw aparecieron sobre la negra campiña—. Altitud: doce mil, bajando mil por minuto.

—Ocúpate del transpondedor —ordenó el piloto.

—Recibido —contestó el copiloto. El transpondedor era un aparato extra, instalado por los propios tripulantes del avión.

—Seis mil pies. ¿Flaps?

—Déjalos —ordenó el piloto.

—Entendido. Pista a la vista. —El cielo estaba despejado y las luces de aproximación de Moose Jaw brillaban en el aire sin nubes.

—Moose Jaw, aquí Mike Foxtrot, cambio.

—Mike Foxtrot, aquí Moose Jaw, cambio.

—Moose Jaw, nuestro tren de aterrizaje se niega a bajar. Por favor, manténgase a la espera. Cambio.

Aquella notificación pareció espabilarles.

—Recibido. ¿Está declarando una emergencia? Cambio —preguntaron de inmediato por radio desde la torre de control.

—Negativo, Moose Jaw. Estamos comprobando el sistema eléctrico. Manténgase a la escucha.

—De acuerdo, aquí estaremos. —Apenas una nota de preocupación en la voz.

—Está bien —le dijo el piloto a su copiloto—, desapareceremos de su radar a mil pies. —Ya habían repasado todo aquello, desde luego—. Altitud: tres mil y bajando.

El piloto viró a la derecha para que el radar de aproximación de Moose Jaw registrara un cambio de rumbo: nada serio, pero, aun así, una alteración. Con el descenso de altitud, podría parecer interesante si alguien se molestaba en echar un vistazo a las cintas del radar, lo cual era dudoso. Un parpadeo más perdido en el espacio aéreo.

—Dos mil —dijo el copiloto. El aire era un poco más turbulento a menor altitud, pero no tanto como se pondría después—. Mil quinientos. Quizá convenga ajustar la velocidad de descenso.

—Muy bien. —El piloto echó un poco hacia atrás el volante en forma de cuernos del bastón de mando para allanar el ángulo de descenso y enderezar el avión a novecientos metros sobre el nivel del suelo, altitud suficiente para penetrar en la zona de interferencias terrestres de Moose Jaw. Aunque el Dassault no era invisible, la mayoría de los radares de control de tráfico civil captaban fundamentalmente las señales de los transpondedores y eran ciegos, en cambio, a los ecos del fuselaje. En aviación comercial, un avión en un radar no era más que una señal abstracta en el cielo.

—Mike Foxtrot, aquí Moose Jaw, notifique altitud, cambio.

Iban a pasar un buen rato así. Los controladores de la torre estaban curiosamente alertas. Quizá se hubieran topado por casualidad con un ejercicio práctico, pensó el piloto. Era una lástima, pero no suponía un problema grave.

—Piloto automático desconectado. Tomo los mandos del avión.

—Todo tuyo —contestó el copiloto.

—Está bien, viramos a la derecha. Apaga el transpondedor —ordenó el piloto.

El copiloto apagó el transpondedor uno.

—Apagado. Somos invisibles.

Aquello alertó a Moose Jaw.

—Mike Foxtrot, aquí Moose Jaw. Notifique altitud, cambio —ordenó aquella voz con más ímpetu. Después se produjo una segunda llamada.

El Falcon completó su viraje hacia el norte y puso rumbo dos-dos-cinco. Abajo, el terreno era llano y el piloto sintió la tentación de descender hasta los quinientos pies de altitud, pero finalmente desestimó la idea. No hacía falta. Tal y como estaba previsto, el aparato acababa de desaparecer del radar de Moose Jaw.

—Mike Foxtrot, aquí Moose Jaw. ¡Notifique altitud, cambio!

—Parece que se está poniendo nervioso —comentó el copiloto.

—No me extraña.

El transpondedor que acababan de apagar pertenecía a otro avión que a esas horas estaría probablemente aparcado en su hangar a las afueras de Söderhamn, Suecia. Aquel vuelo iba a costarles a sus clientes setenta mil euros más de la cuenta, pero la tripulación suiza sabía cómo ganar dinero, y no transportaban drogas ni nada parecido. Esa clase de cargamento no merecía la pena, ni con dinero ni sin él de por medio.

Moose Jaw quedaba ya sesenta y cinco kilómetros atrás y se alejaba a una velocidad de doce kilómetros por minuto, según el radar Doppler del aparato. El piloto ajustó la posición con el volante del bastón de mando para compensar el viento de través. El ordenador situado junto a su rodilla derecha calcularía la deriva, y el ordenador sabía exactamente adónde se dirigían.

En parte, al menos.

3

Tenía un aspecto distinto al de las imágenes (ocurría siempre), pero se hallaban en el lugar correcto, eso estaba claro. Driscoll sintió que su cansancio se esfumaba, reemplazado por una expectación reconcentrada.

Diez semanas antes, un satélite de la CIA había interceptado una transmisión por radio procedente de aquel lugar, y otro había tomado una fotografía que el sargento primero llevaba ahora en el bolsillo. Era allí, no había duda. Una formación rocosa triangular, situada en la cumbre, identificaba el lugar. No era decorativa, pese a que pareciera hecha por la mano del hombre: la habían dejado allí los últimos glaciares que se habían abierto paso por aquel valle sabía Dios cuántos miles de años atrás. Seguramente el mismo deshielo que había labrado aquel triángulo había ayudado a excavar la cueva. Si es que era así como se formaban las cuevas. El suboficial no lo sabía, ni le importaba. Algunas eran muy profundas, de varios centenares de metros de profundidad: agujeros perfectos para esconderse. Pero desde aquélla se había emitido una señal de radio. Y eso la hacía especial. Washington y Langley habían tardado más de una semana en localizar aquel lugar, pero lo habían hecho con sumo cuidado. Aquella misión no la conocía casi nadie. Menos de treinta personas en total, y la mayoría estaba en Fort Benning. Donde volverían su equipo y él en menos de cuarenta y ocho horas, Dios mediante: *inshallah*, como se decía por estas tierras. Un sentimiento perfectamente comprensible, aunque aquélla no fuera su religión. Driscoll era metodista, pero eso no le impedía tomarse una cerveza de vez en cuando. Antes que nada era un soldado.

Bueno, ¿cómo hacemos esto?, se preguntó. Rápidamente y con contundencia, claro, pero ¿cómo? Llevaba encima media docena de granadas. Tres con carga explosiva y tres M84 de aturdimiento. Estas últimas, recubiertas de plástico en lugar de metal, producían un enorme estruendo al estallar y se fabricaban con una mezcla de magnesio y amonio para que pareciera que el sol había venido inesperadamente de visita, cegando con su fulgor a todo el que anduviera cerca. Pero la química y la física de las cosas tampoco importaban al sargento primero en este caso. Las granadas funcionaban a la perfección, y eso era lo que contaba.

Los Rangers no tenían por oficio el juego limpio. Aquello no eran las Olimpiadas: era una operación de combate. Podían administrar primeros auxilios a los enemigos que sobrevivieran, pero eso era todo, y únicamente porque los supervivientes tendían a ser más parlanchines que los muertos. Driscoll miró de nuevo la entrada de la cueva. Alguien se había parado en aquel preciso lugar a hacer una llamada telefónica que un satélite espía Rhythm había interceptado; después un satélite Keyhole había marcado la posición exacta y el SOCOM, el Mando de Operaciones Especiales del Ejército, había autorizado su misión. El suboficial permanecía inmóvil junto a una roca de gran tamaño, tan cerca que su silueta se fundía con la de la mole. Dentro no se distinguía ningún movimiento. A Driscoll no le sorprendió. Hasta los terroristas tenían que dormir. Y eso a él le venía muy bien. Estupendamente, de hecho. Diez metros. Se aproximó con movimientos que podían parecer cómicos a los no iniciados: movimientos exagerados de los pies y la parte inferior de las piernas, arriba y abajo, muy erguido, evitando cuidadosamente las piedras sueltas. Luego llegó por fin. Clavó una rodilla en tierra y echó un vistazo dentro. Miró por encima del hombro para asegurarse de que el resto del equipo no se había apelotonado. No había de qué preocuparse. Aun así, el sargento primero notaba un hormigueo de nerviosismo en el vientre. ¿O era de miedo? Miedo a cagarla, miedo a que la historia se repitiera. Miedo a que murieran sus hombres.

Un año antes, en Irak, el predecesor del capitán Wilson, un subteniente novato, había planeado una misión (una caza de insurgentes sin complicaciones en la ribera sur del *bujairat* —lago— Sadam, al norte de Mosul) y Driscoll había participado en ella. El problema era que el joven subteniente estaba más interesado en redactar un informe deslumbrante que en la seguridad de sus Rangers. Desoyendo las advertencias del sargento primero y cuando ya caía la noche, dividió al equipo para flanquear un búnker; pero, como solía ocurrir, el plan rehecho a toda prisa no sobrevivió a su primer contacto con el enemigo: en aquel caso, un grupo de ex militares leales a Sadam del tamaño de una compañía, que rodeó y masacró al equipo del joven subteniente antes de fijar su atención en Driscoll y sus hombres. El repliegue duró casi toda la noche, hasta que por fin el suboficial y otros tres hombres lograron volver a cruzar el Tigris y quedar dentro del alcance de tiro de una posición de fuego amigo avanzada.

Driscoll sabía que el plan del subteniente era un desastre en potencia. Pero ¿se había opuesto a él con la suficiente firmeza? Si hubiera insistido más... Aquélla era, en fin, la pregunta que le atormentaba desde hacía un año. Y ahora allí estaban de nuevo, en territorio apache, pero esta vez todas las decisiones (buenas, malas o desastrosas) dependían de él.

No pierdas de vista la pelota, se ordenó a sí mismo. *Vuelve a centrarte en el juego.*

Dio otro paso adelante. Nada aún. Los pastunes eran duros (lo eran, y mucho, como bien sabía Driscoll), pero no habían recibido instrucción militar, más allá de apuntar con el fusil y apretar el gatillo. Debía de haber habido alguien vigilando la entrada de la cueva. El sargento primero vio algunas colillas dispersas en el suelo. Quizás el centinela, si lo había, se había quedado sin tabaco. *Mal vicio, chaval*, pensó. *Pésimo para el camuflaje.* Entró con cautela en la cueva. Sus gafas de visión nocturna eran un regalo del cielo. La cueva, de paredes bastas y sección transversal casi ovalada por completo, discurría en línea recta por espacio de unos quince metros. No había luces, ni siquiera una vela, pero vio acercarse un recodo a la derecha y aguzó la mirada en busca de una fuente de luz. El suelo de la cueva estaba despejado. El sargento primero dedujo de ello que allí vivía alguien. La información que les habían dado era verídica. *¿No es un milagro?*, pensó. Con mucha frecuencia, aquellas expediciones de caza conducían a un escondrijo vacío con el consiguiente cabreo de un montón de Rangers.

¿Será la cueva correcta? Rara vez se permitía tener pensamientos parecidos. *¿No sería estupendo?*, pensó fugazmente. *Un pez de los gordos.* Hizo a un lado aquella idea. El tamaño de la presa no cambiaba cómo hacían su trabajo.

Las suelas de sus botas eran flexibles. Más cómodas para los pies, pero, sobre todo, silenciosas. Se pegó el fusil M4 al hombro. Había dejado la mochila fuera. Allí, dentro de la cueva, no le hacía falta llevar más peso, ni más bultos que los necesarios. Driscoll no era muy corpulento. Medía algo menos de un metro ochenta y dos, pesaba ochenta y un kilos, era fibroso y duro, y sus ojos azules miraban fijamente hacia delante. Dos soldados avanzaban unos metros por detrás de él, y aunque podían oír hasta su respiración por los auriculares que llevaban todos ellos, el sargento primero no decía una sola palabra. Se limitaba a hacer con las manos señas cargadas de datos y contenido.

Movimiento. Alguien se dirigía hacia ellos.

Driscoll apoyó una rodilla en tierra.

Los pasos se aproximaban. Alzó el puño izquierdo para advertir a los que le seguían que se echaran al suelo y levantó el fusil. Los pasos sonaban tranquilos. Cuando eran nerviosos, su oído bien entrenado sabía distinguir su sonido. Aquel tipo estaba en casa, y se sentía allí a sus anchas. En fin, peor para él. Unos guijarros se deslizaron a espaldas de Driscoll, que reconoció el origen de aquel ruido. Él mismo lo había hecho otras veces: era el sonido de una bota al resbalar. Se quedó paralizado. Al otro lado del recodo, los pasos se detuvieron. Pasaron diez segundos, luego veinte. Durante treinta segundos, nada se movió. Después los pasos se reanudaron. Seguían siendo tranquilos.

Driscoll apoyó la culata del M4 en el hombro, dobló la esquina y allí estaba el fulano. Un momento después, tenía dos balas en el pecho y una tercera en la frente. Cayó sin hacer ruido. Era unos cuantos años mayor que el de fuera: rondaba los veinticinco y el suboficial vio que tenía la barba bien crecida. *Lo siento por ti.* Siguió avanzando, pasó por encima del cadáver y dobló el recodo a la derecha; después se detuvo a esperar a sus compañeros. Veía delante de sí unos seis metros más. Justo enfrente no había nada. *Sigue adelante.* ¿Qué profundidad tenía la cueva? Imposible saberlo en ese momento. Sujetaba con fuerza el fusil.

Allá adelante parpadeaba una luz. Velas, posiblemente. Quizá los terroristas necesitaran una luz nocturna, como los hijos pequeños de Driscoll. El suelo de la cueva seguía estando despejado. Alguien lo había limpiado. Pero ¿por qué?, se preguntaba el sargento primero. ¿Y cuánto tiempo hacía?

Siguió avanzando.

El siguiente recodo, una curva amplia y poco profunda en la roca caliza, doblaba hacia la izquierda, y en el siguiente, de pronto, un montón de luz, al menos relativamente hablando. Sin las PVS-17, habría sido, como máximo, un resplandor mortecino.

Fue entonces cuando oyó ruidos. Ronquidos. No muy lejos, allá delante. Aunque se movía sin prisas, Driscoll aflojó un poco el paso. Había llegado el momento de ser cauteloso. Se aproximó al recodo con el arma en alto y se asomó muy, muy despacio.

Allí estaba. Aquello era lo que andaba buscando. Maderos. Tablones corrientes, sin tratar, de una madera que no crecía por allí. Alguien los había llevado desde la civilización, y ese alguien había usado una sierra para cortarlos a medida y darles forma.

Estaba claro que allí vivía alguien; que la cueva no era una madriguera temporal. Y eso era muy buena señal.

Driscoll comenzó a ponerse nervioso, notaba de nuevo aquel hormigueo en el vientre. Y eso no solía pasarle. Con la mano izquierda indicó a sus compañeros que se acercaran. Se aproximaron hasta quedar unos tres metros por detrás de él y le siguieron.

Literas dobles. Para eso eran los maderos. Driscoll vio ocho. Casi todas estaban ocupadas. Seis catres, seis terroristas. Uno hasta parecía tener un colchón, de esos de plástico inflable que podían comprarse en cualquier gran superficie comercial. En el suelo había una bomba de aire de las que se accionaban con el pie. A aquel tipo, fuera quien fuese, le gustaba dormir cómodamente.

Bueno, ¿y ahora qué?, se preguntó. Pocas veces se quedaba en blanco; casi siempre era él quien aconsejaba al comandante de su compañía en momentos como aquél, pero el capitán Wilson estaba varado en lo alto de un cerro, a quince kilómetros de allí, y ahora era él, Driscoll, quien estaba al mando, y de pronto se sintió terriblemente solo. Pero lo peor de todo era que aquélla no era la última sala. La cueva se prolongaba más aún. Imposible saber hasta dónde. *Mierda.*

Manos a la obra.

Avanzó despacio. Sus órdenes eran muy sencillas, y para ese fin su pistola estaba provista de un silenciador. La sacó de la funda. Siguió adelante, hasta llegar junto al primer hombre dormido. Pegó la Beretta a su cabeza y disparó la primera bala. El silenciador funcionó como estaba previsto. El ruido del percutor de la pistola sonó mucho más fuerte que el propio disparo. Driscoll incluso oyó caer el casquillo metálico al suelo de piedra con un tintineo leve, como el de un juguete. Lo que estuviera soñando aquel tipo era ahora tan real como el mismo infierno. Los que dormían en las literas bajas corrieron la misma suerte.

Driscoll pensó fugazmente que, en la sociedad civil, aquello se consideraría un asesinato puro y duro, pero a él no le preocupaba. Aquellos tipos habían unido su suerte a la de individuos que habían declarado la guerra a su país y, si su guarida no estaba suficientemente vigilada, era culpa suya. La pereza tenía consecuencias, y la guerra sus normas, y ésas pasaban factura a quienes las quebrantaban. Tres segundos después habían liquidado a los hombres restantes. Tal vez consiguieran sus huríes. Él no lo sabía. Ni le importaba especialmente. Nueve enemigos eliminados. Siguió adelante. Tras él avanzaban otros dos Rangers, no muy cerca pero sí lo bastante, uno con una pistola, el otro con un fusil M4 para cubrirle las espaldas, tal y como dictaba el Manual. La cueva torcía hacia la derecha unos pasos más allá. Driscoll continuó avanzando, deteniéndose sólo para respirar. Vio otras dos literas. Pero ninguna estaba ocupada. La cueva seguía adelante. Había estado en muchas cavernas parecidas. Algunas se prolongaban hasta trescientos o cuatrocientos metros. Pero la mayoría no. Muchas eran del tamaño de probadores, pero ésta no era una de ellas. Driscoll había oído contar que, en Afganistán, algunas se extendían eternamente; eran tan largas que los rusos no habían podido hacerse con ellas a pesar de tomar medidas contundentes como inundarlas de fueloil y arrojar una cerilla. Tal vez allí habría funcionado mejor la gasolina, se dijo. O los explosivos, quizá. Los afganos eran bastante duros, y a muchos no les daba miedo morir. El sargento primero no había visto gente igual hasta que llegó a aquella parte del mundo. Pero se morían como todos los demás y, muertos ellos, se acababan los problemas.

Cada cosa a su tiempo. Nueve cadáveres a su espalda, todos ellos varones, todos de menos de treinta años, posiblemente demasiado jóvenes para tener información útil, y de inútiles ya estaban repletas las celdas de Guantánamo. Si hubieran tenido treinta años o más, quizás habría sido conveniente conservarlos con vida y dejar que los interrogara alguien de inteligencia. Pero eran todos muy jóvenes, y ahora estaban muertos.

Manos a la obra.

Allí no había nada más que ver. Pero más adelante se percibía un leve resplandor. Otra vela, quizá. Driscoll miraba hacia abajo cada pocos pasos buscando piedras que pudieran hacer ruido: el ruido era su enemigo más peligroso en ese momento. El ruido despertaba a la gente, sobre todo en sitios como aquél. Ecos. Por eso llevaba botas de suela blanda. El siguiente recodo giraba a la izquierda y parecía más cerrado. Era hora de aflojar de nuevo el ritmo. Un giro brusco equivalía a un encontronazo con un centinela. Despacio, despacio. Cuatro metros. Doce pies, más o menos. Despacio, suavemente. Como cuando entraba en la habitación de su hija pequeña para verla tendida en su cuna. Pero le preocupaba que lo que hubiera al otro lado de la esquina fuera un hombre adulto armado con un fusil, echando una cabezada. Todavía empuñaba la pistola, con el silenciador atornillado en su extremo como una lata de refresco. Quedaban once balas en el cargador. Driscoll se detuvo y se giró. Los otros dos Rangers seguían allí, los ojos fijos en él. No parecían asustados, pero sí tensos y reconcentrados. Tait y Young, dos sargentos de la Compañía Delta, Segundo Batallón, 75.º Regimiento de Rangers. Auténticos profesionales, igual que él, los dos dispuestos a hacer carrera en el Ejército.

Atentos a su trabajo. A veces costaba mantener la concentración. Otro par de pasos hasta la esquina. Era un recodo brusco. Driscoll se acercó despacio... y asomó la cabeza. Había alguien cerca. Un afgano, o algún otro fulano, sentado en... ¿una silla? No, parecía una roca. Éste era mayor de lo que esperaba Driscoll. Rondaba la treintena. Estaba simplemente allí sentado; no dormía, pero tampoco estaba despierto. Parecía hallarse en un estado intermedio, pero no prestaba atención, eso estaba claro. Tenía un arma, un AK-74, apoyada contra una roca, a un metro veinte de las manos, más o menos. Cerca, pero no tanto como para apoderarse de ella en una emergencia como la que estaba a punto de afrontar.

Driscoll se aproximó sin hacer ruido, moviendo las piernas exageradamente, se acercó y...

Golpeó a aquel tipo en el lado derecho de la cabeza. Con suficiente fuerza para matarlo, quizás, aunque seguramente no. Hurgó en los bolsillos de su guerrera y sacó unas esposas de plástico flexible. Aquél era posiblemente lo bastante mayor como para que le interrogaran los de los servicios de inteligencia; seguramente acabaría en Guantánamo. Dejaría que Tait y Young lo prepararan para su traslado. Llamó la atención de Tait, señaló al hombre inconsciente e hizo un gesto circular con el dedo índice. *Atadlo.* El sargento asintió con la cabeza.

Otro recodo más adelante, cinco metros a la derecha, y otra vez aquel resplandor movedizo.

Seis pasos más y luego a la derecha.

Esta vez, Driscoll no se desconcentró. Avanzó con paso lento y cuidadoso, con el arma bien sujeta.

La siguiente sala, de unos diez metros por diez, resultó ser la última. Estaban a unos setenta metros de la entrada de la cueva. Bastante hondo. Seguramente aquella cueva se había acondicionado para uno de los peces gordos. ¿Para el más gordo, quizá? Lo sabría dentro de tres minutos. No se permitía a menudo pensar esas cosas. Pero ése era el motivo subyacente a aquella misión. Quizá, quizá, quizá. Por eso Driscoll era un Ranger de operaciones especiales. Adelante, despacio. Levantó la mano detrás de él.

Estaba todo tan oscuro que sus gafas de visión nocturna mostraban tantas interferencias como imágenes propiamente dichas: eran como trocitos de palomitas que saltaban y volaban por su campo de visión. Se acercó al borde del recodo y se asomó a la esquina con sumo cuidado. Había alguien allí tumbado. Cerca se veía un AK-47, junto con un cargador de plástico lleno de munición, al alcance de la mano. Aquel tipo parecía estar dormido, pero en ese sentido eran buenos soldados: no dormían a pierna suelta, como los civiles, sino que se mantenían justo por debajo del estado de plena vigilia. Y a aquél Driscoll lo quería vivo. Esa noche (esos últimos diez minutos) había matado a unos cuantos, sí, pero a aquél había que cogerlo vivo, si era posible...

Vale. Se cambió la pistola a la mano derecha y con la izquierda sacó una granada de aturdimiento de la malla que llevaba pegada al pecho. Tait y Young se quedaron paralizados al verlo. La cueva estaba a punto de cambiar. Driscoll levantó un dedo. Tait hizo una seña a su sargento primero levantando el pulgar. Iba a haber rocanrol. Para aquel fulano, estaba a punto de sonar el despertador. Tait miró a su alrededor. Una velita iluminaba agradablemente la estancia. Driscoll dio uno o dos pasos atrás, se quitó las gafas de visión nocturna y tiró de la anilla de la granada. Soltó el mecanismo de seguridad, sostuvo un momento la granada y luego la lanzó mientras contaba «mil uno, mil dos, mil tres»...

Sonó como si se acabara el mundo. Los diez gramos de polvo de magnesio brillaron como el sol de mediodía, pero más aún. Y el ruido... Fue realmente como si hubiera producido una hecatombe: un bum ensordecedor que acabó de un plumazo con el sueño de aquel tipo. Entonces entró Driscoll. No estaba aturdido por la explosión. Se la esperaba: sus oídos se habían preparado para el ruido y había cerrado los ojos para atenuar los efectos del fogonazo. El terrorista no había tenido tanta suerte. Sus oídos habían sufrido el impacto de la granada, y su equilibro se había visto afectado por ello. Ni siquiera intentó echar mano del arma, pero aun así el sargento primero la apartó de un salto. Y un momento después apuntaba al fulano a la cara con la pistola. No tenía ni la más mínima oportunidad de oponer resistencia, pero ésa era la intención de Driscoll.

Vio entonces que no era el objetivo. Llevaba barba, pero tenía treinta y pocos años. *Este tío no es*, fue lo primero que pensó, y luego: *Mierda*. Aquella cara era la viva imagen de la confusión y el estupor. Sacudía la cabeza intentando reiniciar su cerebro, pero por joven y duro que fuera, le faltó la velocidad que exigía el momento.

Driscoll vio movimiento cerca de la pared del fondo de la sala: una sombra agazapada se deslizaba a lo largo de la pared rocosa: No se movía hacia ellos, sino en dirección contraria. El suboficial enfundó su pistola, se volvió hacia Tait y señaló al guardia del suelo: espósalo. Se puso luego las gafas de visión nocturna y fijó las miras del M4 en la sombra que se movía. Otro barbudo. Tensó el dedo sobre el gatillo, pero esperó. Tenía curiosidad. A tres metros del hombre, apoyado todavía contra la pared, donde lo había dejado, había un AK-47. Estaba claro que había oído la detonación de la granada y que sabía lo que se le venía encima, pero ¿se proponía escapar?, se preguntaba Driscoll. Sin apartar de él las miras del M4, se anticipó a sus pasos buscando una salida... Y allí estaba: un entrante de metro y medio de ancho excavado en la pared de roca. Retrocedió con la mirada y vio que el terrorista tenía una granada en la mano derecha. Era una versión de cuarenta milímetros de un proyectil de RPG-7. La población local era muy aficionada a convertir aquellos obuses en bombas de mano.

No tan deprisa, amiguito, pensó Driscoll, y apuntó con la carabina a la oreja del hombre. Mientras lo hacía, el tipo echó furtivamente el brazo hacia atrás para arrojar la granada. La bala de 5,56 milímetros entró justo por encima de la oreja, detrás del ojo. La cabeza cayó bruscamente de lado y el hombre se derrumbó, pero la granada ya había salido volando hacia el entrante de la pared.

—¡Granada! —gritó el suboficial, y se echó al suelo.

¡Bum!

Driscoll levantó la vista y miró a su alrededor.

—¡Recuento!

—Todo bien —contestó Tait, seguido en rápida sucesión por Young y los otros.

La granada había rebotado en la pared y, tras rodar por el suelo, se había detenido delante del entrante, abriendo en la tierra un boquete del tamaño de una pelota de playa.

Driscoll se quitó sus gafas de visión nocturna y sacó una linterna. La encendió y alumbró con ella alrededor. Aquélla era la zona de mando de la cueva. Había montones de estanterías, y hasta una alfombra en el suelo. La mayoría de los afganos que habían conocido eran semianalfabetos; allí, sin embargo, había libros y revistas en cantidad, algunas de ellas incluso en inglés. En un estante había un puñado de volúmenes con el lomo encuadernado en piel. Uno en particular era de cuero verde con incrustaciones doradas. Driscoll lo abrió para echarle una ojeada. Era un manuscrito iluminado: no un libro impreso mecánicamente, sino hecho a mano, con tinta multicolor, por un amanuense muerto hacía mucho tiempo. Un libro antiguo, muy, muy antiguo. Estaba en árabe, o eso parecía, escrito a mano e iluminado con pan de oro. Tenía que ser una copia del Corán, y no había forma de saber su antigüedad, o su valor relativo. Pero era valioso, de eso no había duda. Driscoll se lo guardó. Quizás alguien de inteligencia quisiera echarle un vistazo. En Kabul había un par de saudíes, oficiales de alta graduación, que servían de apoyo a la gente de Operaciones Especiales y a los espías del Ejército.

—Vale, Peterson, esto está despejado. Codifícalo y manda el mensaje —ordenó Driscoll por radio a su especialista en comunicaciones—. Objetivo asegurado. Nueve terroristas muertos, dos prisioneros vivos. Cero bajas.

—Y nada debajo del árbol de Navidad, Santa Claus —comentó el sargento Young tranquilamente—. Con la buena pinta que tenía cuando estábamos entrando... Me estaba dando buen rollo.

Otro pozo seco más para las tropas de Operaciones Especiales. Habían perforado muchos últimamente, pero eran gajes del oficio.

—A mí también. ¿Cómo te llamas, colega? —le preguntó Driscoll al prisionero de Tait. No hubo respuesta. La granada había dejado flipado a aquel cabrón. Todavía no entendía que podría haber sido peor. Muchísimo peor. Claro que en cuanto le pillaran los de interrogatorios...

—Muy bien, chicos, vamos a limpiar este agujero. Buscad ordenadores o cualquier cacharro electrónico. Ponedlo todo patas arriba. Si algo os parece interesante, metedlo en la bolsa. Que alguien venga a hacerse cargo de nuestro amigo.

Había un Chinook en estado de alerta para aquella misión; quizás estuviera a bordo en menos de una hora. Joder, se moría de ganas de tomar una cerveza en el club de suboficiales de Fort Benning, pero para eso faltaban aún dos días, como mínimo.

Mientras el resto de su equipo montaba un perímetro de vigilancia frente a la boca de la cueva, Young y Tait registraron el túnel de entrada. Encontraron algunas chucherías y mapas, pero ningún tesoro que saltara a la vista. Pero así eran estas cosas. Por nenazas que fueran, los de inteligencia eran capaces de convertir una nuez en un auténtico banquete. Un trocito de papel, un Corán manuscrito, un monigote dibujado con cera morada: a veces hacían milagros con material semejante, por eso Driscoll no quería correr ningún riesgo. Su objetivo no estaba allí, y era una lástima, pero quizá lo que tenían allí aquellos tipos pudiera conducir a algo que a su vez les llevara a un objetivo interesante. Así funcionaba esto, aunque el sargento primero no se parara mucho a pensarlo. Aquello quedaba muy por encima de su puesto en el escalafón y su rango salarial. A él y a sus Rangers que les dieran una misión, y que otros se encargaran del qué, el cómo y el porqué.

Se dirigió hacia el fondo de la cueva, alumbrando con la linterna a su alrededor hasta que llegó al entrante que aquel fulano parecía empeñado en volar. Ahora pudo ver que era más o menos del tamaño de un vestidor, un poco más grande, quizás, y que tenía el techo bajo. Se agachó y avanzó un par de pasos dentro de él.

—¿Qué hay ahí? —preguntó Tait, acercándosele por detrás.

—Un tablero de operaciones y un cajón de munición.

Un tablón de contrachapado de dos centímetros de grosor y unos dos metros de lado, cubierto con arena pegada y montañas y riscos de cartón piedra, y edificios cuadrados diseminados aquí y allá. Parecía una maqueta de colegio o un objeto sacado de una de esas viejas películas de la Segunda Guerra Mundial. Pero estaba muy bien hecho; no era una chapuza como las que solían verse entre aquellos tipos. La mayoría de las veces, aquellos fulanos pintaban un croquis en la arena, rezaban un rato y, hala, a luchar.

A Driscoll no le sonaba el terreno. Podía ser cualquier lugar, pero parecía tan agreste que muy bien podía estar allí mismo, lo cual no reducía mucho las posibilidades. Tampoco había puntos de referencia. Ni edificaciones, ni carreteras. Levantó la esquina del tablero. Pesaba mucho, unos treinta y cinco kilos, lo cual resolvía uno de sus problemas: imposible bajar aquel armatoste por la montaña. Era como un ala delta de cartón. A aquella altitud soplaba un viento del carajo: o lo perdían en una ráfaga de aire, o empezaría a aletear y los delataría. Y si lo partían, quizás estropearan algo de valor.

—Está bien, tomad algunas medidas y unas cuantas muestras y luego id a ver si Smith ha acabado de retratar a esos fulanos y poneos a hacer fotos de este armatoste cagando leches —ordenó Driscoll—. ¿Cuántas tarjetas de memoria tenemos?

—Seis. De cuatro gigas cada una. Suficientes.

—Bien. Quiero varias fotografías de cada cosa con la mayor resolución posible. Alumbradlo bien y poned algo al lado para que se vea bien la escala.

—Reno tiene un metro.

—Muy bien. Usadlo. Haced primeros planos y tomas desde distintos ángulos; cuantas más, mejor. —Eso era lo mejor de las cámaras digitales: que podían hacerse tantas fotos como uno quisiera y borrar las malas. En aquel caso, dejaría que los de inteligencia se encargaran de borrarlas—. Y registradlo pulgada a pulgada, por si hay alguna marca.

Nunca se sabía qué era lo importante. Driscoll sospechaba que muchas cosas dependían de la escala de la maqueta. Si estaba hecha a escala, quizá pudieran guardar las medidas en un ordenador, hacer cálculos algebráicos o algorítmicos, o los que hicieran falta, y dar con una correspondencia en alguna parte. A lo mejor aquel cartón piedra fuera especial, quizá se fabricara sólo en alguna tienducha de un callejón de Kandahar. Cosas más raras se habían visto, y Driscoll no pensaba dar motivo de queja a sus superiores. Bastante iban a cabrearse ya porque su objetivo no estuviera allí. Pero eso no era culpa suya. Los datos de inteligencia previos a una misión, buenos o malos, escapaban al control de un soldado. Aun así, el viejo dicho del Ejército, «la mierda corre cuesta abajo», seguía siendo cierto, y en aquel oficio siempre había alguien más arriba que tú, listo para darle un empujón a la bolita de estiércol.

—Eso está hecho, jefe —dijo Tait.

—Voladlo cuando acabéis. Ya que estamos, habrá que acabar lo que tendrían que haber hecho ellos.

Tait se alejó al trote.

Driscoll fijó su atención en la caja de munición; la cogió y la llevó al túnel de entrada. Dentro había una pila de papeles de siete centímetros de grueso (hojas de rayas cubiertas con escritura árabe y garabatos, y algunos números aquí y allá) y un mapa plegable de buen tamaño, con dos caras. Uno de los lados llevaba el encabezamiento «Mapa de navegación operacional, G-6, Agencia Cartográfica de la Defensa, 1982», y mostraba la región fronteriza entre Afganistán y Pakistán, mientras que el otro, sujeto con cinta adhesiva, era un plano de Peshawar arrancado de una guía de viajes Baedeker.

4

—Bienvenidos al espacio aéreo estadounidense, caballeros —anunció el copiloto.

Estaban a punto de sobrevolar Montana, hogar de alces, grandes extensiones de cielo y un montón de bases de misiles intercontinentales desmanteladas con los silos vacíos.

Allí quemarían combustible mucho más rápidamente, pero el ordenador tomaba nota de todo, y disponían de una reserva mucho mayor que cuando habían sobrevolado el Atlántico unas horas antes, con rumbo oeste: allá abajo, había un sinfín de campos en los que podían aterrizar. El piloto encendió el HUD, que utilizaba cámaras de baja luminosidad para convertir la oscuridad en un televisor monocolor verde y blanco. Ahora mostraba montañas al oeste de su rumbo. El avión, programado para mantenerse a mil pies sobre el nivel medio del suelo, ganaría altitud automáticamente para compensar el desnivel y lo haría con una inclinación suave, a fin de que los pasajeros estuvieran cómodos y de esa forma, confiaba él, convertirlos en clientes habituales.

El aparato se estabilizó a una altitud verdadera de seis mil cien pies al pasar sobre el espinazo de lagarto de la sierra de Grand Teton. Allá abajo, en alguna parte, estaba el Parque Nacional Yellowstone. A la luz del día podría haberlo visto, pero era una noche sin nubes y sin luna.

Los sistemas de detección mostraban que se hallaban «libres de conflicto». No había ninguna otra aeronave cerca de su posición o de su altitud. La base aérea de Mountain Home quedaba a unos cientos de kilómetros tras ellos, junto con su contingente de jóvenes y fogosos pilotos de caza.

—Es una pena que el HUD no disponga de sensores de infrarrojos. Hasta podríamos ver búfalos —comentó el piloto—. Tengo entendido que están volviendo a montones al oeste.

—Igual que los lobos —respondió el copiloto.

Todo en la naturaleza era cuestión de equilibrio, o eso decía el Discovery Channel. Si no había bisontes suficientes, los lobos se morían. Y si no había suficientes lobos, se desbordaba el número de bisontes.

El paisaje de Utah comenzaba siendo montañoso, pero poco a poco iba transformándose en una ondulante llanura. Viraron de nuevo hacia el este para esquivar Salt Lake City, donde había un aeropuerto internacional y, seguramente, un radar lo bastante potente como para detectar su paso.

Aquel vuelo habría sido imposible treinta años antes. Entonces habrían tenido que cruzar la Pinetree Line, una línea de radares antecesora de la DEW, la línea de alerta remota temprana, y notificar su presencia al Comando Norteamericano de la Defensa Aérea, con sede en Cheyenne Mountain. Aunque, teniendo en cuenta la tensión reinante entre Estados Unidos y Rusia, quizá volvieran a restablecerse ambas líneas de radares.

El trayecto fue más tranquilo de lo que el piloto esperaba. Sobrevolar el desierto en verano y a plena luz del día podía ser complicado debido a la irregularidad de las corrientes térmicas en ascenso. De no ser por los faros de unos pocos automóviles, el terreno se veía tan negro y vacío que podía haber sido el mar.

Faltaban treinta minutos. Disponían de nueve mil libras de combustible. Los motores lo quemaban mucho más rápido allá abajo: a razón de poco más de cinco mil libras por hora, en vez de las, aproximadamente, tres mil cuatrocientas que consumían en condiciones normales.

—¿Despertamos a los pasajeros? —preguntó el copiloto.

—Buena idea. —El piloto levantó el micrófono—. Atención. Esperamos aterrizar dentro de treinta minutos. Avísennos en caso de que tengan alguna petición especial. Gracias —añadió. *Muchísimas gracias por el dinero y por un perfil de vuelo tan interesante*, se abstuvo de decir.

El piloto y el copiloto tenían curiosidad por saber quiénes eran los pasajeros, pero no hacían preguntas. Preservar el anonimato de los clientes era parte de su trabajo, y aunque lo que estaban haciendo era, casi con toda seguridad, técnicamente ilegal desde el punto de vista de las leyes estadounidenses, ellos no eran ciudadanos estadounidenses. No transportaban armas, ni drogas, ni nada ilegal. Como mucho, desconocían la identidad de su cliente, que de todos modos llevaba la cara vendada.

—Cien millas, según el ordenador. Espero que la pista sea bien larga.

—Según la carta, lo es. Dos mil seiscientos metros. Pronto lo sabremos.

La pista, de hecho, databa de 1943, y desde entonces apenas se había utilizado: la había construido un batallón de zapadores al que se llevó en camiones a Nevada y se le ordenó levantar una base aérea, como ejercicio práctico, en realidad. Todos los campos parecían idénticos, cortados por el mismo patrón, como triángulos con un lado más largo que los dos restantes. Estaban virando hacia la pista dos-siete, indicando una aproximación con rumbo oeste y de cara al viento dominante. La pista incluso tenía luces instaladas; el cableado, en cambio, se había deteriorado con el paso del tiempo, lo mismo que el generador diésel del aeropuerto. Pero como allí había poca nieve y poco hielo que pudiera dañarlas, las pistas estaban en tan buen estado como el día en que las pavimentaron con doce pulgadas de cemento reforzado.

—Ahí están.

—Ya las veo.

Eran, en realidad, luces químicas de color verde neón que alguien iba rompiendo, agitando y arrojando por el perímetro de la pista, y que brillaban con fuerza en la pantalla de baja luminosidad del HUD. Después se encendieron los faros de un camión, y otros faros recorrieron el borde norte de la pista como subrayándolo para el avión que se aproximaba. Ni el piloto ni el copiloto lo sabían, pero supusieron que uno de los pasajeros había utilizado su teléfono móvil para llamar con antelación y despertar a alguien.

—Bueno, vamos a aproximarnos —ordenó el piloto al mando. Redujo la potencia y bajó los flaps para reducir la velocidad del aire. El sensor de altitud anunció de nuevo su altura sobre el terreno, más y más baja, hasta que las ruedas rozaron el suelo. En el extremo oeste de la pista, un camión cambió las luces largas por las cortas unas cuantas veces, y el piloto dejó que el aparato bordeara la pista hasta el final.

—Hemos llegado a nuestro destino —dijo el piloto por el intercomunicador cuando el avión se detuvo lenta y suavemente. Se quitó los auriculares y se levantó para ir a la cabina de pasajeros. Abrió la puerta de la izquierda y bajó los escalones; después se volvió para mirar a los viajeros, la mayoría de los cuales se había levantado ya y se aproximaba a él.

—Bienvenidos a suelo estadounidense —dijo.

—Ha sido un vuelo largo, pero bueno, de todos modos —comentó el jefe del grupo—. Gracias. Sus honorarios ya han sido ingresados en la cuenta.

El piloto inclinó la cabeza para darle las gracias.

—Si vuelven a necesitarnos, avísenme, por favor.

—Sí, le avisaremos. Dentro de dos o tres semanas, quizá.

Ni su voz ni su semblante dejaban traslucir gran cosa, aunque llevaba la cara casi tapada por los vendajes. Quizás estuviera allí para recuperarse de la operación por la que acababa de pasar. Un accidente de coche, supuso el piloto. Al menos, allí el clima era muy sano.

—Supongo que se habrá fijado en el camión de combustible. Ellos se asegurarán de que lleven el depósito bien lleno. ¿Cuándo salen hacia Hawái?

—En cuanto hayamos repostado —respondió el piloto.

El vuelo duraría cuatro o cinco horas. Cuando dejaran atrás la costa de California, llevarían puesto el piloto automático casi todo el tiempo.

Otro pasajero se acercó y regresó luego hacia la popa.

—Un momento —dijo, y entró en el aseo y cerró la puerta. Al fondo del aseo había otra puerta. Conducía al compartimento del equipaje. Había dejado allí una mochila. Bajó la cremallera, abrió la solapa y activó un temporizador electrónico. Calculaba que dos horas y media serían más que suficientes. Volvió a cerrar la mochila y salió.

—Discúlpenme —dijo, avanzando hacia la izquierda, en dirección a la escalerilla de diez peldaños—. Y gracias.

—Ha sido un placer, señor —contestó el piloto—. Que disfrute de su estancia.

El copiloto ya había salido y estaba supervisando la maniobra de repostaje. El último pasajero siguió a su jefe hasta la limusina que esperaba en la pista, montó y el coche se alejó. Tardaron cinco minutos en repostar. El piloto se preguntó cómo se las habían ingeniado para conseguir un camión de combustible que parecía oficial, pero el vehículo se marchó enseguida y la tripulación se dispuso a iniciar el procedimiento de despegue.

Tras pasar un total de treinta y tres minutos en tierra, el Falcon enfiló la pista en dirección este, rodó hasta su extremo y, activada la potencia de despegue por sus tripulantes, regresó a toda velocidad hacia el oeste, rotó y levantó el vuelo para emprender la tercera travesía de ese larguísimo día. Cincuenta minutos después, con cuatro mil libras de combustible menos, cruzaron la costa de California sobrevolando Ventura y se hallaron sobre el océano Pacífico, viajando a una velocidad de Mach 0,83 y a cuarenta y un mil pies de altitud. Habían puesto en marcha el transpondedor principal, éste con los datos «oficiales» del avión. El hecho de que acabara de aparecer en las pantallas del centro de control de San Francisco no era motivo de preocupación para nadie, puesto que los planes de vuelo ni se informatizaban ni se organizaban de manera sistemática. Mientras no hiciera nada contrario a las normas, el avión no llamaría la atención. Se dirigía a Honolulu, a tres mil kilómetros de distancia, con un tiempo de vuelo estimado de cuatro horas y cincuenta y cuatro minutos. El último tramo.

Los tripulantes se relajaron; habían activado el piloto automático y todos los indicadores se hallaban en orden. El piloto encendió otro cigarrillo mientras se alejaban de la costa estadounidense a ochocientos veinte kilómetros por hora de velocidad verdadera respecto al suelo.

Ignoraba que en popa, en el compartimento del equipaje, había una bomba compuesta de casi nueve libras (cuatro kilos) de explosivo plástico PETN y RDX (llamado comúnmente Semtex), conectada a un temporizador electrónico. Habían dejado que los pasajeros y su comitiva de recepción se encargaran del equipaje. El temporizador llegó a cero cuando el aparato se hallaba a poco más de novecientos kilómetros de la costa californiana.

La explosión fue inmediata y catastrófica. Voló la cola y ambos motores, desprendiéndolos del fuselaje. Los conductos principales del combustible quedaron colgando en el aire, y el carburante que estaba siendo bombeado en ese momento formó en el cielo una estela semejante a la de un meteorito. Podría haberla visto algún avión que volara detrás del Falcon, pero a esas horas de la noche no había ninguno, y los dos chorros de fuego amarillo se extinguieron tras brillar apenas unos segundos.

En la cabina, el piloto y el copiloto no supieron qué había pasado: oyeron únicamente un ruido repentino, vieron una barrera llena de luces de emergencia y alarmas, y el avión dejó de responder a los mandos. Los aviadores estaban entrenados para enfrentarse a las emergencias. Y tardaron cinco o diez segundos en darse cuenta de que estaban perdidos. Sin cola, no había modo de controlar el Dassault: era un hecho físico incuestionable. La nave comenzó a caer en espiral, hacia un mar negro como la tinta. Ambos tripulantes trataron de operar los controles contra toda esperanza. Una vida entera de preparación e infinitas horas de vuelo simulado por ordenador les habían inculcado lo que había que hacer cuando el avión no respondía a sus órdenes. Probaron todo lo que sabían, pero el morro no se elevó. No tuvieron, en realidad, tiempo para notar que sus intentos de ajustar la potencia de los motores no servían de nada. Sujetos a sus asientos por los cinturones de seguridad, no podían mirar hacia la cabina de pasajeros, y ambos sufrieron pronto una hipoxia por la pérdida de presión de la cabina provocada por el desprendimiento de la puerta de popa. Sus mentes no tuvieron tiempo de asimilar lo que ocurría.

En total, fue poco más de un minuto. El morro se movió arriba y abajo, a derecha e izquierda, por propia voluntad y a merced de las corrientes de aire, hasta que se estrellaron contra el mar a una velocidad de doscientos cuarenta nudos, lo que les causó la muerte en el acto. Para entonces, sus pasajeros habían alcanzado ya su destino final y apenas se acordaban de ellos.

5

Como si fuera una señal de Alá anunciándole que iba por buen camino, Dirar al Karim oyó resonar el *Adhan*, la llamada a la oración, sobre los tejados de Trípoli. Y luego descendió hasta el café donde estaba sentado bebiendo té. Sabía que no era una coincidencia. Había estado tan concentrado repasando de memoria la operación que no había visto descender el sol en el horizonte. Pero no importaba. Sin duda Alá le perdonaría aquel descuido, sobre todo si cumplía con éxito su tarea. Porque era suya, ¿no?, para bien o para mal. Era una lástima, un lamentable derroche, que sus superiores no hubieran comprendido el valor de la misión, pero eso a Dirar no le preocupaba. Tener iniciativa era una bendición, siempre y cuando respetara la voluntad de Alá y los preceptos del islam, y sus superiores lo entenderían, no había duda, una vez concluida su misión. Que él estuviera vivo para recibir sus felicitaciones era Alá quien debía decidirlo, pero de todos modos su recompensa estaba asegurada, en esta vida o en la venidera. Dirar se sentía reconfortado por esa idea y la usaba para calmar la agitación de su vientre.

Hasta hacía poco tiempo, su labor en la yihad, la guerra santa, había sido fundamentalmente de apoyo: procuraba transporte e información, ofrecía su casa a sus compañeros de armas y, de vez en cuando, ayudaba en tareas de reconocimiento y espionaje. Había manejado armas, claro está, pero, para vergüenza suya, nunca había empuñado una contra el enemigo. Eso, sin embargo, cambiaría muy pronto: antes de que amaneciera, de hecho. Aun así, tal y como le habían enseñado en el campo de entrenamiento a las afueras de Fuqha, la destreza en el manejo de las armas y su uso constituía sólo una pequeña parte de una operación. En eso, al menos, el Ejército norteamericano tenía razón. La mayoría de los enfrentamientos se ganaban o perdían antes de que los soldados llegaran siquiera al campo de batalla. Había que trazar y volver a trazar los planes, y luego comprobarlos de nuevo. Los errores eran producto de la mala planificación.

Su objetivo ideal había resultado inalcanzable, no sólo por el reducido número de efectivos bajo su mando, sino también por su ubicación. El hotel era uno de los más modernos de Trípoli: tenía tantas salidas, plantas y puntos de entrada desconocidos que habría hecho falta una veintena de hombres o más para asegurarlo, y ello sin contar con el cuerpo de seguridad del establecimiento, formado por antiguos militares y oficiales de policía, provistos de armamento avanzado y respaldados por un sistema de seguridad insuperable. Dirar estaba convencido de que, con tiempo y recursos suficientes, podría llevar a cabo aquella misión, pero no disponía de ninguna de las dos cosas. De momento, al menos. La próxima vez, quizá.

Había elegido, en cambio, un objetivo secundario, uno propuesto ya por otra célula (el grupo de Bengasi, sospechaba Dirar) y rechazado posteriormente por sus líderes. No se había dado ninguna explicación, ni se había sugerido una alternativa, y como muchos de sus compatriotas, Dirar estaba harto de esperar mientras Occidente proseguía libremente su cruzada. No le había costado encontrar a otros miembros de la célula que compartían sus sentimientos, lo cual no era de extrañar, aunque su reclutamiento hubiera sido arriesgado: Dirar ignoraba si la noticia de su plan habría llegado a oídos hostiles, tanto dentro como fuera de la organización. Durante el año anterior, el Jayat amn al Yamajiriya de Gadafi había logrado infiltrarse en diversas células, una de ellas dirigida por un amigo de la infancia de Dirar. Aquellos nueve hombres, buenos soldados y verdaderos creyentes todos ellos, habían desaparecido en el cuartel de Bab al Azizia y no habían vuelto a salir. Vivos, al menos.

El objetivo secundario era más fácil, desde luego, y aunque su responsabilidad en los hechos por los que iba a ser castigado era sólo tangencial, Dirar confiaba en que, de tener éxito, el mensaje quedaría claro: los soldados de Alá tenían la memoria larga y los cuchillos aún más largos. Matad a uno de los nuestros y mataremos a cien de los vuestros. Dirar dudaba de que pudiera alcanzar esa cifra, pero no importaba.

Se levantó al mismo tiempo que algunos otros clientes del café, se acercó a un estante empotrado en la pared del local y bajó una *sayada* enrollada. La estera estaba limpia, sin inmundicias, como era preceptivo. Darir regresó a su mesa y desplegó la estera sobre el suelo de ladrillos del patio, cuidando de que quedara orientada hacia la *quiblá* de La Meca; después se quedó erguido y, con las manos a los lados, dio comienzo al *salat* susurrando una *iqama*, la llamada íntima a la oración. Sintió que una oleada de paz inundaba su mente mientras desgranaba los restantes siete pasos del *salat*, hasta poner fin a la oración.

Oh, Alá, bendice a Mahoma y a su pueblo.
Eres sin duda el Glorioso.
Oh, Alá, apiádate de Mahoma
y del pueblo de Mahoma,

como te apiadaste de Abraham
y del pueblo de Abraham.
Eres sin duda el Eterno, el Glorioso...

Dirar terminó lanzando una larga mirada por encima de cada uno de sus hombros, dándose así por enterado de la presencia de los ángeles que consignaban las buenas y las malas acciones de cada creyente, y a continuación se llevó las manos al pecho y se limpió la cara con las palmas.

Abrió los ojos y respiró hondo. Alá, en su Sabiduría, había querido que los creyentes realizaran el *salat* al menos cinco veces al día: antes del amanecer, a mediodía, a media tarde, al ponerse el sol y por la noche. A Dirar, como a muchos otros musulmanes, le parecía que aquel ritual repetido era tanto una forma de recogimiento íntimo como un tributo al poder y la gracia de Alá. Nunca había hablado de aquel sentimiento con otras personas, temeroso de que fuera una blasfemia, pero en el fondo dudaba de que Alá le condenara por ello.

Miró su reloj. Era hora de irse.

El único interrogante que quedaba por resolver era si estaría vivo para llevar a cabo la oración del final del día. Pero eso ya estaba en manos de Alá.

Aunque Driscoll no consideraba que su caminata por el Hindu Kush fuera propiamente alpinismo, se le asemejaba tanto que le recordaba un viejo dicho del Everest: «Cuando llegues a la cima, sólo habrás recorrido la mitad de la montaña». O sea: a veces, lo realmente difícil era volver a bajar sin jugarse el tipo. Eso era especialmente cierto en su caso y en el de su equipo: los alpinistas solían seguir la misma ruta para subir y para bajar. Sus Rangers y él no podían hacer lo mismo, a menos que quisieran arriesgarse a sufrir una emboscada. Para complicar las cosas, llevaban a dos prisioneros que de momento habían cooperado, pero que podían cambiar de actitud de improviso.

Driscoll alcanzó un tramo llano de la senda situado entre dos peñascos y se detuvo, levantando el puño al hacerlo. Tras él, el resto del equipo se paró al unísono y se agachó. Estaban a ciento cincuenta metros del fondo del valle. Cuarenta minutos más, calculó Driscoll; después, otros dos kilómetros por el valle y pondrían rumbo a la ZA, o zona de aterrizaje. Comprobó su reloj: iban bien de tiempo.

Tait se acercó y le ofreció un trozo de cecina.

—Los prisioneros están empezando a arrastrar un poco el culo.

—La vida es una mierda.

—Y encima vas y te mueres —contestó Tait.

Llevar prisioneros era siempre arriesgado, y más aún en un terreno como aquél. Si alguno de ellos se partía un tobillo o decidía sentarse y se negaba a levantarse, había tres opciones: dejarlo, llevarlo a cuestas o pegarle un tiro. El truco consistía en convencer a los prisioneros de que les aguardaba un único destino: el último. Lo cual posiblemente era cierto, se dijo Driscoll. Porque de ningún modo iba a devolver a la circulación a dos terroristas.

—Cinco minutos y nos ponemos en marcha. Haz correr la voz.

El terreno salpicado de peñascos iba allanándose lentamente y dando paso a la grava y a rocas del tamaño de barriles. A unos cien metros del fondo del valle, el sargento primero ordenó otra parada e inspeccionó el camino que tenían delante a través de sus gafas de visión nocturna. Siguió el curso sinuoso del sendero hasta donde tocaba fondo, deteniéndose en cada posible escondrijo hasta que estuvo seguro de que nada se movía. El valle tenía doscientos metros de ancho y estaba bordeado por paredes de roca desnuda. *El lugar perfecto para una emboscada*, pensó Driscoll; claro que, teniendo en cuenta la orografía del Hindu Kush, aquello era, más que la excepción, la norma: una lección que habían aprendido a lo largo de milenios Alejandro Magno, los soviéticos y en esos momentos el Ejército estadounidense. El suboficial y su capitán, ahora con la pierna rota, habían planeado aquella misión del derecho y del revés, buscando siempre la ruta de escape más conveniente, pero no habían encontrado alternativas, al menos a una distancia inferior a diez kilómetros (un desvío que habría prolongado la marcha más allá de la salida del sol).

Driscoll se volvió e hizo un rápido recuento: quince y dos. Había salido con los mismos con los que había entrado, lo cual era en sí mismo una victoria. Hizo una seña a Tait (*en marcha*), quien a su vez la transmitió por la fila. El sargento primero se irguió y echó a andar por el sendero. Diez minutos después estaban a tiro de piedra del fondo del valle. Se detuvo para comprobar que sus hombres no se habían apelotonado, echó a andar de nuevo y luego se detuvo.

Algo anda mal.

Tardó un momento en dar con el motivo: uno de los prisioneros, el que iba en cuarto puesto, al lado de Peterson, ya no parecía tan cansado. Se había puesto rígido y giraba la cabeza a derecha e izquierda. Estaba preocupado. Pero ¿por qué? Driscoll ordenó parar de nuevo y les hizo agacharse. Segundos después llegó Tait.

—¿Qué ocurre?

—El tío que va con Peterson está nervioso por algo.

Miró hacia delante con las gafas de visión nocturna, pero no vio nada. El fondo del valle, llano y despojado de cascotes, salvo alguna roca de vez en cuando, parecía vacío. Nada se movía, y sólo se oía el leve silbido del viento. Aun así, a Driscoll habían empezado a hablarle las tripas.

Tait preguntó:

—¿Ves algo?

—Nada, pero algo ha puesto nervioso a ese fulano. Coge a Collins, a Smith y a Gómez, retroceded cincuenta metros y avanzad con cuidado por la falda del cerro. Diles a Peterson y a Flaherty que tumben a sus prisioneros en el suelo y que no les dejen moverse.

—Entendido.

Tait desapareció por el sendero, deteniéndose para susurrar las instrucciones a cada uno de los hombres. A través de sus gafas de visión nocturna, Driscoll le observó avanzar en zigzag por la ladera junto con los otros tres hombres y abandonar el sendero, moviéndose de roca en roca, en paralelo al valle.

Zimmer había avanzado por la fila hasta la posición del suboficial.

—¿Otra vez te está hablando tu vocecita, Santa Claus? —preguntó.

—Sí.

Pasaron quince minutos. Al resplandor desvaído y verde de sus gafas de visión nocturna, Driscoll vio que Tait se detenía de pronto.

—Jefe —dijo por radio—, hay un espacio abierto delante de nosotros. Un corte en la roca. Veo el pico de una tienda de campaña.

Eso explica el nerviosismo de ese tipo, pensó el sargento primero. *Sabe que el campamento está ahí.*

—¿Algún signo de vida?

—Voces amortiguadas. Cinco, puede que seis.

—De acuerdo, mantened la pos...

A la derecha, cincuenta metros por encima del valle, aparecieron unos faros. Al volverse, Driscoll vio que un todoterreno UAZ-469 tomaba la curva y se dirigía hacia ellos. Los UAZ, despojos de la invasión soviética de Afganistán, eran los vehículos predilectos de los variopintos criminales que habitaban el país. Aquél iba descubierto y equipado con otra pieza de armamento soviético: una ametralladora pesada NSV de 12,7 milímetros. *Trece disparos por segundo, mil quinientos metros de alcance de tiro*, recordó Driscoll. Al tiempo que reconocía el arma, el cañón comenzó a emitir destellos. Las balas se incrustaron en el suelo y las rocas, levantando esquirlas y nubes de polvo. Más abajo, en el valle, sobre el barranco opuesto a la posición que ocupaban Tait y los otros, empezaron a verse fogonazos. El prisionero que custodiaba Peterson se puso a gritar en árabe; el sargento primero no entendió lo que decía, pero su tono era inconfundible: estaba animando a sus compatriotas. El Ranger le asestó un golpe detrás de la oreja con la culata de su M4, y el hombre perdió el conocimiento.

El grupo de Tait abrió fuego: los disparos de sus fusiles retumbaron en el valle. Los hombres restantes se habían puesto a cubierto y disparaban al UAZ, que se había detenido a veinte metros de distancia, con los faros apuntando hacia los Rangers.

—¡Tait, lanzad unas granadas a esas tiendas! —ordenó Driscoll, y luego se echó hacia la izquierda y disparó dos rápidas descargas al todoterreno.

—¡Enseguida! —contestó el aludido.

Sendero arriba, Barnes había encontrado un nicho entre unas rocas y había montado la M249 SAW sobre su trípode. El cañón comenzó a relampaguear. Con el parabrisas convertido en una telaraña, el UAZ empezó a retroceder mientras los proyectiles de 12,7 milímetros seguían acribillando la ladera del cerro. Por el lado de Tait, Driscoll oyó la explosión de una granada, y luego de otra, y de otras dos más en rápida sucesión. Se oyeron más voces en árabe. Gritos. El sargento primero tardó medio segundo en darse cuenta de que procedían de detrás de él. Se giró con el M4 pegado al hombro. Quince metros sendero arriba, el prisionero de Gómez se había puesto en pie y gritaba de cara al UAZ. Driscoll entendió algo: *Disparadme, disparadme.* Después la cabeza del prisionero estalló, y el hombre se desplomó hacia atrás.

—¡Barnes, que pare ese cacharro! —gritó el suboficial.

A modo de respuesta, las balas trazadoras de la SAW descendieron desde la cabina y el techo del todoterreno hasta su rejilla delantera, que empezó a lanzar chispas. Las balas se incrustaron en el motor, seguidas unos segundos después por un géiser de vapor. La puerta del lado del conductor se abrió y un hombre salió tambaleándose. La SAW acabó con él. En la parte trasera del coche, la NSV quedó en silencio y Driscoll vio que una figura se movía apresuradamente. Estaba recargando el arma. El suboficial se giró e hizo señas a Peterson y Deacons (*granadas*), pero ya se habían puesto en pie y habían echado los brazos hacia atrás. La primera granada se pasó de largo y cayó a la derecha, estallando detrás del UAZ sin hacerle ningún daño, pero la segunda fue a dar junto a una de las ruedas traseras del vehículo. La explosión levantó el todoterreno unos cuantos centímetros del suelo. El tirador cayó por un costado y quedó inmóvil.

Driscoll se volvió y escudriñó la pared del extremo del barranco a través de las gafas de visión nocturna. Contó seis enemigos: estaban todos tumbados, disparando hacia la posición de Tait.

—¡Acribillad a esos mamones! —ordenó, y once armas comenzaron a regar con sus disparos la cara del barranco. Bastaron treinta segundos—. ¡Alto el fuego! ¡Alto el fuego! —gritó. Los disparos cesaron. Driscoll habló por radio—. Recuento, Tait.

—Seguimos estando los cuatro. Nos han dando unas cuantas esquirlas de roca, pero estamos bien.

—Comprobad las tiendas, dejadlas limpias.

—Recibido.

El sargento primero subió por el sendero y echó un vistazo a sus hombres: sólo tenían pequeños rasguños y cortes producidos por el estallido de las rocas.

—Barnes, Deacons y tú comprobad el...

—Santa, estás...

—¿Qué?

—Tu hombro. Siéntate, Sam, ¡siéntate! ¡Necesitamos un enfermero!

Driscoll sentía ahora el entumecimiento, como si se le hubiera dormido el brazo derecho del hombro para abajo. Dejó que Barnes le sentara sobre el sendero. Collins, el segundo enfermero del equipo, llegó corriendo. Se arrodilló y Barnes y él le quitaron la mochila del hombro derecho y luego del izquierdo. Collins encendió su linterna y le examinó el hombro.

—Tienes dentro una esquirla de roca, Santa. Más o menos del tamaño de mi pulgar.

—Ay, mierda. Barnes, Deacons y tú id a comprobar el vehículo.

—Entendido, jefe.

Bajaron al trote por el sendero y se acercaron al todoterreno.

—¡Dos muertos! —gritó Deacons.

—¡Registradlos! ¡Buscad información! —dijo Driscoll entre dientes. El embotamiento había dado paso a un dolor ardiente.

—Estás sangrando mucho —comentó Collins. Sacó un apósito de campaña de su mochila y lo apretó contra la herida.

—Véndamelo lo mejor que puedas.

Tait, por la radio:

—Santa, tenemos cuatro muertos y dos heridos, los dos con un pie en la tumba.

—Recibido. Buscad información y volved aquí.

Collins dijo:

—Voy a pedir que nos evac...

—Déjate de tonterías. Dentro de quince minutos esto estará lleno de terroristas. Hay que largarse de aquí. Ayúdame a levantarme.

6

Aquél iba a ser un día triste y Clark lo sabía. Su equipo ya estaba recogido: de eso siempre se encargaba Sandy, con la eficacia de costumbre. En casa de Ding Chávez sería igual: a Patsy le había enseñado a hacer las maletas su madre. Rainbow Six iba ya por su segunda generación; gran parte del equipo original había desaparecido: los norteamericanos habían regresado a casa, a Fort Bragg y a la Academia Delta en su mayoría, o a Coronado, California, donde la Marina entrenaba a los candidatos a SEAL, y allí andarían bebiendo cerveza con un puñado de instructores de confianza y contando las anécdotas que permitía el reglamento. De vez en cuando se pasarían por Hereford, Gales, para beber unas pintas de John Courage en el cómodo bar del Green Dragon e intercambiar batallitas más desahogadamente con sus colegas los Hombres de Negro. Los vecinos del pueblo sabían quiénes eran, pero se mostraban tan discretos como los propios agentes del Servicio de Seguridad («los del Cinco», los llamaban, en referencia al antiguo MI-5 británico), que también frecuentaban el bar.

En aquel oficio nada era permanente, al margen del país. Era lo más saludable para las organizaciones (meter siempre gente nueva, a veces con ideas frescas) y daba lugar a cálidos reencuentros en los sitios más insospechados, terminales de aeropuerto por todo el mundo, casi siempre, y a un montón de cervezas que beber y de manos que estrechar antes de que les llamaran a embarcar en sus respectivos vuelos. Pero la inestabilidad y la incertidumbre acababan por minarte con el paso del tiempo. Empezabas a preguntarte cuándo mandarían marcharse a un compañero y amigo, para que desapareciera en algún otro compartimento del mundo «negro», y luego rara vez volvías a verlo, aunque te acordaras con frecuencia de él. Clark había visto morir a montones de amigos en «misiones de entrenamiento», lo cual solía equivaler a que te pegaran un tiro en una zona donde se negaría tu presencia. Pero ése era el coste de pertenecer a una fraternidad tan exclusiva, y no había forma de cambiarlo. Como solían decir los SEAL: «No tiene que gustarte, sólo tienes que hacerlo».

Eddie Price, por ejemplo, se había retirado siendo brigada del 22.º Regimiento del Servicio Especial del Aire y ahora era carcelero mayor y alabardero real en el Castillo y Palacio Real de Su Majestad la Reina, la Torre de Londres. John y Ding se preguntaban si la jefa de Estado del Reino Unido era consciente de lo mucho que había mejorado la seguridad de su castillo y palacio con la presencia de Price, y si el hacha ceremonial de éste (el carcelero mayor era el verdugo oficial de la Torre) estaría bien afilada. Porque no había duda de que Price seguía corriendo y entrenando todas las mañanas, y ay del miembro de la fuerza de seguridad del Ejército acuartelada allí que no tuviera las botas bien lustradas, los botones perfectamente alineados y el fusil más limpio que cuando salió de fábrica.

Lástima que hubiera que hacerse viejo, se dijo John Clark, tan cerca de los sesenta que ya les veía la sombra, y lo peor de envejecer era que te acordabas de cuando eras joven y, en su caso, hasta de las cosas que hubiera hecho mejor en olvidar. Los recuerdos eran un arma de doble filo.

—Eh, míster C —dijo una voz conocida desde la puerta—. Hace un día fantástico fuera, ¿eh?

—Ding, ya hemos hablado de esto —dijo John sin volverse.

—Perdona..., John.

A John Clark le había costado años conseguir que Chávez, su yerno y colega, le llamara por su nombre de pila, y aun así seguía costándole trabajo.

—¿Vas preparado por si alguien intenta secuestrar el vuelo?

—Llevo la Beretta en su sitio de siempre —respondió Ding. Se contaban entre las pocas personas en Inglaterra a las que se permitía llevar armas de fuego, y a tal privilegio no se renunciaba a la ligera.

—¿Qué tal están Patsy y Johnny?

—El crío está como loco por volver a casa. ¿Tenemos un plan para cuando lleguemos?

—No, la verdad. Mañana por la mañana tendremos que hacer una visita de cortesía a Langley. Y puede que dentro de uno o dos días coja el coche y vaya a ver a Jack.

—¿Vas a comprobar si está dejando pisadas por el techo? —preguntó Ding, riendo.

—Más bien marcas de garras, conociendo a Jack.

—Jubilarse no tiene ninguna gracia, imagino. —Chávez no insistió. Aquél era un tema espinoso para su suegro. El tiempo pasaba, por más que uno se empeñara en lo contrario.

—¿Qué tal se las arregla Price?

—¿Eddie? Anda dándole a la vida por la quilla. ¿No es eso lo que decís los marineros?

—No está mal, viniendo de un perrito.

—Oye, que he dicho «marinero», no «calamar».

—Tomo nota, Domingo. Perdona, coronel.

Chávez se rió con ganas.

—Eso sí que voy a echarlo de menos.

—¿Cómo está Patsy?

—Mejor que en el último embarazo. Está estupenda. Y se encuentra de maravilla, o por lo menos eso dice ella. Patsy no se queja mucho. Es una buena chica, John. Claro que no te estoy diciendo nada que tú no sepas, ¿verdad?

—No, pero siempre es agradable oírlo.

—Bueno, yo no tengo queja. —Y, si la tuviera, tendría que abordar el tema con sumo tacto. Pero no la tenía—. El helicóptero está esperando, jefe —añadió.

—Maldita sea —susurró Clark, apenado.

El sargento Ivor Rogers se había encargado del equipaje: lo había cargado en un todoterreno verde del Ejército británico para el viaje hasta el helipuerto y estaba esperando fuera a su general de brigada, el rango virtual de John. Los ingleses se tomaban muy a pecho el rango y el ceremonial, como pudo comprobar John cuando salió. Confiaba en poder marcharse con discreción, pero la gente de allí no estaba dispuesta a permitirlo. Al llegar al helipuerto, vieron en formación («en alarde», se decía allí) a toda la fuerza Rainbow: los soldados, los agentes de inteligencia, hasta los armeros del contingente (la fuerza Rainbow tenía los tres mejores armeros de toda Gran Bretaña), con los uniformes que cada uno estuviera autorizado a llevar. Hasta había un pelotón del Servicio Especial del Aire. Con cara inexpresiva, presentaron armas a la vez, con el elegante movimiento en tres partes que el Ejército británico adoptara varios siglos antes. La tradición podía ser una cosa muy hermosa.

—Maldita sea —repitió Clark al salir del coche. Había llegado muy lejos para no ser más que un segundo contramaestre de Marina, pero por el camino había dado muchos pasos extraños. Sin saber muy bien qué hacer, dedujo que debía pasar revista a las tropas, ya que estaban allí, y estrechar la mano a todos de camino al helicóptero MH-60K.

Tardó más de lo que esperaba. Junto con el apretón de manos, obsequió a todos los presentes con una o dos palabras. Todos ellos se lo merecían. Se acordó del Tercer Grupo de Operaciones Especiales, hacía una eternidad. Aquellos hombres eran tan buenos como éstos, por difícil que fuera de creer. En aquel tiempo él era joven, orgulloso e inmortal. Y, curiosamente, no había muerto de inmortalidad, como muchos otros hombres buenos. ¿Por qué? Por pura suerte, quizá. No había otra explicación posible. Había aprendido a ser cauteloso, sobre todo en Vietnam. Aprendió viendo a hombres, que no tuvieron tanta suerte, caer por culpa de algún error estúpido, a menudo un simple despiste. Había que correr algunos riesgos, pero uno intentaba visualizarlos primero y exponerse sólo lo estrictamente necesario. Ya era suficiente con eso.

Alice Foorgate y Helen Montgomery le dieron sendos abrazos. Habían sido secretarias estupendas, y de ésas había pocas. Clark había sentido a medias la tentación de buscarles trabajo en Estados Unidos, pero seguramente los ingleses las valoraban tanto como él y se habrían resistido.

Alistair Stanley, el jefe entrante, estaba al final de la fila.

—Los cuidaré bien, John —prometió. Se estrecharon las manos. No había mucho más que decir—. ¿Sigues sin tener noticias de tu nuevo destino?

—Espero que me lo notifiquen antes de que llegue el próximo cheque. —El Gobierno solía ser eficaz a la hora de ocuparse del papeleo. En lo demás no mucho, claro, pero sí en el papeleo.

Sin más que añadir, Clark se acercó al helicóptero. Ding, Patsy y J.C. ya se habían abrochado los cinturones, igual que Sandy. A J.C. le encantaba volar, y se hartaría de hacerlo durante las diez horas siguientes. Al despegar viraron hacia el sureste, en dirección a la Terminal 4 de Heathrow. Aterrizaron en una pista reservada y una furgoneta los condujo al aeropuerto; se ahorraron así tener que pasar por los magnetómetros. El avión era un 777 de British Airways, el mismo modelo en el que había volado cuatro años antes, con los terroristas vascos a bordo. Ahora los terroristas estaban en España, aunque, por su parte, nunca había preguntado en qué cárcel, ni en qué condiciones. Sin duda no estarían en el Waldorf Astoria.

—¿Estamos despedidos, John? —preguntó Ding cuando el avión despegó de la pista de Heathrow.

—Seguramente no. Y aunque lo estemos, no van a llamarlo así. A ti puede que te hagan oficial de instrucción en La Granja. Y a mí... Bueno, a mí pueden mantenerme en nómina uno o dos años. Quizá me den un despacho en el centro de operaciones hasta que me quiten el permiso de aparcamiento. Somos demasiado viejos para que nos despidan. No merece la pena tanto papeleo. Les da miedo que hablemos con algún periodista poco conveniente.

—Sí, tú todavía le debes una comida a Bob Holtzman, ¿no?

John estuvo a punto de verter el champán que les habían dado antes de despegar al oír aquello.

—Bueno, di mi palabra, ¿no es cierto?

Se quedaron callados unos minutos; luego Ding dijo:

—Así que ¿vamos a hacerle una visita de cumplido a Jack?

—Tenemos que ir, Domingo.

—Lo que tú digas. Caray, Jack júnior habrá terminado ya los estudios, ¿no?

—Sí. Pero no sé a qué se dedica.

—A algún trabajo de niño bien, me apuesto algo. Acciones y bonos, algún rollo de dinero, seguro.

—Bueno, ¿y qué hacías tú a esa edad?

—Estaba en La Granja, aprendiendo a manejar información clandestina contigo como profesor, y estudiando por las noches en la Universidad George Mason. Sonámbulo, casi siempre.

—Pero conseguiste tu título, que yo recuerde. Cosa que no puede decirse de mí.

—Sí. Me dieron un trozo de papel en el que dice que soy muy listo. Tú ibas dejando cadáveres por todo el mundo. —Por suerte era prácticamente imposible pinchar la cabina de un avión comercial.

—Llámalo trabajos de campo en política exterior —sugirió Clark mientras echaba un vistazo a la carta de primera clase. Al menos British Airways simulaba servir comida decente, aunque a él siguiera asombrándole que las aerolíneas no se abastecieran de Big Macs y patatas fritas. O de pizzas precocinadas. La cantidad de dinero que se ahorrarían... Pero en el Reino Unido las hamburguesas de McDonald's dejaban mucho que desear. Y en Italia era aún peor. Claro que allí el plato típico era el escalope a la milanesa y, donde se pusiera eso, que se quitara un Big Mac.

—¿Estás preocupado?

—¿Por si me quedo sin trabajo? Qué va. Puedo ganar un montón de pasta trabajando de asesor. ¿Sabes?, tú y yo podríamos montar una empresa de seguridad para ejecutivos o algo así; seguro que nos forraríamos. Yo me encargaría de la planificación y tú serías el guardaespaldas. Ya sabes, sólo tendrías que ponerte allí y mirar a la gente con esa cara de «a mí no me jodas» que tan bien se te da.

—Soy demasiado viejo para eso, Domingo.

—A nadie se le ocurre dar una patada en el culo a un león viejo, John. Yo soy demasiado bajito para ahuyentar a los malos.

—Tonterías. Yo no me metería contigo ni de guasa.

Chávez rara vez había recibido un cumplido de aquel calibre. Era muy suspicaz respecto a su escasa estatura (su mujer le sacaba dos centímetros y medio), pero su tamaño tenía ciertas ventajas tácticas. A lo largo de los años, varios sujetos le habían subestimado y se habían puesto a su alcance. No eran profesionales, por supuesto. Los profesionales podían leerle la mirada y ver el peligro que se ocultaba tras sus ojos. Cuando se molestaba en encender las luces, claro. Rara vez llegaba a ese extremo, aunque en una ocasión, en el este de Londres, un macarra callejero se puso desagradable a la entrada de un *pub*. Le despertaron después con una pinta de cerveza y un naipe metido en el bolsillo. Era la reina de tréboles, pero el dorso de la carta era negro y satinado. Tales ejemplos eran infrecuentes. Inglaterra seguía siendo en su mayor parte un país civilizado, y Chávez nunca se buscaba problemas. Había escarmentado con los años. La baraja de cartas negras era un *souvenir* oficioso de los Hombres de Negro. Los periódicos se enteraron, y Clark se puso firme con los que llevaban las cartas. Pero no demasiado. Por un lado, estaba la seguridad, y por otro, el estilo. Los chicos que había dejado en Gales tenían ambas cosas, y eso estaba muy bien, siempre y cuando las tropas supieran dónde estaba el límite.

—¿Cuál crees que ha sido nuestro mejor trabajo?

—Tuvo que ser el del parque de atracciones. Malloy hizo un trabajo estupendo dejando a tu equipo en el castillo, y vuestra intervención fue casi perfecta, sobre todo teniendo en cuenta que no pudimos ensayarla.

—Esas sí que eran buenas tropas, joder —contestó Domingo con una sonrisa—. Mis *ninjas* no podían ni compararse con ellos, y eso que a mí me parecían lo mejor de lo mejor.

—Y lo eran, pero la experiencia cuenta mucho. —Todos los miembros del equipo Rainbow tenían, como mínimo, el rango de sargento segundo o equivalente, y para eso hacían falta unos cuantos años de uniforme—. Hay muchas habilidades que se aprenden con el tiempo, y no son cosas que puedan sacarse de un libro. Y, además, les hacíamos entrenar como condenados.

—Dímelo a mí. Si corro un poco más, me harán falta un par de piernas nuevas.

Clark soltó un bufido.

—Sigues siendo un cachorro. Pero una cosa te digo: nunca he visto un grupo con mejor puntería, y he visto unos cuantos. Caray, es como si hubieran nacido con un fusil en la mano. ¿Qué opinas, Ding? ¿Cuál de ellos se llevaría la palma?

—Eso habría que medirlo con un calibrador y un osciloscopio. Yo, de cerebro, escogería a Eddie Price. Y a Weber o Johnston con el fusil, eso ni me lo pienso, carajo. Para las armas cortas, ese franchute, Loiselle... Habría hecho salir huyendo de Tombstone al mismísimo Doc Holliday. Pero ya sabes que en realidad sólo se trata de dar en el blanco. Un muerto es un muerto. Eso podemos hacerlo todos, de cerca y de lejos, de día o de noche, dormidos o despiertos, borrachos o sobrios.

—Por eso nos pagan una pasta.

—Lástima que estén tirando de las riendas.

—Sí, es una lástima.

—¿Por qué será, joder? No lo entiendo.

—Porque en Europa los terroristas han mordido el polvo. Les vencimos, Ding, y de paso nos quedamos sin trabajo a tiempo completo. Por lo menos no nos han cerrado del todo el chiringuito. Y, sabiendo cómo es la política, tendremos que darnos por satisfechos con eso.

—Con una palmadita en la espalda y un «bien hecho, chicos».

—¿Esperas gratitud de gobiernos democráticos? —preguntó John con una leve mueca—. Pobre ingenuo.

Los burócratas de la Unión Europea habían tenido la culpa. Ningún país europeo toleraba ya la pena capital (lo que opinara la gente de a pie no se tenía en cuenta, por supuesto), y un representante del pueblo había dicho en voz alta, repetidamente, que el equipo Rainbow era demasiado brutal. Nadie le había preguntado si insistía también en que los perros rabiosos fueran capturados con métodos humanitarios y sometidos a tratamiento médico. La gente jamás había puesto pegas a la actuación del equipo en ningún país, pero sus amables y bondadosos burócratas se habían puesto nerviosos, y esa gente sin rostro era la que tenía el verdadero poder político. Como en todas partes en el mundo civilizado.

—¿Sabes que en Suecia está prohibido el engorde intensivo de los becerros? Hay que proporcionales contacto social con sus congéneres. Lo próximo que harán será prohibir que les corten las pelotas hasta que hayan echado un polvo, por lo menos —refunfuñó Chávez.

—A mí me parece razonable. Así sabrán lo que se pierden. —Clark se echó a reír—. Y los vaqueros tendrán una cosa menos que hacer. Seguramente no es divertido tener que dedicarse a eso.

—Jesucristo dijo que los mansos heredarían la Tierra, y a mí me parece bien, pero aun así está bien tener policías cerca.

—¿Te he llevado yo la contraria? Echa el asiento para atrás, tómate una copa de vino y duerme un poco, Domingo.

Y si algún cabrón intenta secuestrar este avión, nos ocuparemos de él, se dijo Clark.

Siempre cabía tener esperanzas. Un poco de acción, una última descarga de adrenalina antes de que les jubilaran.

7

—Bueno, ¿qué se está cociendo? —le preguntó Brian Caruso a su primo.

—El mismo guiso de todos los días, supongo —contestó Jack Ryan hijo.

—¿El mismo guiso? —comentó Dominic, el otro Caruso—. La misma mierda, querrás decir.

—Intento ser optimista.

Provistos los tres del primer café del día, echaron a andar por el pasillo, camino del despacho de Jack. Eran las 8:10 de la mañana, hora de que empezara otra jornada en el Campus.

—¿Alguna noticia de nuestro amigo el Emir? —preguntó Brian antes de beber un sorbo de café.

—Nada de primera mano. No es tonto. Hasta transmite sus correos electrónicos a través de una serie de derivadores, algunos de ellos mediante cuentas ISP que abre y cierra en cuestión de horas, e incluso en esos casos los datos de la cuenta resultan ser callejones sin salida. Ahora mismo los montes de Pakistán son la hipótesis más plausible. Puede que esté aquí al lado. O quizás en cualquier parte del mundo donde pueda comprar un escondite seguro. Qué demonios, tal y como están las cosas, me dan ganas de mirar en el armario de los útiles de limpieza.

Era frustrante, pensó Jack. Su primera incursión en el servicio activo había sido pan comido. O quizá fuera la suerte del principiante. O el destino. Había ido a Roma para servir de apoyo a Brian y Dominic, nada más, y por pura casualidad había visto a Moha en el hotel. A partir de ese momento, todo había ido muy rápido, demasiado, quizás, y se había encontrado a solas con Moha en los aseos...

La próxima no estaría tan asustado, se dijo Jack con inmensa (y falsa) confianza en sí mismo. Recordaba la muerte de Moha tan claramente como la primera vez que echó un polvo. Recordaba con especial viveza su expresión cuando la succinilcolina comenzó a hacer efecto. Podría haber sentido remordimientos, de no ser por la descarga de adrenalina de aquel instante y por las cosas de las que se acusaba a Mohamed. Había hecho examen de conciencia y no se arrepentía de sus actos. El propio Moha era un asesino, un hombre empeñado en matar civiles inocentes, y su muerte no le había hecho perder ni un instante de sueño.

Le había ayudado mucho encontrarse entre familiares. Dominic, Brian y él tenían un abuelo en común: Jack Muller, el padre de su madre. Su abuelo paterno, que ahora tenía ochenta y tres años, era italiano de nacimiento; había emigrado de Italia a Seattle, donde desde hacía seis décadas vivía y trabajaba en el restaurante propiedad de la familia.

El abuelo Muller, veterano del Ejército y ex vicepresidente de Merrill Lynch, tenía una relación muy tensa con Jack Ryan padre: en su opinión, su yerno había cometido una estupidez mayúscula al abandonar Wall Street para entrar al servicio del Gobierno, una estupidez que, con el tiempo, casi había hecho perder la vida a su hija y a su nieta, la pequeña Sally, en un accidente de tráfico. De no ser por el absurdo regreso de su yerno a la CIA, aquel incidente no habría tenido lugar. Pero eso, naturalmente, no se lo creía nadie más que el abuelo Muller, ni siquiera mamá y Sally.

Jack hijo había llegado a la conclusión de que también le había ayudado el hecho de que Brian y Dominic fueran, lo mismo que él, nuevos en aquel oficio. Conocían el peligro (Brian había sido *marine* y Dominic agente del FBI), pero eran novatos en el «Páramo de los Espejos», como lo llamaba James Jesus Angleton. Se habían adaptado bien y en poco tiempo, y habían eliminado de un plumazo a unos cuantos militantes del COR, a cuatro en el tiroteo del centro comercial de Charlottesville y a tres en Europa, con el Bolígrafo Mágico. Aun así, Hendley no los había contratado porque fueran buenos tiradores. «Pistoleros con cerebro», era la expresión que solía usar Mike Brennan, su jefe en los servicios secretos, y a sus primos les venía como anillo al dedo.

—Dinos cuál es tu hipótesis —dijo Brian.

—Yo diría que está en Pakistán, pero lo bastante cerca como para que su gente pueda cruzar la frontera en cualquier momento. En algún sitio con rutas de evacuación suficientes. Está en un lugar con electricidad, pero los generadores portátiles son fáciles de conseguir, así que eso no nos dice gran cosa. Puede que también tenga línea telefónica. Se han librado de los teléfonos por vía satélite. Esa lección la aprendieron por las malas...

—Sí, cuando se enteraron por el *Times* —gruñó Brian.

Los periodistas creían que podían publicar cualquier cosa: costaba predecir consecuencias como aquélla cuando se estaba sentado delante de un teclado.

—El caso es que no sabemos dónde está Su Alteza en este preciso momento. Mi hipótesis es sólo eso, una hipótesis, pero para ser sinceros la información de los servicios de inteligencia suele reducirse a eso: a hipótesis basadas en los datos de que se disponen. A veces son sólidos como rocas y otras etéreos como el aire. Lo bueno es que estamos leyendo un montón de correo.

—¿Cuánto? —preguntó Dominic.

—Un quince o un veinte por ciento, quizás. —Era una cantidad abrumadora, pero cuanto mayor fuera el volumen de correo, más oportunidades tendrían. *Somos como Ryan Howard*, pensó Jack. *Mucho batear y mucho fallar, pero también un montón de jonrones. Eso, con un poco de suerte.*

—Pues vamos a sacudir el árbol, a ver qué cae. —Brian siempre estaba dispuesto a lanzarse a invadir la playa: por algo era un *marine*—. Podemos detener a alguien y apretarle un poco las tuercas.

—No quiero descubrir nuestro juego —contestó Jack—. Conviene dejar eso para una operación por la que merezca la pena echarlo todo a rodar.

Ambos sabían que no debían hablar de la cautela con que los servicios de inteligencia barajaban los datos de que disponían. Gran parte de la información quedaba de puertas para adentro; ni siquiera se remitía a los directores, elegidos casi siempre por los políticos y leales a quienes les nombraban, si bien no siempre al juramento que prestaban al tomar posesión de sus cargos. El presidente (al que en el oficio se conocía como AEN, Autoridad Ejecutiva Nacional) tenía su personal de confianza, aunque esa confianza consistiera en filtrar las cosas que deseaba filtrar, y sólo ésas, y únicamente a los periodistas de los que se sabía que aceptarían el sesgo dado a la información filtrada. Los servicios de inteligencia estaban ocultando información al presidente, un delito que se castigaba con el paredón si cogían a alguien. Por motivos que también venían de lejos, se la estaban ocultando igualmente a quienes debían servirse de ella en último término, lo que explicaba por qué la gente de operaciones especiales rara vez se fiaba de los agentes secretos. Era todo cuestión de prioridades. Uno podía tener el nivel de autorización más alto, pero si no era necesario que estuviera al tanto de la información, era dejado al margen. Lo mismo podía decirse del Campus, que se hallaba al margen de todo (de eso se trataba, precisamente). Aun así habían tenido mucho éxito: lograban meterse en todos los ajos. Su *hacker* en jefe, un genio de los ordenadores llamado Gavin Biery, director del departamento de tecnologías de la información, aún no había encontrado un sistema de codificación que se le resistiera.

Antiguo empleado de IBM, Biery había perdido dos hermanos en Vietnam, después de lo cual entró al servicio del Gobierno federal y, gracias a sus talentos, fue escogido para trabajar en la sede de la Agencia de Seguridad Nacional en Fort Meade, el principal centro gubernamental para la seguridad electrónica y de las telecomunicaciones. Largo tiempo después, en su calidad de genio del Servicio Superior Ejecutivo, su salario funcionarial tocó techo. Aún cobraba, en realidad, una pensión gubernamental razonablemente generosa, pero le encantaba la acción y había aceptado la oferta de unirse al Campus a los pocos segundos de que se la hicieran. Era matemático de formación, doctorado en Harvard, donde había estudiado con Benoit Mandelbrot en persona, y de vez en cuando impartía clases de su campo de estudio en el MIT y el Caltech.

Biery era un obseso de la informática de los pies a la cabeza (tenía incluso la tez blanca y fofa y usaba gafas de pasta negras), pero mantenía bien engrasado el sistema electrónico del Campus y gracias a él las máquinas funcionaban como una seda.

—¿Distribución selectiva de la información? —dijo Brian—. No me vengas con ese rollo.

Jack levantó las manos y se encogió de hombros.

—Lo siento. —Al igual que su padre, Jack Ryan hijo no era partidario de quebrantar las normas. Aunque fueran primos, Brian no tenía por qué estar al tanto de todo. Y punto.

—¿Nunca os habéis preguntado por el nombre? —preguntó Dominic—. ¿El COR? Ya sabéis cuánto les gustan los juegos de palabras a esos tipos.

Una idea interesante, pensó Jack.

Siempre habían tenido el convencimiento de que el COR, el Consejo Omeya Revolucionario, era una invención del Emir. Pero ¿era lo que parecía, otra referencia oblicua al siempre eficaz símbolo islámico de la yihad, y concretamente a Saladino, o había algo más?

Nacido en Tikrit (actual Irak) hacia 1138 con el nombre de Salah al Din Yusuf ibn Ayub, Saladino alcanzó rápidamente el estatus de mascarón de proa en tiempos de las Cruzadas, primero como defensor de Baalbek y posteriormente como sultán de Egipto y Siria. El hecho de que, según ciertas fuentes, su historial bélico fuera desigual, en el mejor de los casos, tenía poca importancia dentro de la historia musulmana: como era propio de numerosas figuras históricas, tanto occidentales como orientales, lo importante era lo que había llegado a representar. Y para los musulmanes era la espada vengadora de Alá alzándose contra la marea de los cruzados infieles.

Si podía sacarse algo en claro del nombre del COR, seguramente la clave residía en la última palabra, «Omeya», en referencia a la mezquita de Damasco que albergaba la sepultura de Saladino, un mausoleo que contenía un sarcófago de mármol donado por el emperador Guillermo II de Alemania y un sencillo ataúd de madera en el que todavía descansaban los restos de Saladino. El hecho de que el Emir hubiera dado aquel nombre a su organización sugería, en opinión de Jack, que consideraba su yihad un punto de inflexión, del mismo modo que la muerte de Saladino había sido una transición entre una vida de lucha y sufrimiento continuos y el paraíso eterno.

—Voy a pensarlo un poco —dijo Jack—. Pero no es mala corazonada.

—Aquí no sólo hay serrín, chaval —respondió Brian con una sonrisa mientras se tocaba la sien con el dedo índice—. Bueno, ¿qué hace ahora tu padre con tanto tiempo libre?

—No lo sé. —Jack no pasaba mucho tiempo en casa. Eso supondría hablar con sus padres, y cuanto más hablara de su «trabajo», más probabilidades había de que su padre sintiera curiosidad, y si su padre averiguaba a qué se dedicaba, quizá se le cruzaran los cables. En cuanto a su madre, era preferible no pensar en cómo reaccionaría. Aquella idea le crispaba los nervios. No era un niño de mamá, ni mucho menos, pero ¿acaso lograba alguien superar la necesidad de impresionar a sus padres, de ganarse su aprobación? ¿Qué se deducía de ello? Un hombre no es de veras un hombre hasta que mata a su padre. Metafóricamente, claro. Él era un adulto, se valía por sí solo y hacía un trabajo serio en el Campus. *Ya va siendo hora de salir de debajo de la sombra de papá*, se recordó por enésima vez. Y era una sombra inmensa.

Brian dijo:

—Te apuesto algo a que se harta y...

—¿Escapa?

—¿No te pasaría a ti?

—Yo he vivido en la Casa Blanca, ¿recuerdas? Ya tuve suficiente. Prefiero quedarme aquí, persiguiendo a los malos.

Por ordenador, de momento, pensó Jack. Pero quizá, si jugaba bien sus bazas, pudiera volver al servicio activo. Ya estaba ensayando su discurso ante Gerry Hendley, el jefe del Campus. El asunto de Moha tenía que contar para algo, ¿no? Sus primos eran pistoleros con cerebro. ¿Le cuadraba a él aquella expresión?, se preguntaba Jack. ¿Podía cuadrarle? Comparado con ellos había llevado una vida muy protegida, la del hijo del presidente John Patrick Ryan, pero ello había tenido también sus ventajas, ¿verdad? Había aprendido a disparar fijándose en los agentes del Servicio Secreto, había jugado al ajedrez con el secretario de Estado, había vivido y respirado, aunque fuera tangencialmente, en el mundillo del Ejército y el espionaje. ¿Había adquirido por ósmosis alguna de las habilidades para las que tanto se habían entrenado Brian y Dominic? Tal vez. O tal vez fueran castillos en el aire. En todo caso, primero tenía que convencer a Hendley.

—Pero tú no eres tu padre —le recordó Dominic.

—Tienes razón. —Jack se volvió en la silla y encendió el ordenador para tomar su dosis matutina de noticias, tanto públicas como secretas. Con frecuencia, éstas se adelantaban sólo tres días a aquéllas. Se introdujo primero en el Resumen Ejecutivo de Trascripción de Mensajes Interceptados de la Agencia de Seguridad Nacional. El EITS o XITS, como solía llamársele (también conocido por el desafortunado sobrenombre de «el Grano»[1]), sólo se distribuía a funcionarios de alto nivel de la NSA y la CIA, y al Consejo de Seguridad Nacional de la Casa Blanca.

Y hablando del rey de Roma, allí estaba de nuevo el Emir en persona, en el XITS. Un mensaje interceptado. Se trataba de un asunto puramente administrativo. El Emir quería saber lo que estaba haciendo cierta persona (un simple nombre en clave) y si había logrado contactar con un ciudadano extranjero desconocido con fines que se ignoraban. Lo típico en la mayoría de los mensajes interceptados: un montón de incógnitas, una especie de «rellene los espacios en blanco», que era, en realidad, en lo que consistía el análisis de los servicios de inteligencia. El mayor y más completo rompecabezas del mundo. Aquella nota en concreto había dado lugar a una reunión deliberativa en la CIA.

El orden del día propuesto era el tema de un informe completo (especulaciones, en su mayor parte) escrito a espacio sencillo por algún analista de nivel medio que probablemente ambicionaba un despacho mejor y era aficionado a lanzar hipótesis a diestro y siniestro con la esperanza de dar algún día en el blanco y conseguir así un mayúsculo ascenso salarial. Y quizás algún día lo lograra, pero ello no le haría más listo, salvo tal vez a ojos de un superior que hubiera medrado de la misma forma y al que le gustara pagar favor con favor.

Algo inquietaba a Jack, algo acerca de aquella consulta en particular... Colocó el puntero del ratón sobre la carpeta «XITS» de su disco duro, hizo doble clic y abrió el informe que había extraído de la base de datos. Y allí estaba: el mismo número de referencia del documento, éste adjunto a tres correos electrónicos con una semana de antigüedad, el primero de un miembro del personal del Consejo de Seguridad Nacional a la NSA. Por lo visto, alguien en la Casa Blanca quería saber cómo se había obtenido exactamente la información. La pregunta se había remitido a continuación al director de la Agencia de Seguridad Nacional (puesto que solía ocupar un oficial de inteligencia militar de tres estrellas, en aquel momento el teniente general Sam Ferren, del Ejército), el cual respondía en tono tajante: «Backpack. No contestar. Nos ocuparemos por vía administrativa».

Jack tuvo que sonreír al leer aquello. *Backpack* era en aquel momento el nombre en clave rotatorio que usaba internamente la NSA para referirse a Echelon, el programa de vigilancia electrónica de la agencia, un programa que

---

1. Juego de palabras intraducible: la palabra *zits*, «granos», se pronuncia de forma parecida a XITS. *(N. de la T.)*

54

todo lo sabía y todo lo veía. La respuesta de Ferren era comprensible. Aquel miembro del personal del NSC, el Consejo de Seguridad Nacional, preguntaba por «fuentes y métodos», los elementos básicos con los que la NSA obraba su magia. Tales secretos no se compartían con consumidores de información como la Casa Blanca, y su solicitud por parte de un empleado del NSC resultaba ridícula.

Como era de prever, el resumen del XITS que Ferren envió acto seguido al NSC se limitaba a consignar la fuente del mensaje como «información electrónica obtenida mediante cooperación extranjera», lo cual venía a decir esencialmente que los datos en poder de la NSA procedían de un servicio de espionaje aliado. En resumidas cuentas, Ferren mentía.

Ello sólo podía obedecer a un motivo: Ferren sospechaba que la Casa Blanca iba enseñando el XITS por ahí. *Caramba*, pensó Jack, *las cosas deben de estar muy tensas si un general tiene que andarse con ojo con lo que le dice al presidente electo.* Pero si el mundillo del espionaje no se fiaba del presidente, ¿quién velaba entonces por el país? Y si el sistema se derrumbaba, se preguntó Jack, ¿a quién demonios se podía recurrir? Pero ésa era una pregunta para un filósofo, o para un sacerdote.

Pensamientos muy profundos para estas horas de la mañana, se dijo Jack, pero si él estaba leyendo el XITS (supuestamente, el sanctasanctórum de los documentos del Gobierno), ¿qué no podía leer? ¿Qué no se difundía? ¿Y quién demonios tenía esa información? ¿Había un vínculo de comunicaciones aislado al que sólo tenía acceso el director?

Muy bien, así que el Emir había vuelto a hablar. La Agencia de Seguridad Nacional no disponía de la clave de su sistema de codificación personal, pero el Campus sí: de eso se había encargado el propio Jack al tomar prestados los datos del ordenador personal de Moha y pasárselos a Biery y a sus cerebritos, quienes a su vez los habían transferido a un disco duro FireWire. En el plazo de un día habían desvelado todos sus secretos, incluidas contraseñas que abrían toda clase de mensajes codificados, algunas de las cuales se habían leído en el Campus durante cinco meses antes de que las cambiaran por simple rutina. El enemigo era muy cuidadoso al respecto, o recibía lecciones de alguien que había trabajado para una auténtica red de espionaje, o ambas cosas. Sus precauciones, sin embargo, no habían sido suficientes. Las contraseñas no variaban a diario, ni siquiera semanalmente. El Emir y los suyos tenían plena confianza en sus medidas de seguridad, un error que había causado la destrucción de estados enteros. Siempre había expertos en codificación dispuestos a dejarse contratar en el mercado libre, y casi todos hablaban ruso y eran lo bastante pobres como para que cualquier oferta les pareciera bien. La CIA incluso había colocado a algunos en el bando enemigo, como asesores del Emir. Al menos uno de ellos había aparecido debajo de un montón de basura en Islamabad con el cuello cortado de oreja a oreja. El juego al que se jugaba allí fuera era duro hasta para los profesionales. Jack confiaba en que Langley se hubiera hecho cargo de la familia de aquel tipo, si la tenía. No siempre era así en el caso de los agentes. Los investigadores de la CIA recibían sustanciosas indemnizaciones por fallecimiento, y Langley jamás se olvidaba de sus familias, pero no podía decirse lo mismo de los agentes. Infravalorados casi siempre, caían rápidamente en el olvido cuando aparecía otro mejor.

Al parecer, el Emir seguía preguntándose por los hombres que había perdido en las calles de Europa, todos ellos a manos de Jack, Brian y Dominic Caruso, aunque él no lo supiera. Tres ataques al corazón, se decía el Emir, parecían demasiados tratándose de hombres jóvenes y en plenas facultades. Había dado orden a sus agentes de estudiar cuidadosamente los informes médicos, pero dichos informes habían sido sometidos a una limpieza exhaustiva, tanto de cara a la galería como bajo cuerda: lo primero, por abogados en representación de los herederos de los fallecidos y, lo segundo, sobornando a burócratas de medio pelo que facilitaron los documentos originales y buscando a continuación, en vano, algún anexo oculto que pudiera archivarse por separado. El Emir escribía a un agente evidentemente radicado en Viena al que había enviado a investigar un caso extraño, el de un individuo que había caído bajo un tranvía, porque, decía el Emir, el fallecido había sido de pequeño un muchacho lleno de vida, muy aficionado a los caballos y era, por tanto, un candidato poco probable a caer bajo un vehículo en marcha. Pero, efectivamente, contestaba su agente, nueve personas habían presenciado el accidente y, según todos los testimonios, aquel hombre había resbalado delante de un tranvía, cosa que podía pasarle a cualquiera por muy ágil que fuera a los once años. Los médicos austriacos habían sido minuciosos y la autopsia oficial no dejaba lugar a dudas: Fa'ad Rahmin Yasin había muerto despedazado por un tranvía. Se había analizado su sangre en busca de rastros de alcohol, pero sólo se habían encontrado rastros residuales de la noche anterior (o eso suponía el patólogo), insuficientes, en todo caso, para alterar sus capacidades cognitivas. Tampoco había rastro de narcóticos de ningún tipo en las muestras de sangre que habían logrado recuperarse del cuerpo destrozado. Conclusión: el sujeto se había caído y había fallecido como consecuencia de politraumatismo e hipovolemia, una forma elegante de decir que había muerto desangrado.

Lo cual pasaba hasta en las mejores familias, concluyó Jack.

8

Una cosa que Driscoll y sus Rangers habían aprendido hacía mucho tiempo era que las distancias en un mapa del Hindu Kush guardaban muy poca semejanza con la realidad sobre el terreno. A decir verdad, ni siquiera los cartógrafos de la era digital disponían de medios para calcular el impacto espacial de cada promontorio, de cada hondonada o cada revuelta del terreno. Al planear la misión, el capitán Wilson y él habían multiplicado por dos todas sus estimaciones, una variable que parecía funcionar en líneas generales, y aunque Driscoll rara vez perdía de vista aquel ajuste matemático, darse cuenta de que la caminata hasta la zona de aterrizaje no era de tres kilómetros, sino más bien de seis (cerca de cuatro millas) casi bastó para hacerle soltar una sarta de maldiciones. Pero refrenó aquel impulso. No les haría ningún bien. Quizás incluso les hiciera un poco de daño, al evidenciar una fisura delante del equipo. Aunque no le miraran constantemente, sus Rangers estaban pendientes de él. Y la actitud, lo mismo que la mierda, rodaba cuesta abajo.

Tait, que abría la marcha, se detuvo y, levantando el puño cerrado, ordenó pararse a la columna escalonada. Driscoll se agachó y lo mismo hizo el resto del equipo casi al unísono. Empuñaron sus M4 y, ocupándose cada uno de un sector, aguzaron la vista y el oído. Se hallaban en un cañón estrecho (tan estrecho que el sargento primero dudaba de que aquel barranco de tres metros de anchura pudiera considerarse un cañón), pero no les quedaba otro remedio: o tomaban aquel atajo de trescientos metros o sumaban otros dos kilómetros a su ruta y se arriesgaban a que les sorprendiera la luz del día. No habían visto ni oído nada desde la emboscada, pero eso no significaba gran cosa. El COR conocía aquel terreno mejor que nadie, y sabía por experiencia cuánto tardaban los soldados cargados con mochilas en recorrerlo. Sabía, para empeorar las cosas, que había muy pocos puntos de aterrizaje desde los que pudiera repelerse al enemigo. A partir de ahí, montar otra emboscada era simplemente cuestión de hacer cuentas y moverse más deprisa que el enemigo.

Sin volverse, Tait hizo a Driscoll señas de que se acercara. Éste se acercó.

—¿Qué pasa? —susurró.

—Hemos llegado al final. Quedan otros treinta metros, más o menos.

Driscoll se volvió, señaló a Barnes, levantó dos dedos y le indicó que se acercaran. Barnes, Young y Gómez llegaron diez segundos después.

—Aquí se acaba el barranco —explicó el sargento primero—. Id a ver qué hay por ahí.

—Vale, jefe.

Se alejaron. Detrás de Driscoll se oyó la voz de Collins:

—¿Qué tal ese hombro?

—Bien. —Las seis pastillas de ibuprofeno que le había dado el médico le habían calmado el dolor, pero cada vez que se meneaba sentía una punzada que le atravesaba el hombro, la espalda y el cuello.

—Quítate la mochila. —Collins no esperó a que Driscoll protestara: le bajó el tirante del hombro—. La hemorragia ha aflojado. ¿Sientes los dedos?

—Sí.

—Muévelos.

Driscoll cerró el puño, levantó el dedo corazón y sonrió.

—¿Qué tal?

—Tócate el pulgar con cada dedo.

—Venga, Collins...

—Hazlo. —El sargento primero obedeció, pero movió los dedos con esfuerzo, como si tuviera oxidadas las articulaciones—. Quítate la mochila. Voy a repartir tu carga. —El suboficial abrió la boca para quejarse, pero el médico le cortó en seco—. Mira, si sigues llevando la mochila, puedes estar seguro de que acabarás perdiendo el brazo. Es muy posible que tengas dañado algún nervio, y llevar casi treinta kilos encima no ayuda.

—Está bien, está bien...

Barnes, Young y Gómez regresaron. Collins le pasó la mochila a Barnes, que fue recorriendo la fila para repartir su contenido.

—No hemos visto nada —informó Young a Driscoll—, pero hay movimiento por ese lado. Hemos oído el motor de un camión a cosa de medio kilómetro hacia el oeste.

—De acuerdo, volved a la fila. Tú también, Collins.

Driscoll sacó el mapa y encendió su linterna de bolsillo roja. No era precisamente reglamentaria, pero por muy buenas que fueran las gafas de visión nocturna para casi todo, para leer mapas eran una mierda. Algunas costumbres de la vieja escuela costaba quitárselas de encima, y de otras convenía no deshacerse nunca.

Tait se acercó, agazapado. Driscoll trazó con el dedo el barranco en el que se hallaban; en su extremo había otro desfiladero bordeado a ambos lados por mesetas. El terreno, pensó el sargento primero, no era muy distinto a un barrio urbano: los cañones eran las carreteras principales; las mesetas, casas; y los barrancos, callejones. Estaban, básicamente, cruzando a toda velocidad las carreteras y utilizando los callejones entre las casas para llegar al aeropuerto. O, en su caso, al helipuerto. *Dos cañones más, un barranco más*, pensó, *y luego arriba por la ladera de una meseta, hasta la zona de aterrizaje.*

—La recta final —comentó Tait.

Que es donde suelen caerse los caballos de carreras, pensó Driscoll, pero no lo dijo.

Esperaron un cuarto de hora a la entrada del barranco. Tait y Driscoll escudriñaron el cañón a lo largo a través de las gafas de visión nocturna hasta estar seguros de que no había nadie observándolos. Fueron cruzando el fondo del cañón en parejas hasta el barranco del otro lado, mientras el resto de los hombres les cubría y Driscoll y Tait hacían de guardias de tráfico. Young y su prisionero fueron los últimos en cruzar. Acababan de penetrar en el barranco del fondo cuando por el este aparecieron unos faros. El sargento primero vio enseguida que era otro UAZ. Éste, sin embargo, avanzaba con lentitud.

—Esperad —ordenó—. Viene un vehículo por el este.

Al igual que el que habían visto antes, el UAZ llevaba una ametralladora NSV de 12,7 milímetros en la plataforma de carga, pero Driscoll sólo vio un hombre manejándola. Y en la cabina, lo mismo: el conductor y nadie más. Habían dividido sus efectivos con la esperanza de cortar el paso a su presa. Las tácticas de pequeñas unidades se regían a menudo, más que por normas, por el instinto, pero el que había despachado a aquel vehículo había cometido un error. El UAZ seguía acercándose; sus neumáticos aplastaban la grava y sus faros rebotaban en el desfiladero.

Driscoll llamó la atención de Tait y dijo «conductor» vocalizando sin emitir sonido, y Tait respondió con una inclinación de cabeza.

—No disparéis aún —susurró el sargento primero a la radio y, en respuesta, oyó un doble *clic*.

El UAZ estaba a veinte metros de distancia, tan cerca que Driscoll veía claramente la cara del artillero al resplandor verdiblanco de las gafas de visión nocturna. No era más que un crío; tenía dieciocho o diecinueve años y una barba rala. El cañón de la NSV no iba atravesado, como debía, sino que apuntaba derecho hacia el desfiladero. *Ser un vago equivale a estar muerto*, pensó Driscoll.

El UAZ llegó a la altura del barranco y se detuvo. En la cabina, el conductor se inclinó hacia un lado buscando algo y se enderezó con una linterna. Alumbró con ella por la ventanilla del pasajero. Driscoll fijó las miras de su M4 justo por encima de la oreja izquierda del artillero. Apretó el gatillo muy suavemente y el M4 retrocedió. A través de las gafas de visión nocturna, un halo de neblina apareció en torno a la cabeza del artillero. Se desplomó en la plataforma de carga. El conductor cayó una fracción de segundo después. Su linterna danzó enloquecida antes de detenerse sobre el asiento.

Driscoll y Tait se acercaron al vehículo y tardaron veinte segundos en apagar la linterna y asegurarse de que no quedaba nadie vivo; después siguieron avanzando por el barranco. Por el oeste se oyó el rugido de un motor. Unos faros los alumbraron. Driscoll no se molestó en mirar. Gritó:

—¡Seguid, seguid! —Y continuó avanzando con Tait un paso por delante de él.

Comenzó a oírse el tableteo de otra NSV al acribillar el suelo y las rocas que los rodeaban, pero Driscoll y Tait ya estaban en el barranco, y Gómez, que iba el primero, seguía adentrándose en él. El sargento primero hizo señas a Tait de que continuara e indicó a Barnes que se acercara.

—La SAW —dijo, y Barnes se tumbó junto a un peñasco, extendió las patas de la ametralladora y se apoyó la culata en el hombro. Vieron acercarse otros faros por la entrada del barranco. Driscoll desprendió una granada de su arnés y le quitó la anilla. En el cañón se oyó el derrape de unos neumáticos; el polvo inundó la boca del desfiladero. Soltó la espoleta, contó mil uno, mil dos para que la granada se activara y luego la arrojó al cañón. El UAZ se detuvo. La granada estalló tres metros por encima de la cabina. Barnes abrió fuego con la SAW, acribillando las puertas y los flancos del vehículo. En la plataforma de carga, el cañón de la NSV comenzó a arrojar fuego, pero se silenció un momento después, cuando el artillero fue alcanzado por la descarga de la SAW. Las marchas del UAZ crujieron, y el vehículo se puso de nuevo en movimiento y se perdió de vista.

—¡Vamos! —ordenó Driscoll. Esperó a que Barnes se adelantara y luego le siguió.

Cuando alcanzaron a la columna, Gómez había dividido al equipo: la mitad de los hombres estaba al otro lado del cañón, a cubierto y en guardia, y la otra mitad esperaba a la entrada del barranco. Driscoll avanzó por la fila hasta llegar junto a Gómez.

—¿Alguna actividad?

—Ruido de motores, pero nada de movimiento.

Al otro lado del cañón, treinta metros al oeste de su puesto de observación, una rampa natural subía zigzagueando por la ladera de la meseta. Parecía artificial, pensó Driscoll, pero el tiempo y la erosión hacían cosas extrañas con el terreno. Y no iban a ponerle pegas a aquella curiosidad, que les facilitaría relativamente el ascenso hasta el punto de aterrizaje.

—Peterson, llama a Espada y diles que estamos listos. Que se den prisa.

El Chinook estaría volando en círculos, a la espera de su señal. Como la mayoría de las cosas en combate, y más aún en Afganistán, la zona de aterrizaje no era la más óptima, en parte debido a las características del terreno y en parte debido a los defectos de diseño del Chinook, que tenía un techo operativo alto, pero, a cambio, requería un gran espacio para aterrizar. El 47 podía evacuar a tropas a gran altitud, pero necesitaba un área bastante grande para embarcarlas. En este caso, su zona de aterrizaje estaba bordeada por el sur y el oeste por barrancos y riscos situados a tan corta distancia que se hallaba a tiro de armas de corto alcance.

—Espada, aquí Hoz, cambio.

—Adelante, Hoz.

—Listos para la recogida. Vientos de fuerza tres a seis, de norte a sur. Tropas enemigas en zona de aterrizaje. Composición y dirección desconocidas.

—Recibido, tropas enemigas en zona de aterrizaje. Llegaremos dentro de tres minutos. —Dos minutos después—: Hoz, aquí Espada, estamos llegando, marcad vuestra posición.

—Recibido. Quedaos a la espera —contestó Driscoll, y por radio ordenó a Barnes—: Luces, Barnes.

—Recibido, jefe. Las tengo azules, amarillas y rojas.

Las luces químicas se encendieron al otro lado del cañón, volaron por el aire y cayeron sobre la meseta. El sargento primero habría preferido una lámpara estroboscópica de infrarrojos, pero no quedaban S4 cuando se marcharon.

—Espada, aquí Hoz, encendidas luces rojas, amarillas y azules —dijo Driscoll.

—Recibido, las veo.

Oyeron de pronto el estruendo de los rotores del Chinook. Después:

—Hoz, aquí Espada, veo vehículos en marcha a unos trescientos metros al oeste de vuestra posición y acercándose. Cuento dos UAZ, cambio.

Mierda.

—Alejaos, alejaos. Marcad la zona de aterrizaje y manteneos dando vueltas en círculos. —Otra opción era ordenar a los artilleros del Chinook que acribillaran los vehículos, pero hacerlo en vuelo equivaldría a lanzar una bengala señalando su posición a otras unidades enemigas que hubiera en la zona. El piloto del Chinook tenía sus propias normas de combate, pero mientras sus Rangers y él estuvieran con el agua al cuello, era Driscoll quien debía dar la orden. El hecho de que los UAZ no se dirigieran a toda velocidad hacia ellos dejaba claro que aún no les habían visto. De momento habían tenido suerte. Convenía no forzar las cosas.

—Entendido, nos alejamos —contestó el piloto del Chinook.

A Barnes:

—Tenemos compañía por el oeste. Apaga las luces. Que todo el mundo se agache. —Tras él, la columna se echó al suelo.

Driscoll oyó un doble clic en respuesta y unos instantes después vio que un par de figuras agazapadas trepaban a lo alto de la meseta. Las luces químicas se apagaron.

Cañón abajo, los faros de los UAZ se habían apagado. Driscoll oía el leve retumbar de sus motores sin silenciador. Pasaron treinta segundos largos y después los vehículos comenzaron a moverse en línea escalonada, avanzando por el desfiladero. *Mala señal*, pensó el sargento primero. Cuando iban en marcha, los UAZ solían preferir la formación en fila de a uno. Sólo se escalonaban cuando esperaban toparse con problemas.

—A cubierto —ordenó Driscoll al equipo por radio—. Esos tipos van de caza. —Luego añadió dirigiéndose al Chinook—: Espada, aquí Hoz, quedaos cerca. Puede que os necesitemos.

—Recibido.

Precedidos por la luz de los faros que rebotaba sobre el suelo desigual, los UAZ siguieron avanzando por el cañón, con los neumáticos crujiendo, hasta que el primer vehículo alcanzó el barranco en el que se habían escondido Driscoll y su columna. Chirriaron los frenos. El UAZ se detuvo; el segundo, que lo seguía a unos nueve metros de distancia, hizo lo mismo. Una linterna apareció en la ventanilla del copiloto y alumbró las paredes rocosas, deteniéndose al llegar al barranco. *Sigue adelante, chaval*, pensó Driscoll. *Aquí no hay nada que ver.* La linterna giró y, apuntando desde la ventanilla del conductor, recorrió el otro lado del barranco. Pasado un minuto, se apagó. La transmisión del UAZ que iba en cabeza crujió y gruñó, y un instante después el todoterreno siguió avanzando y el suboficial lo perdió de vista.

—¿Alguien lo ve? —preguntó por radio.

—Yo —contestó Barnes—. A cincuenta metros, sigue hacia el este. —Luego—: Cien metros... Se han parado.

Driscoll se incorporó y salió encorvado del barranco, con cuidado de no apartarse de la pared de roca del cañón hasta que pudo ver los vehículos parados. Se tumbó boca abajo y miró por las gafas de visión nocturna. Los vehículos habían tomado posiciones en los lados norte y sur del cañón. Tenían los motores y los faros apagados. Posición de emboscada.

—Que todo el mundo se quede quieto y callado —ordenó Driscoll, y a continuación llamó al Chinook—: Espada, aquí Hoz.

—Adelante.

—Los UAZ han tomado posiciones en el extremo este del cañón.

—Recibido, los vemos. Te lo advierto, Hoz, sólo nos quedan ocho minutos.

Ocho minutos para que el Chinook alcanzara el punto de no retorno: si se retrasaban más, no tendrían suficiente combustible para regresar a su base. Para los Rangers, operar con un margen muy estrecho era lo normal, pero había cosas con las que, si te arriesgabas y la cagabas, era estrictamente responsabilidad tuya, y la vuelta a casa era la principal entre ellas.

—Entendido. Atacad a los UAZ. Todo lo que lleve ruedas es vuestro.

—Recibido, allá vamos.

El Chinook apareció por encima de la meseta. Sus luces de navegación centelleaban al tiempo que viraba y comenzaba a dirigirse hacia el oeste por el cañón. Driscoll vio al artillero emplazar la ametralladora. Ordenó por radio:

—Gómez, coge a tu equipo y subid por la rampa.

—Recibido, jefe.

—Objetivo a la vista —dijo el piloto del Chinook—. Atacamos.

La ametralladora Dillon M134 abrió fuego, iluminando de naranja el costado del Chinook. La descarga duró menos de dos segundos; después hubo otra, y otra más, y luego el piloto anunció:

—Objetivos destruidos.

Con una frecuencia de disparo de tres mil proyectiles por minuto, en aquellos cinco segundos, aproximadamente, había vertido doscientas cincuenta balas de 7,62 milímetros sobre los UAZ. El Chinook volvió a aparecer, osciló sobre el punto de aterrizaje y tomó tierra. Bajó la rampa.

—Os cubrimos desde aquí, Santa —dijo Gómez.

—Recibido, vamos para allá.

Driscoll dio la orden y el resto del equipo volvió a cruzar en parejas el fondo del cañón, saltando de escondite en escondite hasta que el sargento primero y Tait estuvieron al otro lado y enfilaron la rampa.

—¡Objetivo! —oyó Driscoll por sus auriculares. No era uno de los suyos, pensó, sino alguien a bordo del helicóptero—. ¡A cola, a las siete en punto! —Al oeste de la meseta se oyó un tableteo de armas automáticas (varios AK-47), seguido rápidamente por el estruendo de los M4 respondiendo al fuego enemigo.

Al llegar a lo alto de la rampa, Driscoll y Tait se tumbaron boca abajo y subieron arrastrándose el último trecho. Cincuenta metros más adelante, desde dentro de un barranco y por encima del risco, relumbraban las bocas de fuego de los cañones de las armas. Driscoll contó al menos una treintena. Cañón abajo aparecieron en la oscuridad cuatro pares de focos. Más UAZ.

La voz de Peterson:

—Lanzagranadas, lanzagranadas...

A su derecha, algo brillante pasó volando. El suelo estalló junto al Chinook.

—¡Apartaos, apartaos! —gritó el piloto, y luego hizo algo que Driscoll no había visto nunca: despegó limpiamente y, dejando el helicóptero suspendido en el aire a unos dos metros de altura, situó al artillero en posición de ataque—. ¡Agachaos, agachaos! —La Dillon abrió fuego y comenzó a acribillar el barranco y el risco.

—¡Uno se escapa! —oyó tenuemente Driscoll por el auricular—. ¡Va hacia el oeste!

Iluminado de soslayo por las trazadoras de la Dillon, su prisionero, esposado todavía, se alejaba del Chinook a trompicones, hacia el barranco. Tait masculló:

—Lo tengo, Santa.

—Elimínalo.

Se oyó el estampido de la M4 de Tait y el prisionero cayó a tierra. El fuego de las AK fue disminuyendo y luego cesó.

Driscoll anunció:

—Espada, tenemos varios UAZ en el cañón. A doscientos metros y acercándose. A tus tres en punto.

—Recibido —contestó el piloto, e hizo virar al Chinook. La ametralladora abrió fuego otra vez. Bastaron diez segundos. El polvo, al disiparse, dejó al descubierto cuatro UAZ destrozados.

—Recuento —ordenó Driscoll. No hubo respuesta—. ¡Recuento! —repitió.

Contestó Collins:

—Dos muertos, Santa, y dos heridos.

—Hijos de puta.

El piloto dijo (con mucha calma, pensó Driscoll):

—Hoz, ¿qué os parece si subís a bordo, chicos, y nos vamos a casa antes de que se nos acabe la suerte?

9

En los años que llevaba viviendo en San Petersburgo, Yuri Beketov había recorrido cientos de veces sus calles en sombras. Esta vez, sin embargo, era distinto, y no hacía falta mucha reflexión para entender por qué. Era lo que tenía la riqueza (o la posible riqueza, al menos): que te hacía cambiar de perspectiva. Y aquella riqueza era de índole distinta. Yuri no se enorgullecía del dinero en sí mismo, sino de cómo pensaba emplearlo. De lo que estaba menos seguro era de si eso suponía de veras una diferencia, o si sólo se trataba de una excusa. Si uno bailaba con el diablo, bailaba con el diablo, aunque fuera por un buen motivo, ¿no?

De todas las ciudades de su patria, San Petersburgo era su preferida. Su historia era un reflejo casi perfecto de la de Rusia. La había fundado Pedro el Grande en 1703, durante la Gran Guerra del Norte con los suecos. En el transcurso de la Primera Guerra Mundial, el nombre de San Petersburgo, considerado demasiado teutónico por los gobernantes, se cambió por el de Petrogrado; en 1924, siete años después de la Revolución bolchevique y a los pocos días de la muerte de Vladimir Lenin, la ciudad recibió el nombre de Leningrado; y finalmente, en 1991, tras el derrumbe de la Unión Soviética, fue rebautizada de nuevo para recuperar su nombre original: San Petersburgo.

San Petersburgo, la historia de Rusia en una sola píldora. No era mal título para un libro, pensó Yuri. Lástima que no tuviera inquietudes literarias. Los zares, los bolcheviques, la caída del imperio y luego, por fin, la democracia..., aunque fuera, quizás, una democracia teñida con una pizca de totalitarismo.

La noche era especialmente fría: un viento áspero soplaba del río Neva y silbaba entre las ramas de los árboles. Invisibles en la oscuridad, trozos de desperdicios se deslizaban por el cemento y los adoquines. De un callejón cercano llegó el tintineo de una botella al chocar contra el ladrillo; un instante después, alguien farfulló una maldición. Otro *bic* que se había quedado sin vodka, o que había vertido lo poco que le quedaba. A pesar de lo mucho que amaba San Petersburgo, Yuri era consciente de que la ciudad distaba mucho de hallarse en su cenit. Y lo mismo podía decirse de todo el país.

La caída de la Unión Soviética había sido dura para todo el mundo, pero especialmente, por estrepitosa, para su antiguo patrono, el KGB, conocido ahora por las dobles siglas de FSB (Federalnaya Sluzhba Bezopasnosti, o Servicio de Seguridad Federal) y SVR (Sluzhba Vneshney Razvedki, o Servicio de Inteligencia Exterior). Eran éstos los últimos ejemplos de una larga lista de acrónimos bajo los que habían operado los servicios de espionaje rusos, empezando por la temible Checa. Podía afirmarse, sin embargo, que entre la sopa de letras de sus predecesores y sus descendientes, el KGB, el Comité para la Seguridad Estatal, había sido el más temido, y también el más eficaz.

Antes de retirarse en 1993 con una pensión parcial, Yuri había trabajado para la flor y nata del KGB: la Sección S (Actividades Clandestinas) del Primer Alto Directorio. Los verdaderos espías. Sin cobertura diplomática, ni embajada a la que acudir, ni posible deportación si te cogían, con la prisión o la muerte como única alternativa. A pesar de haber cosechado algunos éxitos, ninguno de ellos había servido para catapultarle a la estratosfera de los peldaños superiores del KGB. De ahí que a los cuarenta y cinco años se hubiera encontrado sin empleo en las calles de Moscú, con una serie de habilidades que le dejaban pocos caminos profesionales por los que tirar: el espionaje y los servicios de seguridad privados, por un lado, o el crimen organizado, por otro. Había elegido lo primero y había abierto una consultoría que ofrecía sus servicios a las hordas de inversores occidentales que afluyeron a Rusia en los primeros tiempos de gobierno postsoviético. Yuri debía, al menos tangencialmente, mucho de sus primeros éxitos a la Krasnaya Mafiya, la Mafia Roja, y a sus bandas más importantes, la Solntsevskaya Bratva, la Dolgoprudnenskaya y la Izmailovskaya, las cuales se habían dado aún más prisa que los inversores extranjeros en expoliar la caótica economía rusa. A la Krasnaya Mafiya le traían sin cuidado, como es lógico, las sutilezas de la gestión empresarial, y los inversores de Europa y América eran muy conscientes de ello, circunstancia ésta que Yuri había aprovechado con entusiasmo. Ésa era la palabra clave en aquellos tiempos: «aprovecharse», y la única diferencia entre él, la mafia y los delincuentes comunes eran los métodos que empleaba cada uno para lograr sus fines. El de Yuri era muy sencillo: ofrecer protección. Mantener a los empresarios extranjeros con vida y a salvo de secuestradores. Algunas bandas menores, demasiado pequeñas para organizar complicadas redes de protección y extorsión, habían optado por secuestrar a los europeos y norteamericanos bien vestidos que se alojaban en los mejores hoteles de Moscú, y por mandar notas de rescate acompañadas de una oreja cortada o un dedo de la mano o el pie..., cuando no de algo peor. Las fuerzas del orden público, mal pagadas y sobrecargadas de trabajo, eran de poca ayuda, y con frecuencia la víctima acababa muerta, al margen de que se hubiera pagado o no el rescate. No había honor entre secuestradores. Sólo un pragmatismo brutal.

Yuri había contratado a ex compañeros del KGB y antiguos miembros de las Fuerzas Especiales (en su mayoría ex integrantes de las Spetsnaz, también desmovilizados) para escoltar a los clientes a sus reuniones y asegurarse de que abandonaran el país vivos y de una pieza. Ganaba bastante dinero, pero el florecimiento de la economía moscovita (tanto de la oficial como de la sumergida) había elevado el coste de la vida, y aunque muchos empresarios como él manejaban más dinero del que jamás habían creído posible, también lo veían evaporarse en un abrir y cerrar de ojos como consecuencia de la volatilidad del mercado y del coste disparatado de la vida. Era una triste ironía ganar tanto dinero para que el precio del pan subiera al mismo ritmo que tus ingresos.

A fines de los noventa, Yuri había ahorrado dinero suficiente para que sus tres nietos pasaran por la universidad y tuvieran un medio de ganarse la vida en la edad adulta, pero no el suficiente para retirarse a esa idílica y remota casita de campo en el mar Negro con la que llevaba soñando veinte años.

Las oportunidades comenzaron a surgir, lentamente al principio y luego con más regularidad, justo antes y después de los acontecimientos del 11 de Septiembre. Esa mañana, Estados Unidos cobró conciencia de algo que el KGB y numerosos servicios de espionaje no occidentales conocían desde hacía tiempo: que los fundamentalistas islámicos habían declarado la guerra a Estados Unidos y a sus aliados. Por desgracia para Estados Unidos, durante el lustro anterior dichos fundamentalistas habían pasado de fanáticos desorganizados e irracionales, como solía retratarlos la prensa occidental, a militantes bien entrenados y encuadrados, con un objetivo claro. Y lo que era aún peor: habían aprendido el valor de las redes de espionaje, el reclutamiento de agentes y los protocolos de comunicación, cosas todas ellas tradicionalmente reservadas a los organismos de espionaje estatales.

A pesar de todos sus logros y sus dádivas, Estados Unidos era el gigante arquetípico: con la vista fija en el hipotético cañón que se erguía en el horizonte, había ignorado alegremente las piedras y las flechas, los mini 11 de Septiembre, escasos, espaciados e imposibles de postergar rápidamente a la última página del *New York Times* o de eliminar de la rueda de titulares que la MSNBC o la CNN emitían cada quince minutos. Los historiadores debatirían eternamente si el espionaje estadounidense pudo o debió haber oído el galope de caballos que precedió al 11 de Septiembre, pero el rastro de sus antecedentes (que se remontaba al primer atentado en el World Trade Center en 1993, la matanza en la embajada estadounidense en Kenia en 1998 y el ataque al buque de guerra *Cole* en 2000) era sin duda fácil de seguir. Únicamente la CIA vio en aquellos ataques incidentes aislados; para las células terroristas hermanas que los perpetraron, fueron batallas de una misma guerra. El espionaje estadounidense, sin embargo, sólo comenzó a percatarse de que no podía seguir ignorando las piedras y las flechas cuando la guerra contra Estados Unidos se declaró a los cuatro vientos, tanto de palabra como de obra.

Y lo que era aún peor: sólo en años recientes el Gobierno norteamericano y la CIA se habían apartado de lo que Yuri denominaba la «mentalidad gólem»: la concentración obsesiva en la cabeza del gigante enemigo, haciendo caso omiso de los dedos de sus manos y sus pies. Eso nunca cambiaría del todo, desde luego, sobre todo en lo referente al enemigo público número uno, el Emir, que se había convertido (tanto por defecto como por premeditación, creía Yuri) en el gólem de los norteamericanos. Las naciones necesitaban enemigos definibles, a los que poder señalar al grito de «¡peligro!»

Yuri, naturalmente, apenas tenía motivo de queja. Como muchos de sus compatriotas, se había beneficiado de aquel nuevo conflicto, aunque sólo recientemente y con mucha reticencia y no poco pesar por su parte. Desde mediados de la década de 1990, grupos fundamentalistas islámicos forrados de dinero habían empezado a llamar a la puerta de Rusia, ansiosos por contratar a agentes de inteligencia, científicos nucleares y soldados de las Fuerzas Especiales dispuestos a venderse. Como muchos de sus compatriotas, Yuri había respondido a su llamada, pero era viejo y estaba cansado y sólo necesitaba algún dinero más para su casita de campo en el mar Negro. Con un poco de suerte, el encuentro de esa noche solventaría la cuestión.

Entonces se sacudió sus ensoñaciones, se apartó de la barandilla y siguió cruzando el puente; luego recorrió dos manzanas más, hasta el restaurante iluminado con luces de neón que llevaba el nombre de Chiaka escrito en caracteres árabes y cirílicos. Cruzó la calle, buscó un banco en la zona de sombra entre un par de farolas y se sentó a esperar. Se levantó el cuello del abrigo para defenderse del viento y hundió las manos en los bolsillos.

El Chiaka era un restaurante checheno propiedad de una familia musulmana que había prosperado bajo los auspicios de la Obshina, la mafia chechena. Era probable que también el hombre con el que iba a encontrarse (al que sólo conocía por el nombre de Nima), se hubiera introducido en Rusia gracias a la Obshina. *Lo mismo da*, se dijo Yuri. Había tratado con él dos veces antes, una para consultarle acerca de la reubicación de lo que denominaban un «socio» y, más recientemente, como intermediario en un reclutamiento. Aquél había sido un asunto interesante. Yuri ignoraba para qué querían aquellos tipos a una mujer de ese calibre, pero no le importaba. Hacía mucho tiempo que había aprendido a sofocar tales arranques de curiosidad.

Pasó otros veinte minutos vigilando, hasta estar seguro de que no había nada fuera de lo normal. No había nadie vigilando: ni policías, ni otra clase de individuos. Se levantó, cruzó la calle y entró en el restaurante, que estaba profusamente iluminado y escuetamente amueblado, con el suelo de vinilo negro y blanco, mesas redondas de formica y sillas de madera de respaldo rígido. Era la hora de cenar, la de mayor trasiego, y casi todas las mesas estaban ocupadas. Los altavoces del techo emitían el sonido metálico del *pondur* checheno, parecido al de la balalaica rusa.

Yuri recorrió el restaurante con la mirada. Unos cuantos clientes habían levantado la vista de sus entrantes y habían vuelto a concentrarse en su cena o en su conversación casi inmediatamente. Los rusos no solían frecuentar los restaurantes chechenos, pero tampoco era raro verlos en ellos. A pesar de su reputación, él nunca había tenido problemas con los chechenos. Eran, en su mayoría, partidarios del vive y deja vivir, pero ay de aquel a quien decidieran matar. Pocas organizaciones eran tan brutales como la Obshina. A los chechenos les gustaban los cuchillos, y eran muy hábiles con ellos.

Vio a Nima sentado en un banco corrido, junto a la pared, al fondo de un corto pasillo, cerca de la puerta de la cocina y el aseo. Yuri se acercó, levantó un dedo para indicarle que esperara un momento al pasar por su lado y entró en el baño para lavarse las manos. Las tenía perfectamente limpias, desde luego; quería, sobre todo, confirmar que el aseo no estaba ocupado y que no había en él ninguna entrada alternativa. Las precauciones que una persona corriente consideraría excesivas le habían mantenido con vida muchos años, mientras trabajaba como agente clandestino, y no veía razón para cambiar de costumbre a esas alturas. Se secó las manos y se tomó un momento para asegurarse de que llevaba bien colocada la Makarov de nueve milímetros en su funda, en la parte de atrás de la cinturilla de los pantalones; salió después y se sentó en el banco, de cara a la puerta del restaurante. La puerta batiente de la cocina quedaba a su izquierda. Mientras Yuri estaba en el baño, Nima se había quitado la americana. Yacía doblada sobre el respaldo del asiento. El mensaje era claro: *Voy desarmado.*

El árabe desplegó las manos y le sonrió.

—Sé que eres un hombre precavido, amigo mío.

En respuesta, Yuri se abrió la chaqueta.

—Igual que tú.

Apareció un camarero, tomó nota de sus bebidas y volvió a desaparecer.

—Gracias por venir —dijo Nima.

Hablaba bien ruso, con un leve acento árabe, y su tez era lo bastante clara como para que pudiera pasar por ruso con un poco de sangre tártara. Yuri se preguntó distraídamente si habría estudiado en Occidente.

—Cómo no. Es un placer.

—No sabía si estarías disponible.

—Para ti, amigo mío, lo estoy siempre. Dime, ¿tu compañero llegó a salvo a su destino?

—En efecto. Y la mujer también. Según me han dicho, es tal y como nos dijiste. Mis superiores están muy contentos con la ayuda que nos has prestado. Confío en que la compensación fuera satisfactoria. ¿Algún problema?

—No, ninguno. —El dinero, de hecho, estaba a buen recaudo en su cuenta de Liechtenstein, donde rendía escaso interés, sí, pero estaba a salvo de los ojos digitales e inquisidores de cuerpos de policía y espionaje. No había decidido aún cómo movería los fondos cuando los necesitara, pero siempre había algún modo, sobre todo si uno era cauto y estaba dispuesto a pagar por tales servicios—. Por favor, da las gracias de mi parte a tus superiores.

Nima levantó la barbilla.

—Claro. —Llegaron las bebidas: vodka para Yuri y agua con gas para Nima, que bebió un sorbo y dijo—: Tenemos otra propuesta, Yuri, un asunto para el que te consideramos especialmente capacitado.

—Estoy a tu disposición.

—Como en las otras dos transacciones, es una cuestión delicada, y entraña cierto riesgo para ti.

Yuri abrió las manos y sonrió.

—En esta vida, casi todo lo que merece la pena entraña cierto riesgo, ¿no?

—Muy cierto. Naturalmente, como sabes...

De la entrada del restaurante llegó un grito, y un instante después un estrépito de cristales rotos. Yuri levantó la vista a tiempo de ver que un hombre visiblemente borracho se apartaba de su silla; tenía la mano levantada y sostenía un plato de comida inidentificable. Los otros clientes le miraban. El borracho soltó una sarta de maldiciones en checheno describiendo la mala calidad de su comida, supuso Yuri, y se acercó dando tumbos a un camarero con delantal blanco.

Yuri se rió.

—Un cliente descontento, por lo visto... —Se interrumpió al advertir que Nima no se había girado en el asiento para ver a qué se debía aquel alboroto, sino que le miraba fijamente a los ojos con una especie de pesadumbre. En la cabeza del ex agente del KGB comenzaron a sonar campanas de alarma. *Una distracción, Yuri, una distracción preconcebida.*

El tiempo pareció ralentizarse.

Yuri se inclinó, alargó el brazo hacia atrás, hacia la Makarov que llevaba en la cinturilla, a la altura de los riñones. Sus dedos acababan de tocar las cachas de la pistola cuando se dio cuenta de que la puerta batiente de su izquierda se había abierto y una figura con forma de hombre aguardaba en el umbral.

—Lo siento, amigo mío —oyó decir a Nima en una parte lejana de su mente—. Es lo mejor...

Por encima del hombro del árabe, Yuri vio que otro camarero caminaba hacia ellos con un mantel entre las manos, haciendo ostensiblemente el gesto de doblarlo. Una cortina para ocultar el hecho consumado... Yuri vio movimiento por el rabillo del ojo. Volvió la cabeza hacia la izquierda y vio que la figura de la puerta (otro camarero con delantal blanco) levantaba un objeto oscuro y tubular.

En alguna parte de su cerebro, analítica y todavía en calma, Yuri pensó: *Un silenciador casero*... Sabía que no oiría ningún ruido, que no vería ningún destello. Ni siquiera sentiría dolor.

Tenía razón. La bala de nueve milímetros Parabellum y punta hueca penetró por encima de su ceja izquierda antes de expandirse y formar un amasijo de plomo que convirtió un pedazo de su cerebro del tamaño de una pelota de béisbol en un montón de gelatina.

10

—¡Maldita sea! —masculló el ex presidente de Estados Unidos John Patrick Ryan frente a su café matinal.

—¿Qué pasa ahora, Jack? —preguntó Cathy, aunque sabía perfectamente de qué se trataba. Sentía un profundo amor por su esposo, pero cuando un tema captaba su interés, era como un perro con un hueso, rasgo éste que lo había convertido en un buen espía y en un mejor presidente, pero que no siempre hacía fácil relacionarse con él.

—Ese idiota de Kealty no sabe qué diablos hace. Y lo que es peor, no le importa. Ayer mató a doce *marines* en Bagdad. ¿Y sabes por qué? —Cathy Ryan no respondió; sabía que era una pregunta retórica—. Porque alguien de su gabinete llegó a la conclusión de que no da buena impresión que los *marines* lleven los fusiles cargados. Maldita sea, a la gente que te apunta con un arma no hay que darle buena impresión. Y escucha esto: el comandante de la compañía fue tras esos tipos y se cargó a seis, más o menos, antes de que le ordenaran retirarse.

—¿Quién se lo ordenó?

—El comandante de su batallón, que probablemente recibió instrucciones del coronel, que a su vez recibió órdenes de algún abogado al que los mamarrachos de Kealty habrán colado en la cadena de mando. Lo peor de todo es que no le importa. A fin de cuentas, se están debatiendo los presupuestos, y está ese asunto de los puñeteros árboles de Oregón, que copa por completo su atención.

—Bueno, para bien o para mal, a mucha gente le preocupa el medio ambiente, Jack —le dijo la profesora Ryan a su marido.

Kealty, pensó Jack, ofuscado. Lo tenía todo planeado. Robby habría sido un presidente estupendo, pero no había tenido en cuenta la mente retorcida de aquel viejo cabrón del Ku Klux Klan, que seguía a la espera de ejecución en el Corredor de la Muerte de Misisipí. Jack estaba en el Despacho Oval aquel día... ¿Cuándo había sido? Seis días antes de las elecciones, cuando Robby llevaba una cómoda ventaja en las encuestas. Sin tiempo para reorganizarlo todo, las elecciones habían sido un caos, Kealty era el único candidato importante que quedaba en pie y todos los votos emitidos a favor de Robby se declararon nulos debido a las circunstancias. El desconcierto hizo que muchos votantes se quedaran en casa. Kealty, presidente por defecto; unas elecciones robadas.

El periodo de transición había sido aún peor, si cabía. El funeral, celebrado en la iglesia baptista del padre de Jackson, en Misisipí, era uno de los peores recuerdos de toda su vida. La prensa se había mofado de su despliegue de emoción. A fin de cuentas, se suponía que los presidentes debían ser como autómatas, aunque él no lo hubiera sido nunca.

Y con toda razón, pensó.

Allí mismo, ¡allí mismo!, en aquella habitación, Robby les había salvado la vida a él, a su esposa, a su hija y a su hijo aún por nacer. Jack rara vez montaba en cólera, pero aquel asunto le hacía estallar como el Vesubio cuando tenía un día especialmente malo. Incluso el padre de Robby había predicado el perdón, lo que demostraba sin lugar a dudas que el reverendo Hosiah Jackson era mejor persona de lo que él sería nunca. ¿Qué destino sería el más conveniente para el asesino de Robby? Un balazo en el hígado, quizás. Aquel cabrón tardaría en desangrarse cinco o diez minutos, y se iría al infierno sin dejar de gritar...

Para colmo de males, se rumoreaba que el actual presidente estaba considerando una conmutación general de todas las sentencias de muerte del país. Sus aliados políticos ya le estaban preparando el terreno en los medios de comunicación y planeaban una demostración pública de clemencia en el Washington Mall. De la compasión para con las víctimas de los asesinos y los secuestradores, de eso no hablaban nunca, claro, pero a pesar de todo era un principio profundamente arraigado en ellos, y Ryan lo respetaba, en realidad.

El ex presidente respiró hondo para calmarse. Tenía cosas que hacer. Llevaba dos años trabajando en sus memorias y estaba en la recta final. El libro había progresado más rápidamente de lo que esperaba, hasta tal punto que ya tenía escrito un apéndice confidencial a su autobiografía, un apéndice que no vería la luz hasta pasados veinte años de su muerte.

—¿Por dónde vas? —preguntó Cathy, pensando en su agenda de ese día. Tenía cuatro operaciones con láser programadas. Los agentes del Servicio Secreto habían investigado ya a todos los pacientes, no fuera a ser que alguno entrara en el quirófano con una pistola o un cuchillo, cosa tan improbable que Cathy había dejado de pensar en ella hacía mucho tiempo. Aunque quizá fuera porque sabía que su servicio de seguridad se ocupaba de ello.

—¿Eh?

—Del libro —le aclaró su esposa.

—Por los últimos meses. —Su política fiscal y tributaria, que había funcionado hasta que Kealty le aplicó un lanzallamas.

Y ahora Estados Unidos de América no daba pie con bola bajo la presidencia (o el reinado) de Edward Jonathan Kealty, un miembro de la aristocracia más acaudalada. Las cosas se arreglarían con el tiempo, de un modo u otro, de eso se encargaría el pueblo. Pero la diferencia entre una turba y un rebaño era que la turba tenía un líder. Y, en realidad, no era eso lo que necesitaba el pueblo. El pueblo podía pasar sin eso... porque normalmente siempre acababa por aparecer un líder, de una manera o de otra. Pero ¿quién elegía al líder? El pueblo. El pueblo, sin embargo, elegía al líder de entre una lista de candidatos, y esos candidatos primero tenían que postularse.

Sonó el teléfono. Jack lo cogió.

—¿Diga?

—Hola, Jack. —Era una voz bastante familiar. Los ojos de Ryan se iluminaron.

—Hola, Arnie. ¿Qué tal va la vida en la universidad?

—Como puedes imaginarte. ¿Has visto las noticias esta mañana?

—¿Los *marines*?

—¿Qué opinas? —preguntó Arnie van Damm.

—No tiene buena pinta.

—Creo que es peor de lo que parece. La prensa no lo ha contado todo.

—¿Lo cuenta todo alguna vez? —preguntó Jack con acritud.

—No, si no le gusta, pero algunos periodistas son gente íntegra. Bob Holtzman, del *Post*, está sufriendo un ataque de mala conciencia. Me ha llamado. Quiere hablar contigo sobre tus puntos de vista..., extraoficialmente, claro.

Robert Holtzman, del *Washington Post*, era uno de los pocos periodistas en los que Ryan casi confiaba, en parte porque siempre había sido franco con él, y en parte porque era un ex oficial de la Marina: un 1630, el código que usaba la Marina para designar a sus agentes de inteligencia. Aunque estaban en desacuerdo en casi todos los asuntos de la vida política, Holtzman era también un hombre íntegro. Sabía cosas sobre la trayectoria de Ryan que nunca había publicado, a pesar de que habrían sido historias muy jugosas, quizás incluso decisivas para promocionarse en su profesión. Claro que tal vez las estuviera reservando para un libro. Holtzman había escrito unos cuantos, uno de ellos un superventas, y había ganado bastante dinero con ello.

—¿Qué le has dicho? —le preguntó Jack a Arnie.

—Que te lo preguntaría, pero que seguramente no te limitarías a decir que no, sino que ni pensarlo.

—Me cae bien ese tipo, Arnie, pero un ex presidente no puede poner verde a su sucesor...

—¿Ni aunque no valga una mierda?

—Ni siquiera en ese caso —afirmó Jack con amargura—. Quizá menos todavía. Pero espera un momento. Creía que Kealty te gustaba. ¿Qué ha ocurrido?

—Puede que haya pasado demasiado tiempo contigo. Ahora tengo la absurda idea de que el carácter también cuenta. No todo son maniobras políticas.

—Eso se le da de perlas, Arnie. Hasta yo tengo que reconocerlo. ¿Quieres venir a charlar un rato? —preguntó Ryan. ¿Por qué, si no, iba a llamar un viernes por la mañana?

—Sí, vale, ya sé que no soy muy sutil.

—Vente para acá. Siempre eres bienvenido en mi casa, ya lo sabes.

Cathy preguntó en voz baja:

—¿Qué tal el martes, para cenar?

—¿Qué te parece si cenamos juntos el martes? —le preguntó Jack a Arnie—. Puedes quedarte a pasar la noche. Le diré a Andrea que vas a venir.

—Sí, por favor. Siempre me preocupa un poco que esa mujer me pegue un tiro y, siendo como es, dudo que fuera una herida superficial. Nos vemos a eso de las diez.

—Estupendo, Arnie, hasta entonces. —Jack colgó el teléfono y se levantó para acompañar a su mujer al garaje. Cathy había ganado en clase: ahora conducía un Mercedes biplaza, aunque hacía poco había admitido que echaba de menos ir en helicóptero al Hopkins. Lo bueno era que ahora podía jugar a que era piloto de carreras, con su agente del Servicio Secreto, Roy Altman, ex capitán de la 82ª División Aerotransportada, agarrado con todas sus fuerzas al asiento del copiloto. Un tipo serio, Roy. Estaba de pie junto al coche, con la chaqueta desabrochada y la pistolera a la vista.

—Buenos días, doctora Ryan —dijo.

—Hola, Roy. ¿Qué tal los niños?

—Muy bien, gracias, señora. —Abrió la puerta del coche.

—Que tengas un día fructífero, Jack. —Y el habitual beso de por las mañanas.

Cathy subió al coche, se abrochó el cinturón de seguridad y puso en marcha a la bestia de doce cilindros que vivía bajo el capó. Le saludó con la mano y salió marcha atrás. Jack la vio desaparecer por el camino de entrada, hacia donde la esperaban los coches de escolta; después se volvió hacia la puerta de la cocina.

—Buenos días, señora O'Day —saludó.

—Buenos días, señor presidente —dijo la agente especial Andrea Price-O'Day, la agente principal de Jack. Tenía un hijo de dos años y pico llamado

Conor, un auténtico diablillo, como Jack sabía muy bien. El padre de Conor era Patrick O'Day, inspector jefe de investigaciones de Dan Murray, el director del FBI, otro nombramiento del Gobierno de Jack que Kealty no había logrado deshacer, porque no se permitía que el FBI fuera un balón de fútbol a merced de los políticos..., o eso se suponía, al menos.

—¿Qué tal el pequeñín?

—Estupendamente. Aunque sigue sin tener muy claro lo del orinal. Llora cuando lo ve.

Jack se echó a reír.

—Jack era igual. Arnie vendrá el martes, sobre las diez de la mañana —le dijo—. Se quedará a cenar y a pasar la noche.

—Bueno, a él no tenemos que investigarle muy exhaustivamente —contestó Andrea. Aunque de todos modos pasarían su número de la Seguridad Social por la base de datos del Centro Nacional de Información sobre Delincuencia, sólo para asegurarse. El Servicio Secreto no se fiaba de casi nadie, ni siquiera de sus propios efectivos, desde que Aref Raman les salió rana. Aquello les había dado muchos quebraderos de cabeza. Pero el marido de Andrea había ayudado a calmar los ánimos, y Raman iba a pasar muchísimo tiempo en la prisión federal de Florence, Colorado. De todos los centros penitenciarios federales, Florence era el más lúgubre: una prisión de máxima seguridad excavada en la dura roca y totalmente subterránea. Cuando sus inquilinos veían el sol, era casi siempre en televisores en blanco y negro.

Ryan volvió a entrar en la cocina. Podría haber preguntado algo más. El Servicio guardaba montones de secretos. Él, sin embargo, había sido presidente: podría haber obtenido una respuesta, pero no quería hacerlo.

Y todavía tenía trabajo por delante. De modo que se sirvió otra taza de café y se fue a su biblioteca a trabajar en el capítulo cuarenta y ocho, segundo epígrafe. George Winston y el sistema tributario. Había funcionado bien, hasta que Kealty decidió que algunas personas no pagaban «la cuota justa». Y Kealty, naturalmente, era el árbitro definitivo, el único capaz de juzgar lo que era «justo».

11

Esa mañana, los papeles del XITS incluían un mensaje cifrado del que el Campus poseía la clave. Su contenido no podía ser más anodino, hasta el punto de que el cifrado resultaba superfluo: la prima de alguien había dado a luz una niña. Tenía que ser una contraseña. «La silla está contra la pared» había sido la frase usada durante la Segunda Guerra Mundial para alertar a la Resistencia francesa de que actuara contra el Ejército de ocupación alemán. La frase «Jean lleva bigote largo» les había avisado de que la invasión del Día D estaba a punto de dar comienzo, al igual que el verso «Hieren mi corazón con monótona languidez».

Y bien, ¿qué significa esto?, se preguntaba Jack. Tal vez fuera sencillamente que alguien acababa de tener un bebé, si bien dentro de la cultura árabe el nacimiento de una niña no se consideraba un momento de especial alegría. O quizá se hubiera efectuado una transferencia monetaria grande (o pequeña); era así como intentaban seguir el rastro de las actividades del enemigo. El Campus había eliminado a quienes se encargaban de tales movimientos financieros. Uno se llamaba Uda ben Salí y había muerto en Londres gracias al mismo bolígrafo que Jack había utilizado en Roma para cargarse a Moha, quien, como había descubierto después, era un tipo de cuidado.

Algo llamó su atención. *¿Eh?* La lista de distribución del correo electrónico contenía un número infrecuente de direcciones francesas. *¿Se está cociendo algo por allí?*, se preguntó Jack.

—¿Otra vez buscando una aguja en un pajar? —le preguntó Rick Bell a Jack diez minutos después. Al igual que Jack, el jefe de análisis del Campus tenía la impresión de que el anuncio del alumbramiento era demasiado insulso para suscitar entusiasmo alguno.

—¿Y qué otra cosa puede hacerse en un henar? —contestó Jack—. Aparte de lo del bebé, hay unas cuantas transferencias bancarias, pero de eso ya se están encargando los de abajo.

—¿Son grandes?

Ryan sacudió la cabeza.

—No, en total no llegan ni a medio millón de euros. Calderilla. Pero han sacado una nueva colección de tarjetas de crédito. Así que no hay billetes de avión que rastrear. De todas formas, de eso se encarga el FBI, en la medida en que puede hacerlo sin nuestra colección de claves.

—Y eso no durará —comentó Bell—. No creo que tarden mucho en cambiar sus sistemas de cifrado, y habrá que empezar otra vez desde el principio. Confiemos en que al menos no lo hagan antes de que encontremos algo que valga la pena. ¿Nada más?

—Sólo preguntas, como dónde se esconde el Pajarraco. De eso no hay ni el menor tufillo.

—La NSA mantiene vigilados todos los sistemas telefónicos del mundo. Hasta el punto de que sus ordenadores están sobrecargados. Quieren comprar dos ordenadores centrales nuevos a Sun Microsystems. La partida presupuestaria se aprobará esta semana. Esos mamones de California ya están preparando las cajas.

—¿Es que la NSA nunca recibe una negativa ni tiene problemas de presupuesto? —se preguntó Ryan.

—En la vida —replicó Bell—. Se limitan a rellenar bien los impresos y a humillarse debidamente ante los comités del Congreso.

Jack sabía que la NSA siempre conseguía lo que quería. No podía decirse lo mismo de la CIA. Pero la NSA se consideraba más de fiar y mantenía un perfil más bajo. Salvo en el caso de Trailblazer, claro. Poco después del 11 de Septiembre, la NSA se percató de que su tecnología de espionaje telemático había quedado deplorablemente desfasada para gestionar el volumen de tráfico que intentaba no sólo digerir, sino también diseminar, de modo que se contrató a una empresa de San Diego, la SAIC (Science Applications International Corporation), para poner al día los sistemas de Fort Meade. El proyecto, de veintiséis meses de duración y doscientos ochenta millones de dólares de presupuesto, recibió el nombre de Trailblazer y no fue a ninguna parte. SAIC consiguió entonces un contrato por valor de trescientos sesenta millones para la creación del sucesor de Trailblazer. El despilfarro de dinero y tiempo hizo rodar cabezas en la NSA y dañó su por lo demás impecable reputación en el Capitolio. El Execute Locus, si bien avanzaba conforme a lo previsto, no había pasado aún de la fase beta, de modo que la NSA estaba complementando su sistema informático con superordenadores de Sun Microsystems que, aunque potentes, surtían el mismo efecto que sacos de arena para contener un *tsunami*. Y lo que era aún peor: para cuando el Execute Locus pudiera conectarse a la red, ya habría empezado su descenso en picado hacia la obsolescencia, gracias principalmente a Sequoia, la supercomputadora de IBM.

Aunque a Jack le gustaba considerarse un experto en cuestiones informáticas, la capacidad de Sequoia resultaba alucinante. Más rápida que las cinco principales supercomputadoras del mundo juntas, Sequoia era capaz de ejecutar veinte mil billones de operaciones matemáticas por segundo, estadística ésta que sólo podía comprenderse mediante una comparación reduccionista: si los seis mil setecientos millones de habitantes del planeta, provistos cada uno de su calculadora, trabajaran juntos en un cálculo veinticuatro horas al día, todos los días del año, tardarían tres siglos en hacer lo que Sequoia haría en una hora. Había, sin embargo, una pega: Sequoia no estaba lista para entrar en acción; según los últimos informes, se hallaba alojada en noventa y seis cámaras frigoríficas que abarcaban un área de más de novecientos metros cuadrados.

Tan grande como una casa de dos plantas de buen tamaño, se dijo Jack. Y añadió: *¿Harán visitas guiadas?*

—Bueno, ¿por qué crees que esto es importante? —preguntó Bell.

—¿Qué sentido tiene cifrar el anuncio de un nacimiento? —respondió Ryan—. Además, lo hemos descifrado con su clave interna. De acuerdo, puede que los malos también tengan hijos y familia, pero no aparece el nombre de la madre, ni el del padre, ni el del bebé. Es demasiado aséptico.

—Eso es cierto —contestó Bell.

—Una cosa más: hay un destinatario nuevo en la lista de distribución, y utiliza una ISP distinta. Puede que valga la pena echarle un vistazo. Quizá no sea tan cuidadoso como los demás con sus préstamos de respaldo y sus operaciones financieras.

Hasta el momento, los mensajes de su «Conexión Francesa» procedían de servidores de Internet encubiertos o de cuentas de correo de usar y tirar al otro lado de las cuales no había más que un fantasma, y dado que todos ellos tenían su origen en proveedores extranjeros, el Campus difícilmente podía descubrir el pastel. Si los franceses estuvieran al tanto, no tendrían más que entrar en el servidor de Internet y obtener la información de su cuenta de correo. Conseguirían, como mínimo, el número de su tarjeta de crédito, y a partir de él obtendrían la dirección postal a la que se enviaba la factura mensual de la tarjeta, a no ser que fuese una tarjeta con respaldo falso, en cuyo caso podrían, al menos, lanzar una operación de rastreo para intentar recabar las primeras piezas. Y vuelta a la teoría del rompecabezas: un montón de piezas minúsculas acababan por componer un gran cuadro. Eso, con suerte.

—Puede que haga falta piratear un poco, pero quizás encontremos información suficiente para seguirle la pista a ese tipo.

—Merece la pena intentarlo —convino Bell—. Adelante.

Ibrahim, por su parte, acogió el anuncio del alumbramiento como una grata sorpresa. Ocultos en aquel texto aparentemente inocuo había tres mensajes: su sección de Lotus iba a entrar en la siguiente fase, los protocolos de comunicación iban a cambiarse y había un mensajero en camino.

Era última hora de la tarde en París y el tráfico de la hora punta convertía la ciudad en un hervidero. Hacía un tiempo agradable. Los turistas norteamericanos empezaban a afluir de nuevo, atraídos por el placer del comercio y el desencanto filosófico de los parisinos, por los monumentos y el gusto de la comida y el vino. Muchos llegaban ahora en tren desde Londres, pero era imposible distinguirlos por sus ropas. Los taxistas los llevaban de mala manera de acá para allá, dándoles de paso lecciones informales de pronunciación y refunfuñando por el importe de las propinas: por lo menos los norteamericanos sabían darlas, no como la mayoría de los europeos.

Ibrahim Salih al Adel estaba aclimatado por completo. Su francés era lo bastante perfecto como para que a los parisinos les costara situar su acento, y se movía por la ciudad como uno de ellos, no mirándolo todo pasmado como un mono en el zoo. Eran las mujeres, curiosamente, quienes más ofensivas le resultaban, pavoneándose orgullosas con su ropa elegante, a menudo con hermosos y carísimos bolsos de piel colgados de las manos, aunque calzadas casi siempre con zapatos cómodos porque allí la gente iba a pie más que en coche. Para mejor exhibir su orgullo, se decía Ibrahim.

Había tenido un día rutinario en el trabajo, vendiendo películas en vídeo y DVD, la mayoría de ellas filmes estadounidenses doblados al francés o con subtítulos, lo que permitía a sus clientes poner a prueba el inglés que habían aprendido en el colegio. (Por más que despreciaran a Estados Unidos, una película era una película, y los franceses amaban el cine más que otras nacionalidades.)

Así pues, al día siguiente empezaría a organizar el equipo y a planificar la misión, cosa difícil de llevar a cabo más allá de la conversación en torno a la mesa de la cena. Algunas cosas podían hacerse desde allí, no obstante, a través de Internet, aunque sólo a grandes rasgos. Los pormenores de su objetivo sólo podrían evaluarse in situ, aunque si hacían los deberes allí se ahorrarían un tiempo precioso en el futuro. Algunas piezas logísticas ya estaban en su sitio, y de momento su informante dentro de las instalaciones había demostrado ser constante y de fiar.

¿Qué necesitaba para la misión? Unas cuantas personas. Creyentes, todas ellas. Cuatro. Nada más. Una de ellas, con conocimientos sobre explosivos. Automóviles imposibles de rastrear: eso no era un problema, claro. Y buen dominio de idiomas. No debían desentonar en el papel, lo cual no sería difícil teniendo en cuenta la ubicación del objetivo; pocas personas eran capaces de distinguir las sutilezas del color de la piel, y él hablaba inglés casi sin acento, así que eso tampoco lo sería.

Pero, por encima de todo, cada miembro del equipo debía ser un verdadero creyente. Dispuesto a morir. Y a matar. Para los de fuera era fácil asumir que lo primero era más importante que lo segundo, pero aunque había muchos dispuestos a tirar su vida por la borda, era mucho más útil inmolarse únicamente por el progreso de la causa. Se consideraban Soldados de Dios y ansiaban sus setenta y dos huríes, pero eran en realidad jóvenes con escasas perspectivas para los que la religión era el camino hacia una grandeza que jamás podrían conseguir de otro modo. Era curioso que fueran tan tontos como para no darse cuenta siquiera. Pero por eso él era el líder y ellos los seguidores.

12

Aunque no hubiera estado nunca en el motel, a Allison no le habría costado encontrarlo, situado como estaba junto a lo que en el pueblo de Beatty se conocía, con mucho optimismo, como calle Mayor: en realidad, nada más que un tramo de carretera de menos de un kilómetro de largo, con la velocidad limitada a cincuenta por hora, entre las autopistas 95 y 374.

El hotel (el Motel 6 del Valle de la Muerte) tenía, pese a su apariencia exterior, habitaciones relativamente limpias que olían a jabón desinfectante. Allison las había visto peores, y hasta había ejercitado sus... habilidades peculiares en sitios mucho más horribles que aquél. Y con hombres más horrorosos, por mucho menos dinero. Si algo le molestaba era, en todo caso, el nombre del motel.

Allison (su verdadero nombre era Aysilu, que en turco significaba «Bella como la Luna») había heredado de sus padres y antepasados un saludable respeto por los presagios, tanto sutiles como explícitos, y el nombre de Motel 6 del Valle de la Muerte entraba, a su modo de ver, en esta última categoría.

Pero poco importaba. Los presagios eran ambiguos y su significado siempre estaba abierto a interpretaciones. En este caso, era poco probable que el nombre del motel pudiera referirse a ella: su objetivo estaba demasiado embelesado como para suponer una amenaza, directa o indirecta. Y ella estaba tan bien adiestrada que lo que había ido a hacer allí exigía muy poca concentración por su parte. Ayudaba, además, que los hombres fueran seres simples y previsibles a los que movían sus más bajos instintos. «Los hombres son arcilla», le había dicho una vez su primera instructora, una mujer llamada Olga, e incluso a la tierna edad de once años Allison había reconocido la verdad que encerraban sus palabras: lo había visto en las miradas persistentes de los chicos de su pueblo, y hasta en los ojos siempre vigilantes de algunos mayores.

Aun antes de que su cuerpo comenzara a cambiar y a florecer, había sabido de manera instintiva cuál era el sexo no sólo más bello, sino también más fuerte. Los hombres poseían fortaleza física, y eso tenía sus ventajas y sus placeres, pero Allison cultivaba una fortaleza de otra índole, una fortaleza que le había sido muy útil y la había mantenido con vida en situaciones peligrosas, además de cómodamente instalada en tiempos de escasez. Y ahora, a los veintidós años, cuando su pueblo quedaba ya muy atrás, su fortaleza iba a hacerla rica. Y lo que era mejor aún: a diferencia de muchos de sus jefes anteriores, el actual no había exigido probar el género de antemano. Allison ignoraba si ello obedecía a sus estrictos ideales religiosos o a una cuestión de simple profesionalidad, pero habían aceptado sin más sus credenciales, junto con una recomendación cuyo origen, sin embargo, no estaba del todo claro. Debía de ser, sin duda, alguien con influencia. El programa ya desmantelado en el que había recibido adiestramiento se había desarrollado en el más absoluto de los secretos.

Pasó de largo frente al aparcamiento del motel, dio una vuelta a la manzana y volvió en sentido contrario, buscando algo fuera de lo normal, cualquier cosa que hiciera hormiguear su intuición. Vio el vehículo de su objetivo, una camioneta Dodge azul de 1990, aparcada junto a otra media docena de coches, todos ellos con matrícula del estado, excepto uno de California y otro de Arizona. Tras comprobar que estaba todo en orden, paró en una gasolinera, cambió de sentido rápidamente, regresó al motel y detuvo el coche en el aparcamiento, dos plazas más allá de la camioneta Dodge. Se tomó un momento para inspeccionar su maquillaje en el espejo retrovisor y sacó un par de condones de la guantera. Los guardó en el bolso y lo cerró con una sonrisa. Él había hecho amago de quejarse por el asunto de los condones argumentando que no quería que nada se interpusiera entre ellos, pero Allison se había negado con la excusa de que, antes de pasar a una nueva fase en su relación, quería esperar a que se conocieran mejor o que se hicieran, quizás, análisis para descartar enfermedades de transmisión sexual. Lo cierto era que, si ponía reparos, no era por cautela o desconfianza. Su jefe había sido muy minucioso: le había hecho entrega de un dossier detallado acerca del sujeto, el cual incluía desde su rutina cotidiana a sus hábitos alimenticios, pasando por su historial amoroso. Había tenido dos amantes antes que ella: una novia del instituto que le dejó en el último curso, y otra poco después de acabar la universidad. También éste había sido un noviazgo pasajero. Las probabilidades de que tuviera alguna enfermedad eran prácticamente nulas. No: el uso de preservativos no era sino una herramienta más dentro de su arsenal. La cercanía que él tanto ansiaba era una necesidad, y las necesidades eran simples puntos de apoyo desde los que ejercer presión. Cuando por fin «cediera» y le permitiera poseerla sin tomar precauciones, ello serviría únicamente para afianzar su dominio sobre él.

Arcilla, pensó.

No podía, sin embargo, demorarse mucho más, porque su jefe ya había empezado a pedirle información que ella aún no había logrado extraer. El porqué de su impaciencia y lo que pensaran hacer con la información que ella iba a

proporcionarles era asunto suyo, pero estaba claro que los secretos que guardaba aquel hombre eran de importancia crucial. En casos como aquél, sin embargo, convenía no apresurarse. Sobre todo, si se buscaban buenos resultados.

Salió del coche, cerró la puerta y se dirigió a la habitación. Como tenía por
costumbre, él había dejado una rosa roja colgada en el hueco entre el pomo y
el quicio de la puerta: su «contraseña» para hacerle saber dónde estaba. Era un
hombre muy tierno, en realidad, pero tan débil y desvalido que a Allison le
resultaba casi imposible sentir por él algo que no fuera desprecio.

Llamó a la puerta. Oyó pasos que se acercaban rápidamente y a continuación el chirrido de la cadena al descorrerse. Se abrió la puerta y allí estaba él,
vestido con sus pantalones de pana y una camiseta andrajosa de la media docena que poseía, todas ellas con motivos de películas de ciencia ficción o de programas de televisión.

—Hola —ronroneó ella, arqueando una cadera como una modelo de
pasarela. Años de práctica habían borrado casi por completo su acento—. ¿Te
alegras de verme?

Su vestido veraniego, del color anaranjado claro que a él tanto le gustaba,
se ceñía a su cuerpo en algunas partes y se abultaba vaporosamente en otras, en
un equilibrio perfecto entre castidad y provocación. La mayoría de los hombres,
aunque no fueran conscientes de ello, querían que sus mujeres fueran señoras
en la vida cotidiana y fulanas en la cama.

Sus ojos ansiosos acabaron de recorrer las piernas y los pechos de Allison
y se posaron luego en su cara.

—Eh, sí... Ya lo creo que sí —masculló—. Vamos, ven aquí.

Hicieron el amor dos veces durante las dos horas siguientes; la primera vez duró
sólo un par de minutos; la segunda, diez, y únicamente porque ella le refrenó.
Músculos de otro tipo, se dijo. Pero no menos poderosos. Cuando acabaron, él
yacía de espaldas, jadeando, con el pecho y la cara cubiertos de sudor. Ella se
bajó y, acurrucándose junto a su hombro, exhaló un profundo suspiro.

—¡Uf! —murmuró—. Ha sido... ¡Uf!

—Sí —contestó él.

Steve no era mal parecido (tenía el pelo rizado rubio rojizo y ojos azules
claros), pero era demasiado flaco para su gusto, y su barba le arañaba la cara y
los muslos. Pero era limpio, no fumaba, y tenía los dientes rectos, así que, en
resumidas cuentas, Allison sabía que podía haber sido peor.

En cuanto a sus habilidades en la cama... Eran prácticamente inexistentes. Era un amante demasiado considerado y demasiado blando, siempre preo-

cupado por si estaba haciéndolo mal o por si debía hacer algo distinto. Ella hacía lo posible por tranquilizarle, diciéndole lo que era necesario y haciendo los ruidos de rigor en el momento preciso, pero sospechaba que, en el fondo, a Steve le preocupaba perderla..., aunque, en realidad, no la hubiera tenido nunca.

Era el síndrome típico de la bella y la bestia. Steve no iba a perderla, claro, al menos mientras Allison no consiguiera la respuesta que necesitaban sus jefes. Sintió una momentánea punzada de mala conciencia al imaginarse cómo reaccionaría él cuando se esfumara. Estaba casi segura de que se había enamorado de ella (que era lo que se pretendía, a fin de cuentas), pero se veía tan... inofensivo que era difícil no sentir de vez en cuando lástima por él. Difícil, pero no imposible. Allison alejó aquella idea de su mente.

—Bueno, ¿qué tal el trabajo? —preguntó él.

—Bien, lo mismo de siempre: hago la ronda, suelto mi rollo, reparto mis números de teléfono aquí y allá y les enseño un poco a los médicos el escote...

—¡Eh, oye!

—Relájate, es una broma. Muchos médicos están preocupados por el asunto de los medicamentos que se han retirado del mercado.

—¿Esos analgésicos de la tele?

—Sí, ésos. El fabricante nos está presionando para que sigamos recomendándolos.

Que él supiera, Allison era comercial de farmacia y vivía en Reno. Habían «coincidido» en Barnes & Noble, en cuyo Starbucks a ella le había faltado una monedita de nada para pagar su café moca. Steve, que iba detrás de ella en la cola, se había ofrecido muy nervioso a pagar la diferencia. Provista de su dossier (o de la pequeña parte de su dossier que sus jefes consideraban que debía tener) y conocedora de sus costumbres, le había sido muy fácil planear el encuentro y más fácil aún sacarle partido al expresar interés por un libro que él estaba leyendo: un volumen sobre ingeniería mecánica que, de hecho, no le interesaba lo más mínimo. Él estaba tan eufórico porque una chica guapa le hiciera caso que no lo había notado.

—Y todo ese rollo de la ingeniería... —dijo Allison—. No sé cómo lo haces. Intenté leer uno de los libros que me pasaste, pero no entendí nada.

—Bueno, tú eres bastante lista, claro, pero es un tema muy árido. Yo pasé cuatro años en la universidad, acuérdate, y en realidad no aprendí nada práctico hasta que empecé a trabajar. En el MIT me enseñaron muchas cosas, pero eso no es nada comparado con lo que he aprendido desde entonces.

—¿Qué, por ejemplo?

—Bueno, ya sabes, cosas.

—¿Como cuáles?

Él no contestó.

—Vale, vale, capto el mensaje: el señor es tan importante que todo es alto secreto.

—No es eso, Ali —contestó él en tono levemente quejoso—. Pero es que te hacen firmar todos esos papeles... Acuerdos de confidencialidad y todo eso.

—Vaya, debes de ser muy importante.

Steve sacudió la cabeza.

—Qué va. Ya sabes cómo es el Gobierno... Paranoico hasta el final. Qué diablos, hasta me sorprende un poco que no nos hayan hecho pasar por el polígrafo, aunque ¿quién sabe?

—Pero ¿de qué se trata, entonces? ¿De armas y bombas y cosas así? No, espera... ¿Diseñas cohetes espaciales?

Él se echó a reír.

—No, no diseño cohetes. Soy ingeniero mecánico. Un ingeniero corriente y moliente, del montón.

—¿No serás un espía? —Allison se apoyó en el codo y dejó que la sábana resbalara hasta dejar al descubierto uno de sus blancos pechos—. Es eso, ¿verdad? Eres un espía.

—No, tampoco soy un espía. Vamos, mírame. Soy un patoso.

—La tapadera perfecta.

—Chica, tienes mucha imaginación, eso hay que reconocerlo.

—Estás esquivando la pregunta. Y eso te delata: es una maniobra propia de espías.

—Nada de eso. Siento desilusionarte.

—Entonces, ¿qué es? Cuéntamelo...

—Trabajo para el Departamento de Energía.

—Energía nuclear y todo eso.

—Exacto.

Lo cierto era que Allison sabía perfectamente cómo se ganaba la vida, dónde trabajaba y qué se hacía en aquel lugar. Lo que estaba buscando (lo que buscaban ellos) era mucho más específico. Confiaban en que Steve tuviera la información, memorizada ya, quizás. Y, si no, que tuviera acceso a ella. Allison se preguntó distraídamente por qué habían optado por recurrir a ella, en vez de secuestrar a Steve en plena calle y sacarle la información por la fuerza bruta. Sospechaba que ello se debía no sólo a la escasa fiabilidad de la tortura, sino a que Steve trabajara en aquel lugar en concreto. Si desaparecía o aparecía muerto en circunstancias sospechosas, aunque lo fueran sólo remotamente, habría una investigación de la que no se encargaría sólo la policía local, sino también el FBI, y seguramente su jefe prefería evitar esa clase de intromisiones. Aun así, el hecho de que no se hubieran decantado por el método más directo resultaba revelador: venía a decir que la información que necesitaban era al mismo tiempo esencial y extraordinaria. Steve era, quizá, su única fuente viable para obtenerla, lo que significaba que o bien aquella información se guardaba con extremo secreto, o bien que su conocimiento de ella era singular.

Nada de eso importaba, en cualquier caso. Ella haría su trabajo, cobraría el dinero y luego...; en fin, ¿quién sabía?

Su tarifa era considerable; bastaría, quizá, para empezar cómodamente una nueva vida en otra parte, ganándose la vida de otra manera. Algún trabajo corriente: bibliotecaria o librera, tal vez. Sonrió al pensarlo. Estaría bien llevar una vida normal Pero tendría que tener mucho cuidado con aquella gente. Ignoraba qué pensaban hacer con aquella información, pero estaba claro que era de importancia vital. Tan importante, sospechaba, como para matar por ella.

De vuelta al trabajo...

Deslizó perezosamente las uñas por su pecho.

—No correrás peligro, ni nada parecido, ¿verdad? Me refiero al cáncer y esas cosas.

—No, no —contestó—, nada de eso. Imagino que hay algún riesgo, pero hay protocolos, normas y reglamentos, tantos que para que te pase algo tienes que cagarla a lo grande.

—Entonces, ¿nunca le ha pasado nada... a nadie?

—Claro que sí, pero suelen ser cosas tontas: que a algún tío le pilla un pie una carretilla elevadora o se atraganta con los nachos en la cafetería. Ha habido un par de emergencias en... en otras partes, pero eso suele ser porque alguien intenta ahorrar tiempo y hace una chapuza, y hasta cuando eso pasa hay sistemas y procedimientos de emergencia. No corro ningún peligro, nena, te lo aseguro.

—Bueno, me alegro. No soportaría que te pusieras enfermo o te pasara algo.

—Eso no va a pasar, Ali. Soy muy cuidadoso.

Eso ya lo veremos, pensó ella.

13

Jack Ryan hijo se apretó contra la pared y, al avanzar pegado a ella, notó cómo arañaban su camisa las astillas de los tablones sin desbastar. Llegó a la esquina y se detuvo, sosteniendo el arma en la posición de Weaver, con las dos manos y el cañón apuntando hacia abajo. No como en Hollywood o en las series policíacas, pensó, donde las pistolas se llevaban con el cañón hacia arriba, junto a la cara. Quedaba bien, claro (no había marco más favorecedor para un héroe de mandíbula recia y ojos azules de mirada acerada que una Glock de buen tamaño), pero allí no se trataba de lo que quedara bien o mal, sino de mantenerse con vida y liquidar a los malos. Haber crecido en la Casa Blanca, rodeado de agentes del Servicio Secreto que conocían mejor sus armas que a sus propios hijos, tenía sus ventajas, ¿no?

El modelo de posición de tiro difundido por Hollywood presentaba un doble problema: la visibilidad y la posibilidad de una emboscada. A la hora de manejar una pistola en condiciones de combate real, la clave estaba en disparar derecho y dar en el blanco a pesar de la presión, y eso, a su vez, era cuestión de mentalización y visibilidad. Para lo primero era fundamental el condicionamiento psicológico; para lo segundo, los aspectos prácticos. Era mucho más fácil y efectivo levantar el arma, conseguir una buena visualización del objetivo y disparar que hacerlo al contrario. El otro factor (la emboscada) giraba en torno a lo que ocurre cuando doblas una esquina y te encuentras cara a cara con un adversario. ¿Quieres mantener la pistola en alto, junto a la cara, o baja, donde puedas tener oportunidad de disparar a las piernas del contrario antes de que se te eche encima y la situación se convierta en una especie de combate de lucha libre en el que todo vale? No pasaba muy a menudo, claro, pero por lo que a Jack respectaba, y por lo que respectaba a los verdaderos expertos en armas, era mucho mejor luchar con un adversario que tuviera una o dos balas de nueve milímetros incrustadas en las piernas.

Teoría, Jack, se recordó, volviendo al presente. Y las teorías eran para las aulas, no para el mundo real.

¿Dónde demonios estaba Dominic? Se habían separado en la puerta de entrada y Dominic se había ido hacia la derecha, a inspeccionar las habitaciones del fondo de la casa (las potencialmente «cargadas»); Jack, por su parte, había tirado por la izquierda, en dirección a los espacios más desahogados de la cocina y el cuarto de estar. *No te preocupes por Dominic, preocúpate por ti.* Su primo pertenecía al FBI (al menos oficialmente), así que no necesitaba que nadie le dijera cómo hacer las cosas.

Jack pasó la pistola a su mano izquierda, se secó la derecha en la pernera de los pantalones y volvió a cambiarse de mano el arma. Respiró hondo, dio un corto paso atrás y asomó la cabeza por la esquina. La cocina. Frigorífico a la derecha; encimera de color aguacate, fregadero de acero inoxidable y microondas a la izquierda; mesa de comedor y sillas un poco más allá, al final de la encimera, junto a la puerta de atrás.

No detectó ningún movimiento, así que salió con la pistola levantada casi a la altura del hombro, barrió la cocina con la mirada, acompañando el movimiento con la pistola, y entró. De frente y a la derecha había un arco que llevaba al cuarto de estar, supuso mientras visualizaba mentalmente el plano de la casa. Dominic entraría por la otra habitación, la de la derecha, para reunirse con él...

—¡Jack! ¡La ventana del cuarto de atrás! —gritó su primo desde algún lugar del interior de la casa—. ¡Se escapa uno! ¡Por la ventana lateral! Varón blanco, chaqueta roja, armado... ¡Voy por él!

Jack resistió el impulso de echar a correr y, moviéndose despacio, con cautela, inspeccionó el resto de la cocina y se asomó a la esquina del cuarto de estar. Estaba despejado. Se acercó a la puerta del patio con el cuerpo alineado a la izquierda de la jamba de la puerta, detrás de los listones de madera de dos por cuatro de debajo del tabique de cartón yeso que, en teoría y con un poco de suerte, detendrían o frenarían cualquier bala dirigida hacia él, y luego se agachó para mirar por la ventana estilo ojo de buey que daba al callejón. Vio a su derecha una figura que avanzaba por el callejón: impermeable azul, letras amarillas. El impermeable del FBI de Dominic. Abrió la puerta, miró otra vez y empujó la mosquitera. Justo frente a él, en el muro de ladrillo, había una puerta en sombras; a su izquierda, un contenedor verde. Avanzó hacia allí con la pistola en alto, buscando objetivos. Vio una sombra que se movía junto a la puerta y se giró a tiempo de ver aparecer en el umbral la silueta de un hombre.

—¡Alto! ¡No te muevas, no te muevas! —gritó, pero la figura seguía moviéndose. Su brazo izquierdo salió a la luz. La mano sostenía un revólver—. ¡Suelta el arma! —gritó de nuevo Jack, esperó un segundo y luego disparó dos veces. La figura cayó hacia la puerta. Jack se volvió otra vez, retrocedió hacia el contenedor y desplazó el cuerpo hasta que pudo ver más allá de su esquina, buscando...

En ese momento, algo golpeó su espalda entre los omóplatos y cayó hacia delante. Sintió que la sangre afluía de golpe a su cabeza y pensó: *Ay, mierda, joder...* Rebotó contra el contenedor, parando el impacto con el hombro izquierdo, e intentó girarse hacia el lugar de donde procedía el disparo. Sintió que otro proyectil se incrustaba en su costado, justo debajo de la axila, y comprendió que era demasiado tarde.

—¡Alto el fuego! —gritó una voz por un megáfono, y acto seguido se oyeron tres rápidos toques de silbato que resonaron en el callejón—. ¡Se acabó el ejercicio! ¡Se acabó el ejercicio!

—Ay, Dios... —masculló Jack, y, apoyándose contra el contenedor, exhaló un profundo suspiro.

El hombre que acababa de dispararle (el agente especial Walt Brandeis) se apartó de la puerta y sacudió la cabeza con aire apesadumbrado.

—Dios mío. Morir así, hijo, con un manchurrón de pintura verde en medio de la espalda... —Jack pudo ver la media sonrisa que se dibujaba en los labios de Brandeis cuando le miró de arriba abajo antes de chasquear la lengua—. Es una lástima, una auténtica lástima.

Dominic apareció corriendo por la esquina del callejón y se paró en seco. Luego dijo:

—¿Otra vez?

—El problema, Jack, es que has...

—Me he precipitado, lo sé.

—No, esta vez no. No es sólo eso. El verdadero problema no es que te hayas precipitado: eso es sólo una parte, pero no ha sido por eso por lo que te han matado. ¿Adivinas por qué ha sido?

Jack hijo se quedó pensando un momento.

—Porque he dado demasiadas cosas por sentado.

—Ya lo creo que sí. Has dado por sentado que el objetivo que veías en la puerta era el único que había. Has dado por sentado que lo habías matado y luego has dejado de preocuparte por él. Es lo que yo llamo el síndrome del alivio de la emboscada. No lo encontrarás en los manuales, pero es así: sobreviviste a una emboscada por los pelos y ahora te sientes como si fueras indestructible. En tu cabeza, inconscientemente, esa puerta y la habitación de dentro pasaron de la categoría de «peligrosas» a la de «despejadas». Ahora bien, si esto fuera la vida real y hubiera habido dos objetivos ahí fuera, un delincuente medio, sin dos dedos de frente, seguramente se habría dejado ver al mismo tiempo que su compañero. Pero siempre hay excepciones, como la de esa rara criatura, el criminal inteligente, y son las excepciones las que matan.

—Tienes razón —masculló Jack antes de beber un sorbo de coca-cola *light*—. Maldita sea.

Dominic y Brian, que no había participado en el último ejercicio, se habían reunido con él en la sala de descanso después de que Brandeis le echara un buen rapapolvo. A Brandeis le había importado muy poco que Jack fuera hijo del ex presidente: no se había dejado nada en el tintero. Le había dicho básicamente lo mismo que le estaba diciendo Dominic, sólo que con más gracia. Oriundo de Misisipí, Brandeis tenía un aire humilde y campechano, muy al estilo del cómico Will Rogers, que quitaba en parte vitriolo a sus críticas. En parte, pero no del todo. *¿Qué te creías, Jack? ¿Que ibas a llegar aquí y a salir hecho un experto?*

Como casi todo el centro de entrenamiento táctico urbano del FBI en Quantico, conocido cariñosamente con el nombre de Callejón de Hogan, la sala de descanso era más bien austera, con paredes y suelos de tarima sintética y mesas de formica que daban la impresión de haber sido tratadas a martillazos. En el circuito de entrenamiento, en cambio, no faltaba un detalle; había incluso una oficina de correos, un banco, una barbería y un salón de billar. *Y callejones oscuros*, pensó Jack. Eso sí que parecía real, igual que el perdigón de pintura que había recibido entre los omóplatos. Todavía le escocía; seguro que cuando se metiera en la ducha tendría un cardenal de buen tamaño. Pero, con perdigón o sin él, si estabas muerto, estabas muerto. Jack sospechaba que era por él por lo que habían usado proyectiles de pintura. Dependiendo de la situación que se simulara y de los agentes que participaran en el ejercicio, el Callejón de Hogan podía ser mucho más ruidoso y mucho más espeluznante. Jack incluso había oído rumores de que el Equipo de Rescate de Rehenes a veces utilizaba fuego real. Claro que esos tipos eran lo mejor de lo mejor.

—¿Y tú qué? ¿No vas a decir nada? —le preguntó Jack a Brian, que había echado hacia atrás la silla y se mecía en ella, apoyada en dos patas—. Ya que estamos, echadme la charla completa.

Brian sacudió la cabeza y señaló a su hermano con la cabeza, sonriendo.

—Eso es cosa suya, tío, no mía. Si estuviéramos en Twenty-nine Palms, ya hablaríamos. —Los *marines* tenían su propio complejo de entrenamiento urbano: el MOUT, o Centro de Operaciones Militares en Terreno Urbanizado en Twenty-nine Palms—. Pero como de momento no es así, prefiero mantener la boca cerrada, muchísimas gracias.

Dominic tocó con un nudillo en la mesa, delante de Jack.

—Joder, tío, que fuiste tú quien nos pidió que te trajéramos, ¿no?

La inconfundible dureza de la voz de Dominic dejó a Jack momentánea-mente desconcertado. *¿Qué está pasando?*, se preguntó.

—Sí, ya.

—Querías saber cómo es de verdad, ¿no?

—Sí.

—Pues entonces deja de comportarte como un crío al que han pillado haciendo trampas en el concurso de ortografía del colegio. Aquí no se trata de sermonear a nadie. A nadie le importa una mierda quién seas, o si has cometi-do un error de principiante la tercera vez que vienes. Qué coño, a mí me pega-ron un balazo las diez primeras veces que hice este circuito. ¿Esa puerta que no viste? Estuvieron a punto de ponerle mi nombre, de la cantidad de tiros que me pegaron ahí.

Jack le creía. Hacía más de veinte años que los agentes del FBI se entrena-ban en el Callejón de Hogan, y los únicos que no fallaban eran los que lo habían recorrido tantas veces que lo veían hasta en sueños. Así era con todo, se dijo Jack. Que la práctica hace la perfección no era un tópico, sino un axioma, sobre todo en el caso de las fuerzas militares y policiales. La práctica abría nuevos sur-cos en tu cableado mental al tiempo que desarrollaba la memoria muscular de tu cuerpo: se trataba de ejecutar la misma acción una y otra vez, hasta que músculos y sinapsis actuaban al unísono y el pensamiento dejaba de ser un factor de la ecuación. *¿Cuánto tiempo se tarda en llegar a eso?*, se preguntó Jack.

—Anda ya... —dijo.

—No. Pregúntale a Brandeis. Él te lo dirá encantado. Me llevé unos cuan-tos balazos. Joder, las dos primeras me mataron al pasar justo por esa puerta. Mira, me cuesta decirte esto, pero la verdad es que la primera vez lo hiciste de puta madre. De miedo. Quién iba a pensarlo, coño... El cerebrito de mi primo, hecho un auténtico pistolero.

—Me estás haciendo la pelota.

—No, no te estoy haciendo la pelota. En serio, tío. Habla, Brian. Díselo.

—Tiene razón, Jack. Todavía estás muy verde. Joder, te cruzaste dos veces con Dom en la lavandería...

—¿Que me crucé con él?

—Cuando un grupo está apostado fuera de una habitación, justo antes de entrar, ¿sabes?, y luego se divide dentro y una parte se va hacia el lado más cargado y otra hacia el despejado...

—Sí, sí, lo recuerdo.

—En la lavandería, te apartaste a un lado y moviste la pistola fuera de tu zona. Tu cañón se cruzó con el mío: justo por la parte de la nuca, de hecho. Y eso está terminantemente prohibido.

—Muy bien, así que la lección número uno es: no apuntes a tus compañeros.

Brian se rió.

—Sí, es una forma de decirlo. Como te decía, estás bastante verde, pero tienes mucho instinto. Te lo tenías muy callado, ¿no? ¿Es que te entrenabas de pequeño con el Servicio Secreto? ¿O quizá te fuiste alguna vez de vacaciones con Clark y Chávez?

Jack sacudió la cabeza.

—No, nada de eso. Bueno, sí, disparé algunas veces, pero nada parecido a esto. No sé... Es como si sucediera dentro de mi cabeza antes de que ocurra... —Se encogió de hombros y sonrió—. Puede que tenga un poco de ADN de *marine*, por mi padre. Quién sabe, joder, puede que sólo haya visto *La jungla de cristal* un montón de veces.

—No sé por qué, pero lo dudo —respondió Brian—. Bueno, sea por lo que sea, no me importaría tenerte en mi equipo.

—Lo mismo digo.

Levantaron sus latas de coca-cola *light* y las hicieron entrechocar.

—Respecto a eso, chicos... —dijo Jack, indeciso—. ¿Os acordáis de ese asunto del año pasado, en Italia?

Brian y Dominic cambiaron una mirada.

—Sí, nos acordamos —dijo Dom—. Fue una pasada.

—Sí, bueno, estaba pensando que no me importaría repetirlo. No exactamente eso, quizá, pero sí algo parecido.

Brian dijo:

—Joder, tío, ¿te refieres a desenchufarte de tu ordenador y vivir en el mundo real? Ya estoy viendo al diablo atándose los patines de hielo.

—Muy gracioso. No, me gusta mi trabajo, sé que es importante, pero es tan intangible... Lo que hacéis vosotros, lo que hicimos en Italia, eso sí fue de verdad. Se podía palpar, ¿entendéis? Uno ve los resultados con sus propios ojos.

—Ahora que lo dices —dijo Dominic—, siempre he querido preguntarte una cosa. ¿Después no te molestó? No es que tuviera que molestarte necesariamente, claro, pero seamos sinceros: caíste de culo en plena mierda, y perdón por la expresión.

Jack se quedó pensando.

—¿Qué queréis que os diga? ¿Que me molestó? Pues no. No, la verdad. Estaba nervioso, claro, y medio segundo antes de que pasara pensé: *¿Qué coño estoy haciendo?* Pero luego se me pasó y estábamos allí los dos, solos, y lo hice sin más. Para contestar a la pregunta que creo que intentas hacerme: no, no me ha quitado el sueño ni un poquito. ¿Crees que debería?

—No, joder. —Brian miró a su alrededor para asegurarse de que estaban solos; luego se inclinó hacia él, los antebrazos sobre la mesa—. No hay «debería» que valga. O te quita el sueño o no te quita el sueño. A ti no te lo quita, pues muy bien. Ese mamón se lo merecía. La primera vez que me cargué a un tío, Jack, tenía prácticamente un pie en la tumba. O le mataba yo o me mataba él. Le maté yo, y sabía que había hecho lo correcto. Y aun así tuve unas cuantas pesadillas. Esté bien o esté mal, se lo merezca o no, no es agradable matar a un hombre. Y cualquiera que crea lo contrario es que está un poco mal de la cabeza. Todo ese rollo de trabajar en equipo, todos a una, no es cuestión de matar; es cuestión de hacer un trabajo para el que te has entrenado hasta dejarte la piel, de cuidar de los tíos que llevas a derecha e izquierda y de salir de una pieza.

—Además, Jack —añadió Dominic—, ese tío, el de Italia, no se habría levantado cualquier día y lo habría dejado. Le habría costado la vida a mucha gente antes de que alguien le liquidara. Para mí, ésa es la clave. Está muy bien que un mal tipo se tenga merecido lo que le pasa, pero lo que hacemos nosotros, de lo que va todo esto, no es de venganza. Plantearlo así es como cerrar la puerta del establo cuando ya se han escapado los caballos. Yo, por mi parte, prefiero pararle los pies al tío que planea abrir las puertas antes de que lo haga.

Brian se quedó mirando a su hermano gemelo un par de segundos; luego sacudió la cabeza y sonrió.

—Qué bárbaro. Mamá siempre decía que eras el filósofo de la familia. Y yo no la creía hasta ahora.

—Sí, sí... —masculló Dominic—. No es cuestión de filosofía, sino de matemáticas. Matas a uno y salvas a cientos o a miles. Si estuviéramos hablando de gente honrada, de tíos que respetan las leyes, la cosa sería más complicada. Pero no es así.

—Estoy de acuerdo, Jack —añadió Brian—. Aquí tenemos la oportunidad de hacer algo bueno de verdad. Pero si estás pensando en dedicarte a esto porque piensas que la venganza es la respuesta, o que todo es del estilo de James Bond...

—No es eso lo que...

—Mejor, porque no lo es, ni siquiera se le parece. Es trabajo sucio, y punto. Y, como motivación, la venganza es una mierda. Te vuelve descuidado, y un descuido equivale a estar muerto.

—Lo sé.

—¿Qué vas a hacer, entonces?

—Hablar con Gerry, supongo, a ver qué dice.

—Pues más vale que le sueltes un buen discurso —dijo Dominic—. Ya se arriesgó bastante cuando te contrató, joder. A tu padre le daría un ataque si...

—Deja que yo me preocupe por mi padre, Dom.

—Vale, pero si crees que Gerry va a darte una pistola y a decirte: «Adelante, haz del mundo un lugar más seguro para la democracia», vas a llevarte un buen chasco. Si la palmas, le tocará llamar a él.

—Lo sé.

—Bien.

—Bueno, tíos —dijo Jack—, si hablo con él, ¿me respaldaréis?

—Claro, aunque para lo que va a servir... —contestó Brian—. Esto no es una democracia, Jack. Suponiendo que no te diga que no en el acto, seguramente lo consultará con Sam. —Sam Granger era el jefe de Operaciones del Campus—. Y dudo que él vaya a preguntarnos a nosotros.

Jack asintió con la cabeza.

—Seguramente tienes razón. Bueno, entonces más me vale preparar un buen discurso, como tú decías.

14

Había llegado el otoño. Se notaba en el viento y en la placa de hielo, que había empezado a retirarse de la costa dejando al descubierto el agua negra del océano Ártico. No podía estar más fría sin congelarse, y todavía había mucho hielo a la vista, aunque fuera sólo para recordarle a uno lo fugaz que era allí el verano. La madre naturaleza seguía tan adusta e implacable como siempre, incluso bajo un cielo azul cristalino y un puñado de nubes blancas como bolas de algodón.

Aquel lugar guardaba cierto parecido con Polyarni, su primer destino naval, doce años antes, justo al iniciarse el desmantelamiento de la Armada soviética. Quedaban unos cuantos buques, claro, casi todos anclados en las radas del fiordo de Kola y tripulados por hombres que seguían en la Armada porque o no les quedaba otro remedio, o no tenían nada por lo que volver a casa. Había unos cuantos barcos con tripulaciones compuestas casi enteramente por oficiales que cobraban su salario un par de veces al año. Vitali había sido de los últimos en ingresar en la ex Armada soviética y, para sorpresa suya, le había gustado el trabajo.

Después de recibir una formación absurda y rudimentaria, le nombraron *starshina*, es decir, suboficial y segundo contramaestre. Era un trabajo duro y agotador, pero gratificante; un trabajo que, con el tiempo, le proporcionó un oficio útil. Personalmente, se había beneficiado de la defunción de la Armada soviética comprando a precio de ganga una T-4, una lancha anfibia de desembarco, vieja pero bien conservada, que reconvirtió en lancha de pasajeros. Sus clientes eran principalmente expediciones científicas que exploraban la región por oscuros motivos que escapaban a su interés, y cazadores ansiosos por convertir un oso polar en una lujosa alfombra.

El pasaje de esa semana estaba esperándole en un pueblecito pesquero, no muy lejos de allí. Dos días antes había cargado sus pertrechos (un camión Gaz con tracción en las cuatro ruedas y neumáticos nuevos, recién pintado y equipado con suspensión reforzada), del que le había hecho entrega un conductor anónimo al que, como a él, probablemente pagaban en euros. Como todo buen capitán, Vitali había inspeccionado la carga y se había sorprendido al encontrar el camión desprovisto de todo código de identificación: ni siquiera llevaba el del bloque del motor. Aunque dicha tarea no era especialmente complicada (ni siquiera requería un mecánico), tenía la impresión de que no eran sus clientes quienes se habían encargado de ella. Así pues, habían llegado allí, habían comprado un camión en buen estado, habían pagado una generosa suma para que alguien se encargara de borrar su rastro, y luego habían contratado una embarcación privada. Dinero de sobra para repartir y mucha preocupación por el anonimato. ¿Qué significaba aquello?

En cualquier caso, no tenía sentido pasarse de curioso. Los gatos listos sabían que la curiosidad tenía sus riesgos, y a Vitali le gustaba pensar que era bastante listo. Además, los euros se encargarían de su memoria, cosa en la que sus clientes parecían tener absoluta confianza. El líder del grupo, a todas luces de ascendencia mediterránea, le había dicho que le llamara Fred. Era, más que una artimaña, un sobrenombre de conveniencia, casi una broma privada entre ellos, y la sonrisa satisfecha de Fred durante su primer encuentro así se lo había confirmado.

Vitali vio cómo el pasaje subía a bordo y le saludaba con la mano, y acto seguido hizo una seña a Vania, su marinero y maquinista, que soltó las amarras. Vitali arrancó el motor diésel y se alejó del muelle.

Poco después estaba en el canal, rumbo a mar abierto. El agua negra no resultaba precisamente atractiva, pero era allí donde su lancha y él tenían su sitio, y sentaba bien volver a salir al mar. Lo único que necesitaba para que la mañana fuera perfecta era un tranquilizante, y eso lo arregló con un Marlboro Light 100 americano. Entonces la mañana fue perfecta. La flota pesquera local ya había salido del puerto (trabajaban a unas horas horrendas) y el mar en calma permitía navegar cómodamente; sólo un ligero oleaje rompía en las boyas de señalización.

Al dejar atrás el rompeolas, Vitali viró a estribor y puso rumbo al este.

Tal y como le habían ordenado, Adnan había reducido al mínimo su equipo, compuesto por él mismo y por otros tres hombres en los que confiaba implícitamente: un número suficiente para acarrear la carga, pero no tantos como para plantear problemas cuando la misión tocara a su inevitable final. Eso, en realidad, le traía sin cuidado. Él, a fin de cuentas, correría la misma suerte que sus compañeros. Un imperativo lamentable, pensó. No, su mayor preocupación era que fracasaran. Un fracaso repercutiría sin duda en la operación de mayor alcance, fuera cual fuese ésta, y Adnan haría cualquier cosa que estuviera en su mano para asegurarse de que no fuera así.

Su vida... Adnan sonrió al pensarlo. Para los no creyentes, la vida era todo aquello: los árboles, el agua y las posesiones materiales. Tampoco se definía la vida por lo que uno comía o bebía, ni por los apetitos físicos que la envilecían. El tiempo que se pasa en este mundo no es más que un prolegómeno de lo que vendrá después, y si eres devoto y obedeces al único Dios verdadero, tu recompensa será mucho más gloriosa de lo que quepa imaginar. Lo que era menos seguro, y Adnan tenía conciencia de ello, era cuál sería su destino si tenía éxito. ¿Le confiarían una misión más importante o considerarían que su silencio era de mayor provecho para la yihad? Preferiría lo primero, aunque sólo fuera por seguir sirviendo a Alá, pero si su destino era guardar silencio, así sería. Acogería ambos resultados con idéntica ecuanimidad, confiando en haber invertido su vida terrenal de la mejor manera posible.

Lo que ocurriera, se dijo, fuese lo que fuese, pertenecía al futuro, y esa preocupación se la guardaría para sí. Ahora, en el presente, tenía que cumplir un cometido. Un cometido importante, aunque ignorase cómo encajaba exactamente en el cuadro general. Eso quedaba para mentes más lúcidas que la suya.

Habían llegado al pueblo pesquero el día anterior, tras separarse del conductor encargado de llevar el camión al puerto y dejarlo en manos del capitán de la lancha de desembarco que habían contratado. El pueblo estaba abandonado casi por completo: la mayoría de sus ocupantes se había marchado cuando aquellas aguas quedaron esquilmadas tras años de pesca excesiva. Los pocos vecinos que quedaban eran gente huraña que se las apañaba lo mejor que podía mientras el otoño iba dando paso al invierno. Adnan y sus hombres, envueltos en parkas y con la cara tapada con bufandas para protegerse del frío, apenas habían llamado la atención, y el encargado del albergue, para el que había sido una grata sorpresa tener clientes dispuestos a pagar, no les hizo preguntas ni acerca de su procedencia ni sobre sus futuros planes de viaje. Y aunque hubiera preguntado y Adnan hubiera querido responderle, no habría podido hacerlo. El futuro estaba en manos de Alá, lo supiera o no el resto del mundo.

Hacía un día oscuro en París y el frío que arrastraba el aire afectaba más a los dos árabes que a los parisinos. Así, sin embargo, tenían un pretexto para beber más vino, y el vino sentaba bien. Además, las mesas de la acera habían ido vaciándose y ahora podían hablar con más libertad. Si había alguien observándoles, se ocultaba muy bien. Y de todas formas no se podía tener miedo constantemente, ni siquiera en aquel negocio.

—¿Estás esperando otro mensaje? —preguntó Fa'ad.

Ibrahim asintió con una inclinación de cabeza.

—Se supone que está de camino. Un buen correo. Muy fiable.

—¿Qué crees que será?

—He aprendido a no especular —contestó Ibrahim—. Sigo las indicaciones según llegan. El Emir sabe lo que se hace, ¿no?

—De momento ha sido muy eficaz, pero a veces me parece que se comporta como una vieja —refunfuñó Fa'ad—. Si planeas una misión con inteligencia, sale bien. Nosotros somos las manos y los ojos del Emir sobre el terreno. Nos eligió él. Debería confiar más en nosotros.

—Sí, pero él ve cosas que nosotros no vemos. Eso no lo olvides nunca —le recordó Ibrahim a su invitado—. Por eso es él quien decide en todas las operaciones.

—Sí, es muy sabio —repuso Fa'ad, consciente de que debía hablar así, aunque no fuera del todo franco. Había jurado lealtad al Emir y ése era el quid de la cuestión, en realidad, aunque lo hubiera hecho cinco años antes, en pleno entusiasmo adolescente. A esa edad, la gente era muy crédula y juraba lealtad fácilmente. Y esos juramentos tardaban años en desvanecerse. Si es que se desvanecían alguna vez.

Eso, sin embargo, no atajaba por completo sus dudas. Sólo había visto al Emir una vez; Ibrahim, en cambio, podía afirmar que lo conocía bien. Tal era la naturaleza de su labor. Ni Ibrahim ni él sabían dónde vivía su líder. Sólo estaban familiarizados con un extremo de una larga cadena electrónica. Era una precaución sensata: la policía norteamericana era, posiblemente, tan eficaz como la europea, y la europea era de temer. Aun así, el Emir se comportaba muchas veces como una vieja. Ni siquiera confiaba en quienes habían jurado morir por él. ¿En quién confiaba, pues? ¿Y por qué en ellos y no en él?, se preguntaba Fa'ad. Él era, fundamentalmente, demasiado inteligente para aceptar las cosas «porque lo digo yo», como les decían todas las madres del mundo a sus hijos de cinco años. Fa'ad ni siquiera podía formular ciertas preguntas porque implicarían un acto de deslealtad hacia terceros, lo cual resultaba más frustrante aún. Y en su organización la deslealtad equivalía a una solicitud de autoinmolación. Fa'ad sabía, sin embargo, que ello tenía sentido tanto desde el punto de vista del Emir como desde el de la organización en su conjunto.

No era fácil cumplir el mandato de Alá, pero eso Fa'ad lo sabía desde el principio. O eso se decía. Bueno, al menos en París podía uno mirar a las mujeres que pasaban por la calle vestidas como putas en su mayoría, exhibiendo sus cuerpos como si de ese modo anunciaran su oficio. Era una suerte, se dijo, que Ibrahim hubiera elegido aquella zona para vivir. Por lo menos había buenas vistas.

—Ésa es guapa —dijo Ibrahim en respuesta al comentario implícito—. Está casada con un médico, pero por desgracia no es una adúltera, lo sé por experiencia.

—Me has leído el pensamiento. —Fa'ad se echó a reír—. ¿Las francesas se dejan abordar?

—Algunas sí. Lo más difícil es saber lo que están pensando. Muy pocos hombres lo consiguen, ni siquiera los de aquí. —Se rió de buena gana—. En ese sentido, las francesas no son muy distintas de nuestras mujeres. Algunas cosas son universales.

Fa'ad bebió un sorbo de café y se inclinó hacia él.

—¿Saldrá bien? —preguntó, refiriéndose a la operación que planeaban.

—No veo por qué no, y los efectos serán significativos. El único inconveniente es que tendremos nuevos enemigos, pero ¿qué más nos da? No tenemos amigos entre los infieles. A nosotros, ahora lo único que debe preocuparnos es tenerlo todo listo para dar el golpe.

—*Inshallah* —contestó Fa'ad.

Y entrechocaron sus vasos, como hacían los franceses cuando llegaban a un acuerdo.

No había nada como jugar en casa, pensó el ex presidente Ryan. Había hecho sus estudios de doctorado en la Universidad de Georgetown, de modo que conocía el campus casi tan bien como su propia casa. El circuito de conferencias le estaba pareciendo, en general, sorprendentemente ameno. Disertar sobre un tema que conocía bien (su época en la Casa Blanca), a cambio de una sonrojante cantidad de dinero, era un trabajo muy llevadero. De momento sólo le habían tocado unos cuantos chiflados, un ochenta por ciento de ellos partidarios de la teoría de la conspiración, a los que el resto del público se había encargado de hacer callar rápidamente con sus abucheos. El otro veinte por ciento eran izquierdistas que sostenían que Edward Kealty había sacado al país del abismo en el que lo había sumido Ryan. Era absurdo, desde luego, pero no podía dudarse de la sinceridad de aquellas personas, y ello le servía como recordatorio de algo que se tomaba muy a pecho: que la realidad iba por un lado y la percepción por otro, y que ambas rara vez coincidían. Arnie van Damm había intentando inculcarle aquella lección durante su presidencia (en vano, casi siempre), pero a Ryan aún le costaba hacerse a la idea: su orgullo y su terquedad se lo impedían. Había algunas cosas que eran ciertas, y punto. Y, por él, la percepción podía irse a pasco. Aún le costaba encajar que la mayoría del electorado americano pareciera haberse olvidado de ello al elegir a Kealty, pero, naturalmente, él no era un observador imparcial. Era Robby quien debía estar en el Despacho Oval. El truco consistía en no permitir que aquel desengaño emponzoñara su discurso. Por más que le apeteciera, criticar al presidente electo (aunque éste fuera un cretino) era una mala práctica.

Se abrió la puerta del camerino (en este caso, un saloncito contiguo al Auditorio McNeir) y Andrea Price-O'Day, la jefa de su escolta, pasó entre los agentes que vigilaban la puerta.

—Cinco minutos, señor.

—¿Cómo está el ambiente? —preguntó Ryan.

—Aforo completo. No se ven antorchas, ni horquillas.

Ryan se rió al oírla.

—Eso siempre es buena señal. ¿Qué tal tengo la corbata?

Sabía desde hacía tiempo que a Andrea se le daban mucho mejor que a él los nudos Windsor: casi tan bien como a Cathy. Pero esa mañana la buena doctora se había ido temprano al hospital y Ryan había tenido que hacerse el nudo él solo. Un error.

Andrea ladeó la cabeza y lo observó con expresión crítica.

—No está mal, señor. —Hizo un pequeño ajuste y asintió brevemente con la cabeza—. Tengo la impresión de que peligra mi trabajo de escolta.

—Nada de eso, Andrea. —Price-O'Day llevaba mucho tiempo con los Ryan; tanto, de hecho, que muchos miembros de la familia ya casi no se acordaban de que iba armada y estaba dispuesta a matar y a morir por defender su integridad.

Llamaron a la puerta y uno de los agentes asomó la cabeza por el hueco.

—Torpedero —anunció, y abrió la puerta para dejar pasar a Jack hijo.

—¡Jack! —exclamó Ryan padre, acercándose.

—Hola, Andrea —dijo Jack hijo.

—Señor Ryan.

—Qué agradable sorpresa —comentó el ex presidente.

—Sí, bueno, tenía una cita, pero me ha dejado plantado, así que...

Ryan se rió.

—Uno tiene que tener sus prioridades.

—No quería decir eso, caray...

—Olvídalo. Me alegra que hayas venido. ¿Tienes asiento?

Jack hijo asintió con la cabeza.

—En primera fila.

—Bien. Así, si me meto en un lío, podrás echarme un cable.

Jack se despidió de su padre, recorrió el pasillo, bajó las escaleras hasta el primer piso y se encaminó al auditorio. Delante de él, el vestíbulo se hallaba casi por completo en penumbra: uno de cada dos fluorescentes del techo estaba apagado. Como casi todas las instituciones educativas, Georgetown trataba de ser más «verde». Al pasar delante de una sala de reuniones, oyó un chirrido metálico procedente del interior, como si alguien arrastrara una silla por el suelo. Retrocedió y echó un vistazo por el ventanuco de la puerta. Dentro, arrodillado junto a una pulidora de suelos vuelta del revés, un conserje cubierto con mono azul estaba insertando un destornillador en la almohadilla de la máquina. Movido por un impulso, Jack abrió la puerta y asomó la cabeza. El conserje levantó la vista.

—Hola —dijo Jack.

—Hola. —Parecía hispano y hablaba con un fuerte acento—. Estoy cambiando el disco —dijo.

—Perdone que le haya interrumpido —dijo Jack, y cerró la puerta tras él. Sacó su teléfono móvil y marcó el número de Andrea. Ella contestó al primer pitido—. Hola, iba de camino al auditorio... Aquí abajo hay un conserje...

—¿En la sala de reuniones dos be?

—Sí.

—Está controlado, pero volveremos a pasarnos por allí. De todos modos, vamos a tomar la ruta del sótano.

—De acuerdo, sólo quería asegurarme.

—¿Estás buscando otro empleo? —preguntó Price-O'Day.

Jack se echó a reír.

—¿Qué tal pagan?

—Mucho menos de lo que ganas tú. Y el horario es infernal. Nos vemos luego.

Andrea colgó. Jack se dirigió hacia el auditorio.

—Es la hora, señor —le dijo al ex presidente Ryan, y él se levantó y se estiró los puños de la camisa.

Aquél era un gesto característico de Jack Ryan padre, pero a Price-O'Day le recordó un poco a su hijo, Torpedero, cuya llamada acerca del conserje le había revelado algo: que se parecían el uno al otro como dos proverbiales gotas de agua. ¿Habría algo parecido a un gen del espía?, se preguntaba Andrea. Si lo había, Jack hijo probablemente lo tenía. Era extremadamente curioso, lo mismo que su padre, y eran muy pocas las cosas que no ponía en cuestión. Habían registrado de cabo a rabo el edificio, naturalmente, y Jack lo sabía, desde luego. Pero aun así, al ver al conserje, había pensado de inmediato que se trataba de una anomalía. La pregunta era válida, pese a ser una falsa alarma: era uno de esos interrogantes que la formación y la experiencia enseñaban a formular a los agentes del Servicio Secreto.

Andrea echó una ojeada a su reloj y repasó de memoria su itinerario, visualizando el plano, contando giros y calculando distancias. Cuando se dio por satisfecha, tocó dos veces a la puerta para que los agentes de fuera supieran que el Espadachín se disponía a salir. Esperó un momento a que se formara el cordón de seguridad, abrió la puerta, inspeccionó el pasillo y salió, indicándole a Ryan con una seña que la siguiera.

Sentado en su butaca, Jack hijo hojeaba distraídamente el programa de la velada, fijando la mirada en las letras sin que su cerebro llegara a procesarlas. Notaba un insidioso hormigueo en el subconsciente, una nebulosa sensación de haber pasado algo por alto. ¿Algo que tenía intención de hacer antes de marcharse del Campus, quizá?

El rector de Georgetown salió al escenario y se acercó al estrado, acompañado por un aplauso de cortesía.

—Buenas noches, señoras y señores. Puesto que el programa de esta noche sólo incluye a un ponente, seré breve en mis presentaciones. El ex presidente John Patrick Ryan tiene una larga trayectoria al servicio de la nación...

El conserje. Aquella palabra apareció espontáneamente en la cabeza de Jack. Andrea le había dicho que todo estaba en orden. Pero aun así... Echó mano de su teléfono móvil y luego se detuvo. ¿Qué iba a decirle? ¿Que tenía un presentimiento? Desde su asiento veía el lado izquierdo del escenario. Aparecieron dos agentes del Servicio Secreto vestidos de traje negro; tras ellos iban Andrea y su padre.

Antes de darse cuenta de lo que hacía, se levantó y se dirigió hacia la entrada lateral. Subió a toda prisa las escaleras, torció a la izquierda, enfiló el pasillo y fue contando las puertas de las salas de reuniones.

El destornillador, pensó, y de pronto aquel cosquilleo inconsciente que había experimentado dos minutos antes cobró contornos precisos. El conserje estaba usando un destornillador para sacar el disco, sujeto a la pulidora mediante una contratuerca central.

Con el corazón acelerado, Jack llegó a la sala de reuniones y se detuvo a unos pasos de la puerta. Vio luz por el ventanuco, pero no oyó ningún ruido procedente de su interior. Esperó un momento, se acercó a la puerta y probó a abrirla. Estaba cerrada con llave. Miró por el ventanuco. La pulidora seguía allí. El conserje había desaparecido. Sobre el suelo descansaba el destornillador de punta plana.

Jack dio media vuelta y regresó corriendo al auditorio. Se detuvo a la entrada, se recompuso, empujó suavemente la puerta y la cerró sin hacer ruido. Varias personas levantaron la mirada cuando entró, al igual que uno de los agentes de Andrea, que montaba guardia en el pasillo central. El agente inclinó la cabeza dándose por enterado de la presencia de Jack y siguió paseando la mirada por el auditorio.

Jack hizo lo mismo; buscó primero algún indicio del mono azul, pero desistió enseguida: el conserje no habría entrado en el auditorio. La parte de atrás del escenario también estaría despejada y acordonada por el equipo de Andrea. *¿Quién más hay?*, pensó mientras escudriñaba el sinfín de caras. Espectadores, agentes, guardias de seguridad del campus...

De pie junto a la pared del lado este, con la cara parcialmente en penumbra y las manos unidas delante del cuerpo, había un guardia de seguridad. Al igual que los agentes, observaba a la multitud. Al igual que los agentes... Jack siguió mirando y contando a los guardias de seguridad del campus. Había cinco en total. Y ninguno de ellos observaba al público. Sin experiencia como escoltas, no prestaban atención a los espectadores (de donde probablemente procedería cualquier posible amenaza), sino que mantenían la mirada fija en el escenario. Excepto el de la pared este. El hombre volvió la cabeza y la luz le dio fugazmente en la cara.

Jack sacó su teléfono móvil y mandó un mensaje a Andrea: *Guardia pared este = conserje.*

Andrea se hallaba en pie sobre el escenario, a tres metros por detrás del estrado y a su izquierda. Jack la vio sacar su teléfono, mirar la pantalla y volver a guardarse el aparato en el bolsillo. Su reacción fue inmediata. Se acercó a la boca el micro que llevaba en el puño de la camisa y volvió a bajar el brazo. El agente del pasillo central subió tranquilamente los escalones del pasillo, dobló a la derecha al llegar a la intersección enmoquetada y se encaminó hacia la pared del lado este. Jack vio que Andrea se desplazaba por detrás de su padre, para colocarse, supuso, en ángulo de interceptación entre el ex presidente y el guardia.

El agente del pasillo central había llegado al pasillo del lado este. A diez metros de allí, el guardia giró la cabeza en su dirección, posó la mirada un instante sobre él y volvió a mirar hacia el escenario, donde Andrea se había colocado en posición de bloqueo. Su padre, que lo notó, la miró un momento, pero siguió hablando. Sabía sin duda lo que estaba haciendo Andrea, se dijo Jack, pero no si había una amenaza concreta.

En la pared este, el guardia también advirtió la maniobra de Andrea. Dio tranquilamente dos pasos por el pasillo y se inclinó para susurrar algo al oído de una espectadora. La mujer le miró con sorpresa y se levantó. Sonriendo, el guardia la tomó del codo y, volviéndose para colocarse a su derecha, la acompañó por el pasillo, hacia la salida que había junto al escenario. Cuando llegaron a la cuarta fila, Andrea dio otro paso adelante a fin de mantener su posición de bloqueo.

Después se desabrochó la chaqueta del traje.

El guardia deslizó de pronto la mano izquierda del codo de la mujer a su cuello y, haciéndose a un lado, pasó de costado junto a la primera fila. La mujer dejó escapar un grito. Los espectadores miraron hacia allí. El guardia metió la mano derecha dentro de la cinturilla de sus pantalones, por la parte delantera, y tiró de la mujer, obligándola a volverse para usarla como escudo. Andrea sacó la pistola.

—¡Alto, Servicio Secreto!

Tras ella, los demás agentes ya se habían puesto en movimiento: se agruparon en torno al ex presidente y, empujándolo hacia abajo, le llevaron a toda prisa hacia el lado opuesto del escenario.

Al sacar la mano de la cinturilla del pantalón, el guardia empuñaba una semiautomática de nueve milímetros. Viendo que su objetivo escapaba a su alcance de tiro, cometió el error que esperaba Andrea: con la pistola a la altura de la tarima, dio un paso adelante. Y se apartó quince centímetros de la protección que le ofrecía su escudo humano.

Andrea efectuó un solo disparo. A cuatro metros y medio, la bala de punta hueca y baja velocidad dio en el blanco, penetrando en la cabeza del guardia entre el ojo y la oreja izquierdos. Diseñada para el disparo a corta distancia, en entornos densamente poblados, la bala se expandió dentro del cerebro del guardia, agotando toda su energía en una milésima de segundo y deteniéndose, como más tarde revelaría la autopsia, a siete centímetros y medio del lado contrario del cráneo.

El guardia se desplomó en el acto, muerto antes de caer a la alfombra.

—Andrea me ha dicho que hoy nos has salvado el pellejo —dijo el ex presidente Ryan veinte minutos después, en el coche oficial.

—Sólo he dado la voz de alarma —contestó Jack.

Había sido todo surrealista, pensó, pero en cierto modo menos surrealista que lo que sobrevino después. Aunque la sucesión de acontecimientos había sido breve (cinco segundos desde el instante en que el guardia hizo levantarse a la espectadora de su asiento hasta el momento en que Andrea le mató de un disparo en la cabeza), Jack los rememoraba a cámara lenta, lo cual era de esperar, suponía. El disparo había sorprendido hasta tal punto al público presente que sólo se habían oído unos cuantos gritos, todos ellos procedentes de los espectadores delante de los cuales había caído muerto el asesino.

Jack, por su parte, sabedor de que no debía moverse, había permanecido pegado a la pared oeste mientras los guardias de seguridad del campus y los agentes de Andrea desalojaban la sala. En medio de la melé del Servicio Secreto, su padre había abandonado el escenario antes de que Andrea efectuara el disparo mortal.

—Aun así —dijo Ryan—. Gracias.

Un embarazoso silencio siguió a aquel momento de tensión. Jack hijo fue el primero en romperlo:

—Da miedo, ¿eh?

El ex presidente Ryan asintió con un gesto.

—¿Qué te hizo volver? En busca del conserje, quiero decir.

—Cuando le vi, estaba intentando quitar el disco de la pulidora con un destornillador. Pero se necesitaba una llave fija.

—Impresionante, Jack.

—¿Por lo del destornillador?

—Por eso, en parte. Y en parte porque no te dejaste dominar por el pánico. Y permitiste que los profesionales hicieran su trabajo. Ocho de cada diez personas no se habría fijado en el detalle de la pulidora. La mayoría se habría asustado y no habría sabido qué hacer. Y el resto habría intentado reducir ellos mismos a ese sujeto. Tú has hecho lo correcto de principio a fin.

—Gracias.

Ryan padre sonrió.

—Ahora, hablemos de cómo vamos a decírselo a tu madre.

15

No llegaron muy lejos: las ruedas delanteras del avión no habían tocado aún la pista de despegue cuando les hicieron regresar a la zona de embarque. No les ofrecieron explicación alguna, sólo una sonrisa fija y un tajante «¿Tendrían la amabilidad de acompañarme?» dirigido a Chávez y a él y seguido por la sonrisa firme y rígida que sólo un auxiliar de vuelo es capaz de componer, una sonrisa que convenció a Clark de que aquel ruego no estaba sujeto a discusión.

—¿Has olvidado pagar una multa de aparcamiento, Ding? —le preguntó Clark a su yerno.

—Yo no, *mano*. A mí que me registren.

Dieron sendos besos a sus esposas, diciéndoles que no se preocuparan, y siguieron al auxiliar de vuelo por el pasillo hasta la puerta ya abierta. En la pasarela del avión les esperaba un agente de la Policía Metropolitana de Londres. Clark dedujo por los cuadros blanquinegros de su gorra que no era un *bobby* cualquiera, y vio en el parche de su jersey que pertenecía al SCD11, la sección de inteligencia de la Brigada Especial de Delincuencia.

—Lamento interrumpir su regreso a casa, caballeros —dijo el policía—, pero se requiere su presencia. Si hacen el favor de seguirme...

Clark nunca se había acostumbrado del todo a la cortesía británica, especialmente entre los altos mandos del Ejército, del mismo modo que no se había acostumbrado a conducir por el lado contrario, ni a llamar *chips* a las patatas fritas. La buena educación era siempre preferible a la grosería, naturalmente, pero había algo de crispante en el hecho de que un tipo que posiblemente había matado a más criminales de los que la mayoría de la gente vería en toda su vida te hablara con tanta ceremonia. Clark había conocido a ingleses capaces de explicar con todo detalle cómo pensaban matarte con una horquilla, beberse tu sangre y luego arrancarte la piel, y hacer que todo ello sonara como si te estuvieran invitando a tomar el té de la tarde.

Chávez y él siguieron al policía por la pasarela, atravesaron una serie de puestos de control y pasaron finalmente por la puerta accionada mediante lector de tarjetas que daba acceso al centro de seguridad de Heathrow. Allí fueron conducidos a una pequeña sala de reuniones donde Alistair Stanley, todavía oficialmente segundo al mando de Rainbow Six, les esperaba de pie junto a la mesa romboidal, bajo el frío resplandor de los fluorescentes. Stanley pertenecía al SAS, Servicio Especial del Aire, la principal unidad de Fuerzas Especiales del Ejército británico.

Aunque Clark se resistiera a reconocerlo en público, en su opinión el SAS no tenía parangón posible en lo tocante a eficacia y longevidad. Había, desde luego, otros grupos igualmente buenos (y pensaba, sin ir más lejos, en los SEAL de la Marina, su alma máter), pero los británicos habían marcado hacía mucho tiempo el patrón oro de las tropas de operaciones especiales de la era moderna, cuya actuación podía remontarse a 1941, cuando un oficial de la Guardia Escocesa llamado Stirling (famoso después por el subfusil homónimo) y su Destacamento L, formado por sesenta y cinco hombres, hostigaron a la Wehrmacht alemana por todo el norte de África. Desde aquellas primeras misiones de sabotaje más allá de las líneas enemigas en el norte de África, hasta el rastreo de misiles Scud en el desierto iraquí, el SAS había hecho y visto de todo, y había, de paso, escrito el manual de las operaciones especiales. Alistair Stanley era, al igual que todos sus predecesores en el cargo, un militar de primer orden. Clark, de hecho, le respetaba tanto que rara vez había pensado en él como en su segundo al mando; le consideraba más bien un comandante adjunto.

El organigrama del SAS era otra cosa a la que a Clark le había costado acostumbrarse, lo mismo que a los carriles de circulación o a las patatas fritas. El Servicio tenía, como era propio de los británicos, una estructura extremadamente peculiar: estaba dividido en regimientos (el 21, el 22 y el 23) y escuadrones que iban de la A a la G, con unas cuantas lagunas alfabéticas, por si esto fuera poco. Aun así, Clark tenía que reconocer que los ingleses lo hacían todo con estilo.

—Alistair —dijo Clark inclinando solemnemente la cabeza. La expresión de Stanley le convenció de que había pasado algo grave, o estaba a punto de pasar.

—¿Ya nos echabas de menos, Stan? —preguntó Ding meneando la cabeza.

—Ojalá fuera eso, amigo mío. Lamento muchísimo interrumpir vuestro viaje, pero he pensado que quizás os apetecería probar suerte otra vez, antes de apoltronaros. He sabido que hay algo interesante en marcha.

—¿Por quién? —preguntó Clark.

—Por los suecos, aunque no directamente. Al parecer han perdido su consulado en Trípoli. Un asunto muy embarazoso para ellos.

—Supongo —intervino Chávez— que, cuando dices que lo han perdido, no te refieres a que se les ha extraviado.

—No, perdón. El típico eufemismo británico. Encantador, pero no siempre práctico. Los datos siguen llegando con cuentagotas, pero teniendo en cuenta el lugar, no hace falta estrujarse mucho la imaginación para adivinar la identidad general del culpable.

Clark y Chávez apartaron sendas sillas y se sentaron a la mesa. Stanley hizo lo mismo. Después abrió una carpeta de piel que contenía un bloc con las hojas repletas de anotaciones.

—Somos todo oídos —dijo Clark, cambiando el chip mental.

Diez minutos antes era un civil (al menos en la medida en que se permitía serlo) que, sentado junto a su familia, se disponía a emprender el viaje de regreso a casa. Pero de eso hacía ya un rato. Ahora, en cambio, volvía a ser el comandante de Rainbow Six. Y era un placer para él, tenía que admitirlo.

—Hasta donde sabemos, los secuestradores son ocho en total —explicó Stanley—. Eludieron a la policía local con toda rapidez y sin una sola baja. Las imágenes de satélite muestran a cuatro suecos, Fallskarmsjagares posiblemente, fuera de combate dentro del recinto exterior del consulado.

Los Fallskarmsjagares eran las tropas suecas de infantería aerotransportada, elegidas de entre lo mejor del Ejército. Eran posiblemente miembros del Särskilda Skyddsgruppen (Grupo de Protección Especial), asignado al SÄPO, el Servicio de Seguridad Sueco, para la defensa de las legaciones diplomáticas.

—Esos suecos son tipos duros —dijo Chávez—. Parece que alguien ha hecho los deberes... y que sabe disparar. ¿Alguna noticia del interior del consulado?

Stanley sacudió la cabeza.

—La radio no responde.

Lo cual era lógico, se dijo Clark. Cualquiera lo bastante listo para entrar en el recinto con esa rapidez y cargarse a cuatro Fallskarmsjagares lo sería también para dirigirse directamente a la sala de comunicaciones.

—¿Nadie ha reivindicado el secuestro? —preguntó Chávez.

—De momento, no, pero sospecho que no tardarán en hacerlo. Los libios han conseguido mantener a la prensa al margen hasta ahora, pero me temo que sólo es cuestión de tiempo que se enteren.

Los variopintos grupos terroristas de Oriente Próximo solían atribuirse simultáneamente cualquier atentado significativo, y no siempre se trataba de una cuestión de prestigio, sino de un intento premeditado de enturbiar las aguas en las que pescaban los servicios de inteligencia. Pasaba lo mismo cuando una brigada de homicidios trabajaba en un caso de asesinato relevante: abundaban las confesiones precipitadas y los chiflados que se declaraban culpables, y había que tomarlos a todos en serio para no perder una sola pista auténtica. Lo mismo podía decirse del terrorismo.

—Y no han hecho ninguna exigencia, supongo —añadió Clark.

—Exacto.

Era frecuente que no hubiera exigencias. La mayoría de los secuestradores de Oriente Próximo sólo buscaba llamar la atención de la prensa internacional antes de empezar a ejecutar rehenes. Sólo a posteriori explicaban sus motivaciones. A Clark y a su equipo les importaba muy poco que así fuera, pero hasta que algún funcionario gubernamental les diera luz verde, Rainbow Six se hallaba, como todas las fuerzas de operaciones especiales, a merced de los políticos. Únicamente cuando a éstos les parecía conveniente soltar a los perros de la guerra, podía dedicarse el equipo a lo que mejor hacía.

—Ahora viene lo más peliagudo —comentó Stanley.

—Los políticos —supuso Clark.

—Exacto. Como podéis imaginar, nuestro amigo el coronel quiere que intervenga su Yamajiriya. Ya está montando su intervención, de hecho. Pero, teniendo en cuenta las pautas de actuación de la Yamajiriya, el cónsul general sueco no está muy por la labor.

La Guardia Yamajiriya era, esencialmente, la guardia pretoriana del coronel Muamar el Gadafi, una unidad de élite compuesta por cerca de dos mil hombres procedentes de su finca particular: la región libia de Sirte. Clark sabía que los hombres que formaban la Yamajiriya eran buenos y que contaban con un apoyo eficaz de sus secciones de logística e inteligencia, pero no destacaban precisamente por su discreción, ni por su preocupación por los daños colaterales, ya fueran materiales o humanos. Si se encargaban ellos del asalto, era muy probable que los suecos perdieran a buena parte del personal de la embajada.

Un cabrón interesante ese Gadafi, se dijo Clark. Como gran parte del espionaje estadounidense, Clark tenía sus dudas respecto a la reciente transformación de Gadafi de matón del Magreb a benefactor de la humanidad y denunciante del terrorismo. El viejo dicho «un leopardo no puede cambiar sus manchas» podía ser un tópico que sonaba a falso aplicado a otros, pero, en opinión de Clark, el coronel Muamar Abú Minyar el Gadafi, «Líder Fraternal y Guía de la Revolución», era un leopardo de los pies a la cabeza y lo sería hasta el día en que muriera por causas naturales o no tan naturales.

En 2003, por orden suya, el Gobierno libio informó oficialmente a Naciones Unidas de su disposición a asumir la responsabilidad del derribo del vuelo 103 de Pan Am sobre Lockerbie, acaecido unos quince años antes, así como a indemnizar a las familias de las víctimas con cerca de tres mil millones de dólares. El gesto no sólo fue acogido con elogios por Occidente, sino que recibió una recompensa inmediata: el levantamiento de las sanciones económicas y el espaldarazo, expresado por medios diplomáticos, de numerosos países europeos. Y el leopardo no se detuvo ahí: primero abrió sus programas armamentísticos a los inspectores internacionales y a continuación condenó los ataques del 11 de Septiembre.

Según conjeturaba Clark, no cabía atribuir el cambio de actitud de Gadafi a la dulcificación del carácter propia de la vejez, sino más bien a motivos puramente económicos. Es decir, a los precios del petróleo, cuyo desplome durante la década de 1990 había dejado a Libia más empobrecida que en tiempos de los camellos, cuando el oro negro no reinaba aún en la nación del desierto, y había mermado, por tanto, su capacidad de sufragar planes terroristas. Naturalmente, recordó Clark, si Gadafi había adoptado aquella pose de buen chico se debía en parte a la invasión estadounidense de Irak, que el coronel veía como un anticipo de lo que podía ocurrirle a su pequeño feudo. Clark, no obstante, estaba dispuesto a reconocer que, en justicia, y siempre y cuando sus colmillos hubieran perdido filo, que el leopardo simulara haber cambiado de pelaje era mejor que nada. La cuestión era saber si el coronel volvería a ponerse retozón ahora que los precios del petróleo habían vuelto a subir. ¿Aprovecharía aquel incidente para dejar oír su rugido?

—El mando supremo de Estocolmo quiere mandar a su gente, por supuesto, pero Gadafi no quiere ni oír hablar del asunto —prosiguió Stanley—. Según mis últimas noticias, el palacio de Rosenbad está en conversaciones con Downing Street. En cualquier caso, nos han dejado en compás de espera. Herefordshire se está encargando de alertar al resto del equipo. Faltan dos, uno está de baja y el otro de vacaciones, pero el grueso del grupo debería estar reunido y equipado dentro de una hora; después se pondrán inmediatamente en camino para reunirse con nosotros. —Stanley comprobó su reloj—. Digamos setenta minutos para ponernos en marcha.

—Has hablado de montar una intervención —dijo Chávez—. Pero ¿dónde? —El tiempo era de vital importancia, y hasta con los medios de transporte más veloces se tardaba un buen rato en llegar de Londres a Trípoli. Quizá más del que vivirían los rehenes del consulado.

—En Tarento. La Marina Militare se ha ofrecido amablemente a alojarnos mientras los políticos aclaran las cosas. Si nos llaman, estaremos a un paso de Trípoli.

16

El teniente *operativnik* (inspector) Pável Rosijina retiró la sábana —un mantel, en realidad— que alguna alma caritativa había echado sobre el cadáver y se quedó mirando la cara de pasmo de la que suponía otra víctima de la mafia. O quizá no. A pesar de su palidez, saltaba a la vista que aquel hombre no era checheno, ni de ninguna otra etnia rusa, lo cual le sorprendió, dado el lugar donde se encontraban. Un ruso caucásico. *Qué curioso.*

La bala había penetrado en el cráneo justo por encima de la oreja izquierda, a dos centímetros y medio de ésta, y había salido... Rosijina se inclinó sobre la mesa con cuidado de no tocar nada, excepto el mantel, y miró el lado derecho de la cabeza del muerto, apoyada sobre el borde superior del asiento almohadillado. *Ahí está.* Un orificio de salida del tamaño de un huevo, detrás de la oreja derecha de la víctima. Las salpicaduras de sangre y masa encefálica que había en la pared, detrás del asiento, se correspondían con la trayectoria de la bala, lo que significaba que el asesino estaba de pie... allí. Justo delante de la puerta de la cocina. El forense se encargaría de determinar a qué distancia se hallaba exactamente, pero Rosijina dedujo por el orificio de entrada que el disparo no se había hecho a bocajarro. No había quemaduras de pólvora en la piel, alrededor de la herida, ni punteado alguno. La herida era perfectamente redonda, lo que venía a descartar el disparo de contacto, que por lo general dejaba una desgarradura característica en la piel, en forma de estrella. Rosijina se tapó la nariz, pues el olor a heces era inevitable. Como ocurría a menudo en los casos de muerte repentina, se habían relajado la vejiga y los intestinos de la víctima. Abrió cuidadosamente la chaqueta del muerto, primero el lado izquierdo y luego el derecho, y palpó los bolsillos en busca de la cartera. No encontró más que un bolígrafo plateado, un pañuelo blanco y un botón de repuesto para la chaqueta del traje.

—¿A qué distancia crees tú? —oyó decir, y se volvió.

Guenadi Olekséi, el que era a veces su compañero, se hallaba a unos pasos de allí, con el cigarrillo colgando de los labios, en los que se dibujaba una media sonrisa, y las manos metidas en los bolsillos de la trenca de cuero.

Por encima de su hombro, Rosijina vio que los agentes habían acabado de desalojar el restaurante, en cuya puerta se arremolinaban los clientes a la espera de ser interrogados. Los empleados del restaurante (cuatro camareros, una cajera y tres cocineros) habían tomado asiento junto a las mesas ahora vacías y estaban dando sus nombres a otro agente de policía.

Olekséi y Rosijina pertenecían a la Brigada de Delitos Económicos de San Petersburgo, una subdivisión del Departamento de Investigaciones Criminales. A diferencia de lo que ocurría en la mayoría de los cuerpos de policía occidentales, los *operativniks* rusos no tenían asignado un compañero fijo. Nadie le había explicado el porqué, pero Rosijina sospechaba que era cuestión de presupuesto. Todo era cuestión de presupuesto, desde saber si podían contar con un coche de una semana para otra a si trabajaban solos o con compañero.

—¿Te han asignado al caso? —preguntó.

—Me llamaron a casa. ¿A qué distancia? —repitió Olekséi.

—Entre sesenta centímetros y un metro ochenta. Un disparo fácil. —Advirtió algo sobre el asiento, detrás de las nalgas de la víctima. Se inclinó para verlo más de cerca—. Llevaba pistola —le dijo a Olekséi—. Una semiautomática. Parece una Makarov. Por lo menos lo intentó. Si hubiera tardado un segundo menos en sacarla, quizá...

—Dime una cosa —dijo Olekséi—. ¿Preferirías palmarla como aquí nuestro amigo, sabiendo lo que se te viene encima, o preferirías simplemente... ¡zas!, morirte? Diñarla sin más.

—Dios bendito, Guenadi...

—Venga, hombre, contesta.

Rosijina suspiró.

—Supongo que preferiría morirme durmiendo... a los cien años y acostado al lado de Natalia.

—Pável, Pável... Nunca me sigues el juego.

—Perdona. Esto no me gusta. Hay algo raro. Parece el típico golpe de la mafia, pero la víctima tiene muy poco de típica. Por lo menos, en un sitio como éste.

—O era muy valiente o era muy tonto —comentó Olekséi.

—O estaba desesperado. —Si había entrado en un sitio así, aquel ruso caucásico tenía que andar buscando algo más que un buen plato de *yepelgesh* y un poco de aquella horrenda música de *pondur* que a Pável le recordaba el chillido de los gatos en celo.

—O tenía mucha hambre —añadió Olekséi—. ¿Será otro jefe, quizá? No me suena su cara, pero puede que esté en los libros.

—Lo dudo. Nunca viajan sin su ejército privado. En caso de que alguien hubiera conseguido llegar hasta él y meterle una bala en el cráneo a esa distancia, sus guardaespaldas habrían montado un tiroteo de mil demonios. Habría agujeros de bala por todas partes y muchos más cadáveres. No, hay una sola bala y un solo muerto. Ha sido todo muy premeditado. Una emboscada ejecutada por profesionales. La cuestión es, ¿quién es este tipo y por qué se han molestado en matarle?

—Pues esta gente no va a decirnos nada.

Rosijina sabía que su compañero tenía razón. El temor a la Obshina, o la lealtad hacia ella, solían hacer callar incluso a los más serviciales. Las declaraciones de los testigos podrían clasificarse indefectiblemente en una de tres categorías: no he visto nada; entró una persona con la cara tapada, disparó a la víctima y huyó, todo ocurrió muy deprisa; y, la favorita de Rosijina: *Ya ne govo'riu po russki* («No hablo ruso»).

Entre todos aquellos relatos de lo ocurrido, la única afirmación cierta que obtendrían sería posiblemente la de «todo ocurrió muy deprisa». Rosijina, sin embargo, no tenía nada que reprocharle a aquella gente. La Krasnaya Mafiya, Bratva (hermandad) u Obshina (fuera cual fuese su nombre o denominación) era de una crueldad inaudita. A menudo condenaba a muerte a un testigo y a toda su familia por el simple hecho de que algún jefe, en algún sótano oscuro, decidía que dicha persona podía tener información que tal vez estuviera dispuesta a comunicar a la policía. Y no se trataba únicamente de morir, se recordó Rosijina. Los métodos de ejecución de la mafia solían ser extremadamente imaginativos, además de lentos. ¿Qué haría él en parecidas circunstancias?, se preguntaba. La mafia no solía matar a agentes de policía (era malo para el negocio), aunque se había dado algún caso. Armados y entrenados como estaban, los policías podían defenderse. Pero el ciudadano medio (el maestro, el contable o el trabajador de una fábrica), ¿qué posibilidades tenía? Ninguna, en realidad. Las fuerzas policiales carecían de presupuesto y personal suficientes para proteger a todos los testigos, y el ciudadano medio, que lo sabía, procuraba mantener el pico cerrado y la cabeza gacha. Algunos clientes del restaurante temían ya por su vida, por el simple hecho de haber estado allí en el momento más inoportuno. Era un milagro que sitios como aquél se mantuvieran abiertos.

Era ese miedo, se decía Rosijina, el que hacía que la gente añorara el pasado, el regreso del control estalinista sobre el país. Y eso era, en muchos sentidos, lo que estaba haciendo Putin con su «programa de reformas». En aquellos asuntos, sin embargo, no había término medio. Mientras hubiera libertades políticas, derechos individuales y economía de mercado en Rusia, habría delincuencia, tanto grande como pequeña..., como la había en tiempos de Stalin, aunque no tanta, ni mucho menos. Pero ¿acaso no era ese argumento un simple subterfugio? ¿Un pretexto del que se servían los ultranacionalistas y los comunistas de la vieja guardia para denostar la democracia y el capitalismo, al tiempo que ignoraban o preferían olvidar que el férreo control de la Rusia soviética se había cobrado un alto precio? ¿Cómo era ese viejo dicho? La miseria trunca la memoria. El padre de Rosijina, un pescador nacido en Yakutia, lo enfocaba de otro modo: «Cuando estás casado con una arpía, hasta la ex novia más fea te parece atractiva». Y eso, Pável lo sabía, era en realidad la Rusia soviética: una ex novia muy fea. Tenía sus rasgos positivos, claro, pero ninguno por el que mereciera la pena el reencuentro. Por desgracia, muchos de sus conciudadanos (el cuarenta por ciento, según las últimas encuestas, por sospechosas que fueran) no opinaban lo mismo. O quizá fuera que, como le había dicho Olekséi una vez, él era un optimista impenitente. ¿O era un optimista ciego?

Miraba ahora por las ventanas frontales del restaurante, observando a los clientes que, cariacontecidos, esperaban apiñados en grupos (su aliento humeaba en el aire frío de la noche), y se preguntaba si su optimismo no sería injustificado. Un restaurante ocupado por una treintena de personas que apenas veinte minutos antes habían visto cómo a un hombre le volaban la tapa de los sesos, y probablemente ninguna de ellas movería un dedo para ayudarles a encontrar al asesino.

—Tienes razón, pero nunca se sabe —contestó Rosijina—. Más vale preguntar y llevarse una sorpresa que lo contrario, ¿no crees?

Olekséi se encogió de hombros y sonrió como sólo podía hacerlo un fatalista ruso. Qué se le iba a hacer. Había pocas cosas que alteraran a Olekséi; su compostura era tan inamovible como el cigarrillo que siempre parecía estar fumando.

Claro que, en ocasiones, a algún testigo se le escapaba un detalle útil que les permitía empezar a tirar del hilo. Más a menudo, sin embargo, los testimonios eran vagos o contradictorios, cuando no ambas cosas, y los investigadores sólo disponían de lo que lograban deducir del cadáver o cadáveres que los criminales dejaban a su paso.

—Además —añadió Rosijina—, si no tuviéramos que ocuparnos de todas esas declaraciones inútiles, no tendríamos por delante cuatro maravillosas horas de papeleo y café repugnante.

—¿Cuatro horas? Eso, si tenemos suerte.

—¿Dónde se ha metido el juez, joder?

Hasta que se declarara oficialmente el fallecimiento de la víctima, su cadáver permanecería donde estaba, con los ojos vidriosos y muertos fijos en el techo.

—Viene para acá —dijo Olekséi—. Lo comprobé antes de venir. Habrá tenido una noche ajetreada, supongo.

Rosijina se inclinó y, pasando el dedo índice bajo la guarda del gatillo, levantó la pistola del asiento.

—Una nueve milímetros. —Sacó el cargador y lo giró. Una bala se deslizó y cayó al suelo con un tintineo.

—Bueno, parece que algo se olía. ¿Falta alguna?

Rosijina negó con la cabeza y olisqueó el cañón.

—No le dio tiempo, imagino. La han limpiado recientemente. Vaya, es increíble... Fíjate, Guenadi, qué cosas: el número de serie no está borrado.

—¿Qué me dices?

Los delincuentes solían borrar con ácido el número de serie de las armas homicidas, pero no tenían por costumbre volver a grabarlos. Si ése era el caso, quizás el número de la Makarov pudiera conducirles a alguna parte. Optimismo impenitente.

Y posiblemente equivocado, se recordó Rosijina.

Como sucedía con frecuencia en los casos de homicidio, ya fuera en Occidente o en Moscú, el teniente Rosijina y Olekséi no sacarían nada en claro interrogando a quienes se hallaban en el restaurante en el momento del asesinato, ni preguntando a los vecinos del barrio. La comunidad chechena era una piña, desconfiaba de la policía y sentía un profundo temor por la Obshina. Y con toda razón. Su brutalidad apenas conocía límites. Los testigos no sólo pagaban con su vida, sino también con la de sus familias, a cuyo asesinato posiblemente se les obligaba a asistir antes de su muerte. La perspectiva de ver cómo descuartizaban a tus hijos con una sierra de arco solía surtir el efecto de acallar incluso a los más parlanchines. Rosijina, no obstante, debía pasar por la rutina de tomar declaración a los testigos, por improductivo que fuera, y de seguir las pistas, por insustanciales que parecieran.

Investigarían con diligencia el asesinato, pero, con el tiempo, los pocos indicios que encontraran acabarían por evaporarse y se verían obligados a archivar el caso. Con esa idea en la cabeza, Rosijina lanzó una triste mirada a la víctima.

—Lo siento, amigo mío.

17

Era curioso, se decía Jack Ryan hijo, que nadie hubiera contestado al anuncio del nacimiento. Ni una sola felicitación. Hizo un cotejo exhaustivo en su ordenador, valiéndose de los terabytes de RAM del monstruoso servidor del Campus, y abrió los documentos más recientes anotando el nombre del remitente y el destinatario, a pesar de que éstos eran siempre un segmento alfanumérico que podía o no tener relación con el verdadero nombre de quien se ocultaba detrás. Amplió su búsqueda a los correos de los seis meses anteriores e hizo un cálculo rápido. Efectivamente, el tráfico se había mantenido en un nivel constante: rara vez registraba una variación de más del cinco por ciento de un mes a otro. Ahora, en cambio, a los pocos días del anuncio del nacimiento, se había desplomado. De hecho, aparte de algunos mensajes rutinarios que posiblemente se habían enviado antes del anuncio y habían quedado atascados en el ciberespacio, no había ni un solo correo electrónico. En resumidas cuentas, el Emir y su COR, o Consejo Omeya Revolucionario, habían enmudecido, y la sola idea de que así fuera daba escalofríos a Jack. Cabían tres posibilidades: o habían cambiado los protocolos de comunicación como medida preventiva general, o habían descubierto que alguien estaba leyendo su correo, o intentaban blindar una operación en marcha mediante el silencio electrónico que solía preceder a una ofensiva de altos vuelos. Las dos primeras opciones eran posibles, pero poco probables. El COR apenas había cambiado de procedimientos en los últimos nueve meses, y el Campus había tenido mucho cuidado de no descubrir su juego. Así pues, sólo quedaba la tercera posibilidad. Había precedentes, desde luego. Justo antes del 11 de Septiembre cayó en picado el nivel de cháchara electrónica propio de Al Qaeda, y lo mismo sucedió poco antes de que los japoneses atacaran Pearl Harbour. Jack deseaba en parte ver confirmada su hipótesis, pero al mismo tiempo confiaba en equivocarse.

¿Cómo transmitía, pues, el Emir sus mensajes? El método más seguro, aunque no el más rápido, era emplear mensajeros: se escribían los mensajes, se grababan en un disco y se mandaba a alguien a entregar dicho disco a un tercero. El tráfico aéreo moderno permitía llegar de Chicago a Calcuta en menos de un día, siempre y cuando uno estuviera dispuesto a comer lo que servían en el avión. Para eso, a fin de cuentas, estaban los trayectos aéreos internacionales, ¿no? No sólo iban a estar pensados para los directivos de ventas de grandes empresas como la Dow Chemical; también tenían que dar servicio a quienes operaban en la clandestinidad.

Chicago-Calcuta. ¿Y si el Emir estaba en Chicago, o en Nueva York, o en Miami? ¿Qué le impedía vivir allí? Absolutamente nada. La CIA y todos los demás daban por sentado que se ocultaba en algún lugar de Asia Central. Pero ¿por qué? Por ser ése su último paradero conocido. No porque hubiera pruebas de que estuviera allí. Y cerca de la mitad de las Fuerzas Especiales del Gobierno de Estados Unidos estaba en Pakistán y Afganistán, registrando palmo a palmo los montes y mirando en cada agujero de las rocas, haciendo preguntas inacabables y repartiendo dinero en busca de algún hombre (o mujer) que conociera su rostro y supiera dónde estaba el Emir. Y, aun así, nada. ¿No era extraño?, se preguntaba Jack.

Un hombre como el Emir no se sentiría seguro mientras todos los cuerpos de espionaje del mundo anduvieran tras él. Incluso los agentes de inteligencia más patriotas y entregados a su trabajo, al ver la recompensa pública que Estados Unidos ofrecía por su cabeza, pensarían en una bonita casa en la Riviera y en un cómodo retiro, y todo ello por una llamada telefónica y un poco de información...

El Emir, sin duda, tenía que saberlo. Habría reducido al mínimo el número de personas que conocían su paradero. En él sólo se incluiría a aquellos en los que pudiera confiar plenamente, y a los que trataría bien. A cuerpo de rey. Dinero, comodidades, todos los lujos que permitieran las circunstancias. El Emir reforzaría su deseo de ganarse su confianza. Reforzaría su fe en Alá y en su persona, se mostraría extremadamente solícito con ellos. Pero también mantendría su aureola de caudillo, porque, como sucedía con todas las cosas importantes de la vida, la fuente de esa autoridad era siempre, de hombre a hombre, una cuestión mental.

Así pues, ¿qué hacía falta para que el Emir se estableciera fuera de Pakistán y Afganistán? ¿Cómo se trasladaba de un lugar a otro el hombre más buscado sobre la faz de la Tierra?

El expediente principal de la CIA sobre el Emir contenía fotografías mediocres, algunas de ellas en su estado original y otras mejoradas mediante procedimientos digitales. Todas ellas se habían distribuido a prácticamente todos los cuerpos de policía y organismos de espionaje del mundo. Y lo mismo podía decirse del público en general. Si Brad Pitt y Angelina Jolie no podían salir un domingo a desayunar sin verse acosados, al Emir le resultaría indudablemente difícil desplazarse más allá de su territorio particular.

No podía cambiar de estatura: aunque ello era técnicamente posible, requería una operación complicada y dolorosa, seguida por un largo periodo de convalecencia y varias semanas de total inmovilidad: mal asunto para un fugitivo. Podía cambiar de cara, de color de piel y de pelo. Podía ponerse lentes de contacto para alterar el color de sus ojos y quizá para mejorar su vista, que, según afirmaba el expediente, era sólo regular. Caminaba erguido, no encorvado, y, para sorpresa de Langley, un especialista del Johns Hopkins había echado por tierra el rumor (considerado dogma de fe en el mundillo del espionaje) de que padecía el síndrome de Marfan. Así pues, no necesitaba tener siempre cerca una máquina de diálisis.

Espera un momento, Jack. El espionaje daba muchas cosas por supuestas respecto al Emir. Pero ¿cuántas opiniones tenían respecto a si sufría o no el síndrome de Marfan? ¿Una? ¿Bastaba con eso para descartar la teoría? Que él supiera, nadie había echado el guante a una persona lo bastante cercana al Emir como para saber si era así o no. Lo cual daba que pensar.

—Hola, Jack —dijo una voz conocida. Al volverse, Jack vio a Brian y a Dominic en la puerta.

—Hola, chicos, pasad. ¿Cómo va eso?

Los hermanos tomaron asiento. Dominic dijo:

—Me da dolor de cabeza pasarme toda la mañana mirando el ordenador, así que se me ha ocurrido venir a darte un poco la lata. ¿Qué estás buscando? ¿Una solicitud de ingreso en el Departamento del Tesoro?

Jack tardó un momento en comprender. El Servicio Secreto dependía del Departamento del Tesoro. Desde lo de Georgetown, eran frecuentes bromas como aquélla. Aunque la prensa había dado amplia cobertura al asunto, de momento su nombre no había salido a relucir, lo cual le parecía perfecto. Hendley lo sabía todo, desde luego, pero a Jack no le molestaba lo más mínimo. Así tendría más munición cuando llegara el momento de soltarle su discurso.

—Muy gracioso —contestó.

—¿Alguna noticia sobre ese cerdo? —preguntó Brian.

—No, que yo sepa. La prensa dice que no tenía cómplices, pero en estos casos sólo se entera de lo que el Servicio Secreto quiere que se entere. —En una ciudad en la que las filtraciones eran, más que la regla, la excepción, el Servicio Secreto sabía cómo imponer orden en su casa. Jack cambió de tema—. Habéis oído hablar de la teoría del síndrome de Marfan, ¿verdad? ¿Sobre el Emir?

—Sí, creo que sí —contestó Dominic—. Pero ¿no se descartó?

Jack se encogió de hombros.

—Estaba intentando darle otro enfoque. Su paradero, por ejemplo: algo me dice que no está en Afganistán, pero nunca le hemos buscado fuera de allí o de Pakistán. ¿No deberíamos hacerlo? Tiene dinero a montones, y el dinero permite gran cantidad de movimientos.

Brian se encogió de hombros.

—Aun así, cuesta creer que un tipo como ése pueda alejarse ochenta kilómetros de su escondrijo sin que le localicen.

—Las suposiciones y los análisis de inteligencia son malos compañeros de cama —observó Jack.

—Tienes razón. Si se ha ido a otro sitio, apuesto a que ese cabronazo se está partiendo el culo de risa viendo cómo todo el mundo le busca por esas montañas. Pero ¿cómo podría mudarse? Porque lo que está claro es que no puede presentarse en el aeropuerto de Islamabad y pedir un billete.

—Con dinero también se compra conocimiento —comentó Dominic.

—¿Qué quieres decir? —preguntó Jack.

—Que para cada problema hay un experto, Jack. El truco consiste en saber dónde buscarlo.

El día pasó rápidamente. A las cinco, Jack se asomó al despacho de Dominic. Brian estaba sentado frente a la mesa de su hermano.

—Hola, chicos —dijo.

—¿Qué tal? —respondió Brian—. ¿Cómo va ese genio de la informática?

—Consumiéndose poco a poco.

—¿Qué hay de la cena? —preguntó Dominic

—Estoy abierto a sugerencias.

—Su vida amorosa debe de ser como la mía —masculló Brian.

—He descubierto un sitio nuevo en Baltimore. ¿Qué os parece si probamos?

—Vale. —Qué demonios, pensó Jack. Comer solo era muy aburrido.

El convoy de tres coches se dirigió hacia el norte por la US 29 y, virando luego hacia el este por la US 40, se adentró en el Little Italy, el barrio italiano, de Baltimore (casi todas las ciudades norteamericanas tenían uno), tras pasar la avenida Eastern. Era un trayecto casi idéntico al que hacía Jack para volver a casa, a un par de calles del estadio de béisbol de Camden Yards. La temporada de béisbol, sin embargo, había terminado ya, y otra vez habían quedado descolgados de las semifinales.

El barrio italiano de Baltimore es una conejera de calles estrechas en la que escasean los aparcamientos, y aparcar el Hummer de Jack allí era casi como intentar poner un trasatlántico de costado. A su debido tiempo, sin embargo, encontró sitio en un pequeño aparcamiento y recorrió a pie las dos manzanas que le separaban del restaurante de la calle High especializado en comida del norte de Italia. Al entrar vio a sus primos instalados en una mesa situada en un rincón, lejos de los demás clientes.

—¿Qué tal se come aquí? —preguntó al sentarse.

—El chef cocina tan bien como nuestro abuelo, y ya es decir, Jack. La ternera lechal es de primera. Dicen que él mismo va a comprarla todos los días al mercado de Lexington.

—Ha de ser duro ser una vaca —comentó Jack mientras echaba un vistazo a la carta.

—Nunca se lo he preguntado a ninguna —contestó Brian—. Pero tampoco he oído quejas.

—Díselo a mi hermana. Se está volviendo vegana, excepto en cuestión de zapatos. —Jack se echó a reír—. ¿Qué tal es la carta de vinos?

—Ya hemos pedido —respondió el *marine*—. Lacrima Christi del Vesubio. Lo descubrí en Nápoles, en un crucero por el Mediterráneo. Lágrimas de Cristo del Vesubio. Fui de excursión a Pompeya y el guía me dijo que allí se cultivaban viñedos desde hacía unos dos mil años, así que supuse que conocían bien el oficio. Si no te gusta, me lo bebo yo todo —le aseguró Brian.

—Brian sabe de vinos, Jack —afirmó Dominic.

—Lo dices como si te sorprendiera —replicó Brian—. No soy el típico paleto, ¿sabes?

—Tomo nota.

La botella llegó un minuto después. El camarero la abrió con mucha ceremonia.

—¿Qué tal se come en Nápoles?

—Amigo mío, para encontrar un mal restaurante en Italia, hay que esforzarse mucho —le dijo Dominic—. La comida que se compra en la calle es tan buena como la de la mayoría de los restaurantes de aquí. Pero este sitio está muy bien. Es un *paisano*.

—En el puerto de Nápoles —dijo Brian—, hay un sitio que se llama La Bersagliera, a cosa de un kilómetro y medio del castillo. Corro el riesgo de que acabemos a puñetazos, pero os aseguro que es el mejor restaurante del mundo.

—No. El mejor es Alfonso Ricci, en Roma, a eso de un kilómetro al este de la Ciudad del Vaticano —sentenció Dominic.

—Si tú lo dices, te creo.

Llegó la comida, acompañada de más vino, y la conversación derivó hacia asuntos de mujeres. Los tres tenían amigas, pero nada serio. Los Caruso comentaron en broma que estaban buscando a la italiana perfecta; Jack, por su parte, buscaba una chica a la que pudiera «presentar a mamá».

—¿Qué dices, primo? —preguntó Brian—. ¿Es que no te gustan un poco zorritas?

—En la cama, sí, claro —contestó Jack—. Pero en público... No soy muy partidario de las camisetas escotadas y los tatuajes en el coxis.

Dominic se echó a reír.

—¿Cómo se llamaba esa chica, Brian? Ya sabes, la estríper del tatuaje.

—Me cago...

Dominic seguía riéndose. Se volvió hacia Jack y dijo en tono medio conspirativo:

—Tenía un tatuaje justo debajo del ombligo, una flecha apuntando hacia abajo que decía: «Ojo, resbaloso». Lo malo es que había puesto «resbaloso» con uve.

Jack rompió a reír.

—¿Cómo se llamaba?

Brian sacudió la cabeza.

—Ni lo sueñes.

—Díselo —dijo Dominic.

—Vamos —insistió Jack.

—Candy.[1]

Más risas.

—¿Acabado en «y» o en «ie»? —preguntó Jack.

—Ninguna de las dos cosas. Con doble e. Vale, vale, no era precisamente una lumbrera. Pero tampoco íbamos a casarnos. ¿Y tú, Jack? ¿Cuál es tu tipo? ¿Jessica Alba, quizá? ¿Scarlett Johansson?

—Charlize Theron.

—Buena elección —comentó Dominic.

—Yo me decantaría por Holly Madison. Tiene unas tetas estupendas —oyeron decir desde un taburete de la barra.

Se volvieron los tres y vieron que una mujer les sonreía. Era pelirroja, alta, con los ojos verdes y una amplia sonrisa.

—Sólo quería aportar mi granito de arena —añadió.

—Tiene razón —comentó Dominic—. Claro que si hablamos de intelecto...

1. *Candy*: dulce, caramelo. *(N. de la T.)*

—¿De intelecto? —dijo ella—. Creía que hablábamos de sexo. Porque si de lo que hablamos es de cerebro, yo me quedo con Paris Hilton.

Hubo unos segundos de silencio, hasta que una sonrisa se pintó en su cara inexpresiva. Jack, Dominic y Brian rompieron a reír. El *marine* dijo:

—Supongo que éste sería buen momento para preguntar si quieres unirte a nosotros.

—Me encantaría.

Cogió su copa de vino, que acababan de rellenarle, y se trasladó a la mesa, donde se sentó junto a Dominic.

—Soy Wendy —dijo—. Acabado en «i griega» —añadió—. Perdonad, no he podido evitar oíros. Bueno —le dijo a Dominic—, ya sabemos que a Jack le gusta Charlize y a Brian las estríperes disléxicas...

—Eso me ha dolido —dijo Brian.

—... pero ¿y a ti?

—¿Quieres que te diga la verdad?

—Por supuesto.

—Te va a parecer un tópico.

—Ponme a prueba.

—Prefiero las pelirrojas.

—Muy bonito —gruñó Jack.

Wendy estudió un momento la cara de Dominic.

—Creo que dice la verdad.

—Claro que sí —confirmó Brian—. Todavía tiene un póster de Lucille Ball en su habitación.

Risa general.

—No digas tonterías, hermano. —Y añadió mirando a Wendy—: ¿Has quedado con alguien?

—Sí. Con una amiga. Me ha mandado un mensaje diciendo que no podía venir.

Cenaron los cuatro, bebieron más vino y estuvieron hablando hasta casi las once, cuando Jack anunció que se iba a casa. Brian, que había captado las mismas señales que su primo, también se despidió, y un momento después Wendy y Dominic se quedaron a solas. Charlaron unos minutos más; luego ella dijo:

—Bueno...

La oportunidad estaba ahí, y Dominic la aprovechó.

—¿Quieres que vayamos a otro sitio?

Wendy le sonrió.

—Mi casa está a un par de manzanas de aquí.

Empezaron a besarse antes de que se cerrara el ascensor, se separaron un momento al llegar a su piso, volvieron a abrazarse en la puerta y luego dentro, al empezar a desvestirse. Una vez en la habitación, Wendy acabó de quitarse el vestido, dejando al descubierto un sujetador de encaje negro y unas braguitas a juego. Se sentó en la cama, delante de Dominic, cogió el extremo de su cinturón, lo desabrochó y se tumbó de espaldas.

—Ahora te toca a ti. —Un mechón de cabello rojo le caía sobre un ojo.

—Guau —susurró Dominic.

—Me lo tomaré como un cumplido —contestó ella con una risa suave.

Dominic se quitó los pantalones y se tumbó en la cama. Se besaron treinta segundos más antes de que Wendy se apartara. Después rodó por la cama y abrió el cajón de la mesilla de noche.

—Una cosita para animarnos un poco —dijo mirando hacia atrás, y se acercó con un espejito rectangular y un frasquito de cristal del tamaño de un dedo meñique.

—¿Qué es eso? —preguntó Dominic.

—Con esto nos sabrá mejor —respondió Wendy.

Mierda, pensó Dominic. Ella vio que le cambiaba la cara.

—¿Qué pasa? —dijo.

—Esto no va a funcionar.

—¿Por qué? ¿Qué pasa? Sólo es un poco de coca.

Él se levantó, recogió sus pantalones y se los puso.

—¿Te vas? —preguntó Wendy, sentándose.

—Sí.

—Pero ¿se puede saber qué te pasa?

Dominic no contestó. Recogió su camisa del suelo y se la puso. Se dirigió a la puerta.

—Eres un gilipollas —dijo Wendy.

Él se detuvo y se volvió hacia ella. Se sacó la cartera del bolsillo y la abrió, dejando ver su placa del FBI.

—Mierda —masculló Wendy—. No he... ¿Vas a...?

—No. Hoy es tu día de suerte.

Y se marchó.

Tariq Himsi reflexionaba acerca del poder del dinero. Y de las veleidades del deseo. Encontrar una acompañante para el Emir, aunque fuera para un encuentro fugaz, era un asunto delicado. Sus gustos eran muy concretos; su seguridad, primordial. Por suerte, allí abundaban las putas: era fácil encontrarlas en la calle, y parecían muy acostumbradas a peticiones poco frecuentes, como que las llevaran a un lugar secreto en un vehículo con los cristales tintados. Sus pesquisas previas le habían demostrado que, pese a lo corrompido de su moralidad, aquellas mujeres no tenían nada de tontas: patrullaban sus esquinas en parejas o tríos, y cada vez que una montaba en un coche, otra se encargaba de anotar el número de la matrícula. Un viaje rápido a uno de los aparcamientos del aeropuerto local había resuelto ese problema. Era fácil colocar una matrícula, y mucho más fácil deshacerse de ella. Casi tan fácil como disfrazar su apariencia con unas gruesas gafas negras y una gorra de béisbol.

Tariq había pensado en un principio en contratar un servicio de acompañantes, pero esto también tenía sus inconvenientes; no insuperables, desde luego, pero sí complejos. Su red local le había proporcionado el nombre de una empresa conocida por el celo con que preservaba la intimidad de sus clientes, hasta el punto de que muchos políticos y personajes famosos utilizaban sus servicios. Entre ellos, varios senadores de Estados Unidos. Tariq tenía que reconocer que recurrir a aquella empresa resultaba de una ironía tentadora.

Pero, de momento, se contentaría con contratar a una de las putas callejeras a las que había estado observando durante la semana anterior. Aunque la chica en cuestión vestía, en general, igual que las otras (con atuendos espantosamente provocativos), parecía tener un gusto algo menos chabacano y unas maneras un poco menos descaradas que las demás. Serviría como receptáculo a corto plazo.

Tariq esperó un buen rato después de que se pusiera el sol y luego se detuvo calle abajo; allí aguardó a que el tráfico amainara para poner el coche en marcha y acercarse al lugar donde la chica se había apostado junto con dos compañeras. Paró junto a la acera y bajó la ventanilla del copiloto. Una de las mujeres, una pelirroja de enormes pechos, se acercó a la ventanilla.

—Tú no —dijo Tariq—. La otra. La rubia alta.

—Como quiera el señor. Oye, Trixie, que te quiere a ti.

Trixie se acercó contoneándose.

—Hola —dijo—. ¿Buscas compañía?

—Para un amigo.

—¿Y dónde está ese amigo?

—En su piso.

—No hago servicios a domicilio.

—Dos mil dólares —contestó Tariq, y enseguida vio cambiar la mirada de Trixie—. Tus amigas pueden anotar la matrícula del coche, si quieres. Mi amigo es... muy conocido. Sólo quiere una acompañante anónima.

—¿Sexo normal?

—¿Cómo dices?

—No hago cosas raras. Nada de lluvias doradas ni cosas por el estilo.

—Claro.

—Vale, espera un segundo, cielo. —Trixie se acercó a sus amigas, cambió con ellas unas palabras y regresó con Tariq.

—Puedes montar detrás —dijo él, y abrió el cierre de la puerta.

—Ah, vale, genial —contestó Trixie, y subió al coche.

—Siéntate, por favor —dijo el Emir media hora después, cuando Tariq la introdujo en el cuarto de estar e hizo las presentaciones—. ¿Te apetece un poco de vino?

—Eh, bueno, sí, claro —respondió Trixie—. Me gusta ese vino, el *zinfandel*. Se dice así, ¿no?

—Sí. —El Emir hizo una seña a Tariq, que desapareció y regresó un minuto después con dos copas de vino. Trixie cogió la suya, miró a su alrededor con nerviosismo, rebuscó luego en su bolso y sacó un pañuelo de papel en el que escupió el chicle que había estado mascando. Bebió un sorbo de vino.

—Está muy bueno.

—Sí, lo está. ¿Trixie es tu verdadero nombre?

—Pues sí. ¿Y el tuyo?

—Lo creas o no, me llamo John.

Trixie soltó una áspera carcajada.

—Si tú lo dices... Entonces, ¿eres árabe o algo así?

De pie en la puerta, detrás de Trixie, Tariq contrajo las cejas. El Emir levantó el dedo índice del brazo del sillón. Tariq asintió con la cabeza y retrocedió unos pasos.

—Soy italiano —contestó el Emir—. De Sicilia.

—Oye, igual que *El Padrino*, ¿no?

—¿Perdón?

—Ya sabes, la película. De ahí son los Corleone: de Sicilia.

—Sí, supongo que sí.

—Tienes un acento muy gracioso. ¿Vives aquí o estás de vacaciones?

—De vacaciones.

—Esta casa es muy bonita. Debes de estar forrado, ¿eh?

—La casa pertenece a un amigo.

Trixie sonrió.

—Conque a un amigo, ¿eh? Pues puede que a tu amigo le apetezca tener compañía.

—Descuida: se lo preguntaré —contestó secamente el Emir.

—Sólo para que lo sepas: yo sólo lo hago normal, ¿vale? Nada de cosas raras.

—Claro, Trixie.

—Y nada de besos en la boca. ¿Tu amigo dijo dos mil?

—¿Quieres tu minuta ahora mismo?

Ella bebió otro sorbo de vino.

—¿Mi qué?

—Tu dinero.

—Claro, luego podemos empezar. —A una seña del Emir, Tariq se acercó y entregó a Trixie un fajo de billetes de cien dólares—. No te ofendas —dijo ella, y se puso a contar los billetes—. ¿Quieres hacerlo aquí, o qué?

Una hora después, el Emir salió del dormitorio. Tras él, Trixie estaba poniéndose las bragas mientras canturreaba en voz baja. Tariq se levantó de la mesa del comedor para reunirse con su jefe. El Emir se limitó a decir:

—Demasiadas preguntas.

Minutos más tarde, en el garaje, Tariq rodeó el coche y le abrió la puerta trasera a Trixie.

—Ha sido divertido —dijo ella—. Si tu amigo quiere repetir, ya sabes donde encontrarme.

—Se lo diré.

Cuando la chica se agachó para entrar en el coche, Tariq le asestó un puntapié en la corva y ella se cayó.

—Oye, ¿qué...? —Fue lo único que consiguió decir antes de que el garrote de Tariq, una suave cuerda de nailon de sesenta centímetros de largo y uno de grosor, rodeara su cuello y se cerrara sobre su tráquea.

Tal y como esperaba Tariq, los dos nudos del centro de la cuerda, separados por doce centímetros, comprimieron de inmediato las arterias carótidas a ambos lados de la tráquea. Trixie comenzó a sacudirse y a arañar la cuerda, arqueando la espalda hasta que Tariq pudo verle los ojos: grandes y desorbitados al principio, comenzaron luego a pestañear y a girar hasta quedar en blanco a medida que disminuía el flujo de sangre que llegaba al cerebro. Pasados diez segundos, el cuerpo de Trixie quedó inerte. Tariq mantuvo la presión sobre la cuerda otros tres minutos y permaneció inmóvil mientras la vida escapaba lentamente del cuerpo de la joven. Estrangular a alguien nunca era tan rápido como en las películas de Hollywood.

Tariq dio dos pasos atrás, tiró de ella y depósito tranquilamente su cuerpo sobre el suelo de cemento del garaje. Desenrolló con cuidado la cuerda del cuello y examinó la piel. Había un ligero hematoma, pero no sangre. Aun así, más tarde quemaría la cuerda en un cubo de acero. Palpó su cuello buscándole el pulso y no lo encontró. Estaba muerta, no le cabía ninguna duda, pero dadas las circunstancias era necesario tomar precauciones extras.

Poniendo una mano bajo sus hombros y la otra bajo sus nalgas, la colocó boca abajo y se sentó a horcajadas sobre su cintura. Puso la mano izquierda debajo de su barbilla, levantó su cabeza hacia él, colocó la palma derecha a un lado de su cabeza y movió las manos en direcciones opuestas. El cuello se partió. Cambió de posición las manos y le giró la cabeza en el otro sentido, produciendo otro chasquido amortiguado. Las piernas de Trixie se sacudieron una sola vez, movidas por los impulsos nerviosos que aún conservaba el cuerpo. Tariq volvió a apoyar su cabeza sobre el suelo y se levantó.

Ahora sólo quedaba decidir hasta dónde se adentraría en el desierto para abandonar su cadáver.

18

La bienvenida que les dispensaron al aterrizar en Trípoli debería haber bastado para que Clark y Chávez dedujeran todo cuanto necesitaban saber sobre la actitud de Muamar el Gadafi y sus generales, así como sobre el apoyo que podían esperar de ellos. El teniente de la Milicia Popular que les esperaba al pie de la escalerilla del avión se mostró bastante amable, pero estaba tan verde como caliente era el sol de Libia, y el tic que tenía debajo del ojo izquierdo convenció a Clark de que sabía lo suficiente sobre ellos como para estar nervioso. *Haces bien, chaval.* Estaba claro que a Gadafi no le agradaba la presencia de soldados occidentales en su territorio, y menos aún tratándose de miembros de las Fuerzas Especiales. Clark no sabía, ni le importaba, si su enfado era producto del orgullo o se debía a motivos políticos de mayor calado. Mientras no les pusieran impedimentos ni causaran la muerte de ningún miembro del personal de la embajada, Muamar podía estar todo lo cabreado que quisiera.

El teniente efectuó un enérgico saludo militar, dijo «Masudi» (su nombre, supuso Clark) y, haciéndose a un lado, indicó un camión militar de la década de 1950, cubierto con una lona, que esperaba al ralentí a unos quince metros de allí. Clark hizo un gesto de asentimiento mirando a Stanley y éste ordenó al equipo recoger sus efectos y dirigirse al camión.

El sol quemaba tanto que a Clark casi le escocía la piel, y el aire recalentado abrasaba sus pulmones cuando respiraba. La ligera brisa que agitaba las banderas del tejado del hangar apenas alcanzaba a refrescar el ambiente.

—Coño, por lo menos han mandado a alguien, ¿no? —masculló Chávez cuando echaron a andar.

—Tú siempre tan positivo, ¿eh, Ding?

—Tú lo has dicho, *mano.*

Una hora después de bajar del avión en Heathrow y de que Alistair Stanley les pusiera al corriente de la situación, Clark, Chávez y el resto de los hombres de Rainbow Six se hallaban ya a bordo de un avión de British Airways con destino a Italia.

Como en todos los contingentes militares, en Rainbow Six había un trasiego constante de personal debido a que los hombres regresaban a su unidad madre provistos casi siempre de merecidos ascensos por su labor en el equipo. De los ocho que había escogido Stanley para la operación, cuatro formaban parte del equipo original: el jefe Miguel Chin, SEAL de la Marina; Homer Johnston; Louis Loiselle, y Dieter Weber. Dos americanos, un francés y un alemán. Johnston y Loiselle eran sus francotiradores, y ambos eran excelentes: sus disparos rara vez se desviaban del centro de la diana.

Todos, en realidad, eran militares sobresalientes. Clark no se inquietaba en absoluto por ellos: no se llegaba a Rainbow Six sin, primero, tener mucha experiencia, y, segundo, ser lo mejor de lo mejor. Y tampoco permanecía uno en el equipo si no contaba con la aprobación de Alistair Stanley, que, pese a su acendrada cortesía, era un auténtico tirano. *Más vale sudar entrenando que sangrar en una operación*, se dijo Clark. Era un viejo dicho de los SEAL, una sentencia a la que cualquier miembro de las Fuerzas Especiales que se preciara de serlo se adhería como si fuera palabra de Dios.

Tras una breve escala en Roma, fueron conducidos a un Piaggio P180 Avanti bimotor, con turbopropulsor, que el 28.º Escuadrón «Tucano» de la aviación italiana puso amablemente a su disposición para el trayecto final hasta Tarento, donde estuvieron bebiendo Chinotto, la versión italiana del Sprite norteamericano, mientras el oficial de relaciones públicas de la base les daba una lección de historia sobre Tarento, la Marina Militare y su predecesora, la Regia Marina. Pasadas cuatro horas sonó el teléfono vía satélite de Stanley. Los políticos habían llegado a un acuerdo. Clark ignoraba cómo habían convencido a Gadafi de que replegara a sus tropas de choque, pero tampoco le importaba. Rainbow Six tenía luz verde.

Una hora después volvieron a embarcar en el Avanti para recorrer los ochocientos kilómetros que les separaban de Trípoli sobrevolando el Mediterráneo.

Clark siguió a Chávez al camión y montó en él. Sentado al otro lado del asiento de madera había un hombre vestido de paisano.

—Tad Richards —dijo estrechando la mano de Clark—. De la embajada de Estados Unidos.

Clark no se molestó en preguntarle por el puesto que ocupaba. La respuesta incluiría posiblemente una mezcla de términos tales como «agregado», «cultural», «júnior» y «Departamento de Estado», pero Richards era, en realidad, un miembro de la delegación de la CIA en Libia, que operaba desde la embajada norteamericana en el Hotel Corinthia Bab Africa. Al igual que el teniente de la Milicia Popular que les había dado la bienvenida, Richards parecía un novato. Aquél era seguramente su primer destino en el extranjero, calculó Clark. Pero eso poco importaba, con tal de que les ofreciera la información que necesitaban.

El camión se puso en marcha con un chirrido de engranajes y una nube de humo de gasóleo.

—Lamento el retraso —dijo Richards.

Clark se encogió de hombros y reparó en que Richards no se había interesado por sus nombres. *Puede que sea un poco más listo de lo que pensaba.*

—Imagino que al coronel no le agrada tenernos por huéspedes —dijo.

—Imagina usted bien. No sé exactamente cómo ha sido, pero los teléfonos llevan ocho horas echando humo. El Ejército ha montado un cordón de seguridad en torno al hotel.

Era lógico. Hubiera o no una amenaza real, la «protección» que el Gobierno libio dispensaba a la embajada estadounidense era sin duda una señal: una muestra de que el pueblo libio rechazaba hasta tal punto la presencia de soldados occidentales en su territorio que cabía la posibilidad de que se produjeran ataques contra los intereses norteamericanos en el país. Una milonga, claro, pero Gadafi tenía que caminar por una línea muy fina: la que separaba su novedoso papel como aliado de los norteamericanos en el norte de África y su gobierno sobre una población que seguía simpatizando mayoritariamente con la causa palestina y que, por tanto, aborrecía a sus opresores, Estados Unidos e Israel.

—Deleites de la política internacional —comentó Clark.

—Ni que lo diga.

—¿Habla árabe?

—Sí, pasablemente. Voy mejorando. Estoy en tercer curso de Piedra Rosetta.

—Bien. Voy a necesitar que se quede con nosotros, para hacernos de intérprete.

—Delo por hecho.

—¿Tiene información que darnos?

Richards asintió mientras se limpiaba el sudor de la frente con un pañuelo.

—Han montado un puesto de mando en el último piso de un edificio de apartamentos, a una manzana de la embajada. Le enseñaré lo que tenemos cuando lleguemos allí.

—Muy bien —contestó Clark—. ¿Algún contacto desde el interior del complejo?

—Ninguno.

—¿Número de rehenes?

—Según el ministro de Exteriores sueco, dieciséis.

—¿Qué han hecho hasta ahora? Los libios, quiero decir.

—Nada, que sepamos, aparte de acordonar la zona y mantener a raya a los civiles y a la prensa.

—¿Se ha hecho pública la noticia? —preguntó Chávez.

Richards asintió con la cabeza.

—Hace un par de horas, mientras estaban en el aire. Lo siento, he olvidado decírselo.

Clark preguntó:

—¿Suministros?

—El agua y la electricidad funcionan todavía en el complejo de la embajada.

Cortar ambos suministros era casi lo primero que había que hacer al afrontar cualquier crisis de rehenes. Era esencial por dos motivos: primero, porque la falta de comodidades empezaría a hacer mella en los secuestradores, por duros que éstos fueran. Y, segundo, porque el restablecimiento del servicio de agua y luz podía utilizarse como palanca en las negociaciones: dadnos cinco rehenes y volveremos a poner en marcha el aire acondicionado.

En aquello, como en todo, el Gobierno libio, tras recibir el «que te den» de los políticos occidentales, se estaba lavando las manos. Lo cual podía ser una ventaja. A menos que fueran unos perfectos idiotas, los secuestradores habrían tomado nota de que los suministros seguían funcionando y habrían llegado, quizás, a algunas conclusiones respecto a lo que sucedía en el exterior: tal vez supusieran que las fuerzas de seguridad no estaban preparadas, o que esperarían a cortar la luz hasta justo antes del asalto.

Quizá... Sí..., pensó Clark. Costaba meterse en la cabeza de otro, y más aún en la de un cabrón al que le parecía bien tomar por rehenes a un montón de civiles inocentes. Era igual de probable que los secuestradores no pensaran en absoluto en términos estratégicos y que ni siquiera hubieran reparado en la cuestión del agua y la luz. Aun así, habían logrado eliminar a los Särskilda Skyddsgruppen, lo cual sugería, como mínimo, que se enfrentaban a gente hasta cierto punto entrenada. Daba igual, en realidad. No había nadie que pudiera igualar a su equipo, de eso Clark estaba seguro. Fuera cual fuese la situación dentro de la embajada, la solucionarían, con toda probabilidad en detrimento de los secuestradores.

El trayecto duró veinte minutos. Clark pasó la mayor parte de ese tiempo barajando posibilidades y viendo pasar las calles polvorientas y ocres de Trípoli. El camión se detuvo por fin en un callejón sombreado en ambos extremos por sendas palmeras datileras. El teniente Masudi apareció por la parte de atrás y bajó el portón trasero. Richards se apeó y condujo a Clark y a Stanley por el callejón, mientras Chávez y los demás recogían sus pertrechos y les seguían. Tras subir dos tramos de escaleras de piedra adosados a la pared exterior del edificio, Richards les llevó por una puerta que daba a un apartamento a medio terminar. Había varias planchas de yeso apoyadas contra la pared, junto a unas cuantas cubetas de plaste de veinte litros. De las cuatro paredes, sólo dos estaban acabadas y pintadas de un tono verde aguamarina que parecía sacado de un episodio de *Corrupción en Miami*. La habitación olía a pintura fresca. Por el gran ventanal enmarcado por palmeras se veía, a unos doscientos metros, lo que Clark supuso que era la embajada sueca, un chalé de dos plantas, de estilo español, rodeado por muros de estuco blanco de tres metros de altura, rematados con negras puntas de hierro forjado. La planta baja del edificio presentaba numerosas ventanas, todas ellas enrejadas y con los postigos cerrados.

Seiscientos metros cuadrados, como mínimo, pensó Clark con acritud. *Un montón de terreno. Más un sótano, quizá.*

Confiaba a medias en que hubiera uno o dos coroneles o generales de la Milicia Popular esperándoles, pero no había ninguno. Evidentemente, Masudi iba a ser su único contacto con el régimen libio, lo cual le parecía bien, con tal de que el teniente tuviera autoridad para proporcionarles lo que pidieran.

La calle de abajo parecía un puñetero desfile militar. En las dos calles contiguas a la embajada visibles desde allí, Clark contó no menos de seis vehículos del ejército, dos todoterrenos y cuatro camiones, cada uno de ellos rodeado por un grupo de soldados que fumaban y se paseaban con los fusiles de cerrojo colgados descuidadamente del hombro. De no haber estado ya al tanto de la situación, las armas de los soldados le habrían revelado cuanto necesitaba saber sobre la actitud de Gadafi hacia la crisis. El coronel, al que se había ninguneado en su propio país, había sacado a sus tropas de élite del perímetro de la embajada y las había sustituido por las más andrajosas que pudo encontrar.

Como un niño mimado que recogiera sus canicas y se fuera a su casa.

Mientras Chávez y los demás comenzaban a desempaquetar el equipo y a colocarlo en un rincón de la cocina sin terminar, Clark y Stanley inspeccionaron el complejo de la embajada a través de sus prismáticos. Richards y el teniente Masudi se quedaron a un lado. Tras dos minutos de silencio, Stanley dijo sin bajar los prismáticos:

—La cosa está complicada.

—Sí —respondió Clark—. ¿Ves algún movimiento?

—No. Los postigos son de lamas. Fuertes y sólidos.

—Cámaras de vigilancia fijas en las esquinas, justo debajo de los aleros del tejado, y dos a lo largo de la fachada frontal.

—Conviene asumir que hay otras dos en la parte de atrás —contestó Stanley—. La cuestión es saber si los de seguridad tuvieron tiempo de desactivar el sistema.

En la mayoría de las embajadas había una lista de emergencia que cualquier guardia de seguridad que mereciera tal nombre tenía que saberse al dedillo. Al comienzo de la lista, bajo el epígrafe «En caso de irrupción armada y secuestro de la embajada» o algo parecido, figuraba la orden de desactivar irreversiblemente el sistema de seguridad externo de las instalaciones. Siempre era más fácil liquidar a secuestradores con la menor cantidad de referencias del exterior. Era imposible saber si los suecos habían desconectado o no las cámaras, de modo que Rainbow daría por sentado que no sólo funcionaban, sino que estaban monitorizadas. La buena noticia era que se trataba de cámaras fijas, lo que hacía más fácil encontrar ángulos ciegos y puntos de cobertura.

—¿A qué hora se pone el sol, Richards? —preguntó Clark.

—Dentro de tres horas, más o menos. Se prevén cielos despejados.

Mierda, pensó Clark. Operar en un clima desértico podía ser un auténtico incordio. En Trípoli había contaminación, pero no tanta como en las grandes urbes occidentales, de modo que la luz de la luna y las estrellas dificultaría cualquier movimiento. Muchas cosas dependían de cuántos secuestradores hubiera dentro de la embajada y dónde estuvieran situados. Si tenían suficientes efectivos, era casi seguro que habría guardias vigilando el exterior. Eso podían solucionarlo Johnston y Loiselle, pero aun así habría que planear con sumo cuidado cualquier aproximación al complejo.

—Johnston... —dijo Clark.

—Sí, jefe.

—Vete a dar un paseo. Elige posiciones y luego vuelve aquí y haz un croquis de campos de tiro y puntos de cobertura. Richards, dile a nuestro acompañante que haga correr la voz: que dejen trabajar a nuestros hombres y no nos estorben.

—De acuerdo. —Richards tomó a Masudi del codo, se alejó con él unos pasos y empezó a hablar. Medio minuto después, Masudi asintió con la cabeza y se marchó.

—¿Tenemos planos? —le preguntó Stanley a Richards.

El hombre de la embajada echó un vistazo a su reloj.

—Deberían estar aquí dentro de una hora.

—¿Vienen de Estocolmo?

Richards negó con la cabeza.

—De aquí. Del Ministerio del Interior.

—Santo Dios.

No tenía sentido pedir que se los enviaran por partes, en formato JPEG. No había garantías de que fueran mejores que los que ya tenían, a no ser que los libios estuvieran dispuestos a llevar las imágenes a una imprenta y a ordenar que juntaran los fragmentos. Y Clark no pensaba esperar sentado mientras tanto.

—Oye, Ding...

—Aquí estoy, jefe.

Clark le pasó los prismáticos.

—Echa un vistazo. —Chávez encabezaría uno de los dos equipos de asalto, junto con Dieter Weber.

Chávez estuvo un minuto observando el edificio; luego le devolvió los prismáticos.

—¿Hay sótano?

—Aún no lo sabemos.

—Generalmente, a esos tipos les gusta estar pegados al suelo, así que yo diría que se han concentrado en la planta baja, o en el sótano, si lo hay, aunque eso no lo sabemos. A no ser que sean muy tontos.

No hay salidas subterráneas, pensó Clark.

—Si podemos concretar dónde están los rehenes, aunque sólo sea a medias, y si están juntos o separados... Pero si tuviera que arriesgarme, optaría por entrar por la segunda planta, por las paredes sur y este, despejaría primero ese nivel y luego bajaría. Táctica estándar de comandos, vaya. Si tomamos los puntos elevados del plano, los secuestradores estarán automáticamente en desventaja.

—Continúa —dijo Clark.

—Las ventanas de la primera planta están descartadas. Podríamos quitar las rejas, pero tardaríamos y haríamos mucho ruido. Esos balcones, en cambio... La barandilla parece muy sólida. Será fácil subir. Va a depender mucho del trazado del edificio. Si es más diáfano, con pocos quiebros, yo optaría por empezar por arriba. Si no, habrá que darles caña con unas granadas de aturdimiento, romper la pared en un par de sitios con cargas explosivas y caer sobre ellos.

Clark miró a Stanley, que asintió con la cabeza.

—El chico va aprendiendo —dijo con una sonrisa.

—Gracias y que le jodan, general —contestó Chávez sonriendo también.

Clark miró de nuevo su reloj. Tiempo.

Los secuestradores no habían dado señales de vida, y eso le preocupaba. Sólo había un par de razones que pudieran explicar su silencio: o estaban esperando a que el mundo entero les prestara atención para hacer públicas sus demandas, o estaban esperando a que el mundo entero les prestara atención para empezar a arrojar cadáveres por la puerta.

19

Como era de esperar, los planos del complejo de la embajada no tardaron una hora, sino más bien dos, de modo que quedaba menos de una hora y media para que anocheciera cuando Clark, Stanley y Chávez pudieron desplegarlos por fin y echar un primer vistazo a lo que tenían por delante.

—Qué barbaridad —gruñó Stanley.

Los planos no eran los originales del arquitecto, sino la fotocopia de una fotocopia, pegada con celofán. Muchas de las anotaciones estaban tan borrosas que resultaban ilegibles.

—Válgame Dios... —dijo Richards, asomándose por encima de sus hombros—. Lo siento, dijeron...

—No es culpa suya —contestó Clark con calma—. Intentan jugar con nosotros. Pero nos valdrá con esto. —Ésa era otra cosa que Rainbow hacía muy bien: adaptarse e improvisar. Los planos defectuosos sólo eran, a fin de cuentas, un tipo de información insuficiente, y Rainbow se había visto muchas veces en situaciones parecidas a aquélla. Para colmo de males, el servicio de inteligencia del bueno del coronel se había negado a dar a los suecos los planos de su propio edificio, así que por ese lado tampoco iban a tener suerte.

La buena noticia era que el edificio de la embajada no tenía sótano y que su trazado parecía relativamente diáfano. No había pasillos sinuosos, ni espacios con recovecos que dificultaran el registro de las habitaciones con la consiguiente pérdida de tiempo. Y el balcón corrido que rodeaba la segunda planta daba a un amplio espacio abierto que se comunicaba con una serie de habitaciones más pequeñas situadas a lo largo del muro oeste.

—Doce metros por quince —comentó Chávez—. ¿Qué opináis? ¿La oficina principal?

Clark asintió con la cabeza.

—Los de la pared oeste tienen que ser los despachos de dirección.

Frente a ellos, por un corto pasillo que torcía a la derecha al pie de las escaleras, parecía haber una zona de cocina-comedor, un cuarto de baño y cuatro habitaciones más sin ninguna anotación en el plano. Tal vez fueran almacenes, pensó Clark, a juzgar por su tamaño. Una era, casi con toda certeza, la oficina de seguridad. Al final del pasillo había una puerta que daba al exterior.

—En estos planos no aparece el trazado de las tuberías, ni la instalación eléctrica —dijo Chávez.

—Si está pensando en entrar por el alcantarillado —contestó Richards—, olvídelo. Éste es uno de los barrios más antiguos de Trípoli. El alcantarillado es una mierda...

—Muy gracioso.

—Las cañerías tienen como mucho el ancho de una pelota de voleibol y se hunden con facilidad. Esta misma semana he tenido que dar un rodeo dos veces yendo al trabajo para evitar socavones.

—Muy bien —dijo Clark, volviendo a centrar las cosas—. Richards, hable usted con Masudi y asegúrese de que cortarán la electricidad cuando se lo digamos. —Habían decidido no cortarla para no alertar a los secuestradores antes de que entraran Chávez y sus equipos.

—De acuerdo.

—Ding, ¿habéis comprobado las armas?

—Claro.

Los equipos de asalto llevarían, como de costumbre, subfusiles MP5SD3 Heckler & Koch con silenciador, munición de nueve milímetros y una cadencia de disparo de setecientos proyectiles por minuto.

Junto con la provisión habitual de granadas de fragmentación y aturdimiento, cada hombre llevaría además una pistola MK23 del calibre 45 ACP, con silenciador KAC modificado y mira modular de tritio y láser (LAM) con selector de funciones: sólo láser visible, láser/linterna visible, sólo láser infrarrojo y láser infrarrojo/iluminador. La MK23, el arma preferida por los equipos de Intervención Especial de la Marina y el SBS, el Servicio Naval Especial británico, era un prodigio de resistencia: los SEAL y el SBS la habían probado en condiciones extremas de temperatura, impacto, inmersión en agua salada, disparo en seco y polvo, el peor enemigo de un arma de fuego. Como un buen reloj Timex, la MK23 seguía haciendo tictac (o, en este caso, disparando) a pesar de los golpes.

Johnston y Loiselle tenían juguetes nuevecitos con los que entretenerse: el equipo había cambiado hacía poco los fusiles de precisión M24 por los Knights Armament M110, equipados con mira Leupold para luz diurna y mira nocturna AN/PVS-14 de probada calidad. A diferencia del M24, un fusil de cerrojo, el M110 era semiautomático. Para los equipos de asalto, eso significaba que Johnston y Loiselle podían disparar más balas en mucho menos tiempo cuando realizaban labores de cobertura.

Siguiendo las instrucciones de Clark, ambos francotiradores se habían dado una vuelta por la zona, rodeando las manzanas en torno al complejo de la embajada, eligiendo posiciones y bosquejando ángulos de tiro. No tendrían problemas para cubrir los lugares que Chávez y Weber habían elegido como puntos de entrada, al menos hasta que los equipos penetraran en el edificio propiamente dicho. Una vez dentro, los equipos de asalto estarían solos.

Cincuenta minutos después de la puesta de sol el equipo esperaba agazapado en su puesto de mando provisional, con las luces apagadas. Clark veía a través de los prismáticos el tenue resplandor que se colaba por los postigos de la embajada. Las luces de fuera también se habían encendido: cuatro farolas de seis metros de alto, cada una en una esquina del complejo, rematadas con lámparas de vapor de sodio que apuntaban hacia el edificio.

Una hora antes, la llamada del muecín a la oración había resonado en todo Trípoli; ahora, en cambio, las calles estaban desiertas y en silencio, salvo por el ladrido distante de unos perros, el claxon de algún que otro coche y las voces apagadas de los guardias de la Milicia Popular que seguían apostados en torno a la embajada. La temperatura, que apenas había bajado, rondaba los treinta grados. Desde ese momento hasta que amaneciera, a medida que el calor fuera disipándose en el aire sin nubes del desierto, la temperatura caería en picado otros quince grados o más. Clark, sin embargo, confiaba en que para cuando se hiciera de día la embajada hubiera sido liberada y Rainbow estuviera haciendo las maletas. Confiaba también en que no hubiera bajas amigas y en que pudieran entregar a algunos secuestradores vivos a... a quien fuera. Probablemente los políticos estaban discutiendo aún quién supervisaría la operación posterior y la investigación que seguiría a ésta.

En alguna parte, en la oscuridad, sonó suavemente un teléfono móvil y unos instantes después Richards apareció junto al hombro de Clark y le susurró:

—Los suecos acaban de aterrizar en el aeropuerto.

La Säkerhetspolisen, el Servicio de Seguridad sueco, se ocupaba de la división antiterrorista del país, mientras que la Rikskriminalpolisen, o Departamento de Investigación Criminal, era el equivalente sueco al FBI. Rainbow dejaría la embajada en sus manos una vez liberada.

—Bien, gracias. Supongo que eso responde a la pregunta. Dígales que se mantengan a la espera. Podrán entrar en cuanto hayamos acabado. Pero no mencione nuestro horario previsto. No quiero que eso salga de aquí.

—¿Cree usted que los suecos...?

—No, no intencionadamente, pero quién sabe con quién están hablando.

—Aunque le parecía improbable, no podía descartar la posibilidad de que los libios intentaran sabotear la operación: los norteamericanos vinieron, fracasaron en su misión y había muerto gente. Un buen golpe propagandístico para el coronel.

Hacía casi veinticuatro horas que los secuestradores habían irrumpido en la embajada, y seguían sin dar señales de vida. Clark había elegido las 02:15 como hora de inicio de la operación, diciéndose que posiblemente los terroristas esperaban que el asalto se produjera al anochecer. Confiaba en que el retraso les hiciera relajarse, aunque sólo fuera un poco. Además, según demostraban las estadísticas, la mente humana comenzaba a embotarse entre las dos y las cuatro de la madrugada, especialmente si llevaba veintiocho horas atenazada por el demonio del estrés y la incertidumbre.

A la 01:30, Clark ordenó prepararse a Johnston y Loiselle; después hizo una seña a Richards, que a su vez se la transmitió al teniente Masudi. Cinco minutos más tarde, tras una larga conversación por radiotransmisor, el libio volvió a informarles: los guardias del perímetro estaban avisados. Clark no quería que algún soldado nervioso disparara a sus francotiradores cuando fueran a ocupar sus posiciones. Ordenó, asimismo, que Stanley y Chávez vigilaran con los prismáticos. Aunque era improbable, siempre cabía la posibilidad de que alguien (un simpatizante o algún espontáneo que odiaba a los norteamericanos) intentara avisar a los terroristas de que la partida estaba a punto de empezar. Si ello ocurría, él no podría hacer gran cosa, excepto ordenar el regreso de Johnston y Loiselle y probar suerte más tarde.

Esperó cinco minutos más después de que Johnston y Loiselle estuvieran pertrechados, con sus M110 sujetos al hombro. Después susurró a Chávez y Stanley:

—¿Qué tal vamos?

—Sin cambios —respondió Ding—. Están hablando por los radiotransmisores, pero seguramente estarán haciendo correr la voz.

A la 01:40, Clark se volvió hacia Johnston y Loiselle e inclinó la cabeza. Los dos francotiradores salieron discretamente y desaparecieron en la oscuridad. Clark se puso los auriculares.

Pasaron cinco minutos. Diez.

La voz de Loiselle sonó por radio:

—Omega Uno en posición.

Diez segundos después, Johnston dijo:

—Omega Dos en posición.

—Recibido —contestó Clark, echando una ojeada a su reloj—. Quedad a la espera. Los equipos de asalto se pondrán en marcha dentro de diez segundos.

Oyó un par de dobles chasquidos como respuesta.

—¿Alistair? ¿Ding?

—Sin movimiento. Todo tranquilo.

—Lo mismo aquí, jefe.

—Está bien, preparaos.

Al oír esto, Chávez le pasó sus prismáticos y se reunió con su equipo en la puerta. Weber y su grupo, encargados de abrir una brecha en la esquina entre la pared frontal y la oeste de la planta baja, tenían que ir más lejos para ocupar posiciones, así que saldrían primero, seguidos cuatro minutos después por Chávez y sus hombres.

Clark inspeccionó una vez más el complejo en busca de cambios o indicios de movimiento, atento a cualquier cosa que no pasara su examen kinestésico. Sabía por experiencia que, si uno se dedicaba a aquello el tiempo suficiente, acababa por desarrollar una especie de sexto sentido. ¿Tienes buenas sensaciones? ¿Oyes alguna vocecilla insidiosa en el fondo de tu cabeza? ¿Algún detalle pasado por alto, algún casillero sin marcar? Clark había visto a muchos comandantes que, aunque eficaces en general, omitían la comprobación kinestésica, casi siempre en perjuicio propio.

Bajó los prismáticos y se volvió hacia sus hombres, que aguardaban junto a la puerta.

—Adelante —susurró.

20

Chávez esperó los cuatro minutos de rigor y condujo luego a su equipo por la escalera, hasta la entrada del callejón. Tal y como había pedido Clark, los libios habían apagado las farolas de la manzana en torno a la embajada. Confiaban en que los secuestradores no lo notaran, pues las farolas del complejo seguían encendidas y apuntando hacia el interior. Siguiendo asimismo instrucciones de Clark, tres camiones del Ejército se hallaban aparcados en fila india en medio de la calle, entre el piso del puesto de mando y el lado este del complejo de la embajada.

Chávez dio orden de avanzar mediante señas, y uno a uno sus hombres se movieron calle abajo, sirviéndose de las sombras y de los camiones para ocultarse hasta que llegaron al siguiente callejón, donde una hilera de setos se extendía delante del edificio adyacente, una clínica privada, le habían dicho a Ding, de la que ese mismo día se había evacuado al personal civil.

Una vez que sus hombres estuvieron a salvo detrás de los setos, Chávez avanzó sin prisas, medio agachado, con el MP5 listo, sin dejar de mirar hacia delante, a la derecha y por encima de la tapia de la embajada. Nada se movía. *Perfecto. Aquí no hay nada que ver.*

Llegó a los setos y se detuvo, agazapado. Por los auriculares le llegó la voz de Weber:

—Mando, aquí Rojo Vivo, cambio.

—Adelante, Rojo Vivo.

—En posición. Preparando carga explosiva.

Chávez lamentaba a medias no hallarse en el lugar de Weber. Aunque había usado las nuevas cargas explosivas Gatecrasher durante las prácticas, aún no las había visto funcionar sobre el terreno.

Desarrolladas en Gran Bretaña por Alford Technologies, los nuevos explosivos (a los que Loiselle llamaba «el reventapuertas mágico») le recordaban a esos grandes escudos redondos que llevaban los espartanos en *300*, aunque habría sido más exacto compararlos con una lancha neumática a pequeña escala. En lugar de aire, el anillo de tubos exteriores contenía agua y, en el lado hueco de la carga explosiva, había una ranura en la que se embutían los cordones de PETN. El cordón explosivo, protegido por el cartucho de agua, creaba el llamado «efecto barreno», que convertía el detonador en una carga hueca: un anillo explosivo reconcentrado capaz de perforar un muro macizo de medio metro de grosor.

Las Gatecrasher resolvían dos problemas que atormentaban desde hacía tiempo a las unidades de operaciones especiales y los equipos de rescate de rehenes: uno, los puntos de entrada con bombas trampa y, dos, el «embudo mortal». Los terroristas, sabedores de que sus atacantes entrarían por puertas o ventanas, a menudo las cebaban con explosivos (como hicieron en la masacre de la escuela de Breslan, en Rusia), o concentraban toda su potencia de fuego y su atención en los posibles puntos de acceso, o ambas cosas.

Con las Gatecrasher, Weber y su equipo atravesarían la pared oeste del edificio unos tres segundos después de producirse la detonación.

—Recibido —contestó Clark, dirigiéndose a Weber—. ¿Azul Vivo?

—Tres minutos para el muro —respondió Chávez.

Inspeccionó una última vez el complejo a través de sus gafas de visión nocturna y, al no ver ninguna novedad, siguió avanzando.

Para saltar el muro habían elegido un método sumamente rudimentario: una escalera de cuatro peldaños y un chaleco antibalas de kevlar. Entre los muchos axiomas que regían la vida de los miembros de las unidades de operaciones especiales, uno de los más importantes era el NTCI: «No te compliques, idiota». No le busques tres pies al gato, o como solía decir Clark, no uses una escopeta para matar una cucaracha. En este caso, la escalera les permitiría subir hasta lo alto de la tapia, y el chaleco antibalas, echado sobre los trozos de cristal que sobresalían de su borde, impediría que Chávez y su equipo se hirieran al pasar por encima.

Chávez salió de detrás del seto, corrió hacia el muro y se agachó. Tocó su auricular:

—Mando, Azul Vivo. Estoy en el muro.

—Recibido. —La voz de Stanley.

Unos segundos después, el punto rojo de un rayo láser apareció en la pared, un metro a la derecha de Chávez. Alistair, que ya había calculado los ángulos ciegos de las cámaras de vigilancia, estaba usando la mira LAM de su MK23 para mostrar el camino a Ding.

Chávez se desplazó hasta que el punto rojo estuvo sobre su pecho. El punto desapareció. Montó rápidamente la escalera sin hacer ruido y a continuación ordenó avanzar con una seña al resto de su equipo.

Showalter fue el primero. Subió a la escalera y Chávez le pasó el chaleco antibalas. Diez segundos después saltó la tapia y se perdió de vista. Los demás le siguieron uno a uno, hasta que le llegó el turno a Ding.

Una vez al otro lado, se halló de pie sobre un verde y mullido césped, bordeado de arbustos de hibisco. *Los suecos deben de gastarse una fortuna en riego*, pensó distraídamente. A su derecha quedaba la fachada del edificio y justo delante, a seis metros de distancia, la pared este. Showalter y Bianco se habían apostado en sendas esquinas del edificio. Ybarra estaba agachado bajo el balcón. Ding echó a andar hacia él.

—Quieto. —La voz de Loiselle—. Movimiento por el lado sur.

Ding se quedó inmóvil.

Diez segundos después:

—Todo despejado. Sólo era un gato.

Chávez se acercó a Ybarra, se colgó el MP5 al hombro y se subió a la fornida espalda del español. El travesaño inferior de la barandilla quedaba casi al alcance de sus dedos. Chávez se estiró. Ybarra afianzó las piernas y se irguió un poco. Chávez se agarró a la barandilla, primero con la mano derecha y luego con la izquierda, y se encaramó a ella. Cinco segundos después estaba agachado en el balcón. Desenganchó una cuerda de su arnés, enganchó el mosquetón a la barandilla y dejó caer el extremo.

Se volvió hacia la puerta. Los postigos estaban cerrados con llave, al igual que los de las ventanas. Oyó tras él un ligero crujido cuando Ybarra saltó por encima de la barandilla y sintió a continuación la palmada en el hombro que le avisaba de que estaba allí.

Chávez activó su auricular.

—Mando, Azul Vivo, estoy en la puerta.

—Recibido.

Ding sacó la cámara flexible del bolsillo derecho de su muslo, la conectó a sus gafas de visión nocturna y la deslizó despacio bajo la puerta, con cuidado, guiándose por el tacto tanto como por la vista. Como en todo lo que hacían, los miembros de Rainbow habían practicado una y otra vez con todas las herramientas de su arsenal, incluida la cámara espía. Si había algún cable en la puerta, era igual de probable que Chávez lo palpara y que lo viera.

Inspeccionó primero el umbral y, al no encontrar nada, pasó a las bisagras y después al pomo y la cerradura. Nada. Estaba todo despejado. Chávez retiró la cámara. Detrás de él, Showalter y Bianco ya habían saltado por encima de la barandilla. Ding señaló a Bianco y luego al pomo de la puerta. El italiano asintió y se puso manos a la obra con su juego de ganzúas. La cerradura se abrió treinta segundos después.

Ding les dio las últimas instrucciones sirviéndose de señas: Bianco y él entrarían primero y asegurarían las habitaciones de la derecha; Showalter e Ybarra, las de la izquierda.

Giró suavemente el pomo y abrió la puerta el ancho de una rendija. Esperó diez segundos, abrió la puerta medio metro y asomó la cabeza. El pasillo estaba despejado. Tres puertas, dos a la derecha, una a la izquierda. Oyó a lo lejos un murmullo de voces y luego silencio. Un ronquido. Retiró la cabeza y abrió del todo la puerta, dejando que Showalter la sujetara.

Con el MP5 listo, Ding entró en el pasillo. Bianco le siguió dos pasos más atrás, a su izquierda, por el centro del corredor. En la pared sur, Showalter se acercó a la puerta de la izquierda y se detuvo. Estaba entornada.

—La puerta del lado sur del pasillo —dijo por radio.

—Estoy mirando —contestó Loiselle—. No hay movimiento.

Showalter se pegó a la puerta, la abrió de golpe y entró. Salió veinte segundos después con el pulgar en alto. Chávez siguió avanzando lentamente por la pared norte.

La voz de Johnston:

—Quietos.

Ding levantó el puño cerrado y los otros tres se detuvieron y se agacharon.

—Hay movimiento —dijo Johnston—. Pared norte, segunda ventana desde la esquina este.

La habitación siguiente, pensó Ding. Pasaron veinte segundos. Se resistió a pedir a Johnston que le informara, a pesar de que se sintió tentado de hacerlo. El francotirador respondería cuando tuviera algo que decirles.

—La ventana está tapada con una persiana —dijo Johnston por radio—. Medio abierta. Veo moverse a alguien.

—¿Armas?

—No lo sé. Espera. Va hacia la puerta. Tres segundos.

Chávez se colgó el MP5, sacó su MK23 con silenciador, se incorporó y se deslizó por la pared hasta que tuvo la puerta al alcance de la mano.

—En la puerta —dijo Johnston.

La puerta se abrió y salió alguien. Chávez esperó medio segundo, vio la AK-47 atravesada sobre el pecho del hombre. Le disparó y la bala le alcanzó justo encima de la oreja derecha. Giró sobre sus talones, levantó el brazo izquierdo y agarró al terrorista por el pecho cuando caía. Bianco ya se había puesto en marcha: cruzando la puerta, buscó más objetivos. Chávez depositó al muerto sobre el suelo sin hacer ruido.

—Despejado —informó Bianco por radio cinco segundos después, y luego salió para ayudar a Ding a arrastrar el cadáver al interior de la habitación. Cerraron la puerta, volvieron a ocupar sus posiciones y se agacharon para esperar. Si el disparo había alertado a alguien, pronto lo sabrían. Nada se movía.

—En la segunda puerta, pared norte —comunicó Chávez por radio.

—No veo más movimiento —contestó Johnston.

Ding y Bianco inspeccionaron la habitación y volvieron a salir.

—Mando, Azul Vivo. Planta de arriba despejada —informó Ding—. Nos dirigimos a la planta baja.

—Recibido —contestó Stanley.

Chávez sabía que a seis metros de allí, pasillo abajo, había un arco y un agudo recodo a la derecha que conducía hacia la escalera que llevaba a la planta baja. La escalera diáfana, de seis metros de anchura, estaba bordeada por una pared a la derecha y abierta por el lado izquierdo, que daba a lo que, por lo que habían podido deducir, era posiblemente la oficina principal de la embajada, y el lugar más probable en el que los terroristas habrían reunido a sus rehenes.

Ding sabía que eso tenía sus ventajas y sus inconvenientes. Si los rehenes estaban agrupados, era muy posible que los secuestradores también lo estuvieran. El hecho de que los objetivos estuvieran concentrados les facilitaría el trabajo, pero significaba también que los rehenes, sentados codo con codo, caerían como moscas en caso de que los terroristas abrieran fuego.

Pues no habrá que darles tiempo, mano.

Avanzó poco a poco, despacio, apoyando bien los pies en el suelo, hasta que llegó al arco. Echando una rápida ojeada más allá de la esquina, vio la planta de abajo. La pared frontal quedaba a la derecha del arranque de la escalera. Las ventanas seguían cerradas a cal y canto. Bajando la escalera se encontrarían con aquel corto pasillo y las cuatro habitaciones desconocidas.

Chávez volvió a fijar la mirada en la esquina noroeste de la sala; después calculó la distancia de un metro veinte de un tramo de pared. Medio metro más o menos, allí sería por donde entraría Weber. Más allá, a la izquierda, apenas visibles por encima de la barandilla, distinguió dos figuras de pie, juntas. Llevaban subfusiles compactos, pero colgados a los lados, no en posición de alerta. *Por mí, estupendo*, pensó Ding. A unos pasos de allí, sobre una mesa, una lámpara de escritorio con pantalla verde proyectaba un remanso de luz sobre la pared.

Chávez se retiró y regresó a donde esperaba el resto del equipo. «Plano confirmado; seguimos como estaba previsto», les indicó por señas. Chávez y Bianco, a los que se sumarían Weber y su equipo una vez atravesaran la pared, se ocuparían del lado más «cargado» de la habitación. Showalter e Ybarra se irían derechos al final de la escalera para hacerse cargo del pasillo.

Todos los hombres respondieron con un gesto de asentimiento.

—Mando, Azul Vivo, cambio.

—Adelante, Azul.

—En posición.

—Recibido.

—Rojo Vivo, cambio —dijo Weber.

—Empezamos dentro de noventa segundos —dijo Chávez.

—Por aquí todo listo —contestó Weber.

—Empieza a contar —dijo Ding por radio.

—Cinco y contando —respondió Weber. Cinco segundos para el estallido de la carga explosiva.

Cada uno de los hombres de Chávez tenía una granada de aturdimiento en la mano, con la anilla quitada.

Cuatro... tres... dos...

Ding y Bianco lanzaron las granadas a la vez por encima de la barandilla y empezaron a bajar con los MP5 en alto, buscando objetivos. Ding oyó deslizarse la primera granada por el suelo de abajo, y una fracción de segundo después el estallido de la Gatecrasher. Un chorro de humo y escombros cruzó la habitación. Chávez y Bianco siguieron bajando; Ybarra y Showalter pasaron junto a ellos y se dirigieron rápidamente hacia el pasillo de la derecha que llevaba al lado este del edificio.

Estalló la segunda granada. Su destello rebotó en el techo y las paredes. Ding no perdió su concentración.

Objetivo.

Por encima de la barandilla, una figura se había vuelto hacia ellos. Chávez fijó la mira del MP5 en el pecho del terrorista y disparó dos veces. El hombre cayó y Ding siguió avanzando. Vio otra figura a su izquierda, pero sabía que Bianco cubría ese flanco, y un instante después oyó un *pop-pop*. A su derecha vio entrar al primer hombre de Weber por el boquete de metro veinte de alto que había abierto la carga explosiva, seguido por un segundo, un tercero y un cuarto.

Ding viró a la izquierda y avanzó hacia el centro de la sala. Empezaban a oírse gritos. Sobre el suelo había un amasijo de cuerpos apiñados. *Objetivo.* Disparó dos veces y continuó avanzando, moviendo de un lado a otro el MP5. Tras él oyó gritar a Showalter:

—¡Objetivo a la izquierda! —Y un instante después se oyó una serie de disparos solapados.

Weber y su equipo se les habían unido y estaban desplegándose, cubriendo cada uno un sector.

—¡Agáchense, agáchense! ¡Todo el mundo al suelo! —gritó Ding.

A su derecha: *pop, pop, pop.*

Chávez siguió adelante, abriéndose paso hasta el centro de la sala mientras, a su izquierda, Bianco hacía lo mismo buscando movimiento...

—¡Despejado! —se oyó gritar a Weber y, un instante después, a otros dos hombres más.

—¡Despejado por la izquierda! —respondió Bianco.

—¡Pasillo despejado! —gritó Showalter—. Voy a comprobar las habitaciones.

—Voy para allá —gritó Ybarra.

Desde el pasillo de Showalter se oyó gritar a una mujer. Chávez se giró bruscamente. Ybarra, que había llegado a la entrada del pasillo, se apartó a la derecha y se pegó a la pared izquierda.

—Objetivo.

Chávez corrió al pasillo y tomó posición frente a Ybarra. Un hombre había salido de la última habitación, al fondo del pasillo, arrastrando consigo a una mujer. Apretaba una pistola contra el cuello de la rehén. Ding se asomó. Al verle, el secuestrador hizo girarse un poco a la mujer para escudarse tras ella. Aterrorizado, gritó algo en árabe. Ding se apartó.

—Showalter, notifica posición —susurró.

—Segunda habitación.

—El objetivo está justo frente a la tercera puerta. Tres metros, tres metros y medio. Tiene una rehén.

—Ya la oigo. ¿Qué ángulo tengo?

—Abierto a medias, directo a la cabeza.

—Entendido, dime cuándo.

Chávez se asomó de nuevo. El secuestrador se volvió ligeramente, poniéndose de cara a él. Con su MP5 apoyado en el hombro, Showalter se acercó al umbral de la puerta y disparó. La bala penetró por el ojo derecho del secuestrador. Éste se desplomó y la mujer comenzó a chillar. Showalter salió y se acercó a ella.

Chávez dejó escapar el aliento y, colgándose al hombro su MP5, se volvió para inspeccionar la sala principal. *Listo.* Veinte segundos, nada más. *No está mal.* Tocó su radio.

—Mando, aquí Azul Vivo, cambio.

—Adelante.

—Todo en orden.

Después de hacer una última inspección y cerciorarse de que la embajada se hallaba por completo en su poder, Chávez informó por radio a Clark y Stanley de que la misión había llegado a su fin. A partir de ese momento, los acontecimientos se sucedieron rápidamente: la noticia pasó de Tad Richards al teniente Masudi, su enlace de la Milicia Popular, y de allí se transmitió por la cadena de mando libia hasta llegar a un comandante que insistió en que Chávez y su equipo salieran por la puerta principal y escoltaran a los rehenes hasta la verja. En el centro provisional de mando, Clark y Stanley, que entendieron mal la petición, protestaron hasta que Masudi les explicó en su inglés vacilante que no habría cámaras de televisión. Sencillamente, el pueblo libio quería expresarles su gratitud. Clark se lo estuvo pensando y por fin dio su aprobación a regañadientes.

—Un gesto de buena voluntad entre naciones —masculló, dirigiéndose a Alistair Stanley.

Diez minutos después, Chávez, su equipo y los rehenes salieron por la entrada principal de la embajada entre el resplandor de los focos y los aplausos. En la puerta salió a su encuentro un contingente de oficiales del Servicio de Seguridad sueco (la Säkerhetspolisen) y del Departamento de Investigación Criminal (Rikskriminalpolisen), que se hicieron cargo de los rehenes. Tras dos minutos largos estrechando manos y recibiendo abrazos, Ding y sus hombres salieron a la calle, donde fueron felicitados por un nutrido grupo de oficiales y soldados de la Milicia Popular.

Richards apareció junto a Chávez mientras se abrían paso entre el gentío, hacia el centro de mando.

—¿Qué coño pasa? —gritó Chávez.

—Me cuesta entender lo que dicen —contestó Richards—, pero están impresionados. No, más bien pasmados.

Detrás de Chávez, Showalter gritó:

—¿Y eso por qué, por el amor de Dios? ¿Qué cojones esperaban?

—Bajas. Montones de muertos. Creían que no saldría ningún rehén vivo, y mucho menos todos. ¡Lo están celebrando!

—¿En serio? —preguntó Bianco—. ¿Y qué creían que éramos? ¿Aficionados?

Richards contestó por encima del hombro:

—No tienen un historial muy brillante en cuestión de rescate de rehenes.

Chávez sonrió al oírle.

—Sí, bueno, nosotros somos el equipo Rainbow.

21

De haber podido pensar con objetividad, Nigel Embling tal vez se habría dado cuenta de que su estado de ánimo no era más que un repugnante acceso de autocomplacencia, pero en ese momento, tras mucho pensar, había llegado a la conclusión de que el mundo se iba derecho al infierno y a toda velocidad. Más tarde reconsideraría posiblemente esa conclusión, pero ahora, sentado a la mesa de su cocina, frente a una taza de té, mientras leía la edición de Peshawar del *Daily Marsriq*, uno de los seis periódicos de Pakistán, nada de lo que veía conseguía ponerle de mejor humor.

—Serán idiotas —masculló.

Mahmud, su criado, apareció como por arte de magia en la puerta de la cocina.

—¿Necesita algo, señor Nigel? —Mahmud, de once años, siempre se mostraba excesivamente alegre y solícito, sobre todo a aquella hora del día, pero Embling era consciente de que, sin él, su casa estaría patas arriba.

—No, no, Mahmud, estaba hablando solo.

—Pues eso no es bueno, señor, no es nada bueno. La gente va a pensar que está mal de la cabeza. Por favor, intente no hablar solo fuera de casa, ¿de acuerdo?

—Sí, de acuerdo. Vuelve a tus estudios.

—Sí, señor Nigel.

Mahmud era huérfano: sus padres y sus dos hermanas habían muerto durante la violenta oleada de disturbios entre chiíes y suníes que asoló Pakistán tras el asesinato de Benazir Bhutto. Embling prácticamente había adoptado al chico: le había dado comida, techo y un pequeño estipendio y, sin que Mahmud lo supiera, había abierto un fondo fiduciario que crecía constantemente y que el muchacho heredaría al cumplir los dieciocho.

Otra mezquita quemada, otro líder de facción asesinado, otro rumor de elecciones amañadas, otro agente de inteligencia del ISI detenido por robar secretos de Estado, otra llamada a la calma desde Peshawar. Una lástima, una auténtica lástima de principio a fin. No es que Pakistán hubiera sido nunca un modelo de paz, ojo, pero había tenido épocas casi de calma, aunque hasta eso fuera una farsa, una fina película que tapaba el caldero de violencia que hervía siempre justo por debajo de la superficie. Con todo y eso, Embling sabía que para él no había otro lugar en el mundo, aunque nunca hubiera comprendido del todo por qué. Quizá por la reencarnación; el caso era que, fuese por el motivo que fuese, Pakistán había ido metiéndosele dentro y, ahora, a sus sesenta y ocho años, se hallaba firme e irrevocablemente arraigado en su país de adopción.

Sabía que muchos en su situación tendrían miedo, quizá con toda razón: un cristiano anglosajón, natural de Inglaterra, la patria del Raj o «gobierno» británico en hindi. Durante casi noventa años, desde mediados de la década de 1850 hasta justo después de la Segunda Guerra Mundial, Gran Bretaña había dominado lo que denominaba el «subcontinente indio», que en distintas épocas de su historia había incluido a India, Pakistán, Bangladesh, Somalilandia, Singapur y las Alta y Baja Birmanias, conocidas hoy día con el nombre de Myanmar, aunque para Embling siempre se llamaría Birmania, y al diablo la corrección política. Aunque en Pakistán el recuerdo del Raj se había ido desvaneciendo con el paso del tiempo, su influjo no había desaparecido por completo, y Embling lo veía y lo sentía cada vez que salía a la calle en las miradas de los viejos del mercado y en los cuchicheos de los policías que habían oído los cuentos de sus padres y abuelos. Embling no se esforzaba por ocultar su procedencia, ni habría podido hacerlo aunque hubiera querido: hablaba un urdu y un pastún perfectos, pero tenía un levísimo acento. Eso por no hablar de su piel blanca y su metro noventa y cuatro de estatura. No había muchos nativos con esas características.

Aun así, casi siempre le mostraban respeto, y no por una especie de deferencia residual hacia el Raj, sino más bien por su propia trayectoria. A fin de cuentas, llevaba en Pakistán más tiempo que muchas de las personas que podían encontrarse en el bazar de Jiber un día cualquiera. *¿Cuántos años exactamente?*, pensó. Quitando las vacaciones y alguna breve misión en los países vecinos... Cuarenta y tantos años, digamos. Los suficientes para que sus compañeros (los antiguos y a veces también los actuales) le consideraran desde hacía mucho tiempo un «asimilado». Y no es que le importara. A pesar de todos sus defectos y de los muchos extravíos y atolladeros de los que había sido testigo, para él no había otro sitio como Pakistán, y en su fuero interno sentía como un motivo de orgullo estar tan bien integrado que le consideraran «más pakistaní que británico».

A la tierna y candorosa edad de veintidós años, Embling había sido uno de los muchos reclutas que el MI6 hizo en Oxford durante la posguerra, cuando contactó con él el padre de un compañero de estudios al que creía un burócrata del Ministerio de Defensa y que era en realidad un cazatalentos del MI6: uno de los pocos, de hecho, que advirtieron a sus superiores de que el célebre traidor Kim Philby era un fichaje poco brillante que con el tiempo liaría las cosas de tal modo que acabaría por costarle la vida a alguien o sentiría la tentación de pasarse al otro bando, cosa que hizo, trabajando como topo para los soviéticos durante muchos años antes de ser descubierto.

Tras sobrevivir a los rigores de la instrucción en Fort Monckton, en la costa de Hampshire, Embling fue destinado a la Provincia Fronteriza Noroccidental de Pakistán (o Pajtunjwa, o Sarjad, dependiendo de con quién hablara uno), lindante con Afganistán, que en aquel momento empezaba a convertirse en campo de recreo del KGB ruso. Pasó casi seis años en las montañas de la frontera, haciendo incursiones con los señores de la guerra pastunes que gobernaban esa zona gris de solapamiento entre Pakistán y Afganistán. Si los soviéticos hacían el intento de introducirse en Pakistán, posiblemente lo harían por aquellas montañas y a través de territorio pastún.

Con la excepción de algún que otro viaje al Reino Unido, Embling había pasado toda su carrera en Asia Central (Turkistán, Kazajistán, Turkmenistán, Uzbekistán, Kirguizistán y Tayikistán), en lugares que cayeron en grado diverso y en un momento u otro bajo dominio de la Unión Soviética, o al menos dentro de su órbita de influencia. Mientras la CIA y sus colegas del MI6 (conocido oficialmente como Servicio Secreto de Inteligencia o SIS, término éste que a Embling nunca le había gustado) libraban la guerra fría en las brumosas calles de Berlín, Budapest o Praga, él se pateaba las montañas con los pastunes, alimentándose de *quabili pulaw dampujt* (arroz con zanahorias y pasas) y té negro amargo. En 1977, a espaldas de sus superiores de Londres, incluso ingresó por matrimonio en una tribu pastún al casarse con la hija menor de un pequeño señor de la guerra, a la que perdió dos años después en el ataque aéreo de un helicóptero Hind, cuando los soviéticos invadieron Afganistán. Nunca se encontró su cadáver. Embling se preguntaba a menudo si sería ése el motivo por el que seguía en Pakistán mucho tiempo después de haberse retirado. ¿Confiaba alguna melancólica parte de su corazón en encontrar a Farisha todavía viva en algún lugar? A fin de cuentas, su nombre traducido significaba «ángel».

Quimeras, pensó Embling.

Quimeras, igual que la idea de un Pakistán estable.

A once mil kilómetros de allí, en Silver Spring, Maryland, Mary Pat Foley reflexionaba de forma parecida mientras tomaba una bebida similar (la única taza de café medio descafeinado, medio cafeinado, y recalentado que se permitía tomar por las noches), pero acerca de un asunto completamente distinto: el Emir, y las dos cuestiones que traían de cabeza al espionaje norteamericano desde hacía casi una década: el paradero y el modo de atrapar a ese malnacido, al hombre considerado, salvo en momentos puntuales, el enemigo público número uno de la Casa Blanca, posición ésta con la que Mary Pat estaba, en general, en desacuerdo. Había que atrapar a aquel sujeto, indudablemente, o, mejor aún, liquidarle de una vez por todas y esparcir sus fragmentos a los cuatro vientos, pero matar al Emir no resolvería el problema de Estados Unidos con el terrorismo. Incluso se dudaba de la información concreta que pudiera tener el Emir, si es que tenía alguna. Mary Pat y su marido, Ed, ya retirado, solían decantarse por el «más bien poca». El Emir sabía que andaban tras él, y aunque era un genocida y un hijo de perra de mucho cuidado, no cometería la estupidez de incluirse entre los que disponían de datos detallados sobre las operaciones, sobre todo hoy en día, habiendo descubierto los terroristas las maravillas de la distribución selectiva de la información. Si fuera un jefe de Estado reconocido y estuviera en un palacio, posiblemente recibiría informes regulares, pero no lo era; o, al menos, nadie pensaba que lo fuera. Estaba, hasta donde la CIA podía deducir, oculto en algún agujero de los inhóspitos montes de Pakistán, en la región fronteriza con Afganistán. Pero ¿acaso no era eso como buscar una aguja en un pajar? Aun así, nunca se sabía. Algún día alguien tendría la suerte de dar con él, estaba segura de ello. La cuestión era si podrían cogerle vivo o no. A Mary Pat no le importaba que fuera de una forma o de otra, aunque la idea de hallarse cara a cara con aquel cabrón y mirarle a los ojos sí ejerciera sobre ella cierta atracción.

—Hola, cariño, ya estoy en casa... —gritó Ed Foley alegremente mientras bajaba las escaleras y entraba en la cocina en pantalón de chándal y camiseta.

Desde su jubilación, el trayecto de Ed del trabajo a casa y de casa al trabajo consistía en la media docena de escalones y los nueve metros que había hasta su despacho, donde estaba trabajando en un ensayo sobre el espionaje estadounidense desde tiempos de la Guerra de la Independencia a la intervención en Afganistán. El capítulo en el que se hallaba inmerso (un capítulo estupendo, en opinión de Mary Pat) trataba sobre John Honeyman, un tejedor de origen irlandés que había sido quizás el espía más opaco de su época. Encargado por el mismísimo George Washington de infiltrarse en las filas de los temibles mercenarios alemanes de Howe acantonados en los alrededores de Trenton, Honeyman, haciéndose pasar por tratante de ganado, cruzó las líneas enemigas, tomó nota del orden de batalla y de las posiciones de los alemanes y volvió a salir, procurando de ese modo a Washington la ventaja que necesitaba para asestarles una derrota sin paliativos. Para Ed, aquel fragmento de historia desconocida era un capítulo de ensueño. Escribir sobre Wild Bill Donovan, Bahía Cochinos o el Telón de Acero estaba muy bien, pero había muy pocos matices que añadir a lo que eran ya lugares comunes del género ensayístico del espionaje.

Ed se tenía bien merecida la jubilación, lo mismo que Mary Pat, de eso no había duda, pero sólo un puñado de peces gordos de Langley (entre ellos, Jack Ryan padre) sabían hasta qué punto habían servido los Foley a su país y se habían sacrificado por él. Ed, irlandés de nacimiento, había estudiado en Fordham y hecho sus primeros pinitos en el periodismo trabajando como oscuro pero sólido reportero del *New York Times* antes de deslizarse hacia el mundo de los espías y sus enemigos. En cuanto a Mary Pat, si había alguna mujer nacida para dedicarse al espionaje, era ella, nieta del maestro de hípica del zar Nicolás II e hija del coronel Vania Borisovich Kaminski, que en 1917, viendo lo que se avecinaba, sacó a su familia de Rusia justo antes de que estallara la revolución que derrocó a la dinastía Romanov y costó la vida a Nicolás y a los suyos.

—¿Un día duro en la oficina, cariño? —preguntó Mary Pat a su marido.

—Agotador, absolutamente agotador. Son tan grandes las palabras y tan pequeño el diccionario... —Se inclinó para darle un beso en la mejilla—. ¿Y tú? ¿Qué tal?

—Bien, bien.

—Otra vez dándole vueltas a lo mismo, ¿no?

Mary Pat asintió.

—Tengo que ir esta noche, de hecho. Puede que se esté cociendo algo gordo. Aunque eso lo creeré cuando lo vea.

Ed arrugó el ceño, pero Mary Pat no sabía si era porque echaba de menos la acción o porque era tan escéptico como ella. Los grupos terroristas conocían cada vez mejor el mundillo del espionaje, sobre todo después del 11 de Septiembre.

Mary Pat y Ed Foley se habían ganado el derecho a ser un poco descreídos, si querían: habían servido como supervisores en la delegación de Moscú cuando Rusia gobernaba aún la Unión Soviética y el KGB y sus organismos satélites constituían la única pesadilla real a la que se enfrentaba la CIA, y durante casi treinta años habían conocido de primera mano el funcionamiento interno y la intrincada historia de la agencia.

Habían ascendido los dos en los puestos de la Dirección de Operaciones de Langley, y Ed se había retirado siendo director de la CIA; Mary Pat, por su parte, tras ocupar el puesto de subdirectora de operaciones, solicitó su traslado al NCTC, el Centro Nacional de Antiterrorismo, donde trabajaba como directora adjunta. Como era de esperar, ello desató el rumor de que la habían degradado de puesto y de que, en realidad, le estaban indicando el camino hacia la jubilación. Nada más lejos de la verdad, desde luego. El NCTC era la punta de lanza, y era allí donde ella quería estar.

A su decisión había contribuido, naturalmente, el hecho de que la Dirección de Operaciones, su antigua casa, ya no era la de antes. Su nuevo nombre, Servicio Clandestino, les chirriaba a ambos (ninguno, sin embargo, se hacía ilusiones: sabían que «Dirección de Operaciones» no engañaba a nadie; «Servicio Clandestino», no obstante, resultaba un pelín chillón para su gusto), pero eran conscientes de que se trataba únicamente de un apodo más. Por desgracia, el cambio de nombre se había producido más o menos en la misma época en que empezaron a tener la impresión de que la dirección se ocupaba cada vez menos de operaciones secretas y recogida de información y más de cuestiones políticas. Y aunque tanto uno como la otra tenían en política sus propias opiniones, a menudo contrarias, ambos estaban de acuerdo en que mezclarla con el espionaje no daba buen resultado. A su modo de ver, no había aspiración más alta que la de servir a tu país, ya fuera de uniforme, en el campo de batalla, u oculto tras la cortina de lo que el magistral espía de la CIA James Jesus Angleton denominó en tiempos de la guerra fría el «Páramo de los Espejos». Poco importaba que Angleton hubiera sido con toda probabilidad un paranoico delirante cuya caza de brujas en busca de topos soviéticos carcomió a Langley de dentro afuera, como un cáncer. Por lo que a Mary Pat respectaba, la expresión acuñada por Angleton para designar al mundo del espionaje era todo un acierto.

A pesar de lo mucho que amaba el mundo en el que trabajaba, el Páramo siempre se cobraba su peaje. Hacía ya unos meses que Ed y ella habían empezado a hablar de su posible jubilación, y aunque su marido se mostraba tan diplomático (y tan poco sutil) como siempre, estaba claro lo que quería que hiciera; había llegado al extremo de dejar números del *National Geographic* sobre la mesa de la cocina, abiertos por una página que mostraba una fotografía de las Fiyi, o un reportaje sobre la historia de Nueva Zelanda, dos lugares que habían puesto en la lista de los viajes que harían algún día.

En los raros momentos en que se permitía el lujo de reflexionar sobre algo que no fuera su trabajo, Mary Pat se descubría a veces rondando la pregunta clave (*¿Por qué sigo?*), sin llegar a abordarla de frente. Tenían dinero suficiente para retirarse, y a ninguno de los dos les faltaban cosas en las que ocuparse. Así que, si no se trataba de una cuestión de dinero, ¿de qué se trataba? Era muy sencillo, en realidad: el espionaje era su vocación, y ella lo sabía: lo había sabido desde su primer día en la CIA. Había hecho algunas cosas estupendas a lo largo de su vida allí; pero la CIA ya no era la de antes, de eso no cabía duda. La gente había cambiado; sus motivaciones se habían teñido de ambición. Nadie parecía ya poner en práctica aquella máxima que decía: «No preguntes lo que tu país puede hacer por ti». Y, para colmo de males, los políticos de Washington habían metido tan a fondo sus tentáculos en las aguas del espionaje que Mary Pat temía que aquella situación fuera irreversible.

—¿A qué hora volverás? —preguntó Ed.

—Es difícil saberlo. Puede que a medianoche. Si se me hace más tarde, te llamo. No me esperes levantado. ¿Te has enterado de algo jugoso sobre el asunto de Georgetown?

—Lo que ha salido en los periódicos y poco más. Un pistolero solitario que recibió un solo disparo a la cabeza.

—Antes he oído sonar el teléfono...

—Dos veces. Era Ed. Sólo llamaba para ver qué tal; ha dicho que te llamaría mañana. Y Jack Ryan. Quería saber cómo va el libro. Me ha dicho que le llames cuando tengas un rato. Puede que a él puedas sonsacarle algo.

—Más me vale esperar sentada.

Tanto Ed como Ryan estaban recreando el pasado: Ed, escribiendo un libro de historia, y el ex presidente Ryan sus memorias. Cotejaban sus recuerdos y se compadecían el uno del otro al menos una vez por semana.

La carrera de Jack Ryan se había ido entrelazando con las de Ed y Mary Pat desde sus tiempos de novato en la CIA, y hasta el momento en que se vio abocado por la tragedia a ocupar la presidencia del país. Juntos habían vivido momentos maravillosos, pero también algunos realmente jodidos.

Mary Pat sospechaba que, durante sus conversaciones telefónicas semanales, Ed y Jack hablaban en un noventa por ciento de las ocasiones de batallitas y en un diez por ciento de los libros que estaban escribiendo. Pero no se quejaba. Ambos estaban en su derecho: se lo habían ganado a pulso. La carrera de Ed se la sabía al dedillo, pero estaba segura de que había partes de la trayectoria de Jack Ryan que sólo conocían él y un par de personas más, lo cual era mucho decir, teniendo en cuenta su nivel de acceso. *En fin*, se consolaba Mary Pat. *¿Qué sería la vida sin un poco de misterio?*

Echó un vistazo a su reloj, apuró su café haciendo una mueca al sentir su regusto amargo y se levantó. Dio a Ed un beso en la mejilla.

—Tengo que irme. Da de comer al gato, ¿eh?

—Claro, nena. Conduce con cuidado.

22

Mary Pat apagó los faros del coche, se detuvo junto a la caseta de los guardias y bajó su ventanilla. De la caseta salió un hombre de expresión adusta, vestido con impermeable azul. Aunque era el único visible, sabía que había otros tres pares de ojos fijos en ella, además de otras tantas cámaras de seguridad. Los guardias de la verja, lo mismo que los demás miembros del cuerpo de seguridad del complejo, procedían de la división de seguridad interna de la CIA. Mary Pat tampoco se dejaba engañar por la Glock de nueve milímetros que el guardia llevaba al cinto. Bajo el impermeable, en un estuche lumbar de diseño especial, siempre al alcance de sus diestras manos, había un subfusil compacto.

El Centro Nacional de Antiterrorismo, llamado Centro de Integración contra Amenazas Terroristas hasta 2004 y conocido por sus empleados como Liberty Crossing, tiene su sede en la apacible zona residencial de McLean, al norte del condado de Fairfax, Virginia. El complejo de cristal y cemento gris, parecía más propio de James Bond que de la monotonía de la CIA, y a Mary Pat le había costado algún tiempo acostumbrarse a ello. Sus ventanas blindadas podían parar proyectiles del calibre 50 y sus muros estaban construidos a prueba de bombas. Claro que, si alguna vez las cosas llegaban al extremo de que sus enemigos se pusieran a disparar contra el edificio con munición del calibre 50, posiblemente tendrían problemas mucho más serios de los que ocuparse. En general, y a pesar de que el exterior del edificio de seis plantas del NCTC era un tanto llamativo para su gusto, tenía que reconocer que era un sitio sumamente agradable al que ir a trabajar cada día. El restaurante era de primera, además, razón por la cual Ed se pasaba todos los miércoles por Liberty Crossing para almorzar con ella.

Levantó su acreditación para enseñársela al guardia y éste la estudió cuidadosamente, comparándola tanto con su cara como con la hoja de acceso de su portafolios. Se había hecho de noche y Mary Pat oía croar a las ranas.

Transcurridos diez largos segundos, el guardia le hizo un gesto de asentimiento con la cabeza, apagó su linterna y le indicó que pasara. Ella esperó a que se alzara la barrera y, tras atravesar el puesto de control, entró en el aparcamiento. El protocolo de seguridad al que acababa de someterse era el mismo para todos los empleados del NCTC, a todas horas, todos los días y del analista de menor rango al director en persona. El hecho de que ella fuera la número dos de Liberty Crossing traía sin cuidado a los guardias, que parecían olvidarse de caras, vehículos y nombres a los pocos segundos de haber atravesado éstos el control de seguridad. No era buena idea mostrarse cordial con ellos. Se les pagaba por sospechar y se tomaban muy en serio su oficio. Tampoco eran célebres por su sentido del humor. A Mary Pat todo aquello le recordaba vagamente un episodio de *Seinfeld* titulado *El nazi de la sopa*: pasa adelante, haz tu pedido, apártate a la derecha, paga, coge tu sopa y lárgate. En este caso, era «para el coche, enseña la placa, habla sólo si te hablan, espera a que te digan que sí con un gesto y sigue adelante». Si te salías del guión, allá tú.

A veces era un fastidio, sobre todo los días que entraba tarde a trabajar y no podía hacer su parada técnica en Starbucks, como solía, pero Mary Pat no pensaba quejarse. Lo que hacían era importante, y ¡ay del idiota que pensara lo contrario! De hecho, a lo largo de los años algunos tarados habían cometido el error de tomarse a la ligera la labor de los guardias (casi siempre algún cafre que pretendía pasar por el control enseñando fugazmente la cartera sin parar del todo el coche), y habían recibido el mismo trato que la policía dispensaba a los delincuentes: fueron obligados a parar a punta de pistola. Unos cuantos hasta habían cometido la estupidez de quejarse después por cómo les habían tratado. Muy pocos de ellos conservaban su empleo en Liberty Crossing.

Mary Pat detuvo el coche en su plaza de aparcamiento, que se distinguía del resto por un signo de galones pintado en el bordillo. Otra vez cuestión de seguridad: los nombres eran datos personales, y los datos personales eran herramientas potenciales para sus enemigos. Era poco probable que así fuera, pero allí no se trataba de probabilidades, sino de ser sistemáticos: controla lo que puedas, porque hay muchísimas cosas que no puedes controlar.

Cruzó el vestíbulo y se encaminó hacia el corazón del NCTC y su «despacho», el centro de operaciones. Mientras que en el resto del NCTC los muebles eran de cálida madera y la moqueta de un agradable tono terroso, el centro de operaciones parecía sacado de la serie de televisión *24*, lo que a menudo era motivo de bromas.

Con sus novecientos metros cuadrados de superficie, el centro de operaciones estaba dominado por pantallas inmensas en las que aparecían los datos en bruto, los incidentes o amenazas más candentes de ese minuto o esa hora; más bien lo primero, teniendo en cuenta la misión del NCTC como banco de datos de los servicios de inteligencia.

Ocupaban el espacio central docenas de estaciones de trabajo provistas de ordenadores con teclado ergonómico y monitores de cristal líquido con diseño envolvente, manejados por analistas de la CIA, el FBI y la NSA, y a cada lado de la sala había un centro de vigilancia elevado y acristalado, uno para el Centro Antiterrorista de la CIA y otro para la División Antiterrorista del FBI. Un día cualquiera del año pasaban por el tablero electrónico del NCTC más de diez mil cables, cualquiera de los cuales podía ser una pieza de un rompecabezas que, si se dejaba sin resolver, podía costar la vida a ciudadanos norteamericanos. La mayoría de esas piezas resultaban ser triviales, pero todas se analizaban con idéntico cuidado.

El problema eran, de hecho, los traductores, o la falta de ellos. Buena parte de los datos que veían cada día les llegaban en estado bruto, en árabe, farsi, pastún o cualquier otro dialecto lo bastante distinto de su lengua originaria como para requerir traductores especializados, bastante difíciles de encontrar de por sí, y más aún si tenían que pasar los controles necesarios para trabajar en el NCTC. Añádase a eso el volumen de tráfico que soportaba el centro de operaciones y se obtendrá una receta infalible de sobrecarga informativa. Habían desarrollado un programa para clasificar los mensajes de entrada de modo que los temas prioritarios se revisaran primero, pero aquello era más un arte que una ciencia, y a menudo encontraban fragmentos significativos que, tras pasar por los filtros del sistema, habían perdido relevancia y contexto.

El problema de los traductores era, en opinión de Mary Pat, sólo una de las caras de una misma moneda. Ella, que procedía de los servicios de recogida de información de la CIA, sabía que el factor humano era el que hacía girar de veras el mundo del espionaje, y organizar células en países de mayoría árabe había resultado ser un hueso muy difícil de roer. La triste verdad era que, durante la década previa al 11 de Septiembre, la CIA había permitido que el reclutamiento de agentes bajara muchos puestos en su lista de prioridades. La recogida de información por medios tecnológicos (satélites, interceptación de mensajes de audio y extracción de datos) era fácil y atrayente, y podía, dentro de ciertos parámetros, producir grandes resultados, pero los agentes de la vieja escuela como ella sabían desde hacía mucho tiempo que la mayoría de las batallas del espionaje se ganaban o perdían por obra de la HUMINT, la inteligencia humana, es decir, los agentes y los supervisores encargados de dirigirlos.

El plantel de supervisores de Langley había crecido a pasos agigantados durante los siete años anteriores, pero todavía les quedaba mucho camino por recorrer, sobre todo en países como Afganistán y Pakistán, donde la religión, las rivalidades ancestrales y la ferocidad de la vida política convertían en una ardua tarea el reclutamiento de agentes de fiar.

Por impresionante que fuera visualmente el centro de operaciones incluso para una veterana como ella, sabía que el verdadero logro de aquel lugar era un factor intangible que pasaba desapercibido a ojos de un observador poco avisado: la cooperación. Durante décadas, la penitencia de los servicios de inteligencia estadounidenses había sido, en el mejor de los casos, una catastrófica falta de intercambio de información y, en el peor, una guerra intestina declarada, especialmente entre los dos organismos encargados de mantener el país a salvo de ataques terroristas. Pero tal y como habían repetido hasta la náusea los expertos televisivos y los políticos de Washington, los sucesos del 11 de Septiembre lo habían cambiado todo, incluida la forma en que los servicios de inteligencia norteamericanos abordaban la cuestión de la seguridad nacional. Para Mary Pat y muchos otros espías profesionales, el 11 de Septiembre había sido, más que una sorpresa, una penosísima constatación de lo que sospechaban desde hacía tiempo: que el Gobierno de Estados Unidos no se tomaba suficientemente en serio la amenaza del terrorismo, y no sólo durante los años anteriores al 11 de Septiembre, sino quizá desde tiempos de la invasión soviética de Afganistán, en 1979, cuando talibanes y muyahidines (en aquel momento aliados de conveniencia, pero ideológicamente incompatibles) demostraron lo que unos pocos combatientes decididos, aunque atrozmente inferiores en número y armamento, podían conseguir frente a una de las dos superpotencias del planeta. Para muchos (Jack Ryan y los Foley incluidos), la guerra de Afganistán fue en cierto modo un anticipo, una película que temían volviera a proyectarse, esta vez contra Occidente, una vez que los muyahidines hubieran acabado con los soviéticos. Pese a lo efectiva que hubiera sido su alianza con la CIA, aquella relación era precaria como mínimo, ensombrecida siempre por el abismo entre la cultura occidental y la *sharia*, entre la cristiandad y el fundamentalismo islámico. La cuestión, nacida del proverbio árabe «el enemigo de mi enemigo es mi amigo», pasó a ser «¿cuánto durará esa amistad?» Para Mary Pat, la respuesta era muy sencilla: hasta que el último soldado soviético abandonara territorio afgano. Y, dependiendo de quién escribiera la historia, había dado en el clavo, o casi. En cualquier caso, durante la segunda mitad de la década de 1980 los talibanes, los muyahidines y, más adelante, el COR del Emir habían vuelto sus ojos, cargados de desprecio y curtidos por la batalla, hacia Occidente.

Lo hecho, hecho está, se dijo Mary Pat mientras miraba desde la galería del centro de operaciones. Fuera cual fuese la tragedia que les había llevado hasta allí, los servicios de inteligencia norteamericanos estaban más centrados en su presa que en tiempos de la guerra fría, y ello se debía en buena parte a la labor del NCTC, entre cuyo personal se contaban analistas procedentes de prácticamente todos los sectores del mundo del espionaje, que, sentados codo con codo todos los días de la semana, de sol a sol, habían hecho de la cooperación la norma, y no la excepción.

Mary Pat bajó las escaleras y pasó entre las filas de mesas, saludando a sus compañeros al pasar con una inclinación de cabeza, hasta que llegó al Centro Antiterrorista de la CIA, donde la esperaban dos hombres y una mujer: su jefe y director del NCTC, Ben Margolin; Janet Cummings, la jefa de Operaciones, y John Turnbull, jefe de la Brigada Acre, la fuerza conjunta encargada de seguir la pista, capturar y matar al Emir, el líder del COR. Entonces dedujo por el semblante ceñudo de Turnbull que no todo era de color de rosa en la Brigada Acre.

—¿Llego tarde? —preguntó, y tomó asiento. Del otro lado de la pared de cristal, el personal del centro de operaciones se afanaba en silencio, dedicado a su tarea. Como casi todas las salas de reuniones de Liberty Crossing, el Centro Antiterrorista era un compartimento estanco, un tanque aislado de prácticamente cualquier emisión electromagnética, tanto interior como exterior, a excepción del flujo de mensajes cifrados.

—No, nosotros nos hemos adelantado —contestó Margolin—. El paquete está de camino.

—¿Y?

—Le hemos perdido —masculló Turnbull.

—Pero ¿estuvo allí?

—Es difícil saberlo —respondió Janet Cummings, la jefa de Operaciones—. Disponemos de restos de la batida, pero todavía no sabemos si servirán para algo. Hubo alguien allí, seguramente un pez gordo, pero aparte de eso...

—Nueve muertos —dijo Turnbull.

—¿Prisioneros?

—Al principio eran dos, pero el equipo sufrió una emboscada durante la retirada y perdió a uno. Al segundo lo perdieron cuando fueron atacados en la zona de aterrizaje. También perdieron a algunos Rangers.

—Mierda.

Sí, mierda, pensó Mary Pat. Los Rangers lamentaban la pérdida de uno de los suyos, naturalmente, pero aquellos tipos eran lo mejor de lo mejor; de ahí que se tomaran los riesgos simplemente como gajes del oficio. Eran consumados profesionales, pero mientras que en la vida civil un profesional podía saber cómo desatascar una tubería, montar la instalación eléctrica de una casa o construir un rascacielos, los Rangers estaban especializados en algo completamente distinto: matar a los malos.

—El jefe del equipo... —Cummings hizo una pausa para revisar sus papeles—, el sargento Driscoll, resultó herido, pero sobrevivió. Según su informe posterior, el prisionero se levantó durante el tiroteo. De forma deliberada.

—Santo Dios —masculló Mary Pat. Lo habían visto otras veces: los militantes del COR preferían la muerte a ser capturados. Entre los militares y los servicios de inteligencia se debatía encendidamente si ello se debía a una cuestión de orgullo o a que no querían arriesgarse a hablar en el transcurso de los interrogatorios.

—El segundo intentó escapar cuando el helicóptero tomó tierra. Fue abatido.

—Bueno, no es exactamente un fiasco —comentó Turnbull—, pero tampoco es el resultado que esperábamos.

El problema no habían sido las transmisiones de radio, Mary Pat estaba segura de ello. Había leído tanto los datos en bruto como los informes de los analistas. Alguien había transmitido mensajes desde aquella cueva, utilizando para ello claves reconocidas del COR. Una de las palabras («Loto») la habían visto otras veces tanto en informes de agentes como en mensajes interceptados por los programas de espionaje informático de la NSA, pero de momento nadie había logrado descifrar su significado.

Sospechaban desde hacía tiempo que el COR había optado por procedimientos de cifrado tradicionales y que se servía de tablas de un solo uso para codificar sus mensajes. Era, básicamente, un protocolo origen-destino en el que sólo el emisor y el receptor disponían de la tabla necesaria para descifrar el mensaje. El sistema era antiguo (sus orígenes se remotaban al Imperio romano), pero fiable y, siempre y cuando las tablas se compusieran completamente al azar, casi imposible de descifrar a no ser que se tuviera una de ellas. Un martes, por ejemplo, el terrorista A envía una serie de palabras clave (perro, repollo, silla) al terrorista B, quien, sirviéndose de su tabla, convierte las palabras en su equivalente alfanumérico, de modo que «perro» se traduce como 4, 15 y 17, cifras que a su vez equivalen a otra palabra. Los equipos de las Fuerzas Especiales destinados en Afganistán habían recogido diversas tablas en sus incursiones, pero ninguna de ellas estaba en uso, y de momento ni la CIA ni la NSA habían sido capaces de discernir una pauta a partir de la cual extrapolar una clave.

El sistema tenía sus inconvenientes, no obstante. En primer lugar, era muy engorroso. Para que funcionara debidamente, emisores y receptores debían operar con las mismas tablas físicas y cambiar a otras nuevas con idéntica regularidad, cuanto más a menudo mejor, lo que a su vez requería un constante trasiego de mensajeros entre A y B. Y si la CIA había creado la Brigada Acre para seguir la pista del Emir, el FBI tenía un grupo de trabajo llamado Pez Payaso, dedicado a interceptar a algún correo del COR.

Mary Pat sabía que la gran pregunta era qué había impulsado al morador de aquella cueva, fuera quien fuese, a abandonarla poco antes de que llegara su equipo. ¿Era una simple coincidencia o se trataba de otra cosa? Dudaba de que fuera un error humano; los Rangers eran demasiado buenos para eso. Había leído el informe posterior ese mismo día, y aparte de la pierna rota del comandante del equipo y de la herida de Driscoll, la operación se había cobrado un alto precio: dos muertos y dos heridos. Todo ello, para encontrar otro pozo seco.

A menos que fuera una coincidencia, la culpa era, posiblemente, del boca a boca. Raro era el día en que despegaba un helicóptero de las bases de Pakistán o Afganistán sin que un militante o un simpatizante del COR tomara nota de ello e hiciera una llamada. Los equipos de las Fuerzas Especiales habían resuelto parcialmente el problema haciendo vuelos breves por el campo durante las horas y los días previos a una operación, y utilizando coordenadas de desvío en ruta hacia el objetivo, cosas ambas que ayudaban a despistar a quienes pudieran estar observándoles. Ello era problemático, sin embargo, debido a lo abrupto del terreno y a la climatología, que a menudo volvía intransitables ciertas rutas. La geografía de Asia Central era en sí misma un enemigo, como habían descubierto los ejércitos de Alejandro Magno y más tarde los soviéticos. *Y un enemigo imbatible, además*, pensó Mary Pat. O aprendías a convivir con ella, o procurabas sortearla, o fracasabas. Tanto Napoleón como Hitler habían aprendido la lección, aunque fuera a destiempo, durante sus campañas de invierno en Rusia, efectuadas con más osadía que prudencia. Ambos, desde luego, creían poder obtener una victoria rápida, mucho antes de que empezara a caer la nieve. Y eso que en Rusia el terreno era llano. Si a ese cóctel se añadían montañas... El resultado, en fin, era Asia Central.

Apareció un mensajero junto a la puerta de cristal, marcó el código cifrado y entró. Sin decir palabra, puso delante de Margolin cuatro carpetillas marrones con franjas rojas y una carpeta de fuelle; después se marchó. Margolin repartió las carpetillas y durante los quince minutos siguientes leyeron todos en silencio.

Por fin, Mary Pat dijo:

—¿Una maqueta? Es increíble.

—¿No sería estupendo que la hubieran traído entera? —comentó Turnbull.

—Fijaos en sus dimensiones —dijo Cummings—. Era imposible que se la llevaran a pie sin poner en peligro al equipo. En mi opinión tomaron la decisión correcta.

—Sí, supongo —masculló sin convicción el jefe de la Brigada Acre. Turnbull se hallaba sometido a una presión extrema. El Emir ocupaba el primer puesto en la lista de los terroristas más buscados por Estados Unidos, aunque la línea oficial afirmara lo contrario. Pese a que era improbable que su captura supusiera un giro decisivo en la guerra contra el terrorismo, el hecho de que estuviera suelto resultaba embarazoso, en el mejor de los casos. Y peligroso, en el peor. John Turnbull le seguía la pista desde 2003, primero como subjefe y después como director de la Brigada Acre.

Por bueno que fuera en su trabajo, Turnbull sufría, como muchos otros funcionarios de carrera de la CIA, de lo que Mary Pat y Ed llamaban «desvinculación operacional». Ignoraba, sencillamente, cómo se vivía una operación en persona, sobre el terreno, y esa desconexión se traducía en un sinfín de problemas que, en general, cabía clasificar en una sola categoría: expectativas carentes de realismo. Al planear una operación, esperaban demasiado, bien de la gente que trabajaba en ella, bien del alcance de la misión. Las operaciones no eran, en su mayoría, carreras producto de un jonrón, como en el béisbol; eran batazos sencillos que, lentamente pero sin pausa, hacían avanzar a los jugadores en las bases y que al final daban como resultado una gran victoria. Como su agente literario le había dicho una vez a Ed, hacían falta diez años para convertirse en un éxito de la noche a la mañana. Lo mismo podía decirse, en términos generales, de las operaciones secretas. A veces la preparación, las labores de espionaje y la buena suerte confluían en el momento preciso, pero casi siempre se daba entre ellas la falta de sincronía justa para impedir que la pelota sobrevolara la valla del jardín izquierdo del campo de béisbol. *Y a veces*, se recordó Mary Pat mientras seguía ojeando el informe, *no te das cuenta de que has bateado un jonrón hasta mucho después.*

—¿Habéis visto lo del Corán que encontraron? —les preguntó Cummings—. Es imposible que perteneciera a ninguno de los que había en la cueva.

Nadie respondió; no hacía falta. Tenía razón, desde luego, pero un Corán antiguo no iba a servirles de mucho, a no ser que tuviera en las guardas una dedicatoria y una dirección a la que devolverlo en caso de pérdida.

—Hicieron muchas fotos, por lo que veo —comentó Mary Pat. Los Rangers habían fotografiado meticulosamente las caras de todos los miembros del COR presentes en la cueva. Si alguno de ellos estaba fichado o había sido detenido en el pasado, el ordenador les daría todos los detalles—. Y muestras de la maqueta. Un tipo listo, este Driscoll. ¿Dónde están las muestras, Ben?

—No sé por qué, pero no salieron en el helicóptero del Centro de Mando en Kabul. Estarán aquí por la mañana.

Mary Pat se preguntó qué resultados arrojarían las muestras, en caso de que arrojaran alguno. Los genios del Departamento de Ciencia y Tecnología de Langley hacían milagros, lo mismo que los laboratorios del FBI en Quantico, pero era imposible saber cuánto tiempo llevaba aquella cosa en la cueva, y nada garantizaba que la maqueta tuviera algún rasgo peculiar. Era, sencillamente, una tirada de dados.

—Las fotografías ya las tenemos —dijo Margolin.

Tomó un mando a distancia de la mesa y apuntó con él a la pantalla plana de cuarenta y dos pulgadas que había en la pared. Un momento después apareció en el monitor una cuadrícula de imágenes reducidas de tamaño ocho por diez. Todas ellas llevaban estampadas la fecha y la hora. Margolin pulsó el mando a distancia y agrandó la primera fotografía, que mostraba el tablero de operaciones in situ desde una distancia aproximada de un metro veinte.

Mary Pat vio que el autor de las fotografías había hecho un trabajo exhaustivo, plasmando la maqueta de lo más grande a lo más pequeño y sirviéndose de una minúscula cinta métrica para dejar constancia de la escala en cada instantánea. A pesar de estar en una cueva, habían cuidado también la iluminación, lo cual suponía una enorme diferencia. De las doscientas quince fotografías que habían hecho Driscoll y su equipo, ciento noventa eran variaciones sobre un mismo tema (la misma vista, pero en detalle o desde un ángulo distinto), y Mary Pat se preguntó si habría suficientes para que Langley recreara la maqueta en tres dimensiones. Habría que verlo. Ignoraba si reproducir aquel armatoste serviría de algo, pero era preferible intentarlo y fracasar que arrepentirse más tarde de no haberlo intentado. Algún miembro del COR se había tomado muchas molestias para construir aquella cosa, y estaría bien saber por qué. No se fabrica una réplica a escala de una zona geográfica por simple capricho.

Según el informe, las veinticinco fotografías restantes eran tomas de tres puntos distintos de la maqueta, dos de la parte delantera y uno de la de atrás. Todos ellos presentaban algún tipo de marca. Mary Pat pidió a Margolin que le mostrara las fotografías y él se las mostró en forma de pase de diapositivas. Cuando acabaron de verlas, Mary Pat dijo:

—Las dos de delante parecen inscripciones del fabricante. Driscoll afirma que la base era de contrachapado resistente. Quizás esas inscripciones nos sirvan para encontrar algún rastro. La otra, la de detrás... Decidme si me equivoco, pero parece hecha a mano.

—Estoy de acuerdo —dijo Margolin—. La dejaremos en manos de los traductores.

—¿Y qué hay de la pregunta del millón? —dijo Cummings—. ¿Para qué fabricaron esa maqueta y qué se supone que representa?

—El lugar de vacaciones del Emir, espero —contestó Turnbull.

Todos se echaron a reír.

—Por pedir que no quede —comentó Margolin—. Mary Pat, veo girar los engranajes de tu cabeza. ¿Tienes alguna idea?

—Puede ser. Ya te la contaré.

—¿Qué hay de los documentos de la caja de munición? —preguntó Turnbull.

—Los traductores calculan que estarán listos mañana —respondió Margolin. Abrió la carpeta de fuelle, sacó el mapa encontrado en la cueva y lo desplegó sobre la mesa. Se levantaron todos y se inclinaron sobre él.

Cummings leyó la leyenda:

—Agencia Cartográfica de la Defensa... ¿1982?

—Se lo dejaron los asesores de la CIA —dijo Mary Pat—. Querían que los muyahidines tuvieran mapas, pero no los mejores.

Margolin dio la vuelta al mapa para mostrar el plano de Peshawar de la guía Baedeker.

—Aquí hay unas marcas —dijo Mary Pat, tocando el papel al tiempo que se acercaba—. Puntos. Hechos con bolígrafo.

Estudiaron el plano y enseguida encontraron nueve marcas, cada una de ellas compuesta por un grupo de tres o cuatro puntos.

—¿Alguien tiene una navaja? —preguntó Mary Pat. Turnbull le pasó una de bolsillo y ella cortó la cinta adhesiva por los cuatro lados y dio la vuelta al mapa—. Ahí está... —susurró.

Inscritas en la esquina superior derecha había dos flechas de unos cinco milímetros de largo: una señalaba hacia arriba, seguida de tres puntos, y la otra hacia abajo, seguida de cuatro puntos.

—La leyenda —murmuró Margolin.

23

Todo comenzó en el Departamento de Justicia. Fue el Pentágono el que envió el informe redactado por el sargento primero Driscoll sobre su intervención en la cueva del Hindu Kush. El informe, de tres páginas y escrito con sencillez, detallaba lo que habían hecho el suboficial y sus hombres. Lo que llamó la atención del abogado que lo revisó fue la cifra de muertos. Driscoll afirmaba haber matado a nueve combatientes afganos, a cuatro de ellos a bocajarro y con una pistola con silenciador. Disparos directos a la cabeza, leyó el abogado, lo cual le heló un poco la sangre. Era lo más parecido que había visto a una confesión de asesinato a sangre fría. Había leído unas cuantas, pero nunca una escrita con tanta franqueza. Aquel tal Driscoll había violado algunos reglamentos, o leyes, o lo que fueran, pensó el letrado. No se trataba de una operación de combate, ni siquiera del relato de un francotirador que mataba desde una distancia de cien metros, cuando sus víctimas asomaban la cabeza como patos en una galería de tiro. Driscoll se había encargado de «los malos» (así los llamaba él) mientras dormían. Mientras dormían. Cuando estaban completamente indefensos, pensó el abogado; los había matado sin pensárselo dos veces y había escrito un informe con toda naturalidad, como si estuviera hablando de cortar el césped de su jardín.

Aquello era indignante. Había desenfundado antes que ellos, como decían en las películas de vaqueros. No habían podido defenderse. Ni siquiera habían sabido que sus vidas corrían peligro; aquel sargento primero había sacado su pistola y se los había cargado como un niño pisoteando insectos. Pero no eran insectos. Eran seres humanos y, según la legislación internacional, tenían derecho a ser capturados y a convertirse en prisioneros de guerra amparados por la Convención de Ginebra. Driscoll, sin embargo, los había matado sin compasión. Y lo que era peor aún: aquel patán no parecía haber reparado en que tal vez pudiera extraerse alguna información de los hombres a los que había matado. Había decidido arbitrariamente que aquellos nueve hombres carecían de valor como seres humanos y como fuentes de información.

El abogado era joven, aún no había cumplido los treinta años. Se había graduado en Yale, el primero de su clase, y poco después había aceptado una oferta de trabajo en Washington. Había estado a punto de entrar a trabajar como asistente de un magistrado del Tribunal Supremo, pero un paleto de la Universidad de Michigan le había robado el puesto. De todos modos, no le habría gustado, estaba seguro de ello. El nuevo Tribunal Supremo, elegido hacía unos cinco años, estaba lleno de conservadores, «construccionistas estrictos» que rendían culto a la literalidad de las leyes como si fuera el Zeus de la Antigüedad. Como baptistas sureños en sus púlpitos de pueblo o en la tele los domingos por la mañana, cuando los veía a retazos mientras iba pasando de canal en busca de los magacines matinales.

Qué barbaridad.

Releyó el informe y le impresionaron de nuevo aquellos hechos desnudos, escritos en un lenguaje de tercer curso de primaria. Un soldado del Ejército de Estados Unidos asesinaba sin piedad y sin respeto alguno por el derecho internacional, y a continuación escribía un informe sobre lo ocurrido refiriendo el proceso con toda crudeza.

El informe había llegado a su mesa a través de un amigo y compañero de clase que trabajaba en el gabinete del secretario de Defensa, con una nota en la que afirmaba que en el Pentágono nadie le había dado importancia, pero que él, el otro abogado, lo encontraba escandaloso. El nuevo secretario de Defensa había caído en las garras de la inflada burocracia del otro lado del río. Abogado también él, pasaba demasiado tiempo con aquellas bestias vestidas de uniforme. No se había alarmado lo más mínimo por aquel sangriento informe, a pesar de que el presidente había promulgado nuevas directrices respecto al uso de la fuerza, incluso en operaciones bélicas.

Bien, él se encargaría de aquello, se dijo el abogado. Redactó una breve exposición del caso, acompañada de una nota indignada dirigida a su jefe de sección, un licenciado en Harvard que gozaba de la confianza del presidente, cosa lógica teniendo en cuenta que su padre era uno de los principales apoyos políticos de Kealty.

El sargento primero Driscoll era un asesino, pensó el letrado. Quizás el juez se apiadara de él en la sala del tribunal, alegando que era un militar en el campo de batalla, o algo por el estilo. Aquello no era una guerra, en realidad, y el letrado lo sabía, porque el Congreso no la había declarado; el público en general, sin embargo, asumía que lo era, el abogado de Driscoll se apresuraría a señalarlo, y el juez del Distrito Federal (que habría sido escogido por la defensa por su ecuanimidad respecto a los militares) se apiadaría del asesino por ello. Era una táctica típica de la defensa, pero aun así aquel asesino se llevaría un buen escarmiento. Aunque fuera absuelto (lo cual era probable, teniendo en cuenta la composición del jurado, que el abogado de la defensa se esforzaría con ahínco por seleccionar, cosa nada difícil en Carolina del Norte), aprendería la lección, lo mismo que muchos otros militares, que preferirían probar sus pistolas disparando contra una colina a sentarse en el banquillo.

Qué demonios, aquello serviría de escarmiento. Y era un escarmiento que había que dar. Una de las muchas cosas que distinguía a Estados Unidos de las repúblicas bananeras era la obediencia inquebrantable de los militares a la autoridad civil. Sin eso, Estados Unidos no sería mejor que Cuba, o que la puta Uganda bajo el gobierno de Idi Amín. Aunque el alcance del crimen cometido por Driscoll (que era reducido, eso había que admitirlo) careciera de importancia, había que recordarle a aquella gente quién mandaba.

El abogado puso su refrendo al documento y se lo envió por correo electrónico a su jefe de sección con la solicitud de acuse de recibo que permitía la red interna del ministerio. Había que dar un escarmiento a aquel tal Driscoll, y él era el más indicado para hacerlo. El joven abogado estaba seguro de ello. Sí, de acuerdo, andaban tras el Emir, pero no le habían capturado, y en el mundo real el fracaso tenía un precio.

Tras un viaje de cinco horas en coche, Shasif Hadi subió a bordo de un avión en Caracas para volar a Dallas y, desde allí, a otros puntos del mapa. Su bolsa de viaje contenía un ordenador portátil que había sido debidamente inspeccionado en la puerta de embarque para comprobar que era auténtico. Los nueve CD-ROM que llevaba en la bolsa, con diversos juegos para entretenerse durante la travesía transoceánica, también habían sido sometidos a inspección. Todos, menos uno. Y aunque hubieran examinado aquél, no habrían visto más que un galimatías incomprensible: datos sólidamente cifrados en lenguaje de programación C++, carentes por completo de sentido. La TSA, la Dirección de Seguridad en los Transportes, no tendría modo de distinguir aquel disco de un juego de ordenador corriente, a no ser que dispusiera de programadores o piratas informáticos entre el personal de los puestos de control. Hadi ignoraba por completo cuál era el contenido del CD; se habían limitado a darle un lugar de encuentro en Los Ángeles, donde debía entregárselo a una persona a la que reconocería únicamente por el intercambio de contraseñas cuidadosamente cifradas.

Una vez hecho esto, pasaría un par de días en California para guardar las apariencias y volaría luego a Toronto, y de allí de vuelta a su hogar semipermanente, a esperar otra misión. Era el correo perfecto. No sabía nada de auténtico valor y, por tanto, nada podía desvelar.

Ardía en deseos de involucrarse más directamente en la causa y así se lo había hecho saber a su contacto en París. Había sido leal; estaba capacitado y listo para entregar su vida si era preciso. Había recibido una instrucción militar muy rudimentaria, eso era cierto, pero ¿acaso consistía aquella guerra únicamente en apretar el gatillo? Hadi sintió una punzada de mala conciencia. Si Alá, en su sabiduría, consideraba adecuado pedirle algo más, él obedecería con sumo gusto. Pero, de igual modo, si su destino era representar solamente aquel pequeño papel, también lo aceptaría. Obedecería la voluntad de Alá, fuera cual fuese ésta.

Atravesó el puesto de control sin contratiempos, más allá del registro adicional que sufrían casi todos los hombres de aspecto árabe, y se dirigió hacia la puerta. Veinte minutos después estaba a bordo del avión, con el cinturón de seguridad abrochado.

Iba a pasar un total de doce horas en tránsito, incluyendo el trayecto en automóvil hasta su aeropuerto de origen. Así pues, se acomodó en el asiento de primera clase, al lado derecho del airbus, y se entretuvo con un juego de guerra mientras pensaba en la película que daban por la minipantalla incluida en el precio del billete. Pero estaba a punto de batir su marca personal de juego y pasó de la película de momento. Descubrió que una copa de vino ayudaba a mejorar su puntuación. Debía de haberle relajado lo justo para que sus dedos dejaran de temblar sobre el ratón del portátil.

24

El jefe de gabinete Wesley McMullen recorrió a toda prisa el pasillo, esperó a que la secretaria le diera paso con una inclinación de cabeza y, empujando la puerta, penetró en el Despacho Oval. Llegaba tarde, un minuto apenas, pero el presidente era muy quisquilloso con la puntualidad. El grupo ya estaba reunido: Kealty ocupaba el sillón orejero situado a la cabecera de la mesa baja, y Ann Reynolds y Scott Kilborn se habían sentado en los sofás de ambos lados. McMullen tomó asiento en un sillón, frente al presidente.

—¿No te arrancaba el coche esta mañana, Wes? —bromeó Kealty. Su sonrisa parecía sincera, pero McMullen conocía lo suficiente a su jefe como para distinguir en ella una advertencia.

—Le pido disculpas, señor presidente. —McMullen estaba en su despacho desde las cinco de la mañana, como todos los días, salvo los domingos. Los domingos sólo trabajaba medio día, de nueve a tres. Así se vivía en la enrarecida atmósfera del poder ejecutivo, bajo la presidencia de Kealty.

Era martes, el día de la reunión quincenal de Kealty con Scott Kilborn, el director de la CIA. A diferencia del anterior presidente, Kealty no era un experto en cuestiones de espionaje y confiaba en Kilborn para que le mantuviera al corriente de la situación.

Kilborn, que le había apoyado desde sus tiempos en el Senado, había abandonado su puesto como decano del Departamento de Ciencias Políticas de Harvard para trabajar como consejero de política exterior, después de lo cual fue designado para ocuparse de la dirección en Langley. Era bastante competente, y McMullen lo sabía, pero estaba intentando contrarrestar los efectos de la política exterior de la administración anterior, que tanto Kealty como él habían proclamado errónea y contraproducente. McMullen estaba de acuerdo, al menos de manera tangencial, pero Kilborn había lanzado el péndulo demasiado lejos en dirección contraria, abandonando algunas iniciativas de la CIA en el extranjero que por fin empezaban a dar fruto, cosa que (McMullen era consciente de ello) había enfurecido al Servicio Clandestino. A algunos agentes que llevaban viviendo entre seis y ocho meses en el extranjero, lejos de sus familias, arriesgando sus vidas en lugares donde una tez blanca equivalía a una diana, se les había dicho últimamente: «Gracias por vuestros esfuerzos, pero hemos decidido tirar por otro camino». Corría el rumor de que durante los meses siguientes Langley asistiría a un éxodo de agentes en edad de jubilación o prejubilación a los que iban a poner de patitas en la calle. Si así era, el Servicio Clandestino retrocedería casi una década.

Y para colmo, Kilborn invadía a menudo el terreno del Departamento de Estado con permiso tácito del presidente y se metía en asuntos que pertenecían a esa zona gris fronteriza entre la diplomacia y el espionaje.

En cuanto a Ann Reynolds, la consejera de Seguridad Nacional de Kealty, su inexperiencia resultaba penosa, aun siendo ella también bastante lista. Arrancada por Kealty de la Cámara de Representantes al poco de ser elegida para ocupar su escaño, Reynolds tenía escasa experiencia en cuestiones de seguridad, más allá de haber formado parte del Comité de Inteligencia del Congreso. Era, le había dicho Kealty a McMullen en el momento de su designación, un «imperativo demográfico». Kealty había vapuleado a su rival, Claire Raines, gobernadora de Vermont, en las primarias del Partido Demócrata, y aunque había conseguido la aprobación del partido, ello le había costado perder a buena parte del electorado femenino. Si quería disfrutar de un segundo mandato, debía recuperarlo.

Reynolds era elocuente y poseía un buen intelecto académico, de eso no había duda, pero tras casi un año en el cargo seguía estando muy verde y comenzaba a darse cuenta, sospechaba McMullen, de que el mundo real y el de los libros de texto tenían muy poco en común.

¿*Y tú qué, Wes, viejo amigo?*, pensó McMullen. Era negro, tenía menos de treinta años, había estudiado derecho en Yale y tenía a sus espaldas seis años de trabajo en diversos comités de expertos afines a la administración. No le cabía ninguna duda de que los medios de comunicación y los especialistas en cotilleos decían lo mismo de él: que su designación era un gesto de discriminación positiva y que le venía muy grande, lo cual era verdad hasta cierto punto, al menos esto último. Estaba con el agua al cuello, pero había aprendido a nadar rápidamente. El problema era que, a medida que mejoraba su brazada, la piscina le parecía cada vez más sucia. Kealty era un hombre bastante decente, pero estaba demasiado preocupado por el cuadro general, por su «visión» del país y del lugar que éste ocupaba en el mundo, y menos centrado en cómo hacerla realidad. Pero lo peor era que estaba tan empeñado en cambiar el rumbo marcado por su predecesor que con frecuencia él también, al igual que Kilborn, hacía oscilar peligrosamente el péndulo en la dirección contraria y se mostraba demasiado indulgente con los enemigos del país y tolerante en exceso con los aliados que faltaban a sus compromisos. La economía, sin embargo, empezaba a reactivarse, y ello se traducía en un aumento de la popularidad del presidente en las encuestas, cosa que Kealty interpretaba como una señal inequívoca de que Dios estaba de su parte y de que el mundo, en general, marchaba como debía.

¿Y por qué te quedas, se preguntó McMullen por enésima vez, *ahora que has visto el nuevo traje del emperador?* No tenía una respuesta inmediata, lo cual le preocupaba.

—Bueno, Scott, ¿qué pasa hoy en el mundo? —preguntó Kealty, dando comienzo a la reunión.

—Irak —comenzó Kilborn—. El Centro de Mando ha presentado un plan definitivo de reducción de tropas. Un treinta por ciento durante los primeros ciento veinte días y luego un diez por ciento por periodos de sesenta días, hasta alcanzar un número simbólico de efectivos.

Kealty asintió, pensativo.

—¿Y las fuerzas de seguridad iraquíes?

La instrucción y equipamiento del nuevo Ejército iraquí había avanzado a trompicones durante los ochos meses anteriores, lo que había dado lugar a un debate en el Congreso respecto a cuándo estaría listo para hacerse cargo de la defensa del país, si es que lo estaba alguna vez. No era un problema de capacidades, sino de cohesión interna. Los soldados asimilaban bastante bien la instrucción en su mayoría, pero como casi todas las naciones árabes, Irak era poco más que un conglomerado de sectas y familias extensas, tanto seculares como religiosas. El concepto de nacionalismo ocupaba un segundo puesto, a gran distancia de la lealtad tribal o la afiliación a las doctrinas chií o suní. El Centro de Mando había barajado durante un tiempo la idea de organizar unidades y comandancias basadas en tales filiaciones religiosas o familiares, pero el plan se abandonó rápidamente al darse cuenta los analistas de que Estados Unidos no estarían haciendo más que crear facciones bien armadas, de por sí predispuestas a la guerra intestina. La cuestión era si los miembros de clanes y sectas rivales podían convivir y luchar codo con codo por el bien de su país.

Eso, pensó McMullen, el tiempo lo diría.

El hecho de que fuera Kilborn quien informara al presidente del plan de reducción de efectivos y no el portavoz del Estado Mayor conjunto, el almirante Stephen Netters, convenció a McMullen de que el presidente ya había tomado una decisión respecto a la retirada de las tropas de Irak. En la reunión del jueves anterior, Netters se había mostrado contrario a imprimir un ritmo demasiado ambicioso a la retirada, citando los informes, en general desalentadores, de los comandantes de brigada estadounidenses respecto a la preparación del futuro Ejército iraquí. Las fuerzas de seguridad iraquíes no estaban listas todavía, ni lo estarían tres meses después, cuando comenzara, conforme a lo previsto, la retirada de las fuerzas americanas.

Kealty, por su parte, tenía que zanjar aquella cuestión de una vez por todas y McMullen lo sabía; a fin de cuentas, había centrado gran parte de su campaña en la reducción de tropas. Que Netters tuviera razón o no resultaba irrelevante para el presidente, que había ordenado a su jefe de gabinete poner el proceso en marcha y llevarlo a término.

—Hay cierta controversia entre los comandantes de brigada y de división respecto al grado de preparación, pero los datos parecen apoyar nuestro plan. Cuatro meses no es mucho tiempo, pero la reducción inicial será gradual y durará tres meses, de modo que faltan todavía siete meses para que la presión comience a recaer realmente sobre el Ejército iraquí.

Qué idiotez, pensó McMullen.

—Bien, bien —dijo Kealty—. Ann, pídele el borrador a Scott y pásaselo al NSC. Si no ponen inconvenientes, seguiremos adelante. Continúa, Scott.

—Brasil. Hay indicadores de que su plan de expansión de infraestructuras petrolíferas es más ambicioso de lo que creíamos.

—¿Lo que significa...? —preguntó el presidente.

Fue Reynolds quien contestó:

—Que los yacimientos de Tupí son más ricos de lo que creían o de lo que querían hacernos creer.

El creciente potencial de la Cuenca de Santos había sido una sorpresa tanto para Brasil como para Estados Unidos, al menos en apariencia. No se había oído ni un solo rumor al respecto hasta que Petrobras lo hizo público, y noticias como aquélla no podían mantenerse en secreto mucho tiempo.

—Hijos de puta —refunfuñó Kealty.

Poco después de ganar las elecciones generales y antes incluso de tomar posesión del cargo, Kealty ordenó a su futuro secretario de Estado tender la mano al Gobierno brasileño. La reducción del precio de los hidrocarburos había sido la piedra angular de su campaña, junto con la retirada de las tropas de Irak. El convenio de importación de crudo firmado con Brasil, que entraría en vigor a finales de ese mes, serviría en gran medida para cumplir esa promesa. El inconveniente era que el Gobierno brasileño, amistoso hasta ahora, tenía en sus manos un arma de considerable eficacia. La cuestión que nadie parecía capaz de responder por el momento era si Brasilia continuaría mostrándose benévola o seguiría los pasos de Arabia Saudí: una mano tendida en señal de amistad y la otra empuñando una daga.

—No podemos afirmar ni desmentir que haya sido intencionado, señor presidente —dijo McMullen, intentando atajar a Kealty—. Seguimos sin saber cuándo cambiaron sus planes de expansión y hasta qué punto han cambiado. —Miró fijamente a Kilborn con la esperanza de que éste captara la indirecta, cosa que hizo.

—Eso es cierto, presidente —dijo el director de la CIA.

—Wes, cuando acabemos aquí, quiero hablar con el embajador Dewitt.

—Sí, señor.

—¿Qué más?

—Irán. Todavía estamos sondeando a nuestras fuentes, pero hay señales que indican que Teherán va a volver a reforzar su programa nuclear.

Mierda, pensó McMullen. Entre las muchas promesas electorales de Kealty, se contaba la de retomar las relaciones diplomáticas directas con Irán. El mejor modo de convencer a Teherán de que renunciara a sus ambiciones en el terreno nuclear, había proclamado Kealty, era invitar al país a unirse a la comunidad internacional y colaborar con ella en áreas de interés mutuo. Y, hasta ahora, parecía haber funcionado.

—¿Reforzarlo cómo, exactamente?

—Refinerías, centrifugadores, intercambio de información con Moscú...

—Hijos de puta. ¿Se puede saber qué están tramando ahora, por el amor de Dios? —La pregunta iba dirigida a su consejera de Seguridad Nacional.

—Es difícil saberlo, señor presidente —respondió Reynolds.

O sea, ni puta idea, pensó McMullen.

—Pues facilítame las cosas —bramó Kealty—. Ponte al teléfono con el puñetero Departamento de Estado y consígueme respuestas. —Se levantó, dando por zanjada la reunión—. Eso es todo. Wes, Scott, quedaos un momento.

Cuando Reynolds se hubo marchado, Kealty se acercó a su mesa y se sentó con un suspiro.

—¿Qué se sabe sobre ese asunto de Ryan?

—El Servicio Secreto sigue trabajando en el caso —contestó Kilborn—. Pero al parecer había un solo terrorista. Todavía no le han identificado, pero por sus prótesis dentales parece evidente que es jordano. La pistola procedía de un cargamento robado al Ejército egipcio. Coincide con dos armas halladas tras el atentado de Marsella del mes pasado.

—Refréscame la memoria.

—Una bomba en un autobús. Catorce muertos, incluidos los terroristas.

—¿Se sospecha que fue el COR?

—Sí, señor.

McMullen conocía a su jefe lo suficiente como para saber lo que significaba su semblante: al elegir a Jack Ryan como blanco de su ataque, el COR había centrado la atención mediática en el ex presidente. La mitad de las cadenas por cable estaban reponiendo programas biográficos de Ryan, quien de momento había quitado importancia al suceso y, tras emitir una breve nota de prensa, se había negado amablemente a conceder entrevistas. Kealty, por su parte, había

174

abordado el incidente en una conferencia de prensa mediante una ronda de preguntas preacordadas: se alegraba de que el ex presidente Ryan hubiera salido ileso, etcétera, etcétera. McMullen tenía que reconocer que sus palabras habían sonado bastante sinceras, pero no le cabía ninguna duda de que le habían abrasado la garganta al pasar por ella.

—Wes —continuó Kealty—, ese asunto con Netters...

Oh, oh, pensó McMullen.

—Sí, señor presidente.

—Creo que va siendo hora de que haya un cambio.

—Entiendo.

—¿No estás de acuerdo?

McMullen escogió con cuidado sus palabras.

—Permítame sugerir, señor presidente, que un poco de disensión puede ser saludable. El almirante Netters es muy franco, quizás en exceso, pero también cuenta con un amplio respeto tanto en las fuerzas armadas como en el Congreso.

—Santo Cielo, Wes, no voy a mantenerle a bordo solamente porque goce de popularidad.

—No es eso lo que quiero decir...

—Entonces, ¿qué es?

—Se le respeta porque conoce su oficio. Mi padre solía decir: «No se le piden indicaciones a alguien que no ha estado donde uno va». El almirante Netters ha estado donde vamos nosotros.

Kealty tensó la boca y mostró luego una sonrisa radiante.

—Es bueno, muy bueno. ¿Te importa que lo use? Está bien, veremos adónde va. Pero voy a salirme con la mía, Wes. Vamos a salir de ese condenado país, sea como sea. ¿Entendido?

—Sí, señor.

—Por la cara que tienes, cualquiera diría que se te ha muerto el perro, Scott. Cuéntanos.

Kilborn puso una carpeta sobre la mesa del presidente y dijo:

—La semana pasada, hubo una incursión en una cueva de las montañas del Hindu Kush. Un equipo de Rangers que buscaba al Emir.

—Dios santo, ¿ese tipo otra vez? —dijo Kealty mientras hojeaba la carpeta—. ¿Seguimos malgastando recursos en él?

—Sí, señor presidente. El caso es que el comandante del equipo se lesionó y el sargento primero ocupó su lugar. Driscoll, Sam Driscoll. Llegaron a la cueva, se cargaron a un par de guardias, pero cuando entraron no había nada.

—Eso no es ninguna sorpresa.

—No, señor, pero si echa un vistazo a la página cuatro...

Kealty miró la página, entornando los ojos al leer.

—Hasta donde sabemos —prosiguió Kilborn—, ninguno de ellos estaba armado, y no hay duda de que estaban durmiendo.

—Y se limitó a pegarles un tiro en la cabeza —masculló Kealty, haciendo a un lado la carpeta—. Es repugnante.

—Señor presidente —dijo McMullen—, está claro que voy un poco rezagado en este asunto. ¿De qué estamos hablando?

—De asesinato, Wes, de asesinato puro y duro. Ese sargento, ese tal Driscoll, asesinó a nueve hombres desarmados. Y punto.

—Señor, no creo...

—Escucha, mi predecesor permitió que los militares se le escaparan de las manos. Les azuzó y luego soltó la correa. Ya va siendo hora de que volvamos a meterlos en cintura. No podemos permitir que los soldados de Estados Unidos vayan por ahí disparando a la cabeza a hombres dormidos. ¿No es así, Scott?

—Hay precedentes en ambos sentidos, pero creo que el caso puede sostenerse. Tendríamos que echar a rodar la pelota en el Pentágono, mandarla luego a Justicia y hacer que interviniera el CID, el Mando de Investigación de Delitos del Ejército.

Kealty asintió con la cabeza.

—Hazlo. Es hora de que esos patanes se enteren de quién manda.

Hacía un día estupendo para pescar, pensó Arlie Fry. Claro que casi cualquier día era bueno para pescar, por lo menos allí. No como en Alaska, donde rodaban aquella serie, *Pesca radical*. Pescar allí debía de ser un infierno.

La niebla era densa, pero estaban en Carolina del Norte y era por la mañana, a fin de cuentas, así que era de esperar que el ambiente estuviera un poco turbio. Arlie sabía que la niebla se levantaría en cuestión de un par de horas.

Su barca, una Atlas Acadia 20E de seis metros de eslora con motor Ray Electric fueraborda, sólo tenía tres meses: era un regalo de jubilación de su esposa, Eunice, que había elegido el modelo de cabotaje con la esperanza de mantenerle cerca de tierra firme. La culpa la tenía, como siempre, la caja tonta, y especialmente aquella película con George Clooney, *La tormenta perfecta*. Arlie soñaba de joven con cruzar el Atlántico en barco, pero sabía que, si lo hacía, Eunice se moriría del estrés, así que se contentaba con salir a pescar por la costa cada dos semanas, casi siempre solo, aunque ese día hubiera convencido a su hijo de que le acompañara. A Chet, que tenía ya quince años, le interesaban más las chicas, su iPod y la posibilidad de sacarse el carné de conducir que pescar rabirrubias y abadejos, pero se había animado cuando le contó que había visto un tiburón en su última salida. Y era cierto, aunque el tiburón sólo tuviera medio metro de largo.

Chet iba sentado en la proa, con los cascos en las orejas, y pasaba la mano por el agua inclinado sobre la regala.

Un ligero oleaje sacudía el mar casi en calma, y allá arriba Arlie veía el sol, un círculo pálido y difuso, intentando abrirse paso con su ardor entre las nubes. *Dentro de una hora pegará fuerte*, se dijo. Eunice les había preparado suficientes refrescos, media docena de sándwiches de mortadela y una bolsa de plástico llena de pastelillos con confitura de higo.

De pronto, algo golpeó el casco de la Acadia. Chet sacó bruscamente la mano del agua y, al levantarse, hizo oscilar la barca.

—¡Ostras!

—¿Qué pasa?

—Algo ha chocado con el costado... Ahí, ¿lo ves?

Arlie miró hacia donde señalaba su hijo, junto a la popa, y distinguió algo de color naranja justo antes de que la niebla se lo tragara.

—¿Has podido verlo bien? —preguntó.

—Qué va. Me he dado un susto de muerte. Pero parecía un chaleco salvavidas, o puede que un flotador.

Arlie pensó un momento en seguir adelante, pero aquel objeto, fuera lo que fuese, no era simplemente naranja, sino naranja internacional, un color que solía reservarse para situaciones críticas y de emergencia. Y para los chalecos salvavidas.

—Siéntate, hijo, voy a dar la vuelta. —Arlie giró el timón e hizo dar la vuelta a la Acadia, aminorando la velocidad—. Mantén los ojos bien abiertos.

—Sí, papá. Jo.

Treinta segundos después, Chet dio un grito y señaló más allá de la proa. Allí, casi oculta por la niebla, se veía una mancha naranja del tamaño aproximado de un balón de fútbol.

—Ya lo veo —dijo Arlie, y dirigió la barca hacia allí hasta que el objeto quedó junto a su costado. Chet se inclinó y lo pescó.

Arlie vio que no era un chaleco salvavidas, sino un flotador de goma en forma de rombo. Unido a él había un cabo de sesenta centímetros de longitud y, unida a éste, una caja metálica negra, de unos diez centímetros de ancho por veinte de largo, y tan gruesa como un libro de bolsillo de buen tamaño.

—¿Qué es? —preguntó Chet.

Arlie no estaba seguro, pero había visto suficientes películas y series de televisión como para tener una corazonada.

—Una caja negra —masculló.

—¿Qué?

—Un registrador de vuelo.

—Vaya... ¿Como los de los aviones, quieres decir?

—Sí.

—Qué alucine.

Cassiano sabía que las medidas de seguridad de la planta eran bastante apropiadas, pero también sabía que tenía tres cosas a su favor: una, que llevaba once años trabajando en Petrobras, desde mucho antes de que se descubriera el yacimiento de Tupí; dos, que la industria petrolífera era tan peculiar que el personal de seguridad contratado sólo podía vigilar con eficacia una pequeña parte de las instalaciones; del resto tenían que ocuparse trabajadores que supieran qué estaban mirando y cómo funcionaban las cosas. Así pues, además de para garantizar que la planta funcionase como una seda y para procurarse un buen salario, aquel pluriempleo le permitía el acceso ilimitado a zonas de máxima seguridad; y tres, la propia demografía de Brasil.

De los ciento setenta millones de habitantes en que se calculaba la población de Brasil, menos de un uno por ciento eran musulmanes, y de esa cifra sólo un uno por ciento eran conversos al islam nacidos en territorio brasileño. Allí, la marea creciente del radicalismo islámico, tan temida en otros países del hemisferio occidental, carecía prácticamente de importancia. A nadie le importaba a qué mezquita ibas, o si odiabas la guerra de Irak; esos temas rara vez se tocaban, y desde luego no se tenían en cuenta a la hora de valorar la idoneidad de un posible empleado, ya fuera para trabajar en un restaurante o en Petrobras.

Cassiano se callaba lo que pensaba, rezaba en privado, nunca llegaba tarde al trabajo y rara vez faltaba por estar enfermo. Musulmán o no, era el trabajador ideal, tanto para Petrobras como para su nuevo jefe, que, desde luego, pagaba mucho mejor.

Los datos detallados que le habían pedido dejaban claras como el agua sus intenciones, y aunque a Cassiano no le agradaba particularmente la idea de hacer el papel de espía industrial, se reconfortaba pensando que, tal y como le habían asegurado, el único daño que producirían sus actos y la información que les proporcionara sería económico. Además, se decía, si la extensión del yacimiento de la Cuenca de Santos seguía creciendo a pasos agigantados, como hasta ese momento, el Gobierno brasileño, el principal accionista de Petrobras, tendría dinero de sobra durante décadas.

Y no había razón para que él no se llevara también su parte del pastel, ¿no?

25

—El *Carpintero* va para allá —se oyó por radio junto al lugar donde estaba sentada Andrea.

—¿Quiere que vaya a buscarle, jefe? —preguntó ella.

—No, ya voy yo. —Ryan se apartó del ordenador y se acercó a la puerta—. Va a quedarse a cenar, por cierto.

—Claro, jefe.

Arnie van Damm nunca había sido muy dado a las ceremonias. Había alquilado un coche en el aeropuerto de Baltimore-Washington y había ido hasta allí conduciendo él mismo. Cuando salió del Chevy, Jack comprobó que seguía vistiendo camisas de L.L. Bean y pantalones caquis.

—Hola, Jack —le saludó el ex jefe de Estado Mayor alzando la voz.

—Cuánto tiempo, Arnie. ¿Qué tal el vuelo?

—Me lo he pasado casi entero durmiendo. —Entraron en la casa—. ¿Qué tal va tu libro?

—Escribir sobre uno mismo es muy duro para el ego, pero estoy intentando contar la verdad.

—Vaya, chico, pues vas a poner en apuros a los críticos del *Times*.

—Bueno, de todos modos nunca les gusté mucho. No espero que vayan a cambiar ahora.

—Madre mía, Jack, acabas de superar un intento de asesinato...

—Eso son bobadas, Arnie.

—Cuestión de percepción, amigo mío. El público se entera de esas cosas y lo único que capta es que alguien intentó matarte y que pagó por ello.

—¿Qué es, entonces? ¿Omnipotencia delegada?

—Exacto.

Habían entrado en la cocina y Jack estaba sirviendo el café. Faltaba una hora para que volviera Cathy, y Jack aún tenía tiempo para tomarse una pequeña dosis de cafeína vespertina sin su permiso.

—Bueno, cuéntame las últimas novedades. Tengo entendido que el Tribunal Supremo le está poniendo las cosas difíciles a Kealty.

—¿Por lo de los nombramientos que no puede hacer, quieres decir? Sí, eso le está sacando de quicio. Durante la campaña le prometió al profesor Mayflower un puesto en la Facultad de Derecho de Harvard.

—¿A ése? Santo cielo, pero si pretende rescribir el Evangelio de san Mateo.

—Dios no fue a Harvard. Si no, habría estado mejor informado —comentó Van Damm.

Ryan se echó a reír.

—Bueno, ¿a qué se debe esta visita?

—Creo que ya lo sabes, Jack. Es más, creo que tú también lo has estado pensando. Dime si me equivoco.

—Te equivocas.

—Otra cosa que siempre me gustó de ti, Jack, es que mientes de pena.

Ryan se puso a refunfuñar.

—Ser un mal embustero no es malo —prosiguió Arnie—. Kealty ya está descarrilando, Jack. Sólo es mi opinión, pero...

—Es un sinvergüenza. Todo el mundo lo sabe, pero los periódicos no lo mencionan.

—Es un sinvergüenza, pero es su sinvergüenza. Creen que pueden controlarle. Le entienden y saben cómo piensa.

—¿Que piensa? ¿Eso quién lo dice? Kealty no piensa. Tiene una idea de cómo quiere que sea el mundo. Y está dispuesto a hacer cualquier cosa con tal de que el mundo se amolde a esa idea. Si es que puede llamársela así.

—¿Qué hay de tus ideas, Jack?

—Yo las llamo principios, que es distinto. Vendes tus principios lo mejor que puedes y confías en que la gente lo entienda. Si te pasas de ahí, te conviertes en un vendedor de coches de segunda mano.

—Un político famoso dijo una vez que la política es el arte de lo posible.

—Pero, si uno se limita a lo que es posible, a lo que ya se ha hecho, ¿cómo demonios se va a progresar? Kealty quiere volver a los años treinta, a Franklin Delano Roosevelt y a todo lo que eso conlleva.

—¿Has pensado mucho sobre el tema, Jack? —preguntó Arnie con un esbozo de sonrisa.

—Tú sabes que sí. Los padres fundadores se revolverían en sus tumbas si supieran lo que está haciendo ese cretino.

—Pues sustitúyele.

—¿Y volver a pasar por todo eso? ¿Con qué fin?

—Edmund Burke, ¿recuerdas? «Lo único que se necesita para que triunfe el mal es que los hombres de bien no hagan nada.»

—Debí imaginar que dirías eso —respondió Jack—. Yo ya he cumplido. Luché en dos guerras. Establecí una línea sucesoria. Hice todo lo que se supone que hay que hacer.

—Y lo hiciste muy bien —reconoció el ex jefe de Estado Mayor—. Pero lo que importa es que el país te necesita.

—No, Arnie. El país no me necesita. Seguimos teniendo un Congreso válido.

—Sí, el Congreso no está mal, pero todavía no ha dado un auténtico líder. Owens, el de Oklahoma, tiene posibilidades, pero aún lc queda mucho camino por recorrer. No está lo bastante curtido, es demasiado provinciano y demasiado idealista. Todavía no está preparado para jugar en primera división.

—Lo mismo podía decirse de mí —observó Ryan.

—Cierto, pero tú sabes escuchar y, sobre todo, sabes lo que ignoras.

—Me gusta la vida que llevo, Arnie. Tengo un trabajo que me mantiene ocupado, pero no tengo que dejarme la piel en él. No me veo obligado a tener que vigilar cada palabra que digo por miedo a ofender a gente a la que de todos modos no le gusto. Puedo andar por casa descalzo y sin corbata.

—Te aburres.

—Me he ganado el derecho a aburrirme. —Ryan hizo una pausa, bebió un sorbo de café y a continuación intentó cambiar de tema—. ¿A qué se dedica Pat Martin ahora?

—No quiere volver a ser fiscal general —respondió Van Damm—. Está enseñando derecho en Notre Dame. Y también imparte seminarios para jueces novatos.

—¿Por qué no está en Harvard o en Yale? —preguntó Ryan.

—En Harvard no le quieren. Les gustaría contar con un ex fiscal general, claro, pero no con el tuyo. Y de todos modos Pat no querría dar clase allí. Es un gran aficionado al fútbol americano. Y el equipo de Harvard no puede compararse con el de Dame.

—Sí, ya me acuerdo —dijo Jack—. Ni siquiera querían jugar con Boston College; nos consideraban unos católicos advenedizos. —Y los Eagles de Boston College de vez en cuando derrotaban a Notre Dame, cuando el Destino lo permitía.

—¿Estás dispuesto a pensártelo? —preguntó Arnie.

—Estados Unidos de América elige a su presidente, Arnie.

—Tienes razón, pero esto es como un restaurante con una carta muy corta. Sólo se puede elegir entre lo que está guisando el cocinero, y uno no puede marcharse a otro sitio si no le gusta la selección.

—¿Quién te envía?

—La gente me pregunta. Sobre tu afiliación política, sobre todo...

Jack le atajó levantando una mano.

—Yo no estoy afiliado a ningún sitio, ¿recuerdas?

—Lo cual debería alegrar al Partido Socialista de los Trabajadores. Pues preséntate como independiente. Funda tu propio partido. Teddy Roosevelt lo hizo.

—Y perdió.

—Mejor intentarlo y fracasar que...

—Sí, sí.

—El país te necesita. Kealty está cagado. Ya tiene a su grupo de investigación indagando sobre ti. ¿No te has enterado?

—Tonterías.

—Llevan con ello casi un mes. Lo de Georgetown los tiene preocupados. Te digo que hay que aprovechar la coyuntura mientras se puede, Jack. —Ryan comenzó a sacudir la cabeza—. Escucha, tú no lo planeaste. Si a la gente le interesa tanto la noticia, es porque sigues estando en la cresta de la ola.

—Votos de lástima, nada más...

—No será así, te lo aseguro, pero ésta es una oportunidad de oro para hacer una entrada triunfal. Así que ¿tienes algún trapo sucio escondido por ahí?

—Nada que tú no sepas. —Esta vez, Ryan logró mentir con aplomo. Sólo Pat Martin conocía aquel legado, aquella parte concreta de su pasado. Ni siquiera se lo había contado a Robby—. Soy demasiado aburrido para ser político. Quizá por eso nunca le gusté a la prensa.

—Los investigadores de Kealty van a tener acceso a todo, Jack, incluso a documentos de la CIA. Algún asunto desagradable tendrás a tus espaldas —insistió Van Damm—. Como todo el mundo.

—Depende del punto de vista con que se mire, supongo. Pero hacerlo público sería un delito federal. ¿Cuántos politicuchos se arriesgarían a eso?

—Sigues estando en pañales, Jack. Aparte de que les graben violando a una jovencita o estafando a un niño pequeño, hay pocas cosas a las que no fuera capaz de arriesgarse un político por conseguir la presidencia.

—Eso plantea una pregunta que no consigo quitarme de la cabeza: ¿a Kealty le gusta ser presidente?

—Seguramente ni él mismo lo sabe. ¿Lo está haciendo bien? No, claro. Pero ni siquiera se da cuenta de eso. Cree que lo hace tan bien como el que más, y mejor que la mayoría. Le gusta desenvolverse en el campo de juego. Le gusta contestar al teléfono. Le gusta que la gente acuda a él cuando tiene un problema. Le gusta ser el que contesta a las preguntas, aunque no tenga ni idea de cuál es la respuesta. ¿Recuerdas lo que decía Mel Brooks? «Está bien ser el rey», aunque el rey sea una auténtica mierda. Quiere estar ahí y no quiere que nadie más ocupe su lugar porque toda su vida se ha dedicado a la política. Es el monte Everest, y él lo ha ascendido porque existe, así que ¿qué importa que cuando llegues a la cumbre no tengas nada que hacer allí? Existe, y el que está en su cima eres tú y no otro. ¿Sería capaz de matar por el puesto? Seguramente, si tuviera agallas. Pero no las tiene. Mandaría a uno de sus lacayos, bajo cuerda, sin que quedara constancia escrita de ello. Siempre hay gente dispuesta a hacer esas cosas y, si les pillan, te desentiendes de ellos.

—Yo nunca...

—Ese tipo, John Clark. Ha matado gente, y por motivos que no siempre habrían soportado la prueba del escrutinio público. Cuando se dirige todo un país, hay que hacer cosas así, y, vale, puede que técnicamente sea legal, pero hay que mantenerlo en secreto porque no produciría buena impresión en la primera página de un periódico. Si hay algo así en tu pasado, Kealty lo hará público a través de intermediarios o de filtraciones cuidadosamente dosificadas.

—Si llegamos a eso, podría arreglármelas —dijo Ryan con tranquilidad. Nunca había reaccionado bien ante las amenazas y rara vez las había proferido, a menos que estuviera bien armado. Y Kealty no permitiría que así fuera. Como muchos «grandes» hombres, y como muchas figuras políticas, era un cobarde. Y los cobardes eran los primeros en recurrir a las demostraciones de fuerza. Para algunos hombres, ese tipo de poder resultaba embriagador. A Ryan siempre le había parecido temible, pero él nunca había tenido que desenfundar la pistola sin un motivo de peso—. No tengo miedo de nada de lo que ese cabrón puede arrojarme a la cara, si se da el caso. Pero ¿por qué iba a darse?

—Porque el país te necesita, Jack.

—Intenté arreglarlo. Lo intenté durante casi cinco años y fracasé.

—El sistema es demasiado corrupto, ¿eh?

—Tuve un Congreso decente. Había muchos buenos congresistas, pero la mayoría se ha ido a casa por culpa de sus promesas electorales. Eran los más honrados, ¿no te parece? El Congreso ha mejorado mucho, pero es el presidente quien marca la pauta de la política nacional, y eso no pude cambiarlo. Y Dios sabe que lo intenté.

—Callie Weston te escribió algunos discursos muy buenos. Habrías sido un buen predicador. —Arnie se recostó en la silla y acabó su café—. Te esforzaste mucho, Jack. Pero no fue suficiente.

—Así que quieres que vuelva a intentarlo. Pero cuando te das de cabezazos contra una pared, el ruido que hacen tus sesos se vuelve bastante deprimente pasado un tiempo.

—¿Los amigos de Cathy han encontrado ya una cura para el cáncer?

—No.

—¿Y han dejado de intentarlo?

—No —tuvo que reconocer Jack.

—¿Porque merece la pena seguir en la brecha, aunque sea imposible?

—Jugar con las leyes de la ciencia es más sencillo que corregir la naturaleza humana.

—Está bien, siempre puedes quedarte aquí sentado, viendo la CNN, leyendo el periódico y esas cosas.

No hizo falta que Jack reconociera que ya lo hacía, y mucho. Arnie tenía ese talento: sabía cómo manipular a Ryan como una niña de cuatro años manipulaba a su padre. Candorosamente y sin esfuerzo. Con el mismo candor que Bonnie y Clyde en un banco, claro, pero el caso era que sabía cómo hacerlo.

—Te lo repito, Jack, tu país...

—No, voy a repetírtelo yo: ¿quién te manda?

—¿Por qué crees que me manda alguien?

—Arnie...

—Nadie, Jack. En serio. Yo también estoy retirado, ¿recuerdas?

—¿Echas de menos la acción?

—No sé, pero una cosa te digo: antes pensaba que la política era la forma más elevada de actividad humana, y tú me curaste de eso. Hay que tener convicciones. Y Kealty no las tiene. Sólo quiere ser el presidente de Estados Unidos porque se imagina que estaba en la línea sucesoria y que era su turno. Por lo menos, así lo ve él.

—Entonces, ¿tú te lanzarías a la piscina conmigo? —preguntó Ryan.

—Estaría ahí para ayudarte, y para aconsejarte, y puede que esta vez hicieras un poco más de caso a la voz de la razón.

—Ese asunto del terrorismo... Es demasiada tarea para un mandato de cuatro años.

—Estoy de acuerdo. Podrías retomar tu proyecto de reforma de la CIA. Relanzar el programa de reclutamiento, volver a poner en marcha las operaciones. Kealty ha asfixiado la agencia, pero no la ha destruido del todo.

—Haría falta una década. Quizá más.

—Pues vuelve a encarrilar las cosas y luego hazte a un lado y deja que acabe otro.

—La mayoría de los miembros de mi Gobierno no querría volver.

—¿Y qué? Búscate a otros —respondió Arnie con frialdad—. El país está lleno de gente con talento. Encuentra a unas cuantas personas honradas y vuelve a obrar la magia de Jack Ryan.

Ryan padre soltó un bufido al oír aquello.

—Sería una campaña muy larga.

—Tu primera campaña, en realidad. Hace cuatro años te presentaste con todas las de ganar, y la cosa funcionó. Fue sumamente fácil, volar por todo el país y hacer discursos delante de muchedumbres de simpatizantes, la mayoría de los cuales sólo querían ver a quien iban a votar. Con Kealty será distinto. Hasta tendrías que debatir con él. Y no le subestimes. Es un político muy hábil, y sabe dar golpes bajos —le advirtió Arnie—. Y tú no estás acostumbrado a eso.

Ryan suspiró.

—Eres un cabrón, ¿lo sabías? Si lo que quieres es que me comprometa, vas a llevarte una desilusión. Tendré que pensármelo. Tengo mujer y cuatro hijos.

—Cathy estará de acuerdo. Es mucho más dura y más lista de lo que cree la gente —comentó Van Damm—. ¿Sabes qué dijo Kealty la semana pasada?

—¿Qué?

—Fue sobre el programa de sanidad nacional. Una televisión local de Baltimore entrevistó a Cathy. Debieron de pillarla en un momento de debilidad y dijo que no creía que fuera buena idea que el Gobierno gestionara la sanidad. Kealty respondió: «¿Qué demonios sabe una médica sobre temas de sanidad?»

—¿Cómo es que no salió en los periódicos? —A fin de cuentas, era muy jugoso.

—La jefa de gabinete de Ed es Anne Quinlan. Consiguió convencer al *Times* de que no lo publicara. No tiene un pelo de tonta. Y el editor jefe de Nueva York es muy amigo suyo.

—¿Cómo es que a mí siempre me pillaban cuando metía la pata? —preguntó Ryan.

—Ed es uno de los suyos, Jack. No como tú. ¿Tú nunca le pasas una a un amigo? Pues ellos igual. También son seres humanos. —Arnie parecía más relajado. Había ganado la batalla principal. Era hora de mostrarse magnánimo.

A Ryan, sin embargo, le costaba pensar en los periodistas como en seres humanos en aquel momento.

26

Casi una cuarta parte de las grúas de torre giratoria del mundo, pensó Badr mientras contemplaba Port Rashid. Treinta mil de las ciento veinticinco mil grúas que había en el mundo, reunidas en un solo sitio y con un único propósito: convertir Dubái en un paraíso para sus habitantes más acaudalados.

Desde donde estaba veía las islas Palmera y Mundo (vastos archipiélagos artificiales, el uno en forma de palmera y el otro de globo terráqueo) y el Hotel Burj al Arab, una torre de más de trescientos metros de altura con forma de vela de proporciones gigantescas.

Tierra adentro, la ciudad era un mar de rascacielos, de obras y de autopistas que se cruzaban. Y cinco años después seguirían apareciendo atracciones en el paisaje: el paseo marítimo de Dubái, una media luna que se adentraba cerca de ochenta kilómetros en el mar; el hotel submarino Hidrópolis; la Ciudad de los Deportes; la pista de esquí cubierta; y el Parque Temático de la Ciencia y el Espacio. En menos de una década, Dubái había pasado de ser, en opinión de muchos, un desolado y remoto punto en el mapa, a ser uno de los destinos hoteleros más selectos del mundo, un patio de recreo para los muy ricos. Dentro de poco, pensó Badr, los servicios y atracciones que ofrecía superarían incluso a los de Las Vegas. O quizá no, se dijo. La crisis económica mundial también había golpeado a los Emiratos Árabes Unidos. De hecho, muchas de las grúas que se erguían sobre la ciudad se habían parado al interrumpirse bruscamente los proyectos de construcción. Badr veía en ello la mano de Alá. Tanta degeneración en un país árabe era inconcebible.

—Impresionante, ¿verdad? —oyó Badr tras él, y se volvió—. Le pido disculpas por llegar tarde —añadió el agente inmobiliario—. Como seguramente habrá notado, las obras pueden ser un auténtico incordio. El señor Almasi, ¿verdad?

Badr asintió con la cabeza. Aquél no era su nombre, claro, y seguramente el agente lo sospechaba, pero otro de los rasgos admirables de Dubái era el respeto universal por la discreción y el anonimato que se daba entre su ejército de banqueros, corredores de Bolsa y agentes inmobiliarios. El negocio era el negocio y el dinero el dinero, y ambos se tenían en mayor estima que los códigos de conducta, arbitrarios y absolutamente subjetivos.

—Sí —contestó Badr—. Gracias por venir.

—Nada de eso. Por aquí, por favor.

El agente se acercó a un cochecito de golf eléctrico que había allí cerca. Badr montó y comenzaron a recorrer el muelle.

—Se habrá fijado, probablemente, en que el muelle no es de cemento —dijo el agente.

—Sí. —En efecto, el suelo tenía un leve tono terracota.

—Es un material compuesto, algo parecido a la madera sintética para suelos, me han dicho, pero mucho más fuerte y más duradero, y el color dura una eternidad. A los diseñadores les pareció una alternativa más atractiva que el típico cemento gris.

Se detuvieron delante de un almacén, en un extremo del muelle, y se apearon.

—Dijo usted que buscaba un lugar discreto —prosiguió el agente—. ¿Servirá éste?

—Sí, creo que sí.

—Como verá, hace esquina y tiene acceso al mar por la fachada y por un lado. Hay espacio suficiente para dos barcos de noventa metros de eslora cada uno. Naturalmente, puede alquilar grúas móviles, si las necesitara.

Lo cierto era que Badr sabía muy poco acerca de las necesidades de su cliente, más allá de las dimensiones y la disposición del almacén y del periodo de tiempo durante el cual lo necesitaría. Discreción y accesibilidad, le habían dicho, eran primordiales.

—¿Puedo verlo por dentro? —preguntó.

—Por supuesto.

El agente sacó una tarjeta magnética y la pasó por el lector que había junto a la puerta. Se oyó un suave pitido. El agente acercó el pulgar a un panel situado junto al lector de tarjetas. La puerta se abrió un momento después.

—El arrendatario puede programar tanto las tarjetas de acceso como el lector biométrico. Usted será el único que controle quién entra en el edificio.

—¿Cómo se hace?

—A través de nuestra página web. Cuando haya creado su cuenta, sólo tendrá que entrar, programar las tarjetas y escanear los archivos de las huellas digitales. Todos los datos se codifican mediante el sistema de seguridad TLS y a través de certificados digitales.

—¿Muy bien? ¿Y la policía?

—En los últimos diez años, puedo contar con los dedos de una mano las veces que la policía ha pedido una orden de registro para inspeccionar nuestros edificios. Y los jueces se la negaron en todos los casos, excepto en uno. Nos enorgullece ofrecer seguridad y discreción a nuestros clientes, siempre dentro de los límites legales de los Emiratos, desde luego.

Entraron. El local, que medía casi doscientos metros cuadrados, estaba vacío. El suelo y las paredes eran del mismo material sintético que el muelle, pero estaban teñidos de blanco. Tampoco había ventanas, lo cual figuraba en la lista de requisitos de su cliente. No era imprescindible, pero sí un aliciente, desde luego. Hacía fresco; la temperatura, calculó Badr, debía de rondar los veintidós grados.

—Cómodo, ¿verdad? —preguntó el agente.

Badr asintió con la cabeza.

—¿Sistemas contra incendios y antirrobo?

—Ambos. Vigilados por nuestro centro de control, a menos de dos kilómetros de aquí. En caso de incendio se activa un sistema de extinción por halón. Y en caso de que entre alguien sin autorización, se contacta con el arrendatario para pedirle instrucciones.

—¿No con la policía?

—Sólo con consentimiento del titular del alquiler.

—¿Y su empresa? Seguramente tendrán acceso a...

—No. Si el pago del alquiler se retrasa siete días, intentamos contactar con el arrendatario por todos los medios posibles. Si en el plazo de catorce días no hemos podido comunicarnos con él, se retiran el lector de tarjetas y el escáner biométrico y se desmonta el sistema de cierre, un proceso costoso en términos de tiempo y dinero, que, naturalmente, se carga en la cuenta del arrendatario, al igual que la reinstalación de los sistemas. De igual modo, se confisca todo lo que contenga el almacén.

—Con nosotros no tendrán ese problema, se lo aseguro —contestó Badr.

—No me cabe ninguna duda. Hacemos un contrato mínimo de un año, con prórrogas de seis meses a partir de ahí.

—Un año será suficiente. —En realidad, le habían dicho que bastaría con un mes. Después, una vez cumplido su propósito, el almacén quedaría vacío. De hecho, a los pocos días de la marcha de su cliente los artificios financieros creados para simular el arrendamiento serían lo único que podrían encontrar las autoridades, y únicamente les conducirían a otras cuentas cerradas y otras empresas fantasma. El «rastro económico», en cuyo seguimiento tanto destacaba el espionaje norteamericano, estaría frío como el hielo.

—También podemos proporcionarle asesoramiento para acelerar el paso por la aduana, si tuviera que descargar algún cargamento —añadió el agente—. Los permisos de exportación, en cambio, correrían por su cuenta.

—Entiendo —contestó Badr con una sonrisa apenas disimulada. Algo le decía que los permisos de exportación no era cosa que le preocupara en absoluto a sus clientes. Echó un último vistazo alrededor y luego se volvió hacia el agente—. ¿Cuándo puede tener listo el contrato de arrendamiento?

Aunque Adnan no lo sabría nunca, sus compañeros no sólo habían avanzado en su misión, sino que navegaban con relativa comodidad en un barco alquilado, aunque fuera éste una lancha de desembarco rusa reconvertida.

Adnan y sus hombres llevaban días viajando por la carretera de la costa del mar de Kara, atravesando pueblecitos pesqueros, asentamientos abandonados y un paisaje blanco y desolado. Sólo muy de cuando en cuando veían pasar un vehículo por la carretera, siempre en dirección contraria, hecho éste que Adnan procuraba no tomarse como un mal augurio. Le costaba imaginar que alguien pudiera vivir allí voluntariamente. Al menos en el desierto uno podía disfrutar de la luz del sol. Allí, los cielos cubiertos y grises parecían más la norma que la excepción.

Tal y como esperaba, encontrar refugio para sus paradas nocturnas no era difícil. Otra cosa era encontrar alguno que no fuera poco más que una choza. La primera noche tuvieron bastante suerte: hallaron una tienda de campaña abandonada con una estufa de leña todavía en uso, y aunque las paredes de lona tenían agujeros y habían perdido impermeabilidad, los postes de sujeción estaban bien clavados en el suelo y los cables de alambre todavía tensos, de modo que pasaron la noche relativamente cómodos, mientras fuera, el viento, casi un vendaval, arrojaba la nieve y el hielo contra la lona como si fuera metralla y las olas se estrellaban rugiendo contra las rocas. La segunda noche tuvieron menos suerte y hubieron de acurrucarse en sus sacos de dormir, en la parte trasera del camión, cuya cubierta de lona, agujereada como un colador, ondeaba al viento. Tras siete horas intentando dormir, se dieron por vencidos y pasaron el resto de la noche bebiendo té hecho en su infiernillo de campaña y esperando los primeros indicios del amanecer.

Ahora, después de tres días de viaje, estaban a día o día y medio de su destino, o eso decía el mapa, que Adnan consultaba con recelo, teniendo cuidado de comparar sus medidas e indicaciones con las lecturas de su GPS portátil. «Destino», no obstante, no era la palabra más adecuada. ¿Verdad? «Peldaño», quizá. Dando por hecho que el capitán del barco cumpliría su palabra y que querría ganarse el resto de su salario, estarían un paso más cerca de su meta, idea ésta que suscitaba en Adnan un inmenso nerviosismo. Por lo poco que había leído sobre aquel lugar, el entorno en el que se hallaban en ese momento, por tétrico que fuera, pronto les parecería relativamente lujoso. Y luego estaba la enfermedad. Tenían píldoras para combatirla, pero el médico que les había procurado las dosis no estaba muy seguro de su eficacia. Ayudarían, le habían dicho a Adnan, pero no había garantías. La velocidad y la cautela serían su mejor defensa. Cuanto más tiempo pasaran allí, mayor sería el riesgo. Lo peor de todo era que ninguno de ellos sabría si estaba a salvo hasta que hubieran pasado muchos años; si aquella muerte invisible les estaba consumiendo, no lo sabrían hasta que fuera ya demasiado tarde. *Da igual*, se dijo Adnan. La muerte era la muerte: un simple puente hacia la gloria, y sus hombres lo sabían tan bien como él. Dudarlo era ofender a Alá.

A pesar del frío brutal y de lo escaso de sus raciones, ninguno de ellos había expresado la menor queja. Eran hombres buenos, fieles a Alá y a la causa (que eran, naturalmente, una sola cosa). Y aunque Adnan confiaba en que se mantuvieran firmes cuando por fin les revelara el propósito de su viaje, sabía que no podría bajar la guardia. El Emir en persona le había elegido para aquella misión, y su cometido era tan importante que no podían dejarse disuadir por el miedo.

Pero ¿qué hay de la tarea misma?, se preguntaba Adnan. Sus instrucciones, una veintena de hojas plastificadas que llevaba siempre a mano, en la mochila, eran claras y detalladas. Pero ¿y si había complicaciones? ¿Y si sus herramientas eran inadecuadas? ¿Y si cortaban por el sitio equivocado o el cabrestante no soportaba la carga? ¿Y si (Dios no lo quisiera) las medidas de seguridad habían cambiado después de que recibieran la información?

Para, se ordenó. Las dudas, lo mismo que el miedo, eran un truco de la mente, una flaqueza que había que superar mediante la fe en Alá y en el Emir. El Emir era un sabio, un gran hombre, y le había asegurado que su presa estaría allí, esperándoles. La encontrarían, harían lo que fuera necesario para apoderarse de ella y emprenderían el regreso.

Tres días más, y luego cinco de vuelta.

27

Jack Ryan hijo apagó su ordenador, salió de su cubículo y se dirigió al aparcamiento donde tenía su Hummer H2 amarillo, uno de los pocos placeres culpables que se permitía en la vida. Aun así, con el precio de la gasolina al alza y el estado de la economía en general, sentía una punzada de mala conciencia cada vez que giraba la llave de contacto de aquel maldito cacharro. No era un ecologista fanático, eso seguro, pero quizá fuera hora de echar un poco el freno. Menudo fastidio: la pesada de su hermana pequeña debía de estar contagiándole su conciencia medioambiental. Había oído decir que Cadillac fabricaba un Escalade híbrido bastante bueno. Tal vez mereciera la pena pasarse por el concesionario.

Esa noche tenía prevista una de sus infrecuentes cenas con sus padres. También estaría Sally, seguramente llena de ideas sacadas de la Facultad de Medicina donde estudiaba. Tenía que ir pensando en elegir especialidad y llevaba algún tiempo friendo a su madre con ese tema. Y Katie estaría tan encantadora como siempre, mimando a su hermano mayor, lo cual podía ser una lata a veces, aunque no estuviera del todo mal, para ser una hermana pequeña. Reunión familiar, carne y ensalada de espinacas, patatas asadas y mazorcas de maíz, porque ésa era la cena favorita de su padre. Y quizás una copa de vino, ahora que era mayor.

Ser hijo de un presidente tenía sus inconvenientes, eso Jack lo sabía hacía mucho tiempo. Por suerte ya no llevaba escolta, aunque nunca estaba del todo seguro de si le seguían para protegerle. Se lo había preguntado a Andrea y ella le había dicho que ya no tenía asignado ningún escolta, pero quién sabía si había sido sincera.

Aparcó en la calle, delante de su casa, y entró en su apartamento a ponerse unos pantalones informales y una camisa de franela; luego volvió a salir. Poco después estaba en la I-97 camino de Annapolis, desde donde se dirigiría a Peregrine Cliff.

Los Ryan se habían construido una casa de buen tamaño antes de que Jack Ryan fuera elegido presidente. Lo malo era que todo el mundo sabía dónde estaba. La gente pasaba en coche por la estrecha carretera rural y se paraba a mirar, sin saber que el Servicio Secreto grababa los números de las matrículas mediante una serie de cámaras ocultas y las comprobaba por medios informáticos. Quizás adivinaran, en cambio, que el discreto edificio situado a unos sesenta metros de la casa principal albergaba como mínimo a seis agentes armados, por si alguien intentaba cruzar la puerta de la verja y enfilar el camino de entrada. Jack hijo sabía que todo aquello agobiaba a su padre. Incluso para ir al supermercado del pueblo a comprar una hogaza de pan y una botella de leche había que montar un circo.

El prisionero en su jaula de oro, pensó Jack hijo.

—Torpedero entrando —dijo dirigiéndose al poste de la verja. Su identidad sería comprobada a través de una cámara antes de que se abriera la puerta. Al Servicio Secreto no le agradaba su coche. El amarillo chillón de su Hummer llamaba la atención, no había duda.

Aparcó, salió y se acercó a la puerta, junto a la cual encontró a Andrea.

—No tuve ocasión de hablar contigo después de aquello —le dijo ella—. Lo que hiciste fue increíble, Jack. Si no te hubieras dado cuenta...

—Habrías tenido que disparar desde más lejos, nada más.

—Puede ser. Pero, aun así, gracias.

—No hay de qué. ¿Se sabe algo sobre ese tipo? He oído rumores de que podía ser del COR.

Andrea se lo pensó un momento.

—No puedo confirmar ese rumor, ni tampoco negarlo —dijo con una sonrisa, enfatizando claramente el «confirmar».

Así que el Emir ha intentado cargarse a papá, pensó Jack. *Es increíble, joder*. Reprimió el impulso de volver al Campus y sentarse frente a su ordenador. El Emir estaba allí fuera, y tarde o temprano se quedaría sin escondrijo. Pero, por desgracia, Jack no estaría presente cuando eso pasara.

—¿Qué se proponían?

—Impactar a la opinión pública, suponemos. Tu padre ya no es presidente, pero sigue teniendo mucha popularidad. Además, es un blanco más sencillo en términos logísticos. Es más fácil matar a un ex presidente que a uno que ocupa el cargo.

—Más fácil, quizá, pero no fácil. Tú misma lo has demostrado.

—Lo hemos demostrado —repuso Andrea con una sonrisa—. ¿Quieres que te pase una solicitud de empleo?

Jack sonrió.

—Ya te diré cómo me va en la Bolsa. Gracias, Andrea. —Cruzó la puerta—. ¡Hola! ¡Ya estoy en casa! —gritó.

—Hola, Jack —dijo su madre, saliendo de la cocina para darle un abrazo y un beso—. Tienes muy buen aspecto.

—Usted también, señora catedrática de cirugía. ¿Dónde está papá?

Ella señaló a su derecha.

—En la biblioteca. Tiene compañía. Arnie.

Jack se dirigió hacia la biblioteca, subió los pocos peldaños de la escalera y torció a la izquierda, hacia el lugar donde trabajaba su padre. Jack padre estaba sentado en su silla giratoria y Arnie van Damm se había arrellanado en un sillón cercano.

—¿Se puede saber qué conspiración os traéis ahora entre manos? —preguntó al entrar en la habitación.

—Las conspiraciones nunca salen bien —contestó su padre cansinamente.

Se había hablado mucho de conspiraciones durante su mandato, cosa que Jack padre detestaba, aunque alguna vez hubiera bromeado con mandar pintar de negro la flotilla de helicópteros presidenciales sólo para fastidiar a los idiotas convencidos de que en este mundo no pasaba nada que no fuera producto de una oscura conspiración. No mejoraba las cosas el hecho de que Jack Patrick Ryan fuera rico y, además, ex empleado de la CIA: no había mejor combinación para crear un runrún de conspiraciones, reales o imaginarias.

—Es una lástima, papá —comentó Jack mientras se acercaba a darle un abrazo—. ¿Dónde está Sally?

—Ha ido a comprar los ingredientes para la ensalada. Se llevó el coche de mamá.

»¿Qué hay de nuevo?

—Estoy aprendiendo arbitraje de divisas. Y es espeluznante.

—¿Y tú también estás operando en el mercado de divisas?

—Bueno, no, todavía no. No hago operaciones importantes, por lo menos. Pero asesoro a gente.

—¿Contabilidad hipotética?

—Sí. La semana pasada gané medio millón de dólares virtuales —contestó.

—Los dólares virtuales no se pueden gastar, Jack.

—Lo sé, pero por algún sitio hay que empezar, ¿no? ¿Qué tal, Arnie? ¿Intentando convencer a mi padre de que se presente otra vez? —preguntó.

—¿Por qué lo dices? —contestó Van Damm.

Quizá fuera por la atmósfera reinante, pensó Jack. Levantó un poco una ceja, pero no insistió. Así pues, cada uno de los presentes sabía algo que los otros dos ignoraban. Arnie no había oído hablar del Campus, ni sabía qué papel había desempeñado su padre en su creación; desconocía lo de los indultos en blanco e ignoraba lo que había autorizado también cuando era presidente. Ignoraba, a su vez, que su propio hijo trabajaba en el Campus. Y eso que Arnie conocía más secretos políticos que nadie desde tiempos de la administración

Kennedy, aunque no salieran de su boca ni siquiera cuando hablaba con el presidente electo.

—Washington es un desastre —dijo Jack, preguntándose qué reacciones suscitaría su comentario.

Van Damm no picó el anzuelo:

—Como de costumbre.

—Uno se pregunta qué pensaba la gente en 1914, cuando el país estaba al borde del precipicio. Pero de eso ya nadie se acuerda. ¿Por qué? ¿Porque alguien lo arregló o porque en realidad no importaba lo más mínimo?

—La primera administración Wilson —terció Arnie—. La guerra había estallado en Europa, pero nadie se daba cuenta aún de lo feas que se pondrían las cosas. Tardaron todavía un año en entenderlo, y entonces ya era demasiado tarde para encontrar una salida. Henry Ford lo intentó y se rieron en su cara.

—¿Por qué? ¿Porque el problema era demasiado grande o porque la gente era demasiado tonta e insignificante? —se preguntó Jack.

—No lo vieron venir —señaló Ryan padre—. Estaban tan ocupados con sus quehaceres cotidianos que no podían tomar distancia y ver las tendencias históricas de mayor alcance.

—¿Como todos los políticos?

—Sí, los políticos profesionales tienden a centrarse más en los asuntos pequeños que en los grandes —convino Arnie—. Intentan mantener la continuidad porque es más sencillo que el tren siga circulando por las mismas vías. El problema es qué hacer cuando, a la vuelta de una curva, la máquina descarrila. Por eso es un trabajo tan duro, hasta para los más inteligentes.

—Tampoco nadie vio venir el problema del terrorismo.

—No, Jack, no lo vimos, al menos no del todo —reconoció el ex presidente—. Algunos sí lo intuyeron. Qué demonios, quizá nos habríamos dado cuenta si hubiéramos tenido un servicio de inteligencia eficaz, pero las cosas empezaron a torcerse hace treinta años y luego nadie les puso remedio.

—¿Y qué hacía falta? —preguntó Jack—. ¿Qué habría cambiado las cosas? —La pregunta era tan general que quizá diera lugar a una respuesta sincera.

—En cuestión de espionaje tecnológico seguimos siendo los mejores, posiblemente. Pero no hay nada que pueda sustituir al elemento humano, a los verdaderos agentes que hablan con gente de carne y hueso y averiguan lo que están pensando.

—¿Y que matan a algunos de ellos? —preguntó Jack para ver qué ocurría.

—Eso no pasa casi nunca —respondió su padre—. Fuera de Hollywood, al menos.

—No es eso lo que dicen los periódicos.

—Los periódicos todavía informan de que se ha visto vivo a Elvis —replicó Arnie.

—Quizás estaría bien que James Bond fuera real, qué caramba, pero no lo es —comentó el ex presidente. Podría haber sido la ruina de la administración Kennedy, que había empezado a creerse el mito de 007, de no ser por un imbécil llamado Oswald. Así pues, ¿se movía la historia a golpe de accidente, de asesinato, de mala suerte? Tal vez en otra época hubiera sido posible montar una conspiración en toda regla, pero ya no lo era. Demasiados abogados, demasiados periodistas, demasiados blogueros, demasiadas videocámaras y dispositivos de grabación digitales.

—¿Y cómo lo arreglamos?

Jack padre levantó la cabeza al oírle. Con bastante tristeza, pensó su hijo.

—Yo lo intenté una vez, ¿recuerdas?

—¿Qué hace Arnie aquí, entonces?

—¿Desde cuándo eres tan curioso?

—Mi trabajo consiste en investigar y descubrir cómo son las cosas.

—La maldición de la familia —comentó Van Damm.

En ese momento entró Sally.

—Vaya, mira quién está aquí.

—¿Ya has terminado de diseccionar tu cadáver? —preguntó Jack hijo.

—Lo más difícil es volver a juntar todas las piezas y hacerle salir andando por la puerta —replicó Olivia Barbara Ryan—. Pero siempre es mejor que manejar dinero. Es una cosa muy sucia, el dinero, todo lleno de gérmenes.

—No, si lo manejas por ordenador. Así es limpio y agradable.

—¿Qué tal está mi chica preferida? —preguntó el ex presidente.

—Bueno, he traído la lechuga. Orgánica. La única que se puede comprar. Mamá me ha encargado que te diga que es hora de que hagas la carne.

A Sally no le gustaba la carne, pero su padre seguía sin saber hacer otra cosa, aparte de hamburguesas. Como no era verano tenía que asar los filetes en una parrilla de gas, en la cocina, y no fuera, con carbón. Aquello bastó para que su padre se levantara y se dirigiera a la cocina, dejando a Arnie con su hijo.

—Bueno, señor Van Damm, ¿ha dicho que sí mi padre?

—Creo que tiene que hacerlo, aunque todavía no lo haya asimilado. El país le necesita. Y ahora puedes llamarme Arnie, Jack.

El joven suspiró.

—Ése es un asunto de familia que no me interesa. Causa demasiados sinsabores y el salario no compensa.

—Puede que tengas razón, pero ¿cómo le dices que no a tu país?

—A mí nunca me han pedido nada —respondió Jack, quitándole hierro al asunto.

—La duda viene siempre de dentro de uno mismo. Y tu padre empieza a prestarle oídos. ¿Que qué va a hacer? Tú eres su hijo, caramba. Le conoces mejor de lo que yo le conoceré nunca.

—Para papá lo más difícil somos nosotros. Mamá y sus hijos. Creo que, ante todo, siente que se debe a nosotros.

—Como debe ser. Bueno, cuéntame, ¿tienes novia? —preguntó Van Damm.

—Todavía no.

No era del todo cierto. Llevaba saliendo con Brenda cerca de un mes, y Brenda era una chica especial, pero Jack no estaba seguro de que lo fuera hasta el punto de poder llevarla a casa a conocer a sus padres.

—Seguro que alguna hay ahí fuera, esperando a que la encuentres. Lo bueno es que ella también te estará buscando.

—Si tú lo dices. La cuestión es si la encontraré antes de que me haga viejo y empiece a peinar canas.

—¿Tanta prisa tienes?

—No mucha.

Sally apareció en la puerta.

—La cena está lista para quienes quieran devorar la carne de alguna criatura indefensa e inofensiva, posiblemente asesinada en Omaha.

—Bueno, tuvo una vida bastante satisfactoria —comentó Jack.

—Oh, sí —añadió Arnie—. Le ponían la comida delante, tenía montones de amigas, todas de su misma edad, nunca tuvo que andar mucho, no había lobos de los que preocuparse, disponía de atención médica para cualquier enfermedad que le aquejara...

—Si no fuera —contestó Sally mientras bajaba los escalones delante de ellos— porque le hicieron subir por una rampa empinada y entrar en una jaula muy estrecha para hacerle papilla el cerebro con un martillo neumático.

—¿Alguna vez se te ha ocurrido pensar, jovencita, que quizá los cogollos de lechuga chillan cuando les cortan el tallo?

—Es que cuesta mucho oírlos —terció Jack—. Tienen las cuerdas vocales muy pequeñas. Somos carnívoros, Sally. Por eso tenemos tan poco esmalte en los dientes.

—En ese caso, estamos mal adaptados. El colesterol empieza a matarnos en cuanto superamos la edad reproductiva.

—Por Dios, Sally, ¿es que quieres corretear desnuda por el bosque y buscarte la vida con un hacha de sílex? ¿Qué me dices de tu Ford Explorer? —preguntó Jack—. Además, tus zapatos de diseño también salieron de una ternera, igual que la carne que nos vamos a comer esta noche. Recuerda que no te conviene llevar demasiado lejos tu ecofrikismo.

—Se convierte en una religión, Jack —comentó Arnie—, y no te puedes meter con alguien por sus creencias religiosas.

—Eso pasa mucho. Y no siempre se usan sólo palabras.

—Cierto —contestó Arnie—. Pero no tiene sentido echar más leña al fuego.

—De acuerdo, muy bien. Sally, háblanos del agujero de la capa de ozono —dijo Jack.

En eso llevaba las de ganar. A su hermana le encantaba broncearse.

28

Sus clientes, como suponía Vitali, no bebían vodka. Había comprado cuatro litros para aprovisionar su armario, pero aunque todos ellos fumaban, ninguno bebía. Aquello sólo confirmó lo que Vitali ya sospechaba. Lo mismo daba, de todos modos. Su dinero valía tanto como el de cualquiera.

Había varado la lancha de desembarco en una suave pendiente de guijarros (lo que allí pasaba por ser una playa), pero mantenía la rampa subida, no fuera a colarse dentro algún oso. Continuaban viajando hacia terreno de caza de primera clase, aunque la veda estuviera cerrada. Los hombres llevaban armas de fuego, pero no de las que se usaban para la caza mayor. A Vitali se le había ocurrido pegar unos tiros por su cuenta. Sería un buen adorno para la caseta del timón, un detalle bonito del que se acordarían sus clientes. Pero no había tenido tiempo.

Sus pasajeros estaban acampados en la zona de carga. Vitali había sacado colchones de plástico y varias sillas plegables, y estaban allí sentados, fumando y hablando tranquilamente entre ellos, sin apenas molestarle. Hasta llevaban su propia comida. Lo cual no era mala idea. Vania no era precisamente un cocinero refinado; él mismo solía alimentarse con el rancho del Ejército ruso, que le vendía un sargento de intendencia de Arkángel.

Allí la calma era inquietante. Los aviones volaban tan alto que no se les oía, y hasta ver sus luces de posición era difícil y raro, tan apartada de la civilización estaba aquella región de Rusia, hogar de pescadores que a duras penas le arrancaban su medio de vida al mar y en la que sólo de vez en cuando se adentraba algún aventurero o algún naturalista. Llamar económicamente atrasada a aquella parte de Rusia era quedarse corto. Allí los hombres no tenían en qué ocuparse, como no fuera en la moribunda Armada rusa, donde se pasaban la mitad del tiempo en labores de limpieza o de rescate de algún desastre en el que siempre morían marineros, pobres diablos.

Pero la Armada era lo que le había llevado allí, se recordó Vitali, y fuera por la razón que fuese, aquello le gustaba. El aire siempre era fresco y en invierno arreciaba el frío, y eso era lo que distinguía a los rusos de pura cepa de las razas europeas inferiores: que llevaban el frío en la sangre.

Echó un vistazo a su reloj. El sol saldría temprano. Aún faltaban cinco horas para que despertara a sus pasajeros; luego les dejaría beber el té con el que se desperezaban y desayunar su pan con mantequilla. Vitali tenía beicon para acompañar el pan, pero no huevos.

Por la mañana vería pasar los mercantes. Era sorprendente cuántos había. Salían más rentables que los camiones o que la línea férrea que llegaba a los nuevos campos petrolíferos y a las minas de oro de Yessey. Y estaban construyendo un oleoducto para transportar el crudo a la Rusia europea, financiado en su mayor parte por petroleras de Estados Unidos. La gente de allí lo llamaba «la invasión americana».

Vete a dormir de una vez, pensó. Bebió un último trago de vodka y se acomodó en el colchón que había tendido en el suelo de la caseta. Tenía por delante cinco o seis horas de sueño.

El cambio de avión transcurrió sin complicaciones, más allá del registro exhaustivo al que le sometieron en la aduana de Dallas. Pero de eso Shasif iba avisado; era lo que cabía esperar, le habían dicho, teniendo en cuenta su nombre y su cara. Cumpliendo instrucciones, había reservado un vuelo de ida y vuelta y llevaba el equipaje apropiado para una semana de estancia en Estados Unidos. Por la misma razón había alquilado un coche y reservado habitación en un hotel, e iba bien provisto de folletos turísticos y de correos electrónicos de amigos de aquella zona. Imaginaba que aquellas personas existían de verdad, pero en todo caso era sumamente improbable que las autoridades se molestaran en comprobarlo.

Todos los posibles puntos conflictivos estaban cubiertos. Y, aun así, el registro le había puesto los nervios de punta. Al final, sin embargo, no había pasado nada. Le hicieron señas de que cruzara el control y pasara por la puerta de salida.

A las 10:45 de la mañana, siete horas después de salir de Toronto, aterrizó en el Aeropuerto Internacional de Los Ángeles con una diferencia de poco más de dos horas respecto a la hora que marcaba su reloj: básicamente había retrocedido en el tiempo al cruzar el país.

Tras volver a pasar por la aduana, esta vez bajo la mirada aún menos amistosa de los agentes de la TSA del aeropuerto de Los Ángeles, se dirigió al mostrador de la empresa de alquiler de coches y esperó pacientemente en la cola un cuarto de hora. Diez minutos después estaba en su Dodge Intrepid y se dirigía hacia el este por Century Boulevard. El coche iba equipado con navegador, así que paró en una gasolinera, introdujo la dirección en el ordenador, volvió a ponerse en marcha y empezó a seguir las flechas que aparecían en la pantalla.

Cuando salió a la 405 en dirección norte, era casi la hora de comer y había cada vez más tráfico. Al llegar a la autopista 10, la de Santa Mónica, los coches avanzaban intermitentemente a cincuenta kilómetros por hora. No lograba entender cómo podía vivir la gente en un sitio como aquél. Era bonito, sí, pero todo aquel ruido y ajetreo... ¿Cómo iba nadie a oír la voz queda del Creador? No era de extrañar que Estados Unidos se hallara en tal estado de confusión moral.

La carretera estaba menos congestionada y diez minutos después alcanzó el desvío de la autopista de la costa del Pacífico. Llegó a su destino, la playa de Topanga, once kilómetros después. Entró en el aparcamiento, que estaba casi lleno, encontró sitio muy cerca del sendero de la playa y aparcó.

Salió del coche. Soplaba una fuerte brisa del océano y oyó a lo lejos los graznidos de las aves marinas. Mirando por encima de las dunas vio cinco o seis surfistas abriendo surcos en el agua. Atravesó el aparcamiento y, pasando por un pequeño promontorio cubierto de matorrales, salió a la vía de acceso. Cinco metros más allá, en el camino de tierra, se alzaba una figura solitaria, de cara al océano. Era un hombre de ascendencia árabe. Shasif comprobó su reloj. Justo a tiempo. Se acercó a él.

—Disculpe —dijo—, estoy buscando el Reel Inn. Creo que me he pasado de largo.

El hombre se volvió. Llevaba los ojos cubiertos con gafas de sol.

—Sí —contestó—. Unos cien metros. Pero, si quiere comer sopa de pescado, yo que usted probaría en el Gladstone. Es más caro, pero la comida es mejor.

—Gracias.

Hecho esto, Shasif no supo qué decir. ¿Debía entregar el paquete y marcharse sin más? El otro le sacó de dudas extendiendo la mano. Shasif extrajo el CD-ROM del bolsillo de su chaqueta y, al dárselo, vio que su contacto tenía cicatrices en las manos.

Fuego, pensó Shasif.

—¿Va a quedarse una temporada? —preguntó el hombre.

—Sí. Tres días.

—¿En qué hotel?

—En el Doubletree. En Commerce.

—Esté atento al teléfono. Quizá tengamos algo para usted. Lo ha hecho muy bien. Si le interesa, tal vez podamos ofrecerle un papel más importante.

—Desde luego. Cualquier cosa que esté en mi mano.

—Estaremos en contacto.

Y el hombre se marchó por el camino, a pie.

29

Sonó su teléfono privado y Jack Ryan padre, que estaba escribiendo, lo cogió con la esperanza de que la conversación le distrajera de su tarea.

—Jack Ryan.

—¿Señor presidente?

—Sí, bueno, lo fui una vez —contestó, recostándose en la silla—. ¿Quién es?

—Soy Marion Diggs, señor. Me han destinado al Forcecom. Estoy en Fort McPherson, en Georgia. O sea, en Atlanta.

—¿Ahora tiene cuatro estrellas? —Ryan recordaba que Diggs se había labrado cierto prestigio unos años antes, en Arabia Saudí. Había demostrado ser un buen comandante en acciones bélicas sirviendo en Buford Six.

—Sí, señor, así es.

—¿Qué tal la vida en Atlanta?

—No muy mal. El mando tiene sus buenos ratos. Señor... —Su voz se volvió algo nerviosa—. Señor, necesito hablar con usted.

—¿Sobre qué?

—Preferiría decírselo en persona, señor, no por teléfono.

—Está bien. ¿Puede venir aquí?

—Sí, señor, tengo un avión bimotor a mi disposición. Puedo estar en el aeropuerto de Washington dentro de, eh, dos horas y media, más o menos. Luego puedo ir en coche hasta su casa.

—De acuerdo. Dígame su hora estimada de llegada y mandaré al Servicio Secreto a recogerle. ¿Le parece bien?

—Sí, señor, muy bien. Puedo salir de aquí dentro de quince minutos.

—Muy bien, entonces, ¿estará en Washington a eso de la una y media?

—Sí, señor.

—Procure que así sea, general. Irán a buscarle al aeropuerto.

—Gracias, señor. Nos vemos dentro de unas horas.

Ryan colgó y llamó a Andrea Price-O'Day por el intercomunicador.

—¿Sí, señor presidente?

—Vamos a tener compañía. El general Marion Diggs, del Forcecom de

Atlanta. Llega al aeropuerto de Washington. ¿Puede ir alguien a recogerle y traerle aquí?

—Por supuesto, señor. ¿A qué hora llega?

—A eso de la una y media, a la terminal general.

—Habrá alguien esperándole.

A su llegada, el U-21 bimotor del general hizo la habitual carrera de desaceleración por una pista de salida, hasta llegar junto a un Ford Crown Victoria. Era fácil distinguir al general, con su camisa verde y sus cuatro estrellas plateadas en las hombreras. Andrea había ido en persona a recogerle, y apenas hablaron durante el trayecto rumbo sur hacia Peregrine Cliff.

Ryan, por su parte, preparó él mismo la comida, que incluía libra y media de fiambre de ternera comprada en Attman's, en la calle Lombard, Baltimore. El trayecto en coche y la llegada del general se efectuaron con toda discreción. Menos de cuarenta minutos después de aterrizar, Diggs estaba en la puerta. Ryan salió a recibirle en persona.

Sólo se habían visto una o dos veces antes. Todo en Diggs, que era de su misma altura y tan negro como un pedazo de antracita, delataba su condición de militar, incluido cierto nerviosismo, como pudo comprobar Ryan.

—Hola, general, bienvenido —dijo el ex presidente al estrecharle la mano—. ¿Qué puedo hacer por usted?

—Señor, estoy... en fin, un poco nervioso por todo esto, pero la verdad es que tengo un problema del que he pensado que debía informarle.

—Muy bien, pase y hágase un sándwich. ¿Le apetece una coca-cola?

—Sí, gracias, señor.

Ryan le condujo a la cocina. Después de que acabaran de preparar los sándwiches, el ex presidente tomó asiento. Andrea rondaba por allí cerca. Su cometido consistía en proteger a su jefe de cualquier posible peligro, y aunque fuera general, Diggs no era un visitante habitual de la casa.

—Bueno, ¿cuál es el problema?

—Señor, el presidente Kealty va a intentar procesar a un sargento del Ejército por presunto asesinato en Afganistán.

—¿Asesinato?

—Así lo llama el Departamento de Justicia. Ayer mandaron a mi comandancia a un ayudante del fiscal general que me interrogó personalmente. Como comandante en jefe del Mando de Fuerzas, respondo legalmente de todas las fuerzas operativas del Ejército, y también de otras ramas, aunque este asunto incumba únicamente al Ejército. El soldado implicado es un sargento primero llamado Sam Driscoll. Pertenece a las Fuerzas Especiales, al Regimiento setenta y cinco de Infantería de Fort Benning. He revisado su historial. Es un militar muy serio, con un magnífico expediente en combate. Un soldado ejemplar y un Ranger sobresaliente.

—Está bien. —Ryan pensó en aquel último comentario. Durante su única visita a la base de Fort Benning, había hecho el recorrido habitual de los invitados de honor. Los Rangers, que ese día se habían puesto de tiros largos, le habían parecido jóvenes extremadamente atléticos cuyo oficio consistía primordialmente en matar. Comandos de operaciones especiales, la versión americana del SAS británico—. ¿Qué problema hay?

—Señor, hace algún tiempo los servicios de espionaje pusieron en nuestro conocimiento que el Emir podía estar escondido en una cueva, y enviamos a un comando de operaciones especiales para intentar atraparle. Resultó que no estaba allí. El problema, señor, es que Driscoll mató a nueve individuos, y su modo de proceder ha hecho enfadar a ciertas personas.

Ryan había dado dos mordiscos a su sándwich.

—¿Y?

—Y el asunto ha llegado a oídos del presidente, que ha ordenado al Departamento de Justicia instruir el caso, o sea, abrir una investigación sobre el incidente por posible asesinato, puesto que tal vez Driscoll haya violado una directiva presidencial sobre la conducta de las fuerzas militares en acción bélica. Driscoll mató a nueve personas, a algunas de ellas mientras dormían.

—¿Asesinato? Dormidos o despiertos, eran combatientes enemigos, ¿no?

—Sí, señor. Driscoll se enfrentaba a una situación táctica adversa y, a su juicio como comandante in situ, tenía que eliminar a esos hombres para poder proseguir la misión. Y eso fue lo que hizo. Pero los de Justicia, que son todos nombramientos políticos, dicho sea de paso, parecen creer que debería haberlos detenido, en lugar de matarlos.

—¿Dónde entra Kealty en todo esto? —preguntó Jack antes de beber un sorbo de coca-cola.

—Leyó el informe y se enfadó. Así que se lo hizo llegar al fiscal general, quien me envió a uno de sus ayudantes para iniciar la investigación. —Diggs dejó su sándwich—. Esto es muy duro para mí, señor. Juré respetar la Constitución, y el presidente es mi comandante en jefe, pero, maldita sea, se trata de uno de mis hombres, un buen soldado que estaba haciendo un trabajo muy duro. Tengo el deber de ser leal al presidente, pero...

—Pero también tiene la responsabilidad de ser leal a sus sargentos —concluyó Ryan por él.

—Sí, señor. Puede que Driscoll sea insignificante en términos generales, pero es un buen soldado.

Ryan se quedó pensando. Para Kealty, Driscoll no era más que un soldado, una forma de vida inferior. Si hubiera sido un conductor de autobuses sindicalizado, quizá las cosas habrían sido distintas, pero el Ejército de Estados Unidos aún no tenía sindicatos. Para Diggs era una cuestión de justicia y de estado de ánimo: la moral de las fuerzas armadas se vería afectada si aquel militar iba a prisión, o si se montaba un consejo de guerra para juzgar el incidente.

—¿Qué dice la ley de todo esto? —preguntó Jack.

—Es un poco confusa, señor. Es cierto que el presidente promulgó ciertas directrices, pero no eran muy claras, y de todos modos ese tipo de directrices no suele aplicarse a las operaciones especiales. La misión de Driscoll consistía en localizar y capturar al Emir, si lo encontraban. O en matarle, si no quedaba otro remedio. Los militares no son policías. No están preparados para eso y meten la pata cuando lo intentan. A mi modo de ver, Driscoll no hizo nada malo. Conforme a las leyes de la guerra, no hay que avisar a un enemigo antes de matarlo. Es él quien debe velar por su seguridad, y si la pifia, pues mala suerte. Disparar a un tío por la espalda es perfectamente correcto en una acción bélica. Así es como se entrena a los militares. En este caso, había cuatro combatientes enemigos durmiendo en sus catres, y el sargento Driscoll se encargó de que no volvieran a despertarse. Fin de la historia.

—¿El asunto va a seguir adelante?

—El ayudante del fiscal general parecía muy enfadado. Intenté explicarle cómo son las cosas y se limitó a intentar explicármelas él a mí. Soy militar desde hace treinta y cuatro años, señor. Y nunca había visto nada parecido. —Hizo una pausa—. El presidente nos mandó allí. Igual que nos mandó a Irak. Pero está manejando esto como... como se manejó Vietnam en su momento, imagino. Hemos perdido a un montón de gente, de gente estupenda, por culpa de la fiscalización constante a la que nos someten, pero esto... Dios mío, señor, no sé qué hacer.

—Yo no puedo hacer gran cosa, general. Ya no soy el presidente.

—Sí, señor, pero tenía que acudir a alguien. Suelo informar directamente al secretario de Defensa, pero en este caso sería una pérdida de tiempo.

—¿Ha hablado con el presidente Kealty?

—Perdería el tiempo, señor. No le interesa mucho hablar con gente de uniforme.

—¿Y a mí sí?

—Sí, señor. Con usted siempre pudimos hablar.

—¿Y qué quiere que haga?

—Señor, el sargento Driscoll merece un trato justo. Nosotros le enviamos a esas montañas con una misión. La misión fracasó, pero no por culpa suya. Nos hemos topado con un montón de callejones sin salida en Afganistán. Éste fue uno más, pero, maldita sea, señor, si seguimos mandando tropas a esos montes y procesamos a ese hombre por hacer su trabajo, lo único que encontraremos serán callejones sin salida.

—Está bien, general, se ha expresado con claridad. Tenemos que apoyar a nuestra gente. ¿Hay algo que ese individuo debería haber hecho de otro modo?

—No, señor. Es un soldado de manual. Todo lo que hizo estaba en consonancia con su instrucción y su experiencia en combate. El regimiento de los Rangers... En fin, puede que sean asesinos asalariados, pero a veces conviene tenerlos a mano. La guerra consiste en matar. Nosotros no pretendemos persuadir a nadie. No tratamos de educar a nuestros enemigos. Cuando entramos en acción, nuestro cometido es matarlos. Para eso nos pagan, aunque a alguna gente no le guste.

—De acuerdo, me informaré sobre el asunto y tal vez haga un poco de ruido. ¿Cuáles son las premisas de partida?

—Le he traído una copia del informe del sargento Driscoll para que lo lea, además del nombre del ayudante del fiscal general que intentó endosármelo. Maldita sea, señor, Driscoll es un buen soldado.

—Muy bien, general. ¿Algo más?

—No, señor. Gracias por el almuerzo.

Ryan notó que había dado como mucho un mordisco a su sándwich. Diggs salió y volvió al coche.

30

El vuelo transcurrió sin incidentes. Llevaban ocho horas y media a bordo del 777 cuando éste acabó la desaceleración y el autobús de trasbordo se detuvo junto a su puerta frontal izquierda. Clark se quedó de pie. Llevaba tanto tiempo sentado que tenía las piernas agarrotadas. Lo mismo podía decirse de su nieto, que miraba emocionado su país de origen; había nacido en el Reino Unido, en realidad, pero ya tenía una pelota y un guante de béisbol. Seis meses después estaría jugando en la liga del colegio y comiendo auténticos bocadillos de salchichas, como cualquier niño norteamericano. En panecillo, con mostaza y un poco de cebolla, quizás, o con salsa de tomate y pepinillos.

—¿Te alegras de estar en casa, nena? —le preguntó Ding a Patsy.

—Me gustaba aquello y voy a echar de menos a mis amigas, pero no hay nada como estar en casa.

A pesar de que tanto Chávez como Clark las habían animado a irse, sus esposas se habían bajado del avión en Heathrow y ninguno de sus argumentos había logrado hacerlas cambiar de opinión.

—Vamos a volver a casa juntos —declaró Sandy, zanjando enérgicamente la discusión.

La operación de Trípoli se había desarrollado sin contratiempos significativos. Ocho terroristas muertos y unos pocos heridos de escasa gravedad entre los rehenes. A los cinco minutos de que Clark diera luz verde a Masudi, las ambulancias se acercaron a la embajada para atender a los rehenes, la mayoría de los cuales sufría deshidratación y poco más. Minutos después llegaron la Säkerhertspolisen y la Rikskrimilapolisen suecas para hacerse cargo de la embajada, y dos horas más tarde el equipo Rainbow volvía a subir a bordo del mismo Piaggio P180 Avanti en el que había llegado, con destino a Tarento y, desde allí, a Londres.

El informe oficial de la operación con Stanley, Weber y los demás vendría después, seguramente a través de Internet, una vez que Clark y Chávez estuvieran en Estados Unidos. Incluirlos en la reunión informativa no era sólo un gesto de cortesía, sino una necesidad, aunque posiblemente se tratara más bien de lo primero. Ding y él estaban oficialmente desvinculados de Rainbow, y

Stanley también había estado presente en Trípoli, así que, aparte de la disección de «escarmientos» que hacían después de cada misión, Clark tenía muy poco que añadir al informe oficial.

—¿Cómo te encuentras? —le preguntó John Clark a su mujer.

—Se me pasará durmiendo. —El desfase horario era siempre más fácil de superar cuando se viajaba hacia el oeste. Cuando se viajaba hacia el este, en cambio, podía ser un infierno. Su mujer se desperezó. Hasta los asientos de primera clase de British Airways tenían sus limitaciones. Viajar en avión, aunque práctico, rara vez era bueno para la salud.

—¿Llevas el pasaporte?

—Aquí mismo, nena —contestó Ding, tocándose el bolsillo de la chaqueta.

J.C. debía de ser uno de los americanos más jóvenes con pasaporte diplomático. Pero Ding llevaba, además del pasaporte, su pistola automática Beretta del calibre 45, y la insignia dorada y la tarjeta que le identificaban como miembro de la policía judicial de Estados Unidos, lo cual era muy útil si uno se paseaba armado por un aeropuerto internacional. Incluso llevaba encima su permiso de armas británico, un documento tan raro que prácticamente tenía que firmarlo la reina. Sus credenciales les permitieron pasar rápidamente por la aduana y el control de inmigración.

En la zona de recepción pública, tras salir de la aduana, vieron a un hombre de aspecto anodino que portaba una tarjeta de cartón en la que se leía «Clark», y se acercaron a él.

—¿Qué tal el vuelo? —La pregunta habitual.

—Bien. —La respuesta de siempre.

—He aparcado fuera. Un Plymouth Voyager azul, con matrícula de Virginia. Van a alojarse en el Marriott de Key Bridge, en dos suites de la última planta. —No hizo falta que añadiera que habían inspeccionado las habitaciones de arriba abajo. La cadena Marriott alojaba a numerosas personas vinculadas con el Gobierno, sobre todo el hotel de Key Bridge, con vistas sobre Washington.

—¿Y mañana? —preguntó John.

—Tienen cita a las ocho y cuarto.

—¿A quién vamos a ver? —preguntó Clark.

El hombre se encogió de hombros.

—Será en la séptima planta.

Clark y Chávez se miraron como diciendo «mierda». Aquello, sin embargo, no les pillaba por sorpresa; ambos sabían que su larga noche de sueño acabaría, como muy tarde, a eso de las cinco y media de la madrugada, aunque esta vez sin su carrera de cinco kilómetros y sus doce series de ejercicios diarias.

—¿Qué tal Inglaterra? —preguntó el hombre cuando salían.

—Muy civilizada. Y muy emocionante, a veces —contestó Chávez, y luego se dio cuenta de que el joven agente no tenía ni idea de qué habían estado haciendo en Gran Bretaña. Mejor así, seguramente. No parecía ser un ex militar, pero nunca se sabía.

—¿Vieron algún partido de rugby mientras estaban allí? —preguntó su acompañante.

—Algunos. Hay que estar loco para jugar sin protecciones —comentó Clark—. Claro que allí son un poco raros.

—Quizá sólo sean más duros que nosotros.

El trayecto hasta Washington fue un paseo: no tenían que adentrarse en la ciudad y aún no era hora punta. Pero los estragos del desfase horario se dejaban sentir incluso en viajeros tan curtidos como ellos, y cuando llegaron al hotel les pareció una excelente idea que hubiera botones. Menos de cinco minutos después estaban en sus habitaciones de la última planta y J.C. miraba con embeleso la enorme cama que tendría para él solo. Patsy miraba la bañera con la misma expresión que su hijo: era más pequeña que las gigantescas bañeras que construían los británicos, pero había espacio para sentarse y una provisión ilimitada de agua caliente al otro lado del grifo. Ding, por su parte, eligió un sillón, se apoderó del mando a distancia y tomó asiento, dispuesto a reencontrarse con la televisión americana.

En la habitación de al lado, John Clark dejó a Sandy deshaciendo las maletas e inspeccionó el minibar en busca de un botellín de Jack Daniels Old Número 7. Los británicos no entendían de burbon, ni de su primo el de Tennessee, y el primer trago a palo seco, sin hielo, era un placer poco frecuente.

—¿Qué planes hay para mañana? —preguntó Sandy.

—Tenemos una reunión en la séptima planta.

—¿Con quién?

—No nos lo ha dicho. Seguramente con algún subdirector de operaciones. No estoy muy al tanto de cómo va el escalafón en Langley. Pero, sea quien sea, va a hablarme del magnífico plan de jubilación que me tienen preparado. Sandy, creo que ha llegado la hora de retirarme.

No podía decirle a su esposa que nunca había pensado que viviría tanto tiempo. Así pues, ¿no se le había acabado la suerte? Qué curioso. Tendría que comprarse un ordenador portátil y ponerse en serio a escribir su autobiografía. Pero de momento tenía que levantarse, desentumecerse, recoger su chaqueta del traje y colgarla en el armario antes de que Sandy empezara a gritarle por ser tan indolente. Llevaba en la solapa la cinta azul celeste y las cinco estrellas blancas de la Medalla de Honor. Se la había concedido Jack Ryan después de echar un vistazo a su historial en la Marina y leer un largo documento escrito por el vicealmirante Dutch Maxwell, a quien Dios tuviera en su gloria. Estaba en el extranjero cuando éste murió, a los ochenta y tres años: en Irán, nada menos, intentando descubrir si los servicios de seguridad iraníes habían desmantelado por completo una red de agentes. El proceso de desmantelamiento había empezado, pero John se las arregló para sacar a cinco de ellos vivos del país, junto con sus familias, a través de los Emiratos Árabes Unidos. Sonny Maxwell, capitán de la Fuerza Delta y padre de cuatro hijos, aún volaba. La medalla se la habían dado por sacarle de Vietnam del Norte. Ahora, aquello parecía haber sucedido en la última glaciación. Pero John tenía su cintita que mostrar a cambio, lo cual era mucho mejor que una patada en los huevos. Guardados en algún sitio tenía aún la chaquetilla y los zapatos negros de contramaestre, junto con la insignia dorada con el águila y el tridente de los SEAL de la Marina. En la mayoría de los clubes de suboficiales de la Marina no le habrían dejado comprar cerveza, pero, santo Dios, hoy en día los jefes le parecían tan increíblemente jóvenes... En aquella época, en cambio, le parecían tan viejos como Matusalén.

Lo bueno era que aún no estaba muerto. Y que podía esperar con ilusión un retiro honorable, y escribir quizás esa autobiografía, si Langley le dejaba publicarla alguna vez. Lo cual era muy improbable. Sabía montones de cosas que nadie debía saber, y había hecho algunas que posiblemente no debería haber hecho, aunque en aquel momento su vida discurriera por esos derroteros. La gente que ocupaba los despachos de la sede central de la CIA no siempre entendía esas cosas; claro que esa gente invertía gran parte del día en encontrar un buen sitio donde aparcar, o en descubrir si había tarta de canela de postre en la cafetería.

Desde la ventana veía Washington. El edificio del Capitolio, el monumento a Lincoln y el obelisco de mármol en honor de George Washington, más los edificios de fealdad sorprendente que albergaban diversos ministerios.

Para John Terrence Clark, la ciudad en su conjunto estaba poblada por chupatintas para los que el mundo real era una carpeta cuyos papeles debían estar debidamente ordenados y a los que sólo remotamente importaba que, para conseguir un objetivo, alguien tuviera que derramar sangre. Había cientos de miles de ellos. Casi todos tenían esposas (o maridos) e hijos, pero aun así costaba no mirarlos con desagrado y, a veces, con verdadero odio. Pero tenían su mundo, y él tenía el suyo. Y esos mundos podían solaparse, pero nunca llegaban a confluir.

—¿Te alegras de haber vuelto, John? —le preguntó Sandy.

—Sí, más o menos. —El cambio era duro, pero inevitable.

En cuanto a qué rumbo tomaría su vida a partir de allí, el tiempo lo diría.

A la mañana siguiente, Clark torció a la derecha en George Washington Parkway, giró a la izquierda y cruzó la verja, cuyo guardia armado tenía el número de su matrícula en la lista de visitas a las que les estaba permitido el acceso. Pudo aparcar en la zona de visitas, justo delante y a la izquierda del gran toldo.

—Bueno, ¿cuánto tiempo van en tardar en decirnos que nos busquemos otro empleo, John? —le preguntó Domingo.

—Unos cuarenta minutos, calculo yo. Pero seguro que van a ser muy amables.

Dicho esto, salieron de su Chevy alquilado y se acercaron a la entrada principal, donde salió a su encuentro un oficial de seguridad y protección al que no conocían.

—Señor Clark, señor Chávez, soy Pete Simmons. Bienvenidos a casa.

—Da gusto estar de vuelta —respondió John—. ¿Usted es...?

—Un oficial de seguridad y protección, a la espera de destino activo. Salí de La Granja hace dos meses.

—¿Quién fue su instructor jefe?

—Max Dupont.

—¿No se ha jubilado aún? Es un hombre estupendo.

—Y un buen profesor. Nos contó algunas anécdotas sobre ustedes dos, y vimos la película que hicieron en 2002 para la instrucción.

—Sí, ya me acuerdo —comentó Chávez—. *Agitado, no revuelto.* —Soltó una risa amarga.

—Yo no bebo martinis, Domingo, acuérdate.

—Tampoco eres tan guapo como Sean Connery. ¿Qué sacó en claro de la película, Simmons?

—Que no hay que cerrarse puertas, ni cruzar la calle por donde no se debe. —Eran dos buenas lecciones para un espía en activo, de hecho.

—Bueno, ¿a quién vamos a ver? —preguntó Clark.

—Al subdirector Charles Sumner Alden, adjunto del director de Operaciones.

—¿Un cargo de designación política?

—Exacto. Sí: Kennedy School, Harvard. Es bastante simpático, pero a veces me pregunto si de veras aprueba lo que hacemos aquí.

—Quisiera saber a qué se dedican ahora Mary Pat y Ed Foley.

—Ed se jubiló —le dijo Simmons—. Está escribiendo un libro, por lo que he oído. Mary Pat está en el NCTC. Es la leche.

—Nunca he conocido a nadie con más instinto para este oficio —comentó Clark—. Lo que diga Mary Pat, puedes creértelo.

—No me explico por qué el presidente Kealty se deshizo de ella y de Ed —observó Chávez.

Ese leproso, pensó Clark.

—¿Qué tal vamos de moral? —preguntó mientras cruzaban los lectores de tarjetas de seguridad. Simmons se ocupó de ello haciéndole una seña al guardia que había al otro extremo de la fila de entrada.

—Podríamos estar mejor. Tenemos a un montón de gente corriendo en círculos. Están promoviendo la dirección de inteligencia, pero la mía ha sido la última promoción que ha salido de La Granja desde hacía bastante tiempo, y todavía no nos han asignado ninguna misión.

—¿Dónde estaba antes?

—En la policía municipal de Boston. Me contrataron dentro del Plan Azul. Estudié en la Universidad de Boston, no en Harvard. Idiomas.

—¿Cuáles?

—Serbio, algo de árabe y un poco de pastún. Se suponía que tenía que ir a Monterey a pulirlos, pero de momento eso se ha dejado aparcado.

—Pues los dos últimos los va a necesitar —comentó John—. Y procure salir a correr. Yo pasé algún tiempo en Afganistán a mediados de los ochenta, y le aseguro que es capaz de agotar a una cabra montés.

—¿En serio?

—Allí la gente guerrea por diversión, y todos son enemigos. Me descubrí sintiendo lástima por los rusos. Los afganos son un pueblo muy duro. Imagino que en ese entorno hay que serlo, pero el islam es sólo una capa que recubre una cultura tribal con más de tres mil años de antigüedad.

—Gracias por el consejo. Lo tacharé de mi lista de preferencias —dijo Simmons cuando el ascensor llegaba al séptimo piso.

Los dejó junto a la mesa de la secretaria. La gruesa alfombra les convenció de que se trataba de un despacho importante: parecía casi nueva. Clark cogió una revista y se puso a hojearla mientras Domingo miraba plácidamente la pared. Su experiencia militar le permitía soportar bastante bien el aburrimiento.

31

Cuarenta minutos después, Charles Alden apareció en la antesala sonriendo como un vendedor de coches de segunda mano. Alto y enjuto como un corredor, era lo bastante mayor como para considerarse importante, fuera lo que fuese lo que hubiera hecho para ganarse su puesto. Clark estaba dispuesto a concederle el beneficio de la duda, a pesar de que las dudas se le amontonaron rápidamente.

—Así que usted es el famoso señor Clark —dijo Alden a modo de saludo, y sin disculparse por haberles hecho esperar, notó el aludido.

—No tan famoso —contestó.

—Bueno, al menos lo es en este mundillo. —Alden condujo a su visitante a su despacho sin invitar a Chávez a acompañarles—. Acabo de leer su expediente de cabo a rabo.

¿En un cuarto de hora?, se preguntó Clark. Tal vez hubiera aprendido lectura rápida.

—Espero que haya sido esclarecedor.

—Y muy vistoso. Hizo un trabajo estupendo sacando de Rusia a la familia Gerasimov. Y la misión en Tokio, haciéndose pasar por ruso... Impresionante. Ex SEAL... Veo que el presidente Ryan le concedió la Medalla de Honor. Veintinueve años en la Agencia. Todo un récord —comentó Alden, indicándole una silla que, más pequeña que la suya, parecía diseñada para resultar incómoda. *Juegos de poder*, se dijo Clark.

—Me limité a hacer el trabajo que me encargaron lo mejor que pude, y logré sobrevivir.

—Sus misiones solían ser bastante físicas.

Clark respondió con un encogimiento de hombros.

—Ahora intentamos evitarlo —observó Alden.

—Yo también intentaba evitarlo en aquella época. Pero de buenas intenciones...

—Jim Greer dejó un extenso documento acerca de cómo se fijó la Agencia en usted, ¿lo sabía?

—El almirante Greer era un hombre con muchas virtudes y un gran sentido del honor —contestó John, poniéndose en guardia al instante por lo que pudiera decir aquel documento. James Greer era muy aficionado a escribir informes. Hasta él tenía sus debilidades. En fin, como todo el mundo.

—También descubrió a Jack Ryan, ¿me equivoco?

—Y a muchos otros.

—Eso tengo entendido.

—Disculpe, señor, pero ¿esto es una investigación?

—No, nada de eso, pero me gusta saber con quién hablo. También usted ha reclutado a algunos agentes. A Chávez, por ejemplo.

—Es un buen oficial. Aun sin contar lo que hacíamos en Inglaterra, Ding siempre ha cumplido cuando nuestro país le necesitaba. Y ha estudiado, además.

—Ah, sí, hizo un máster en la George Mason, ¿verdad?

—Exacto.

—Pero también tiene tendencia a utilizar la fuerza física, como usted. No es un agente de inteligencia, en realidad, en el sentido en que suele entenderse el término.

—No todos podemos ser Mary Pat y Ed Foley.

—Sus expedientes también son muy espectaculares, pero estamos intentando apartarnos de esas maneras de hacer a medida que evoluciona el mundo.

—¿De veras?

—Bueno, vivimos en el presente. Y el mundo ha cambiado. Ese trabajo que hicieron Chávez y usted en Rumanía... Tuvo que ser emocionante.

—Es una forma de verlo. No se encuentra uno a menudo en medio de una revolución en un país extranjero, pero conseguimos cumplir la misión antes de largarnos.

—Mataron a su objetivo —afirmó Alden con cierto desagrado.

—Había que matarlo —contestó Clark, los ojos fijos en la cara de su interlocutor.

—Eso iba contra la ley.

—Yo no soy abogado, señor. —Y una orden ejecutiva, aunque emanara del presidente, no era precisamente una ley constitucional, ni aprobada por el Congreso. John comprendió que aquel tipo era el funcionario modélico. Si algo no estaba escrito, no existía, y si no estaba autorizado por escrito, era un error—. Cuando alguien te apunta con una pistola cargada —dijo Clark—, es un poco tarde para entablar negociaciones formales.

—¿Intentaba usted evitar tales contingencias?

—Sí. —*Es mejor disparar a esos cabrones por la espalda y desarmados, pero no siempre es posible*, pensó Clark. En cuestiones de vida o muerte, el concepto de juego limpio saltaba por la ventana—. Mi misión era detener a ese sujeto y, si era posible, entregarlo a las autoridades competentes. Pero las cosas no salieron así.

—Sus relaciones con las fuerzas de seguridad no siempre han sido amistosas —comentó Alden mientras pasaba las hojas del expediente de carácter confidencial.

—Perdone, pero ¿ese expediente incluye mi historial de conducción?

—Su amistad con personajes importantes le ha ayudado profesionalmente.

—Supongo que sí, pero eso le pasa a mucha gente. Suelo tener éxitos en mis misiones, por eso he aguantado tanto tiempo. Señor Alden, ¿cuál es el objeto de esta entrevista?

—Bueno, como subdirector de Operaciones debo familiarizarme con las personas que forman parte del Servicio Clandestino y, por lo que veo aquí, su carrera es extremadamente llamativa. Tiene suerte de haber vivido tanto tiempo, y ahora puede echar la vista atrás y contemplar con distancia una carrera tan singular.

—¿Y mi próxima misión?

—No hay próxima misión. Puede volver a La Granja como oficial de instrucción, claro, pero, para serle franco, yo le aconsejo que acepte la jubilación. Se la tiene merecida. Tiene los papeles preparados. Se lo ha ganado, John —dijo con un frío atisbo de sonrisa.

—Y si tuviera veinte años menos, ¿tendría algún puesto para mí?

—Quizás en alguna embajada —contestó Alden—. Pero ni usted ni yo tenemos veinte años menos. La Agencia ha cambiado, señor Clark. Ya no nos comportamos como paramilitares, salvo cuando se nos asignan efectivos directamente de la Fuerza Delta, por ejemplo, aunque intentamos evitar asuntos tan violentos como los que son su especialidad y la de Chávez. El mundo es ahora un lugar más tranquilo y agradable.

—Que se lo digan a los neoyorquinos —contestó Clark con calma.

—Hay otras formas de abordar esas cosas. El truco consiste en anticiparse a los acontecimientos y animar a la gente a tomar un camino distinto si quieren llamar nuestra atención.

—¿Y cómo se hace eso, exactamente? En términos hipotéticos, por supuesto.

—Son asuntos de los que nos encargamos aquí, en la séptima planta, caso por caso.

—En el servicio activo, esas cosas no siempre surgen de forma que te permitan pedir instrucciones a la sede central. Uno tiene que confiar en que su gente tome la iniciativa y apoyarles cuando lo hacen con inteligencia y discreción. Lo sé por experiencia. Uno puede sentirse muy solo si no cuenta con la confianza de la gente que tiene detrás, especialmente cuando están a ocho mil kilómetros de distancia.

—La iniciativa da resultado en las películas, pero no en el mundo real. *¿Cuándo fue la última vez que tuviste que intervenir en el mundo real?*, quiso preguntarle Clark, pero no lo hizo. No estaba allí para discutir, ni para polemizar. Había ido únicamente a escuchar la voz de Dios, transmitida por boca de aquel majadero con estudios. No era la primera vez que le ocurría, pero en la década de 1970, cuando eludió por primera vez la jubilación forzosa con ayuda de James Greer, se había labrado un nombre trabajando en misiones «especiales» en la Unión Soviética. Había sido agradable, en aquella época, tener un enemigo en el que todo el mundo creía.

—Entonces, ¿estoy fuera?

—Se jubilará honorablemente, con el reconocimiento de la nación, que se ha ganado con creces poniendo en peligro su vida. ¿Sabe?, leyendo esto me preguntaba cómo es que no tiene una estrella en la pared del vestíbulo.

—Se refería a la pared de mármol blanco con estrellas doradas que recordaba los nombres de los agentes muertos al servicio de la CIA.

El libro que enumeraba dichos nombres, guardado en una vitrina de cristal y bronce, tenía muchos huecos en blanco en los que sólo figuraban fechas, porque los nombres de los agentes seguían siendo información reservada incluso medio siglo después del hecho. Con toda probabilidad Alden tomaba el ascensor de dirección desde el aparcamiento subterráneo, y por tanto no se veía obligado a ver cotidianamente aquella pared. Ni siquiera tenía que pasar a su lado.

—¿Y Chávez?

—Como iba diciéndole, Chávez podrá optar a la jubilación dentro de diez semanas, contando el tiempo que estuvo en el Ejército. Se retirará con rango de funcionario superior y con todos los beneficios, desde luego. O, si se empeña, puede trabajar como instructor en La Granja uno o dos años, antes de que le mandemos a África, posiblemente.

—¿Por qué a África?

—Porque allí pasan muchas cosas. Las suficientes para despertar nuestro interés.

Claro. Mandadle a Angola para que tomen su acento español por portugués y alguna guerrilla de las que quedan se lo cargue, ¿no es eso? Aunque a ti lo mismo te da una cosa que otra, Alden. A aquella gente tan amable y educada nunca le importaban sinceramente las personas. Estaban demasiado interesados en los asuntos de gran alcance de la actualidad, y en meter a la fuerza las clavijas cuadradas de la realidad en los redondos agujeros de sus ideas acerca de cómo debía actuar y parecer el mundo. Era un defecto común entre quienes poseían astucia política.

—Bueno —dijo Clark—, eso tendrá que decidirlo él, supongo, y después de veintinueve años creo que tengo bien merecida la jubilación, ¿eh?

—Sí, desde luego —contestó Alden con una sonrisa tan sincera como la de un vendedor a punto de ultimar la venta de un Ford Pinto de 1971.

Clark se levantó. No tendió la mano, pero Alden sí, y entonces tuvo que estrechársela por simple urbanidad. Los buenos modales siempre cautivaban a los cretinos de este mundo.

—Ah, casi se me olvidaba. Hay alguien que quiere verle. ¿Conoce a un tal James Hardesty?

—Sí, serví con él una vez —contestó Clark—. ¿No se ha jubilado todavía?

—No, todavía no. Trabaja en los archivos, en un proyecto de la dirección de Operaciones que pusimos en marcha hace unos catorce meses. Una especie de historia de las operaciones secretas. Su despacho está en la cuarta planta, pasado el quiosco que hay junto a los ascensores. —Alden le anotó el número de despacho en una hoja de papel en blanco.

Clark la cogió, la dobló y se la guardó en el bolsillo. ¿Jimmy Hardesty seguía allí? ¿Cómo demonios había logrado escabullirse de capullos como Alden?

—Está bien, gracias. Pasaré a verle antes de irme.

—¿Tengo que entrar? —le preguntó Ding cuando salió del despacho.

—No, esta vez sólo le interesaba yo. —Clark se ajustó la corbata en una señal acordada de antemano, a la que Chávez no reaccionó. Después tomaron el ascensor para bajar a la cuarta planta y pasaron junto al quiosco regentado por ciegos que vendían cosas tales como chocolatinas y coca-colas. A los visitantes siempre les parecía siniestro y repulsivo, pero para la CIA era un modo encomiable de dar empleo a los discapacitados. Eso, en caso de que fueran realmente ciegos. En aquel edificio nunca se sabía. Claro que eso formaba parte de su mística.

Encontraron el despacho de Hardesty y llamaron a la puerta de seguridad. Ésta se abrió unos segundos después.

—El gran John —saludó Hardesty.

—Hola, Jimmy. ¿Qué haces en esta ratonera?

—Escribir una historia de las operaciones que nadie leerá nunca, al menos mientras nosotros estemos vivos. ¿Tú eres Chávez? —le preguntó a Ding.

—Sí, señor.

—Pasad. —Hardesty les hizo entrar a su cuartito, en el que había dos sillas de sobra y sitio casi suficiente para estirar las piernas, además de una mesa de taller que hacía las veces de escritorio.

—¿Por qué año vas? —le preguntó John.

—Por 1953, ¿te lo puedes creer? La semana pasada la dediqué entera a Hans Tofte y al asunto del carguero noruego. Hubo muchas bajas, y no todas enemigas. Pero ése era el coste de este oficio en aquel entonces, imagino. Además, los marineros de ese barco debieron pensárselo dos veces antes de alistarse.

—Eso fue antes de nuestra época, Jimmy. ¿Has hablado con el juez Moore? Creo que algo tuvo que ver con esa operación.

Hardesty asintió con la cabeza.

—Estuvo aquí el viernes pasado. Tuvo que ser todo un elemento en su juventud, antes de sentarse en el estrado. Igual que Ritter.

—¿A qué se dedica ahora Bob Ritter?

—¿No te has enterado? Menuda mierda. Murió hace tres meses en Texas, de cáncer de hígado.

—¿Qué edad tenía? —preguntó Chávez.

—Setenta y cinco. Estuvo en el Centro de Oncología Anderson, en Texas, así que recibió el mejor tratamiento posible, pero no sirvió de nada.

—De algo hay que morir —comentó Clark—. Tarde o temprano. En Inglaterra no nos lo dijo nadie. Me pregunto por qué.

—No era muy del agrado del actual Gobierno.

Era lógico, pensó John. Ritter era un combatiente de la época más dura y había trabajado en Rojilandia enfrentándose al principal enemigo de aquellos tiempos. Y ya se sabía: guerrero implacable nunca muere.

—Tendré que hacer un brindis en su honor. Chocamos algunas veces, pero jamás me dio una puñalada por la espalda. Sobre ese tal Alden, en cambio, tengo mis dudas.

—No es de los nuestros, John. Se supone que tengo que hacer un informe completo sobre la gente a la que nos cargamos por el camino y sobre qué leyes podríamos haber infringido. Cosas por el estilo.

—Bueno, ¿y qué puedo hacer por ti? —le preguntó Clark a su anfitrión.

—¿Alden te ha propuesto la jubilación?

—Veintinueve años. Y sigo vivo. Pensándolo bien, es casi un milagro —comentó John reflexivamente.

—Bueno, pues si necesitas algo que hacer, puedo darte un número al que llamar. Tus conocimientos les serán muy útiles. Y, además, puedes ganar algún dinero. Comprarle un coche nuevo a Sandy, tal vez.

—¿Qué tendría que hacer?

—Algo que te resultará interesante. No sé si será lo tuyo, pero qué demonios. En el peor de los casos, pagan dietas.

—¿De quién se trata?

Hardesty no contestó a la pregunta. Le pasó otra hojita de papel con un número de teléfono anotado.

—Llámales, John. A no ser que quieras escribir tus memorias y pasárselas a la gente de la séptima planta.

Clark se echó a reír.

—Ni soñarlo.

Hardesty se levantó y le tendió la mano.

—Siento tener que abreviar, pero me quedan un montón de cosas que hacer. Llámales. O no, si no te apetece. Tú decides. Quizá te venga bien jubilarte.

Clark se puso en pie.

—De acuerdo. Gracias.

Volvieron a montar en el ascensor y salieron por la entrada principal. Ellos sí se pararon a mirar la pared. Para algunos miembros de la CIA, aquellas estrellas eran tan representativas de los caídos en combate como el cementerio nacional de Arlington, donde sí dejaban entrar a los turistas.

—¿De dónde es ese número, John? —preguntó Chávez.

—De algún sitio de Maryland, a juzgar por el prefijo. —Echó un vistazo a su reloj y sacó su teléfono móvil—. Vamos a ver de dónde.

Jack invirtió la primera hora y media de su jornada laboral en su cotejo diario del tráfico electrónico, pero, al no encontrar en él nada de enjundia, cogió su tercer café, eligió algunos bollos y regresó luego a su despacho para comenzar lo que él llamaba su «paseo matutino» por el sinfín de mensajes que el Campus recababa entre los servicios de inteligencia estadounidenses. Tras cuarenta minutos de pura frustración, llamó su atención un mensaje de Seguridad Nacional. *Esto sí que es interesante*, pensó, y acto seguido levantó el teléfono.

Cinco minutos después estaba en el despacho de Jerry Rounds.

—¿Qué hay? —preguntó éste.

—Un mensaje interceptado de DHS/FBI/ATF. Están buscando un avión desaparecido.

Aquello picó la curiosidad de Rounds. El DHS, el Departamento de Seguridad Nacional, tenía un protocolo de criba que normalmente evitaba que los asuntos de escasa importancia llegaran a manos de su servicio de inteligencia. El hecho de que aquella investigación hubiera llegado tan alto en la cadena trófica sugería que otro organismo gubernamental se había encargado ya de las labores de rutina y había constatado que el avión en cuestión no se había perdido entre los papeles de alguna compañía aérea especialmente chapucera.

—Conque la ATF, ¿eh? —La Agencia de Alcohol, Tabaco y Armas de Fuego también estaba especializada en investigaciones relacionadas con explosivos. *Si a eso se suma un avión desaparecido...*, pensó Jack.

—¿Qué clase de avión? —preguntó Rounds.

—No lo dice. Pero tiene que ser pequeño y no comercial, o habría salido en las noticias. —La desaparición de un siete-cinco-siete solía causar cierto revuelo.

—¿Cuándo fue?

—Hace tres días.

—¿Conocemos la fuente?

—La ruta parecía interna, así que vendrá de la Administración Federal de Aviación o de la Junta de Seguridad en los Transportes, quizá. Miré ayer y he mirado hoy. Y nadie ha dicho nada. —Lo que significaba que alguien había echado tierra sobre el asunto—. Pero quizás haya otra vía.

—Dime cuál.

—Seguirle la pista al dinero —contestó Jack.

Rounds sonrió al oírle.

—El seguro.

32

Eran las 10:47 cuando sonó su teléfono. Tom Davis acababa de concluir una importante transacción de bonos que haría ganar al Campus un millón trescientos mil dólares, lo cual no estaba mal por tres días de trabajo. Contestó al segundo pitido.

—Tom Davis.

—Señor Davis, me llamo John Clark. Me han dicho que le llamara. Quizá podamos comer juntos.

—¿Quién se lo ha dicho?

—Jimmy Hardesty —contestó Clark—. Llevaré a un amigo. Se llama Domingo Chávez.

David se quedó pensando un momento, alarmado de inmediato. Su reacción, sin embargo, era más instintiva que necesaria. Hardesty no le daba su número a cualquier mercenario de medio pelo.

—Claro, hablemos —contestó Davis. Dio indicaciones a Clark y añadió—: Les espero a eso de mediodía.

—Hola, Gerry —dijo Davis al entrar en el despacho del último piso—. Acabo de recibir una llamada.

—¿Algún conocido? —preguntó su jefe.

—Hardesty, el de Langley, ha mandado a dos tipos a vernos. La Agencia quiere jubilarlos a los dos. John Clark y Domingo Chávez.

Los ojos de Hendley se agrandaron ligeramente.

—¿Ese John Clark?

—Eso parece. Estará aquí a mediodía.

—¿Nos interesa? —preguntó el ex senador, aunque ya adivinaba la respuesta.

—Desde luego, merece la pena hablar con él, jefe. Aunque sólo sea porque sería un instructor estupendo para nuestra gente. Yo nada más le conozco de oídas. Ed y Mary Pat Foley le adoran, y eso conviene tenerlo en cuenta. No le importa mancharse las manos y sabe valerse solo. Tiene instinto y es muy listo. Chávez es del mismo corte. Formaba parte de Rainbow, igual que Clark.

—¿Son de fiar?

—Tenemos que hablar con ellos, pero probablemente sí.

—Está bien. Tráelos, si crees que merece la pena.

—De acuerdo. —David se marchó.

Madre mía, pensó Hendley. *John Clark.*

—Aquí, a la izquierda —dijo Domingo cuando les faltaban cien metros para llegar al semáforo.

—Sí. Debe de ser ese edificio de la derecha. ¿Ves las antenas?

—Sí —respondió Chávez mientras torcían—. Con eso sí que se coge bien la FM.

Clark se echó a reír.

—No veo medidas de seguridad. Buena señal. —Los profesionales sabían cuándo parecer inofensivos.

Dejó el coche alquilado en lo que parecía el aparcamiento de visitas, salieron y entraron por la puerta principal.

—Buenos días, señor —dijo un guardia de seguridad uniformado. Llevaba un uniforme genérico y la chapa con su nombre decía «Chambers»—. ¿Puedo ayudarle en algo?

—Vengo a ver al señor Davis. John Clark y Domingo Chávez.

Chambers levantó su teléfono y marcó algunos números.

—¿Señor Davis? Soy Chambers, de recepción. Hay aquí dos señores que quieren verle. Sí, señor, gracias. —Volvió a dejar el teléfono—. Va a bajar a buscarles, caballeros.

Davis apareció un minuto después. Era negro, de complexión mediana y unos cincuenta años, calculó Clark. Bien vestido, con la camisa arremangada y la corbata floja. Un agente de Bolsa muy atareado.

—Gracias, Ernie —le dijo al guardia de seguridad—. Usted debe de ser John Clark.

—El mismo —reconoció John—. Y él es Domingo Chávez.

Se estrecharon las manos.

—Acompáñenme. —Davis les condujo a los ascensores.

—Yo le he visto antes. Al otro lado del río —comentó Chávez.

—¿Ah, sí? —Davis reaccionó con cautela.

—En la sala de operaciones. ¿No era agente de vigilancia?

—Bueno, fui agente nacional de inteligencia, pero aquí no soy más que un simple corredor de bonos. Transacciones empresariales, sobre todo, aunque a veces también trabajamos para el Gobierno.

Siguieron a Davis hasta el último piso y entraron en su despacho... o casi. El despacho estaba junto al de Rick Bell, hacia el que se dirigía otra persona en ese mismo instante.

—Hola —oyó decir Clark, y al volverse vio acercarse por el pasillo a Jack Ryan hijo.

Clark le estrechó la mano, y por una vez su cara expresó sorpresa.

—¡Jack! Conque trabajas aquí.

—Pues sí.

—¿A qué te dedicas?

—A arbitraje de divisas, sobre todo. Mover dinero de acá para allá, ese tipo de cosas.

—Creía que en tu familia sólo os dedicabais a los bonos y acciones —comentó Clark afablemente.

—En eso no me he metido todavía —respondió Jack—. Bueno, tengo que irme corriendo. ¿Nos vemos luego?

—Claro —dijo Clark. Aunque la cabeza no le daba vueltas todavía, las sorpresas que le había deparado el día le tenían algo desorientado.

—Pasen —dijo Davis, haciéndoles una seña.

El despacho era cómodo y no estaba lleno de muebles hechos en una prisión federal, como los que tenían en la sede de la CIA. Davis les indicó que se sentaran.

—Entonces, ¿hace tiempo que conocen a Jimmy Hardesty?

—Diez o quince años —contestó Clark—. Un buen hombre.

—Sí que lo es. Así que ¿quiere retirarse?

—La verdad es que nunca me lo he planteado.

—¿Y usted, señor Chávez?

—Yo tampoco estoy listo para la jubilación, y creo que todavía sé hacer algunas cosas que pueden resultar útiles. Tengo mujer y un hijo, y otro en camino. Hasta ahora no había tenido que pensar mucho en ese asunto, pero en todo caso lo que hacen aquí no parece que tenga nada que ver con lo que sabemos hacer nosotros.

—Bueno, aquí todo el mundo tiene que conocer la jerga —les dijo Davis—. Pero aparte de eso... —Se encogió de hombros—. ¿Qué nivel de acceso tienen?

—Alto secreto, polígrafo y espionaje especial, los dos —contestó Clark—. Al menos, hasta que Langley tenga listos nuestros papeles. ¿Por qué?

—Porque lo que hacemos aquí no puede hacerse público. Tendrán que firmar acuerdos de confidencialidad muy estrictos —contestó Davis—. ¿Algún inconveniente?

—Ninguno —respondió John sin dudarlo. Hacía años que nada picaba tanto su curiosidad. Se dio cuenta de que no le habían pedido que prestara juramento. Los juramentos estaban pasados de moda, de todas formas, y los tribunales los habían invalidado hacía mucho tiempo... si uno hablaba con la prensa.

Tardaron menos de dos minutos en firmar los papeles. Nunca habían visto impresos como aquéllos, aunque el marco fuera el de siempre.

Davis echó un vistazo a los papeles y luego los guardó en un cajón.

—Muy bien, voy a contárselo resumido: recibimos un montón de información a través de canales irregulares. La NSA vigila el comercio bursátil internacional por motivos de seguridad. ¿Se acuerdan de cuando tuvimos aquel rifirrafe con Japón? Machacaron Wall Street, y los federales se dieron cuenta de que convenía vigilar estos temas. La guerra económica existe, y se puede hundir a un país atacando sus instituciones financieras. A nosotros nos funciona, sobre todo en lo tocante a cambio de divisas. Así es como ganamos la mayor parte del dinero del que disponemos.

—¿Y eso por qué es tan importante? —preguntó Chávez.

—Nos autofinanciamos. Operamos al margen del presupuesto federal, señor Chávez, y, por tanto, del radar. Por esa puerta no entra ningún dinero de los contribuyentes. Lo que gastamos, lo ganamos nosotros mismos, y lo que no gastamos, nos lo guardamos.

Esto se pone cada vez más interesante, pensó Clark.

Para mantener algo en secreto, no había mejor modo que eludir la financiación del Congreso y las auditorías de la Oficina de Gestión Presupuestaria. Si el Gobierno no sufragaba aquel organismo, para Washington sólo existiría como fuente de ingresos tributarios, y una buena gestoría contable podía asegurarse de que Hendley Associates, la tapadera oficial del Campus, pasara desapercibida: para ello sólo tenía que pagar puntualmente todos sus impuestos. Y si alguien sabía cómo esconder dinero, eran aquellos tipos. Sin duda Gerry Hendley tenía suficientes contactos en Washington para que su negocio estuviera libre de sospecha. Ello se conseguía, principalmente, actuando con honradez. En Estados Unidos había suficientes granujas de altos vuelos para mantener ocupadas a la Hacienda pública y a la Comisión del Mercado de Valores, que, como la mayoría de los organismos estatales, no se lanzaban a la búsqueda de nuevos malhechores sin una pista sólida. Mientras no cosecharas fama de despuntar en tu oficio o de actuar al borde de la ilegalidad, no aparecías en la pantalla del radar.

—¿Cuántos clientes tienen de verdad? —preguntó Chávez.

—Básicamente, las únicas cuentas privadas que gestionamos pertenecen a nuestros empleados, a los que les va bastante bien. En estos tres últimos años hemos tenido un rendimiento medio del veintitrés por ciento, muy por encima de salarios bastante decentes. Además, disfrutamos de excelentes prestaciones sociales; sobre todo en cuestión de ventajas educativas para nuestros empleados con hijos.

—Impresionante. ¿Y qué hay que hacer exactamente? —preguntó Ding—. ¿Matar gente? —añadió, pretendiendo que sonara a chiste fácil.

—De vez en cuando —contestó Davis—. Depende del día.

Durante un instante reinó el silencio.

—Lo dice en serio —dijo Clark.

—Sí —respondió Davis.

—¿Quién lo autoriza?

—Nosotros. —Davis hizo una pausa para dejar que asimilaran la noticia—. Damos trabajo a personas altamente cualificadas. Personas que primero piensan y que actúan con total discreción. Pero sí, lo hacemos cuando las circunstancias lo requieren. Estos últimos dos meses hemos eliminado a cuatro en Europa, todos ellos pertenecientes a organizaciones terroristas. De momento, no ha habido represalias.

—¿Quién se encarga de ello?

Davis esbozó una sonrisa.

—Acaban de cruzarse con una de esas personas.

—Será una broma —comentó Chávez—. ¿Jack júnior? ¿El Torpedero?

—Sí. Se cargó a uno en Roma hace apenas mes y medio. Un fallo en el sistema operativo. Jack se encontró con el marrón, pero al final se las arregló bastante bien. El objetivo se llamaba Mohamed Hasan al Din, veterano agente de operaciones de un grupo terrorista que nos está dando muchos quebraderos de cabeza. ¿Recuerdan esos tiroteos en centros comerciales?

—Sí.

—Obra suya. Seguimos su rastro y le eliminamos.

—La prensa no dijo nada —comentó Clark.

—Murió de un ataque al corazón, o eso afirmó el patólogo forense de la policía municipal de Roma —concluyó Davis.

—¿Lo sabe el padre de Jack?

—Nada de eso. Como les decía, su papel debía ser otro, pero estas cosas ocurren y Jack supo salir del paso. De haberlo sabido, seguramente habríamos actuado de otro modo. Pero no fue así.

—No voy a preguntarle cómo consiguió Jack que a su objetivo le diera un infarto —dijo Clark.

—Me alegro, porque no pensaba decírselo... por ahora, al menos.

—¿Qué cobertura tendríamos? —preguntó Clark.

—Cobertura completa, mientras estén en Estados Unidos. En el extranjero es distinto. Velaríamos como es debido por sus familias, desde luego, pero, en fin, si les detuvieran en el extranjero podríamos pagarles el mejor abogado disponible. Aparte de eso, serían ustedes particulares a los que se ha sorprendido cometiendo un acto ilegal.

—A eso estoy acostumbrado —contestó Clark—. O sea, que mi mujer y mis hijos estarían protegidos, pero yo sólo sería un ciudadano particular en territorio extranjero, ¿es eso?

—Eso es, sí —le confirmó Davis.

—¿Y qué tendría que hacer?

—Retirar de la circulación a gente poco recomendable. ¿Cree que podría hacerlo?

—Llevo mucho tiempo dedicándome a eso, y no siempre a sueldo del Tío Sam. A veces me ha traído líos con Langley, pero siempre era necesario desde el punto de vista táctico, así que siempre he, o hemos, salido indemnes. Claro que aquí de lo que se trata es de, ya sabe, conspiración para cometer un asesinato...

—Tiene un indulto presidencial esperándole.

—¿Cómo ha dicho? —preguntó John.

—Jack Ryan fue quien persuadió a Gerry Hendley de que montara este sitio. Y ésa fue la condición que puso Gerry. Así que el presidente Ryan firmó un centenar de indultos en blanco.

—¿Eso es legal? —quiso saber Chávez.

—Pat Martin dijo que sí. Es una de las pocas personas que conoce la existencia de este lugar. Otra es Dan Murray. Y Gus Werner. A Jimmy Hardesty ya le conocen. Los Foley, en cambio, no están enterados. Pensamos en contar con ellos, pero Jack lo descartó al final. E incluso las personas que acabo de mencionarles sólo saben que deben reclutar a gente especialmente cualificada e indicarles que se dirijan a cierto sitio. Desconocen por completo nuestras actuaciones. Saben que existe un sitio especial, pero no a qué nos dedicamos aquí. Ni siquiera el presidente Ryan está informado de nuestras operaciones. Eso se queda de puertas para dentro.

—Hará falta mucha letra pequeña para confiar en la gente hasta ese punto —observó Clark.

—Uno tiene que elegir a su gente con cuidado —respondió Davis—. Jimmy considera que son ustedes de fiar. Conozco su trayectoria. Creo que tiene razón.

—Señor Davis, todo esto está muy bien pensado —dijo Clark, recostándose en su silla.

Durante más de veinte años había soñado con lo maravilloso que sería que existiera un lugar así. Una vez, Langley le envió al Líbano a fotografiar a Abú Nidal con el fin de determinar si cabía la posibilidad de despacharle al otro mundo. Aquello fue tan peligroso como si hubiera intentado asesinarle y, aunque lo absurdo del encargo le hizo hervir la sangre en aquel momento, Clark cumplió su cometido y volvió a casa con la fotografía que demostraba que, en efecto, era posible liquidar a aquel cabrón. Pero alguien en Washington con la cabeza más fría y la tripa más suelta que él abortó la misión, de modo que Clark puso en peligro su vida para nada, y algún tiempo después el Ejército israelí se cargó a Abú Nidal con un misil Hellfire disparado desde un helicóptero Apache, lo cual fue mucho menos limpio que un disparo de fusil a una distancia de ciento ochenta metros y causó muchos más daños colaterales. Pero eso a los israelíes les tenía sin cuidado.

—Muy bien —dijo Chávez—, así que se supone que, si nos encargan una misión, tendríamos que eliminar a quien haga falta. Y si nos cogen, pues mala suerte. En el terreno práctico, las posibilidades de que nos maten en el acto son del cincuenta por ciento. Me imagino que ése es el principal inconveniente. Claro que debe de ser muy agradable tener carta blanca del Gobierno cuando uno se dedica a cosas así.

—Hay más de una forma de servir a tu país.

—Puede que sí —convino Ding.

—Hay un tipo en Langley que está indagando sobre mí —intervino Clark—, un tal Alden, de la Dirección de Operaciones. Está claro que Jim Greer dejó un dossier sobre mí contando lo que hacía antes de que me uniera a la Agencia. No sé qué pondrá exactamente, pero quizá sea problemático.

—¿Y eso por qué?

—Quité de en medio a unos cuantos narcotraficantes. El porqué no importa, el caso es que me cargué toda una red de narcotráfico. El padre de Jack Ryan era inspector de policía y quiso detenerme, pero le convencí de que no lo hiciera y simulé mi muerte. Ryan conoce la historia. O parte de ella, al menos. En cualquier caso, puede que la Agencia lo tenga por escrito. Conviene que lo sepa.

—Bueno, si surge algún problema en ese sentido, podría acogerse a ese indulto presidencial. ¿Cree que ese tal Alden tiene intención de utilizarlo en su contra?

—Es un animal político.

—Entendido. ¿Quieren tiempo para pensárselo?

—Claro —respondió Clark por los dos.

—Consúltenlo con la almohada y vuelvan mañana. Si seguimos adelante, podrán conocer al jefe. Pero recuerden: lo que hemos hablado.

—Señor Davis, hace mucho tiempo que guardo secretos. Que guardamos secretos. Si cree que necesitamos que nos recuerde eso, está muy equivocado.

—Tomo nota. —Davis se levantó, poniendo fin a la entrevista—. Nos vemos mañana.

No se dirigieron la palabra hasta que estuvieron fuera, camino del coche.

—Madre mía, ¿Jack júnior se ha cargado a alguien? —preguntó Chávez dirigiéndose al cielo.

—Eso parece —contestó Clark, y pensó que tal vez conviniera dejar de llamarle «júnior»—. Parece que, a fin de cuentas, ha continuado el negocio familiar.

—Su padre se cagaría de miedo.

—Probablemente —dijo John. Y eso no era nada comparado con cómo reaccionaría su madre.

Unos minutos después, cuando estaban en el coche, Chávez dijo:

—Tengo que confesarte una cosa, John.

—Cuéntame, hijo mío.

—La he jodido... y a lo grande. —Chávez se inclinó hacia delante en el asiento, sacó un objeto de su bolsillo trasero y lo puso sobre el salpicadero del coche.

—¿Qué es eso?

—Una memoria USB. Ya sabes, para un ordenador...

—Sé lo que es, Ding. ¿Por qué me lo enseñas?

—Se la quité a uno de los secuestradores de la embajada de Trípoli. Hicimos un registro rápido, los cacheamos y todo eso. Esto lo llevaba encima el jefe, ése al que me cargué cerca del ordenador portátil.

A pesar de tener una bala de nueve milímetros del MP5 de Chávez incrustada en el costado, uno de los terroristas consiguió llegar hasta un ordenador y pulsar una serie de teclas que achicharraron el disco duro y la tarjeta inalámbrica, que ahora se hallaban en poder de los suecos, aunque de poco iban a servirles.

Había consenso en cuanto a que los terroristas estaban usando el portátil para comunicarse con alguien del exterior. Así eran las cosas en la era digital, pensó Clark. La tecnología inalámbrica de Internet había avanzado tanto que las señales no sólo tenían mayor alcance que antes, sino también dispositivos de cifrado cada vez más resistentes. Aunque los libios se hubieran mostrado plenamente dispuestos a cooperar, las posibilidades de que Rainbow monitorizara y/o ahogara todos los puntos de riesgo en torno a la embajada eran prácticamente nulas. Así que, a no ser que pudieran salvar el disco duro o la tarjeta, los suecos jamás sabrían con quién se estaban comunicando los terroristas de la embajada.

O quizá sí, pensó Clark.

—Por Dios, Ding, vaya descuido.

—Me la guardé en el bolsillo y no volví a acordarme de ella hasta que llegamos y deshicimos las maletas. Lo siento. Bueno, ¿qué quieres que hagamos? —preguntó con una sonrisa malévola—. ¿Se lo damos a Alden?

—Deja que me lo piense.

Era última hora de la tarde cuando Jack encontró lo que buscaba. Aunque por ley las compañías aseguradoras del sector aeronáutico debían tener abiertas al público sus reclamaciones, no había normativa respecto a la facilidad de acceso. Como consecuencia de ello, la mayoría de las aseguradoras procuraban que la búsqueda digital de cualquier reclamación resultara extremadamente enrevesada.

—Seguros XLIS-XL, de Suiza —le dijo Jack a Rounds—. Allí tiene muchos clientes en el sector aeronáutico. Hace tres semanas se presentó una reclamación respecto a un Dassault Falcon nueve mil, un pequeño avión a reacción. Es el mismo fabricante de los cazabombarderos Mirage. La demandante es una mujer, una tal Margarite Hlasek, co-propietaria de Hlasek Air con su marido, Lars, que casualmente es piloto. La empresa tiene su sede a las afueras de Zúrich. Y aquí viene lo bueno: he cotejado los mensajes que interceptamos, he mezclado y combinado algunas palabras clave y ¡bingo! Hace dos días, el FBI se puso en contacto con sus agregados en Estocolmo y Zúrich. Alguien está buscando información sobre Hlasek Air.

—¿Por qué Estocolmo?

—Es sólo una hipótesis, pero quizá quieran hacer averiguaciones porque Hlasek tenía fijada allí su residencia, y puede que fuera el último aeropuerto que visitó el Falcon.

—¿Qué más sabemos sobre Hlasek?

—Los datos son dudosos. He encontrado cuatro quejas distintas dirigidas a la Dirección de Aviación Civil y a la Autoridad de Aviación Civil de Suecia...

—¿Qué diferencia hay?

—Una se ocupa de los aeropuertos de titularidad estatal y del control del tráfico aéreo, y la otra de la aviación comercial y de todo lo relacionado con la seguridad. Cuatro quejas en los últimos dos años, tres por irregularidades en los impresos aduaneros y una por un plan de vuelo que al parecer se traspapeló.

—Puede que vuele por los cálidos cielos del terrorismo —murmuró Rounds.

—Podría ser. Y si es así, esa clase de servicios no salen baratos.

—Vamos a hablar con Gerry.

Hendley estaba con Granger en su despacho. El jefe les hizo señas de que entraran.

—Puede que Jack haya encontrado algo —dijo Rounds, y Jack les explicó lo que había descubierto.

—Es una posibilidad remota —comentó Granger.

—Desaparece un aparato de una oscura compañía aérea, la ATF toma cartas en el asunto y el FBI sondea el terreno en Suecia —replicó Rounds—. No es la primera vez que vemos algo así, ¿no? Hlasek Air está transportando a gente que no viaja en vuelos comerciales porque no quiere o porque no puede. Es probable que esto no nos lleve hasta la persona a la que buscamos, pero quizá sea un hilo del que podamos tirar. O quizá nos descubra algún cóctel interesante.

Hendley se quedó pensando; luego miró a Granger, que se encogió de hombros y asintió con la cabeza.

—¿Jack? —dijo Hendley.

—De vez en cuando no viene mal sacudir el árbol, a ver qué cae, jefe.

—Cierto. ¿Qué están haciendo los Caruso?

33

No era frecuente tener que tratar con intermediarios, pero tampoco era tan raro como para que Melinda tuviera que alarmarse. Normalmente significaba que el cliente estaba casado o era un personaje de relevancia, o ambas cosas, lo cual solía traducirse en más dinero, y a fin de cuentas de eso se trataba. El intermediario, un hombre de aspecto mediterráneo llamado Paolo, con cicatrices de quemaduras en las manos, le había dado por adelantado la mitad de los tres mil dólares de su tarifa, junto con la dirección de la esquina en la que debía esperar a que la recogieran. Tampoco era aquél el procedimiento habitual, pero el dinero era el dinero, y aquello era mucho más de lo que solía cobrar.

Posiblemente el mayor peligro que corría era que el individuo en cuestión fuera aficionado a alguna cosa rara que ella se negara a hacer. El problema sería entonces cómo distraerle sin perder la cita. Los hombres solían ser fáciles en ese aspecto, pero de vez en cuando te topabas con uno empeñado en alguna perversión. Melinda sabía por experiencia que en esos casos (a ella le había pasado dos veces), lo mejor era actuar con discreción. Decir gracias, pero no, y largarse de allí.

Estadísticamente no había tantos asesinos en serie, pero la mitad de ellos se dedicaba a matar fulanas: Jack el Destripador, sin ir más lejos, en el distrito londinense de Whitechapel. Las «damas de la noche», en la rebuscada expresión de la Inglaterra decimonónica, se llevaban a sus clientes a sitios apartados para echar un polvo, y en esos sitios era más fácil asesinar a alguien que en plena calle, de modo que Melinda y algunas de sus compañeras habían ideado un sencillo sistema de protección mutua que consistía en comunicarse los datos de sus citas.

En este caso, el coche era un Lincoln Town con los cristales tintados. Paró junto al bordillo y Melinda oyó abrirse la puerta trasera. Las ventanillas permanecieron subidas. Tras dudar un momento, montó en el coche.

—¿Por qué los cristales tintados? —le preguntó al chófer, intentando aparentar despreocupación.

—Para protegerse del sol —contestó él.

Es bastante razonable, pensó Melinda sin apartar la mano de su bolso, donde llevaba un Colt muy viejo, un modelo automático de bolsillo del calibre 25, tan ligero que sólo pesaba trescientos y pico gramos. Lo había usado pocas veces, pero llevaba siete balas en el cargador y el seguro puesto. No era precisamente un Mágnum del 44, pero tampoco un beso en la mejilla.

Melinda echó una ojeada a su reloj. Calculó que hacía media hora que habían salido de la ciudad. Lo cual era bueno y malo al mismo tiempo. Un sitio muy apartado era un buen lugar para matar a una puta y deshacerse de su cuerpo. Pero no iba a preocuparse por todo, y además tenía el bolso a medio centímetro de la mano derecha, y el señor Colt seguía allí al lado...

El coche torció bruscamente hacia un callejón y, girando otra vez a la izquierda, entró en el aparcamiento de un bloque de pisos. Parecía un garaje privado, más que comunitario, lo cual significaba que tendría acceso directo a la casa. Por lo menos no era un parque de caravanas. La gente que vivía en esos sitios le daba miedo, aunque no fuera su clientela habitual. Melinda cobraba mil o dos mil dólares por sesión, y cuatro mil quinientos si se quedaba a pasar la noche. Lo curioso del caso era que hubiera tanta gente dispuesta a pagar ese dinero, que le venía muy bien para redondear su sueldo como recepcionista en la sede de la junta de enseñanza pública de Las Vegas.

El conductor salió del coche, le abrió la puerta y le ofreció la mano para salir.

—Bienvenida —dijo la voz de un adulto.

Melinda avanzó hacia ella y vio a un hombre alto en el cuarto de estar. Sonreía con bastante amabilidad. Pero ella estaba acostumbrada a sonrisas como aquélla.

—¿Cómo te llamas? —preguntó él. Tenía una voz bonita. Melodiosa.

—Melinda —contestó mientras se acercaba contoneando un poco las caderas.

—¿Te apetece una copa de vino, Melinda?

—Gracias —respondió, y le dieron una bonita copa de cristal.

Paolo había desaparecido (ella ignoraba adónde había ido), pero el ambiente había desactivado su sistema de alarma. Fuera quien fuese aquel tipo, era rico, y Melinda tenía amplia experiencia con hombres como él. Ya podía relajarse un poco. Era muy intuitiva con los hombres (¿acaso no consistía en eso su trabajo?), y aquel tipo no suponía ningún peligro. Sólo quería desfogarse un poco, y para eso estaba ella. Cobraba tanto porque era buena en lo suyo, y a sus clientes no les importaba pagar, porque la mercancía lo merecía. Era un sistema económico muy común en aquella zona y perfectamente liberal, aunque ella jamás hubiera votado a los republicanos.

—Es muy bueno este vino —comentó tras beber un sorbo.

—Gracias. Uno intenta ser un buen anfitrión. —Le indicó amablemente un sofá de piel y Melinda tomó asiento, dejando el bolso a su izquierda, con la cremallera abierta.

—¿Prefieres cobrar el resto por anticipado?

—Sí, si no te importa.

—Por supuesto. —Se metió la mano en el bolsillo trasero y sacó de él un sobre que le pasó. Veinte billetes de cien dólares, con los que quedaba zanjado el negocio por esa noche. Tal vez más, si quedaba contento.

—¿Puedo preguntar cómo te llamas? —dijo Melinda.

—Vas a reírte. Me llamo John, en serio. Esas cosas pasan, ¿sabes?

—Muy bien, John —respondió ella con una sonrisa capaz de derretir el cromo del parachoques de un Chevy del 57. Dejó la copa de vino—. Entonces...

Y dio comienzo la transacción.

Tres horas después, Melinda se entretuvo tomando una ducha y cepillándose el pelo. Formaba parte de su rutina poscoital; de ese modo, el cliente se sentía como si le hubiera llegado al alma. Pero la mayoría, incluido John, no le llegaba al alma ni de lejos. La ducha también serviría para llevarse el olor que impregnaba todo el cuerpo de John. Aquel olor le resultaba vagamente familiar, aunque no consiguiera identificarlo. Alguna medicina, se dijo, desdeñando aquel asunto. Seguramente pie de atleta o algo por el estilo. Aun así, no era mal parecido. Italiano, quizá. Mediterráneo o de Oriente Próximo, sin duda alguna. Había muchos por allí, y sus modales sugerían que no le faltaba el dinero.

Melinda acabó de vestirse y salió del cuarto de baño sonriendo con coquetería.

—John —dijo con su voz más sincera—, ha sido estupendo. Espero que podamos repetirlo alguna vez.

—Eres un encanto, Melinda —respondió él, y la besó. Besaba bastante bien, a decir verdad. Tan bien como para sacar otros veinte billetes de cien dólares en un sobre. Aquello le valió un abrazo.

Esto promete, pensó Melinda. Tal vez él volviera a invitarla, si había hecho bien su trabajo. Los clientes ricos y exclusivos eran los mejores.

—¿Era adecuada? —dijo Tariq tras volver de llevar a Melinda.

—Mucho, sí —contestó el Emir, reclinándose en el sofá. *Más que adecuada, de hecho*, pensó—. Inmensamente mejor que la primera.

—Le pido disculpas por ese error.

—No son necesarias, amigo mío. Nos encontramos en una situación excepcional. Y fuiste cauto, como se esperaba de ti.

La otra, Trixie, era grosera y demasiado habilidosa en la cama, pero ésos eran defectos que el Emir podía pasar por alto. Si no hubiera hecho tantas preguntas, si no hubiera sido tan curiosa, habría vuelto a su esquina sana y salva y continuado con su patética existencia; su único castigo habría sido quedarse sin otra cita. *Triste, pero necesario*, pensó el Emir. Y un buen escarmiento. Llevar a Trixie directamente a la casa había sido un error que había hecho corregir a Tariq alquilando aquel piso, que serviría como tapadera, en caso de que tuvieran que deshacerse de otra ramera.

—¿Alguna cosa, antes de que me vaya a la cama? —preguntó.

Pasarían la noche allí y luego regresarían a la casa. Las idas y venidas nocturnas en coche solían llamar la atención de vecinos curiosos.

—Sí, cuatro asuntos —contestó Tariq, y tomó asiento en el sillón de enfrente—. Uno, Hadi va de regreso a París. Ibrahim y él se reunirán mañana.

—¿Revisaste el paquete de Hadi?

—Sí. Hay cuatro plantas que parecen especialmente idóneas. Nuestro agente ha trabajado en todas ellas durante los últimos dos años, y por lo visto la plantilla de seguridad sólo han cambiado drásticamente en una.

—¿En la de Paulinia?

—Exacto.

Era lógico, se dijo el Emir. La planta que Petrobras tenía allí debía dar cabida al nuevo flujo de crudo, para lo cual eran necesarias nuevas obras. Y en ello, como muy bien sabía, radicaba su debilidad. Lo habían visto en Riad en las décadas de 1970 y 1980: las instalaciones se expandían a tal velocidad que había un déficit de personal de seguridad cualificado. Ése era el precio de la avaricia.

—Los guardias de seguridad tardarán un año en ponerse al día.

—Seguramente tienes razón, pero no vamos a esperar a averiguarlo. ¿Cómo va el reclutamiento?

—Ibrahim casi ha terminado —contestó Tariq—. Dice que estará listo dentro de dos semanas. Ha propuesto que se incluya a Hadi en el equipo.

El Emir se quedó pensando.

—¿Y tu opinión?

—Hadi es de fiar, eso lo sabemos, y no hay duda de su lealtad. Ha cumplido algunos encargos, pero tiene poca experiencia real, aparte de su trabajo en Brasil, que fue muy bueno. Si Ibrahim cree que está listo, me inclino por darle la razón.

—Muy bien. Dale mi bendición a Ibrahim. ¿Qué más?

—Hemos tenido noticias de la mujer. La relación ha cuajado y está haciendo progresos, pero no cree que él vaya a hablar todavía.

—¿Te ha dado una fecha?

—Tres o cuatro semanas.

El Emir proyectó mentalmente aquel plazo en el calendario. La información que debía proporcionarles aquella mujer era la piedra angular de la operación. Sin ella, tendría que considerar la posibilidad de posponerla un año más. Un año más para que los norteamericanos siguieran socavando sus redes y para que se desatara alguna lengua. O para que alguien en alguna parte tuviera la suerte de encontrar el hilo que desharía toda la madeja.

No, se dijo, *tiene que ser este año.*

—Dile que tiene que ser dentro de tres semanas como máximo. ¿Qué más?

—Un mensaje de Nayoan, desde San Francisco. Sus hombres están en sus puestos y esperan órdenes.

Del sinfín de partes y piezas que formaban Lotus, la de Nayoan había resultado la más fácil, al menos en la fase preparatoria y de infiltración. Los visados de estudios eran relativamente fáciles de conseguir, y más aún para alguien en la posición de Nayoan. Además, dada su ignorancia respecto al mundo que se extendía más allá de sus fronteras, los norteamericanos veían a casi todos los indonesios simplemente como asiáticos u «orientales», y no como naturales del país con mayor concentración de musulmanes que había sobre la faz de la Tierra. La beatería y la estrechez de miras, pensó el Emir, eran armas que el COR explotaba con entusiasmo.

—Bien —dijo—. Mañana volveremos a repasar los objetivos. Si hay que hacer algún cambio, conviene hacerlo cuanto antes. ¿Algo más?

—Lo último: ¿ha visto las noticias sobre la embajada de Trípoli?

El Emir asintió con la cabeza.

—Una estupidez. Y una pérdida de tiempo.

—Lo planificó uno de los nuestros.

El Emir se incorporó con una mirada dura.

—¿Cómo dices?

Ocho meses antes, se había avisado a todos los miembros del COR de que las misiones a nivel de célula quedaban prohibidas hasta nueva orden. La operación que tenían entre manos era demasiado delicada, demasiado compleja. Las operaciones menores (amagos, casi todas ellas, y atentados con escaso número de víctimas) cumplían su cometido creando una impresión de desorganización y continuidad, pero algo como aquello...

—¿Cómo se llama? —preguntó el Emir.

—Dirar al Karim.

—No me suena.

—Un jordano. Reclutado en la mezquita de Husein, en Amán, hace tres años. Un soldado, nada más. Nuestra gente en Bengasi propuso esa misma misión el año pasado. Y la desestimamos.

—¿Cuántos muertos?

—Seis u ocho de los nuestros. Suyos, ninguno.

—Alabado sea Dios. —No habiendo muerto ningún rehén, la prensa occidental olvidaría rápidamente el suceso, y a menudo las agencias de espionaje seguían el mismo camino que la prensa. Ése era el precio de librar su «guerra global contra el terror». Eran como el niño del cuento holandés, que metía el dedo en el agujero del dique.

—¿Sabemos quién le reclutó?

—Lo estamos investigando. Tampoco sabemos si sobrevivió alguno. Excepto el propio Al Karim —añadió Tariq—. Él no participó, de hecho.

—¡Imbécil! ¿Así que ese... ese don nadie planea una misión sin nuestro permiso, hace una chapuza y tiene la desvergüenza de no morir en el empeño? ¿Sabemos dónde está?

—No, pero no será difícil encontrarle. Sobre todo, si le tendemos la mano. Estará huyendo, buscando dónde esconderse.

El Emir asintió, pensativo.

—Bien. Hacedlo. Ofrecedle una rama de olivo, pero de lejos. Que se ocupe Almasi.

—¿Y cuando le tengamos?

—Que sirva de escarmiento a los demás.

34

En el barrio de Montparnasse, en París, Shasif Hadi bebía su café procurando no parecer nervioso.

Tal y como le habían prometido, su contacto en la playa de Topanga le había llamado al día siguiente de su encuentro para indicarle dónde debía recoger los paquetes de vuelta, todos ellos depositados en buzones de alquiler de la zona de Los Ángeles. No le sorprendió encontrar un CD-ROM sin etiquetar en cada paquete, pero sí una nota mecanografiada adjunta a uno de ellos («Café Indiana, Av. Maine, 77, Montparnasse»), junto con una fecha y una hora. Ignoraba, sin embargo, si tendría que hacer nuevamente de correo o si se trataba de otra cosa.

Argelino de nacimiento, Hadi había emigrado a Francia siendo un adolescente, cuando su padre buscaba un empleo bien remunerado. Hablaba bien francés, con acento de *pied-noir* o «pies negros», el mote que se dio dos siglos antes a los ciudadanos de la colonia francesa en la costa del norte de África, borrada del mapa a principios de la década de 1960 por una sangrienta y prolongada guerra civil y colonial que la República francesa abandonó, más que perder. Argelia, sin embargo, no había prosperado precisamente, y los árabes habían exportado millones de ciudadanos a Europa, donde habían recibido una tibia bienvenida, especialmente en la última década del siglo XX, cuando descubrieron su identidad islámica en un país que aún abrazaba la idea del crisol de culturas. Si hablabas el idioma (si pronunciabas correctamente) y adoptabas las costumbres, eras francés, y al pueblo francés le importaba muy poco de qué color fuera tu piel. Aunque el país era nominalmente católico, a nadie le importaba qué iglesia frecuentabas, porque tampoco eran un pueblo de beatos. Eso había cambiado, sin embargo, a causa del islam. Rememorando quizá la victoria de Carlos Martel en la batalla de Tours de 732, los franceses sabían que habían batallado contra los musulmanes; su principal objeción, no obstante, era que los inmigrantes musulmanes rechazaban su cultura y adoptaban atuendos y costumbres que no encajaban con los de aquellos *bon vivants* amantes del vino, y habían, por tanto, abandonado la idea de la integración cultural. ¿Por qué no querían ser franceses?, se preguntaban. Y así, las diversas fuerzas policiales francesas mantenían vigilada a aquella gente. Hadi, que lo sabía, se esforzaba por integrarse con la esperanza de que Alá, en su infinita misericordia, lo entendiera y le perdonara. Además, no era el único musulmán que consumía alcohol, ni mucho menos. La policía francesa, que se fijaba en ese tipo de cosas, le dejaba en paz. Hadi trabajaba como dependiente en un videoclub, se llevaba bien con sus compañeros de trabajo, vivía en un piso moderno pero confortable en la calle Dolomieu, en el quinto distrito de París, conducía un Citroën sedán y no se metía con nadie. No reparaban, en cambio, en que vivía algo por encima de sus posibilidades. Allí la policía era eficaz, pero no perfecta.

Tampoco se fijaban en que viajaba un poco, casi siempre por Europa, y en que de vez en cuando se reunía con extranjeros, normalmente en algún bistró. Le gustaba especialmente un vino tinto ligero del valle del Loira, sin saber que el bodeguero era un judío que prestaba un rotundo apoyo al Estado de Israel. Lamentablemente, el antisemitismo había resucitado en Francia, para alegría de los cinco millones de musulmanes que vivían en el país.

—¿Te importa que me siente? —preguntó alguien a su lado.

Hadi se volvió.

—Adelante.

Ibrahim se sentó.

—¿Qué tal tu viaje?

—Sin contratiempos.

—Bueno, ¿y qué me has traído? —preguntó Ibrahim.

Hadi buscó en el bolsillo de su chaqueta y sacó los CD-ROM, que le pasó sin disimulo. A menudo, esforzarse por pasar desapercibido era el mejor modo de llamar la atención. Además, si algún desconocido (o, para el caso, incluso algún curtido funcionario de aduanas) hubiera visto lo que contenían los discos, se habrían hallado mirando una presentación en diapositivas de las fotografías digitales de unas vacaciones de verano.

—¿Los has mirado? —le preguntó Ibrahim.

—Claro que no.

—¿Algún problema en la aduana?

—No. La verdad es que me sorprendió —contestó Hadi.

—Somos cinco millones aquí. No pueden vigilarnos a todos, y yo procuro mantener un perfil bajo. Creen que ningún musulmán que beba alcohol puede ser una amenaza para ellos.

Mantener un perfil bajo equivalía a no pisar nunca una mezquita y no frecuentar lugares utilizados por los fundamentalistas islámicos, a los que los franceses llamaban «integristas» porque allí el término «fundamentalista» se aplicaba a los fanáticos religiosos cristianos, que posiblemente estaban demasiado ocupados emborrachándose para constituir una amenaza para él, pensó Hadi. *Infieles.*

—Mencionaron la posibilidad de que cambiara mi papel —dijo de pronto.

Estaban en la terraza de la acera, sentados a una mesa. Había otras personas a menos de tres metros, pero se oía el ruido del tráfico y el ajetreo habitual de la gran ciudad. Ambos sabían que no debían encorvarse sobre la mesa como conspiradores. Eso era cosa de las películas de los años treinta. Era mucho mejor beber vino sin llamar la atención, fumar y volver la cabeza para mirar a las mujeres que pasaban, con sus vestidos chics y sus piernas al aire. Eso, los franceses lo entendían a la primera.

—Si te interesa —contestó Ibrahim.

—Me interesa.

—Será distinto a lo que estás acostumbrado. Entraña algún riesgo.

—Si es la voluntad de Dios...

Ibrahim le miró fijamente cinco segundos; luego asintió con una inclinación de cabeza.

—Tus viajes a Brasil... ¿Cuántas veces has estado allí?

—Siete en los últimos cuatro meses.

—¿Lo pasaste bien?

—Estuvo bastante bien, supongo.

—¿Tanto como para volver, si te lo piden?

—Claro que sí.

—Tenemos un hombre allí. Me gustaría que te reunieras con él y te ocuparas del alojamiento.

Hadi asintió.

—¿Cuándo me voy?

—Lo tengo —dijo Jack al pasarle las páginas.

Bell las cogió y se recostó en su silla giratoria.

—¿Francia? —preguntó—. ¿El anuncio del nacimiento?

Sus sospechas acerca del repentino cambio de protocolo de comunicación del COR le habían llevado a rastrear y cotejar distintos datos, hasta que logró desvelar uno de los segmentos alfanuméricos, que había resultado ser un nombre nuevo en la lista de distribución de correo electrónico.

—Sí. Se llama Shasif Hadi. Por lo visto vive en Roma, no sé dónde exactamente, pero es musulmán, probablemente nacido en Argelia, y es muy probable que esté haciendo todo lo posible por pasar desapercibido. Últimamente permanece en París durante largas temporadas.

Bell se rió.

—Probablemente los italianos no tienen ni idea de que existe.

—¿Qué tal son? —preguntó Jack.

—¿Los italianos? Sus servicios de espionaje son de primera clase, e históricamente no les ha importado cargar con todo el trabajo. Su policía también es muy buena. No tiene tantas restricciones como la nuestra. Son mejores siguiendo pistas e investigando antecedentes de lo que nosotros permitimos que sea nuestra policía. Pueden hacer escuchas telefónicas de oficio, sin tener que pedir una orden judicial, como los nuestros. Si yo estuviera infringiendo las leyes, procuraría que no se fijaran en mí. Son de la vieja escuela, a la europea: les gusta saber todo lo posible sobre las personas y a qué se dedican. Si estás limpio, te dejan tranquilo. Si no, te hacen la vida imposible. Su sistema jurídico no es como el nuestro, pero es bastante bueno en general.

»Vigilan a la población musulmana porque ha habido algunos altercados, pero, aparte de eso, nada más. De todas formas tienes razón: si ese tipo está metido en el ajo, sabrá que debe mantener la cabeza gacha, beberse su vino, comerse su pan y ver la tele como todo el mundo. Han tenido problemas con el terrorismo, pero no muchos. Si te remontas a la OAS de la década de 1960, sí. Eso fue un problema grave en su momento, y te aseguro que ponía los pelos de punta, pero lo resolvieron con bastante eficacia. Y sin miramientos, además. Los italianos saben ponerse serios cuando tienen que hacerlo. Entonces, ese Hadi... ¿está fijo allí?

—No, ha viajado mucho en los últimos seis meses, más o menos. Aquí, a Europa occidental, a Sudamérica...

—¿Dónde exactamente?

—Caracas, París, Dubái...

—Aparte de eso y del correo electrónico, ¿qué te hace pensar que está implicado? —preguntó Bell—. A mí me llamaron una vez de un proveedor de acceso a Internet, ¿sabes? Por lo visto estaba aprovechándome por casualidad del wi-fi de mis vecinos. Y no me había enterado.

—No es el caso —contestó Jack—. Lo he comprobado varias veces. Es la cuenta de Hadi. Tiene su origen en una ISP alemana con base en Monte Sacro, un barrio de Roma, pero eso no significa nada. Se puede acceder desde cualquier parte de Europa. La cuestión es por qué mandó el anuncio encriptado por Internet cuando podía dar la información por teléfono o encontrarse con algún otro tipo en un restaurante. Está claro que el remitente lo considera conveniente. Puede que no conozca a Hadi de vista, o que no quiera hacer una llamada telefónica o utilizar un escondite predeterminado. Esos tíos están enganchados a Internet. Es una debilidad estratégica que intentan convertir en una virtud. Tienen una organización relativamente pequeña y sin entrenamiento profesional. Si fueran el KGB de antaño, estaríamos con la mierda hasta el cuello, pero utilizan la tecnología para compensar sus fallos estructurales. Son pocos, y eso les ayuda a esconderse, pero tienen que servirse de la tecnología electrónica occidental para comunicarse y coordinar sus actividades, y eso está bien, pero sabemos que también operan fuera de Europa. Cruzar fronteras tecnológicas puede ser arriesgado. Razón de más para emplear correos humanos cuando se trata de asuntos importantes.

»Si fueran una nación-Estado tendrían más recursos, pero también nos sería más fácil tenerlos controlados y vigilar su cadena de mando. Así que la cosa tiene sus ventajas y sus inconvenientes. Se puede usar una escopeta para matar a un murciélago vampiro, pero no para cargarse a un mosquito. El mosquito no puede causarnos daños graves, pero puede amargarnos la vida. Nuestra debilidad es que valoramos la vida humana mucho más que ellos. Si no fuera así, no podrían hacernos ningún daño. Pero es así, y eso no va a cambiar. Intentan utilizar nuestras debilidades y nuestros principios fundamentales en nuestra contra, y a nosotros nos es difícil utilizarlos contra ellos. Esos pájaros seguirán picándonos, a no ser que podamos identificarlos, con la esperanza de volvernos locos. Entre tanto, intentan sacar el máximo provecho a sus capacidades... y utilizar nuestra propia tecnología para atacarnos.

Así que ¿qué nos recomiendas?

—Introducirnos en su cuenta ISP, si podemos, e investigar sus operaciones financieras. Seguir el rastro del dinero. En un mundo ideal, le pasaríamos este asunto al BND alemán. Pero no podemos. Qué demonios, ni siquiera podemos pedírselo a la CIA, ¿no?

Y en esa pregunta Jack reconoció el problema fundamental del Campus. Puesto que no existía, no podía trasladar sus hallazgos a los servicios de espionaje y, por tanto, proseguir sus averiguaciones a través de canales convencionales. Aunque descubrieran petróleo en Kansas e hicieran rica a un montón de gente, algún burócrata seguiría su rastro hasta encontrarles y echaría por tierra su tapadera. Actuar en la más absoluta clandestinidad podía tener tantos inconvenientes como ventajas. O incluso más. Podían transmitir una consulta a Fort Meade haciéndola pasar por una duda de la CIA, pero incluso eso era peligroso y tenía que contar con el visto bueno de Gerry Hendley en persona. Pero, en fin, había que estar a las duras y a las maduras. Dos cabezas eran mejor que una a la hora de resolver un problema, pero el Campus estaba solo.

—Me temo que no, Jack —contestó Bell—. A no ser que el nombre de ese tal Hadi figure por accidente en la lista de distribución de alguien o que ese *e-mail* sea completamente inofensivo, yo diría que se trata de un correo.

Los correos humanos eran el modo más seguro de comunicarse, aunque no el más rápido. El personal de seguridad de los aeropuertos no estaba preparado para detectar datos y mensajes cifrados, fáciles de esconder en un documento o un CD-ROM. A no ser que se conociera la identidad de un correo (y tal vez conocieran la de uno), los terroristas podían estar planeando el fin del mundo sin que sus enemigos lo supieran.

—Estoy de acuerdo —dijo Jack—. Aquí hay algo raro, a no ser que ese tipo trabaje para el *National Geographic*. Es un agente en activo y se dedica a labores de apoyo.

El chico pensaba como un espía, lo cual no era una mala característica, se dijo Rick Bell.

—Está bien. Dale prioridad y mantenme informado.

—De acuerdo —contestó Jack antes de levantarse. Se dirigió hacia la puerta, pero luego se volvió.

—¿Querías algo más? —preguntó Bell.

—Sí. Quiero tener una charla con el jefe.

—¿Sobre qué?

Jack se lo explicó. Bell intentó que no se le notara la sorpresa. Juntó las yemas de los dedos y lo miró.

—¿A qué viene esto? ¿Es por lo de Moha? Porque eso no es la vida real, Jack. El trabajo de campo es...

—Lo sé, lo sé. Es sólo que quiero tener la sensación de que estoy haciendo algo.

—Estás haciendo algo.

—Ya sabes a qué me refiero, Rick. Hacer algo. Lo he pensado mucho. Deja al menos que se lo plantee a Gerry.

Bell se lo pensó un momento; después se encogió de hombros.

—Está bien. Yo me encargo.

Quince mil kilómetros y ni una puta cerveza, pensó Sam Driscoll. Pero fue sólo un momento. Luego se recordó de nuevo que podría haber vuelto a casa metido en una bolsa de plástico. Cinco centímetros más a un lado o a otro, le habían dicho los médicos, y aquel trozo de metralla habría seccionado su vena braquial, cefálica o basílica, y se habría desangrado mucho antes de llegar al Chinook. *Pero perdí dos por el camino.* Barnes y Gómez habían sufrido de lleno el impacto de la granada. Young y Peterson tenían un poco de metralla en las piernas, pero habían logrado subir a bordo del Chinook por su propio pie. Desde allí, un corto trayecto hasta la base de operaciones de Kala Gush, donde

Driscoll se separó del equipo y continuó con el capitán Wilson y su pierna rota, primero hasta la base aérea de Ramstein y después hasta el hospital militar de Brooke, en Fort Sam Houston. Al final había resultado que los dos necesitaban una intervención de cirugía ortopédica, la especialidad del hospital de Brooke. Y Demerol. Allí las enfermeras eran muy generosas con los calmantes, lo cual le había ayudado a olvidar que cinco días antes tenía un pedazo de granito del Hindu Kush incrustado en el hombro.

La misión había sido un fracaso, al menos en lo tocante al objetivo principal, y a los Rangers no les gustaba fracasar, aunque no fuera por culpa suya. En caso de que los datos de los servicios de inteligencia fueran correctos y su objetivo hubiera ocupado alguna vez aquella cueva, se había escabullido posiblemente menos de un día antes de su llegada. Aun así, se recordó Driscoll, teniendo en cuenta el follón con que se encontraron de regreso al punto de recogida, podría haber sido peor. Había perdido dos hombres, pero habían vuelto trece. *Barnes y Gómez. Maldita sea.*

Se abrió la puerta y entró el capitán Wilson en una silla de ruedas.

—¿Tienes un rato para una visita?

—Claro que sí. ¿Qué tal la pierna?

—Sigue rota.

Driscoll se echó a reír.

—Va a estar así un tiempo, señor mío.

—Pero no llevo clavos, ni placas, así que no me va mal del todo. ¿Qué tal tú?

—No sé. Los médicos están siendo muy cautos. La operación fue bien, no hay daños vasculares, lo cual habría sido una putada. Imagino que es mucho más fácil reparar los huesos y las articulaciones. ¿Has sabido algo de los chicos?

—Sí, están bien. Están de brazos cruzados, y hacen bien.

—¿Y Young y Peterson?

—Los dos están bien. Estarán rebajados de servicio un par de semanas. Oye, Sam, está pasando algo.

—Por tu cara imagino que no es que vaya a venir a verme Carrie Underwood.

—Me temo que no. El Departamento de Investigación de Delitos. Hay dos agentes en el batallón.

—¿Tenemos que ir los dos? —Wilson asintió con la cabeza.

—Han venido por nuestros informes. ¿Hay algo que deba saber, Sam?

—No, señor. El mes pasado me pusieron una multa de aparcamiento delante del gimnasio, pero aparte de eso me he portado bien.

—¿Pasó algo raro en la cueva?

—Lo normal, capitán. Lo que puse en el informe.

—Bien, en todo caso se pasarán por aquí esta tarde. Tú sé sincero. Con eso debería ser suficiente.

Driscoll no tardó más de dos minutos en comprender que aquellos dos matones del Departamento de Investigación de Delitos andaban detrás de su cabeza. Ignoraba por qué, pero alguien (no sabía quién) le había señalado con el dedo por lo ocurrido en la cueva.

—¿Y con cuántos centinelas se encontraron?

—Con dos.

—¿Los mataron a los dos?

—Sí.

—Muy bien, así que entraron en la cueva propiamente dicha. ¿Cuántos de sus ocupantes iban armados? —preguntó uno de los investigadores.

—Después del registro, contamos...

—No, nos referimos a cuando entraron en la cueva. ¿Cuántos había armados?

—Defina «armados».

—No se pase de listo, sargento. ¿Cuántos hombres armados encontraron cuando entraron en la cueva?

—Está en mi informe.

—Tres, ¿no es así?

—Creo que sí —contestó Driscoll.

—Los demás estaban durmiendo.

—Con ametralladoras debajo de las almohadas. Ustedes no lo entienden. Ustedes hablan de prisioneros, ¿no es eso? Pero ahí fuera, en el mundo real, no es así. Si te metes en un tiroteo dentro de una cueva con un solo enemigo, acabas con varios soldados muertos.

—¿No intentaron reducir a los que estaban durmiendo?

Driscoll sonrió al oír aquello.

—Yo diría que los redujimos del todo.

—Les dispararon mientras dormían.

El sargento primero suspiró.

—Señores, ¿por qué no se limitan a decir lo que han venido a decir?

—Como quiera. Sargento, sólo con su informe posterior hay pruebas suficientes para procesarle por el asesinato de combatientes desarmados. Si a eso le sumamos las declaraciones del resto de su equipo...

—Que no han tomado aún oficialmente, ¿verdad?

—No, todavía no.

—Porque saben que esto es un marrón y prefieren que ponga tranquilamente la cabeza encima del tajo y que no arme mucho jaleo. ¿Por qué hacen esto? Yo estaba cumpliendo con mi trabajo. Hagan ustedes los deberes. Lo que hicimos allí fue el procedimiento habitual. A un terrorista no le das oportunidad de que te mate.

—Por lo visto tampoco les dieron oportunidad de rendirse, ¿no?

—Santo Dios... Señores, esos idiotas no se rinden. En cuestión de fanatismo, los pilotos kamikazes parecen unos memos comparados con ellos. Si hubiera hecho lo que me dicen, varios de mis hombres habrían acabado muertos, y eso sí que no.

—Sargento, ¿está reconociendo que ejecutó preventivamente a los hombres que había en el interior de la cueva?

—Lo que digo es que hemos terminado de hablar hasta que vea a un abogado del Servicio de Defensa Jurídica.

35

—Esto es una pérdida de tiempo —comentó Brian Caruso mientras miraba el paisaje por la ventanilla del copiloto—. Aunque imagino que hay sitios peores para perder el tiempo.

Suecia era un sitio precioso, con un montón de verde y carreteras impecables, por lo que habían visto desde que habían salido de Estocolmo. No se veía ni un solo desperdicio. Estaban, ciento cuarenta kilómetros al norte de la capital sueca, y a veinte kilómetros de allí, en dirección noreste, las aguas del golfo de Botnia centelleaban bajo un cielo parcialmente cubierto.

—¿Dónde crees que guardan a esas suecas tan macizas que salen en las películas de espías? —preguntó el *marine*.

Dominic se echó a reír.

—A ésas las generan por ordenador, hermano. Nadie las ha visto nunca en persona.

—No digas tonterías, son de verdad. ¿Cuánto queda para llegar a ese sitio? ¿Cómo se llama? ¿Söderhamn?

—Sí. Doscientos cuarenta kilómetros, más o menos.

Jack y Sam Granger les habían puesto al corriente de la situación, y aunque los hermanos Caruso estaban de acuerdo en que, como decía el jefe de Operaciones, el asunto estaba muy traído por los pelos, les apetecía sondear un poco el terreno. Además, aquél era un buen modo de perfeccionar su técnica. De momento casi todas sus misiones para el Campus se habían desarrollado en Europa, y les convenía practicar en un entorno real. Se sentían desnudos sin sus armas, pero ésa era otra realidad operativa a la que tenían que enfrentarse. Con frecuencia se encontrarían desarmados cuando operaran en el extranjero.

Ignoraban cómo había dado Jack con el vínculo entre Hlasek Air y el minúsculo aeropuerto de Söderhamn, pero, fuera donde fuese donde hubiera acabado el Dassault Falcon, aquél era el último lugar donde, al parecer, había tomado tierra antes de evaporarse. Aquello, explicó Dominic, era muy parecido a investigar la desaparición de una persona: había que preguntarse dónde se la había visto por última vez y quién la había visto. Otra cuestión era saber cómo se las apañarían para dar respuesta a esas preguntas una vez que llegaran a Söderhamn. Posiblemente la sugerencia de Jack, que él había hecho con una sonrisa avergonzada, acabaría por resultar profética: tendrían que improvisar. Con ese fin, los encargados de documentación del Campus, habitantes de algún cubículo situado en las entrañas del edificio, les habían proporcionado papel con membrete, tarjetas de visita y credenciales pertenecientes a la división de investigación de reclamaciones del Lloyd's de Londres, la empresa matriz de XL, la aseguradora suiza.

Era primera hora de la tarde cuando llegaron a los arrabales del sur de Söderhamn (población: doce mil habitantes) y Dominic torció hacia el este por la E4. Siguiendo los aviones de las señales pictográficas, recorrieron ocho kilómetros hasta entrar en el aparcamiento casi vacío del aeropuerto. Contaron tres coches. A través de la alambrada de dos metros y medio de alto vieron una fila de hangares de techo blanco. Sólo un camión cisterna maniobraba al otro lado de la pista de asfalto cuarteado.

—Creo que ha sido buena idea venir en fin de semana —comentó Brian.

En teoría, habría menos gente trabajando en el aeropuerto un sábado por la tarde, lo que significaba (o eso esperaban) que habría menos posibilidades de que se encontraran con las fuerzas del orden. Y, con un poco de suerte, en la oficina no habría más que un empleado a tiempo parcial que sólo querría pasar la tarde complicándose la vida lo menos posible.

—Otro tanto que hay que anotarle a nuestro primo.

Salieron del coche, se acercaron a la oficina y entraron. Sentado detrás del mostrador había un chico rubio, de poco más de veinte años, con los pies apoyados encima de una cajonera. Al fondo, un equipo estéreo vertía a todo volumen lo más nuevo del *tecnopop* sueco. El chico se levantó y bajó la música.

—*God middag* —dijo.

Dominic puso sus credenciales sobre el mostrador.

—*God middag.*

Sólo tardaron cinco minutos, entre halagos y amenazas veladas, en convencer al chico de que les mostrara el diario de registros de vuelo del aeropuerto, en el que figuraban únicamente dos llegadas de Dassault Falcons en los dos meses anteriores: uno desde Moscú, un mes y medio antes, y el otro desde Zúrich, donde tenía su sede Hlasek Air, hacía tres semanas.

—Necesitamos ver el manifiesto, el plan de vuelo y el registro de mantenimiento de este aparato —dijo Dominic, señalando la carpeta.

—No los tengo aquí. Estarán en el hangar principal.

—Pues vamos, entonces.

El chico levantó el teléfono.

Harold, el único mecánico que había de guardia, era poco mayor que el oficinista y se mostró aún más nervioso al verlos aparecer. Las expresiones «investigador de seguros», «avión desaparecido» y «registros de mantenimiento» formaban un trío que ningún mecánico aeronáutico quería oír, y menos aún si seguidamente se mencionaba el nombre del Lloyd's de Londres, que desde hacía casi trescientos años gozaba de un prestigio comparable al de muy pocas aseguradoras en el mundo, y sabía servirse de él.

Harold les condujo a la oficina de mantenimiento; poco después, Dominic y Brian tenían delante los registros que habían pedido y dos tazas de café. Harold remoloneó junto a la puerta hasta que Brian le echó con esa mirada que sólo sabía lanzar un oficial de *marines*.

En el plan de vuelo de Hlasek Air figuraba como destino Madrid, España. Pero los planes de vuelo eran sólo eso, planes, y una vez fuera del espacio aéreo de Söderhamn el Falcon podría haber ido a cualquier parte. Ello entrañaba ciertas complicaciones, claro, pero ninguna insuperable. Los registros de mantenimiento parecían igualmente rutinarios hasta que dejaron atrás el resumen y empezaron a leerlo con detalle. Además de llenar los depósitos de combustible del aparato, el mecánico de guardia había hecho un escáner diagnóstico del transpondedor.

Dominic se levantó, tocó en la ventana de la oficina y le hizo señas a Harold de que se acercara. Le enseñó el informe del mecánico.

—Este mecánico, Anton Rolf, nos gustaría hablar con él.

—Pues... no está.

—Eso ya lo suponíamos. ¿Dónde podemos encontrarle?

—No lo sé.

—¿Qué quieres decir? —preguntó Brian.

—Hace una semana que no viene a trabajar. Nadie le ha visto, ni ha tenido noticias suyas.

La policía de Söderhamn, les explicó Harold, se había presentado en el aeropuerto el miércoles anterior, después de que la tía de Rolf, con la que éste vivía, denunciara su desaparición. Su sobrino no había vuelto a casa después del trabajo el viernes pasado.

Suponiendo que la policía habría hecho ya el trabajo de rutina, Brian y Dominic entraron en Söderhamn, se registraron en el Hotel Linblomman y durmieron hasta las seis; buscaron luego un restaurante cerca de allí, cenaron y estuvieron matando el tiempo hasta que, una hora después, recorrieron a pie las tres manzanas que les separaban del Dålig Radisa («El rábano malo»), un bar que, según les había dicho Harold, era el preferido de Anton Rolf.

Tras hacer una ronda de inspección por la manzana, empujaron la puerta del bar; una ola de humo de tabaco y *heavy metal* se abatió sobre ellos, y un instante después se vieron engullidos por un mar de cuerpos rubicundos que pugnaban por abrirse paso hasta la barra o bailaban allí donde había un hueco.

—Por lo menos no ponen tecno —gritó Brian para hacerse oír entre el estruendo.

Dominic agarró a una camarera que pasaba por allí y, en su sueco trastabillante, le pidió dos cervezas. La camarera desapareció y regresó cinco minutos después.

—¿Hablas inglés? —le preguntó Brian.

—Inglés, sí. ¿Sois ingleses?

—Nortemericanos.

—Vaya, norteamericanos, qué bien, ¿no?

—Estamos buscando a Anton. ¿Le has visto?

—¿A qué Anton? Por aquí vienen muchos.

—Rolf —contestó Brian—. Es mecánico, trabaja en el aeropuerto.

—Ah, vale, Anton. Creo que hace una semana que no viene.

—¿Sabes dónde podemos encontrarle?

La sonrisa de la camarera se desvaneció un poco.

—¿Para qué le buscáis?

—Nos conocimos por Facebook el año pasado. Le dijimos que la próxima vez que pasáramos por aquí vendríamos a verle.

—Ah, vaya, en Facebook, es genial. Sus amigos están aquí. Puede que ellos lo sepan. Son esos de ahí, los de la esquina. —Señaló una mesa rodeada por media docena de jóvenes de veintitantos años, vestidos con jerséis.

—Gracias —dijo Brian, y la camarera se volvió para irse. Dominic la detuvo.

—Oye, sólo por curiosidad, ¿por qué has preguntado por qué buscamos a Anton?

—Porque vinieron otros. Menos simpáticos que vosotros.

—¿Cuándo?

—¿El martes pasado? No, perdón, el lunes.

—¿No sería la policía?

—No, no eran policías. A ésos los conozco a todos. Eran cuatro hombres, ni blancos, ni negros. De Oriente Próximo, quizá.

Cuando la chica se marchó, Dominic le gritó a Brian al oído:

—El lunes. Tres días después de que no volviera a casa, según su tía.

—Puede que no quiera que le encuentren —contestó Brian—. Menuda mierda, tío. Seguro que les gusta el fútbol.

—¿Y qué?

—¿Nunca has visto el Mundial, hermano? A esos tíos, armar bronca les gusta aún más que beber.

—Entonces no creo que sea difícil hacerles hablar.

—No estoy hablando de boxeo, Dom. Hablo de peleas callejeras en las que te arrancan las orejas y te patean las tripas. Suma a eso una pandilla entera ¿y qué tienes?

—¿Qué?

—Un montón de dientes rotos —contestó Brian con una sonrisa malévola.

—Hola, chicos, estamos buscando a Anton —dijo Dominic—. La camarera nos ha dicho que sois amigos suyos.

—No hablamos inglés —dijo uno de ellos. Tenía en la frente una gruesa filigrana de cicatrices.

—Que te jodan, Frankenstein —contestó Brian.

El sueco lanzó la silla hacia atrás, se levantó y cuadró los hombros. Lo mismo hicieron los demás.

—Ahora sí que habláis inglés, ¿eh? —gritó Brian.

—Decidle a Anton que le estamos buscando —dijo Dominic, levantando las manos a la altura de los hombros—. Si no, le haremos una visita a su tía.

Rodearon al grupo y se dirigieron hacia la puerta del callejón.

—¿Cuánto crees tú que tardarán en salir? —preguntó Brian.

—Treinta segundos, máximo —contestó Dominic.

Fuera, en el callejón, Brian agarró un cubo de basura metálico que había por allí y Dominic un trozo de barra de encofrar oxidada tan largo como su brazo. Tuvieron el tiempo justo de volverse para ver que se abría la puerta. Brian, que estaba detrás de ella, dejó que tres de los futbolistas salieran y se abalanzaran contra Dominic; luego la cerró de una patada antes de que saliera el cuarto y se acercó balanceando el cubo de basura como una guadaña. Dominic dejó fuera de combate al que iba primero lanzándole un golpe a la rodilla, esquivó un puñetazo del segundo y le dio con la barra de hierro en el codo estirado, haciéndoselo añicos. Brian se volvió cuando la puerta volvía a abrirse, estrelló el borde redondeado del fondo del cubo de basura en la frente del que salía, esperó a que se desplomara y lanzó el cubo a las rodillas de los dos últimos, que cruzaron el umbral hechos una furia. El primero cayó a sus pies y logró ponerse a gatas, pero volvió a desplomarse cuando Brian le asestó un taconazo en la cabeza. El último cargó contra Dominic con los puños cerrados y haciendo aspavientos con los brazos. El ex agente del FBI fue retrocediendo para mantenerse fuera de su alcance, pero le dejó acercarse; después se hizo a un lado y le asestó un golpe de revés a un lado de la cabeza con la barra de hierro. El sueco chocó contra la pared del callejón y cayó al suelo.

—¿Estás bien? —le preguntó Dominic a su hermano.

—Sí, ¿y tú?

—¿Hay alguno despierto?

—Sí, este de aquí. —Brian se arrodilló junto al primer futbolista que había salido del bar. Gruñía y se inclinaba de un lado a otro, sujetándose la rodilla—. Eh, tú, Frankenstein, dile a Anton que le estamos buscando.

Dejaron a los futbolistas en el callejón, cruzaron la calle y entraron en un parque que había enfrente del bar, donde Dominic se sentó en un banco. Brian volvió al hotel de una carrera, recogió el coche alquilado, regresó y aparcó al otro lado del parque.

—¿No ha venido la policía? —preguntó mientras se acercaba al banco de Dominic atravesando los árboles.

—Qué va. No me ha parecido que esos tíos sean muy amantes de la policía.

—A mí tampoco.

Esperaron cinco minutos; después se abrió la puerta, salieron dos de los futbolistas y se acercaron renqueando a un coche aparcado un poco más allá, en la misma calle.

—Son buenos amigos —comentó Brian—. Ingenuos, pero buenos amigos.

36

Siguieron el coche de los futbolistas, un Citroën azul oscuro, por el centro de Söderhamn hasta el extremo este de la ciudad y continuaron por el campo. Seis kilómetros después entraron en un pueblo cuatro veces más pequeño que Söderhamn. «Forsbacka», leyó Brian en el mapa. El Citroën se apartó de la calle principal, tomó una serie de desvíos a izquierda y derecha y se metió por la entrada de coches de una casa de madera pintada de color verde menta. Dominic pasó de largo, torció a la derecha en la siguiente esquina y aparcó junto al bordillo, debajo de un árbol. Por la luna de atrás veían la puerta delantera de la casa. Los futbolistas ya estaban en el porche. Uno de ellos llamó con los nudillos. Treinta segundos después se encendió la luz del porche y se abrió la puerta.

—¿Qué opinas? ¿Entramos ya o esperamos? —preguntó Dominic.

—Esperamos. Si es Rolf, ha tenido la precaución de no dejarse ver en una semana. Se lo pensará un rato antes de largarse.

Veinte minutos después, volvió a abrirse la puerta y salieron los futbolistas. Montaron en el Citroën, arrancaron y se marcharon calle abajo. Brian y Dominic esperaron hasta que sus faros traseros desaparecieron al otro lado de la esquina, salieron del coche, cruzaron la calle y se acercaron a la casa de madera. Un frondoso seto de lilas separaba la casa de la del vecino. Siguieron el seto, pasaron junto a dos ventanas a oscuras y llegaron a un garaje apartado, que rodearon hasta que pudieron ver la parte trasera de la casa: una puerta flanqueada por dos ventanas. Sólo había luz en una ventana. Mientras miraban, un hombre pasó delante de la ventana y se detuvo frente a un armario de cocina, que abrió y volvió a cerrar. Diez segundos más tarde el mismo hombre salió llevando una maleta. Brian y Dominic se apartaron. La puerta lateral del garaje se abrió y la portezuela de un coche se abrió y se cerró. La puerta del garaje se cerró después, y a continuación la puerta trasera de la casa se cerró de golpe.

—Se larga. Más vale asumir que le gusta tanto el fútbol como a sus colegas.

—Eso mismo estaba pensando yo. Dudo que tenga una pistola. Las leyes suecas son muy estrictas en eso. Pero más vale prevenir que curar. Nos abalanzamos sobre él y lo derribamos.

—Vale.

Se apostaron a ambos lados de la puerta trasera y esperaron. Pasaron cinco minutos. Oían moverse a Rolf por la casa. Brian abrió la mosquitera de atrás y probó con el pomo. La llave no estaba echada. Miró a Dominic, inclinó la cabeza, giró el pomo, abrió la puerta sin hacer ruido y se detuvo. Esperó. Nada. Entró y le sostuvo la puerta a su hermano, que le siguió.

Estaban en una cocina estrecha. A la izquierda, más allá de la nevera, había un comedor. A la derecha, un corto pasillo llevaba a lo que parecía ser el cuarto de estar, en la parte delantera de la casa. En algún lugar había un televisor encendido. Brian se hizo a un lado y se asomó a la esquina. Se retiró y le hizo señas a su hermano: «Vigila. Yo me adelanto». Dominic asintió con la cabeza.

Dio un paso, se detuvo, dio otro paso y llegó al centro del pasillo.

El suelo de madera crujió bajo sus pies.

En el cuarto de estar, Anton Rolf, que estaba de pie delante del televisor, levantó la vista, vio a Brian y saltó hacia la puerta delantera. El *marine* se precipitó hacia delante, se inclinó y, apoyando las manos sobre la larga mesa baja, la empujó hasta aprisionar a Rolf contra la puerta entreabierta. El mecánico perdió el equilibrio y cayó hacia atrás. Brian, que ya se había puesto en marcha, se subió a la mesa y la cruzó. Cogió al tipo por el pelo y le golpeó la frente contra el marco de la puerta una vez, otra y otra. El sueco quedó inconsciente.

Encontraron un rollo de cuerda de tender en un cajón de la cocina y ataron a Rolf. Mientras Brian le vigilaba, Dominic registró la casa, pero no encontró nada raro, salvo la maleta que el mecánico estaba llenando.

—Ha tardado poco en hacer el equipaje —comentó Brian mientras revolvía la ropa y las cosas de aseo que Rolf había embutido en la maleta. Estaba claro que la visita de sus amigos había precipitado su decisión de marcharse.

Oyeron fuera un chirrido de frenos. Brian se acercó a la ventana de delante, miró fuera y sacudió la cabeza. Dominic entró en la cocina. Llegó a la ventana del fregadero a tiempo de ver que una mujer doblaba la esquina de la entrada de coches y se dirigía a la puerta de atrás, que se abrió un momento después, justo cuando Brian se escondía tras ella. Entró la mujer. Dominic cerró la puerta, se acercó a ella, le tapó la boca con la mano derecha y le hizo volver la cabeza hasta apoyarla sobre su hombro.

—Silencio —le susurró en sueco—. ¿Hablas inglés?

Ella asintió con la cabeza. Brian y Dominic habían descubierto que casi todos en Suecia hablaban inglés, igual que en la mayoría de los países europeos. En ese sentido, los norteamericanos eran únicos: la mayoría sólo conocía su lengua... y a veces a duras penas.

—Voy a apartar la mano. No vamos a hacerte daño, pero si gritas te amordazo. ¿Entendido?

Ella volvió a asentir con un gesto.

Dominic apartó la mano y empujó a la mujer suavemente hacia una de las sillas del comedor. Brian se acercó.

—¿Cómo te llamas? —le preguntó Dominic.

—Maria.

—¿Eres la novia de Anton?

—Sí.

—Hay gente buscándole, ¿lo sabías?

—Le estáis buscando vosotros.

—Aparte de nosotros —contestó Brian—. La camarera del Rábano nos dijo que unos tíos de Oriente Próximo habían preguntado por él. —Maria no respondió—. Anton no te lo ha dicho, ¿verdad?

—No.

—Seguramente no quería preocuparte.

Maria puso cara de incredulidad y Brian se rió.

—A veces somos así de tontos.

Aquello hizo sonreír a Maria.

—Sí, ya lo sé.

—¿Te ha dicho Anton por qué se está escondiendo? —preguntó Dominic.

—Tiene algo que ver con la policía.

Brian y Dominic cambiaron una mirada. ¿Creía Anton que la policía no le buscaba por la denuncia que había puesto su tía, sino por otra cosa?

—¿Adónde pensabais iros? —preguntó Dominic.

—A Estocolmo. Tiene amigos allí.

—Está bien, escucha. Si quisiéramos haceros daño, ya os lo habríamos hecho. ¿Entendido?

Ella asintió.

—¿Quiénes sois?

—Eso no importa. Necesitamos que le hagas entender una cosa a Anton. Si contesta a nuestras preguntas, veremos lo que podemos hacer para ayudarle. ¿De acuerdo? Si no, esto se va a complicar.

—De acuerdo.

Brian llevó una jarra de agua fría de la cocina y la arrojó sobre la cabeza de Anton. Luego Dominic y él se retiraron al otro lado del cuarto de estar mientras Maria se arrodillaba delante de la silla de su novio y empezaba a susurrarle. Cinco minutos después, se volvió y les miró, inclinando la cabeza.

—Mi tía presentó una denuncia —dijo el mecánico sueco unos minutos después.

Dominic asintió.

—Llevaba tiempo sin verte. Imagino que estaba preocupada. ¿Creías que era por otra cosa? ¿Por algo relacionado con ese avión?

—¿Cómo saben eso?

—Era una corazonada —contestó Brian—. Hasta ahora. ¿Hiciste algo con el transpondedor?

Anton dijo que sí con la cabeza.

—¿Qué?

—Dupliqué los códigos.

—¿Para otro avión? ¿Un Gulfstream?

—Justo.

—¿Quién te contrató?

—Ese tío, el dueño.

—Lars. De Hlasek Air.

—Sí.

—No era la primera vez que te encargaba algo así, ¿verdad? —preguntó Brian.

—No.

—¿Cómo te paga?

—Con dinero... En metálico.

—¿Estabas allí la noche en que el Dassault llegó y se marchó?

—Sí.

—Cuéntanos eso —dijo Dominic.

—Eran cuatro pasajeros. De Oriente Próximo. Llegaron en una limusina. Subieron a bordo y el avión despegó. Eso es todo.

—¿Puedes describir a alguno?

Rolf sacudió la cabeza.

—Estaba muy oscuro. Han dicho algo del Rábano. ¿Me busca alguien más?

Brian respondió:

—Según la camarera, sí. Cuatro hombres de Oriente Próximo. ¿Tienes idea de por qué te buscan?

El hombre le miró con enfado.

—¿Intenta hacerse el gracioso?

—No, lo siento.

Dominic y Brian dejaron a Anton con Maria y salieron al pasillo.

—¿Crees que dice la verdad? —preguntó Brian.

—Sí, lo creo. Está cagado de miedo y se alegra una barbaridad de que tengamos la cara blanca.

—Pero eso no cambia gran cosa. No sabe nada que pueda servirnos. Ni nombres, ni caras, ni documentación. Sólo unos árabes que viajaban de incógnito quién sabe dónde. Si el DHS o el FBI tuvieran a Hlasek o a su piloto, no habrían pedido a Zúrich y a Estocolmo que hicieran averiguaciones.

—Seguramente tienes razón —contestó Dominic.

—¿Qué hacemos con esos dos?

—Lo mejor que podemos hacer es llevarles a Estocolmo. Si es un poco listo, Anton se entregará a la Rikskriminalpolisen y rezará por que les interese su historia.

Dominic vigiló a Anton y Maria mientras recogían sus cosas. Brian salió por detrás para acercar el coche. Regresó tres minutos después, jadeando.

—Tenemos un problema. Nos han rajado las ruedas del coche.

Dominic se volvió hacia Anton.

—¿Tus amigos?

—No. Les dije que no volvieran.

De fuera les llegó el chirrido de unos frenos. Dominic apagó la lámpara de la mesa. Brian cerró la puerta delantera y miró por la mirilla.

—Cuatro hombres —susurró—. Armados. Dos vienen por delante y dos van por detrás.

—Te han seguido —le dijo Dominic a Maria.

—No he visto a nadie...

—De eso se trata.

—¿Tienes una pistola? —le preguntó Brian a Anton.

—No.

Dominic y Brian se miraron. Ambos sabían lo que estaba pensando el otro: era demasiado tarde para llamar a la policía. Y aunque no lo fuera, su intervención complicaría las cosas, más que solucionarlas.

—Meteos en la cocina —les ordenó Dominic a Anton y Maria—. Cerrad con llave y echaos al suelo. No hagáis ruido.

Dominic y Brian entraron tras ellos en la cocina.

—¿Y los cuchillos? —le susurró Brian a Anton. El sueco señaló un cajón.

Agachado por debajo del nivel de la ventana, Brian se acercó, abrió el cajón y encontró un par de cuchillos de acero inoxidable de doce centímetros de largo. Le dio uno a su hermano, se apuntó a sí mismo, apuntó al cuarto de estar y se dirigió hacia allí. Dominic le siguió y juntos empujaron el sofá, la mesa baja y un sillón contra la puerta. Aquello no detendría a los de fuera, pero les retrasaría y, con un poco de suerte, igualaría las cosas. Los Caruso iban mal pertrechados, aunque no fuera culpa suya: habían llevado, de hecho, cuchillos a un tiroteo. Dominic le hizo una seña a su hermano deseándole buena suerte y regresó a la cocina. Brian se apostó al final del pasillo, con los ojos fijos en la puerta.

Maria susurró desde el suelo:

—¿Qué...?

Dominic levantó la mano y sacudió la cabeza.

Se oyeron murmullos más allá de la ventana de la cocina. Pasaron diez segundos. El pomo de la puerta trasera giró con un crujido, primero hacia un lado y luego hacia el otro. El ex agente del FBI retrocedió rodeando a Anton y a Maria y se pegó a la pared, junto a la puerta, del lado del pomo.

Silencio.

Más murmullos.

Se oyó un estrépito de cristales rotos a un lado de la casa. Dominic oyó un golpe: parecía que una piedra había chocado contra el suelo. Una distracción, pensó, consciente de que Brian habría llegado a la misma conclusión. La puerta mosquitera se abrió con un chirrido.

Un objeto voluminoso chocó contra la puerta. Y volvió a chocar. Junto a la cabeza de Dominic, saltaron astillas de la jamba de madera. Al tercer golpe, la puerta cayó hacia dentro. Aparecieron primero un brazo y una mano que sostenía un revólver, y un segundo después una cara. Esperó a que apareciera su blanco: la zona blanda justo debajo del lóbulo de la oreja; entonces levantó el cuchillo y lo hundió hasta la empuñadura en el cuello del desconocido; después usó el cuchillo como palanca para empujarle hacia el interior de la cocina. El hombre soltó la pistola. El ex agente del FBI la lanzó hacia el pasillo de una patada y Brian la recogió. Dominic retiró el cuchillo, estiró el brazo, agarró la puerta y la cerró de golpe, empujando al desconocido hacia fuera.

Se oyeron dos disparos en la parte delantera. Las ventanas se hicieron añicos. Brian se agachó y apuntó con el revólver hacia la puerta. Dominic rodeó a Maria y Rolf, se agachó también y miró por la ventana de la cocina. Fuera, dos hombres se habían arrodillado junto a su compañero. Uno de ellos levantó la mirada, lo vio y disparó dos veces a la ventana.

Dominic, que avanzaba a gatas, preguntó a Maria:

—¿Hay aceite de cocinar?

Ella señaló el armario bajo de enfrente. Dominic les ordenó entrar en el cuarto de estar, con Brian, y a continuación sacó el aceite y vació la botella sobre el suelo de linóleo, a metro y medio de la puerta; después se dirigió al cuarto de estar. Cuando pasaba junto a su hermano, la puerta trasera volvió a abrirse de golpe. Una figura la cruzó a toda prisa, seguida por otra. El que iba primero pisó el suelo embadurnado de aceite y se cayó, arrastrando a su compañero. Brian avanzó por el pasillo con el revólver en alto y el hombro derecho pegado a la pared; después abrió fuego. Disparó dos veces al primer hombre y tres al segundo; recogió luego sus armas y le lanzó una a Dominic, que avanzaba ya por el pasillo empujando a Maria y Rolf delante de él.

Dominic pasó por encima de los cadáveres con cuidado de no pisar el aceite, se asomó a la puerta trasera y retrocedió.

—Despejado.

La puerta de la casa se abrió con estruendo, y un instante después se oyó el chirrido de las patas de los muebles sobre el suelo de tarima.

—Id al coche —le dijo Dominic a Brian—. Ponlo en marcha, haz un poco de ruido.

—Entendido.

Mientras su hermano sacaba a Maria y Rolf por la parte de atrás, Dominic miró por el pasillo justo en el momento en que una figura entraba empujando la puerta y comenzaba a trepar por encima de los muebles apilados. El ex agente del FBI salió con la cabeza agachada por la puerta de atrás, cruzó corriendo el césped y dobló la esquina trasera del garaje; dentro, Brian había arrancado el coche de Rolf. Dominic apoyó una rodilla en tierra y se asomó a la esquina; a su espalda, la valla cubierta de matorrales y envuelta en sombras haría casi invisible su silueta.

El último hombre apareció en la puerta. Había visto a sus compañeros muertos en la cocina y avanzó con cautela, mirando a un lado y a otro antes de salir. Se detuvo de nuevo, siguió avanzando con sigilo pegado a la pared y echó una ojeada a la entrada de coches antes de empezar a cruzar el césped. Dominic esperó hasta que su mano estuvo a punto de tocar el tirador de la puerta del garaje; entonces gritó:

—¡Eh!

Dejó que se volviera ligeramente, lo justo para darle de lleno, y luego disparó dos veces. Ambos disparos le acertaron en el esternón. El hombre se tambaleó hacia atrás, cayó de rodillas y se desplomó.

37

Va siendo hora de buscarse otro empleo, se dijo Clark después del desayuno. Llamó para avisar y quedó en que estarían allí a las diez y media; luego despertó a Chávez y a las nueve y media se encontraron en el coche.

—Bueno, ya veremos cuánto pagan —comentó Ding—. Yo estoy dispuesto a dejarme impresionar.

—No te hagas muchas ilusiones —le advirtió Clark al arrancar—. Cuando empecé en Langley, no se me pasó por la cabeza que pudieran pagarme cien mil. Al principio ganaba diecinueve mil quinientos al año.

—Bueno, ese tipo nos dijo que su plan de pensiones, o como quieras llamarlo, funciona bastante bien, y vi un montón de BMW en el aparcamiento. Será mejor que hables tú —sugirió Chávez.

—Sí, tú quédate sentado y limítate a poner cara de malas pulgas. —John se permitió soltar una risa.

—¿Crees que de verdad quieren que matemos a gente?

—Pronto lo sabremos, supongo.

La hora punta estaba tocando a su fin y el atasco en American Legion Bridge era soportable, de modo que poco después habían tomado la US 29 en dirección norte.

—¿Has decidido qué vas a hacer respecto a mi metedura de pata?

—Sí, creo que sí. Vamos a meternos en la madriguera del conejo, Ding. Y a llegar mucho más lejos que nunca. Así que, ya que estamos, podemos ir hasta el final. Se lo daremos a ellos, a ver si puede servirles de algo.

—De acuerdo. Bueno, y ese tal Hendley..., ¿qué sabemos de él?

—Fue senador por Carolina del Sur, demócrata, y trabajó en el Comité de Inteligencia. En Langley le tenían aprecio: era un tipo listo y sincero. A Ryan también le caía bien. Perdió a su familia en un accidente de coche. A su mujer y a sus dos hijos, creo. Es muy rico. Ganó un montón de dinero en la Bolsa, igual que Ryan. Tiene talento para ver cosas que otros no ven.

Ambos iban debidamente vestidos, con buenos trajes comprados en Londres mientras trabajaban en el equipo Rainbow, corbatas de Turnbull & Asser y zapatos bien bruñidos. Chávez conservaba aún de sus tiempos en el Ejército la costumbre de sacar brillo a sus zapatos todos los días; a Clark, en cambio, había que recordárselo de vez en cuando.

Aparcaron en la zona de visitas y entraron. Ernie Chambers seguía de recepcionista.

—Hola. Venimos a ver al señor Davis otra vez.

—Sí, señor. Por favor, siéntense mientras llamo arriba.

Tomaron asiento y Clark cogió un número reciente de la revista *Time*. Iba a tener que acostumbrarse a leer las noticias con cuatro días de retraso. Tom Davis apareció en el vestíbulo.

—Gracias por volver. ¿Me harían el favor de acompañarme?

Dos minutos después estaban en su despacho, desde el que se divisaban las praderas de Maryland, tierra de caballos.

—Entonces, ¿les interesa? —preguntó Davis.

—Sí —contestó Clark por los dos.

—De acuerdo, muy bien. Las normas: en primer lugar, lo que ocurre aquí, aquí se queda. Este lugar no existe, ni existen las actividades que puedan acontecer o no en él.

—Señor Davis, los dos tenemos experiencia en los servicios secretos. Ninguno de los dos habla mucho y no vamos contando chismes por ahí.

—Tendrán que firmar otra tanda de acuerdos de confidencialidad. No podemos exigirles nada legalmente, pero podemos quitarles todo su dinero.

—¿Se supone que debemos enseñárselos a nuestros abogados?

—Si lo desean, pueden hacerlo. No hay nada compremetedor en ellos, pero también podrían romperlos. No podemos permitir que algún abogado empiece a preguntarse a qué nos dedicamos. No todo es legal, en un sentido estricto.

—¿Tendremos que viajar mucho? —preguntó John.

—Menos que hasta ahora, sospecho. Todavía no lo tenemos claro. Pasarán la mayor parte del tiempo aquí, revisando datos y planificando operaciones.

—¿Y las fuentes de los datos?

—Langley y Fort Meade, casi siempre, aunque una parte pequeña procede también del FBI, de Inmigración y Aduanas, del DHS... Sitios así. Tenemos un equipo técnico de primera calidad. Seguramente se habrán fijado en las antenas del tejado.

—Sí.

—Somos el único edificio desde el que se divisan sin obstáculos la CIA y la NSA. Ellos transmiten datos por microondas y nosotros descargamos todas sus transmisiones internas. Así es como hacemos nuestras operaciones financieras. La NSA vigila de cerca a los bancos nacionales y extranjeros. Y puede conectar con el sistema informático de los bancos y con su red de comunicaciones internas.

—¿Eso que dijo el otro día sobre el trabajo sucio...?

—Hasta la fecha sólo nos hemos tropezado con una operación de ese tipo: los cuatro individuos de los que les hablé ayer. Para serles franco, teníamos curiosidad por saber qué ocurriría. Y la verdad es que no pasó gran cosa. Quizá borramos muy bien nuestro rastro. Todas las muertes se debieron, en apariencia, a ataques al corazón, se siguieron los cauces legales y los informes de las autopsias afirmaban que las víctimas habían muerto por causas naturales. Suponemos que nuestros enemigos se lo creyeron y siguieron a lo suyo. La cuarta víctima, Moha, nos dejó un portátil con claves de cifrado, así que estamos leyendo parte de su correo interno, o estábamos haciéndolo, hasta hace poco. Por lo visto, la semana pasada cambiaron de protocolos de comunicación.

—¿Así, de repente? —preguntó Chávez.

—Sí. Interceptamos el anuncio de un nacimiento. Con una lista de distribución muy larga. A las pocas horas, se hizo el silencio.

—Habrán cambiado de canales —dijo Chávez.

—Sí. Estamos siguiendo una pista que quizá nos permita volver a captar sus comunicaciones.

—¿Quién más operaría con nosotros?

—Los conocerán a su debido tiempo —prometió Davis.

—¿Y el sueldo? —preguntó Ding.

—Podemos empezar con doscientos cincuenta mil al año para cada uno. Pueden participar en el plan de inversiones de la oficina con una parte de su salario tan pequeña o tan grande como ustedes quieran. Ya les hablé de la tasa de rendimiento. También pagamos los gastos educativos de todos sus hijos, dentro de lo razonable. Hasta que obtengan un doctorado o un título profesional. Ése es el límite.

—¿Y si mi esposa quiere volver a la facultad de medicina para ampliar su formación? Ahora es médica de familia, pero está pensando en formarse como ginecóloga y obstetra.

—También correríamos con los gastos.

—Y si me pregunta a qué me dedico aquí, ¿qué le digo?

—Que trabaja como asesor de seguridad de una gran correduría de Bolsa. Siempre funciona —le aseguró Davis—. Imagino que sabe que trabajaba usted para la Agencia.

—Es su hija. —Chávez señaló a Clark.

—Entonces lo entenderá, ¿no? ¿Y su esposa, señor Clark?

—Llámeme John. Sí, Sandy conoce bien el paño. Quizá de este modo pueda decirle a la gente a qué me dedico de verdad —añadió con una leve sonrisa.

—Bueno, ¿qué les parece si les presento al jefe?

—Por nosotros, estupendo —contestó Clark por ambos.

—Los indultos son auténticos —les aseguró Hendley minutos más tarde—. Cuando Ryan me sugirió la idea de montar este sitio, dijo que sería necesario proteger a los agentes a los que mandáramos en misión de campo, así que firmó un centenar. Nunca hemos tenido que usar uno, pero constituyen una especie de póliza de seguros, si alguna vez son necesarios. ¿Tienen alguna duda que no les haya aclarado Tom?

—¿Cómo se seleccionan los objetivos? —preguntó Clark.

—Ustedes tomarán parte en casi todo el proceso. Hay que tener cuidado con cómo elegimos a la gente a la que queremos retirar de la circulación.

—¿También podemos elegir los métodos? —inquirió Clark con delicadeza.

—¿Les has hablado de los bolígrafos? —le preguntó Hendley a Davis.

—Ésta es una de las herramientas que utilizamos. —Davis levantó el bolígrafo dorado—. Inyecta unos siete miligramos de succinilcolina, un sedante utilizado en procedimientos quirúrgicos. Detiene la respiración y el movimiento muscular voluntario. Pero no el corazón. No te puedes mover, no puedes hablar y no puedes respirar. El corazón sigue latiendo un minuto, más o menos, pero desprovisto de oxígeno, de modo que la muerte sobreviene por un infarto, o eso parece en el examen post mórtem. Y produce las mismas sensaciones, evidentemente.

—¿Es reversible? —quiso saber Clark.

—Sí, si se intuba inmediatamente a la víctima. El fármaco se disuelve, se metaboliza, en unos cinco minutos. No deja ningún rastro, a no ser que se encargue de la autopsia un forense muy experto que sepa lo que está buscando. Es casi perfecto.

—Me extraña que los rusos no dieran con algo así.

—Lo intentaron, no lo dude —respondió Davis—. Pero imagino que la succinilcolina no llegaba a sus hospitales. Nosotros la conseguimos a través de un amigo médico que trabaja en la Facultad de Medicina y Cirugía de Columbia y que tenía una cuenta privada que saldar. Su hermano, que era agente de Bolsa en Cantor Fitzgerald, murió el Once de Septiembre.

—Impresionante —dijo Clark, mirando fijamente el bolígrafo—. También podría ser una buena herramienta para usar en los interrogatorios. Raro sería el que quisiera pasar dos veces por esa experiencia.

Davis le pasó el bolígrafo.

—No está cargado. Hay que girar el extremo para que salga la punta. Escribe perfectamente.

—Es muy ingenioso. Bueno, eso resuelve una duda. ¿Somos libres de utilizar utensilios más convencionales?

—Únicamente si el trabajo lo requiere —respondió Davis asintiendo con la cabeza—. Pero debemos actuar con total invisibilidad, recuérdenlo en todo momento.

—Entendido.

—¿Y usted, señor Chávez? —preguntó Hendley.

—Señor, yo procuro mantener los oídos bien abiertos y aprender —le contestó Ding al jefe.

—John, ¿tan listo es? —le preguntó el ex senador a Clark.

—Lo es. Nos complementamos bien.

—Eso es lo que necesitamos. Bueno, bienvenidos a bordo caballeros.

—Una cosa más —dijo Clark. Se sacó del bolsillo el lápiz de memoria de Ding y lo puso sobre la mesa—. Se lo quitamos a uno de los secuestradores de Trípoli.

—Entiendo. ¿Y por qué está encima de mi mesa?

—Un descuido —contestó Clark—. Considérenlo un momento de amnesia senil. Supongo que podríamos dárselo a los suecos o a Langley, pero sospecho que aquí le darán mejor uso.

—¿Han visto qué contiene?

—Archivos JPEG de imágenes—respondió Chávez—, una docena, más o menos. Parecían fotos de unas vacaciones, pero cualquiera sabe.

Hendley se quedó pensando; luego asintió con la cabeza.

—Está bien, le echaremos un vistazo. Tom, ¿tenemos un despacho para ellos?

—Sí, estarán con los hermanos Caruso.

—Bien. Dense una vuelta por ahí, muchachos. Nos vemos mañana a primera hora.

Hendley se levantó, animando a los otros a hacer lo mismo. Davis se dirigió hacia la puerta, seguido por Chávez y Clark.

—John, ¿puedes quedarte un momento? —le preguntó Hendley.

—Claro. Ahora te alcanzo, Ding.

Cuando estuvieron solos, Hendley dijo:

—Tú estás de vuelta de todo esto, John. Quería saber tu opinión sobre un par de cosas.

—Adelante.

—Este concepto, en su conjunto, es muy novedoso, así que muchas veces aplicamos el método de ensayo y error. Estoy empezando a pensar que nuestro flujo de trabajo es un poco enrevesado.

Clark se echó a reír.

—No te ofendas, Gerry, pero algo me dice que tienes razón, si utilizáis expresiones como «flujo de trabajo». ¿Cuál es el organigrama? —Hendley describió la estructura organizativa del Campus, y Clark comentó—: Se parece a Langley. Mira, el trabajo de espionaje es orgánico en su mayor parte, ¿de acuerdo? No se puede prescindir del análisis, pero si intentas que el proceso se amolde por la fuerza a una estructura artificial, vas de culo.

—No te andas con rodeos, ¿eh?

—¿Querías que lo hiciera?

—No.

—Muchas buenas ideas se pierden mientras suben por la cadena de mando. Mi consejo es que reúnas a los jefes de sección en una sala una vez al día y que hagáis una sesión de intercambio de ideas. Puede que sea un tópico, pero funciona. Estás desperdiciando talento si hay gente preocupada por que sus ideas más creativas no llegan a ser escuchadas.

Hendley silbó suavemente y sonrió.

—No te lo tomes a mal, John, pero está claro que no eres el típico gorila, ¿no?

Clark se encogió de hombros, pero no contestó.

—Bueno —prosiguió Hendley—, me parece que has dado en el clavo. Yo estaba pensando lo mismo. Pero está bien tener una segunda opinión.

—¿Algo más?

—Sí. Jack Ryan vino a verme el otro día. Quiere que le encomendemos alguna misión.

Júnior ya no es tan júnior, se recordó Clark.

—¿Tom te ha contado lo de Moha? —le preguntó Hendley.

—Sí.

—Pues me he enterado por terceras personas de que los hermanos Caruso llevaron a Jack al Callejón de Hogan para que se desahogara un poco. Y lo hizo de miedo, o eso tengo entendido. La fastidió un poco, cometió algunos errores de novato, pero aun así lo hizo de miedo.

Así que tiene algún talento, pensó Clark. Tal vez fuera genético, si uno creía en esas cosas. Él había visto al padre de Jack en acción, y también tenía el gatillo fácil. Y la cabeza fría en situaciones de tensión. Las dos cosas podían enseñarse, pero la última era, sobre todo, cuestión de mentalidad y de temperamento. Daba la impresión de que Jack tenía ambas cosas, además de mano firme.

—¿Cómo se lo plantea él? —preguntó Clark.

—Creo que no se hace ilusiones. En todo caso, no me parece que vaya buscando la gloria.

—No la busca. Sus padres le educaron bien.

—Es un analista estupendo, tiene verdadero talento, pero siente que lo que hace no sirve para nada. Quiere meterse en harina. El problema es que no creo que su padre...

—Si vas a decidir sobre él basándote en lo que diría o pensaría su padre, entonces...

—Di.

—Deberías preocuparte por cómo te planteas tú las cosas, no por cómo se las plantea él. Jack es un hombre adulto, y es su vida. Tienes que decidir pensando en si lo hará bien y si ayudará al Campus. En eso, nada más.

—Tienes razón. En fin, tendré que pensármelo un poco más. Pero, si decido mandarle fuera, necesitará un instructor.

—Ya tienes uno.

—Me vendría bien otro, o un par más. Pete Alexander lo hace muy bien, pero me gustaría que acogieras a Jack bajo tu ala.

Clark se quedó pensando. *Es hora de predicar con el ejemplo, John.*

—Cuenta con ello.

—Gracias. Siempre andamos buscando a gente como tú y como Chávez, por si se te ocurre alguien. Tenemos nuestros cazatalentos, claro, pero conviene tener a mano un buen plantel de candidatos.

—Es verdad. Deja que me lo piense. Puede que se me ocurran un par de nombres.

Hendley sonrió.

—¿Algún agente recientemente jubilado, quizá?

Clark le devolvió la sonrisa.

—Puede ser.

38

—Lugares de recogida —anunció Mary Pat al entrar por la puerta de cristal de la sala de reuniones del NCTC.

Se acercó al tablero de corcho en el que habían colgado el mapa de la Agencia Cartográfica de la Defensa y el plano de Peshawar y tocó uno de los cúmulos de puntos.

—¿Cómo dices? —preguntó John Turnbull.

—La leyenda de atrás, flechas arriba y abajo combinadas con grupos de puntos: son lugares de recogida e intercambio. La flecha hacia arriba es la señal de recogida; la de abajo indica el lugar donde estará depositado el paquete. La ubicación de la flecha de arriba señala el lugar en el que hay que buscarlo. Un grupo de tres puntos para la ubicación de la señal de recogida, y uno de cuatro para la ubicación del lugar de depósito.

—Parece directamente salido de la guerra fría —comentó Janet Cummings.

—Es un método de eficacia probada. Se remonta a la antigua Roma.

El hecho de que aquel giro de los acontecimientos pareciera sorprenderles la convenció de que sus compañeros (y quizá la CIA en su conjunto) seguían operando con un déficit de percepción respecto a la capacidad organizativa del COR. Aquel método era una forma eficaz de hacer intercambios sin necesidad de que dos agentes se encontraran físicamente, a condición de que procedieran con cautela.

—Pero no hay modo de saber si siguen vigentes —añadió—. A no ser que tengamos a gente sobre el terreno.

Sonó el teléfono que Ben Margolin tenía junto a su codo. Margolin lo cogió, escuchó treinta segundos y luego colgó.

—De momento, nada, aunque los ordenadores siguen en ello. La buena noticia es que hemos descartado un radio de noventa y seis kilómetros en torno a la cueva.

—Demasiadas variables —dijo John Turnbull, el jefe de la Brigada Acre.

—Sí —contestó Janet Cummings, jefa de Operaciones del NCTC.

La solución ideada por Mary Pat para resolver el enigma («¿Dónde diablos está este sitio?») que rodeaba el tablero de operaciones encontrado en la cueva del Hindu Kush por Driscoll y su equipo incluía un proyecto de la CIA conocido con el nombre en clave de Collage.

Collage, creado por algún matemático de la dirección de ciencia y tecnología de Langley, había surgido de la frustración de la Brigada Acre ante su propia incapacidad para contestar a otra pregunta: «¿Dónde diablos está?» El Emir y sus lugartenientes tenían desde hacía tiempo la costumbre de publicar fotografías y vídeos en los que se les veía pateando los montes pelados de Pakistán y Afganistán, dando así al espionaje estadounidense numerosos indicios respecto al clima y la orografía del lugar donde se hallaban, pero no los suficientes para ayudar a los vehículos aéreos de vigilancia no tripulados y a los equipos de las Fuerzas Especiales destacados en la región. Sin más contexto, puntos de referencia y escalas fiables, una roca era una roca, era una roca, era una roca...

Tenían la esperanza de que Collage pusiera remedio al problema recopilando todos los datos topográficos disponibles, desde imágenes de uso militar y comercial tomadas por los satélites Landsat a imágenes generadas por los satélites espía Lacrosse y Onyx, pasando por álbumes de fotos familiares en Facebook y de viajes en Flickr: siempre y cuando la localización de la imagen pudiera establecerse con certeza y fijarse la escala respecto a algún punto terrestre, Collage lo engullía todo, lo digería y lo escupía convertido en una capa con la que revestir la superficie de la Tierra. Aquella mezcla incluía, además, una vertiginosa panoplia de variables: características geológicas, pautas meteorológicas pasadas y presentes, planes de explotación forestal, actividad sísmica... Todo lo tocante a la superficie terrestre y a su apariencia en un momento dado se introducía en Collage.

Preguntas que a nadie se le ocurría hacer, como «¿Qué aspecto tiene el granito del Hindu Kush cuando está mojado?», «¿En qué dirección se inclinará cierta sombra con una nubosidad del treinta por ciento y un punto de rocío equis?» o «¿Qué forma cobrará esta duna de arena del Sudán después de diez días con vientos de entre veinte y veintidós kilómetros por hora?» Las combinaciones eran inconmensurables, como lo era el sistema de generación de modelos matemáticos inserto en el *software* de Collage, cuya estructura incluía millones de líneas de programación. El problema era que los cálculos no se basaban únicamente en variables conocidas, sino también en variables imaginarias y en series de probabilidades, pues el programa no sólo debía lanzar suposiciones respecto a los datos en bruto, sino también acerca de lo que veía en una imagen o en un segmento de vídeo. Así, por ejemplo, en un vídeo de 640×480 y treinta segundos de duración, lo primero que hacía era identificar entre medio millón y tres millones de puntos de referencia a los que asignaba un valor: gradación de tonos de blanco, negro o gris (de los que había dieciséis mil), tamaño relativo y ángulo del objeto; distancia respecto a los objetos de primer término, de fondo y de los laterales; intensidad y ángulo de la luz solar o densidad y velocidad de las nubes, y así sucesivamente. Una vez asignados, estos valores se introducían en la matriz de Collage y comenzaba la búsqueda de una coincidencia.

El programa había cosechado algunos éxitos, ninguno de ellos de importancia táctica decisiva, y Mary Pat empezaba a sospechar que el sistema tampoco les serviría de gran cosa en aquel caso. Si era así, el fallo no sería del programa, sino más bien de los datos con que se alimentaba. Ni siquiera sabían si el tablero de operaciones era una representación fidedigna de algún lugar, y mucho menos si estaba hecho a escala o si se hallaba a menos de dos mil kilómetros del Hindu Kush.

—¿Cómo vamos con Lotus? —preguntó Mary Pat.

La NSA estaba revisando sus mensajes interceptados en busca de referencias a Lotus, con la esperanza de hallar una pauta con la que el NCTC pudiera empezar a hacerse una composición de lugar. Al igual que el modelo sobre el que se había edificado Collage, el número de preguntas a las que tendrían que responder para ensamblar el rompecabezas daba vértigo: ¿cuándo había empezado a usarse aquel término? ¿Con qué frecuencia se utilizaba? ¿Desde qué partes del mundo? ¿Cómo solía diseminarse: por correo electrónico, por teléfono o a través de páginas web o de otros medios que aún no habían tomado en cuenta? ¿Aparecía antes o después de grandes atentados terroristas? Etcétera, etcétera. En realidad, no había ninguna garantía de que Lotus significara algo. Que ellos supieran, podía ser el apelativo cariñoso de la novia del Emir.

—Bueno, vamos a ponernos en el peor de los casos —dijo Margolin, volviendo a centrar la cuestión.

—Propongo que nos cubramos las espaldas —contestó Cummings—. Sabemos dónde está la cueva y sabemos que la señal tenía un alcance bastante corto: unos veinte kilómetros a ambos lados de la frontera. Suponiendo que Lotus signifique algo, cabe la posibilidad de que desencadene algún tipo de movimiento: de personal, logístico, financiero... Quién sabe.

El problema, pensó Mary Pat, era que los temas de personal y logística se seguían mucho mejor con agentes de carne y hueso que con medios de espionaje electrónicos, y en ese momento no tenían ningún agente en la zona.

—Ya sabes por qué me inclinaría yo —le dijo al director del NCTC.

—Todos desearíamos lo mismo, pero no disponemos de medios. Al menos, al nivel que querríamos.

Gracias a Ed Kealty y al director Scott Kilborn, pensó Mary Pat con amargura. Tras invertir casi una década en reconstruir su cantera de agentes de inteligencia (a través del Plan Azul, en buena medida), el Servicio Clandestino había recibido orden de reducir su presencia en el extranjero en favor de la información generada por los servicios de inteligencia aliados. Hombres y mujeres que habían arriesgado sus vidas levantando redes de espionaje en los páramos de Pakistán, Irán y Afganistán habían vuelto a quedar confinados en las embajadas y los consulados sin recibir a cambio un solo gesto de reconocimiento.

Dios nos libre de la politización cegata de los servicios de inteligencia.

—Cambiemos el enfoque, entonces —dijo Mary Pat—. Hay agentes in situ a los que podemos recurrir, sólo que no son nuestros. Podemos pedir ayuda a los servicios de espionaje aliados, como en los viejos tiempos.

—¿A los británicos? —preguntó Turnbull.

—Sí. Tienen más experiencia que nadie en Asia Central, incluidos los rusos. No perdemos nada por preguntar. Que alguien vaya a echar un vistazo a esos puntos de recogida, a ver si siguen en uso.

—¿Y luego?

—Ya cruzaremos ese puente cuando lleguemos a él.

Al fondo de la mesa de reuniones, Margolin echó la cabeza hacia atrás y se quedó mirando el techo unos segundos.

—El problema no es pedir ayuda; el problema es conseguir autorización para pedirla.

—Joder, será una broma —dijo Cummings.

No lo era, y Mary Pat lo sabía. Aunque los adjuntos de Kilborn en el Servicio Clandestino y los demás departamentos de inteligencia no se habían tragado ciegamente la doctrina oficial, como se la había tragado el director de la CIA, empezaban a empaparse de ella, no había duda. Al elegir a Kilborn, el presidente Kealty había querido asegurarse de que los cuadros superiores de la CIA seguían la nueva línea marcada por el ejecutivo, al margen de cuáles fueran las consecuencias para la agencia o para los servicios de inteligencia en su conjunto.

—Pues no la pidas —dijo Mary Pat con sencillez.

—¿Qué? —contestó Margolin.

—Si no preguntamos, no nos dirán que no. Todavía estamos tanteando, ¿no? No hay ninguna operación en marcha, ningún presupuesto asignado. Sólo estamos explorando posibilidades. A eso nos dedicamos. Para eso nos pagan. ¿Desde cuándo hay que pedir permiso para charlar un rato con un aliado?

Margolin la miró fijamente unos instantes; después se encogió de hombros. Su gesto no decía nada y lo decía todo. Mary Pat conocía lo suficiente a su jefe para saber que había puesto el dedo en la llaga. Margolin amaba, como ella, su cargo, pero no a costa de dejar de hacer su trabajo.

—Este asunto no se ha mencionado —dijo Margolin—. Deja que tantee el terreno. Si ponen mala cara, lo haremos a tu manera.

Aquélla era la verdadera Rusia, pensó Vitali: la de los inviernos más crudos, en una nación famosa por lo áspero de su clima. Los osos polares estaban ya gordos: se habían recubierto de una gruesa capa aislante que les permitiría pasar meses hibernando en cavidades excavadas entre las fracturas de los glaciares. Sólo de vez en cuando despertarían de su sueño para atrapar a alguna foca que se acercara demasiado a un respiradero practicado en el hielo.

Vitali se levantó, se desperezó y entró arrastrando los pies en la cocina para poner a calentar el agua del té. La temperatura superaba apenas el punto de congelación: era un tibio día de otoño. No se había formado más hielo durante la noche, al menos en cantidad que no pudiera romper o rodear la lancha de desembarco, pero sobre la cubierta había una capa de dos centímetros y medio de espuma congelada. Vania y él tendrían que romperla, o la embarcación pesaría demasiado. Volcar en aquellas aguas equivalía a una muerte casi segura; sin traje de inmersión, uno perdía la conciencia al cabo de cuatro minutos y moría pasados quince, y aunque Vitali tenía a bordo trajes suficientes para todos, sus pasajeros habían demostrado muy poco interés cuando les explicó su uso.

Se habían despertado ya y luchaban por sacudirse el frío dando zapatazos en el suelo y cruzando los brazos sobre el pecho. Encendieron sus cigarrillos y se trasladaron a popa, donde estaba el rudimentario aseo de la lancha. Se comieron el pan con mantequilla congelada que les pusieron para desayunar.

Vitali esperó una hora para empezar la jornada; después arrancó los motores y salió marcha atrás de la playa de grava en la que habían pasado la noche. Sus pasajeros ya se habían acomodado, y él se dirigió hacia el este a diez nudos. Vania le relevó al timón. Escuchaban una radio de AM, vieja pero todavía en uso; música clásica, sobre todo, emitida desde Arcángel. Ayudaba a pasar el rato. Faltaban diez horas para alcanzar su destino. Ciento sesenta kilómetros. Diez horas a diez nudos, según la carta de navegación.

—Eso no tiene buena pinta —comentó Vania, señalando a estribor.

Por el este se veía en el horizonte una línea de negros nubarrones, tan bajos que casi parecían fundirse con la superficie del mar.

—No, no tiene buena pinta —contestó Vitali. Y la tendría aún peor, pensó. Para llegar a su destino se verían obligados a atravesar la borrasca; o eso, o desviarse mucho de su rumbo, o incluso varar la embarcación y esperar a que pasara la tormenta.

—Dile a Fred que venga, ¿quieres? —dijo Vitali.

Vania bajó y regresó un minuto después con el jefe de los pasajeros.

—¿Algún problema, capitán?

Vitali señaló la borrasca por la ventana.

—Ése.

—¿Lluvia?

—Aquí no llueve, Fred. Aquí hay tormentas. La única duda es si será muy grande. Y me temo que ésa va a ser de las gordas. —*Y más aún para una lancha T-4 de desembarco con los costados planos y un metro de calado*, añadió para sus adentros.

—¿Cuánto tiempo falta para que alcancemos la tormenta?

—Tres horas. Un poco más, quizá.

—¿Podremos capearla?

—Seguramente, pero aquí no hay nada seguro. En todo caso, será una travesía dura.

—¿Qué alternativas tenemos? —preguntó Fred.

—Regresar a donde hemos pasado la noche o dirigirnos hacia el sur y procurar bordear la borrasca. Pero en ambos casos perderíamos un día o dos de viaje.

—Imposible —contestó Fred.

—Será peligroso atravesar esa tormenta... y sus hombres y usted pasarán un mal rato.

—Nos las arreglaremos. Tal vez una bonificación extra haga más llevaderas las molestias que pueda causarle.

Vitali se encogió de hombros.

—Yo estoy dispuesto, si usted lo está.

—Adelante.

Dos horas después vieron un barco en el horizonte, con rumbo oeste. Seguramente un buque de suministros que volvía de dejar su carga (equipamiento de perforación) en el nuevo campo petrolífero descubierto más al este, subiendo por el río Lena, al sur de Tiksi. A juzgar por su estela, avanzaba a toda máquina, intentando escapar de la borrasca hacia la que se dirigían ellos.

Vania apareció a su lado.

—Los motores van bien. Y ya está todo atado.

Vitali le había pedido que preparara la lancha para la tormenta inminente. No podían, en cambio, preparar a sus pasajeros para lo que se les venía encima, ni prever lo que haría el mar con la embarcación. La Madre Naturaleza era cruel y caprichosa.

Un rato antes, Vitali le había pedido a Fred que sus hombres le echaran una mano para quitar el hielo de la lancha, cosa que habían hecho pese a que apenas se sostenían en pie y a que su tez había adquirido una enfermiza palidez verdosa. Mientras la mitad de ellos rompía el hielo con hachas y mazos, los restantes fueron arrojando por la borda los trozos sirviéndose de palas, bajo la supervisión de Vania.

—¿Qué te parece si después de esto nos vamos a Sochi y nos buscamos un barquito allí? —le preguntó Vania a su capitán tras dejar que sus pasajeros se fueran abajo a descansar.

—Hace demasiado calor. Allí no hay quien viva. —La típica mentalidad ártica. Los hombres de verdad vivían y trabajaban en el frío, y alardeaban de lo duros que eran. Y, además, con el frío el vodka sabía mejor.

La tormenta (un muro gris oscuro y turbulento que parecía hincharse ante los ojos de Vitali) se cernía a diez millas de su proa.

—Vania, vete abajo y recuérdales a nuestros invitados cómo se usan los trajes de inmersión.

Vania se volvió hacia la escalerilla.

—Y asegúrate de que esta vez prestan atención —añadió Vitali.

Como capitán, tenía el deber profesional de velar por la seguridad de sus pasajeros. Pero, aparte de eso, dudaba de que el jefe de aquellos hombres, fuera quien fuese, se mostrara comprensivo si acababan todos muertos.

Un ejercicio absurdo, pensó Musa Merdasan mientras veía a aquel hombrecillo ruso, semejante a un gnomo, desplegar el traje de supervivencia naranja sobre la cubierta. Primero, ningún barco llegaría a tiempo de rescatarles, con traje o sin él; segundo, ninguno de sus hombres se lo pondría de todos modos. Si Alá creía oportuno entregarlos al mar, aceptarían su destino. Además, Merdasan no quería que les rescataran; y, si les sacaban del mar, rezaba por que estuvieran irreconocibles. Eso era algo que debían tener en cuenta, cómo asegurarse de que ni el capitán ni su subalterno sobrevivieran a semejante catástrofe, no fuera a ser que se investigara la naturaleza del viaje y el propósito de sus pasajeros. Si caían al agua, no podría servirse de una pistola. Tendría que ser con un cuchillo, entonces, preferiblemente antes de que abandonaran el barco. Y quizá tuviera que abrirles el vientre para asegurarse de que se hundían.

—Primero se extiende el traje sobre el suelo, con la cremallera abierta, y luego se sienta uno con el trasero justo encima del punto más bajo de la cremallera —iba diciendo el ruso.

Merdasan y sus hombres seguían sus explicaciones, naturalmente, y hacían lo posible por parecer atentos. Pero tenían mal aspecto: el mar, cada vez más embravecido, había descolorido sus caras. La cabina apestaba a vómitos, sudor y comida requemada.

—Lo primero que se mete son las piernas, luego los brazos, primero uno y luego el otro, y después la capucha. Una vez hecho esto, se pone uno de rodillas, sube la cremallera hasta arriba del todo y cierra las solapas de velcro tapando la parte inferior de la cara.

El ruso fue de hombre en hombre, asegurándose de que todos seguían sus instrucciones. Satisfecho, miró a su alrededor y dijo:

—¿Alguna pregunta?

Los pasajeros guardaron silencio.

—Si caen por la borda, la RBE...

—¿La qué? —preguntó uno.

—La radiobaliza de emergencia que indica la posición, ese chisme que llevan pegado al cuello, se activará automáticamente en cuanto esté sumergida. ¿Alguna pregunta sobre ese tema?

No hubo ninguna.

—Está bien, les aconsejo que se metan en sus catres y se agarren bien fuerte.

Vitali quedó sobrecogido por la velocidad y el ímpetu con que les golpeó la tormenta, a pesar de que sabía a qué atenerse. El cielo se volvió negro como la pez en torno a él, y en menos de cinco minutos el mar pasó de una calma relativa, con olas de entre dos metros y dos metros y medio, a convertirse en una vorágine con olas de seis metros que se estrellaban contra la rampa de proa como si fueran la mano del mismo Dios.

Grandes columnas de agua y espuma se alzaban sobre los costados de la embarcación y golpeaban las ventanas de la caseta del timón como puñados de grava arrojados contra ellas, cegándole durante diez segundos, hasta que los limpiaparabrisas lograban desalojar el agua y le permitían vislumbrar la ola siguiente. Cada pocos segundos, toneladas de agua marina saltaban la barandilla de estribor y, cruzando la cubierta, la anegaban hasta la altura de la rodilla, y colmataban los imbornales, que no daban abasto para achicar el agua. Con el timón bien asido, Vitali sentía cómo iba quedando al pairo el casco de la lancha de desembarco a medida que el agua se estrellaba contra las regalas.

—Vete abajo y ocúpate de los motores y las bombas —le dijo a Vania, que se acercó a la escalerilla a trompicones.

Accionando las dos palancas, Vitali luchaba por mantener la proa apuntada hacia las olas. Si permitía que la embarcación se pusiera de costado hacia la marejada, corría el riesgo de que una sacudida fatal les hiciera volcar. La T-4 tenía el fondo plano y era, por tanto, prácticamente incapaz de volver a enderezarse si se ladeaba más allá de quince grados. Si volcaba en medio de un temporal, tardaría sólo uno o dos minutos en hundirse.

Vitali era, además, muy consciente de las limitaciones estructurales de la rampa de proa. Aunque Vania y él habían procurado asegurarse de que estaba bien sujeta y aguantaría el oleaje, su diseño no tenía vuelta de hoja: estaba hecha para caer, plana, sobre una playa y desembuchar su carga de soldados. Pero se sacudía cada vez que una ola se estrellaba contra la embarcación, y hasta entre el estruendo de la tormenta podía oír el martilleo metálico de sus argollas de seguridad de una pulgada de grosor.

Otra ola se alzó sobre la barandilla y, al romper, una de sus mitades se desgajó y cayó en cascada sobre la cubierta mientras la otra chocaba contra las ventanas de la timonera. La lancha cabeceó a babor. Vitali perdió pie y, al caer hacia delante, se golpeó la frente con el tablero de mandos. Recuperó el equilibrio y parpadeó con rapidez, vagamente consciente de que algo húmedo y caliente le chorreaba por la sien. Apartó la mano del timón y se tocó la frente; al mirarse los dedos, los tenía manchados de sangre. Pero era poca cosa, se dijo. Apenas un par de puntos.

Por el intercomunicador se oyó la voz apagada de Vania:

—Ha fallado la bomba... intentando volverla a arrancar...

Maldita sea. Podían pasar sin una bomba, pero Vitali sabía que la mayoría de los barcos se hundía no por un incidente catastrófico, sino por una acumulación de fallos que se sucedían, uno tras otro, formando un efecto dominó que acababa por colapsar las funciones vitales de la nave. Y si eso ocurría allí... Más valía no pensarlo.

Pasaron sesenta segundos; luego Vania dijo:

—Ha vuelto a arrancar!

—¡Entendido! —contestó Vitali.

Un instante después oyó que alguien gritaba abajo:

—¡No, no! ¡Vuelve aquí!

Se desplazó a su derecha y pegó la cara a la ventanilla lateral. Vio que, a popa, una figura cruzaba a trompicones la puerta del camarote y salía a la cubierta ladeada. Era uno de los hombres de Fred.

—¿Qué pasa...?

El hombre se tambaleó y cayó de rodillas. De su boca salió un chorro de vómito. Vitali vio que estaba aterrorizado. Atrapado bajo la cubierta, el instinto de escapar había ofuscado la parte lógica de su cerebro.

Vitali habló por el intercomunicador de la sala de máquinas.

—¡Vania! ¡Hay un hombre en cubierta!

La popa de la lancha se elevó de pronto. Mientras volvía a descender, una ola rezagada golpeó el costado de estribor. El hombre, que había salido despedido, se vio arrojado a un lado y chocó contra la regala. Permaneció allí un momento, colgado de la borda como un pelele, con las piernas sobre la cubierta y el torso suspendido en el aire, y después cayó hacia delante y desapareció.

—¡Hombre al agua! ¡Hombre al agua! —gritó Vitali por el intercomunicador. Miró por las ventanillas, buscando un resquicio entre las olas para poder dar la vuelta.

—No —oyó que decía una voz a su espalda.

Al volverse vio a Fred de pie en lo alto de la escalerilla, asido con ambas manos a la barandilla de seguridad. Tenía la pechera de la camisa manchada de vómito.

—¿Qué? —preguntó Vitali.

—Ha muerto. Olvídese de él.

—¿Está loco? No podemos...

—Si da la vuelta, nos arriesgamos a volcar, ¿no?

—Sí, pero...

—Ese hombre sabía a qué se arriesgaba, capitán. No voy a permitir que su error nos ponga en peligro a todos.

Vitali sabía que Fred tenía razón desde un punto de vista lógico, pero abandonar a un hombre en el mar sin intentar siquiera rescatarle le parecía inhumano. Y hacerlo, además, sin el menor indicio de emoción en el rostro...

Como si advirtiera su indecisión, el hombre que se hacía llamar Fred añadió:

—Mis hombres son responsabilidad mía; la suya es mantener a salvo el barco y a sus pasajeros, ¿no es así?

—Sí, así es.

—Entonces continuamos.

39

—¿Sí? —dijo el ex presidente Jack Ryan. Todavía le gustaba contestar al teléfono personalmente. A aquél, al menos.

—¿Señor presidente?

—Sí, ¿quién es? —Fuera quien fuese, tenía acceso a su línea privada. Y no había muchos que pudieran decir lo mismo.

—John Clark. Volví de Inglaterra anteayer.

—John, ¿cómo te va? Así que se salieron con la suya, ¿eh? Mandaron a casa a los yanquis.

—Me temo que sí. El caso es que Ding y yo estamos aquí. Y, bueno, te llamaba porque creo que los dos te debemos una visita de cortesía. ¿Te parece bien?

—Por supuesto que sí. Venid a comer. Dime cuándo.

—¿Dentro de una hora y media?

—De acuerdo, comeremos juntos, entonces. ¿Nos vemos sobre las once?

—Sí, señor.

—Sigo llamándome Jack, ¿sabes?

Clark se echó a reír.

—Intentaré recordarlo.

Y la llamada se cortó. Ryan cambió de línea y llamó a Andrea.

—¿Sí, señor presidente?

—Van a venir dos amigos sobre las once. John Clark y Domingo Chávez. ¿Te acuerdas de ellos?

—Sí, señor. Muy bien, los pondré en la lista —contestó con voz estudiadamente neutral. Recordaba que aquellos dos hombres eran peligrosos, aunque parecían leales. Como agente especial del Servicio Secreto de Estados Unidos, no se fiaba de nadie—. ¿Se quedarán a comer?

—Probablemente.

Fue un agradable trayecto en dirección este por la Ruta 50, y luego hacia el sur, antes de llegar a Annapolis. Clark descubrió que volver a acostumbrarse a conducir por el lado derecho de la calzada después de pasar varios años conduciendo por el izquierdo era un proceso casi automático. Estaba claro que la programación de toda una vida se imponía con facilidad a los ajustes que había tenido que hacer en el Reino Unido, aunque de vez en cuando tuviera que pensárselo. Las señales verdes ayudaban. En Inglaterra y Gales eran azules, lo cual servía para recordarle que estaba en un país extranjero, aunque con mejor cerveza.

—Bueno, ¿cuál es el plan? —le preguntó Chávez.

—Decirle que hemos firmado.

—¿Y respecto a júnior?

—Lo que tú decidas es cosa tuya, Ding, pero, según lo veo yo, lo que se cuenten padre e hijo es asunto suyo, no nuestro. Jack hijo es un hombre adulto. Lo que haga con su vida es cosa suya, y también es cosa suya a quién se lo cuenta.

—Sí, tienes razón, pero, hombre, si le pasa algo... Dios todopoderoso, no me gustaría tener que capear ese temporal.

Ni a mí, pensó Clark.

—Claro que ¿qué ibas a decirle? —continuó Ding—. Si te pide que le entrenes, no vas a decirle que no.

—Tienes mucha razón.

Lo cierto era que se sentía mal por no contárselo a Jack Ryan padre: a fin de cuentas, se conocían desde hacía mucho tiempo y le debía mucho al ex presidente. Pero guardar secretos de otras personas había sido uno de los grandes pilares de su vida. Aquello era personal, claro, pero Jack era mayorcito y tenía una buena cabeza sobre los hombros. Lo cual no significaba que no fuera a intentar convencerle de que le dijera a su padre que trabajaba en el Campus.

Cuarenta minutos después torcieron a la derecha en Peregrine Cliff Road, sin duda vigilados por varias cámaras de televisión desde ese momento: los agentes del Servicio Secreto estarían comprobando en sus ordenadores el número de su matrícula, averiguarían que conducía un coche alquilado y, al no poder acceder al sistema informático de Hertz con la suficiente rapidez para identificar al titular del alquiler, se pondrían un poco nerviosos, aunque sólo en un sentido institucional, cosa que el Servicio Secreto hacía muy bien.

Llegaron por fin al pilar de piedra que marcaba la entrada a la avenida de cuatrocientos metros de la casa de Ryan.

—Identifíquese, por favor —dijo una voz distorsionada desde el altavoz del pilar.

—Rainbow Six para ver al Espadachín.

—Proceda —contestó la voz, a la que siguió un pitido electrónico y el ruido hidráulico de los mandos de la verja al accionarse.

—No les has dicho nada de mí —objetó Chávez.

Clark se rió.

—Limítate a mantener las manos donde puedan verlas.

Andrea Price-O'Day ya estaba en el porche cuando enfilaron la avenida. La jefa en persona, pensó Clark. Tal vez le consideraran importante. Ser amigo del presidente tenía sus ventajas.

—Hola, jefe —dijo Andrea a modo de saludo.

¿Le caigo bien?, pensó Clark. Sólo sus amigos le llamaban «jefe».

—Buenos días, señora. ¿Cómo está el ex presidente?

—Trabajando en su libro, como siempre —respondió Andrea—. Bienvenidos.

—Gracias. —Clark estrechó la mano que ella le tendía—. Ya conoce a Domingo, creo.

—Sí, claro. ¿Qué tal la familia?

—Estupendamente. Contentos de estar en casa. Y tenemos otro en camino, además.

—¡Enhorabuena!

—¿Qué tal se las arregla el jefe? —preguntó Clark—. ¿No se sube por las paredes?

—Pase a verlo usted mismo. —Andrea abrió la puerta.

Habían estado allí otras veces: el amplio y diáfano cuarto de estar, el artesonado del techo y los grandes ventanales que mostraban la bahía de Chesapeake, además del gran piano Steinway, que seguramente Cathy tocaba aún de vez en cuando. Andrea les condujo por los escalones alfombrados, torció a la derecha, hacia el despacho biblioteca de Ryan, y luego a la izquierda.

Lo encontraron tecleando con tanta fuerza que sin duda tenía que cambiar de teclado cada dos años, más o menos. El ex presidente levantó la vista cuando entraron.

—¿Muchas cosas en la cabeza, señor presidente? —preguntó Clark con una sonrisa.

—¡Hola, John! ¿Qué tal, Ding? ¡Bienvenidos! —Se acercaron y se estrecharon las manos—. Sentaos y poneos cómodos —ordenó Jack, y sus órdenes se cumplieron. Aunque fuera un viejo amigo, era un ex presidente de Estados Unidos, y ambos habían vestido uniforme no hacía tanto tiempo.

—Me alegra verte de una pieza —comentó Clark.

—¿Por qué? ¿Por lo de Georgetown? —Ryan sacudió la cabeza—. No fue nada, en realidad. Andrea le quitó de en medio limpiamente. Con un poco de ayuda de Jack, claro.

—¿Y eso?

—Estaba allí. Fue él quien avisó a Andrea. Notó algo raro en el conserje.

—¿El qué? —preguntó Clark.

—Que estaba usando un destornillador con una tuerca, en vez de una llave fija.

—El chico es listo —observó Chávez—. El papá estará orgulloso de él.

—Ya lo creo —contestó el ex presidente Ryan sin intentar ocultarlo—. ¿Queréis un café?

—El café es una cosa que no hacen bien en Inglaterra, señor —respondió Chávez—. Tienen Starbucks, pero para mí no es lo mismo.

—Voy a prepararlo. Venid. —Se levantó y se dirigió a la cocina, donde había un bote lleno de café de Kona y varias tazas—. Bueno, ¿qué tal la vida en Inglaterra?

—Había buena gente. Nuestra base estaba cerca de la frontera con Gales. La gente es amable, hay buenos *pubs* y la comida de la zona es bastante buena. Me gusta especialmente su pan —explicó Clark—. Pero creen que el fiambre de ternera sale siempre de una lata.

Ryan se echó a reír.

—Sí, ya, comida para perros. Trabajé en Londres casi tres años, y en todo ese tiempo no encontré un fiambre de ternera decente. Ellos lo llaman «ternera en salazón», pero no es lo mismo. Así que os tocaba ya dejar Rainbow, ¿eh?

—Supongo que abusamos de su hospitalidad —contestó Clark.

—¿Quién se ha quedado allí? —preguntó el presidente Ryan.

—Dos equipos de intervención rápida perfectamente entrenados, de los que más o menos la mitad son miembros del SAS del Ejército británico. Son muy buenos —le aseguró Clark—. Pero los demás contingentes europeos se están retirando. Es una lástima. Algunos de ellos eran insuperables. El apoyo de inteligencia es también bastante decente. Rainbow seguirá funcionando, si se lo permiten. Pero los burócratas locales, es decir, europeos, se mean en los pantalones cada vez que se despliegan mis chicos.

—Sí, bueno, aquí les pasa lo mismo —contestó Ryan—. Acaba uno por preguntarse qué fue de Wyatt Earp.

Aquello hizo reír a sus invitados.

—¿A qué se dedica ahora Torpedero? —preguntó Clark. Era una pregunta natural entre amigos que no se veían desde hacía tiempo; habría parecido extraño que no la hiciera.

—A actividades bursátiles, como hacía yo. Ni siquiera he preguntado dónde. Tener por padre a un presidente puede ser un incordio a su edad, ¿sabéis?

—Sobre todo si tiene una cita y le siguen un montón de coches —comentó Chávez con una sonrisa—. No sé si a mí me habría gustado.

Pasaron diez minutos charlando y poniéndose al día sobre sus respectivas familias, hablando de deportes y del estado general del mundo, y luego Ryan dijo:

—¿Qué vais a hacer, chicos? Imagino que la CIA os ha propuesto la jubilación. Si necesitáis alguna carta de recomendación, avisadme. Los dos habéis servido bien a vuestro país.

—Ésa es una de las cosas de las que queríamos hablarte —dijo Clark—. Nos encontramos con Jimmy Hardesty en Langley, y él nos puso en contacto con Tom Davis.

—¿Ah, sí? —preguntó Ryan, bajando su taza.

Clark asintió con un gesto.

—Nos han ofrecido trabajo.

El ex presidente se quedó pensando un momento.

—Bueno, la verdad es que a mí también se me había pasado por la cabeza. Los dos estáis cualificados para el trabajo, de eso no hay duda. ¿Qué opináis de cómo se ha organizado el tinglado?

—Está bien. Aunque parece que están surgiendo complicaciones, pero eso era de esperar.

—Gerry Hendley es un buen tipo. Si no, no lo habría autorizado. ¿Sabéis lo de los indultos?

Fue Chávez quien contestó:

—Sí, gracias por adelantado. Espero que no los necesitemos, pero está bien saber que existen.

Ryan asintió con la cabeza.

—¿Qué os parece si comemos algo?

Y así queda zanjada la conversación, se dijo Clark. El Campus era algo que convenía mantener a distancia, aunque fuera creación de Ryan.

—Creía que no ibas a decirlo nunca —contestó de inmediato—. ¿No tendrás fiambre de ternera, por casualidad?

—Hay un sitio en Baltimore que se llama Altman's. Eso es lo bueno del Servicio Secreto: que, como no me dejan hacer nada, les mando a un montón de recados.

—Apuesto a que en los viejos tiempos se la traían en avión desde el Carnegie de Nueva York —comentó Chávez.

Ahora fue Ryan quien sonrió.

—De vez en cuando. Hay que tener cuidado con esas cosas. Puede uno malacostumbrarse y empezar a creer que se lo merece. La verdad es que echo de menos poder salir a hacer la compra yo mismo, pero Andrea y sus tropas ponen el grito en el cielo cada vez que lo intento.

El Servicio Secreto había insistido, por ejemplo, en que hubiera en su casa un sistema de extinción de incendios por aspersores. Ryan se había sometido y hasta lo había pagado de su bolsillo, aunque podría haberle pasado la factura al Departamento del Tesoro. No quería empezar a sentirse como un rey. Acompañó a sus invitados a la cocina, donde ya estaba dispuesto el fiambre de ternera encurtida, junto con panecillos y mostaza fina.

—Menos mal, por fin una auténtica comida norteamericana —comentó Clark en voz alta—. Adoro a los británicos, y me gusta tomar alguna que otra pinta de John Smith, pero no hay como estar en casa.

Al llegar al coche, Ryan dijo:

—Ahora que sois libres, contadme, ¿cómo es el nuevo Langley?

Clark respondió:

—Ya me conoces, Jack. ¿Cuánto tiempo llevo clamando por que se refuerce la dirección de Operaciones? —preguntó, refiriéndose al Servicio Clandestino de la CIA, los verdaderos espías y oficiales de inteligencia—. El Plan Azul acababa de despegar cuando lo derribó el puto Kealty.

—Hablas árabe, ¿no?

—Lo hablamos los dos —contestó Chávez—. A John se le da mejor que a mí, pero si hace falta puedo encontrar el aseo de caballeros. Pastún no hablo, en cambio.

—El mío está muy oxidado —añadió Clark—. Hace más o menos veinte años que no voy por allí. Un pueblo interesante, el afgano. Son duros, pero primitivos. El caso es que todo gira en torno a la heroína.

—¿Hasta qué punto es grave el problema?

—Hay algunos millonarios a lo bestia en el país, todos gracias al opio. Viven como reyes y reparten el dinero en forma de armas y munición, casi siempre. Pero todas las drogas duras que pueden comprarse en la calle en la zona sureste de Washington proceden de Afganistán. Eso nadie parece reconocerlo. Todas, o casi. Ese tráfico genera dinero suficiente para corromper su cultura y la nuestra. Ellos no necesitan ayuda. Hasta que llegaron los rusos, en 1979, se estaban matando los unos a los otros. Luego unieron fuerzas, les hicieron la vida imposible a los soviéticos, esperaron unas dos semanas después de que se largara el Ejército Rojo, y entonces empezaron otra vez a matarse entre ellos. No saben lo que es la paz.

Ni la prosperidad. Si construyes escuelas para sus hijos, las vuelan. Viví allí más de un año, trepando por los montes y disparando contra los rusos, intentando entrenar a los afganos. Tienen muchas cosas buenas, pero conviene no darles la espalda. Y a eso hay que sumar el terreno. Algunos sitios están a tal altura que no llegan los helicópteros. No es un lugar para ir de vacaciones. Pero lo más duro de todo es su cultura. Gente de la edad de piedra con armas modernas. Parecen tener un conocimiento congénito de todo lo que pueda matar. No se parecen a nadie. Lo único que no son capaces de hacer es comerse tu cuerpo después de matarte. Para eso sí son bastante musulmanes. En todo caso, mientras el opio siga generando dinero, será el motor que impulsa el país, y eso nada va a cambiarlo.

—Suena desalentador —comentó Ryan.

—«Desalentador» no es la palabra. Qué demonios, los rusos probaron con todo: construyeron escuelas, hospitales y carreteras para intentar que fuera una campaña fácil, para comprarles, y mira de lo que les sirvió. Esa gente lucha por pura diversión. Se puede comprar su lealtad con comida, y, sí, intentar construir hospitales, escuelas y carreteras. Y puede que funcione, pero conviene no confiarse. Hay que encontrar el modo de borrar tres mil años de guerras tribales, de disputas de sangre y de desconfianza hacia los extranjeros. Un hueso duro de roer. Yo serví en Vietnam y, comparado con Afganistán, eso era el puto Disneylandia.

—Y en algún lugar del Reino Mágico, el Emir está jugando al escondite —observó Chávez.

—O quizá no —repuso Clark—. Todo el mundo da por sentado que sigue allí.

—¿Sabes algo que nosotros ignoramos? —preguntó Ryan con una sonrisa.

—No, sólo intento pensar como ese tipo. Es la regla número uno en el entrenamiento de evasión y escapada de los SEAL: ir donde no van los malos. Sí, sus opciones son limitadas, pero tienen una organización bastante decente y dinero de sobra.

—Puede que esté en Dubái —sugirió Ding—, en una de esas mansiones de lujo.

El ex presidente Ryan se rió al oírle.

—Bueno, estamos buscándole con ahínco. El problema es que, sin una dirección de Inteligencia que plantee las debidas preguntas y una dirección de Operaciones lo bastante infiltrada como para darles respuesta, es perder el tiempo. Toda esa gente a la que ha metido Kealty sólo piensa en el cuadro general, y así no vamos a resolver nada.

Dos horas después, Clark y Chávez volvían a Washington digiriendo la comida y reflexionando sobre lo que habían aprendido. Aunque Ryan sólo lo había mencionado de pasada, Clark tenía claro que el ex comandante en jefe estaba sopesando seriamente la posibilidad de volver a presentarse como candidato a la Casa Blanca.

—Va a hacerlo —comentó Chávez.

—Sí —contestó Clark—. Se siente atrapado.

—Está atrapado.

—Igual que nosotros, Domingo. Trabajo nuevo, pero la misma mierda de siempre.

—No la misma, exactamente. Va a ser interesante, eso seguro. Me pregunto cuánto...

—No mucho, diría yo. Los cadáveres suelen ser perjudiciales para el negocio, y además no hablan mucho. Y de lo que se trata es de conseguir información.

—Pero de vez en cuando hay que hacer una matanza selectiva de reses.

—Cierto. En Langley el problema ha sido siempre conseguir que alguien firmara la orden. Los papeles duran eternamente, ¿sabes? En Vietnam había una guerra de verdad y las órdenes podían ser verbales, pero cuando acabó, los chupatintas comenzaron a acojonarse otra vez y los abogados asomaron su fea cabeza, aunque eso no es del todo malo. No podemos permitir que los funcionarios gubernamentales den ese tipo de órdenes cuando a ellos se les antoje. Tarde o temprano, fulano se deja llevar y a mengano le da un ataque de mala conciencia y te denuncia por ello, aunque el sujeto en cuestión se tuviera bien merecido irse al otro mundo. Es asombroso lo peligrosa que puede ser la conciencia. Y normalmente en el momento más inoportuno. Vivimos en un mundo imperfecto, Ding, y no hay ninguna regla que diga que debe tener sentido.

—Un indulto presidencial en blanco —comentó Chávez, cambiando de tema—. ¿Y es legal?

—Bueno, eso nos dijo Davis. Me acuerdo de cuando estrenaron *El agente 007 contra el doctor No*. Yo estaba en el instituto. El anuncio de la película decía: «El doble cero significa que tiene licencia para matar a quien quiera y cuando quiera». Eso molaba mucho en la década de 1960. Antes del Watergate y todo eso, a la administración Kennedy también le gustaba la idea. Así que pusieron en marcha la Operación Mangosta. Fue una auténtica cagada, claro, pero nunca se ha hecho público hasta qué punto. La política —explicó Clark—. Imagino que nunca has oído contar muchas historias sobre ese asunto.

—No aparecía en el plan de estudios de La Granja.

—Normal. ¿Quién querría trabajar para una agencia que hace tales chapuzas? Cargarse a un jefe de Estado extranjero es un asunto muy chungo, hijo, aunque a uno de nuestros presidentes le hiciera ilusión ser un sociópata. Es curioso lo poco que le gusta a la gente pensar con detenimiento las cosas.

—¿Como a nosotros?

—Nosotros no nos cargamos a nadie tan importante.

—¿Qué es ese rollo del Ranger?

—Sam Driscoll —contestó Clark. Ryan les había hablado de la investigación promovida por Kealty—. Me pateé unas cuantas montañas con él en los noventa. Un buen hombre.

—¿Se está haciendo algo para impedirlo?

—No lo sé, pero si Jack nos lo ha contado es por algo.

—¿Un nuevo recluta para el Campus?

—Eso sin duda amortiguaría su caída, ¿no te parece?

—Sí, pero aun así, ver cómo se va al garete tu carrera porque algún gilipollas quiera anotarse un tanto... No es justo, *mano*.

—No lo es en muchos sentidos —convino Clark.

Siguieron avanzando en silencio durante unos minutos; luego Chávez dijo:

—Parece preocupado. Y cansado.

—¿Quién? ¿Jack? Yo también lo estaría. Pobre hombre. Sólo quiere escribir sus memorias y a lo mejor practicar un poco el golf y jugar con sus nietos. Es un tipo verdaderamente estupendo, ¿sabes?

—Ése es su problema —repuso Chávez.

—Ya lo que creo que sí. —Era agradable saber que su yerno no había perdido el tiempo en la Universidad George Mason—. El sentido del deber puede meterte en muchos aprietos. Y hay que saber cómo salir de ellos.

En Peregrine Cliff, Ryan se descubrió dejando vagar su mente con los dedos suspendidos sobre el teclado. *El puto Kealty*... Procesar a un soldado por matar enemigos. Era, se dijo, una muestra palmaria del verdadero carácter del presidente.

Miró el teléfono. Dos veces hizo amago de descolgarlo y su mano pareció detenerse por sí sola, contradiciendo así la sentencia de san Agustín acerca de la voluntad y la resistencia. Luego, sin embargo, lo levantó y pulsó las teclas.

—Sí, Jack —contestó Van Damn. Su línea privada tenía identificador de llamadas.

—De acuerdo, Arnie, da el pistoletazo de salida. Y que Dios me ayude —añadió.

—Deja que haga algunas llamadas. Hablamos mañana.

—Muy bien. Nos vemos. —Y Ryan colgó.

¿Qué diablos estás haciendo?, se preguntó.

Pero conocía muy bien la respuesta.

40

Tenían que esforzarse por no adoptar una actitud conspirativa, por parecer personas normales que comían normalmente en un café de París un día de lluvia, lo cual les favorecía. Aparte de ellos, sólo había dos clientes más, una pareja joven, sentada a una mesa cercana, cubierta con una sombrilla.

Ibrahim les había dicho cómo debían vestirse (como franceses de clase media) y que de allí en adelante usaran siempre aquel atuendo. Hablaban todos francés, y aunque eran musulmanes, ninguno acudía a la mezquita periódicamente: hacían el rezo diario en casa, y desde luego no asistían a los sermones de los imanes más radicales y agresivos, a los que los diversos cuerpos policiales franceses mantenían bajo vigilancia constante.

Se reunían siempre en sitios públicos y charlaban como personas corrientes, y evitaban encontrarse como conspiradores en cuartuchos en los que la policía, tan astuta ella, pudiera colocar micrófonos. Las reuniones al aire libre eran fáciles de observar, pero casi imposibles de grabar. Y casi todos los franceses quedaban regularmente con los amigos para comer. Por grande y rica que fuera la policía francesa, no podía investigar a todos los habitantes de aquel país de infieles. La visibilidad normal iba de la mano del anonimato. Muchos otros habían acabado detenidos o incluso muertos por tomar el camino contrario. Sobre todo en Israel, donde las fuerzas policiales eran sumamente eficientes, en buena medida gracias al dinero que repartían con liberalidad por la calle. Siempre había alguien dispuesto a aceptar dinero a cambio de información. Por eso tenía que elegir a su gente con tanto cuidado.

Así pues, la reunión no comenzó con cánticos religiosos. Todos los conocían, de todos modos. Y hablaban únicamente en francés para que nadie se fijara en ellos por usar un idioma extranjero. Muchos occidentales sabían ya cómo sonaba el árabe... y siempre les resultaba sospechoso. Su misión consistía en volverse invisibles a plena luz del día. Por suerte, no era tan difícil.

—Bueno, ¿cuál es el objetivo? —preguntó Shasif Hadi.

—Se trata de un complejo industrial —contestó Ibrahim—. De momento, eso es lo único que necesitáis saber. Cuando estemos allí se os informará de todo.

—¿Cuántos? —preguntó Ahmed. Era el miembro más joven del equipo: estaba recién afeitado y lucía un cuidado bigote.

—La meta no son las víctimas. O, al menos, las víctimas humanas.

—Entonces, ¿cuál es? —preguntó Fa'ad, un kuwaití alto y guapo.

—Repito que sabréis más cuando sea necesario. —Sacó un trozo de papel de su bolsillo y lo desdobló sobre la mesa, ante ellos. Era un mapa impreso por ordenador del que se habían borrado todos los topónimos mediante algún programa de tratamiento de imagen—. El problema es elegir el mejor punto de entrada —prosiguió Ibrahim—. La planta está muy bien custodiada, tanto dentro como a lo largo de su perímetro. Las cargas explosivas que hacen falta son muy poca cosa, tan pequeñas que pueden llevarse en una sola mochila. Los guardias inspeccionan la zona dos veces al día, de modo que es de vital importancia elegir el momento adecuado.

—Si me traes las especificaciones de los explosivos, puedo empezar a planificarlo todo —dijo Fa'ad, satisfecho de que su formación fuera a redundar en beneficio de la sagrada causa de Alá. En opinión de los otros, alardeaba demasiado de su título de ingeniero por la Universidad de El Cairo.

Ibrahim asintió con la cabeza.

—¿Qué hay de la policía y de los servicios de espionaje del país? —preguntó Hadi.

Ibrahim hizo un ademán desdeñoso.

—Podremos arreglárnoslas.

Sus pensamientos, sin embargo, desmentían la despreocupación con la que hablaba. Sentía verdadero temor por los investigadores de la policía. Eran como genios maléficos, capaces de extraer toda clase de información inspeccionando una sola prueba, como por arte de magia. Nunca podía uno prever lo que sabían y cómo vincularían unas cosas con otras. Y la labor fundamental de Ibrahim consistía en no existir. Nadie debía conocer su nombre, ni su cara. Viajaba tan anónimamente como una brisa del desierto. El COR sólo sobreviviría si permanecía oculto. Él, Ibrahim, utilizaba en sus viajes numerosas tarjetas de crédito de titularidad desconocida; el dinero en efectivo, por desgracia, ya no era seguro. La policía sospechaba de quienes lo usaban, y los registraba con mayor ahínco. Tenía suficientes pasaportes en casa como para servir a un ministro de exteriores de una nación-Estado, todos y cada uno de ellos conseguidos sin escatimar gastos y utilizados sólo un par de veces antes de ser quemados hasta quedar reducidos a cenizas. Y aún se preguntaba si era precaución suficiente. Sólo hacía falta una persona para traicionarle.

Y los únicos que podían traicionarle eran aquellos en quienes confiaba plenamente. Esa idea daba vueltas constantemente por su cabeza. Bebió un sorbo de café. Incluso le angustiaba hablar en sueños cuando iba en avión, durante un vuelo trasatlántico. No haría falta nada más. No era la muerte lo que le daba miedo (ninguno de ellos la temía), sino más bien el fracaso.

Pero ¿acaso no eran los sagrados guerreros de Alá los que acometían los empeños más difíciles? ¿Y acaso no estarían las bendiciones divinas en consonancia con sus méritos? Ser recordado. Gozar del respeto de sus camaradas. Asestar un golpe en favor de la causa. Aunque no obtuviera ningún reconocimiento por ello, se presentaría ante Alá con el corazón lleno de paz.

—¿Tenemos autorización definitiva? —preguntó Ahmed.

—Todavía no. La tendremos pronto, espero, pero todavía no. Hoy, cuando nos despidamos, no volveremos a vernos hasta que estemos en el país.

—¿Cómo lo sabremos?

—Tengo un tío en Riad. Está pensando en comprarse un coche nuevo. Si el correo electrónico que recibo dice que el coche es rojo, esperamos; si es verde, pasamos a la siguiente fase. En ese caso, cinco días después del correo nos encontraremos en Caracas, como está previsto, y haremos en coche el resto del camino.

Shasif Hadi sonrió y se encogió de hombros.

—Recemos entonces por que el coche sea verde.

Clark observó que la dirección ya había mandado poner sus nombres en la placa de las puertas. Chávez y él tenían despachos contiguos de tamaño mediano, con mesas, sillas giratorias, dos sillas para visitas y ordenadores personales provistos de manuales sobre cómo utilizarlos y acceder a toda clase de archivos.

Averiguó enseguida cómo se usaba su equipo. En menos de veinte minutos, para su asombro, estaba ya navegando por el piso subterráneo de la sede de la CIA en Langley.

—Santo cielo —murmuró diez minutos después.

—Sí —dijo Chávez desde la puerta—. ¿Qué te parece?

—Acabo de entrar en una sección reservada a directores. Madre mía, con esto se puede entrar casi en todas partes.

Davis había vuelto.

—Sois rápidos. El sistema informático os da acceso a un montón de cosas. No a todo, sólo a las secciones principales. Pero no necesitamos más. Con Fort Meade pasa lo mismo. Tenemos acceso a casi todos sus archivos de espionaje electrónico. Tenéis mucho que leer para poneros al día. La palabra clave «Emir» da acceso a veintitrés secciones: a todo lo que tenemos sobre ese pájaro, incluido un perfil estupendo, o eso pensamos nosotros. Aparece bajo el epígrafe AESOP.

—Sí, ya lo veo aquí —contestó Clark.

—Lo hizo un tal Pizniak, un profesor de psiquiatría de la Facultad de Medicina de Yale. Leedlo, a ver qué os parece. Bueno, si me necesitáis, ya sabéis dónde tengo el taller. No os dé miedo venir a preguntar lo que sea. La única pregunta tonta es la que no se hace. Ah, por cierto, la secretaria personal de Gerry es Helen Connolly. Lleva mucho tiempo con él. Pero no está al corriente de lo que hacemos aquí; repito, no está al corriente. Gerry redacta él mismo los borradores de los informes y esas cosas, y de todos modos, a nivel de toma de decisiones, casi todo se hace verbalmente. Por cierto, John, Gerry me ha contado tu idea sobre la reestructuración. Me alegra que se lo dijeras; así me he ahorrado tener que decírselo yo.

Clark se echó a reír.

—Siempre es un placer hacer el papel de malo.

Davis se marchó y ellos volvieron al trabajo. Clark revisó primero las fotografías que tenían del Emir, que eran escasas y de mala calidad. Sus ojos, notó, eran fríos. Casi sin vida, como los de un tiburón. Carecían por completo de expresión. *¿No es curioso?*, se preguntó. Muchos opinaban que los saudíes eran gente sin humor («Como los alemanes, pero sin sentido del humor» era la expresión que solía oírse), pero no era ésa su experiencia del país.

Clark nunca había conocido a un saudí malo. Había unos pocos a los que conocía bien de su carrera en la CIA, gente de la que había aprendido el idioma. Todos eran religiosos, formaban parte de la rama wahabí, conservadora, del islam suní. Tan rigurosamente devotos como baptistas sureños. Lo cual no le parecía mal. Había estado una vez en una mezquita, observando el rito desde un lugar discreto en la parte de atrás. Para él había sido, ante todo, una lección de árabe, pero la sinceridad de sus creencias religiosas resultaba evidente. Había hablado de religión con sus amigos saudíes y no había descubierto nada de objetable en sus creencias. Costaba hacerse amigo íntimo de un saudí, pero, cuando te entregaban su amistad, eran capaces de dar su vida por ti. Las normas que imponía su religión en cuestiones tales como la hospitalidad eran, de hecho, admirables. Y el islam condenaba el racismo, cosa que, por desgracia, omitía el cristianismo.

Clark ignoraba si el Emir era un musulmán devoto o no, pero que no tenía un pelo de tonto lo dejaba bien claro su perfil psicológico. Era paciente por naturaleza, pero también capaz de mostrarse expeditivo a la hora de tomar decisiones. *Una rara combinación*, pensó Clark, aunque él mismo fuera así a veces. La paciencia era una virtud difícil de adquirir, y más aún para un verdadero creyente en la causa a la que hubiera elegido consagrar su vida.

El manual de su ordenador incluía un directorio de la biblioteca informatizada de la Agencia, a cuyas referencias podía accederse a partir de la palabra clave «Emir». Así que Clark comenzó a navegar. ¿Cuánto sabía Langley sobre aquel indeseable? ¿Qué agentes habían trabajado con él? ¿Qué anécdotas habían puesto por escrito? ¿Tenía alguien la clave del carácter de aquel tipo?

Clark salió de su ensimismamiento y echó un vistazo al reloj. Había pasado una hora.

—El tiempo vuela —masculló, y echó mano del teléfono. Cuando contestaron al otro lado de la línea, dijo—: Gerry, soy John. ¿Tienes un minuto? Y Tom también, si está a mano.

Dos minutos más tarde estaba en el despacho de Hendley. Tom Davis, el encargado de reclutamiento del Campus, entró un minuto después.

—¿Qué ocurre?

—Puede que tenga un candidato —dijo Clark y, antes de que hicieran la pregunta obvia, añadió—: Me lo sugirió Jack Ryan. Me refiero al padre.

Aquello captó el interés de Hendley, que se inclinó hacia delante en la silla y juntó las manos sobre el cartapacio de su mesa.

—Continúa.

—No me preguntéis cómo, porque no conozco todos los detalles, pero hay un Ranger, un veterano llamado Driscoll, que está metido en un buen lío. Corre el rumor de que Kealty intenta que sirva de escarmiento.

—¿Por qué?

—Una misión en el Hindu Kush. Mató a un puñado de terroristas en una cueva mientras estaban durmiendo. Kealty y el fiscal general quieren procesarle por asesinato.

—Santo Dios —masculló Tom Davis.

—¿Conoces a ese tío? —preguntó Hendley.

Clark asintió con la cabeza.

—Hará unos diez años, justo antes de que se creara Rainbow, hice un trabajito en Somalia. Tenía a un equipo de Rangers para cubrirme. Driscoll era uno de ellos. Nos hemos mantenido en contacto; de vez en cuando tomamos una cerveza juntos. Es de fiar.

—¿En qué fase está ese asunto con el fiscal general?

—Está en manos del Departamento de Investigación de Delitos del Ejército. Instrucción preliminar.

Hendley suspiró y se rascó la cabeza.

—¿Qué opina Jack?

—Si me lo contó fue por algo. Sabe que trabajo aquí.

Hendley asintió.

—Lo primero es lo primero: si este asunto procede de la Casa Blanca, Driscoll no va a salir indemne.

—Estoy seguro de que lo sabe.

—En el mejor de los casos, le expulsarán del Ejército. Puede que le respeten la pensión.

—Eso también lo sabe, no me cabe ninguna duda.

—¿Dónde está?

—En el Hospital Militar Brooke, en San Antonio. Se llevó un pequeño suvenir en el hombro antes de salir de Afganistán.

—¿Es grave?

—No lo sé.

—Está bien, ve a hablar con él. Tantéale. —Luego añadió dirigiéndose a Davis—: Mientras tanto, Tom, empieza a hacer averiguaciones sobre Driscoll. Hoja de servicios completa y todo eso.

—De acuerdo.

—Pasa —le dijo Ben Margolin a Mary Pat—. Cierra la puerta.

Otro día en el NCTC. Más mensajes interceptados, más pistas que podían ser importantes o nulas. Su volumen era abrumador, y aunque a ninguno le pillaba desprevenido, a casi todos les preocupaba estar perdiéndose mucho más de lo que averiguaban. Ayudaría contar con mejores medios tecnológicos, pero quién sabía cuánto tiempo haría falta para poner en marcha los nuevos sistemas. Los mandamases temían otro fallo desde el chasco del Trailblazer, y el nuevo cacharro estaba siendo sometido a toda clase de pruebas. Entre tanto, pensó Mary Pat, ella y el resto del NCTC seguían afanándose por taponar el dique al mismo tiempo que buscaban nuevas grietas.

Cerró la puerta, como le había ordenado Margolin, y tomó asiento frente a la mesa de su jefe. Fuera, el centro de operaciones bullía, lleno de actividad.

—Han echado por tierra nuestra idea de pedir ayuda exterior —dijo Margolin sin preámbulos—. No podemos servirnos de ningún agente británico en Pakistán.

—¿Por qué, por el amor de Dios?

—Qué sé yo, Mary Pat. Llevé el asunto hasta donde pude, pero no ha habido forma. Será por lo de Irak, supongo.

Lo mismo había pensado Mary Pat justo antes de que lo mencionara su jefe. Acosado por la presión de sus ciudadanos, el Reino Unido había ido distanciándose paulatinamente, tanto en términos políticos como en presupuesto militar, de la guerra de Irak. Corría el rumor de que, pese al tono conciliatorio que mantenía en público, el presidente Kealty estaba furioso con los ingleses, que, según él, habían dejado a su Gobierno en la estacada. Sin el apoyo del Reino Unido, aunque sólo fuera nominal, cualquier plan de retirada de las tropas estadounidenses se vería retrasado, o incluso en peligro. Y lo que era aún peor: el distanciamiento de los británicos había envalentonado al Gobierno iraquí, cuyas exigencias de retirada de los estadounidenses habían pasado de firmes pero amables a estridentes y agresivas, una tendencia que los ciudadanos norteamericanos no podían menos que notar. Primero nuestro principal aliado, y luego el pueblo mismo por cuya liberación hemos derramado sangre. Kealty, que había basado su campaña en la promesa de liberar a Estados Unidos de la guerra de Irak, estaba cayendo en las encuestas, y algunos comentaristas televisivos habían llegado al extremo de acusarle de postergar el asunto de la retirada para presionar al Congreso, que se había mostrado muy tibio a la hora de apoyar algunos de los proyectos preferidos del nuevo presidente.

Mary Pat no debería haberse sorprendido por que les prohibieran pedir ayuda a los británicos para seguir la pista del plano de Peshawar: a fin de cuentas, ya ni recordaba a cuántas disputas políticas intestinas había asistido a lo largo de su carrera. Y, sin embargo, se sorprendía. Aquella dichosa cueva era la mejor pista que tenían sobre el Emir desde hacía años. Y ver cómo se les escapaba entre los dedos por culpa de una rabieta del presidente la ponía furiosa. Tampoco ayudaba, naturalmente, que el director de la CIA, Scott Kilborn, fuera una alimaña.

Sacudió la cabeza y suspiró.

—Es una lástima que Driscoll perdiera a sus prisioneros.

—Aspirar un poco de agua suele aflojarle a uno la lengua —comentó Margolin.

Una idea muy extendida, pensó Mary Pat, *pero de poca utilidad en la vida real.* No era ni tan escrupulosa, ni tan ingenua como para pensar que la tortura carecía de méritos, pero esas técnicas producían, por lo general, escasos resultados fiables y poca información que pudiera verificarse. A menudo eran una pérdida de tiempo. Durante la Segunda Guerra Mundial y en la inmediata posguerra, el MI6 y la OSS, la Oficina de Servicios Estratégicos, obtuvieron más información de los generales alemanes capturados con una partida de pimpón o de damas, que con un par de alicates o electrodos.

La idea, tan cacareada, de la «bomba de relojería a punto de estallar» era casi un mito. La mayoría de las conspiraciones para atentar contra Estados Unidos desde el 11 de Septiembre se habían abortado cuando apenas empezaban a despuntar, cuando los terroristas estaban reclutando agentes, organizando la logística o moviendo el dinero. La imagen de un terrorista con el dedo suspendido sobre un botón mientras las fuerzas policiales intentaban extraer información de sus correligionarios era una rareza, una invención de Hollywood, y guardaba tan poco parecido con el verdadero trabajo de espionaje como las películas de James Bond. De hecho, Mary Pat sólo había conocido un caso así en toda su carrera, y John Clark lo había solucionado en cuestión de minutos rompiendo un par de dedos y haciendo las preguntas pertinentes.

—Si los tópicos son eso, tópicos, es por algo —le había dicho Ed una vez—. Normalmente son tan ciertos que la gente abusa de ellos.

A su modo de ver, el tópico según el cual se cazan más moscas con miel que con vinagre era absolutamente cierto, al menos en lo tocante a interrogatorios. La moralidad sólo era una cara del debate entre pros y contras. Lo que de verdad importaba era la efectividad. Uno hace lo que da mejor resultado. Y punto.

—Entonces —le dijo a su jefe—, ¿estamos como al principio?

—No, de eso nada. Ese viejo amigo del otro lado del río del que me hablaste... Dale un toque, charla con él un rato, extraoficialmente.

Mary Pat sonrió, pero sacudió la cabeza.

—Esto es lo que se dice un suicidio profesional, Ben.

Él se encogió de hombros.

—Sólo se vive una vez.

Melinda se llevó una grata sorpresa al verle otra vez. Una semana antes, la había llevado a dar una vuelta en coche para ver a «John». Le había pagado bien y no había hecho nada particularmente raro, lo cual le parecía de perlas; sobre todo, lo del dinero.

El tipo, al fin y al cabo, vestía con elegancia, o con lo que allí pasaba por serlo. Era poco frecuente que ella se dejara ver así en público. Era una prostituta de lujo, no hacía la calle, pero aquel hotel tenía un restaurante especialmente bueno, y el *maître* la conocía y le tenía simpatía. Un obsequio a tiempo te abría muchas puertas, y a decir verdad era un tipo bastante decente, casado, como muchos de sus clientes, y por tanto amable y de fiar. Bueno, o casi. Nunca se sabía, pero los hombres en su posición, los que vivían por allí, solían conocer las normas. Y, si eso fallaba, ella seguía llevando en el bolso al pequeño señor Colt.

Contacto visual. Sonrisa cómplice. Era guapito, aquel intermediario. Tenía una barba muy corta, como la que llevaba Errol Flynn en las películas de piratas. Pero ella no era Olivia de Havilland. Era más guapa, pensó sin la menor modestia. Se esforzaba con ahínco para mantenerse delgada. A los hombres les gustaban las mujeres cuyas cinturas pudieran rodear con las manos. Sobre todo si encima tenían unas buenas tetas.

—Hola —dijo amablemente. La sonrisa que esbozó era sólo cordial en apariencia: su destinatario sabía, sin embargo, lo que se ocultaba detrás.

—Buenas noches, Melinda. ¿Qué tal estás esta noche tan cálida?

—Muy bien, gracias. —Mostró algunos dientes con la sonrisa.

—¿Tienes algo que hacer esta noche?

—No, de momento, no. —Más dientes—. Todavía no sé cómo te llamas.

—Ernest —contestó él con una amable sonrisa.

Tenía cierto encanto, pero del tipo extranjero, pensó Melinda. No europeo. De otra parte. Hablaba bien inglés, con un poco de acento. Lo había aprendido en algún otro sitio. Eso era. Lo había aprendido bien y... ¿y qué? ¿Qué tenía de distinto?, se preguntó. Empezó a catalogarle más exhaustivamente. Delgado, más alto que ella, ojos oscuros y bonitos, bastante expresivos. Manos suaves. No era un obrero de la construcción. Parecía tener dinero, aquel tal Ernest, aunque seguro que no se llamaba así. Sus ojos parecían evaluarla. Pero Melinda estaba acostumbrada a eso. A aquella mirada que parecía preguntarse hasta qué punto sería buena en la cama. En fin, Ernest tenía motivos para saber que era muy buena. Su jefe no se había quejado, incluso le había pagado de más. A eso también estaba acostumbrada. Sí, así de buena era. Tenía montones de clientes fijos, a algunos de los cuales conocía por su verdadero nombre... o por el que decían era su verdadero nombre. Ella les ponía motes, a menudo según el tamaño de su polla. *O el color, en este caso*, pensó ahogando una carcajada al tiempo que esbozaba sin disimulo una sonrisa que Ernest creería dirigida a él. Era algo que hacía casi por instinto. En todo caso, ya estaba contando el dinero.

—¿Te gustaría venir conmigo? —preguntó él casi con timidez. Los hombres sabían de manera instintiva (los listos, al menos) que a las mujeres les excita la timidez.

—Sí, me gustaría. —Y mostrarse pudorosa funcionaba igual de bien en sentido inverso—. ¿A ver a tu amigo?

—Puede ser. —Su primer error. A Ernest no le importaría probar él mismo la mercancía. Aunque fuera una sucia ramera, era una buena amante, con mucha experiencia en su oficio, y sus impulsos eran los mismos que los de la mayoría de los hombres—. ¿Harías el favor de acompañarme?

—Claro que sí.

Fue un viaje corto, para sorpresa de Melinda. Un sitio allí mismo, en la ciudad, un piso de lujo con garaje subterráneo propio. Ernest salió del coche y le abrió caballerosamente la puerta. Se acercaron a los ascensores y él pulsó el botón. Melinda no conocía el edificio, pero la fachada era fácil de recordar. Así que ¿John tenía casa en la ciudad? ¿Eso resultaba más conveniente para él o para ella?, se preguntó. O quizá fuera que la recordaba con cariño. Eso le pasaba mucho.

John estaba en la puerta de la cocina, con una bonita copa de vino blanco en la mano.

—Vaya, hola, John, qué agradable sorpresa —dijo Melinda a modo de saludo, con su mejor sonrisa. Era una sonrisa especialmente certera, una sonrisa capaz de caldear el corazón de un hombre, y otras cosas también, desde luego. Se acercó a él y le besó dulcemente antes de tomar la copa que le ofrecía. Bebió un sorbito—.Tienes un gusto exquisito para el vino. ¿Es italiano?

—Pinot *grigio* —contestó él.

—Su comida también es insuperable.

—¿Eres de origen italiano? —preguntó John.

—No, húngaro —reconoció ella—. Hacemos buenos dulces, pero los italianos hacen la mejor ternera del mundo. —Otro beso de bienvenida. John era un poco raro, pero besaba muy bien—. ¿Qué tal te ha ido?

—Los viajes son un fastidio para mí —contestó, aunque en ese momento era mentira.

—¿Dónde has tenido que ir? —preguntó Melinda.

—A París.

—¿Te gusta el vino francés?

—Prefiero el italiano —respondió, un poco aburrido de la conversación. Melinda no estaba allí por sus cualidades como conversadora. A todas las mujeres se les daba bien hablar; los talentos de Melinda, en cambio, eran de otro tipo—. Llevas una ropa muy bonita —comentó.

Y se quita muy fácilmente, se abstuvo de decir ella. Con ese criterio elegía la ropa que se ponía para trabajar. A algunos hombres les gustaban las mujeres desnudas, pero un número sorprendente de ellos las prefería medio vestidas para echar un polvo: con la falda subida, inclinadas sobre una mesa o un sofá, con el sujetador puesto y las tetas fuera... A John le gustaba, además, que se la chuparan de rodillas, cosa que a ella no le importaba mientras no se dejara llevar.

—Cosas que he cogido de aquí y allá y he combinado, nada más. Este apartamento es muy bonito.

—Es práctico. Me gustan la vistas.

Melinda aprovechó la oportunidad para mirar por la ventana de cristal laminado. *Vale, muy bien.* Ahora ya sabía dónde estaba. Había mucha gente en la calle, en caso de que se pudieran llamar calles a lo que había allí: pasajes para ir a pie de un hotel de lujo a otro, para quienes no podían permitirse coger un taxi. Aceras no había muchas, en cambio. Las aceras no daban dinero. John se quedó atrás y la observó.

—Melinda, eres una preciosidad —dijo con una sonrisa. Ella estaba acostumbrada a sonrisas como aquélla: la sonrisa del «quiero follarte». Una breve mirada a la bragueta de John confirmó sus sospechas.

Era hora de acercarse a él para darle otro beso. Podría haber sido peor.

—Mmm —murmuró. *De acuerdo, es hora de meterse en faena, John.*

Él la rodeó con los brazos. Con bastante fuerza, quizá para que supiera que era de su propiedad. Los hombres eran así. Luego, suavemente, la condujo hacia el dormitorio.

Vaya, pensó Melinda. Quien había decorado aquella habitación sabía muy bien para qué iba a servir la casa. Seguro que no era su primer encargo: hasta había una sillita junto a la ventana, para que se desvistiera. Al atardecer sería la hostia, pensó. Se sentó y primero de todo se quitó sus zapatos de Manolo Blahnik. Por bonitos que fueran, era más agradable quitárselos que ponérselos. Estaban hechos para exhibirse, no para caminar, y ella tenía los pies bonitos, como de niña. A los hombres siempre les gustaban. Se quitó la camiseta y la dejó sobre el tocador; luego se levantó. Nunca llevaba sujetador cuando trabajaba, pero no le importaba: usaba casi una talla B grande (casi una C) de copa, y aún no tenía los pechos caídos. Los hombres solían preferirlo. Un momento después estaba desnuda y se acercó para ver a John más de cerca.

—¿Te ayudo? —preguntó. Siempre les gustaba que les desvistiera, sobre todo si ponía un poco de ansia, como si dijera «fóllame, rápido».

—Sí, por favor —contestó John con una sonrisa soñadora. Melinda no sabía de dónde era, pero estaba claro que no estaba acostumbrado a aquellas atenciones. Pero, en fin, pagaba una pasta por ellas, y a ella se le daba muy bien prestarlas. Un minuto después vio el motivo por el que se acordaba de él. «Rojo»: un mote perfecto para él. Ella, naturalmente, le dio un beso.

Y él, cómo no, reaccionó favorablemente. Con lo que pagaba, Melinda quería hacer de él un cliente fijo. Estaba pensando en comprarse un coche nuevo. Un BMW, o quizás incluso un Mercedes. John podía ayudarla en ese aspecto. Le gustaba pagar del mismo modo que le gustaba que le pagaran a ella: a tocateja. Sí: un cheque certificado para comprar el coche idóneo. Un Mercedes Clase E, estaba pensando. Admiraba la solidez de los coches alemanes. En uno de ésos te sentías segura. Y a ella le gustaba sentirse segura. Se levantó.

—John, ¿va a ser toda la noche? Porque eso cuesta más: dos mil quinientos.

—¿Tanto? —preguntó él con una sonrisa.

—Hay un refrán que dice: «tanto pagas, tanto tienes».

—Esta noche, no. Tengo que salir más tarde.

¿No pasas la noche aquí?, se preguntó ella. *¿Esto es sólo tu picadero?* Debía de tener dinero a montones, para dar y tomar. Aquel piso tenía que haberle costado un millón; un millón y medio, quizás. Y si tanto le gustaba el sexo, Melinda quería convertirle en cliente fijo, eso seguro. A los hombres no les agradaba cómo evaluaban a sus congéneres las mujeres como ella, ni en qué profundidad. Eran tan tontos, pensó Melinda. Incluso los ricos. *Sobre todo los ricos*. Le vio alargar la mano hacia un sobre y pasárselo.

Ella abrió el sobre, como de costumbre, y contó los billetes. Era importante que los hombres supieran que aquello era una transacción comercial, aunque se efectuara con el más perfecto simulacro amoroso que podía comprarse con dinero. Unos cuantos se habían sentido inclinados a llevar más allá su relación. Pero Melinda tenía un modo sumamente encantador de encauzar la conversación por otros derroteros.

Metió el sobre en su bolso de Gucci, junto al pequeño señor Colt, con sus cachas de nácar. Cuando se levantó fue con su mejor sonrisa. La parte comercial había acabado. Ahora podía dar comienzo el amor.

41

¿Era un error?, se preguntaba el Emir. A aquel nivel de responsabilidad organizativa, las cosas rara vez estaban del todo claras. El país blanco del ataque carecía de importancia, en realidad, pero el objetivo en sí mismo era de gran relevancia... o de gran relevancia potencial. Los efectos del atentado se extenderían como ondas en un estanque, y no tardarían en besar las orillas de su verdadero objetivo.

Había muchas cosas que le preocupaban respecto a la operación, pero entre ellas no se contaba la elección de comandante. Ibrahim era ambicioso, pero también minucioso y cauto, y su equipo era pequeño y estaba bien organizado hasta el mínimo detalle. Claro que las verdaderas dificultades empezarían cuando el plan se pusiera en marcha, y ésa era la decisión a la que ahora se enfrentaba el Emir. Saber encontrar el momento oportuno era esencial, como lo era la capacidad de centrarse en el «cuadro general», como decían los norteamericanos. Había unas cuantas piezas moviéndose por el tablero, y todas ellas debían hacerlo en la dirección adecuada y al ritmo preciso; si no, alguna podía verse sorprendida sola y sin apoyo. Si eso ocurría, las demás irían cayendo una tras otra y Lotus se derrumbaría. Y él probablemente moriría sin haberlo visto fructificar. Si iba demasiado deprisa, su vida podía acabar antes de que floreciera el proyecto; y lo mismo pasaría si iba demasiado despacio.

Así pues, dejaría que Ibrahim siguiera reconociendo el terreno, pero se reservaría el visto bueno final hasta que conociera la ubicación de las otras piezas del tablero.

¿Y si Ibrahim tiene éxito?, se preguntaba. *Entonces, ¿qué?* ¿Reaccionaría Kealty como esperaba? El perfil que tenían de él (cuyo título en clave era *Cascada*) parecía garantizar que sí, pero el Emir sabía desde hacía tiempo que convenía desconfiar de las veleidades de la mente humana.

Cascada, un título muy idóneo. Le hacían gracia el nombre en sí mismo y el concepto que había detrás. Los organismos de espionaje occidentales tenían perfiles psicológicos sobre él, no había duda (había leído uno, de hecho), así que le parecía divertido basar su operación más ambiciosa en un perfil de su propia cosecha.

Kealty era un político consumado, lo que en el contexto norteamericano era sinónimo de líder. El Emir ignoraba cuándo y cómo había comenzado a manifestarse aquella forma de ignorancia, pero tampoco le importaba. El pueblo estadounidense había escogido al político que mejor había logrado retratarse como líder, sin preguntarse si aquella imagen coincidía con el carácter que se escondía tras ella. *Cascada* afirmaba que no, y el Emir estaba de acuerdo. Y lo que era aún peor (o mejor, según se mirara): Kealty se había rodeado de aduladores y arribistas que no hacían nada por mejorar sus credenciales.

Así pues, ¿qué ocurre cuando un hombre débil y de carácter pusilánime se enfrenta a una cascada de catástrofes? Pues que se derrumba, claro. Y, con él, su país.

El barco estaba esperándoles, como estaba previsto. El capitán, un pescador de la zona llamado Piotor Salichev, fumaba en pipa sentado en una tumbona, al fondo del muelle desierto. En el agua negra y fría se mecía un ancho pesquero Halmatic, de doce metros de eslora y fabricación británica. Salichev gruñó al ponerse en pie.

—Llegan tarde —dijo, y subió a la cubierta de popa.

—Hemos tenido mal tiempo —contestó Adnan—. ¿Está listo?

—No estaría aquí, si no lo estuviera.

Durante las negociaciones preliminares, Salichev había hecho pocas preguntas acerca de quiénes eran y a qué iban a la isla, pero Adnan, que hacía el papel de fanático ecologista, había dejado caer un par de cosas a lo largo de la conversación. Salichev se había encogido de hombros; hacía mucho tiempo, les había dicho, que iban por allí organismos de control empeñados en documentar los estragos de la guerra fría. Mientras pagaran y no les pusieran en peligro ni a él ni a su barco, él llevaba encantado a quien fuera a aquel sitio dejado de la mano de Dios. «Cada loco con su tema», le había dicho a Adnan.

—Es más pequeño de lo que imaginaba —dijo éste, señalando el barco con la cabeza.

—¿Y qué esperabas? ¿Un buque de guerra? Es bastante duro. Una de las pocas cosas que han hecho bien los británicos, los Halmatic. Usted preocúpese de lo suyo. Así que, andando, zarpamos dentro de diez minutos.

Los hombres de Adnan acabaron de descargar el camión, cruzaron el muelle a toda prisa y empezaron a cargar el equipo en la cubierta de popa mientras Salichev les gritaba dónde y cómo colocar los bultos. Cuando todo estuvo ordenado a su gusto, desató las amarras, apoyó un pie en el muelle y empujó el

Halmatic. Unos segundos después estaba en la timonera, poniendo el barco en marcha. El motor diésel arrancó con estruendo, escupiendo el humo negro de los colectores de escape, y a popa comenzó a espumear el agua.

—Próxima parada —dijo Salichev mirando hacia atrás—, el infierno.

Dos horas después, el cabo sur de la isla apareció entre la niebla por el lado de estribor. Adnan, que estaba en medio del barco, estudió la línea costera con unos prismáticos. Salichev le había asegurado que las patrullas militares no les darían problemas, y él no veía ninguna.

—Están ahí —gritó desde la cabina—, pero no son muy listos. Puede uno poner en hora el reloj fijándose en ellos. La misma ruta de patrulla, todos los días, a la misma hora.

—¿Hay radar?

—¿Dónde?

—En la isla. He oído que había una base aérea...

Salichev se echó a reír.

—¿Se refiere a Rogachevo? Qué va, ya no. Falta dinero. Antes había un regimiento de cazas, el seiscientos cuarenta y uno, creo, pero ya sólo quedan unos pocos aviones de carga y algún que otro helicóptero. En cuanto a las patrullas navales, sus instrumentos de navegación dan pena y de todos modos son muy predecibles, ya le digo. Si están en tierra, no tenemos nada que temer. Procuran no acercarse, como podrá imaginar.

Adnan lo entendía perfectamente. Aunque sus hombres sabían muy poco sobre su destino y la naturaleza de su misión, él estaba al corriente de todo.

Nueva Zembla era, en efecto, un infierno terrenal. Según el último censo, la isla estaba habitada por unas dos mil quinientas personas, la mayoría de ellas nenets y ávaros que vivían en el asentamiento de Belusia Guba. Estaba formada, en realidad, por dos islas (Séverni, en el norte, y Yuzni, en el sur), separadas por el estrecho de Matochkin.

Era una lástima, se dijo Adnan, que lo único que se conociera de Nueva Zembla fuera su historia durante la guerra fría. Los rusos y los europeos conocían el archipiélago desde el siglo XI, a través de los comerciantes de Novgorod, primero, y de una serie de exploradores después: Willoughby, Barents, Liitke, Hudson... Todos ellos lo habían visitado siglos antes de 1954, cuando los soviéticos se lo anexionaron y, bajo el nombre de Campo de Pruebas de Nueva Zembla, lo dividieron en zonas: la A, Kiornaya Guba; la B, Matochkin Shar, y la C, Sujói Nos, donde en 1961 se detonó el artefacto de cincuenta megatones conocido como la «Bomba del Zar».

Desde que existía, el campo de pruebas de Nueva Zembla había sido escenario de casi trescientas explosiones nucleares, la última en 1990. Desde entonces se había convertido en multitud de cosas para mucha gente (en una curiosidad, en una tragedia, en un amargo recordatorio), pero para el Gobierno ruso, falto de liquidez tras la disolución, había pasado a ser un vertedero, un lugar en el que abandonar sus abominaciones.

¿Cómo era eso que decían los norteamericanos?, se preguntó Adnan. Ah, sí: lo que para unos es basura, para otros es un tesoro.

Cassiano sabía que les interesaba el oleoducto nuevo. Dónde se cruzaba con las carreteras, a qué distancia estaba del suelo, cuántas torretas de apoyo tenía cada mil metros... Un encargo interesante. Y él, naturalmente, haría todo lo que pudiera por enterarse.

También les interesaban los trenes, lo cual le extrañaba más. Había trenes que iban y venían diariamente, claro, pero su acceso a la planta estaba estrictamente restringido y controlado. Si buscaban un modo de entrar, los había más fáciles. Quizás esa fuera la respuesta. No les interesaban los trenes como medio de infiltrarse, sino más bien como indicador de medida. La producción de la planta se mantenía en secreto, pero si se vigilaban los trenes que entraban y salían y se conocían sus características, podía conjeturarse el nivel de producción.

Muy ingenioso, pensó Cassiano. Pero aquello cuadraba con lo que sabía de sus jefes. La competencia era saludable, le habían dicho, y si se había descubierto un nuevo yacimiento petrolífero, no podía hacerse nada al respecto. Los precios y la capacidad de producción, en cambio, podían controlarse, y eso sospechaba Cassiano que planeaban hacer. Los países islámicos de la OPEP habían sido los mayores suministradores de crudo del mundo durante décadas, y si él podía hacer algo para contribuir a mantener su supremacía, lo haría con sumo gusto.

42

Cuando reflexionaba sobre ello, Jenkins se daba cuenta de que debería haberse olido aquel «ascenso» que, de hecho, no era más que un marrón como la copa de un pino. El complejo recibía visitas periódicas de diversos organismos y funcionarios estatales, desde la Agencia de Protección Medioambiental al Departamento de Seguridad Nacional, pasando por el Instituto Geológico de Estados Unidos o el Cuerpo de Ingenieros del Ejército. De todos ellos se había ocupado hasta ahora un portavoz del Departamento de Energía. Pero en Washington había vuelto a encenderse la polémica sobre el futuro del complejo y eso había trastocado por completo las cosas: por lo visto estaban presentándose allí todos los políticos y burócratas que conseguían dar con el sitio, armados con preguntas incisivas (procedentes de miembros del personal mal pagados) y con un profundo deseo de conocer cada matiz del funcionamiento de las instalaciones.

—Lo que quieren, Steve —le había dicho su jefe—, es echar un vistazo detrás del telón, y tú eres lo bastante poco diplomático como para que piensen que lo han conseguido.

Dejando aparte aquel ambiguo cumplido, Steve tenía que admitir que conocía el complejo por dentro y por fuera, del derecho y del revés: había empezado a trabajar allí cuando hacía apenas tres años que había acabado los estudios, o, teniendo en cuenta la cronología del proyecto, diecinueve años después de que la planta se clasificara como candidata, junto con otras diez en seis estados. Doce años después, se destinó a investigación medioambiental y una década más tarde se coronó reina del concurso de belleza. Steve llevaba casi toda su vida adulta trabajando en aquel pedazo de desierto no tan pequeño que, tras una inversión de once mil millones de dólares, era uno de los terrenos más sistemáticamente estudiados del mundo. Dependiendo de quién ganara la batalla en Washington, aquellos once mil millones serían tildados o no de despilfarro. ¿Cómo se hacía eso?, se preguntaba él. ¿En qué columna del presupuesto federal se colocaba aquella suma?

Para los miembros del equipo, unos novecientos, llevar a término el proyecto se había convertido en una cuestión de prurito profesional, y aunque las opiniones variaban respecto a si querrían vivir cerca de allí o no, su esfuerzo colectivo para garantizar el éxito de la iniciativa había sido enorme. Aunque sólo tenía treinta y siete años, a Steve se le consideraba un veterano en la planta, junto con otro centenar de trabajadores que llevaban allí desde que el proyecto dejó de ser una idea en una hoja de papel y dieron comienzo los trabajos de excavación. Por desgracia, no podía contar gran cosa de su trabajo. Eso, sin embargo, no le había importado hasta conocer a Allison. Ella mostraba un interés vivo y sincero por su profesión, por cómo pasaba los días, lo que no podía decirse de sus dos novias anteriores. Dios, qué suerte tenía... Encontrar una mujer así, y que se sintiera atraída por él... ¡Y el sexo! Dios santo. Tenía que reconocer que su experiencia era muy limitada, pero las cosas que le hacía Allison con las manos y la boca... Cada vez que estaba con ella, le parecía estar viviendo en carne propia una carta del foro de *Penthouse*.

Interrumpió sus cavilaciones una reveladora nube de polvo que apareció sobre el cerro, frente a la entrada principal del túnel: se acercaban varios vehículos. Sesenta segundos después, dos Chevy Suburban negros aparecieron por la carretera norte y entraron en el aparcamiento. Los trabajos de la tarde se habían interrumpido y todos los camiones y los palés se habían trasladado al perímetro del complejo. Los Suburban se detuvieron a unos quince metros de allí y esperaron al ralentí. Al no abrirse las puertas, Steve supuso que sus ocupantes temían abandonar el interior climatizado. Y ni siquiera hacía calor; o, por lo menos, no el calor de verano. Curiosamente, las visitas de delegaciones como aquélla solían escasear en junio, julio y agosto.

Se abrieron por fin las puertas y salieron los diez funcionarios enviados por sus respectivos gobernadores. Dos por cada uno de los estados fronterizos. Se quedaron allí parados un momento, con las camisas ya remangadas y las corbatas flojas, y miraron a su alrededor parpadeando, hasta que vieron a Steve haciéndoles señas con el brazo. Avanzaron en bloque y se congregaron formando un semicírculo.

—Buenas tardes y bienvenidos —dijo—. Me llamo Steve Jenkins y soy uno de los ingenieros más veteranos del complejo. Haré lo posible por aprenderme sus nombres antes de que acabemos, pero de momento dejaré que cada uno busque su tarjeta de visitante.

Les tendió una caja de zapatos y los delegados fueron acercándose uno a uno para buscar su tarjeta.

—Sólo un par de cosas rápidas que deben tener presente y luego podremos ir a resguardarnos de este calor. Voy a repartirles hojas informativas en las que se incluye todo lo que vamos a comentar esta tarde, y todo lo que me está permitido decir.

Aquello provocó algunas risas. Steve se relajó un poco. Tal vez no fuera para tanto, después de todo.

—Dicho esto, tengo que pedirles que no tomen notas, ni en papel, ni en PDA. Y lo mismo digo de cámaras y grabadoras.

—¿Y eso por qué? —preguntó una de las delegadas, una rubia con aspecto de californiana—. Hay muchas fotos en Internet.

—Cierto, pero sólo las que nosotros queremos que haya —respondió Steve—. Les aseguro que, si puedo contestar a una pregunta, lo haré. Nuestro objetivo es darles tanta información como podamos. Una última cosa antes de que entremos: este cacharro que tengo al lado y que parece algo a medio camino entre un cohete, una caravana y una tubería petrolífera es nuestra tuneladora, a la que llamamos cariñosamente la Tía Yuca. Para los que sean aficionados a los datos y las cifras, la Tía Yuca, que tiene ciento cuarenta metros de largo, siete con sesenta y dos metros de ancho, pesa setecientas toneladas, puede horadar roca maciza a una velocidad de hasta cinco metros y medio por hora. Para que se hagan una idea, es más o menos la longitud de uno de los coches en los que han venido.

Se oyeron murmullos y risas de admiración entre los delegados.

—Bueno, si me acompañan a la entrada del túnel, empezamos.

—En estos momentos nos encontramos en lo que nosotros llamamos el Laboratorio de Estudios Exploratorios —dijo Jenkins—. Tiene forma de herradura y mide unos ocho kilómetros de largo y unos siete metros y medio de ancho. A lo largo del laboratorio hay construidas varias salas adyacentes del tamaño aproximado de establos en las que guardamos el equipo y realizamos diversos experimentos, y hace un mes y medio concluyeron las obras de la primera galería de emplazamiento.

—¿Qué es eso? —preguntó un delegado.

—Es básicamente donde se almacenarán los depósitos en caso de que la planta entre en funcionamiento. Dentro de unos minutos verán la entrada a la galería.

—¿No vamos a entrar?

—No, me temo que no. Todavía estamos haciendo pruebas para garantizar su estabilidad. —Y se quedaba muy corto, naturalmente. Excavar la galería les había llevado relativamente poco tiempo. Las pruebas y los experimentos, en cambio, les llevarían entre nueve meses y un año más—. Hablemos un poco de geografía —continuó Steve—. El monte que se alza sobre nosotros se formó hará unos trece millones de años como resultado de la actividad de una caldera volcánica ya extinta, y está compuesto por mantos alternos de rocas llamadas toba compacta, conocida también como ignimbrita, toba no compacta y toba semicompacta.

Alguien levantó la mano.

—¿Le he oído bien? ¿Ha dicho un volcán?

—En efecto. Extinto desde hace mucho tiempo.

—Pero ha habido terremotos, ¿no?

—Sí, dos. Uno de cinco grados en la escala de Richter y otro de cuatro con cuatro. El primero causó daños de escasa importancia en los edificios de superficie, pero aquí abajo no abrió ni una sola grieta. Yo estaba aquí dentro en ambos casos. Y casi no los noté.

Había, en realidad, treinta y nueve fallas sísmicas y siete pequeños volcanes en diversos grados de actividad en la zona desértica que rodeaba las instalaciones. Esa información aparecía en la hoja que les había repartido, pero si nadie sacaba a relucir el tema, él tampoco lo haría, desde luego. Cuando alguien oía las palabras «volcán» y «falla», su cerebro solía comportarse como el de un cavernícola.

—La verdad es —prosiguió Steve— que este pedazo de terreno está siendo sometido a rigurosos estudios geológicos desde hace casi veinticinco años, y hay una montaña de pruebas que demuestran que los tres tipos de rocas que se encuentran en esta zona son aptos para el almacenamiento de residuos nucleares.

—¿Para qué cantidad, exactamente?

—Bueno, ésa es una de las preguntas a las que no me está permitido responder.

—¿Por orden de quién?

—Elija usted: el Departamento de Seguridad Nacional, el FBI, el Departamento de Energía... Baste decir que esta planta será el principal cementerio de desechos nucleares del país.

Las estimaciones más precisas situaban su capacidad futura máxima en torno a las ciento treinta y cinco mil toneladas métricas, es decir, ciento treinta y cinco millones de kilos, algunos de los cuales se degradarían hasta niveles «seguros» en cuestión de décadas, y otros seguirían siendo potencialmente letales durante millones de años. El plutonio 239, la estrella de los residuos nucleares, el más citado por los periodistas, con una vida media de unos veinticinco mil años, no era ni de lejos el más longevo, como bien sabía Steve. El uranio 235, utilizado tanto en reactores como en armas nucleares, tenía una vida media de unos setecientos cuatro millones de años.

—¿Por qué medios se transportarían los residuos? —preguntó uno de los representantes de Oregón.

—Mediante camiones y trenes diseñados específicamente con ese fin.

—Me refería a que no se trata de barriles de doscientos litros, imagino.

—No, señor. Encontrarán información detallada sobre los contenedores de transporte en las hojas que les he dado, pero los he visto de cerca y he asistido a las pruebas de presión a las que se les somete. Y son prácticamente indestructibles.

—Lo mismo dijeron del *Titanic*.

—Estoy seguro de que General Atomics lo habrá tenido muy presente estos últimos diez o doce años, mientras trabajaba en su diseño.

Aquello surtió el efecto deseado: si uno de los contratistas del proyecto había invertido una década de trabajo solamente en los barriles de transporte, ¿cuánto tiempo, esfuerzo y dinero se habían invertido en la planta propiamente dicha?

—¿Qué puede decirnos de las medidas de seguridad, señor Jenkins?

—Si la planta entra en funcionamiento, las Fuerzas de Protección de la Administración Nacional de Seguridad Nuclear, la NNSA, para abreviar, dependiente del Departamento de Energía, se encargarán de las medidas de seguridad elementales. Habrá, naturalmente, fuerzas... suplementarias de servicio inmediato, por si surgiera alguna emergencia.

—¿Qué clase de fuerzas?

Steve sonrió.

—De esas que dan pesadillas a los malhechores.

Más risas.

—Bueno, vamos a ver lo que les ha traído hasta aquí. Si montan en esas pequeñas vagonetas, nos pondremos en marcha.

El trayecto no duraba más de quince minutos, pero las preguntas de los delegados obligaron a detener a menudo el convoy. Finalmente, pararon junto a una abertura en la pared del túnel principal. Los delegados bajaron y se reunieron en torno a Steve, junto a la boca de la galería.

—El pozo que ven bajar en pendiente tiene ciento ochenta y dos metros de largo y conecta con la galería de emplazamiento, una cuadrícula horizontal de túneles más pequeños que, a su vez, lleva a zonas de almacenamiento de residuos.

—¿Cómo se trasladan los residuos desde el camión o el tren hasta el nivel de almacenamiento? —preguntó uno de los delegados de Utah—. ¿Permanecen en los contenedores de transporte?

—Lo siento, pero eso vuelve a ser terreno prohibido. Lo que sí puedo decirles es cómo se almacenarán en la galería. Cada «paquete» irá recubierto por dos recipientes, uno dentro del otro, uno de ellos compuesto por una lámina de casi dos centímetros y medio de grosor de un metal altamente resistente a la corrosión llamado aleación veintidós, y un cilindro de cinco centímetros de grosor fabricado de una cosa llamada trescientos dieciséis ene ge: básicamente, acero inoxidable para uso nuclear. Encima de los dos cilindros habrá un escudo de titanio diseñado para protegerlos de filtraciones y rocas que puedan caer.

—¿Les preocupa eso?

Steve sonrió.

—Los ingenieros no nos preocupamos: planificamos. Intentamos prever cualquier posible situación y hacer planes al respecto. Estos tres elementos, los dos cilindros insertos uno dentro del otro y el escudo de titanio, forman lo que denominamos una «defensa en profundidad». Los paquetes se almacenarán en horizontal y se entremezclarán con desechos de distinto grado, de modo que cada cámara mantenga una temperatura uniforme.

—¿Qué tamaño tienen esos paquetes?

—Cerca de un metro ochenta de diámetro y su longitud varía entre tres metros sesenta y cinco metros cuarenta.

—¿Qué pasa si algún paquete se... extravía? —preguntó el otro representante de California.

—Eso no puede ocurrir. El número de pasos necesarios para trasladar un paquete y la cantidad de gente que tiene que autorizarlo lo hacen prácticamente imposible. Considérenlo desde este punto de vista: todos hemos perdido las llaves del coche alguna vez, ¿no? Imagínense una familia de ocho personas. Cada miembro de la familia tendría un duplicado del juego de llaves; tres veces al día, cada uno de ellos tendría que firmar un impreso garantizando que las llaves están en su poder o en la zona de recogida de llaves predeterminada; tres veces al día, tendrían que verificar que su juego de llaves particular abre, en efecto, las cerraduras del coche y arranca el motor; y, por último, tres veces al día cada uno de ellos tendría que hacer una ronda de inspección entre los demás miembros de la familia para cerciorarse de que han cumplido los pasos antedichos. ¿Empiezan a hacerse una idea?

Asintieron con la cabeza.

—Todo eso y más pasaría en esta planta con cada cambio de turno, todos los días del año. Contaríamos, además, con el refuerzo de una inspección computerizada. Les doy mi palabra de que en esta planta no va a extraviarse nada: estoy tan seguro como de que mañana saldrá el sol.

—Háblenos de la corrosión, señor Jenkins.

—Nuestros análisis de corrosión se hacen en el LTCTF. Perdón, en la Sala de Análisis de Corrosión a Largo Plazo de Livermore.

—¿En el Laboratorio Nacional Lawrence Livermore?

Gracias por echarme un cable, pensó Jenkins, pero no lo dijo. El centro Lawrence Livermore era muy conocido, y aunque la mayoría de la gente ignoraba a qué se dedicaba exactamente, se le tenía en muy alta estima. Así que, si el Lawrence Livermore formaba parte del proyecto, ¿qué había que temer?

—Exacto —contestó Steve—. El proceso de análisis requiere muestras de metal envejecido y sometido a tensión llamadas «cupones». En estos momentos están analizándose dieciocho mil cupones representativos de catorce aleaciones distintas en soluciones corrientes en esta zona. Ahora mismo, el índice de corrosión medio de los cupones es de veinte nanómetros por año. Un cabello humano es cinco mil veces más grueso. A ese paso, la aleación veintidós que se utiliza para fabricar los contenedores aguantaría unos cien mil años.

—Impresionante —dijo un hombre con sombrero de vaquero, uno de los delegados de Idaho, supuso Jenkins—. Pero pongámonos en lo peor. ¿Y si algo gotea y comienza a filtrarse en la tierra?

—La probabilidad de que eso ocurra es...

—Háganos ese favor.

—En primer lugar, deben saber que la capa freática que hay debajo de nuestros pies es excepcionalmente profunda: discurre a una profundidad media de cuatrocientos cincuenta y siete metros, es decir, a trescientos treinta y cinco metros por debajo de esta galería.

Steve sabía que aquél era otro punto de encendido debate. Lo que acababa de decirles a los delegados era cierto, pero algunos científicos del proyecto estaban presionando para que se excavaran galerías de almacenamiento más profundas, a unos noventa metros por debajo de aquélla. La verdad era que no podía responderse tajantemente a la cuestión de las filtraciones. Se ignoraba a qué velocidad se filtrarían los diversos líquidos a través de las rocas que había bajo la planta, al igual que se ignoraba qué efectos podía tener un temblor de tierra sobre los índices de filtración. Claro que, se recordó Steve, según las estimaciones más apuradas, la probabilidad de que un terremoto catastrófico afectara a los niveles de almacenamiento era de uno por setenta millones.

Si algo podía constituir una inapelable sentencia a muerte de la planta eran las características de la capa freática. Hasta diez meses antes, había acuerdo general en que la zona de debajo de la planta era lo que se conocía como una cuenca hidrológica cerrada: una formación cóncava sin salida a mares ni ríos. Dos estudios exhaustivos, uno hecho por la Agencia de Protección Medioambiental y otro por el Instituto Geológico de Estados Unidos, habían venido a contradecir esa convicción. Si dichos estudios estaban en lo cierto, los acuíferos podían llegar incluso a la Costa Oeste y el golfo de California. Hasta que se aclarara la cuestión, sin embargo, Steve tenía órdenes precisas: el modelo de la cuenca hidrológica cerrada era el patrón que había que seguir.

—Para que los residuos empezaran siquiera a filtrarse en el lecho rocoso —afirmó—, tendrían que fallar docenas de sistemas y subsistemas, tanto humanos como informáticos. Repito que hay que poner las cosas en perspectiva: comparado con los protocolos de seguridad con los que funcionaría esta planta, colarse en un silo de armamento nuclear y lanzar un misil sería pan comido.

—¿Parte del material es fisionable?

—¿Se refiere a si podría hacer explosión?

—Sí.

—Bueno, haría falta alguien con un par de títulos de doctorado para responder a los porqués, pero la respuesta es no.

—Supongamos que alguien consigue burlar las medidas de seguridad y bajar a los niveles de almacenamiento provisto de una bomba...

—Imagino que con eso de «alguien» se refiere usted a Supermán o al Increíble Hulk, ¿no?

Aquello les hizo reír abiertamente.

—Claro, ¿por qué no? Supongamos que así fuera. ¿Qué daños podría causar?

Steve negó con la cabeza.

—Siento ser tan aguafiestas, pero las cuestiones logísticas por sí solas lo hacen sumamente improbable. En primer lugar, se habrán fijado en que este túnel diagonal tiene tres metros de ancho. La cantidad de explosivos convencionales que haría falta para causar daños de importancia en los niveles de almacenamiento no cabría en un camión de mudanzas.

—¿Y si fueran explosivos no convencionales? —preguntó el delegado de Idaho.

Entonces, pensó Steve, *tendríamos un problema.*

43

—Muy bien, chicos, ha llegado la hora de cambiar de estrategia —anunció Gerry Hendley cuando entró en la sala de reuniones y se puso a buscar un asiento.

Era otra mañana en el Campus, y la mesa de reuniones estaba llena de jarras de café humeantes y bandejas con pastas, bollos y panecillos dulces. Jack se sirvió una taza de café, cogió un panecillo integral (sin crema de queso) y buscó un sitio vacío en torno a la mesa. También estaban allí Jerry Rounds, jefe de Análisis e Inteligencia; Sam Granger, jefe de Operaciones; Clark y Chávez, y los hermanos Caruso.

—Ha llegado el momento de empezar a centrarse en este asunto. A partir de ahora, todos los presentes en esta sala vais a focalizar por completo vuestra atención en el Emir y el Consejo Omeya Revolucionario, excepto Sam, Jerry y yo mismo, claro. Nosotros nos encargaremos de mantener el fuego encendido y los bollos recién hechos, pero los demás podéis empezar a trasladar aquí vuestras cosas. Vamos a vivir, a respirar y a comer Emir veinticuatro horas al día, siete días a la semana, hasta que le atrapemos o acabemos con él.

—¡Juuuya! —gritó Brian Caruso imitando el grito de guerra de los *marines*, y los demás se echaron a reír.

—Con ese fin, le hemos puesto al grupo un nombre que le viene como anillo al dedo: Pescador de Reyes. El Emir se considera una especie de monarca y nosotros vamos a pescarle. De ahora en adelante, éste será vuestro lugar de trabajo y las puertas de todos se mantendrán siempre abiertas. Me refiero a la mía, a la de Sam y a la de Jerry.

Caray, pensó Jack. *¿A qué viene esto?*

—Vamos por partes. Dom y Brian han estado siguiendo pistas en Suecia —dijo Hendley, y procedió a explicar el mensaje interceptado del DHS y el FBI acerca de Hlasek Air que había descubierto Jack—. Vamos a seguir tirando de ese hilo, aunque de momento no hemos sacado nada en claro. El mecánico se entregó a la policía nacional sueca, pero tiene poco que contar. Una transacción en efectivo por un trabajito con un transpondedor y un avión privado lleno de árabes, quizá.

»Pescador de Reyes —prosiguió Hendley—. Si tenéis alguna idea, contadla. Si queréis que probemos algo nuevo, pedidlo. Si sólo queréis barajar ideas o jugar a las probabilidades, reuníos y hacedlo. Las únicas preguntas o ideas tontas son las que no se hacen o las que no se exponen. Vamos a trabajar orgánicamente, chicos. Olvidad cómo hemos estado haciendo las cosas hasta ahora y empezad a buscar otros enfoques. Porque podéis estar seguros de que eso es lo que está haciendo el Emir. Así que ¿alguna pregunta?

—Sí —dijo Dominic Caruso—. ¿A qué viene este cambio?

—Hace poco me dieron un buen consejo.

Jack notó que Hendley lanzaba una mirada casi imperceptible a John Clark y empezó a comprender.

—Somos demasiado pocos para manejar esto con tanta burocracia —añadió Jerry Rounds—. Nosotros tres nos iremos turnando para pasarnos por aquí regularmente y asegurarnos de que las cosas van como deben, pero el quid de la cuestión es que el Emir es un personaje excepcional y que, por tanto, debemos cambiar de táctica.

—¿Cómo afecta eso a la vertiente operativa? —preguntó Chávez.

Fue Sam Granger quien respondió:

—Habrá más trabajo, esperamos. Muchas de las cosas nuevas que saldrán de aquí no podrán verificarse mediante hipótesis. Eso significa que habrá que echarse a la calle y seguir pistas. Puede que gran parte del trabajo sean comprobaciones de rutina, pero todo tiene su importancia. No me malinterpretéis, a todos nos encantaría marcar un golazo, pero esas cosas no se consiguen por casualidad. Hay que trabajárselas.

—¿Cuándo empezamos? —preguntó Jack.

—Ahora mismo —contestó Hendley—. Lo primero en el orden del día es asegurarnos de que estamos todos en sintonía. Vamos a exponer lo que sabemos, lo que sospechamos y lo que todavía tenemos que averiguar. —Comprobó su reloj—. Descansaremos para comer y volveremos a reunirnos aquí después.

Jack se asomó al despacho de Clark.

—No sé qué le dijiste, John, pero está claro que Hendley te ha hecho caso.

Clark sacudió la cabeza.

—No hice más que darle un empujoncito, pero él ya iba por buen camino. Es muy listo. Con el tiempo habría llegado a la misma conclusión. Vamos, pasa. ¿Tienes un minuto para sentarte?

—Claro. —Jack tomó asiento frente a la mesa.

—He oído que quieres meterte en faena.

—¿Qué? Ah, sí. Te lo ha dicho, ¿eh?

—Me ha pedido que te entrene.

—Pues me parecería muy bien. Me parecería estupendo, de hecho.

—¿Por qué quieres hacerlo, Jack?

—¿No te ha dicho Hendley...?

—Quiero que me lo digas tú.

Jack se removió en la silla.

—Me paso el día aquí sentado, John, leyendo mensajes, intentando entender informaciones que podrían significar algo o nada, y sé que es importante, claro, y que hay que hacerlo, pero quiero hacer algo más, ¿entiendes?

Clark asintió con la cabeza.

—Como lo de Moha.

—Sí, algo así.

—No siempre es tan limpio.

—Lo sé.

—¿Sí? Yo lo he hecho, Jack. Cara a cara y mano a mano. La mayoría de las veces es un asunto feo y engorroso, y nunca se te olvida. Las caras se difuminan, igual que los sitios y las circunstancias, pero el hecho, el acto en sí mismo, eso es para siempre. Y si no estás preparado para afrontarlo, puede corroerte por dentro.

Jack respiró hondo, los ojos fijos en el suelo. ¿Estaba preparado? Sentía que lo que decía Clark era cierto, pero en aquel momento le parecía muy abstracto. Era consciente de que aquello no se parecía a las películas, ni a las novelas, pero eso no le servía de nada: era como describir el color rojo diciendo que no se parecía al azul. *No tengo puntos de referencia. O casi*, se recordó. Estaba lo de Moha.

Como si le hubiera leído el pensamiento, Clark añadió:

—Y no te confundas: lo de Moha fue una excepción, Jack. Te topaste con ello, no te dio tiempo a pensarlo y estabas seguro de que era un mal tipo. Pero las cosas no siempre están tan claras. De hecho, rara vez es así. Hay que asumir la incertidumbre y sentirse cómodo con ella. ¿Podrás hacerlo?

—Si te digo la verdad, John, no lo sé. No puedo contestarte. Sé que no es la respuesta adecuada, pero...

—Es la más adecuada, en realidad.

—¿Qué?

—Cuando pasé por el proceso de selección para ingresar en la Academia de los SEAL, todos teníamos que entrevistarnos con un psicólogo. Yo estaba en el vestíbulo, esperando, y salió un amigo mío. Le pregunté qué tal le había ido. Me dijo que el doctor le había preguntado si creía que podía matar a un hombre. Mi amigo, que estaba ansioso por anotarse un tanto, contestó «Pues claro que sí». Cuando me llegó el turno y el psicólogo me hizo la misma pregunta, le dije que creía que sí, pero que no estaba seguro al cien por cien. Uno de los dos entró. El otro, no.

Es alucinante, pensó Jack. Costaba hacerse a la idea de que John Clark había sido alguna vez un recluta novato, y no una especie de dios de las fuerzas de operaciones especiales. Todo el mundo empezaba alguna vez.

Clark prosiguió diciendo:

—Muéstrame a un tío que contesta «Pues claro que sí» a ese tipo de preguntas y yo te enseñaré a un chalado, a un embustero o a uno que no se ha parado a pensarlo. ¿Sabes que te digo? Que se lo preguntes a Ding alguna vez. La primera vez que tuvo que liquidar a alguien, dudó hasta el momento justo de apretar el gatillo. Sabía que podía hacerlo y estaba seguro al noventa y nueve por ciento de que lo haría, pero incluso en el momento de disparar seguía oyendo una vocecilla dentro de su cabeza.

—¿Y tú?

—Yo lo mismo.

—Cuesta creerlo —contestó Jack.

—Pues créelo.

—Entonces, ¿qué me estás diciendo? ¿Que siga pegado a mi teclado y mi monitor?

—Eso tienes que decidirlo tú. Sólo quiero asegurarme de que lo tienes claro. Si no, serás un peligro para ti mismo y para los demás.

—Está bien.

—Una cosa más: quiero que consideres la posibilidad de decírselo a tu padre.

—Por Dios, estás de broma...

—No, no lo estoy. Yo te guardaré el secreto, Jack, porque eres mayor y la decisión es tuya, pero creo que ha llegado el momento de que te valgas por ti mismo, y no podrás hacerlo mientras sigas teniendo miedo de enfrentarte a tu padre. Hasta entonces, no serás dueño de tu vida.

—No te andas con rodeos, ¿eh?

Clark sonrió al oírle.

—Me lo dicen mucho últimamente. —Echó una ojeada a su reloj—. Casi es la hora de volver. Piénsatelo un día más. Ambas cosas. Si después todavía te interesa seguir adelante, te enseñaré lo que pueda.

El contacto de Mary Pat en Legoland (con el nombre de Legoland o Babilonia se conocía popularmente al cuartel general del Servicio Secreto de Inteligencia Británico en Vauxhall Cross, a orillas del río Támesis, debido a su achaparrada arquitectura en forma de zigurat) sólo le había ofrecido un nombre en respuesta a su petición. Nigel Embling, le dijo, era un veterano en Asia Central, y aunque estaba ya retirado, sabía tanto de aquella región que lo que había olvidado superaba con creces lo que la mayoría de la gente sabía sobre ella. Mary Pat suponía que los británicos tenían agentes en activo en la zona, pero no estaba segura de que Embling fuera uno de ellos. Posiblemente no. Su contacto debía de haber deducido, del hecho de que su consulta le hubiera llegado por canales extraoficiales, que Mary Pat estaba actuando hasta cierto punto bajo cuerda, en cuyo caso los mandamases del SIS no verían con buenos ojos que pusiera a su disposición a un agente en activo.

Naturalmente, proveerse de un contacto era sólo la mitad de la batalla. Embling era un hombre mayor que había dejado atrás hacía tiempo sus días de servicio activo, lo que significaba que tendrían que mandar a alguien para que hiciera el trabajo de calle. Mary Pat no tuvo que pensárselo mucho. Enseguida se le ocurrieron dos nombres, y si los rumores eran ciertos, tal vez aquellas dos personas estuvieran interesadas en un trabajillo extra. El NCTC disponía de algunos fondos discrecionales, y tanto Ben Margolin como ella misma estaban de acuerdo en que el asunto merecía su uso.

Sólo necesitó dos llamadas para confirmar los rumores, y otras dos para hacerse con un número de teléfono.

El teléfono móvil, que Clark había guardado en el cajón de arriba de su mesa, sonó una vez y luego otra. Contestó al tercer pitido.

—Diga.

—John, soy Mary Pat Foley.

—Hola, Mary Pat, te tenía en mi lista de llamadas pendientes.

—¿Ah, sí?

—Ding y yo acabamos de dejar Rainbow. Pensábamos darte un toque para saludarte.

—¿Qué te parece si nos vemos? Quería consultarte una cosa.

El radar interno de Clark comenzó a pitar.

—Claro. ¿Cuándo y dónde?

—Lo antes posible.

Él miró su reloj.

—Puedo salir a comer ahora mismo.

—Muy bien. ¿Conoces el Huck's, en Gainesville?

—Sí, junto a Linton Hall Road.

—Sí. Nos vemos allí.

Clark apagó su ordenador y se dirigió al despacho de Sam Granger. Le refirió al jefe de operaciones del Campus la llamada telefónica que acababa de recibir.

—Tengo la impresión de que no se trata de una simple comida entre amigos —dijo Granger.

—A mí también me lo parece. Mary Pat parecía muy seria.

—¿Sabe que dejas la Agencia?

—A Mary Pat hay muy pocas cosas que se le escapen.

Granger se quedó pensando.

—Está bien, infórmame cuando vuelvas.

Clark había pasado muchas veces por delante del Huck's, pero nunca había entrado. Hacían los mejores pasteles y empanadas de Virginia, le habían dicho. *Aunque por fuera no lo parezca*, pensó mientras aparcaba en batería delante del local. Dos grandes lunas flanqueaban la puerta de una sola hoja, a la que daba sombra un descolorido toldo de lona rojo y blanco. En la ventana, una luz de neón anunciaba «ucks». *¿Será mala señal?*, se preguntó Clark. *Seguramente no.*

Lo cierto era que sólo tenía buenos recuerdos de Gainesville, por cuyas calles había caminado durante horas y horas enseñando técnicas de vigilancia y contravigilancia a agentes de la CIA. No todo podía enseñarse en las aulas de Camp Perry. Por las calles de Gainesville y de algunas otras localidades de Maryland y Virginia podían pasearse en cualquier momento, sin que lo supieran sus excelentes vecinos, espías que jugaban a mantenerse con vida antes de tener que arriesgar el pellejo en la vida real.

Empujó la puerta y encontró a Mary Pat sentada en un taburete, junto al mostrador. Se dieron un abrazo y Clark se sentó. Un hombre fornido, con escaso cabello rojizo y manos manchadas de harina, se acercó a ellos.

—¿Qué les pongo?

—Una de manzana —dijo Mary Pat sin vacilar—. Para llevar.

Clark se encogió de hombros y pidió lo mismo.

—¿Qué tal está Ed?

—Bien. Aunque creo que se siente un poco encerrado. Está escribiendo un libro.

—Eso está bien.

Cuando les llevaron los pasteles, Mary Pat dijo:

—¿Te apetece dar un paseo?

—Claro.

Una vez fuera, echaron a andar por la acera y estuvieron charlando tranquilamente hasta que llegaron a un parque de media hectárea cubierto de hierba verde y de setos bien recortados. Buscaron un banco y se sentaron.

—Tengo un problema, John —dijo Mary Pat cuando ambos hubieron comido un par de bocados de pastel—. Y he pensado que quizá Ding y tú podáis ayudarme.

—Si está en nuestra mano... Pero vayamos por partes. ¿Sabes que estamos...?

—Sí, ya me he enterado. Lo siento. Conozco al honorable Charles Sumner Alden. Es un imbécil.

—Parece que hay muchos por Langley últimamente.

—Sí, por desgracia. Aquello empieza a parecerse a la Edad Media. Dime una cosa: ¿qué opinas de Pakistán?

—Es un sitio bonito para ir de visita —respondió Clark con una sonrisa.

Mary Pat se echó a reír.

—Se trata de una operación muy sencilla, de cinco o seis días, quizá. Necesitamos verificar unas cuantas cosas y no tenemos a nadie sobre el terreno. O a nadie a quien podamos recurrir, al menos. El nuevo Gobierno está liquidando la Dirección de Operaciones como si fuera un saldo. Hay un tipo, un inglés, que conoce muy bien la zona, pero ya no está para muchos trotes.

—Háblame de esas cosas que hay que verificar.

—Debería tratarse únicamente de recoger información. Trabajos preliminares.

—Imagino que estamos hablando de algo relacionado con el pez gordo. —Mary Pat asintió con una inclinación de cabeza—. ¿Y ya has intentado conseguir autorización de Langley? —Otro asentimiento. Clark tomó aire y lo dejó escapar—. Te arriesgas mucho con esto.

—El premio lo merece.

—¿Cuándo sería?

—Cuanto antes, mejor.

—Dame esta tarde.

Una hora después estaba de vuelta en el Campus. Encontró a Granger en el despacho de Hendley. Llamó al quicio de la puerta, Hendley le hizo señas de que entrara, y tomó asiento.

—Sam me lo ha contado —dijo Hendley—. ¿Has probado el pastel?

—El de manzana. Puede que no sea el mejor, pero le anda muy cerca. Mary Pat me ha ofrecido un trabajo temporal. En Pakistán. —Les resumió a grandes rasgos su conversación.

—Vaya —comentó Granger—. Mary Pat trabaja en el NCTC, así que es fácil deducir qué andan buscando. ¿Qué le has dicho?

—Que la llamaría luego para darle una respuesta. No hay mucho que pensar, en realidad, pero el problema es que, si aceptamos, preferiría contárselo.

—¿Lo del Campus? —preguntó Granger—. Yo no...

—Lo siento —dijo Clark—. Mary Pat y yo nos conocemos desde hace mucho tiempo, y ella arriesga mucho en esto. No voy a engañarla. Mirad, vosotros conocéis su reputación. Sabéis lo que piensa Jack Ryan de ella. Creo que con eso basta como garantía.

Hendley estuvo pensándoselo un minuto; luego asintió con la cabeza.

—De acuerdo. Pero procede con cautela. ¿Para cuándo os necesita?

—Para ayer, sospecho —contestó Clark.

44

—Lo que sabemos con toda certeza sobre el Emir y el COR es muy limitado —afirmó Jerry Rounds al reanudar la reunión—. Así que hablemos de lo que sabemos casi con toda certeza. Hasta hace poco, el COR se apoyaba fundamentalmente en Internet para sus comunicaciones, pero no podemos rastrearlas porque cambian constantemente de servidor. Dependemos, además, de la NSA para que identifique el servidor por el método de cifrado, y ni siquiera con eso nos es posible localizarlo en todos los casos, aunque la NSA sabe que saltan de un país a otro.

Dominic retomó el hilo:

—A no ser que nos estemos perdiendo un montón de volumen de correo electrónico, y siempre cabe esa posibilidad, podemos dar por sentado que el Emir está haciendo pasar físicamente información importante de un lugar a otro. Es decir, que utiliza correos humanos. Puede que lleven CD-ROM o algún otro dispositivo móvil que pueda conectarse a un ordenador portátil, o que puedan entregar a otra persona que disponga de un ordenador de sobremesa conectado al teléfono o a una línea de cable. O que tenga conexión inalámbrica.

—Las conexiones inalámbricas no son muy seguras —comentó Brian.

—Puede que no importe —contestó Chávez—. ¿No ha sugerido alguien que quizás estén usando tablas de un solo uso?

—Sí —contestó Rounds.

—Con ese tipo de tablas de correspondencia puede uno decir prácticamente lo que quiera. Si alguien las coge, le parecen sólo un montón de números, letras o palabras puestos al azar.

—Lo cual plantea la cuestión —dijo Jack— de si los correos llevan sólo mensajes o también tablas. Si es que es eso lo que están usando...

—Jack —le interrumpió Rounds—, háblanos de ese tío.

—Shasif Hadi —contestó Jack—. Figuraba en una lista de distribución de correo electrónico que estábamos vigilando. Su cuenta ISP no estaba tan bien encapsulada como las otras. Estamos intentando acceder a sus cuentas bancarias, pero no sé si sacaremos algo en claro, aparte de saber dónde hace la compra.

—Respecto a los correos —añadió Chávez—, ¿el FBI no controla a los viajeros que utilizan frecuentemente las líneas aéreas? ¿No hay algún modo de encontrar una pauta por esa vía, de dar con un vínculo entre el tráfico de correo electrónico del COR y las pautas de vuelo?

Dominic preguntó:

—¿Tienes idea de cuánta gente cruza con regularidad el Atlántico? Son miles, y el FBI los controla a todos. Pero tardaríamos mucho en investigar aunque sólo fuera a una cuarta parte de ellos. Es como pasarse ocho horas diarias leyendo un listín telefónico. Y, que nosotros sepamos, ese cabrón podría estar mandando sus CD-ROM por mensajero o incluso por correo ordinario. Un apartado de correos es un lugar estupendo para esconder cosas.

El ordenador portátil de Jerry Rounds emitió un pitido, y éste miró la pantalla. Estuvo leyendo un minuto; luego dijo:

—Esto complica las cosas.

—¿Qué? —preguntó Jack.

—Tenemos en nuestro poder datos extraídos de ese asunto de la embajada de Trípoli. Ding se guardó sin querer una memoria portátil que le requisó a uno de los secuestradores. Contenía un montón de archivos JPEG.

—¿Fotos de la guarida del Emir? —preguntó Brian.

—No, por desgracia. Los terroristas están perfeccionando su técnica. Ahora utilizan esteganografía.

—¿Cómo dices?

—Esteganografía. O esteganos, para abreviar. Es un método de cifrado. Consiste básicamente en ocultar un mensaje dentro de una imagen.

—Como tinta invisible.

—Más o menos, aunque es aún más antiguo. En la antigua Grecia solían afeitar un trozo de la cabeza a un sirviente, le tatuaban un mensaje en el cuero cabelludo y luego esperaban a que volviera a crecerle el pelo y le mandaban a cruzar las líneas enemigas. En este caso se trata de imágenes digitales, pero la idea es la misma. Veréis, las imágenes digitales no son más que un montón de puntos coloreados.

—Píxeles —añadió Chávez.

—Exacto. A cada píxel se le asigna un número: un valor de rojo, azul y verde que normalmente varía de cero a doscientos cincuenta y cinco, dependiendo de la intensidad. Cada uno de esos valores se almacena, a su vez, en ocho bits, empezando por el ciento veintiocho y acabando en el uno, que se dividen por la mitad según avanzan, de modo que de ciento veintiocho se pasa a sesenta y cuatro y de ahí a treinta y dos, y así sucesivamente. Una diferencia de uno o dos o incluso cuatro en el valor cromático resulta imperceptible para el ojo humano...

—Me estoy perdiendo —dijo Brian—. Ve al grano.

—Básicamente, se trata de ocultar caracteres dentro de una fotografía digital alterando ligeramente sus píxeles.

—¿Cuánta información?

—En una imagen de seiscientos cuarenta por cuatrocientos ochenta, pongamos por caso... Medio millón de caracteres, más o menos. Una novela de buen tamaño.

—Joder —masculló Chávez.

—Ésa es la putada —dijo Jack—. Si están usando esteganografía, seguramente son lo bastante listos como para que los mensajes sean cortos. Estamos hablando de unos doce píxeles alterados, más o menos, en una imagen que contiene millones de ellos. Es como buscar una aguja en un pajar.

—Entonces, ¿hasta qué punto es difícil codificarlo? —preguntó Chávez—. ¿Hay algún modo de encontrar una pista por ese lado?

—Es poco probable. Hay por ahí montones de programas *freeware* y *shareware* con los que puede hacerse. Algunos son mejores que otros, pero no hace falta ser un experto. No es necesario, cuando solamente el remitente y el destinatario tienen la clave de cifrado.

—¿Y qué hay de extraer los mensajes? ¿Puede hacerse? ¿Qué implica?

Rounds respondió:

—Se trata esencialmente de revertir cada imagen: de deconstruirla, descubriendo qué píxeles han sido alterados y en qué cantidad, y de extraer luego el mensaje.

—Esto parece hecho para la NSA —dijo Brian—. ¿No podemos colarnos en...?

—No —respondió Rounds—. Me encantaría, te lo aseguro, pero interceptar sus mensajes es una cosa, e intentar introducirnos en sus sistemas, otra. En todo caso, puede que no nos haga falta recurrir a medidas tan drásticas. Jack, ¿hay por ahí algún programa comercial que podamos comprar?

—Sí, pero no sé si tendrán la potencia que necesitamos. Empezaré a mirar. Aunque sólo sea eso, quizá podamos adaptar nuestro propio programa. Lo consultaré con Gavin.

—Y ese asunto de Trípoli —comentó Dominic—, supongo que damos por hecho que fue cosa del COR.

—Exacto. Todos los secuestradores pertenecían a grupos integrados en el COR; la mitad de ellos eran de la célula de Bengasi, y la otra mitad de procedencia diversa.

—Un comando heterogéneo —dijo Jack—. Por lo que he leído, no es lo normal en una operación del COR. Normalmente suelen respetar la integridad de las células. Eso tiene que significar algo.

—Estoy de acuerdo —dijo Rounds—. Tiremos del hilo, a ver adónde nos lleva. ¿Por qué han cambiado de rutina?

—¿Y dónde están los demás miembros de la célula de Bengasi? —añadió Brian.

—Exacto. Bueno, volvamos a la esteganografía: a no ser que se trate de una excepción, debemos asumir que es una práctica corriente del COR y que quizá lo venga siendo desde hace mucho tiempo, lo cual nos complica mucho el trabajo. A partir de ahora, todos los foros y páginas web que haya usado o esté usando el COR son una fuente potencial de información. Tenemos que revisarlos en busca de archivos de imágenes: JPEG, GIF, PNG, mapas de bits... Lo que sea.

—¿Y vídeos? —preguntó Chávez.

—Puede hacerse, pero es más difícil. La compresión puede alterar los píxeles de las imágenes. Por ahora conviene concentrarse en imágenes fijas y capturas de pantalla. Así que vamos a coger todo lo que podamos y a empezar a diseccionarlo en busca de mensajes ocultos.

—Deberíamos asegurarnos de que tenemos una buena base IP, por si acaso alguien nos está vigilando —sugirió Jack.

—¿Qué tal si me lo decís en cristiano? —dijo Brian—. Ya me conocéis, soy un *marine* con la cabeza muy dura.

—El IP es el protocolo de Internet. Ya sabes, esa hilera de números que aparece en la red de tu casa: sesenta y siete, punto, ciento sesenta y cinco, punto, doscientos dieciséis, punto, ciento treinta y dos, por ejemplo.

—Sí.

—Si bombardeamos esos sitios con el mismo IP y alguien está mirando, se dará cuenta de que tramamos algo. Puedo decirle a Gavin que nos prepare una rotación aleatoria, para que nuestras visitas parezcan periódicas. O incluso remitirles a otras páginas web islamistas.

—Bien —dijo Rounds—. De acuerdo, sigamos. ¿Qué más? Decid lo que se os ocurra.

—¿Hay algún modo de averiguar cuándo se cuelga una foto en una página web? —preguntó Dominic.

—Puede ser —contestó Jack—. ¿Por qué?

—Para cotejar las fechas con las de los correos electrónicos y las operaciones conocidas, ese tipo de cosas. Puede que la aparición de una foto anteceda a la de un correo o viceversa. Quizá podamos encontrar alguna pauta.

Jack tomó nota.

—Buena idea.

—Hablemos de cosas que damos por supuestas —propuso Chávez—. Hemos estado dando por sentado que el Emir sigue en Pakistán o Afganistán. ¿Cuándo fue la última vez que se confirmó que estaba allí?

—Hace un año —contestó Jack—. Le hemos dado muchas vueltas a la idea de que pueda haberse instalado en otra parte o incluso que haya cambiado de apariencia, pero no hay pruebas de ello.

—Supongamos que las hay. ¿Por qué iba a mudarse?

—Bien por razones operacionales, bien porque estábamos acercándonos demasiado a su escondrijo —contestó Rounds.

—¿Adónde iría?

—Yo voto por Europa occidental —dijo Dominic.

—¿Por qué?

—Por las fronteras, para empezar. Es mucho más fácil moverse por allí.

Jack sabía que de eso se había encargado el Tratado de Schengen, que había normalizado los controles fronterizos y los requisitos de entrada en la mayoría de los países de la Unión Europea, de forma que viajar entre ellos era casi tan fácil como moverse entre los distintos estados norteamericanos.

—Y no nos olvidemos de la moneda —añadió Brian—. El euro se acepta en casi todas partes. Instalarse y mover el dinero resulta mucho más fácil así.

—Suponiendo que no haya cambiado de apariencia, le sería mucho más fácil pasar inadvertido en algún lugar del sur, en el Mediterráneo: en Chipre, Grecia, Italia, Portugal, España...

—Eso es mucho territorio —observó Brian.

—Entonces, ¿cómo nos orientamos? —preguntó Rounds.

—Siguiendo la pista del dinero —propuso Dominic.

—Llevamos un año haciéndolo, igual que Langley —contestó Jack—. Y, comparado con la estructura financiera del COR, el laberinto de Cnosos parece uno de esos mantelitos con juegos que les ponen a los niños en las mesas de los restaurantes.

—Una referencia bastante oscura, primo —dijo Brian con una sonrisa.

—Perdón. Es mi educación católica. Lo que quiero decir es que, sin un solo hilo del que tirar, creo que el enfoque financiero no va a llevarnos a ninguna parte. Al menos por sí solo.

—¿Alguien ha intentado extraer un patrón? —preguntó Chávez—. ¿Coger lo que sabemos sobre su gestión financiera, vincularlo con su tráfico de correos electrónicos y sus declaraciones en páginas web y cotejarlo con los atentados?

—Buena pregunta —contestó Rounds.

—Me sorprendería que el NCTC o Langley, o ambos, no lo hubieran intentado ya. Si hubieran tenido suerte, ese tipo ya estaría entre rejas.

—Puede ser —dijo Rounds—, pero nosotros no lo hemos intentado.

—Y si no lo hace el Campus, ¿no puede hacerse? —preguntó Brian.

—Exactamente. Supongamos que no lo han intentado. O que lo han intentado, pero de forma errónea. ¿Qué necesitaríamos para hacerlo bien?

—Una aplicación de *software* hecha a medida —contestó Jack.

—Tenemos gente y tenemos dinero. Intentémoslo.

—Gavin va a empezar a odiarnos —comentó Dominic con una sonrisa.

—Compradle una caja grande de Cheetos y otra de Mountain Dew —replicó Brian—, y estará perfectamente.

—¿Y si nos damos una vuelta por Trípoli? —dijo Dominic, cambiando de dirección—. Ese asunto de la embajada no se ha producido porque sí. Vayamos allí, a ver qué averiguamos. Y puede que también a Bengasi.

Rounds se quedó pensando.

—Lo consultaré con Sam y Gerry.

Estuvieron una hora más pasándose la pelota hasta que Rounds puso fin a la reunión.

—Dejémoslo y volvamos al trabajo. Nos reuniremos de nuevo mañana por la mañana.

Salieron todos, excepto Jack, que giró su silla para mirar por la ventana.

—Estoy viendo girar los engranajes —dijo Chávez desde la puerta.

—Perdona, ¿qué?

—Tienes la misma mirada que tu padre cuando su cerebro mete la directa.

—Sigo barajando posibilidades.

Ding apartó una silla y se sentó.

—Dispara.

—La pregunta que no nos hemos hecho es por qué. Si el Emir ha dejado Pakistán o Afganistán y se ha ido a algún otro sitio, ¿por qué lo ha hecho? ¿Y por qué ahora? Que nosotros sepamos, hacía unos cuatro años que no salía de esa zona. ¿Nos estábamos acercando demasiado, o ha sido por otra cosa?

—¿Qué, por ejemplo?

—No sé. Sólo intentaba pensar como él. Si yo estuviera preparando algo, una operación importante, quizá sintiera la tentación de arriesgarme a buscar otro escondite para asegurarme de que no me detienen y no me voy de la lengua cuando me interroguen.

—Un movimiento arriesgado.

—Tal vez, pero puede que no tanto como quedarse en el mismo sitio sabiendo que el cerco sobre ti se estrecha. Si te mudas y te estableces en otra parte, no sólo sigues en libertad, sino que también puedes continuar manejando los hilos.

Chávez se quedó callado unos segundos.

—Tienes buena cabeza, Jack.

—Gracias, pero esta vez espero equivocarme. Si no, puede que se nos venga encima algo muy gordo.

Habían logrado sobrevivir al temporal, pero por poco: la lancha había sufrido tal vapuleo que parecía a punto de irse a pique. Cuatro horas después de entrar en la borrasca, lograron salir de ella por el oeste y encontraron de nuevo un mar en calma y un cielo azul. Atracaron, y Vitali y Vania pasaron el resto del día y parte de la noche revisando la embarcación en busca de daños, sin encontrar ninguno que exigiera su regreso a puerto. Y aunque hubiera habido tales daños, Vitali se preguntaba si Fred les habría permitido volver. Seguía impresionado por cómo había sacrificado a uno de sus hombres, no tanto por la decisión en sí misma, sino por la falta de emoción que había demostrado. Aquellos tipos iban muy en serio.

El faro era su objetivo, aunque Vitali seguía sin entender qué pensaban hacer allí. Situado a corta distancia de cabo Morrasale, en el golfo de Baidaratzkaya, no era de gran ayuda para la navegación. Ahora, al menos. Antaño había habido allí un asentamiento, seguramente un puesto de control de las pruebas nucleares que se efectuaban en Nueva Zembla. Algunos pescadores habían intentado sacarle provecho, pero sólo habían tardado cuatro estaciones en mudarse con sus barcos más al oeste, en busca de regiones menos inhóspitas. Las cartas de navegación indicaban entre diez y doce brazas de agua, de modo que había poco peligro de encallar, y además los barcos disponían en su mayoría de GPS de fabricación occidental para mantenerse en aguas seguras.

Sus pasajeros estaban revisando el camión, probando el motor y la grúa. Debería haberle disgustado lo que se proponían hacer, pero ni él ni nadie que conociera, pescaba en aquella zona.

Veía a duras penas, cada ocho segundos, la luz parpadeante del fanal, tal y como indicaba la carta de navegación. Una vez que llegaran a su playa de destino, estarían a menos de un kilómetro del faro, subiendo por una carretera que llevaba zigzagueando a lo alto del acantilado. Vitali sabía que aquélla iba a ser la peor parte del viaje. Las carreteras no tenían más de tres metros de ancho, y el GAZ apenas podría pasar por ellas.

¿A qué han venido?, se preguntó de nuevo. El mar ya resultaba de por sí

bastante temible, pero el trayecto en camión por aquellos páramos no era cosa para pusilánimes ni débiles de espíritu. Aunque sólo tardarían diez minutos en llegar al faro, Fred le había dicho que estarían fuera todo el día, y quizá toda la noche. ¿Qué iban a hacer para tardar tanto? Vitali se sacudió la pregunta con un encogimiento de hombros. A él, aquello debía traerle sin cuidado. Lo suyo era pilotar la embarcación.

El mar estaba liso como un espejo y apenas se oía el batir de las olas de la orilla sobre los costados metálicos de la lancha de desembarco. En cubierta, sus pasajeros preparaban café en el infiernillo de gasolina que habían llevado consigo.

Los motores emitieron un rugido gutural cuando Vitali dio marcha atrás y aceleró para alejarse de la playa de gravilla. Tras recorrer cien metros, giró el timón para hacer virar la lancha y consultó su brújula giroscópica antes de virar de nuevo, esta vez con rumbo cero, tres, cinco.

Levantó sus prismáticos e inspeccionó el horizonte. No se veía una sola cosa que no hubiera puesto allí Dios en persona, salvo una o dos boyas. El hielo invernal solía arrastrarlas o hacerlas papilla hasta que se hundían, y la Armada no se molestaba en reemplazarlas, porque en aquellas aguas no se aventuraba ningún barco de gran calado. Una prueba más de que estaban en medio de la nada.

Cuatro horas después, Vitali abrió la ventanilla lateral y gritó:

—¡Atención! ¡Dentro de cinco minutos desembarcamos! —Señaló su reloj y mostró los cinco dedos de la mano. Fred contestó con una seña. Dos miembros del pasaje se acercaron al camión para arrancar el motor, mientras otros dos empezaban a meter en la parte trasera los bultos de su equipaje.

Mirando por la ventanilla, Vitali divisó un sitio hacia el que enfilar la lancha y se dirigió a él a unos cinco nudos, velocidad suficiente para varar la embarcación sin estrellar la proa contra las piedras.

Cuando se hallaban a unos cincuenta metros de la orilla, se preparó instintivamente para el impacto y paró la hélice. Casi no hizo falta. La T-4 tocó fondo sin demasiada brusquedad y se detuvo rápidamente entre el tenue chirrido del hierro sobre la grava.

—¿Echo el ancla? —preguntó Vania. Había una de buen tamaño en la popa, para fijar la lancha cuando la costa presentaba dificultades.

—No. Hay marea baja, ¿verdad? —preguntó Vitali.

Pusieron los motores al ralentí, se acercaron a la palanca de control de la rampa y accionaron el sistema hidráulico. La rampa cayó por su propio peso y se estrelló sobre la playa. La pendiente parecía bastante empinada: la rampa apenas levantó agua al caer. Uno de los hombres se subió a la cabina del GAZ y lo puso en marcha. Las luces de freno destellaban cuando el camión frenaba el avance; luego se deslizó sobre la grava, con la cadena del extremo de la grúa oscilando como la trompa de un elefante circense. El camión se detuvo. Fred y los demás hombres bajaron andando hasta pisar la playa, salvo uno que, según vio Vitali, se había quedado en lo alto de la rampa.

Vitali salió de la caseta del timón y se acercó.

—¿A éste no se lo lleva? —le gritó a Fred.

—Se queda aquí, para echarles una mano, si hace falta.

—No es necesario. Nos las arreglaremos.

Fred se limitó a sonreír a modo de respuesta y levantó una mano para despedirse.

—Volveremos.

45

Clark consideraba un signo de vejez el que cada vez tolerara peor los viajes en avión. La estrechura de los asientos, la mala comida, el ruido... Lo único que los hacía ligeramente soportables eran los auriculares Bose, la almohada cervical que le habían regalado por Navidad y unos cuantos comprimidos de Ativan que le había dado Sandy para el viaje. Chávez, por su parte, iba sentado en el asiento de la ventanilla, con los ojos cerrados, escuchando su iPod Nano. Pero al menos el asiento del medio estaba vacío, de modo que tenían un poco de espacio para estirar los codos.

Después de hablar con Hendley y Granger, había ido en busca de Ding y, tras ponerle al corriente de la situación, había llamado al móvil de Mary Pat y había quedado en pasarse por su casa esa misma tarde. A instancias suyas, llegó temprano y estuvo charlando con Ed durante una hora antes de que llegara ella. Mientras Ed empezaba a hacer la cena, Clark y Mary Pat se acomodaron en la terraza de atrás con un par de cervezas.

Ignorando la advertencia que le había hecho Hendley, Clark puso las cartas sobre la mesa. No era para menos: se conocían desde hacía mucho tiempo. Mary Pat no movió una pestaña.

—Así que fue Jack, ¿eh? Siempre me he preguntado si lo habría llevado adelante. Hizo bien. Bueno, parece que se han dado prisa en reclutaros, ¿no? ¿Quién os puso en contacto con ellos?

—Jimmy Hardesty, unos diez minutos después de que Alden nos pusiera de patitas en la calle. El caso es, Mary Pat, que creo que estamos intentando resolver el mismo rompecabezas. Si no estás de acuerdo en cotejar la información que tenemos...

—¿Por qué no iba a estar de acuerdo?

—Para empezar, porque vamos a infringir al menos tres leyes federales. Y nos arriesgamos a provocar la cólera de todos los Alden de Langley.

—No me importa, si conseguimos atrapar a ese cabrón... o acercarnos un poco más a él, por lo menos. —Mary Pat bebió un sorbo de su cerveza y lo miró de soslayo—. ¿Significa eso que Hendley corre con los gastos?

Clark se echó a reír.

—Considéralo un gesto de buena voluntad. Bueno, ¿qué va a ser? ¿Un trato puntual, o el comienzo de una gran amistad?

—En igualdad de condiciones —contestó Mary Pat—. Y al diablo con la burocracia. Si tenemos que aunar esfuerzos para atrapar a nuestro hombre, que así sea. Aunque, naturalmente —añadió con una sonrisa—, nosotros nos llevaremos los laureles, dado que vosotros no existís.

Media pastilla de Ativan y una cerveza le ayudaron a pasar las últimas cinco horas de vuelo sumido en un sueño profundo y tranquilo. Cuando el tren de aterrizaje del avión rebotó chirriando en la pista del aeropuerto de Peshawar, Clark abrió los ojos y miró a su alrededor. A su lado, Chávez estaba guardando el i-Pod y un libro de bolsillo en su maletín.

—Hora de trabajar, jefe.

—Sí.

Su paso por la aduana y la cola de inmigración del aeropuerto fue lento, pero transcurrió sin incidentes, tal y como esperaban. Una hora después de entrar en la terminal estaban ya fuera, en la acera de los transportes públicos. Clark acababa de levantar la mano para llamar a un taxi cuando una voz con acento dijo tras ellos:

—No se lo aconsejo, caballeros.

Clark y Chávez se volvieron y vieron a sus espaldas a un individuo larguirucho y de cabello blanco, con traje de verano azul claro y sombrero blanco de hacendado.

—Aquí los taxis son trampas mortales.

—Usted debe de ser el señor Embling —dijo Clark.

—En efecto.

Clark se presentó a sí mismo y presentó a Chávez usando sólo sus nombres de pila.

—¿Cómo sabía...?

—Un amigo me envió por correo electrónico los datos de su vuelo. Después, fue sólo cuestión de buscar a dos tipos con el aire adecuado. Nada obvio, desde luego, pero he desarrollado una especie de... radar, supongo que podríamos llamarlo. ¿Vamos?

Embling les condujo a un Range Rover verde con los cristales tintados, aparcado junto a la acera. Clark montó en el asiento del copiloto y Chávez detrás. Poco después se incorporaron al tráfico.

Clark dijo:

—Disculpe, pero su acento...

—Es holandés. Vestigio de mis tiempos en servicio activo. Verán, en Holanda hay una importante comunidad musulmana a la que se trata muy bien. Es mucho más fácil hacer amigos, y mantenerse con vida, siendo holandés. Cuestión de supervivencia, ¿comprenden? ¿Y su tapadera?

—Canadienses, escritor y fotógrafo, respectivamente. Estamos haciendo un reportaje para el *National Geographic*.

—Servirá a corto plazo, supongo. El truco para pasar desapercibido es hacer como si uno llevara aquí una larga temporada.

—¿Y eso cómo se consigue? —preguntó Chávez.

—Poniendo cara de miedo y de desánimo, muchacho. Últimamente, es el pasatiempo nacional pakistaní.

—¿Les apetece dar una vuelta rápida por los sitios más candentes? —preguntó Embling unos minutos después. Circulaban en dirección oeste por Jamrud Fort Road, hacia el centro de la ciudad—. ¿Un pequeño quién es quién en Peshawar?

—Claro —contestó Clark.

Diez minutos después dejaron Jamrud y se dirigieron hacia el sur por Bacha Jan.

—Esto es el Jayatabad, el distrito Centro Sur de Los Ángeles en versión de Peshawar. Alta densidad de población, pobreza, escasa presencia policial, drogas, delincuencia callejera...

—Y pocas normas de tráfico —comentó Chávez, señalando por el parabrisas el flujo zigzagueante de coches, camiones, carretillas y ciclomotores, cuyas bocinas formaban con su estrépito una sinfonía casi constante.

—Ninguna, me temo. Aquí, atropellar a alguien y darse a la fuga es casi un deporte. Ojo, hace unos años el ayuntamiento hizo algunos esfuerzos por mejorar el barrio, pero por lo visto no prosperaron.

—Mala señal, cuando deja de aparecer la policía —observó Clark.

—Bueno, sí que aparecen. Pasan dos o tres coches dos veces al día, pero rara vez se detienen, a no ser que se topen con un asesinato. Justamente la semana pasada perdieron uno de sus coches y a dos agentes. Y cuando digo que los perdieron, me refiero a que desaparecieron sin dejar rastro.

—Santo Dios —dijo Chávez.

—No anda por aquí —masculló Embling.

Durante los veinte minutos siguientes continuaron adentrándose en el

Jayatabad. Las calles fueron haciéndose más estrechas y las casas más destartaladas, hasta que comenzaron a pasar delante de chabolas levantadas con cartón embreado y uralita. Desde las puertas a oscuras, ojos ausentes miraban pasar el Range Rover de Embling. En todas las esquinas había grupos de hombres fumando algo que Clark supuso que no era tabaco. La basura flanqueaba las aceras y volaba por las calles empujada por los remolinos.

—Me sentiría mucho más cómodo si fuera armado —murmuró Chávez.

—Descuide, hijo. Da la casualidad de que el Grupo de Servicios Especiales del Ejército usa habitualmente Range Rover con las lunas tintadas. De hecho, si miran detrás de nosotros en este instante, verán a un hombre cruzando la calle a todo correr.

Chávez se volvió.

—Ya le veo.

—Cuando lleguemos a la próxima calle, ya se estarán cerrando todas las puertas.

John Clark sonrió.

—Veo, señor Embling, que hemos dado con la persona adecuada.

—Muy amable de su parte. Me llamo Nigel, por cierto.

Tomaron otro desvío y desembocaron en una calle bordeada por una mezcla de almacenes construidos con bloques de cemento y casas de varios pisos, hechas de madera y ladrillo sin cocer, muchas de cuyas fachadas estaban ennegrecidas por el fuego o picadas por orificios de bala, o ambas cosas.

—Bienvenidos al paraíso de los extremistas —anunció Embling. Fue señalando edificios mientras pasaban, al tiempo que recitaba nombres de grupos terroristas (Lashkar-e-Omar, Tejrik-e-Yafaria Pakistán, Sipá-e-Muhammad Pakistán, Comando Nadim, Frente Popular de Resistencia Armada, Jarkat-al-Muyaidin Alamí), hasta que tomaron otro desvío. Después siguió con su lista.

»Ninguno de estos edificios es su cuartel general, claro está —explicó—, sino más bien algo parecido a clubes sociales o fraternidades. La policía y el Ejército vienen de vez en cuando a hacer una redada. A veces el grupo en cuestión desaparece definitivamente. Y a veces vuelve al día siguiente.

—¿Cuántos hay en total? —preguntó Clark.

—Oficialmente, casi cuarenta, y siguen creciendo. El problema es que es el ISI quien los cuenta —contestó Embling, refiriéndose a la Dirección del Servicio Interior de Inteligencia, el equivalente pakistaní de la CIA—. Y también, hasta cierto punto, el espionaje militar. Es como la zorra del refrán, guardando el gallinero. La mayoría de estos grupos recibe dinero, recursos o información de los servicios secretos pakistaníes. Está todo tan entremezclado que dudo de que el SIS siga sirviendo de algo.

—Esos destrozos de allí —dijo Chávez—, ¿son de redadas policiales?

—No, no. Eso es obra del Consejo Omeya Revolucionario. Son el perro más grande del vecindario, de eso no hay duda. Cada vez que uno de esos pececillos se mete en la charca que no debe, viene el COR y se los traga enteros, y a diferencia de las autoridades locales, cuando eso pasa, el grupo desaparece para siempre.

—Eso es muy revelador —apostilló Clark.

—En efecto.

De pronto vieron a través del parabrisas que una columna de humo se alzaba hacia el cielo a unos kilómetros de allí. Unos segundos después sintieron en las tripas el estruendo de la explosión.

—Un coche bomba —dijo Embling con despreocupación—. Hay tres de media al día, más un par de ataques con morteros, de propina. Al caer la noche es cuando las cosas se ponen verdaderamente interesantes. Confío en que puedan dormir con ruido de disparos, ¿eh?

—No sería la primera vez —contestó Clark—. Debo decirle, señor Embling, que pinta usted un cuadro muy negro de Peshawar.

—Entonces les he hecho un retrato fiel del original. Llevo aquí casi cuatro décadas, entre idas y venidas, y en mi opinión Pakistán se halla en un punto de inflexión. Veremos qué pasa dentro de un año, pero hacía dos décadas que el país no se hallaba tan al borde de convertirse en un Estado fallido.

—Un Estallo fallido provisto de armas nucleares —añadió Clark.

—Exacto.

—¿Por qué se queda? —preguntó Chávez.

—Porque es mi hogar.

Unos minutos después Ding comentó:

—Volviendo al distrito de Jayatabad, lo que me pregunto es quiénes no viven allí.

—Y es una buena pregunta —dijo Embling—. Aunque se trata de un cálculo subjetivo, los tres grandes actores de la región, el COR, el Lashkar-e-Taiba y el Sipá-e-Sajaba, antiguo Anyumán, suelen agruparse en torno al acantonamiento de Peshawar, o sea, la Ciudad Vieja, y la zona de Sadar. Cuanto más cerca están del acantonamiento, más poderosos son. Actualmente, es el COR el que lleva la voz cantante.

—Casualmente, esas zonas son las que más nos interesan —observó Clark.

—Vaya, qué curioso. —Embling sonrió—. Mi casa está justo frente al acantonamiento, cerca de Fuerte Balajisar. Almorzaremos algo y luego hablaremos de negocios.

Mahmud, el criado de Embling (a Clark le costaba acostumbrarse a ese término, aunque sabía que allí se usaba con frecuencia), les sirvió para almorzar *raita*, yogur y ensalada vegetal, lentejas estofadas y *jir*, un pudin de arroz que Chávez devoró con fruición.

—¿Cuál es la historia del chico? —preguntó Clark.

—Mataron a su familia durante los disturbios que siguieron al asesinato de Bhutto. El año que viene irá a Harrow, en Middlesex.

—Está haciendo usted una buena obra, Nigel —dijo Chávez—. ¿No tiene...?

—No —replicó, cortante.

—Lo siento. No quería meterme donde no me llaman.

—No hace falta que se disculpe. Perdí a mi esposa en 1979, cuando los soviéticos invadieron el país. Estaba en el lugar y el momento equivocados. ¿A alguien le apetece un té? —Después de servir una taza para cada uno añadió—: Bueno, ¿qué es, caballeros? ¿Persona, lugar o cosa? Lo que andan buscando, quiero decir.

—Por lo pronto, un lugar. O varios, mejor dicho —contestó Clark. Sacó de su maletín una copia aumentada del plano Baedecker, apartó las tazas y los platillos y lo desplegó sobre la mesa—. Si mira con atención...

—Lugares de entrega y recogida de mensajes —le interrumpió Embling, y sonrió al ver la expresión de asombro de ambos hombres—. Antiguamente, caballeros, este tipo de puntos de entrega y recogida eran el pan nuestro de cada día para los que nos dedicábamos al espionaje. ¿Grupos de tres puntos para las entregas y de cuatro para las recogidas?

—Al revés.

—¿De cuándo data este plano?

—Ni idea.

—Así que no hay modo de saber si estos puntos de recogida siguen activos. ¿Dónde lo...?

—En las montañas —precisó Chávez.

—En algún lugar oscuro y húmedo, imagino. Sus antiguos propietarios... ¿estaban presentes?

Clark asintió con la cabeza.

—Y procuraron destruirlo.

—Ése es un punto a nuestro favor. O mucho me equivoco, o los grupos de tres puntos no indican lugares de recogida, sino más bien señales de recogida.

—Eso mismo pensamos nosotros —confirmó Clark.

—¿Qué es lo que les interesa: qué cosas se dejan y se recogen, quién hace las entregas, o ambas cosas?

—Nos interesa el quién.

—¿Y conocen la señal?

—No.

—Bueno, es muy probable que eso sea lo de menos.

—¿Y eso por qué? —preguntó Chávez.

—Lo importante no es que la señal sea la correcta, sino identificar a quien se interesa por ella. En ese caso, habrá que elegir con sumo cuidado dónde nos situamos. —Embling se quedó callado, chasqueó la lengua y miró el plano—. Les sugiero que invirtamos la tarde en darnos un garbeo...

—¿Un qué? —preguntó Chávez.

—Una vuelta de reconocimiento.

—Eso no lo había oído ni allí.

—Hemos pasado algún tiempo en Hereford —le explicó Clark a Embling.

—Gente huraña, aquélla —comentó éste—. Me alegra ver que no han perdido la sonrisa. Bueno, entonces, intentaremos que vayan familiarizándose con el terreno y mañana empezaremos a colocar el cebo. De lo contrario, me temo que hoy se nos echará la noche encima.

Aunque la mayoría de los puntos de recogida estaban muy lejos del acantonamiento, decidieron concentrarse en los cuatro que se hallaban dentro de la Ciudad Vieja, cuyo perímetro rodearon primero en coche, siguiendo aproximadamente la muralla que hasta mediados de la década de 1950 cerraba por completo el lugar.

—Antaño había dieciséis puertas a lo largo de la muralla, además de diversas torres y almenas para los arqueros —explicó Embling mientras señalaba por la ventanilla del copiloto—. De hecho, Peshawar significa «fuerte alto» en persa.

A Clark le agradaba Embling, en parte porque durante sus años en Rainbow había llegado a entender un poco mejor la mentalidad de los británicos, y en parte porque era un personaje auténtico; especialmente por esto último. Teniendo en cuenta cómo se explayaba sobre Peshawar, Clark se preguntaba vagamente si no habría nacido con un siglo de retraso. Nigel Embling se habría sentido a sus anchas en tiempos del dominio británico.

Después de que Embling encontrara aparcamiento cerca del Hospital Lady Reading, salieron del coche y se dirigieron hacia el oeste por la Ciudad Vieja. Las calles del antiguo acantonamiento bullían, llenas de actividad: los cuerpos, moviéndose codo con codo, entraban y salían de los callejones y de debajo de los toldos de lona, y en los balcones que sobresalían los niños miraban con curiosidad por entre barrotes de hierro forjado. Un olor a carne asada y tabaco fuerte impregnaba el aire, en el que resonaba una algarabía de urdu, punyabí y pastún.

Cuando llevaban unos minutos andando salieron a una amplia plaza rectangular.

—Chouk Yadgaar —anunció Embling—. Todos los puntos de recogida están a menos de un kilómetro de la plaza.

—Seguramente los habrán elegido por la aglomeración de gente —comentó Chávez—. Aquí es difícil que te vean y fácil perderse.

—Otra observación acertada, joven Domingo —dijo Embling.

—Tengo mis días buenos.

—Vamos a separarnos y a echar un vistazo —dijo Clark—. Nos vemos aquí dentro de una hora.

Decidieron quién se encargaba de cada punto de recogida y se despidieron.

Al reagruparse, cambiaron impresiones. Dos de los lugares (uno en un pequeño patio entre el bazar de los joyeros y la mezquita Majabat Jan, y otro en un callejón, cerca de la puerta de Kojati) mostraban leves indicios de una marca de tiza, la señal de recogida típica desde la época de la guerra fría. La tiza se borraba con el tiempo y era fácil confundirla con el garabato de un niño. Clark sacó su plano y Embling comprobó los dos emplazamientos.

—La puerta de Kojati —dijo—. Es la más fácil de vigilar, y la salida más cercana del acantonamiento.

—De acuerdo —dijo Clark.

—Todavía es temprano —dijo Embling—. ¿Qué opinión les merece el críquet, muchachos?

46

A la mañana siguiente, Clark y Chávez, que no querían ser vistos colocando la marca de recogida, se levantaron mucho antes de que amaneciera y encontraron a Embling ya en pie, haciendo café y preparando una neverita con tentempiés para pasar el día. Así pertrechados, salieron hacia el acantonamiento, esta vez en el otro coche de Embling, un destartalado Honda City azul. Quince minutos después llegaron a Chouk Yadgaar, donde se separaron en medio de la penumbra que precedía al alba: Clark y Chávez dieron un paseo para familiarizarse con la zona y probar las radios portátiles con que les había equipado Gavin Biery, y Embling se fue a inspeccionar el lugar de la puerta de Kojati y a colocar la marca de tiza. Cuarenta minutos después volvieron a encontrarse en Chouk Yadgaar.

—Tengan presente —dijo Embling— que hay una comisaría de policía a unos doscientos metros de aquí. Si les paran... —Se detuvo y se echó a reír—. Mírenme, hablando por los codos. Imagino que habrán hecho antes cosas por el estilo.

—Una o dos veces —contestó Clark. *O cien*. Vigilar puntos de entrega y recogida no era una tarea muy frecuente, pero podían aplicársele los métodos universales de vigilancia y contravigilancia. Dado que estaban esperando a su presa y no siguiéndola, el aburrimiento sería su principal enemigo. Si se aburrían, podían desconcentrarse y pasar algo por alto. En un rincón de la mente de Clark se oía el tictac de un reloj: ¿cuánto tiempo tendrían que quedarse en Peshawar, esperando a que alguien mostrara interés por los lugares de entrega y recogida, antes de dar la red por obsoleta?

—Bueno, entonces —dijo Nigel—, voy a acercar el coche a la puerta de Kojati. Estaré por allí, con el móvil encendido.

Mientras los vendedores más madrugadores empezaban a levantar sus toldos y a montar sus carros y tenderetes, Chávez se hizo cargo del primer turno.

—En posición —dijo por radio.

—Recibido —contestó Clark por el micrófono que llevaba sujeto al cuello de la camisa—. Avísame cuando veas pasar a Nigel.

Pasaron diez minutos.

—Le veo. Acaba de pasar por la puerta de Kojati. Está aparcando.

Ahora, a esperar, se dijo Clark.

A medida que la Ciudad Vieja cobraba vida y que los turistas y los vecinos de Peshawar empezaban a inundar sus calles, Clark, Chávez y Embling fueron turnándose para vigilar la zona de la puerta de Kojati. Se relevaban discretamente y sin mirarse siquiera, y el que estaba de guardia hacía lo posible por merodear por allí sin llamar la atención: se paraba en los puestos cercanos a regatear con los vendedores por un collar de cuentas o un camello de madera labrada, hacía fotografías de los edificios o charlaba con algún que otro pakistaní interesado en saber de dónde era y qué le había llevado a Peshawar, todo ello sin quitar ojo al ladrillo de arcilla marcado con tiza de la pared del callejón, frente a la puerta.

A las once y cuarto, Clark, que estaba de guardia, sintió que le tocaban el hombro y al volverse vio a un policía.

—¿Americano? —preguntó el policía en un inglés vacilante.

Clark le lanzó una simpática sonrisa.

—No, canadiense.

—Pasaporte. —Se lo dio. El policía estuvo mirándolo treinta segundos; luego lo cerró y se lo devolvió. Señaló con la cabeza su cámara digital—. ¿Qué fotos?

—¿Perdón?

—Usted fotógrafo. ¿Qué?

Clark abarcó con un ademán los edificios circundantes.

—Arquitectura. Soy del *National Geographic*. Estamos haciendo un reportaje sobre Peshawar.

—¿Tiene permiso?

—No sabía que lo necesitara.

—Permiso.

Clark comprendió. *Bakshish*. En el mundo musulmán, aquel término podía significar una limosna para un mendigo, una propina o un chantaje flagrante, como en este caso.

—¿Cuánto cuesta el permiso?

El policía le miró de arriba abajo, calculando su valor.

—Mil quinientas rupias.

Unos veinte dólares. Clark sacó un fajo de billetes arrugados de un bolsillo de su chaleco de fotógrafo y le dio tres billetes de quinientas rupias.

—¿Sólo un día aquí?

—Puede que vuelva mañana —contestó Clark con una sonrisa cordial—. ¿Puedo pagar el permiso por adelantado?

El ofrecimiento dibujó una sonrisa en la cara del policía, que hasta ese momento parecía tallada en piedra.

—Claro.

—¿Hay algún descuento por pagar por adelantado? —Muchos pakistaníes tenían espíritu de comerciantes y se sentían levemente insultados si sus víctimas no regateaban un poco.

—Mil cuatrocientas rupias.

—Mil doscientas.

Y luego, como era de esperar:

—Mil trescientas.

Clark le entregó los billetes y el policía inclinó la cabeza y se alejó.

—¿Qué quería, jefe? —preguntó Chávez por radio desde algún punto invisible desde allí.

—Darme un sablazo. No pasa nada.

La voz de Embling:

—Un pez anda rondando el anzuelo, John.

Clark se acercó la cámara al ojo y se giró lentamente, como un turista buscando un buen enfoque, hasta que tuvo a la vista el callejón y la puerta de Kojati. Un chico de siete u ocho años, vestido con sucios pantalones de loneta blanca y camiseta azul de Pepsi, se había detenido junto al ladrillo manchado de tiza. Un momento después, se escupió en la mano y frotó enérgicamente el ladrillo hasta dejarlo limpio.

—Ha picado —informó Clark—. Se va por la puerta. Pantalones blancos, camiseta azul de Pepsi.

—Voy para allá —dijo Chávez.

—Me dirijo al coche —informó Embling—. Nos vemos fuera.

Menos de un minuto después Chávez alcanzó a Clark, que acababa de cruzar la puerta.

—Se ha ido calle abajo. Por esta acera; acaba de pasar junto a ese Opel azul.

—Ya le veo.

Embling apareció en el Honda y Chávez y Clark subieron al coche. El inglés arrancó, dio un volantazo para esquivar un camión de reparto que se acercaba a la puerta, pisó con fuerza el acelerador cinco segundos y al pasar junto al chico y dejarle atrás volvió a aminorar la velocidad hasta el límite permitido. Tomó el siguiente desvío a la derecha, avanzó treinta metros por una bocacalle, cambió rápidamente de sentido y volvió al cruce, parándose a tres metros de la calle. Vieron por el parabrisas que el chico torcía a la izquierda por su acera, cruzaba en diagonal a toda prisa y entraba en un estanco.

—Voy yo —dijo Chávez desde el asiento de atrás, y echó mano del tirador de la puerta.

—Espere —masculló Embling con los ojos fijos en la tienda.

—¿Por qué?

—Seguramente la persona para la que trabaja tiene a unos cuantos chicos más a su disposición. Es lo normal aquí, tener algunos críos para que hagan recados de poca importancia.

Sesenta segundos después, el chico reapareció en la acera. Miró a ambos lados y acto seguido le gritó algo a un hombre sentado en un banco, dos puertas más abajo. El hombre contestó algo y señaló directamente hacia el Honda City azul.

—Esto se pone feo —dijo Embling.

Clark contestó con calma:

—No si viene para acá. Si nos han descubierto, se irá en dirección contraria.

No lo hizo. Echó a correr a toda velocidad y, esquivando la marea de coches que zigzagueaban entre el estrépito de los cláxones, cruzó la calle y pasó corriendo por su lado. Chávez dijo desde el asiento de atrás:

—Ha torcido hacia el este en la siguiente manzana.

Nigel puso el coche en marcha y se detuvo en una señal de stop, a la espera de que se abriera una brecha entre el tráfico. Dobló luego a la derecha.

—Por aquí iremos en paralelo a él durante dos manzanas. —En el siguiente stop, torció a la derecha y luego a la izquierda y se detuvo junto al patio de un colegio.

—Le tenemos —dijo Clark, los ojos fijos en el retrovisor lateral.

El chico entró en un portal cubierto por un toldo rojo y salió unos segundos después con un muchacho de unos trece o catorce años, con el cabello negro y rizado y chaqueta de cuero. Mientras el niño hablaba y gesticulaba, el adolescente se acercó a una farola cercana y empezó a manipular el cable antirrobo de un ciclomotor amarillo limón.

—Buen trabajo, Nigel —dijo Clark.

—Ya veremos. Aquí, cualquier mocoso con ciclomotor se cree un campeón de trial.

Pronto comprobaron que aquél no era una excepción. Aunque su velocidad máxima no rebasó en ningún momento los cuarenta kilómetros por hora, el adolescente fintaba entre el tráfico con una volubilidad sólo aparente que a Clark le recordaba a la de una cometa en un día de viento. Nigel, por su parte, no imitaba los quiebros del chico, sino que seguía en línea recta, sin perder de vista el ciclomotor amarillo y cambiando de carril sólo cuando era necesario.

El adolescente se dirigió hacia el sureste, alejándose del acantonamiento, primero por Bara Road y luego hacia el noroeste, por la circunvalación de Ring Road. Las señales de las calles, escritas en urdu, resultaban indescifrables para Chávez y Clark, pero Embling iba aderezando su itinerario con comentarios llenos de colorido.

—Estamos cruzando el Canal de Kabul —anunció.

—Vamos hacia el Jayatabad, ¿no? —preguntó Chávez.

—Tiene buen ojo. Sí, así es. Faltan unos cuatro kilómetros. Ahora vamos a entrar en Gul Mohar.

En el último momento, el ciclomotor cruzó dos carriles en diagonal y tomó el desvío. Embling, que ya se había situado en el carril de la derecha, se limitó a poner el intermitente y lo siguió.

Durante veinte minutos el adolescente jugó al despiste y, mientras le seguían, Clark tuvo que admitir que lo hacía bastante bien. Pasaron por la Universidad de Peshawar, por las oficinas del Ministerio de Turismo y por el Cementerio Británico, hasta que finalmente el chico volvió a dirigirse hacia el norte por Pajjagi Road, dejó atrás el club de golf de Peshawar y cruzó de nuevo el Canal de Kabul. Poco después se encontraban en los arrabales de la ciudad. A derecha e izquierda aparecieron, como verdes rectángulos, campos de regadío. Embling aminoró la marcha hasta que el ciclomotor no fue más que una mota amarilla clara a lo lejos.

Pasados diez kilómetros, el chico viró hacia el oeste y, tras tomar una sinuosa carretera bordeada de árboles, se metió por un estrecho camino de entrada a una casa. Embling detuvo el coche en la carretera, a unos doscientos metros de la vivienda; luego dio media vuelta y apagó el motor. Esperaron. A aquella distancia de Peshawar no se oían el ruido de los cláxones ni los acelerones de los motores. Minuto a minuto, pasó media hora.

Por el camino se oyó el petardeo de un motor. Embling arrancó, pisó el acelerador y recorrió cuatrocientos metros hasta el camino siguiente; allí dejó que el coche se deslizara cuesta abajo por el sendero de tierra, hasta que apenas vieron la carretera principal por la luna trasera. Delante de ellos había un establo desvencijado, con el tejado parcialmente hundido. Chávez se volvió en el asiento. Un momento después, vieron pasar la coronilla del chico.

—Tú dirás, John.

—Deja que se marche. Creo que hemos encontrado lo que buscábamos. Si va a echar un vistazo al punto de recogida, volverá dentro de un rato.

Y así fue: cuarenta minutos después, volvió a pasar a toda velocidad frente al camino en el que aguardaban. A los pocos segundos dejó de oírse el ruido del ciclomotor.

—Yo diría que habéis encontrado vuestra presa —comentó Embling.

Clark asintió con una inclinación de cabeza.

—Vamos a pasar por delante, a ver qué vemos.

Una hora después, sentados en casa de Embling, Clark y Chávez bebían té mientras su anfitrión hacía tres llamadas telefónicas en urdu vertiginoso. Colgó y dijo:

—Es una empresa de seguridad privada.

—Me pregunto de quién tiene miedo.

Al pasar por delante del camino habían visto una furgoneta blanca con un letrero rojo y blanco aparcada en la explanada de tierra y, a su lado, una casa de labor blanca de dos plantas.

—Eso no lo sé, y tampoco he podido averiguar el nombre del cliente. Pero hace poco que contrató los servicios de la empresa. La semana pasada, de hecho. Dos hombres por turno, veinticuatro horas al día.

Clark echó un vistazo a su reloj. Faltaban cinco horas para que anocheciera. Miró a Chávez, que ya había adivinado lo que estaba pensando su compañero.

—Vamos a por él.

—Nigel, supongo que no tendrás por ahí algún arma...

—Pues sí. En cantidad alarmante, de hecho.

47

Dos horas después de que anocheciera, Clark detuvo el Honda de Embling en el camino del establo abandonado. Puso el cambio de marchas en punto muerto, apagó el motor y dejó que el coche se deslizara por la pendiente, a la sombra de la pared del edificio. Cuando se detuvieron, echó el freno de mano. Chávez apagó entonces la luz del techo y bajaron.

Nigel no había exagerado el montante de su colección de armas, que guardaba en un viejo baúl, en su armario. Eligieron sendas pistolas SIG Sauer P226 de nueve milímetros, provistas de silenciador. Las armas reglamentarias del SAS británico. Ambos habían pasado muchas horas en la galería de tiro, disparando con las P226. A instancias de Embling, cogieron una porra de plomo y cuero cada uno.

—Nunca sabe uno cuándo va a tener un acceso de compasión —les dijo con una sonrisa.

Chávez dijo entre dientes:

—¿Cuál es el plan?

—Seguramente habrá un guardia fuera, parado o patrullando, y otro dentro. Quitamos de en medio al primero y luego, cuando llegue el momento, nos encargamos del segundo. Prueba primero con la porra, Ding. Cuantos menos cadáveres dejemos, mejor.

—Por mí, hecho.

Se separaron: Clark se dirigió hacia el oeste por entre los árboles de detrás del establo y Chávez siguió la zanja de drenaje que bordeaba la carretera principal.

—En posición —le oyó decir Clark por su auricular.

Qué rapidez, pensó. *Ah, volver a ser joven...*

—Mantente a la espera.

Avanzó sin prisas entre los matorrales, atento a las raíces y las ramas bajas que, invisibles en la oscuridad, podían delatar su presencia. Pasados cuatrocientos metros, los árboles comenzaron a ralear, y poco después se halló en el extremo norte de la explanada, a treinta metros de la entrada del camino.

—En posición —susurró—. ¿Dónde estás?

—Al final de la zanja, junto al terraplén del camino de entrada.

—Veo un guardia. Está sentado en una tumbona, al lado del parachoques delantero de la furgoneta.

—¿Cómo has dicho?

—Está sentado en una tumbona, fumando, mirando hacia aquí. —El que les había contratado estaba malgastando su dinero—. Tiene un Type cincuenta y seis apoyado en el parachoques, a su derecha. —El 56 era una copia china del AK-47. No tenía la misma calidad, pero sí la suficiente para resultar preocupante.

Chávez comentó:

—Veo una luz encendida en el piso de abajo, de este lado.

—Por aquí está todo oscuro. No se ve movimiento. Avanza cuando estés listo.

—Recibido.

Aunque sabía que Ding estaba acercándose, Clark no le vio hasta que estuvo a menos de cinco metros del parachoques trasero de la furgoneta. «Los *ninjas*, dueños de la noche» era el lema de la antigua unidad de Chávez. Y Clark sabía que su yerno seguía siendo un *ninja*.

Chávez llegó al parachoques, echó un vistazo más allá del guardabarros y a continuación se agachó y esperó.

—Nada todavía —susurró Clark pasado un minuto.

En respuesta, oyó el doble clic de «recibido».

Chávez retrocedió con sigilo y, rodeando la furgoneta, se perdió de vista. Diez segundos más tarde apareció una sombra tras el guardia sentado. El brazo de Ding se movió de atrás hacia delante. El hombre se desplomó de costado contra la rejilla de la furgoneta. Chávez le enderezó y pisó el cigarrillo que había caído al suelo.

—Fuera de combate.

—Recibido. Allá voy.

Se reunieron a la sombra de la pared sur de la casa. El porche y la puerta quedaban a su izquierda. Avanzaron sigilosamente, con Clark en cabeza, hasta que vieron la entrada. La puerta interior estaba abierta, pero la mosquitera permanecía cerrada. Subieron al porche y se situaron a ambos lados de la puerta. Se oía el tenue sonido de un televisor dentro de la casa. Clark, que estaba del lado del picaporte, estiró el brazo y probó a moverlo. La llave estaba echada. Buscó en su bolsillo trasero, abrió su navaja con el pulgar y, tras introducir con sumo cuidado la punta en la malla de la mosquitera, empujó la hoja hacia abajo, abriendo una raja de quince centímetros. Cerró la navaja y la devolvió a su bolsillo; después metió la mano por la raja y buscó a tientas hasta encontrar lo que estaba buscando. Se oyó un suave chasquido. Entonces retiró la mano y permaneció inmóvil un minuto.

Inclinó después la cabeza mirando a Chávez, que, tras devolverle el gesto, pasó por delante de la puerta avanzando de lado y se situó detrás de él. En ese momento, estiró el brazo y bajó la manilla del picaporte. Abrió la puerta unos dos centímetros, se detuvo y probó a abrirla un poco más. Las puertas mosquiteras solían chirriar, con independencia de lo antiguas que fueran y su estado de conservación. Tal vez fuera porque estaban expuestas a los elementos.

Aquélla no fue una excepción. Cuando estaba abierta a medias, chirriaron las bisagras. Clark se quedó paralizado. Chávez se asomó al interior de la casa por debajo del brazo estirado de su suegro. Se echó hacia atrás e indicó a Clark por señas que todo estaba despejado. Centímetro a centímetro, éste acabó de abrir la puerta. Entró precedido por su pistola. Chávez se hizo cargo de la puerta y le siguió. Cuando cerró, sólo se oyó otro leve chasquido metálico.

Estaban en una cocina. Encimeras de madera, armarios y un fregadero a la izquierda; en el centro, una mesa redonda de comedor. En la pared de la derecha se abría un arco que conducía a otra habitación. Chávez echó un vistazo y levantó el pulgar. Entraron en lo que era a todas luces un cuarto de estar. A la derecha, un tramo de escaleras llevaba a la planta de arriba. Delante había un corto pasillo. El ruido del televisor venía de allí. Pegados cada uno a una pared, salieron al pasillo, avanzaron un trecho y se detuvieron, y repitieron la operación hasta que estuvieron a unos tres metros de una puerta abierta. Clark distinguió en las paredes de la habitación el reflejo de la luz azul grisácea del aparato.

Recorrió el trecho restante y se situó junto al quicio de la puerta. Hizo una seña a Ding con la cabeza y éste avanzó pegado a la pared de la derecha, hasta que pudo ver más allá de la puerta. Retrocedió un par de pasos y le indicó por señas que había dos hombres sentados en sendos sillones. El más cercano a la puerta iba armado. Clark le comunicó por gestos: «Yo me ocupo de él; tú entra».

Su yerno mostró su conformidad con un movimiento de la cabeza.

Entonces él se cambió la pistola a la mano izquierda y sacó la porra de su cinturón. Con una breve inclinación de cabeza, dobló la esquina, divisó a su objetivo y le asestó un fuerte golpe en la sien con la porra. Mientras el hombre caía de lado, Chávez entró en la habitación con la pistola en alto. Se detuvo. Tenía el ceño fruncido. Llamó a Clark moviendo un dedo y su suegro cruzó la puerta.

Su hombre estaba dormido.

Chávez le despertó tocándole ligeramente el puente de la nariz con el cañón de la pistola. Mientras parpadeaba, le preguntó:

—¿Hablas inglés?

El hombre se pegó todo lo que pudo al respaldo del sillón.

—¿Hablas inglés? —repitió Chávez.

—Sí, hablo inglés.

Clark dijo:

—Asegúrate de que éste y el de la tumbona están fuera de combate. Yo me ocupo de él.

Chávez empujó al guarda al suelo y, agarrándole de la muñeca, le arrastró por el pasillo hasta el cuarto de estar; luego salió.

—¿Cómo te llamas? —le preguntó Clark a su anfitrión.

No hubo respuesta.

—Si ni siquiera vas a decirme tu nombre, nos espera una noche muy larga y muy fea. Empecemos por el nombre de pila. No hay nada de malo en que me lo digas.

—Abbas.

Clark acercó la silla que el guarda había dejado vacante, la giró y se sentó frente a él, rodilla con rodilla.

La puerta mosquitera se abrió y se cerró de golpe. Chávez entró con el guarda de fuera cargado al hombro como un bombero. Lo arrojó sin contemplaciones junto a su compañero.

—He encontrado un poco de cinta aislante en la furgoneta —le dijo a Clark, y se puso a trabajar con ella. Cuando acabó, se reunió con su compañero.

—Vamos a asegurarnos de que empezamos con buen pie —le dijo Clark a Abbas—. ¿Entiendes lo que quiero decir?

—Sí.

—No creo que te llames Abbas. Voy a pedirle a mi compañero que registre la casa, a ver si encontramos algún papel que lleve un nombre. Y si no dice «Abbas», empezaremos a hacerte daño.

—Me llamo Obaid. Obaid Masud.

—Bien. —Clark hizo una seña con la cabeza a Ding, que se alejó y empezó a revolver la casa—. ¿Quieres cambiar tu respuesta ahora que todavía estás a tiempo?

—Me llamo Obaid Masud. ¿Quiénes sois vosotros?

—Eso depende de cómo contestes a mis preguntas. Si cooperas, somos amigos. Si no cooperas... Háblame de tu escolta. ¿Por qué crees que necesitas protección?

Masud se encogió de hombros.

—Mira, la policía o el Ejército ya se habrían pasado por aquí, si fuera eso lo que te preocupara. Así que deduzco que has caído en malas compañías. ¿Alguien para quien trabajabas, quizá?

Chávez volvió a aparecer. Asintió con la cabeza: «Dice la verdad».

—¿Alguien para quien trabajabas? —repitió Clark.

—Puede ser.

—¿El Consejo Omeya Revolucionario?

—No.

—¿Has visto un partido de béisbol?

Masud frunció el entrecejo.

—Sí, alguna vez.

—Pues vamos a considerar ese «no» el segundo *strike* —dijo Clark—. Uno más y te pego un tiro en el pie. ¿Te has molestado en preguntarte cómo te hemos encontrado?

—¿Por los puntos de recogida?

—Exacto. ¿Y por quién crees que sabemos eso?

—Entiendo.

—No, yo creo que no. Si nosotros te hemos encontrado, ellos también te encontrarán.

—Sois norteamericanos.

—En efecto. Ahora tienes que decidir si nos odias más que nos temes o al revés. Porque, si no empiezas a responder a mis preguntas, te llevaremos al Jayatabad y te echaremos del coche.

Aquello alarmó a Masud.

—No, no hagáis eso.

—Convénceme.

—Antes trabajaba para el ISI. Me encargaba de... trasladar gente. De reubicarles.

—¿Cómo una agencia de viajes clandestina? —comentó Chávez.

—Sí, supongo. Hace ocho meses alguien se puso en contacto conmigo.

—¿Quién?

—No le conocía, y no he vuelto a verle desde entonces.

—Pero era del COR, ¿verdad?

—De eso me enteré luego. Me ofreció un montón de dinero para que trasladara a una persona.

—¿Cuánto dinero?

—Doscientos mil dólares americanos.

—¿Viste alguna vez a esa persona?

—No.

—¿Qué hiciste exactamente para ellos?

—Pasaportes, documentación, aviones privados. Asegurarme de que se pagaba a las personas adecuadas en aduanas e inmigración. Tardé cinco meses en tenerlo todo listo. Eran muy meticulosos en las cosas que me pedían y me hacían comprobar dos y tres veces cada detalle.

—¿Cuándo acabaste el trabajo?

—Hace dos meses.

—¿Se lo entregaste todo?

—¿A qué te refieres?

—¿Te quedaste con copias?

—¿Copias en papel?

Clark endureció un poco su voz:

—Copias de cualquier clase, Obaid.

—Hay un disco duro.

—¿Aquí?

Masud asintió.

—Está pegado con cinta aislante debajo del fregadero de la cocina, en una bolsa de plástico.

Chávez se dirigió hacia la puerta. Volvió un minuto después con una bolsa para conservar alimentos. Dentro había un disco duro del tamaño aproximado de una baraja de cartas.

—Ocho gigas —dijo Chávez.

—En cristiano, Ding.

—Un montón de memoria. —Levantó la bolsa en dirección a Masud—. ¿Aquí está todo lo que hiciste para ellos?

—Sí. Correos electrónicos, escáneres digitales... Todo. ¿Podéis sacarme de aquí? ¿Del país?

—Quizá tardemos unos días —dijo Clark—, pero puede hacerse. Mientras tanto, podemos esconderte. Levántate.

Masud se puso en pie. Clark le dio unas palmadas en el hombro.

—Bienvenido al bando de los buenos. —Le empujó hacia la puerta. Ding sujetó a Clark del hombro.

—¿Tienes un minuto?

—Adelante, Obaid. Espéranos ahí dentro.

—¿Estás pensando en dejarle con Nigel? —le preguntó Chávez.

—Sí.

—Hay un cincuenta por ciento de posibilidades de que le localicen. Y si eso sucede, adiós a Nigel y al chico.

—¿Se te ocurre algo mejor?

Ding hizo una pausa.

—Tenemos el disco duro. ¿Y si nos desentendemos y...? —Chávez ladeó la cabeza y miró más allá del hombro de Clark—. Mierda.

Se oyeron pasos en la otra habitación.

—¡Me ha oído! ¡Maldita sea!

Chávez se precipitó hacia la puerta, cruzó el cuarto de estar y entró en la cocina en el momento en que se cerraba la mosquitera.

—¡Ah! ¡Joder! —Estaba a medio camino de la puerta cuando oyó una detonación y se detuvo. Agazapado, retrocedió hacia el cuarto de estar. Clark, que ya estaba allí, se había asomado por encima de la repisa de la ventana. Los faros de un coche proyectaban franjas de luz sobre la tierra del camino de entrada. Tumbado en medio de un haz de luz se hallaba Masud. Una figura que portaba una pistola se acercó a él, se agachó y le disparó dos veces a la cabeza; luego se incorporó y regresó hacia los faros. Se oyó el golpe de una puerta al cerrarse y, un instante después, el crujido de unos neumáticos sobre la grava.

Silencio.

—¿Qué coño ha pasado? —susurró Chávez.

—Que ha recibido la visita que le preocupaba.

—¿Y nosotros?

—Habrán pensado que huía de ellos. Salgamos de aquí antes de que se lo piensen mejor.

48

Jack oyó el suave pitido que anunciaba la llegada de un nuevo correo electrónico. Le echó un vistazo, y luego otro.

—Hola, qué hay... —Levantó el teléfono, llamó a Rick Bell, le dijo lo que tenía y un momento después estaban en una sala de reuniones con Sam Granger.

—Díselo, Jack —le urgió Bell.

—¿Te acuerdas de ese tipo del que creíamos que podía ser un correo del COR?

—¿Hadi?

—Exacto. Tenemos algo sobre sus movimientos financieros. Una tarjeta de crédito. Se está moviendo en este preciso instante. Ha tomado un 747 de Alitalia en el aeropuerto Da Vinci de Roma, con destino al de Pearson, a las afueras de Toronto.

—¿Y desde allí?

—A Chicago, pero a partir de ahí no hemos podido averiguar nada más por su tarjeta de crédito.

—O es su destino, o va a hacer una parada en la tintorería —comentó Bell, sirviéndose de la expresión que solían usar en la CIA para referirse a una parada de detección de seguimiento—. Chicago es un centro de conexión aeroportuaria. Podría dirigirse a cualquier parte, dentro o fuera del país.

—¿Cuánto tiempo tenemos? —preguntó Granger.

—Cuatro horas —contestó Jack.

—Rick, ¿hasta qué punto estamos seguros de lo de ese tío? —inquirió Granger.

—En un setenta por ciento. Figura en una lista de distribución del COR y viaja mucho: por Estados Unidos, por Europa, por Sudamérica. En mi opinión, o es un correo en toda regla o es un colaborador que se ocupa de cuestiones logísticas. En todo caso, creo que merece la pena hacer el esfuerzo. Le tenemos en un avión del que conocemos su hora de llegada y su destino. Mejor no pueden presentarse las cosas.

Granger se quedó callado un momento; luego dijo:

—Está bien, convocad a todo el grupo en la sala de reuniones. Enseguida voy.

—Bueno, ¿qué pasa? —preguntó Dominic Caruso al entrar en la sala de reuniones. Excepto Clark y Chávez, todos los demás ya estaban allí: Brian, Rick Bell y Jerry Rounds.

Jack explicó brevemente la situación.

—Joder.

—Eso mismo dije yo.

—¿A qué hora llega el avión?

—A las tres y veinte, según el horario previsto —contestó Jack.

Sam Granger entró y tomó asiento a la cabecera de la mesa.

—Está bien, aquí son las ocho cuarenta, y en llegar a Toronto se tarda entre una hora y diez minutos y una hora y cuarto. No hay mucho tiempo para hacer nada. Por lo menos, sin apoyo oficial. ¿A qué hora está previsto que lleguen Chávez y Clark?

Rick Bell echó un vistazo a su reloj.

—Dentro de cuarenta minutos, más o menos.

—A ver si podemos recogerlos de camino. Jack, ¿tienes el expediente de Hadi?

—Sí.

Repartió los documentos y guardaron silencio un minuto mientras los hojeaban. Brian preguntó:

—¿Tenemos una foto de este tío?

—No —contestó Jack—. No hay ninguna descripción de él.

—De Roma a Toronto y de allí a Chicago. Y luego... Ya no hay más información, ¿no?

—Exacto —confirmó Jack con una inclinación de cabeza.

—Si esto fuera una operación del FBI —comentó Dominic—, contactaríamos con la Policía Montada de Canadá, llenaríamos el aeropuerto de agentes de paisano, procuraríamos identificar a ese tío y le seguiríamos hasta donde fuera. Pero no podemos hacerlo, ¿verdad?

—Podemos volar a Toronto —respondió Jack—, hacer una inspección visual y rezar por que haya suerte. Supongamos que identificamos a ese pájaro. ¿Qué haríamos luego?

—Mantenerle vigilado —dijo Dominic—. Intentar seguirle a donde coño vaya. No va a ser fácil. Aunque lo consigamos, no podemos detenerle, ni interrogarle, ni nada de nada, a no ser que alguien quiera autorizar su eliminación.

—No, nada de eso —repuso Granger—. Es la primera vez que pillamos a un correveidile del COR. Podemos seguirle de lejos, de cerca o secuestrarle, por ese orden.

—Nuestro oficio consiste en reunir información —les dijo Bell—. Lo que consigamos será más de lo que teníamos hasta ahora. Paso a paso, chicos.

—Vamos a ver al jefe —propuso Granger.

—Tenemos a un pájaro en el aire —le dijo Jack a Hendley unos minutos después—. Se llama Hadi y va camino de Toronto. Su avión llega a las tres y algo, hora de la Costa Este.

—¿Queréis intentar localizarle? —preguntó Hendley.

—Esto podría ser un bombazo —dijo Rounds—. Pero la información que tenemos sobre nuestro objetivo es muy escasa —tuvo que reconocer.

—¿Qué sabemos exactamente? —preguntó Hendley. Jack le pasó una hoja impresa y su jefe la puso sobre su mesa para leerla—. Una buena prenda —comentó, levantando un momento la vista—. De acuerdo. Vamos a mandar a todo el mundo...

—Clark y Chávez están a punto de aterrizar. Intentaremos recogerlos de camino.

—Muy bien. Jack, Dom, Brian: traed tarjetas de crédito y teléfonos de la segunda planta.

Se fueron todos juntos al aeropuerto de Baltimore-Washington en el Mercedes Clase C de Brian. Había un 737 con destino a Canadá cuya salida estaba prevista para una hora y cuarto después, les dijo Rounds por teléfono. Ya tenían reservados los billetes. Una vez dentro de la terminal, recogieron sus pasajes, localizaron el vuelo de Chávez y Clark en el tablero de llegadas y salieron.

—¿Qué tal es la policía canadiense? —preguntó Dominic.

—Tiene sus propias tradiciones, además de las heredadas de los británicos. La Policía Montada es muy antigua, y muy buena en cuestiones de investigación, pero nunca he colaborado con ellas.

—Son muy vistosas sus guerreras rojas —comentó Brian—. Claro que también son un blanco fácil. Sobre todo, si vas a caballo.

—También son de los nuestros —le recordó Dominic a su hermano.

Brian se echó a reír.

—Era sólo una ocurrencia.

Clark y Chávez descendieron de la pasarela de desembarco y, al ver a Jack y a los demás, se acercaron a ellos.

—¿Servicio de recogida puerta a puerta? —preguntó Clark.

—Tenemos algo en marcha. ¿Os apetece venir a dar una vuelta?

—Con tal de que primero me busquéis un Starbucks —dijo Chávez.

Jack les explicó la situación mientras salían del control de seguridad y regresaban al mostrador de facturación para recoger las tarjetas de embarque de ambos hombres.

—Entonces, ¿cómo lo hacemos? —le preguntó Jack a Clark al volver a pasar por el puesto de control.

—Debemos buscar a un tío que parezca fuera de lugar. Tiene cierta formación de espía. Seguramente sabe pasar desapercibido. Eso es lo que tenéis que buscar. No mirará a su alrededor, como hacen la mayoría de los turistas, ni hará nada que llame la atención, pero seguramente tampoco parecerá estar muy familiarizado con el lugar. Así que tendrá la pinta de un ejecutivo un poco despistado. Cuando mire a su alrededor, lo hará con cautela. Actuará con mucha prudencia, probablemente. Intentará descubrir si le están vigilando. Os han enseñado cómo se hace. Buscad a alguien que se comporte como os han enseñado. Es más un arte que una ciencia.

—Pero ¿qué coño hacemos? —preguntó Brian.

—Tenéis que parecer turistas norteamericanos. Olvidaos de todo el entrenamiento. Fingid que sois pardillos normales y corrientes. En ésos nadie se fija. A no ser que estéis en Rojilandia; en la ex Unión Soviética, por ejemplo. Allí lo más importante es no sonreír. Los rusos casi nunca sonríen, es una cosa curiosa de su cultura. Es difícil, lo sé. Pero yo llevo haciéndolo casi treinta años. Y cuesta menos acordarse cuando te estás jugando el pellejo —concluyó con una sonrisa.

—¿Cuántas veces has estado allí?

—¿En Rusia? Más de una, y siempre pasé miedo. Entrabas desnudo, sin arma, sin sitio donde esconderte, sólo con una «leyenda», una tapaderita de apoyo, si tenías suerte.

—¿Una tapadera?

—Sí, algunos datos que aguantaran una inspección somera. El hotel en el que te habías alojado en la última ciudad que habías visitado, el número de teléfono de tu jefe... Cosas así.

—Quería preguntarte —dijo Dominic—, ¿y estos tíos, los enemigos de ahora?

Clark se lo pensó un momento.

—En parte tengo la sensación de que son más de lo mismo: tienen motivaciones y enfoques distintos, claro, pero se dedican a la misma mierda. Por otra parte, en cambio, no estoy tan seguro. Esta gente por lo menos cree en Dios, pero luego infringe las normas de su religión. ¿Son sociópatas? No lo sé, joder. Ellos tienen su idea del mundo y nosotros la nuestra, y las dos se repelen.

Les llamaron a embarcar y subieron juntos a bordo. Cinco asientos contiguos, separados por el pasillo, en clase turista. A Chávez, que tenía las piernas cortas, no le importó, pero a Clark sí. Cuanto más viejo se hacía, más se agarrotaba. La rutina de seguridad habitual. Se abrochó el cinturón y se lo ajustó. Con los años había aprendido a no desdeñar las normas de seguridad en ninguna de sus manifestaciones. El 737-400 rodó por la pista y despegó tan suavemente como si el piloto estuviera conduciendo un coche. Clark cogió la revista de la línea aérea y comenzó a hojear la parte del catálogo. Se detuvo a mirar el anuncio de una caja de herramientas.

—Bueno, ¿cómo vamos a hacerlo exactamente? —le preguntó Jack.

—Habrá que tocar de oído —contestó Clark, y volvió a concentrarse en la revista.

El aterrizaje, casi tan suave como el despegue, fue seguido de la carrera de deceleración y el subsiguiente trayecto hasta la terminal; después el desembarque y el habitual recorrido arrastrando los pies. La terminal era tan anodina como todas las del mundo. Torcieron a la izquierda y avanzaron por el amplio y anónimo vestíbulo. Siguiendo las señales de la zona de llegadas internacionales, el paseo bastó para poner la sangre de sus piernas de nuevo en circulación. Vieron en los monitores de información que aún faltaba hora y media para que llegara el vuelo de Alitalia. Les bastó una rápida inspección de la zona para comprobar que era fácil de vigilar. Había, además, una cafetería a plena vista, con las habituales sillas de plástico en torno a mesas del mismo material.

—Bueno, chicos, tenemos unas dos horas, contando con el rato que ese tío tarde en pasar por la aduana —dijo Clark en voz alta.

—¿Sólo por la aduana? —preguntó Jack.

—Puede que pasen un perro por su equipaje, en busca de drogas, pero poco más. Los canadienses no están siendo muy cuidadosos. Los delincuentes pasan por Canadá, no se quedan aquí a hacer de las suyas. Una suerte para ellos, supongo. Así ahorran en gastos de seguridad.

—Pues si aquí bajan la guardia, los malos podrían trincar a unos cuantos y llevarlos en un barco a Búfalo.

—Y así —añadió Dominic, retomando el razonamiento— se granjearían unos cuantos enemigos que no necesitan. Es todo cuestión de negocios.

—Tienes razón —dijo Chávez—. Los negocios son los negocios, y a un perro dormido no se le molesta, a no ser que te muerda. Me pregunto cuándo les pasará a ellos.

—Depende de los terroristas, pero granjearse enemigos así, por las buenas, es malo para el negocio. Recordad que un terrorista es un empresario cuyo negocio consiste en matar gente. Puede que su motivación sea ideológica, pero el negocio sigue siendo el negocio.

—¿A cuántos has trincado tú? —le preguntó Dominic a Clark.

—A unos cuantos, siempre en Europa. No estaban bien entrenados. Estaban alerta, y podían ser astutos como zorros, pero eso no es lo mismo que estar entrenado. Así que lo único que hay que hacer es ser cauto y liquidarlos. Ayuda dispararles por la espalda. Así es más difícil que te devuelvan el disparo.

Dominic frunció el ceño.

—Vaya.

—No tiene por qué haber juego limpio. Esto no son las Olimpiadas.

—Supongo que no.

—Pero va en contra de tus principios, ¿no?

Dominic se lo pensó un momento; luego se encogió de hombros.

—No sé si es cuestión de principios, o sólo una mentalidad distinta.

Clark forzó una sonrisa.

—Bienvenido al otro lado del espejo. —Echó un vistazo a su reloj. El avión ya estaría efectuando las maniobras de aproximación al aeropuerto.

Hadi tenía la impresión de que el suelo desde un avión parecía siempre el mismo... y siempre distinto: lejano, pero atrayente mientras la aeronave descendía. Como en Estados Unidos, con todas aquellas carreteras y aquellos coches haciéndose visibles. Hadi calculaba la altura fijándose en si distinguía o no los coches y los camiones. Según se informaba en la minipantalla que tenía delante, la altitud era de 4.910 pies y el descenso continuaba, y la velocidad de 295 millas por hora, muy por debajo de la altitud y la velocidad de crucero mientras sobrevolaban el océano. No tardarían en aterrizar. Faltaban diez minutos, según el ordenador. Era hora de despejarse. La azafata se llevó su taza de café. El café italiano se parecía mucho al de su lejana juventud por su acidez, y a decir verdad, le gustaba la comida italiana, aunque sirvieran demasiado cerdo, y él, aunque bebiera vino, no podía con la carne de cerdo. Desembarcaría, pasaría tranquilamente por aduanas e inmigración, localizaría a su contacto, que le entregaría su billete a Chicago y le llevaría a su siguiente vuelo, el 1108 de United Airlines, y se fumaría un cigarrillo, pero apenas abriría la boca para charlar.

Debía tener cuidado al pasar por aduanas e inmigración. No tenía nada que declarar, claro, ni siquiera una botella de vino italiano. Se suponía que viajaba por negocios, que aquello para él era rutina. Su tapadera era hacerse pasar por comerciante de joyas. Sabía lo suficiente sobre el negocio como para mantener una breve conservación sobre el tema. No lo suficiente para impresionar o engañar a un auténtico marchante de diamantes judío, desde luego, pero sabía cómo desviar una conversación, y hasta fingir un acento. Bueno, a fin de cuentas viajaba por negocios, en cierto modo, y el viaje era más o menos de rutina, aunque aquélla fuera su primera visita a Canadá. Otro país infiel, con reglas sencillas y amables para las personas en tránsito. Se alegrarían de verle marchar y no se fijarían en él mientras no llevara un arma de fuego o cometiera un acto delictivo.

El aterrizaje fue un tanto brusco. Quizá la tripulación también estuviera cansada. Qué vida tan espantosa llevaban, se dijo Hadi. Todo el día sentados, sin andar por ahí, y adaptando constantemente su reloj biológico a distintos lugares y franjas horarias. Pero cada hombre ocupaba su puesto en el mundo, y el suyo estaba bien pagado; sólo que era desagradable, hasta para un infiel. Su trabajo y su tapadera le impulsaban a mostrarse amable con todo aquel con quien se encontraba. Eso incluía a los infieles que tenían por costumbre comer carne de cerdo. Le suponía un gran esfuerzo, pero su lugar en el mundo se lo exigía. El avión se detuvo y Hadi se levantó junto con los otros ciento cincuenta y tres pasajeros que había a bordo, recogió su bolsa de viaje y se acercó tambaleándose a la puerta.

A los funcionarios canadienses se les reconocía por su gorra de visera azul marino, su rostro inexpresivo y sus ojos inquisitivos. Les importaban un comino las personas a quienes daban la bienvenida a aquel país de infieles. Seguramente había alguna mezquita a uno o dos kilómetros de allí, pero él no se acercaría a ninguna. El Gobierno del país podía permitir a los musulmanes que rindieran culto a Alá en un lugar propio, pero sin duda todas las mezquitas estaban vigiladas y se fotografiaba a quienes las frecuentaban. Y su cometido consistía en ser invisible.

—Ha aterrizado —dijo Clark mientras miraba el monitor que colgaba a seis metros de allí.

—Lo único que sabemos es que mea de pie —les recordó Dominic.

¿Dónde está el aseo más cercano?, se preguntó Clark. Mucha gente iba al aseo nada más desembarcar: estaban tan nerviosos que no usaban el del avión. No era mala idea probar suerte por ese lado. Los espías no eran robots. Cada uno tenía sus peculiaridades que, una vez identificadas, le hacían vulnerable. Se le ocurrió de pronto que nunca había actuado en labores de contraespionaje. Siempre se había esforzado por evitar que se identificara a los agentes, pero quizás eso le diera los recursos que necesitaba para cumplir con su objetivo. Ya vería. Iban en busca de un varón árabe, de entre treinta y cinco y cuarenta y cinco años, probablemente. Altura, peso, color de pelo y de ojos... Todo eso eran incógnitas. Pero era un agente instruido en su oficio. Seguramente se conduciría como tal.

Bien, iba a encontrarse con alguien, eso sí lo sabían. Alguien le entregaría el billete del vuelo siguiente. Alguien que seguramente no estaría tan bien adiestrado. Un colaborador puntual, casi con toda certeza. Alguien, quizá, que confiaba en ganarse un ascenso en la organización a la que perteneciera. Quizás igual de listo, pero no tan bien entrenado, ni con tanta experiencia. ¿Conocería de vista al recién llegado? Tal vez sí, tal vez no. Seguramente sería un conductor. Estaría buscando al otro para recogerle. Escudriñaría las caras, intentando distinguirle. ¿Llevaría algún cartel? Sí, *«Me manda el Emir», quizá*, pensó Clark con un bufido. Había visto muchos tontos en su vida, pero nunca hasta ese extremo. Para eso, lo mismo daría que se pegara un tiro en la boca delante de la terminal, delante de las cámaras de televisión. Aquellos tipos podían no ser profesionales tal y como él entendía ese término, pero tampoco eran idiotas. Alguien les había entrenado, o había enseñado a su organización cómo debía adiestrarles para el servicio activo. No era tan difícil. Los matices se aprendían con la experiencia, pero las cosas básicas podía descubrirlas por sí solo cualquiera que tuviera dos dedos de frente. Estaban los cuatro en fila. Lo cual no era muy prudente. Se acercó a Dominic.

—Separaos por parejas, a ambos lados de las vallas. Dominic, tú ve con Brian. Jack, tú vente con Ding y conmigo.

Los hermanos Caruso bajaron por la escalera mecánica, se alejaron y, dando un rodeo, se situaron frente a Clark y Chávez. John se tocó la nariz y los gemelos repitieron el gesto.

—¿Qué opinas, Domingo? —preguntó John.

—¿De quién, de ellos? Tienen instinto, todavía están un poco verdes, pero eso es natural. Creo que se las arreglarán perfectamente si surge algún problema.

—No está mal, para un *ninja* —respondió Clark.

—La noche es nuestra, chaval.

De eso hacía mucho tiempo, aunque Domingo lo llevara grabado en el mismo centro de su ser. Era difícil localizarle. Siendo tan bajo, la gente solía obviar su presencia. Sus ojos le delataban, pero sólo si uno se paraba a escudriñar su cara, y era tan poca cosa que ningún tipo duro le prestaba atención hasta que en un abrir y cerrar de ojos se encontraba en el suelo y empezaba a preguntarse cómo diablos había ido a parar allí. Los tiempos habían cambiado desde su época en los SEAL. En el tercer Grupo de Operaciones Especiales había habido unos cuantos hombres del estilo de John Wayne; los nuevos, en cambio, parecían más bien corredores de maratón: eran bajos y fibrosos. Solían vivir más: era más difícil acertarles. Pero su mirada era distinta, y ahí era donde radicaba el peligro. Si uno era lo bastante listo para fijarse.

—Estoy un poco nervioso —reconoció Jack.

—Haz como si nada —contestó Clark—. No te esfuerces demasiado. Y nunca mires directamente a los ojos del objetivo, salvo quizá para cerciorarte de cómo mira a su alrededor. Pero sólo un momento, y con mucho cuidado.

¿Quién eres, Hadi?, se preguntó Clark. *¿Qué haces aquí? ¿Adónde vas? ¿Con quién vas a encontrarte?* Era improbable, sin embargo, que llegara a formular alguna de aquellas preguntas, o que encontrara respuesta para ellas. Pero la mente (sobre todo una mente activa y medianamente inteligente) no paraba nunca.

49

Hadi podía haber sido el primero de la fila, pero ideó un pretexto para retrasarse y evitarlo. No tenía que fingir que estaba cansado. Llevaba quince horas en el aire, contando el vuelo desde Marsella y la escala en Milán, y la disminución de la presión parcial de oxígeno le había pasado factura. Una razón más para pararse a pensar en los tripulantes de vuelo y en su espantoso oficio.

—Hola, señor Klein —dijo el agente de inmigración con lo que parecía una sonrisa.

—Buenos días —contestó Hadi, recordándose de nuevo su falsa identidad. Por suerte, nadie había hecho intento de hablar con él durante el vuelo, salvo la azafata que se ocupaba de mantener bien surtida su copa de vino. Y la comida no era del todo mala: una grata sorpresa.

—¿Motivo de su visita? —preguntó el funcionario mientras observaba su cara.

—Negocios. —Incluso era cierto.

—¿Duración?

—Todavía no estoy seguro, pero serán cuatro o cinco días, seguramente. ¿Es importante?

—Sólo para usted, señor. —El funcionario observó el pasaporte y pasó la primera página por el lector de códigos de barras preguntándose si se encendería la luz roja. Pero casi nunca lo hacía, y esta vez tampoco se encendió—. ¿Nada que declarar?

—Nada en absoluto —contestó Hadi.

—Bienvenido a Canadá. La salida es por ahí —dijo el funcionario, señalando con el dedo.

—Gracias. —Hadi recogió su pasaporte y se acercó a las puertas. Qué afán de autodestrucción el de los países occidentales, pensó de nuevo, acoger así a sus enemigos. Imaginaba que sólo ambicionaban el dinero que traían los turistas. Porque sus corazones infieles no podían albergar tanta hospitalidad. ¿No?

—Atención —dijo John.

Las dos primeras personas que cruzaron las puertas eran mujeres, y Hadi no era mujer..., a no ser que sus informes fueran erróneos, pensó Clark. No sería la primera vez que le ocurriría.

Bueno, ¿qué estamos buscando? Varón, de entre treinta y cinco y cuarenta y cinco años, estatura media (algo menos, quizá, según los parámetros norteamericanos) y ojos oscuros. Se fingiría relajado y no miraría mucho a su alrededor, pero aun así miraría. Con curiosidad controlada. Estaría un poco cansado del viaje. Volar solía agotar a la gente. Estaría también, posiblemente, un tanto aturdido por las copas que habría tomado..., pero también habría dormido un poco.

Vieron un abrigo tres cuartos marrón de pelo de camello. Parecía italiano. Hadi estaba supuestamente radicado en Italia. En Roma, ¿no? Metro setenta, más o menos, complexión media, tirando a delgado. Ojos oscuros. *Oscuros de la hostia, casi negros,* pensó John. Miraba estudiadamente hacia delante, no a un lado, y empujaba un carrito con una bolsa de viaje grande y otra pequeña. No parecían muy pesadas, y la más grande tenía ruedas. ¿Era perezoso o estaba cansado? Su cabello era tan negro como sus ojos. El corte de pelo, anodino. Iba bien afeitado. Quizá (¿probablemente?) no llevaba barba a propósito. Detrás de él salieron otras dos personas, canadienses a todas luces, de piel clara y cabello rojizo. Una de ellas saludó a alguien a la derecha de Clark. Adiós. De vuelta al del abrigo de pelo de camello. Sus ojos se movían a derecha e izquierda, pero su cabeza permanecía quieta. Buena técnica, pensó John de inmediato al notarlo. Luego se clavaron en algo. Clark volvió la cabeza y vio a un hombre con traje negro, como un chófer pero sin gorra, que sostenía una letrero de cartón en el que se leía, escrito con rotulador: KLEIN.

—Bingo —susurró para sí mismo. Y le dijo a Chávez—: Reúnete con los hermanos y vigila los flancos. Yo voy a dar una vuelta. Jack, tú te vienes conmigo.

Avanzaron por el vestíbulo.

—¿Has visto algo que yo no he visto? —preguntó el joven.

—Ése no se llama Klein. Me juego la cabeza.

Clark notó que no se dirigía a los aseos. Adiós a esa posibilidad. Le siguieron a cuarenta metros de distancia. Vieron que no parecía hablar con el hombre que había ido a recogerle. *Demasiado disciplinado. ¿O es que se conocían de antes?*

—¿Tienes una cámara? —preguntó.

—Sí, una digital. Está lista. Puede que tenga una foto de nuestro amigo, pero todavía no lo he comprobado.

—Si sube a un coche, asegúrate de...

—Sí. Marca, modelo y matrícula. ¿Qué tal lo estamos haciendo?

—No creo que nos haya visto. No miró hacia donde estábamos, a ninguno de los dos lados, eso seguro. O es un pasajero con mucha calma, o es tan puro y virginal como la nieve pisoteada. Tú eliges.

—Parece judío —dijo Jack.

—En Israel hay un viejo chiste: si parece judío y vende panecillos, es que es árabe. No siempre es cierto, pero da para una broma. Si no fuera por el pelo, me lo imagino perfectamente con sombrero de vaquero y un abrigo largo y negro, manejando diamantes en la calle Cuarenta y siete de Nueva York. No es mal disfraz. Pero tiene de judío lo que yo.

Dejaron atrás los puestos de revistas y la cervecería y, cruzando la puerta por entre los detectores de metales, salieron al vestíbulo principal. No tomaron la escalera mecánica para ir a la zona de recogida de equipajes: Hadi ya se había encargado de eso, naturalmente. Se dirigieron hacia la pared de cristal y salieron al fresco aire del otoño canadiense. Dejaron atrás la fila de taxis que esperaban la llegada de pasajeros y cruzaron la calle en dirección al aparcamiento. Fuera quien fuese el individuo que había ido a recibir a Hadi, había dejado el coche en el aparcamiento por horas, no en el de larga estancia. Sí, aquel encuentro estaba acordado de antemano. Y no precisamente desde el teléfono del avión. Entraron en el aparcamiento y Clark tuvo que aflojar el paso y dirigirse a un coche aparcado.

—Cámara —dijo con brusquedad, confiando en que Jack supiera cómo hacer una foto disimuladamente.

A decir verdad, la hizo muy bien, enfocando con un zum de 2 o 3×. El coche era un Ford Crown Victoria negro, el modelo nuevo, de los que solían usar los servicios más económicos de alquiler de coches con conductor. Todo se ajustaba perfectamente al perfil, pensó Clark mientras empezaban a acercarse.

—Aquí tiene su billete desde Chicago Oeste —dijo el conductor, pasándole el sobre del billete por encima del asiento.

Hadi abrió el sobre y miró el billete. Se llevó una sorpresa al ver el destino. Comprobó su reloj. Iba muy bien de tiempo. Era una suerte que los pasajeros de clase preferente pasaran antes por inmigración.

—¿Cuánto se tarda en llegar a la otra terminal?

—Sólo un par de minutos —contestó el conductor.

—Muy bien. —Y Hadi encendió un cigarrillo.

El coche arrancó. Pero Clark siguió caminando hasta que el vehículo se alejó unos cien metros. Luego dio media vuelta hacia la carretera y paró un taxi.

—¿Adónde van? —preguntó el taxista.

—Se lo diré enseguida. ¿Lo tienes, Jack?

—Sí —le aseguró el joven. El Ford se había puesto a la cola para pagar el tique del aparcamiento. Jack hizo dos fotografías más para captar el número de matrícula, que ya había memorizado. Sólo para asegurarse, lo anotó en la libreta que llevaba siempre en el bolsillo de la chaqueta.

—Muy bien —le dijo Clark al conductor—. ¿Ve ese Ford negro de ahí?

—Sí, señor.

—Sígalo.

—¿Qué es esto, una película? —preguntó despreocupadamente el taxista.

—Sí, y yo soy el protagonista.

—Yo las he hecho, ¿sabe? Películas de verdad. Pagan muy bien por conducir un coche.

Clark captó la indirecta, sacó su cartera y le pasó dos billetes de veinte.

—¿Es suficiente?

—Sí, señor. Apuesto a que va a la Terminal Tres.

—Ya veremos —respondió Clark. Tenía los ojos fijos en el Ford, que siguió el habitual laberinto propio de los aeropuertos, cuyas carreteras las diseñaba sin duda el mismo arquitecto desalmado e idiota que construía las terminales. A Clark, que había estado en muchos aeropuertos, no le cabía duda de que todos sus arquitectos iban a la misma escuela.

El taxista tenía razón. El Ford se detuvo delante de la señal de United Airlines y se acercó al bordillo de la derecha. Se abrió la puerta de la izquierda y el conductor salió y se acercó a la puerta del copiloto.

—Tenía razón... ¿Cómo se llama? —preguntó Clark.

—Tony.

—Gracias, Tony. Lo ha hecho muy bien.

Clark y Jack salieron del taxi. Jack llevaba la cámara en la mano, bien escondida, pero lista para disparar.

—Fuma —comentó Clark. Y, además, posaba muy bien. Había veces en que la suerte te sonreía—. Vale, hazme una foto —dijo, y se puso a posar. Jack obedeció y él se acercó después para decirle alguna cosa sin importancia, tras la cual añadió—: ¿Le tienes?

—Ya lo creo que sí. ¿Y ahora qué?

—Ahora yo intento conseguir un billete para Chicago y vosotros le seguís hasta la puerta de embarque y me llamáis cuando identifiquéis el vuelo.

—¿Crees que podrás conseguir billete?

—Bueno, si no lo consigo, no estaremos peor que ahora.

—De acuerdo —dijo Jack—. Tengo tu número. —Y se puso manos a la obra, situándose a cincuenta metros de su amigo Hadi, que saboreó cada calada de su cigarro antes de volverse para entrar en la terminal. Al echar un vistazo a la pantalla de vista preliminar de la cámara, comprobó que tenía una buena foto de aquel fulano.

Clark se acercó al mostrador de United Airlines, aliviado porque no hubiera mucha cola por la que abrirse paso.

Hadi acabó de fumar y arrojó la colilla a la acera, respiró una profunda bocanada de aire y entró. Dominic le siguió a una distancia prudencial, con el teléfono móvil en la mano izquierda. El árabe se fue derecho al vestíbulo que le correspondía y miró un monitor en busca de su puerta de embarque. Se comportaba como una persona corriente, esperando para tomar un avión. Pasados menos de diez minutos, se sentó junto a la D-28. Jack llamó.

—Aquí Clark.

—Soy Jack. Puerta de veintiocho, vuelo uno, uno, cero, ocho.

—Entendido. ¿Hay mucha gente?

—No, pero el pájaro está junto a la puerta de embarque y el avión sale dentro de veinticinco minutos. Más vale que te des prisa.

—Voy para allá. —Clark se acercó al mostrador, esperó a que un ejecutivo sacara su billete y sonrió a la empleada—. Vuelo uno, uno, cero, ocho a Chicago, por favor. Primera clase, si es posible, pero si sólo hay en turista, no me importa. —Le entregó su Mastercard oro.

—Sí, señor —dijo amablemente la empleada, que demostró ser extremadamente eficiente: en apenas tres minutos, la impresora escupió la tarjeta de embarque.

—Gracias, señorita.

—A la derecha. —Señaló por si acaso él no sabía cuál era la derecha. Caminó sin prisas. Faltaban veinte minutos para que despegara el avión. *No hay problema*. El problema llegó al pasar por el detector de metales, que sonó, para su sorpresa. Luego un guardia de seguridad le pasó la varita mágica, y ésta sonó al pasar por el bolsillo de su chaqueta. John metió la mano dentro y descubrió que su insignia de la policía judicial le había delatado. Aquel detector de metales funcionaba a las mil maravillas.

—Ah, bueno, no pasa nada, señor.

—Ni siquiera estoy de servicio —dijo Clark con una sonrisa tímida—. ¿Ya está?

—Sí, señor. Gracias.

—Muy bien. —La próxima vez la pondría, con sus otras cosas, en la cinta transportadora, pensó, y dejaría que todo el mundo pensara que era policía. La pluma que llevaba en el bolsillo no había hecho saltar la alarma del detector. Lo cual habría sido muy interesante, si llevara encima el Bolígrafo Mágico. Pero no lo llevaba. Lástima.

El avión era un Boeing 737. En Seattle debían de haber vendido un montón, pensó Clark mientras recorría con la mirada la incómoda sala de espera. El mismo arquitecto, las mismas sillas horrendas. *¿Será la misma empresa que hace los asientos de los aviones?*, se preguntó. ¿No habría, quizás, alguna incompatibilidad legal?

Allí estaba Hadi, sentado en la zona de no fumadores. ¿Intentaba, acaso, no llamar la atención? Si era así, no era mala táctica. Permanecía allí sentado, leyendo un semanario, el *Newsweek*, sin apenas prestarle atención. Diez minutos después llamaron para el embarque. Clark había tenido suerte: le habían dado un asiento en primera clase, el 4C. En el pasillo, lo cual era muy útil. Se acordó de un vuelo comercial de hacía poco tiempo. Pero entonces llevaba una pistola, sin que lo supieran los tripulantes de British Airways: se habrían alarmado tanto como si llevara una bolsa llena de cartuchos de dinamita. En fin, las azafatas de vuelo solían ser chicas guapas, ¿y qué sentido tenía molestarlas? Trabajaban mucho, para lo poco que cobraban. Vio que Hadi subía a bordo detrás de otras tres personas y que se sentaba en el 1A, en la primera fila de asientos del lado izquierdo, junto a la ventana, unos cuatro metros y medio por delante de él y a la izquierda. Tres pasos y podría partirle el cuello como si fuera una ramita. No hacía aquello exactamente desde Vietnam, donde los hombres solían tener el cuello muy escuchimizado. Pero de eso hacía mucho tiempo, e incluso entonces había estado a punto de cagarla. Recuerdos del pasado. En fin, había unos cuatro metros y medio hasta la fila delantera, eso era lo importante. Cuanto más viejo se hacía, más necesario le era tener en cuenta esas cosas.

La demostración habitual de medidas de seguridad. El cinturón es igual que el de tu coche, bobo, y si de veras te hace falta, mamá vendrá a abrochártelo. Pero de beber alcohol, ¡nada! Los aseos están a proa y a popa, señalados con figuras, por si eres tan tonto que no sabes leer. El entontecimiento de la sociedad también afectaba a los canadienses. *Una pena*, pensó Clark. A no ser que en United sólo viajaran ciudadanos estadounidenses.

El vuelo fue sumamente anodino: no hubo ni una sola sacudida y apenas una hora después de despegar tomaron tierra en el aeropuerto de O'Hare, al que daba nombre el aviador de la Segunda Guerra Mundial que ganó la Medalla de Honor antes de estrellarse en el mar, posiblemente derribado por fuego aliado (a fin de cuentas, éste podía matarte con la misma eficacia que el fuego enemigo). Clark se preguntó si al piloto le resultaría muy difícil encontrar la manga de pasarela de desembarco que le correspondía, pero seguramente había hecho aquel trayecto otras veces; un centenar, quizá. Comprendió que ahora venía la peor parte. ¿Adónde iba Hadi? Y ¿podría conseguir billete en el mismo avión? Era una pena que no pudiera sencillamente preguntárselo a aquel cabrón. Tuvo que pasar por inmigración, porque Estados Unidos se había puesto serio respecto a quién entraba en el país. En realidad, aquello sólo significaba que los terroristas tenían que dedicar un minuto, quizás, a pensar cómo introducirse en él. Pero tal vez sirviera para disuadir a los más tontos. Claro que ésos no eran muy de temer, ¿verdad?

Pero a él no le pagaban por pensar en esas cosas, y quienes tomaban esas decisiones rara vez consultaban a las abejas obreras que de verdad salían cada día a jugarse el tipo. Clark lo había comprendido cuando estaba en Vietnam y se apellidaba Kelly. Así que tal vez esas cosas no cambiaran nunca. Era una idea espantosa, pero las cosas espantosas eran gajes de aquel oficio al que se dedicaba desde hacía más de treinta años. Los procedimientos de entrada no llegaban ni a la categoría de superficiales. Ni siquiera le sellaron el pasaporte, lo cual fue una sorpresa considerable. ¿Otro cambio de protoloco? ¿Para que el funcionario no se manchara las manos de tinta, quizá?

—Bueno, ¿qué pasa? —preguntó Granger por la línea de seguridad.

—Clark ha tomado el mismo vuelo que nuestro amigo —contestó Jack—. Le hemos hecho un par de fotos. Con un poco de suerte, Clark podrá seguirle hasta donde vaya.

Es poco probable, pensó al otro lado de la línea el jefe de Operaciones. Le faltan efectivos y recursos. Pero, en fin, no se podía hacer de todo cuando se operaba como una empresa privada, y así recortaban gastos.

—De acuerdo, mantenedme informado. ¿Cuándo volvéis?

—Hemos sacado billetes para un vuelo a Washington que sale dentro de media hora. Estaremos en la oficina a eso de las cinco y media o las seis, seguramente. —Vaya, un día entero perdido, a no ser que un par de fotografías pudieran considerarse un éxito, pensó Jack. Pero qué demonios: era más de lo que tenían antes.

50

Clark estaba en el pasadizo subterráneo que comunicaba las dos terminales. Pasillos mecánicos, en su mayoría, como cintas transportadoras. Aquél parecía bastante largo. Había visto salir a Hadi a la calle a fumar otro cigarro antes de volver a entrar; había pasado por el detector de metales (esta vez, milagrosamente, su insignia de la policía judicial no había hecho saltar la alarma) y se había metido en aquel largo túnel. Subió después por la escalera mecánica hasta la terminal de salidas, y allí llegó el momento de ponerse a trabajar. Hadi torció a la izquierda al llegar a lo alto de la escalera. Había visto su puerta de embarque en un monitor de información, sin necesidad de mirar el número de vuelo en el billete. ¿Quería eso decir que era un profesional experimentado, o simplemente un tipo con buena memoria o confianza de sobra?, se preguntó Clark. Cualquiera sabía. Al llegar arriba, lo vio doblar a la izquierda, hacia el vestíbulo F. Caminaba a paso vivo. *¿Tendrá prisa?*, se dijo Clark. Si la tenía, mala suerte para él. Efectivamente, el árabe se volvió para mirar una pantalla, se orientó y torció hacia la izquierda en dirección a la puerta F-5, donde tomó asiento con aspecto de necesitar relajarse. En la F-5 se embarcaba en un avión con destino a... ¿Las Vegas? El aeropuerto internacional McCarran era muy grande: un número ingente de aviones hacía escala en él para conectar con vuelos con destino a Dios sabía dónde. ¿Iría a encontrarse con otro enlace? ¿Era eso prudente?, se preguntó Clark. *Mmm.* ¿Quién había entrenado a aquel pájaro, en caso de que le hubiera entrenado alguien? ¿Un agente del KGB o alguien de dentro de su organización? Fuera cual fuese la respuesta, faltaba un cuarto de hora para que saliera el vuelo: no tenía tiempo de volver al mostrador de la terminal uno y sacar un billete que le permitiera seguirle. El seguimiento acababa allí. *Maldita sea.* Ni siquiera podía mirarle abiertamente, ni observarle muy de cerca. Hadi podía haber mirado a su alrededor; podía, por tanto, reconocer su cara. Quizá le hubiera entrenado un profesional y tuviera la misma facilidad que él para recordar caras que aparecían y desaparecían en el transcurso de su vida. Para un espía en activo, aquélla era una habilidad de considerable importancia si uno quería sobrevivir. Se acercó a una tienda de regalos y compró una chocolatina y una coca-cola *light* mientras dejaba que sus ojos recorrieran el vestíbulo. Hadi seguía sentado; ni siquiera había buscado una de las cabinas de fumadores en las que la gente podía entregarse a su mal hábito detrás de un cristal. Tal vez pudiera dominar sus pasiones, se dijo John Clark. Esa gente podía ser peligrosa. Pero entonces llamaron a embarcar a los pasajeros de primera clase en primer lugar, y Hadi se levantó, se acercó a la puerta de la pasarela de embarque y enseñó su billete. Incluso sonrió al empleado, que comprobó su tarjeta de embarque y le indicó que accediera al viejo DC-9, donde le esperaba un amplio asiento de piel y alcohol gratis para su viaje a Las Vegas, una ciudad donde la gente podía entregarse a su antojo a toda clase de malos hábitos. John acabó de comer su chocolatina y regresó a la entrada del túnel. Al igual que antes, la escalera de bajada parecía descender casi hasta el infierno, y bendijo al arquitecto que había incluido en su diseño los pasillos mecánicos. Era lo bastante mayor para agradecérselo. Se recordó que no debía enfadarse por lo que consideraba una misión fallida. O fallida a medias, en todo caso. Sabían cosas sobre aquel sujeto que antes ignoraban, y hasta tenían una fotografía. Le gustaba viajar haciéndose pasar por judío, una maniobra casi astuta, aunque un tanto obvia. A fin de cuentas, judíos y árabes eran primos genéticos, y sus creencias religiosas no eran tan dispares, por más que a ellos les enfureciera pensarlo siquiera. Y los cristianos también. Todos ellos eran «gentes del Libro», como le habían explicado sus amigos saudíes hacía mucho tiempo. Pero las personas religiosas no cometían asesinatos, por lo general. A Dios podía no gustarle. En cualquier caso, a él le tocaba ahora regresar al Campus. Esperó a que la puerta de la pasarela de embarque se cerrara y vio cómo el avión bimotor se alejaba de la terminal y viraba en dirección a la pista de despegue. ¿Tres horas para llegar a Las Vegas? Quizás un poco menos, sobrevolando Iowa, Nebraska y Wyoming, hasta la ciudad que festejaba el pecado. *¿Y desde allí, adónde?*, se preguntó John. Fuera donde fuese, iba a tardar en averiguarlo. Pero, en fin, aquella misión había sido dudosa desde el principio, y no debía decepcionarle que hubiera resultado un fracaso. Y, además, tenían algunas fotos de aquel fulano. Buscó un mostrador donde poder comprar un billete para un avión que salía hacia Washington hora y media después, y llamó por adelantado para asegurarse de que habría un coche esperándole.

En el asiento 1D de su vuelo, Hadi miraba la carta mientras bebía el vino blanco de cortesía que se servía en el avión (era mejor en Italia, pero eso no debía sorprenderle) y se reprochaba a sí mismo la indecorosa finura de su olfato para el vino. Allá abajo, en el terreno casi plano, se distinguían unos extraños ojos de buey de color verde, que, según le habían dicho, eran la impronta de los sistemas de riego rotatorio utilizados por los agricultores americanos en los estados de las llanuras. Los exploradores de antaño habían llamado a aquella región el Gran Desierto Americano. Hoy en día era el granero del mundo, aunque más allá de las montañas hubiera otros verdaderos desiertos. Qué país tan grande y tan extraño aquél, lleno de gente rara, la mayoría no creyentes. Pero eran gente de temer, así que tenía que andarse con ojo y controlar su conducta cada minuto, más aún incluso que en Italia. Era difícil no poder relajarse nunca, no poder bajar la guardia. Con suerte podría tomarse un descanso cuando se reuniera con su amigo, dependiendo de cuál fuera la siguiente parada de su trayecto. Era extraño que nunca hubiera sabido dónde vivía el Emir. Hacía muchos años que eran amigos. Hasta habían aprendido a montar a caballo juntos, en el mismo momento y el mismo lugar, cuando eran aún pequeños e iban a la misma escuela y jugaban juntos. Pero el vino comenzaba a pasarle factura, y el día había sido muy largo. Empezaron a pesarle los párpados y se dejó llevar por el sueño mientras la noche daba alcance a su avión.

Clark subió a otro avión, ocupó su asiento en primera clase y cerró los ojos, no para dormir, sino para repasar mentalmente lo sucedido ese día. ¿Qué había hecho? ¿En qué se había equivocado? ¿En qué había acertado, y por qué no había bastado?

La fuerza de trabajo: en eso venía a resumirse todo. Los Caruso parecían bastante competentes, y Jack se defendía bien, pero eso no le sorprendía. El chico tenía instinto. Tal vez fuera cuestión de herencia. En resumidas cuentas, la operación no había salido mal, para haberla preparado con tantas prisas. Sabían que Hadi se dirigía a Chicago. ¿Habría sido mejor dividirse en equipos de dos y enviar luego la foto por medios electrónicos para que fuera más fácil seguir adelante? ¿Podrían haberlo hecho así? Técnicamente era posible, quizá, pero el que fuera posible no garantizaba que hubiera salido bien. En casos así, era preferible contar con múltiples apoyos, porque en el azar no se podía confiar: no hacía más que fastidiarlo todo. Ni siquiera se podía confiar del todo en una planificación cuidadosa, aunque se contara con personal de sobra y todos fueran profesionales bien entrenados. Ni siquiera hacía falta que los oponentes fueran profesionales para que cualquier acontecimiento azaroso echara por tierra los planes mejor trazados. Quizá fuera buena idea, se dijo, acompañar a los gemelos en sus misiones por Europa, para ver cómo se manejaban sobre el terreno. Tenían buena pinta, pero un figurín de moda también la tenía. Todo era cuestión de entrenamiento y experiencia. Sobre todo, de experiencia. Uno desarrollaba sus propios métodos de entrenamiento en servicio activo, sobre la marcha, y él se había esforzado por inculcarles su experiencia a los nuevos agentes de la CIA a los que adiestraba en La Granja, en las marismas de Virginia. No sabía, sin embargo, si había servido dc algo. Algunos volvían a tomarse unas cervezas con Chávez y con él. Pero ¿y los chicos que no volvían? ¿Qué lecciones podían aprenderse de ellos? Rara vez se oían esas historias, porque no volver equivalía a no volver nunca, a una estrella dorada en la pared derecha del vestíbulo de la CIA, y normalmente a un espacio en blanco en el libro.

Hay que mejorar la comunicación entre equipos, para empezar, pensó Clark. Ya que no tenían experiencia suficiente para leer el pensamiento, debían tener, al menos, sólidos protocolos de comunicación. Sería buena idea contratar más efectivos, pero eso era imposible. El Campus debía operar con astucia y recursos mínimos. Quizás ellos solos tuvieran capacidad para hacerlo, pero había veces en que tener un montón de gente resolvía cantidad de problemas. No obstante, eso era imposible.

El avión de Clark aterrizó suavemente en el aeropuerto internacional de Baltimore-Washington y tardó sólo cinco minutos en llegar a la puerta D-3, lo cual le permitió a él salir rápidamente. Hizo una visita al aseo y recorrió el vestíbulo con la esperanza de que hubiera alguien esperándole. Resultó ser Jack, que le saludó con la mano.

—Ya te conozco —dijo Clark—. No hace falta que los demás se enteren de que tú me conoces a mí.

—Bueno, sólo quería...

—Sé lo que querías. Pero una misión no se acaba hasta que estás en casa tomándote una cerveza, hijo. No lo olvides.

—De acuerdo. ¿Qué has averiguado?

—Tomó un avión a Las Vegas y seguramente ya estará allí. Sobre todo, he descubierto que el Campus no cuenta con efectivos suficientes para hacer nada importante —concluyó, irritado.

—Sí, bueno, no podríamos hacer lo que hacemos si estuviéramos supervisados por el Gobierno, ¿no?

—Supongo que no, pero formar parte de una organización más amplia tiene sus ventajas, ¿sabes?

—Sí. Imagino que somos parásitos del Estado.

—Supongo que sí. ¿Habéis hecho algún intento de seguir la pista a ese pájaro hasta su punto de destino?

Jack negó con la cabeza mientras salían del vestíbulo.

—No.

—Yo diría que iba a seguir viajando. Dos o tres escalas más, quizás, aunque no hay forma de saberlo.

—¿Por qué?

—Por una cuestión de complejidad. Hay que ponérselo al adversario lo más difícil posible. Es un principio elemental de este oficio.

Frente al aeropuerto McCarran, Hadi le estaba diciendo exactamente lo mismo a Tariq, que respondió:

—Hemos hablado de esto largo y tendido. No hay ningún peligro, que sepamos. Nuestras comunicaciones son tan seguras como pueden serlo, y no tenemos ningún topo. Si no, no estaríamos aquí, ¿no?

—Pero ¿y Uda ben Salí y los otros? —preguntó Hadi.

—Uda murió de un ataque al corazón. Todos hemos visto el informe oficial de la autopsia.

—¿Y los demás?

—Todos los días mueren personas por problemas cardíacos, hasta los elegidos de Alá —repuso Tariq.

—Puede que le mataran los judíos y que los médicos de Roma dijeran que fue un infarto. Puede que haya algún modo de que lo parezca. Un fármaco, quizá.

—Puede ser. —Tariq torció a la izquierda para entrar en la ciudad—. Pero, en todo caso, aquí no tenemos nada que temer de los israelíes.

—Quizá no —contestó Hadi. Estaba demasiado cansado por ese día tan largo de viaje como para enzarzarse en una discusión. No podía reunir la energía intelectual necesaria para ello: demasiado tiempo en el aire, demasiado vino y muy poco descanso—. ¿Tu coche está limpio?

—Lo lavamos cada tres días. Y cada vez que lo lavamos, lo registramos por si hubiera algún dispositivo de escucha.

—Y él, ¿cómo está?

—Tú mismo podrás verlo dentro de unos minutos. Le vas a encontrar sano y bastante bien, por lo menos físicamente. Pero también te va a costar reconocerle. Los cirujanos suizos hicieron milagros con su apariencia. Si quisiera, podría pasearse por aquí sin miedo a que le reconocieran.

Hadi aprovechó la ocasión para echar un vistazo fuera del coche.

—¿Por qué aquí? —preguntó, fatigado.

—Nadie, excepto los ladrones dueños de los hoteles casinos, admite que vive aquí. La ciudad es famosa por su corrupción, como lo era antes Beirut..., o eso solía decirme mi padre. Hay mucho juego, pero su alteza no juega con dinero.

—Lo sé, sólo con su vida. Lo cual es más peligroso. Pero todos tenemos que morir, ¿no es así?

—Los infieles que viven aquí se comportan como si no tuvieran miedo a morir. Es curioso cuántas iglesias cristianas hay. A la gente le gusta casarse en esta ciudad. No entiendo por qué, pero así es. El Emir eligió Las Vegas por su anonimato. Y en mi opinión fue un acierto. Aquí viene tanta gente a jugar y a pecar contra Alá... Hay tanta delincuencia que la policía local tiene mucho de lo que ocuparse.

Tariq pensó en ello mientras doblaba el último recodo a la derecha en dirección a la casa de campo del Emir. Aquello era mucho más cómodo que las cuevas del oeste de Pakistán, para él mismo y para el resto del personal, alabado fuera Alá. Aminoró la velocidad y puso el intermitente para girar a la izquierda. Sus compañeros y él obedecían todas las leyes estadounidenses que conocían.

—¿Esto?

—Sí —contestó Tariq.

Había elegido bien, se dijo Hadi para sus adentros. Podría haber elegido una morada mejor defendida, pero eso habría despertado la curiosidad de sus vecinos, y habría sido contraproducente, en aquella época de helicópteros y aviones cargados de bombas. Mientras se aproximaban a Las Vegas, el piloto les había hecho fijarse en una gran base de la Fuerza Aérea estadounidense situada justo al norte de la ciudad. Otra astuta maniobra de su amigo, instalarse cerca de un importante complejo militar enemigo: a simple vista podía parecer una pésima idea, pero precisamente por eso era brillante. *Su deseo de vivir en el Occidente infiel, pero centuplicado*, pensó Hadi con admiración. ¿Cuánto tiempo llevaba planeándolo? ¿Cómo lo había llevado a cabo? Pero, en fin, por eso había llegado a dirigir la organización: por su facilidad para ver lo que otros no veían. Se había ganado su lugar en el mundo, y desde esa altura tenía la capacidad (y el derecho) de disponer a su antojo de los hombres... y de las mujeres, según el hombre que iba tras el volante. *Todos tenemos nuestras necesidades, y nuestras flaquezas*, se dijo Hadi. Ésa no era especialmente preocupante. Él, por su parte, había disfrutado de algunos de los placeres que ofrecía Roma. Con frecuencia suficiente para no sentir remordimientos por ello. Así pues, su amigo hacía lo mismo. No le sorprendía.

El coche entró en el garaje. Hadi notó que había un sitio vacío. Así que ¿el Emir tenía otro sirviente? Salió del coche, sacó su bolsa del maletero y se dirigió hacia la puerta.

—¡Hadi! —exclamó una voz retumbante desde la puerta de la casa. Las puertas del garaje ya habían empezado a cerrarse.

—*Efendi* —contestó Hadi. Se abrazaron y se besaron, como era propio de su cultura.

—¿Qué tal el vuelo?

—Bien, los cuatro, aunque agotador. —Aprovechó aquellos segundos para mirarle a la cara. La voz le hacía más reconocible. La cara, no. Saif Rahman Yasin se había transformado. La nariz, el pelo, incluso los ojos hasta cierto punto... ¿O no?, se preguntó Hadi. Sólo su mirada no había cambiado. Saltaba a la vista que se alegraba de ver a su amigo de la infancia, y la alegría que reflejaban sus ojos era tan distinta a la expresión que solía mostrar en la televisión y en los periódicos...

—Te encuentro muy bien, amigo mío —dijo.

—Aquí llevo una vida cómoda y relajada —le explicó el Emir con una de sus raras sonrisas—. Alabado sea Alá, aquí no hay cerros que trepar. Vivir delante de sus narices, como dicen ellos, es una maravilla.

—Cuando me enteré, pensé que estabas loco, pero ahora comprendo lo sabio que eres.

—Gracias. —El Emir le condujo al interior de la casa—. Prefieres hacerte pasar por judío cuando viajas, ¿no es así? Eso está bien. Aquí hay muchos.

—¿Esta ciudad es tan corrupta como dicen?

—Mucho más aún. Hay mucho trasiego de población. Aquí la gente no reconoce a nadie, como no sea, quizás, a sus amigos más íntimos. Es como era antes el Líbano.

—¿O como sigue siendo Bahrein?

—Eso está demasiado cerca de casa. —No hizo falta que se explicara. Numerosos saudíes viajaban a Bahrein en sus coches con chófer para disfrutar de los placeres de la carne, pero muchos de ellos podían reconocer su voz, aunque no reconocieran su cara. La familia real saudí tenía tanto empeño en matarle como los norteamericanos. Hasta levantarían tribunas en la plaza de Dira, en Riad, para que los infieles vieran sus últimos minutos de vida pertrechados con sus minicámaras y otros sistemas de grabación. Se ofrecían muchas recompensas por su cabeza. Y la de los norteamericanos no era, ni de lejos, la más alta.

—Ven. Vamos a buscarte una cama como es debido.

Hadi le siguió a través de la cocina y del centro de la casa, y luego por la izquierda, en dirección al ala de los dormitorios.

—¿Aquí estás a salvo? —preguntó.

—Sí, pero puedo irme en cuestión de minutos. No es perfecto, pero es lo mejor que puede conseguirse.

—¿Compruebas tu ruta de huida?

—Todas las semanas.

—Igual que yo en Italia.

—¡Descansa! —dijo el Emir al abrir la puerta del dormitorio—. ¿Necesitas algo?

Hadi negó con la cabeza.

—Podría comer alguna cosa, pero sobre todo necesito dormir. Nos vemos mañana.

—Buenas noches, amigo mío. —El Emir le sacudió el hombro y cerró la puerta. Hadi había volado casi diez mil kilómetros. Se había ganado el derecho a estar cansado.

51

Bell y Granger estaban esperando en el despacho de Hendley cuando entraron Jack y Clark.

—Le perdí en Chicago —les dijo Clark, dejándose caer en una silla giratoria—. Tomó un vuelo a Las Vegas. Después, ¿quién sabe? De McCarran salen vuelos a todas partes. Puede que haya ido a Los Ángeles, a San Francisco, e incluso que haya vuelto a la Costa Este.

—¿Con qué nombre viaja? —preguntó Bell.

—Joel Klein. Judío, ¿os lo podéis creer? Es lógico, supongo. Imagino que podemos usar los ordenadores para ver si tiene reservado algún vuelo desde allí, pero ¿quién nos asegura que no tiene muchas otras identidades?

—Ya lo estamos comprobando —le aseguró Granger—. De momento, no hemos encontrado nada. Y a mí se me han agotado las ideas.

—Si tuviera que apostar, yo diría que se ha quedado a dormir en alguna parte. Quizá tenga previsto seguir viaje mañana. Pero no tenemos suficientes hombres, Rick. Para hacer esto, necesitamos más gente y más ojos.

—No hay más que lo que hay —respondió Bell.

—Sí, ya.

—Cabe otra posibilidad —dijo Jack—. ¿Y si Las Vegas era su destino? ¿Qué pasaría entonces?

—Da miedo pensarlo —contestó Granger—. Significaría que el COR tiene una célula allí.

—Háblanos de Peshawar —dijo Hendley unos minutos después.

Clark hurgó en su maletín y puso el disco duro de Masud sobre la mesa. Después les refirió una versión condensada del viaje, al estilo del *Reader's Digest*.

—Ignoro por qué no arrasaron la casa —dijo—. Masud nos dijo que en el disco duro estaba todo lo que había hecho para el COR. Es de suponer que el tío al que ayudó a trasladar era el Emir.

—De momento, lo daremos por hecho. —Hendley inclinó la cabeza mirando a Bell—. Rick, ¿puedes bajarle eso a Gavin? Dile que nos urge conocer el contenido. —Y añadió dirigiéndose a Clark—. ¿Quieres llamar a Mary Pat?

—Ya lo he hecho. Viene para acá.

Hendley levantó el teléfono y llamó al vestíbulo.

—Ernie, soy Gerry. Va a venir una visita. Mary Pat Foley. Exacto, gracias.

Mary Pat apareció en la puerta de Hendley cuarenta minutos después.

—Bonita oficina —comentó—. Por lo visto me he equivocado de oficio. —Cruzó la alfombra y estrechó la mano de Hendley—. Me alegra volver a verte, Gerry.

—Lo mismo digo, Mary Pat. Te presento a Rick Bell y a Sam Granger. A Jack Ryan creo que ya le conoces. —Más apretones de manos, y una mirada sorprendida de la mujer—. ¿Vas a seguir la tradición familiar? —le preguntó a Jack.

—Aún soy nuevo en esto, señora.

—Mary Pat.

—Siéntate —dijo Hendley.

Ella se sentó junto a Clark.

—Pareces cansado, John.

—Yo siempre parezco cansado. Es por la luz.

—Recapitulemos —dijo Hendley.

Clark le explicó la situación a Mary Pat. Cuando acabó, ella dejó escapar un suave silbido.

—Un intermediario para viajar de un lado a otro. Eso es muy revelador. No necesitas a alguien como Masud si no vas a dejar la región.

—Dentro de poco conoceremos el contenido del disco duro —observó Granger.

—El contenido no nos dará pistas para saber dónde está —predijo Mary Pat—. El Emir es demasiado escurridizo. Seguramente habrá usado los servicios de más de un intermediario para trasladarse. Se habrá servido de ellos para saltar de un lugar a otro, hasta un sitio donde pudiera pasar desapercibido. Como mucho, vamos a acercarnos a él.

—Que ya es algo —comentó Rick Bell.

Mientras Biery y sus cerebritos desentrañaban el contenido del disco duro de Masud y Clark y Chávez dormían una siesta en los sofás de la sala de descanso, Jack concentró su atención en el lápiz de memoria que Ding le había requisado a uno de los secuestradores de Trípoli. Tras concluir que contenía imágenes cifradas mediante esteganografía, Biery y él habían decidido probar a descodificarlas por la fuerza sirviéndose de diversos algoritmos, y se habían apostado una cena para el que lo consiguiera primero. Como Biery estaba ocupado con el disco duro de Masud, Jack confiaba en sacarle mucha ventaja.

Cuando llevaba dos horas con ello, uno de los algoritmos dio en el blanco y en la pantalla de su ordenador comenzó a despixelarse una imagen. Era un archivo grande, de casi seis megabytes, de modo que la descodificación tardaría varios minutos. Cogió el teléfono y llamó a Granger. Dos minutos después había ocho personas detrás de él, mirando el monitor mientras la foto iba cobrando forma.

—¿Qué diablos es eso? —preguntó Brian, inclinándose hacia la pantalla.

La fotografía se veía borrosa y descolorida. Jack la importó a Photoshop y pasó el archivo por varios filtros, modulando el contraste y el brillo hasta que la imagen se vio con nitidez.

Hubo diez segundos de silencio.

La fotografía, de ocho por diez, estaba hecha al estilo de las *pinups* de los años cuarenta: una mujer morena, con una amplia falda blanca de algodón, sentada sobre una bala de heno, con las piernas cruzadas pudorosamente. De cintura para arriba estaba desnuda y sus pechos, de tamaño descomunal, le caían hasta los muslos.

—Tetas —dijo Granger—. Dios mío, Jack, has descubierto un par de tetas.

—Mierda —masculló el chico.

Rompieron todos a reír.

—Jack, no sabía que fueras un pervertido —dijo Dominic.

Y Brian añadió:

—Oye, primo, ¿y haces muchas despixelaciones en tu tiempo libre?

Más risas.

—Muy gracioso —refunfuñó Jack.

Cuando por fin se apagaron las risas, Hendley dijo:

—Bueno, vámonos de aquí para que el señor Hefner pueda seguir con lo suyo. Buen trabajo, Jack.

Jack despertó a Clark y Chávez a las cuatro en punto.

—La función está a punto de empezar, chicos. En la sala de reuniones, dentro de cinco minutos.

Aparecieron cuatro minutos después, armados ambos con un vaso de café extragrande. Los demás ya se habían sentado: Hendley, Granger, Bell, Rounds,

Dominic y Mary Pat. Clark y Chávez tomaron asiento. Rounds iba a ser el encargado de abrir la reunión. Levantó la vista del informe que le había enviado Biery unos minutos antes.

—Gran parte de esto son detalles que quizá nos ayuden a seguir adelante. Pero los temas principales son tres. —Cogió el mando a distancia y apuntó hacia el monitor de cuarenta y dos pulgadas. En ella apareció la primera página de un pasaporte—. Ése es el aspecto que tenía nuestro hombre en algún momento de los últimos seis o nueve meses.

En torno a la mesa se hizo un silencio de diez segundos.

—Guarda cierto parecido con las pocas fotografías que teníamos de él —comentó Bell.

Rounds añadió:

—El pasaporte es francés, falsificado. Un trabajo de primerísima calidad. Los sellos, la portada, el hilo con que está cosido... Es todo perfecto. Según el disco duro de Masud, el Emir lo utilizó hace tres meses. De Peshawar a Dushanbe, Tayiskistán, y desde allí a Asjabat, Volgogrado y luego San Petersburgo. Después, nada.

—Hasta allí fue donde le llevó Masud —agregó Dominic.

—No puede ser su destino final —repuso Jack—. ¿Es posible que se hiciera cargo de él otro intermediario?

Clark contestó:

—Si se sigue la trayectoria de sus desplazamientos, parece que se dirigía en general hacia el noroeste. Un poco más allá y ya estás en Finlandia o Suecia.

—Suecia —dijo Mary Pat—. ¿La operación de cirugía estética?

—Puede ser —contestó Granger.

—¿Y lo de Hlasek Air? —se preguntó Chávez en voz alta.

—Puede que eso también. Si Masud le llevó hasta San Petersburgo, cabe deducir que allí dejó su pasaporte francés y lo cambió por uno nuevo. Y si entró en Suecia o Finlandia con el pasaporte nuevo, después no pudo marcharse a otra parte. Por lo menos, legalmente.

—Explícate —dijo Hendley.

—No podía utilizar su cara de antes para el pasaporte nuevo, y no podía hacerse el pasaporte con la cara completamente vendada, así que tuvo que quedarse allí hasta que desaparecieran la inflamación y los hematomas y hacerse luego el pasaporte.

—Volvamos atrás un segundo —dijo Jack—. ¿Quién fue el intermediario que tomó el relevo en San Petersburgo? Ésa es la cuestión que debemos resolver.

—Es como buscar una aguja en un pajar —repuso Bell.

—Puede que no —dijo Mary Pat—. Masud era un ex miembro del ISI. El COR le eligió porque era un profesional. Seguramente en Rusia buscaron lo mismo. Tal vez debamos buscar a un ex agente del KGB, o del SVR.

—O del GRU —añadió Rounds—. El espionaje militar.

—Exacto.

—¿Hay algún modo de acotar el terreno, Mary Pat? —preguntó Clark.

—Puede ser. Ése es un campo muy especializado. Seguramente haría falta alguien que se dedicara a asuntos de contrabando. Aun así, siguen siendo muchos.

—Pero ¿cuántos habrán muerto en San Petersburgo en los últimos cuatro meses? —preguntó Jack—. Seguramente a Masud le habrían matado mucho antes si no se hubiera escondido. Era un cabo suelto. Y el intermediario ruso también.

—Buena deducción, Jack —dijo Hendley—. ¿Crees que podrás hacer algo con eso? —le preguntó a Mary Pat.

—Dadme unas horas.

Volvió del NCTC dos horas después.

—No ha sido tan difícil, en realidad. Has dado en el clavo, Jack. El mes pasado, en San Petersburgo, un ex agente del KGB llamado Yuri Beketov, perteneciente a la Sección S, Actividades Clandestinas, del Primer Alto Directorio, fue asesinado a tiros en un restaurante checheno. La policía de San Petersburgo le pasó el asunto a la Interpol. Tengo a un par de personas intentando averiguar más detalles, pero Beketov parece encajar.

—Hasta que sepamos algo más, trabajaremos con esa hipótesis —dijo Hendley—. Pongamos que el Emir fue a Suiza, Suecia o Finlandia para operarse...

—Yo también me inclino por Suecia —dijo Rounds—. Buscaría una clínica exclusiva, con clientela selecta y los mejores medios. Y de ésas hay muchas más en Suecia que en Finlandia. Podemos empezar por ahí.

—Google —añadió Jack.

Eran casi las nueve de la noche cuando encontraron lo que buscaban. Jack se apartó de su ordenador portátil y se pasó las manos por el pelo.

—Bueno, eso hay que reconocerlo. Son muy coherentes. Implacables, pero coherentes.

—Ilumínanos —dijo Clark.

—Hace tres semanas, la clínica Orrhogen de Sundsvall se quemó hasta los cimientos con su director dentro. Y otra cosa más: Sundsvall está sólo a unos ciento veinte kilómetros al norte de Söderhamn. Si Brian y Dominic no hubieran aparecido, es muy probable que Rolf, el mecánico, también estuviera muerto a estas alturas.

—Muy bien, así que el Emir se opera, pasa unos días recuperándose y luego se marcha —dijo Granger—. Es muy probable que no tenga pasaporte. Así que necesita un avión privado, un aeropuerto privado y un piloto al que no le importe meterse en asuntos un tanto turbios.

Hendley se quedó pensando.

—¿Cómo lo haría, exactamente?

—Rolf nos dio la respuesta —contestó Dominic—. Transpondedores duplicados.

—Exacto —dijo Jack—. Hlasek desconecta el primer transpondedor, escapa al radar, enciende el segundo transpondedor y ya tienen nuevo avión.

—Pero de esas cosas siempre queda constancia en alguna parte —comentó Rounds—. ¿Tenemos información de la Administración Federal de Aviación o del Ministerio de Transporte de Canadá?

—No —contestó Granger—. Pero eso no significa que no podamos tenerla. —Levantó el teléfono y dos minutos después Gavin estaba en la sala de reuniones.

Jack le explicó lo que estaban buscando.

—¿Puede hacerse?

Gavin soltó un bufido.

—Los cortafuegos de Aviación Federal son de risa. Y los del Ministerio de Transportes canadiense, lo mismo. Dadme media hora.

Treinta minutos después, fiel a su palabra, Biery llamó a la sala de reuniones. Hendley activó el altavoz del teléfono.

—En la franja temporal que me habéis dado, hubo dieciocho vuelos que desaparecieron del radar en el espacio aéreo de Estados Unidos o Canadá. En dieciséis de los casos, no era nada: un error del operador. Otro fue un Cessna que se estrelló a las afueras de Albany, y otro un Dassault Falcon nueve mil que se esfumó sin dejar rastro. El piloto notificó un problema con el tren de aterrizaje cuando se disponía a entrar en Moose Jaw. Un par de minutos después dejó de verse en el radar.

—¿Dónde está Moose Jaw? —preguntó Dominic.

—En Canadá. Justo al norte de donde confluyen las dos Dakotas —dijo Jack.

—Hay una cosa más —añadió Biery—. He hecho un pequeño cotejo de información entre el Ministerio de Transporte canadiense, la Administración Federal de Aviación y la Dirección Nacional de Seguridad en los Transportes. Tres días después de que el Falcon se perdiera en Moose Jaw, un pescador encontró una caja negra frente a la costa de California. Según la Dirección Nacional de Seguridad en los Transportes, la caja pertenecía a un Gulfstream: al Gulfstream que sigue supuestamente aparcado en un hangar a las afueras de Söderhamn. El problema es que los aviones Dassault van equipados con una caja negra prototípica. Está diseñada para desprenderse del fuselaje cuando detecta cierto umbral quinético. Y lleva un flotador y una baliza. Las cajas de los Gulfstream sólo llevan baliza. La caja que encontraron pertenecía al Falcon de Hlasek.

Hendley dejó escapar un soplido y miró en torno a la mesa.

—Está aquí. Ese hijo de puta se está escondiendo delante de nuestras narices.

Clark asintió con la cabeza.

—La cuestión es por qué. Tiene que tratarse de algo muy gordo, si ha salido de su escondite.

52

—¿Nuestro amigo llegó bien? —preguntó Ibrahim.

Chasquidos digitales entrecortaban de vez en cuando la voz de su subordinado.

—Sí —contestó el Emir—. Volvió a marcharse ayer. He leído los pormenores de tu plan. Cuéntame cómo están las cosas.

—Estamos preparados. Danos luz verde y estaremos en el país en menos de setenta y dos horas.

Hablar directamente con el jefe del comando había sido una decisión impulsiva por su parte, peligrosa, desde luego, sobre todo teniendo en cuenta lo precaria que era su situación. Pero siempre se corrían riesgos. Su método de comunicación era seguro como el que más: un paquete de cifrado casero que habían vinculado al VOIP (voz sobre IP) de la cuenta de Skype de su casa.

Tras tomar la decisión de seguir adelante con la operación, el Emir quería mantener una última charla con Ibrahim, no sólo para quedarse más tranquilo, sino para tranquilizar también a su hombre. Si perdía la vida en la misión, Ibrahim hallaría su verdadera recompensa en el paraíso, pero allí, en la Tierra, seguía siendo un soldado que se disponía a entrar en batalla, y los soldados necesitaban con frecuencia muestras de ánimo y alabanzas.

—¿Cuántas veces has estado allí? —le preguntó el Emir.

—Cuatro. Dos para reclutar gente y dos en labores de reconocimiento.

—Háblame de tu contacto.

—Se llama Cassiano Silva. Nacido en Brasil y educado en la fe católica. Se convirtió al islam hace seis años. Es un verdadero fiel, de eso estoy seguro, y siempre me ha conseguido lo que le he pedido.

—Tariq me ha dicho que tu forma de reclutarlo fue muy astuta.

—El espionaje occidental lo llama una «bandera falsa». Cree que pertenezco a los servicios secretos de Kuwait y que estoy vinculado a la División de Análisis del Mercado de la OPEP. Pensé que el espionaje industrial le parecería una idea más... aceptable.

—Estoy impresionado, Ibrahim —dijo el Emir sinceramente—. Demuestras tener instinto.

—Gracias, señor.

—Y tu plan... ¿confías en que sea factible?

—Sí, pero prefiero mantener la cautela hasta que esté sobre el terreno. En apariencia, todas las piezas encajan perfectamente.

Así pues, dejaría que Ibrahim siguiera adelante con su plan sabiendo que aquélla sería la primera ficha de dominó de una fila a cuyo final aguardaba un acontecimiento que transformaría verdaderamente el mundo. Pero eso quedaba en el futuro: en un futuro no muy lejano, pero sí lo suficiente como para que concentrarse en ello con exclusión de las piezas más pequeñas pudiera dañar el conjunto.

—¿Cuántas víctimas esperas que se produzcan? —preguntó el Emir.

—Es imposible calcularlo en este momento. Cientos, quizá. Pero, como tú bien dices, esas cifras son irrelevantes.

—Cierto, pero la aparición de cadáveres en televisión engendra miedo, y el miedo puede sernos muy útil más adelante. ¿Cuánto tardarás en ultimar los detalles?

—Entre cinco y seis días.

—¿Y después?

—Entre cuarenta y ocho y setenta y dos horas para el hecho propiamente dicho.

El Emir repasó mentalmente su calendario. Estando, como estaba, barajando más de una operación, no podría dar el visto bueno hasta que tuviera noticias, al menos, de los equipos destacados en Rusia. Las otras piezas del rompecabezas, en Dubái y Dakar, estaban en su sitio, a la espera. Y a su encantadora muchacha tártara, la piedra angular de la operación, sólo podía pedírsele que se apresurara hasta cierto punto. Tariq confiaba en que estuviera progresando al ritmo adecuado, y de momento tendrían que conformarse con eso, pero, en un rincón de su mente, el Emir debía sopesar distintas alternativas por si se daba el caso de que fracasara. Si así fuera, debían estar listos para intervenir. Una táctica arriesgada, no obstante. Porque aunque fueran capaces de disfrazar sus actos o de ejecutar algunas maniobras dilatorias, la violencia (y sobre todo la clase de violencia que, casi con toda probabilidad, exigirían las circunstancias) atraería sin duda la atención de las autoridades.

En tal supuesto, ¿podrían sacarles ventaja suficiente para llevar Lotus a término?

—Tienes mi aprobación definitiva —dijo el Emir.

Su sospecha de que el Emir se hallaba con toda probabilidad en Estados Unidos, escondido en algún lugar entre las Dakotas y California, fue seguida casi de inmediato por la constatación de que había muy poco que pudieran hacer para confirmar esa hipótesis. Sabían, claro está, que Shasif Hadi viajaba bajo el seudónimo de Joel Klein y que se dirigía a Las Vegas cuando le perdieron la pista, pero eso no quería decir nada. El hecho de que el pasaporte a nombre de Klein no hubiera vuelto a aparecer en el sistema informático podía significar que no había pasado de Las Vegas o que, sencillamente, había cambiado de alias siguiendo las reglas del oficio. Las indagaciones de Jack habían revelado que entre las actividades de Hadi se contaban numerosos viajes a los países del golfo Pérsico, Europa occidental y Sudamérica, algunos de los cuales requerían diversas escalas en el territorio continental de Estados Unidos. Aparte de distribuir su fotografía entre las fuerzas policiales de Las Vegas, no podían hacer casi nada; tendrían que seguir abordando el problema con los datos de que disponían.

—¡Vaya! —exclamó Jack Ryan hijo desde su puesto.

—¿Qué pasa? —preguntó Dominic desde la sala de reuniones, donde acababa de empezar la deliberación diaria.

—Espera, ya voy. —Pulsó un par de teclas para mandar el archivo al vídeo de la sala de reuniones; después entró y cogió el mando a distancia de encima de la mesa.

—Pareces un adolescente que acaba de ver su primera teta —le dijo Brian—. ¿Qué ocurre?

—Me he metido en una de las páginas web del COR y me he encontrado con esto. —Apuntó con el mando a distancia al monitor de cuarenta y dos pulgadas que colgaba de la pared. Unos segundos después aparecieron en la pantalla plana tres imágenes contiguas; la primera mostraba a un hombre colgado del cuello, en una habitación vacía; en la segunda se veía al mismo hombre con la cabeza cortada al lado del cuerpo; y, en la tercera, la cabeza cortada aparecía flanqueada por los pies, igualmente cercenados.

—Cielo santo, qué barbaridad —exclamó Brian.

—Jack, ¿qué página es ésa? —preguntó Rounds.

Recitó la dirección y luego añadió:

—Es un centro de distribución del COR, pero hasta ahora era sólo propaganda. «A por ellos, caña al infiel, les tenemos acojonados», esa clase de cosas.

—Pues esto no es una arenga, eso está claro —dijo Ding Chávez.

—Es un castigo —afirmó Clark con la vista fija en la pantalla.

—¿A qué te refieres?

—La horca es un método de ejecución muy propio de ellos y la decapitación es una humillación extra, algo sacado del Corán, si mal no recuerdo. Pero los pies... El verdadero mensaje es ése.

—¿Por qué? ¿Intentó escapar? —preguntó Dominic—. ¿Dejar el COR?

—No, hizo algo que a los mandamases no les gustó. Vi algo parecido en el Líbano, en 1982. Un grupo del entorno de Hamás, no recuerdo el nombre, voló un autobús en Jaifa. Una semana después se encontró a sus jefes de la misma manera: ahorcados, decapitados y con los pies cortados.

—Bonito modo de hacerse entender —comentó Chávez.

Rounds preguntó:

—Jack, ¿desde dónde se administra esa página?

—Eso es lo alucinante —respondió él—. Desde Bengasi.

—Bingo —dijo Dominic—. Que aparezca esto justo después de lo de la embajada de Trípoli... ¿Os apostáis algo a que estamos viendo el resultado de una misión no autorizada?

En torno a la mesa, nadie aceptó la apuesta.

—¿Y si no fuera sólo un castigo? —preguntó Jack.

—Explícate —dijo Rounds.

—Es una advertencia —dijo Clark—. Aquel asunto del Líbano... Dos semanas después, Hamás intentó estrellar un coche bomba contra la embajada británica, a una manzana, más o menos, de donde estalló el autobús. La operación fracasó porque los servicios de espionaje se pusieron las pilas después del atentado del autobús.

—El mismo principio podría estar en juego en este caso —dijo Jack—. Les están advirtiendo a las demás células que no se desmanden.

—Sí, pero ¿con qué propósito? —preguntó Chávez.

53

El camino de grava que partía de la playa parecía casi impoluto, debido posiblemente a que por él pasaba muy poco o ningún tráfico (no había siquiera animales que pudieran pisotearlo) y a que el mal tiempo mataba o atrofiaba cualquier cosa que intentara crecer allí.

Musa saludó una última vez a Vitali, el capitán, con la mano, y a continuación inclinó la cabeza solemnemente mirando a Idris, a quien había ordenado quedarse en la lancha. Aunque era improbable, si el capitán intentaba marcharse antes de que regresaran, Idris se encargaría de matar a los dos rusos. Pilotar la lancha hasta llegar a puerto sin ellos sería todo un reto, pero Alá les mostraría el camino.

Musa se sentó en el asiento del copiloto del camión. Fauaz, que ya estaba detrás del volante, puso en marcha el motor mientras Numair y Tabit montaban en la parte trasera.

—En marcha —ordenó Musa—. Cuanto antes acabemos lo que hemos venido a hacer, antes podremos marcharnos de este maldito sitio.

Fauaz metió la primera y enfiló la colina.

El faro y la caseta vecina estaban sólo a un kilómetro de distancia, a unos quinientos metros, quizá, colina arriba. Vitali y Vania se sentaron en las sillas giratorias de la timonera y observaron su avance con los prismáticos bebiendo té, fumando y lamentándose por no tener más comida mientras la música de la radio iba empeorando. Desde la borda, el guardián de Fred les observaba a ellos. Al este se extendía la tundra verde amarillenta y el paisaje era tan monótono como el que veía un ratón cuando contemplara una alfombra verde.

Vitali vio que dos hombres salían del camión y hacían señas al conductor mientras éste daba marcha atrás para acercarse a la caseta metálica.

Nunca había visto uno de los generadores que alimentaban los faros. Había oído decir que contenían material radiactivo, pero ignoraba cómo funcionaban. También había oído que algunos desaparecían, pero, si eso era cierto, nunca había ocurrido en un faro importante de aquel lado de la costa. Que él supiera, podían ser pequeños generadores de gasoil. La lámpara de los faros solía ser de escasa potencia, de poco más de cien vatios, cosa que solía sorprender (incluso asombrar) a quienes no lo sabían. Las lentes de Fresnel concentraban la luz en un pequeño rayo, delgado como un lápiz, cuyo alcance venía dado por la altura del faro. Y, además, cualquier luz destacaba, brillante, en una noche oscura. Los faros, se dijo Vitali, eran un vestigio obsoleto de otros tiempos, apenas necesarios ya en la era de las señales electrónicas. Así que ¿qué perjuicio podía estar causando en realidad? Sus pasajeros le financiarían la adquisición de un moderno sistema GPS, seguramente uno de esos nuevos, de fabricación japonesa, que costaban entre quinientos y seiscientos euros, menos que el coche nuevo que ambicionaba. ¿Y qué coño importaba, además?

No se le ocurrió ni por un momento que por culpa de aquello pudieran morir miles de personas.

Tardaron cuatro horas, mucho menos de lo que había dejado entrever Fred. Y habrían tardado aún menos si se hubieran limitado a demoler la caseta de chapa, pero, obviamente, no les interesaba hacerlo. A la luz del día, el faro parecería intacto: cuando el sol salía y estaba alto, costaba distinguir si la luz estaba encendida o no. De noche, aquella ensenada estaba tan poco transitada que nadie lo notaría. Y, aunque lo notaran, en Rusia había tantas cosas que no funcionaban como debían que una más no sería noticia de portada. Dos tazas de té y cinco cigarrillos después de que empezaran, el camión volvió a arrancar y comenzó a descender por el camino de grava, en dirección a la lancha. Sólo cuando el vehículo dio la vuelta para subir a bordo Vitali vio que de la grúa colgaba un objeto de cerca de un metro de longitud y forma rectangular, pero cuyos bordes redondeados sugerían que contenía un cilindro del tamaño, quizá, de un barril de combustible. Así pues, ¿aquello era la batería de un faro? Vitali se preguntaba qué aspecto tenían y cómo funcionaban. Parecía descomunal para alimentar una bombilla tan pequeña. Pero eso lo convertía en típicamente soviético: grande y aparatoso, pero de funcionamiento mediano.

Uno de los hombres se colocó detrás del camión grúa, guiándolo para subir a la lancha. Tres horas después, cuando la marea les fue de nuevo propicia, llegó el momento de levantar la rampa y zarpar. El conductor manejó los mandos de la grúa para bajar el generador a cubierta. Sus compañeros no lo amarraron. No eran marineros, pero tenían euros de sobra.

Vitali encendió los motores, puso marcha atrás y se adentró en el agua profunda; después giró el timón para poner rumbo noroeste, hacia el estrecho de Kara. Así pues, se había ganado sus cerca de dos mil euros. Por el camino había quemado unos mil, quizás, en combustible (menos, en realidad, pero sus pasajeros no tenían por qué saberlo); el resto serviría para pagar el desgaste de su T-4 y su valioso tiempo, claro está. Una tarea completada a medias. Al llegar a puerto, desembarcaría a sus pasajeros y dejaría que se fueran allá donde quisieran. Ni siquiera se preguntaba dónde sería. Le importaba tan poco que no quería saberlo. Echó un vistazo a su cronómetro. Las catorce horas, exactamente. Así pues, no llegarían a puerto antes de que acabara el día: una jornada más que facturarles. Por él, estupendo.

Sin saber que a cuatrocientos ochenta kilómetros de allí se estaba llevando a cabo una misión complementaria, Adnan y sus hombres se prepararon para abandonar el relativo confort de la lancha. Salichev, el capitán, estaba maniobrando para atracar el Halmatic en una cala de la costa oeste de la isla. De pie en la popa, Adnan vio cerrarse en torno a ellos los brazos recubiertos de nieve de la ensenada, hasta que su embocadura tuvo apenas un kilómetro de ancho. La niebla seguía espesándose sobre la superficie del agua, y Adnan apenas distinguía ya atisbos fugaces de los acantilados, pardos farallones cincelados por la erosión y erizados de riscos y Pedregales.

El motor diésel del Halmatic resoplaba suavemente mientras, en la caseta del timón, Salichev silbaba por lo bajo. Adnan se acercó y entró.

—¿A qué distancia estamos del asentamiento de...?

—Belusia Guba —concluyó Salichev por él—. No está lejos. Un poco más arriba, en la costa. Unos cien o ciento cincuenta kilómetros. No se preocupe. Las patrullas no entran en las calas. Se limitan a la línea costera. Puede que las oigamos, según sople el viento, pero tan cerca de tierra sus radares de navegación se arman un lío. No podrían vernos, a no ser que chocaran con nosotros.

—¿Hubo explosiones en esta zona?

—Algunas, pero fue en 1960 o 1961. Y, además, fueron pequeñas. No más de quince kilotones. Bombitas de nada, descuide. Eso sí, costa arriba, a unos trescientos kilómetros al norte de Belusia Guba, está Mitiusev, y ahí sí que hubo muchas. Docenas y docenas, y todas de cientos de kilotones, y hasta de un par de megatones. Si uno quiere ver cómo es la Luna, no tiene más que pasarse por allí.

—¿Usted ha estado?

—Mar adentro, sí. Pero ni por todo el oro del mundo me metería yo por esas abras y esos canales. No. El sitio adonde vamos es el paraíso, comparado con Mitiusev.

—Es un milagro que crezca algo aquí.

—Todo es relativo. Habrá oído hablar del Pak Mozg, ¿no?

—No.

—En inglés quiere decir «cangrejo sesudo». Dicen que mide como medio metro de alto y que tiene el caparazón abierto por el fondo, con el sistema nervioso a la vista, como colgándole por el hueco del caparazón.

—Me está tomando el pelo.

Salichev se encogió de hombros.

—No. Yo nunca he visto uno, pero tengo un amigo que jura haberlo visto.

Adnan hizo un ademán desdeñoso con la mano.

—Eso son bobadas. ¿Cuánto falta para llegar al astillero?

—Dos horas, poco más o menos. Faltará poco para que oscurezca cuando lleguemos, así que tendrán que esperar hasta mañana. No querrán andar dando trompicones por ahí, a oscuras.

—No.

—No me ha dicho qué venían a buscar. Muestras, ¿no?

—¿Cómo dice?

—Muestras de suelo y de rocas. Es a por lo que suelen venir: a por porquería. Para analizarla y esas cosas.

—Eso es —contestó Adnan—. Porquería.

54

El único inconveniente sería, quizá, que la gente se fijaría en los coches que entraban y salían.

Arnie fue el primero en llegar. El ex presidente Ryan salió a su encuentro y le acompañó a la sala de estar.

—¿Listo? —preguntó el ex jefe de gabinete.

—No estoy seguro —reconoció Jack.

—Bueno, si tienes dudas, será mejor que las exorcices hoy mismo. ¿Quieres que Ed Kealty siga cuatro años más en la Casa Blanca?

—Claro que no —contestó Jack casi automáticamente. Luego se lo pensó otra vez. ¿Tan arrogante era que creía ser el futuro salvador de Estados Unidos de América? Momentos de introspección como aquél le asaltaban de repente. No era de los que medían su ego por la escala de Richter, ni por notación científica. La campaña que le esperaba no le divertiría en ningún sentido.

—El problema es que mi fuerte son las cuestiones de seguridad nacional —dijo—. No soy un experto en política interior.

—Kealty sí, o al menos ésa es la imagen que proyecta. Pero hay resquicios en su armadura, Jack, y vamos a encontrarlos. Tú lo único que tienes que hacer es convencer a doscientos millones de votantes de que eres mejor que él.

—No pides mucho —contestó el ex presidente—. Hay un sinnúmero de cosas que arreglar. —*Muchísimas cosas*, añadió para sus adentros—. Muy bien, ¿quién va primero?

—George Winston y algunos de sus amigos de Wall Street. George será tu administrador.

—¿Cuánto va a costar esto?

—Algo más de cien millones de dólares. Más de lo que te puedes permitir, Jack.

—¿Sabe esa gente lo que está comprando? —preguntó Ryan.

—Estoy seguro de que George se lo ha explicado. Pero tú tendrás que refrendarlo, claro. Tienes que mirar el lado bueno. Durante tu mandato no hubo mucha corrupción. Los periodistas husmearon todo lo que pudieron y nadie encontró gran cosa.

—Jack, ese tío es un fracaso —anunció George Winston, y quienes rodeaban la mesa del comedor asintieron unánimemente—. El país necesita a alguien distinto. A ti, por ejemplo.

—La cuestión es si tú volverías a sumarte al equipo —preguntó Ryan.

—Yo ya cumplí mi condena —contestó el ex secretario del Tesoro.

—Lo mismo dije yo, pero Arnie no se lo traga.

—Qué caray, teníamos el sistema fiscal en perfecto estado de revista hasta que llegó ese gilipollas y volvió a joderlo. ¡Y para colmo recortó los ingresos! —exclamó Winston con fastidio. Subir las tasas fiscales había hecho descender indefectiblemente los ingresos tributarios en cuanto los contables se pusieron a trabajar en la nueva reglamentación. La nueva y más «justa» normativa fiscal era un regalo del cielo para quienes procuraban eludir los impuestos.

—¿Y qué hay de Irak? —preguntó Tony Bretano, cambiando de tema. El ex consejero delegado de TRW había sido el secretario de Defensa de Ryan.

—Bueno, nos guste o no tenemos que cargar con ello —reconoció el ex presidente—. La cuestión es si podremos encontrar un modo inteligente de salir de allí. Más inteligente que el de Kealty, por lo menos.

—Hace dos años, cuando Marion Diggs pronunció su discurso, estuvieron a punto de tirotearle. —El general Diggs había aplastado al Ejército de la República Islámica Unida durante su desempeño como jefe de Estado Mayor del Ejército, pero el nuevo Gobierno había ignorado por completo sus observaciones acerca de los conflictos más recientes. Su sucesor en el Pentágono se había plegado a las órdenes de la Casa Blanca y había hecho lo que le decían. Era un defecto bastante común entre los altos mandos del Ejército: nada nuevo, en realidad. El precio que pagaban muchos generales de cuatro estrellas era verse castrados. La mayoría de ellos no era lo bastante mayores para haber luchado en Vietnam. No habían visto morir a sus amigos y a sus compañeros de clase por un error de cálculo político, y las lecciones aprendidas por la generación anterior de oficiales se habían perdido por el camino que llevaba supuestamente al «progreso». Los medios de comunicación habían ignorado casi por completo el hecho de que Ed Kealty hubiera disuelto dos divisiones enteras de infantería ligera y se hubiera metido luego en un conflicto que pedía a gritos ese tipo de efectivos. Los tanques, además, quedaban mucho más vistosos en las fotografías.

—Te recuerdo, Tony, que siempre escuchabas los consejos que te daban —le dijo Ryan.

—Es bueno saber lo que uno ignora. Soy un buen ingeniero, pero aún no lo sé todo. Y el tío que me sustituyó se equivoca de vez en cuando, pero no duda jamás. —El ex secretario Bretano acababa de describir a la persona más peligrosa sobre la faz de la Tierra—. Pero tengo que decirte que no voy a volver, Jack. Mi mujer está enferma. Tiene cáncer de mama. Confiamos en que lo hayan cogido a tiempo, pero todavía lo están evaluando.

—¿Quién es tu médico? —preguntó Ryan.

—Charlie Dean. De UCLA. Es muy bueno, me han dicho —contestó Bretano.

—Os deseo suerte, amigo mío. Si Cathy puede hacer algo, avísanos, ¿de acuerdo? —Ryan se había servido de su mujer muchas veces a lo largo de los años para buscar especialistas médicos, y a diferencia de numerosas figuras políticas, no creía que todos los licenciados en medicina fueran iguales, al menos en el trato con el paciente.

—Lo haré, gracias. —La noticia, en cualquier caso, fue acogida con pesar por los presentes. Todo el mundo apreciaba a Valerie Bretano, una mujer llena de vida y madre de tres hijos.

—¿Qué hay del anuncio oficial? —preguntó Van Damm.

—Sí, habrá que hacerlo, ¿no?

—A menos que quieras una campaña discreta. Y así será muy difícil ganar —comentó Arnie—. ¿Quieres que le pida a Callie Weston que te escriba un discurso?

—Callie es muy elocuente —reconoció Ryan—. ¿Cuándo tendré que hacerlo?

—Cuanto antes mejor. Hay que empezar a acotar las cuestiones más candentes.

—Estoy de acuerdo —dijo Winston—. Ese tipo no sabe jugar limpio. ¿Algún trapo sucio, Jack?

—Ninguno, que yo sepa. Y no quiero decir con eso que no lo recuerde. Si alguna vez he quebrantado la ley, tendrán que demostrármelo a mí y a un jurado.

—Me alegra saberlo —comentó Winston—. Te creo, pero no hay que perder de vista al abogado del diablo. Y hay muchos en Washington.

—¿Y Kealty? ¿Qué trapos sucios tiene por ahí?

—Muchos —respondió Arnie—. Pero ésa es un arma que hay que usar con cuidado. Recuerda que cuenta con el favor de la prensa. A menos que tengas una cinta de vídeo, intentarán desmentirlo a toda costa y perjudicarte, de rebote. Yo puedo ayudar un poco con eso. Las filtraciones déjamelas a mí, Jack, y cuanto menos sepas de ellas, mejor.

Ryan se descubrió preguntándose, no por primera vez, por qué Van Damm le era un vasallo tan fiel. Estaba tan inserto en el sistema político que hacía y decía cosas que él nunca llegaba a entender del todo. Si él hubiera sido un bebé, Arnie van Damm habría sido su niñera. Una cosa muy útil, las niñeras.

55

El monótono petardeo de los motores de gasóleo acompañaba el avance de la lancha hacia el oeste. De pie junto al timón, Vitali vigilaba tranquilamente la brújula giroscópica mientras veía deslizarse el agua por la achatada proa y los costados de la embarcación. No se veía ningún otro barco; ni siquiera una barca pesquera. Era media tarde. El camión había vuelto a ocupar su sitio en la zona de carga. El artilugio de color beis que se habían llevado (¿o que habían robado?, se preguntaba Vitali. *Sí, claro, es lo más probable*) reposaba sobre la cubierta de hierro oxidado. Tendría que lijarla y pintarla antes de que hiciera demasiado frío. Pintar cuando helaba era perder el tiempo. Aunque la pintura se secara, acababa por descascarillarse. *Habrá que pintar pronto*, se dijo el patrón del barco. Vania se pondría hecho una furia. Había sido marinero en la Armada soviética, y labores de mantenimiento como aquélla le parecían un insulto a su hombría. Pero Vania no era el dueño de la lancha, y él sí, y no había más que hablar. Sus pasajeros se habían relajado y estaban fumando y bebiendo té. Era curioso que no bebieran vodka. Él procuraba tenerlo del bueno, no esa bazofia de contrabando hecha con patatas. La bebida era su único lujo. Sólo vodka auténtico, hecho de grano. A veces tiraba la casa por la ventana y bebía Starka, el vodka marrón que antes sólo consumían el Politburó y los jefes de partido locales. Pero esos tiempos se habían acabado. ¿Para siempre, quizás? Eso sólo el tiempo lo diría; de momento, él no pensaba ensuciarse las tripas con alcohol de contrabando. El vodka seguía siendo lo único que su país hacía bien, mejor que cualquier otro país del mundo. *Nasha lusche*, se dijo. «Lo nuestro es lo mejor.» Un prejuicio ruso que venía de antiguo, aunque en este caso tuviera razón. De lo que no se bebieran aquellos bárbaros, él mismo daría cuenta poco después.

Las cartas de navegación que tenía sobre la mesa mostraban su posición. Tenía que comprarse un sistema de navegación GPS. Ni siquiera allí había modo de conocer la posición exacta en todo momento, porque el agua lisa y negra no dejaba entrever lo que podía haber apenas a un metro de su superficie. *Te embelesas demasiado*, se reprendió Vitali. Un marino tenía que estar siempre alerta. Incluso cuando iba a bordo del único navío que se divisaba sobre un mar liso y en calma.

Vania apareció a su lado.

—¿Y los motores? —le preguntó el patrón a su empleado.

—Ronroneando como gatitos. —Gatitos bastante ruidosos, claro, pero constantes y mansos, a pesar de todo—. Los alemanes los diseñaron bien.

—Y tú los mantienes como es debido —comentó Vitali en tono de aprobación.

—No me gustaría que perdieran potencia aquí. Yo también voy a bordo, camarada capitán —añadió Vania. Además, Vitali le pagaba bastante bien—. ¿Quieres que te sustituya al timón?

—De acuerdo —dijo el patrón, apartándose.

—¿Para qué querrán esa cosa?

—Puede que en su país tengan linternas gigantescas —sugirió Vitali.

—No hay nadie tan fuerte como para usar una tan grande —repuso Vania, riendo.

—O puede que quieran montar un faro en su tierra, y que esa batería sea tan cara que no puedan comprarla.

—¿Cuánto crees que puede costar?

—Nada, si tienes un buen camión —contestó Vitali—. Ni siquiera tiene una pegatina que diga «Peligro. No tocar». Aunque yo no me la llevaría, de todos modos.

—A mí no me gustaría tenerla bajo la almohada. Es un generador atómico.

—¿Ah, sí? —Vitali nunca había sabido cómo funcionaba el generador.

—Sí. Tiene la señal del triángulo triple en el lado derecho. Yo no pienso acercarme a ese chisme —afirmó Vania.

—Mmm —refunfuñó el capitán desde la mesa de mapas.

Fuera lo que fuese, sus pasajeros tenían que saberlo y estaban bastante cerca de aquel cacharro. Tan peligroso no podía ser. Pero de todos modos decidió no acercarse mucho a él. Radiactividad. Sus efectos no se veían, ni se sentían. Por eso era tan aterradora. Pero, en fin, si sus pasajeros querían jugar con ella, allá ellos. Él, por su parte, se acordaba del viejo chiste de la Armada soviética: «¿Cómo se distingue a un marinero de la Flota Norte? Porque brilla en la oscuridad». Había oído contar toda clase de historias sobre los hombres que habían servido en submarinos atómicos. Un trabajo espantoso, y peligroso aún, como descubrió, para su desgracia, la tripulación del *Kursk*. No. *¿Qué clase de loco se hace a la mar en un barco que se sabe que va a hundirse?*, se preguntó Vitali. Y movido, además, por un generador que emite venenos invisibles. Aquello le daba escalofríos, y a él había muy pocas cosas que le hicieran estremecerse. Un motor de gasóleo no era tan potente, pero por lo menos no intentaba matarte sólo por pasar a su lado. Bueno, aquel cacharro estaba a quince metros. Bastaría con eso. Sus pasajeros estaban sólo a cinco, y parecían bastante cómodos.

—¿Tú qué opinas, Vania? —preguntó el patrón.

—¿De lo de la batería? No pienso preocuparme. Mucho, por lo menos. —Su camarote estaba a popa, debajo de la timonera. Vania no era un hombre culto, pero tenía buena cabeza para las máquinas y su idiosincrasia.

Vitali miró el mamparo metálico que había delante del timón. Era de acero, a fin de cuentas, y tenía siete u ocho milímetros de grosor. El suficiente para parar una bala. Seguramente bastaría con eso para detener la radiación. ¿No? En fin, no podía uno preocuparse por todo.

Hacía poco que se había puesto el sol cuando llegaron a puerto, donde todo parecía a punto de echar el cierre. En el muelle para grandes navíos, un buque de transporte de mercancías estaba a medio cargar con contenedores destinados a los campos petrolíferos del este, y los estibadores regresaban a sus casas con la esperanza de acabar de cargar al día siguiente. En los bares del puerto se limpiaban las mesas a la espera de los clientes que solían acudir por las noches. En resumen, una noche soñolienta como otra cualquiera en un puerto aletargado casi siempre. Vitali condujo su embarcación a un muelle provisto con una rampa para cargar camiones y contenedores en embarcaciones como la suya. El muelle parecía desierto, como era normal: el encargado se habría ido a algún bar, a beberse la cena.

—Los días son cada vez más cortos, capitán —comentó Vania, de pie a la izquierda del timón.

Unas semanas después apenas verían el sol y llegaría la época de mantenimiento invernal, cuando nadie alquilaba su lancha anfibia de desembarco. Hasta los osos polares buscarían cubiles en los que pasar durmiendo el ingrato invierno, mientras los humanos hacían lo mismo ayudados por el vodka. Y un faro pasaría a oscuras todo el invierno, aunque eso poco importaba.

—Así podremos dormir más, ¿eh, Vania?

No es mala forma de pasar el rato, pensó el marinero.

Los pasajeros seguían todavía en la cubierta junto a su camión. Vitali notó que no parecían muy animados por volver a puerto. Bueno, eran gente seria; por él, estupendo. Tenía la mitad de su tarifa en el bolsillo, y el resto lo recibiría muy pronto, y quizá pudiera comprarse el sistema GPS para facilitarse el trabajo, si conseguía un buen precio. Yuri Ivanov tendría una buena provisión de aparatos en su tienda, y en cuanto a la botella de Starka, tal vez consiguiera un buen trato en una economía que seguía siendo en gran parte de trueque.

—Quédate junto a los motores, Vania.

—Como tú digas, camarada capitán —respondió el marinero, y se dirigió a la sala de máquinas.

Vitali decidió varar la lancha. La rampa era de cemento recubierto de tierra, y para eso estaba diseñada su embarcación. Enfiló cuidadosamente hacia ella e hizo avanzar la embarcación a tres o cuatro nudos, un poco a la derecha. La luz del día iba apagándose poco a poco.

—Preparado —dijo por el intercomunicador.

—Preparado —contestó Vania del mismo modo.

Vitali apoyó la mano en la palanca del acelerador, pero no la movió aún. *Treinta metros, acércate suavemente,* se dijo. *Veinte metros.* Por el rabillo del ojo veía sólo un barco pesquero atracado de costado, sin nadie a la vista. *Ya casi estamos... Ahora.*

Fue un ruido espantoso, de esos que le hacían a uno rechinar los dientes; el fondo de hierro de la lancha de desembarco rozó la rampa y un instante después cesó el ruido, y Vitali tiró de las palancas hacia atrás, hasta ponerlas a cero. El viaje y su encargo habían terminado.

—Ya no hacen falta los motores, Vania.

—Sí, camarada capitán. Los apago. —Y su ronroneo se detuvo.

Vitali tiró de la palanca que soltaba la rampa de popa y ésta descendió lentamente hacia el muelle. Hecho esto, salió a la cubierta. Sus pasajeros se acercaron a él.

—Gracias, capitán —dijo su jefe con una sonrisa. Hablaba inglés con acento, aunque Vitali no lo notara en realidad.

—¿Todo bien?

—Sí —contestó el extranjero. Se dirigió en otra lengua a uno de sus compañeros, pero Vitali no entendió lo que dijo. No era inglés, ni tampoco ruso. Cuesta identificar un idioma que uno no habla y al capitán, como solía decirse, le sonó a chino. Uno de los hombres subió al camión y lo puso en marcha; luego lo sacó al muelle. Su carga colgaba de una grúa triangular, sobre la parte trasera. Con aquella luz mortecina, la etiqueta del triple triángulo que advertía del peligro de radiación emitía un brillo extraño, lo cual, posiblemente, era intencionado. Un momento después apareció otro camión en el muelle y el viejo camión del Ejército retrocedió hacia él. Otro miembro del grupo manejó los mandos de la grúa para subir y bajar el cargamento a la parte trasera del segundo vehículo. Fuera quien fuese aquella gente, estaba bastante bien organizada. Alguno de ellos habría usado un móvil para avisar de su llegada, especuló Vitali.

—Bueno, aquí tiene su dinero —dijo el que llevaba la voz cantante al entregarle un sobre.

El capitán lo cogió, lo abrió y contó los billetes. Dos mil euros: no estaba mal en pago por un trabajo tan sencillo. Y tendría suficiente para comprar el GPS y un poco de Starka. Y para darle cien euros a Vania, por supuesto.

—Gracias —dijo amablemente, estrechándole la mano—. Si vuelven a necesitarme, ya saben cómo ponerse en contacto conmigo.

—Puede que vuelva mañana, digamos a eso de las diez.

—Aquí estaremos —le aseguró Vitali. Tendrían que empezar a pintar la cubierta, y el día siguiente era tan buen día como otro cualquiera.

—Hasta mañana, entonces —prometió el jefe. Se estrecharon las manos y se alejó.

Cuando estuvo en tierra se dirigió a un compañero en su lengua materna.

—Mañana a las diez —le dijo a su subordinado más veterano.

—¿Y si hay gente en el puerto?

—Lo haremos dentro —explicó el otro.

—¿A qué hora cogemos el avión?

—A mediodía, mañana.

—Estupendo.

Vitali les vio aparecer justo antes de las diez en punto. Con el resto de su dinero, esperaba. Ese día llevaban otro coche. Uno japonés. Se estaban apoderando de Rusia. A muchos de sus compatriotas seguían sin gustarles las cosas de fabricación alemana, una actitud que seguramente se debía menos a motivos históricos que a las películas de guerra que la industria del cine rusa producía como rosquillas.

El jefe se había puesto una parka lo bastante suelta para llevar un jersey debajo, y se acercó a la lancha con una sonrisa. Así que sí, quizás hubiera ido a llevarle una bonificación. La gente solía sonreír cuando se disponía a dar dinero.

—Buenos días, capitán —dijo al entrar en la caseta del timón. Miró a su alrededor. No se veía mucha actividad, salvo a medio kilómetro de allí, en el muelle de los grandes buques, donde estaban cargando contenedores—. ¿Y su compañero?

—Abajo, trasteando con los motores.

—¿No hay nadie más? —preguntó con cierta sorpresa.

—No, el mantenimiento de la lancha lo hacemos nosotros mismos —respondió Vitali al tiempo que alargaba la mano hacia su taza de té.

No llegó a cogerla. La bala de nueve milímetros penetró por su espalda sin previo aviso y atravesó su corazón de atrás hacia delante para salir luego por su pecho y su chaqueta. Cayó sobre la cubierta metálica y apenas le dio tiempo a entender lo que pasaba antes de perder la conciencia.

Después, el jefe del grupo de pasajeros bajó la escalerilla que llevaba a la sala de máquinas, donde Vania, como le había dicho Vitali, estaba trabajando en el colector del motor de estribor. Casi no levantó la vista de sus herramientas, y no vio aparecer la pistola ni oyó las detonaciones. Dos tiros, esta vez, justo en el pecho, a una distancia de tres metros. Cuando estuvo seguro de su que objetivo había muerto, Musa se guardó la pistola y volvió a subir. El cuerpo de Vitali estaba de bruces sobre la cubierta. Musa comprobó el pulso de la carótida y no sintió nada. Completada su misión, salió de la timonera, bajó los escalones, se detuvo un momento para saludar con la mano al cuerpo que había dentro de la caseta, por si alguien le veía marcharse, y bajó por la rampa, camino del coche alquilado que le esperaba. Tenía un mapa para llegar al aeropuerto local, y su estancia en aquel país de infieles tocaría muy pronto a su fin.

56

Al día siguiente se levantaron poco después de las seis y reunieron su equipo en cubierta mientras el viejo y encanecido Salichev les observaba bebiendo su café. El viento de la víspera había cesado, dejando la bahía lisa y en calma, salvo por el suave vaivén de las olas contra las rocas, a medio kilómetro de distancia. El cielo, en cambio, no había cambiado: seguía siendo del mismo color plomizo que el día de su llegada a Rusia.

Cuando todo el equipo estuvo reunido, Adnan volvió a repasarlo mentalmente y ordenó luego que lo metieran todo en cuatro grandes mochilas de armazón rígido. Sacaron luego sus dos lanchas semirrigidas, ya infladas. Eran negras y parecían viejas, pero los motores fueraborda estaban en buen estado y las lanchas no tenían remiendos ni fugas, de eso Adnan se había asegurado al comprarlas. En cuanto las lanchas estuvieron infladas a toda presión, sus hombres comenzaron a insertar las planchas del fondo en las muescas correspondientes.

—Esperen, esperen —dijo Salichev—. No se hace así. —Se acercó, quitó una de las planchas, le dio la vuelta y encajó su extremo curvo con el reborde del fondo de la lancha—. Así, ¿ven?

—Gracias —dijo Adnan—. ¿Cambia algo?

—Eso depende de si quiere usted morir o no, supongo —contestó el capitán—. Tal y como las habían puesto, el fondo se les habría cerrado como una almeja. Habrían estado en el agua en un abrir y cerrar de ojos.

—Ah.

Cinco minutos después, las lanchas estaban montadas por completo. Los hombres las arrojaron por el costado y aseguraron las amarras de proa a las cornamusas de popa del Halmatic. Colocaron a continuación los motores, echaron las bolsas del equipo y montaron a bordo. Adnan fue el último en pasar por la regala.

—Volveremos antes de que anochezca —le dijo a Salichev.

—¿Y si no vuelven?

—Volveremos.

Salichev se encogió de hombros.

—Procuren que la noche no les coja por ahí fuera. A no ser que lleven equipamiento ártico escondido en esas bolsas.

—Volveremos —repitió Adnan—. Usted asegúrese de estar aquí.

—Para eso me pagan.

De no ser por los icebergs a la deriva y por las placas de hielo apenas sumergidas, el viaje a tierra les habría llevado menos de diez minutos. Hicieron falta, en cambio, casi cuarenta para que la lancha que marchaba delante rozara con su morro la playa repleta de guijarros. Subieron las embarcaciones a terreno más alto y descargaron las mochilas. Adnan ayudó a cada hombre a colgarse una de ellas y se echó la suya a la espalda.

—Qué inhóspito —dijo uno de los hombres al mirar a su alrededor.

El terreno era llano, fuera de una línea de lisos acantilados marrones que se divisaba cuatro kilómetros al este, y estaba cubierto de piedras, matojos de hierba parda y una fina costra de nieve que crujía bajo sus botas.

—¿Y las lanchas? —preguntó otro.

—Las remolcamos —dijo Adnan—. Las piedras son bastante lisas.

—¿A qué distancia está? —inquirió otro.

—A seis kilómetros —respondió Adnan—. Vamos.

Echaron a andar siguiendo la línea costera en dirección noreste. La bahía, que habían dejado a su izquierda, fue estrechándose hasta quedar reducida a un centenar de metros y curvándose hacia el sur, en torno al cabo, donde el canal corría paralelo a los acantilados que habían divisado desde el punto de desembarco. Al acercarse a ellos, Adnan vio que eran en realidad cerros de abruptas pendientes, en cuyas faldas siglos o milenios de vientos y torrenteras habían abierto profundos surcos. Pasados dos kilómetros más, el canal se ensanchaba bruscamente hasta convertirse en otra bahía, ésta de forma más o menos ovalada y de dos kilómetros cuadrados de extensión.

Adnan comprobó a simple vista que los barcos no estaban fondeados con orden ni cuidado: algunos se escoraban hacia sus vecinos, otros se rozaban con la proa y la popa en ángulos extraños, y otros estaban varados en tierra para dejar sitio a los que llegaban. Se trataba de embarcaciones originariamente de uso civil, en su mayoría cargueros, falúas y barcas de reparación, pero sus tamaños variaban entre los treinta y los doscientos metros de eslora, y algunos eran tan viejos que el óxido había perforado sus cascos en algunas partes.

—¿Cuántos hay? —preguntó uno de los hombres mientras miraba fijamente los barcos.

—Dieciocho, más o menos —contestó Adnan.

Era un cálculo hecho a bulto, basado en los informes de sus servicios de inteligencia, pero posiblemente tan preciso como el que podía obrar en poder de las autoridades rusas. Aquella bahía se había convertido en cementerio oficioso desde mediados de la década de 1980, cuando la carrera armamentística con Occidente comenzó a asfixiar la infraestructura económica soviética y cada vez se recortaron más gastos en favor del presupuesto militar. Era más barato saquear y abandonar los barcos confiscados que desguazarlos debidamente. Aquél era uno de los muchos cementerios navales que había en los mares de Kara y Barents, en su mayoría llenos de embarcaciones que simplemente habían aparecido en algún libro de cuentas bajo el epígrafe «fondeado, pendiente de desguace». A Adnan no le habían dicho cómo había llegado la existencia de aquellos cementerios a conocimiento de su jefe, ni conocía los pormenores de lo que pronto sería considerado el error administrativo más costoso de la historia moderna.

El barco tenía, posiblemente, un nombre y una matrícula, pero esos datos tampoco figuraban en el informe que había recibido Adnan. Tenía, en cambio, un mapa con las coordenadas exactas de donde estaba anclado el navío y un plano toscamente dibujado de la bodega y las entradas de las escotillas. Estaba claro que el plano no procedía ni de Atomflot ni del fabricante, sino más bien de una fuente de primera mano; de un miembro de la tripulación, seguramente. Adnan conocía también la historia del buque y cómo había ido a parar allí.

Puesto en servicio en 1970 como buque auxiliar nuclear de Atomflot, había sido diseñado para descargar en alta mar residuos de combustible y componentes dañados de navíos civiles alimentados por energía nuclear y transportarlos a la costa para su eliminación. En julio de 1986, sobrecargado por las varillas de alto nivel radiactivo del reactor de un rompehielos averiado, el barco perdió el rumbo en medio de un temporal y zozobró; el agua inundó la bodega y las varillas del reactor se soltaron. Tan intensa e inmediata fue la contaminación que los tripulantes del barco, cuarenta y dos en total, murieron antes de que llegaran los navíos de rescate. Deseoso de ocultar al mundo un nuevo desastre como el de Chernóbil, acaecido apenas tres meses antes, el Gobierno de Moscú ordenó que el barco fuera remolcado a una cala apartada, en la costa este de Nueva Zembla y dejado allí.

Era un error monumental haber permitido que otros navíos acabaran allí, pero así era por naturaleza la burocracia, se dijo Adnan. Sin duda el Gobierno se había percatado de su error en algún momento, pero para entonces podía hacerse ya muy poco. La bahía se designó zona restringida y el secreto siguió guardándose. Era probable que de cuando en cuando se hubieran mandado equipos a la bahía para revisar el casco del buque en busca de filtraciones, pero a medida que pasaba el tiempo y cambiaban las prioridades, el suceso se emborronaba entre las páginas secretas de la historia de la guerra fría.

Ojos que no ven, corazón que no siente, decía el refrán, si Adnan estaba en lo cierto.

El barco estaba anclado en el lado norte de la ensenada, a cincuenta metros de la orilla, oculto a la vista por un par de cargueros. Tardaron cuarenta minutos más en rodear la ensenada.

Comenzaron a desempacar el equipo. Sacaron primero los trajes de protección química de nivel uno recubiertos de goma, las botas y los guantes de goma. Los trajes, como la mayoría de su equipación, procedían del Ejército: eran tiesos y de color verde oliva, y apestaban a recién teñidos. Tras asegurarse de que las cremalleras y los corchetes estaban bien cerrados, cada uno se puso una máscara de oxígeno GP-6 de la era soviética.

—¿Los trajes servirán de algo? —preguntó uno de los hombres con voz ahogada.

—Están hechos para exposiciones de corta duración —contestó Adnan. Lamentaba mentir, en cierto modo, pero no podía hacerse nada al respecto. Aunque no hubieran tenido más de veinte años, los trajes sólo servían para protegerse de agentes químicos y biológicos.

Era probable que los hombres siguieran adelante aunque supieran el verdadero peligro al que se enfrentaban, pero no podía permitirse correr ese riesgo.

—Mientras salgamos de ahí en menos de una hora, no habrá peligro a largo plazo. —Aquello también era mentira.

Empujaron las lanchas al agua, montaron y se pusieron en marcha camino de la escalerilla central del barco, que, extendida, quedaba a cincuenta o sesenta centímetros del agua. Adnan ignoraba por qué estaba así. Ningún miembro de la tripulación se había salvado. Quizás el Gobierno hubiera hecho alguna inspección en el pasado.

Amarraron las lanchas a la escalerilla y comenzaron a subir. La escalerilla se sacudía y chirriaba bajo sus pies. Al llegar arriba encontraron cerrada la puerta de la barandilla, pero Adnan consiguió desencajar el pestillo dándole un par de golpes con la palma de la mano y entrar.

—Quedaos juntos y mirad bien por dónde pisáis, por si hay zonas de la cubierta que puedan hundirse —ordenó. Echó un vistazo a su dibujo y miró hacia la popa para orientarse. *Bajando por la segunda escotilla*, pensó, *una escalera y luego a la derecha...*

Echaron a andar, rígidos y con las piernas ligeramente encorvadas: la tela de los trajes les arañaba las axilas y los muslos. Adnan movía sin cesar la cabeza, inspeccionando la cubierta bajo sus pies y el saliente de arriba. Intentaba no pensar en las partículas invisibles que bombardeaban su traje y penetraban en su piel. La palanca de la escotilla estaba oxidada y, lo mismo que el cierre de la puerta de la barandilla, se resistió al primer tirón. Otro miembro del equipo se unió a él y juntos tiraron de la palanca hasta que se movió con un chirrido.

Cada hombre encendió su linterna y, pasando en fila por la escotilla, comenzaron a bajar. En la siguiente cubierta torcieron a la derecha por un pasillo. Dejaron atrás otros tres pasillos laterales, flanqueados por puertas de camarotes o escotillas. Los conductos eléctricos y las tuberías se entrecruzaban en el techo como venas. En el cuarto cruce, Adnan torció a la izquierda y se detuvo ante una puerta. Tenía un ventanuco al nivel de los ojos. Miró por él, pero no vio nada.

Se volvió.

—Es probable que haya agua en la cubierta. Ése es el principal peligro que corremos. No os fiéis mucho de los pasamanos, ni de la pasarela. Si algo empieza a hundirse, quedaos quietos y no os dejéis llevar por el pánico. ¿Entendido?

Asintieron con la cabeza.

—¿Qué aspecto tiene ese contenedor?

—Como un barril de petróleo, sólo que la mitad de alto. Si es voluntad de Alá, estará fijado a la pared de la cámara de contención. —*Y quiera Dios que la puerta de la cámara esté todavía bien cerrada*, añadió para sus adentros. Si no, no les daría tiempo de encontrar lo que buscaban antes de que les matara la radiación—. ¿Alguna otra pregunta? —dijo.

No había ninguna.

Adnan se volvió hacia la puerta y probó el pomo. Protegido como estaba del aire salobre, giró sin dificultad. Empujó la puerta despacio, hasta que cupo por el hueco, pero siguió agarrando con firmeza el pomo para que no se cerrara de golpe mientras pasaban. Dio un paso adelante con cautela, apoyando bien el pie sobre la pasarela y moviendo despacio el cuerpo hacia delante, hasta que estuvo seguro de que soportaría su peso. Dio un paso más, torció luego a la izquierda y dio otros dos pasos. Miró hacia atrás y asintió con un gesto. Entró el siguiente.

Como compartimento de carga, la estancia era más bien pequeña: medía unos diez metros cuadrados y tenía seis metros de profundidad. La pasarela en la que se hallaban se extendía a lo largo del mamparo y acababa en otra escalerilla. Cuando los hombres acabaron de cruzar la puerta, Adnan echó a andar por ella. Al llegar a la mitad se detuvo y se acercó a la barandilla con cuidado de no tocarla. Apuntó la linterna hacia el techo y vio la silueta cuadrada, de seis metros por seis, de la escotilla de carga. A lo largo de uno de sus bordes se veía una rendija de luz gris. Sabía que era por allí por donde había entrado el agua. La escotilla de carga había basculado al escorarse el buque a estribor y el precinto había cedido. Adnan apuntó la linterna hacia abajo. La cubierta, tal y como se temía, estaba inundada, y el agua marina, el polvo radiactivo y los trozos de las varillas de combustible gastado, algunas de las cuales veía flotar en la superficie, habían formado una especie de limo negro. En alguna parte, allá abajo, se hallaban los «sarcófagos» de contención revestidos de plomo. ¿Cuántas tapas se habían desprendido durante el accidente?, se preguntó Adnan. ¿Cuántas varillas de combustible seguían aún guardadas en los contenedores?

Avanzaron hacia la escalerilla.

—¿Es eso? —preguntó uno de los hombres, alumbrando los escalones con su linterna.

Al fondo, a unos dos metros de distancia, sobre la cubierta inundada, había una puerta semejante a las de las cámaras acorazadas de los bancos, asegurada con ocho palancas de seguridad: tres a cada lado, una arriba y otra abajo. A la altura de la cintura, en el quicio izquierdo, se veía un mecanismo de cierre asegurado con un candado.

—Alabado sea Alá —murmuró Adnan.

57

El aeropuerto internacional situado a las afueras de Arkangel acogía principalmente vuelos nacionales, y bastante escasos, excepto en verano. La mayoría de la gente tomaba el tren para viajar hacia el sur: era más barato y más asequible para los vecinos de la ciudad. Aeroflot no se había sacudido aún la reputación que sus pésimas medidas de seguridad le habían granjeado hacía tiempo. Había, sin embargo, una terminal de carga mucho más activa que se utilizaba principalmente para el transporte urgente de pescado a diversos restaurantes del extranjero. De ese modo, el paquete se cargó en la bodega de proa de un DC-8 con cuarenta años de antigüedad, perteneciente a Asin Air Freight. El avión volaría a Estocolmo y de allí, con nuevos tripulantes, seguiría hacia el sur, haciendo escala en Atenas antes de realizar el tramo final de su viaje con destino al aeropuerto internacional de Dubái, en los Emiratos Árabes Unidos.

—¿Qué es esto? —preguntó un funcionario de aduanas, mirando la carcasa recién pintada de la «pila».

—Equipo científico, una máquina de rayos equis o algo parecido —contestó su compañero.

El funcionario comprobó que los impresos estuvieran bien rellenados: era lo único que le importaba, en realidad. Aquello no era una bomba. Para las bombas hacían falta otros impresos. Así que firmó sobre la larga línea verde y estampó el sello oficial. Para aquello ni siquiera hacía falta que le sobornaran. Para las municiones, sí, pero saltaba a la vista que aquello no era un arma. Él no preguntó y nadie le dio explicaciones, para alivio de unos e indiferencia del otro. Una carretilla elevadora levantó el bulto (pesaba unos setecientos kilos) y lo llevó a la plataforma situada junto a la escotilla de carga. Desde allí lo subieron a bordo y lo ataron firmemente a la cubierta de aluminio.

El piloto y el copiloto estaban revisando el aparato: se paseaban a su alrededor buscando fugas de fluidos e inspeccionando visualmente el fuselaje por si notaban algo raro. La industria del transporte aéreo de mercancías no destacaba por la calidad de sus protocolos de mantenimiento, y los tripulantes, que se pasaban la vida en la cabina de vuelo, se esforzaban en la medida de lo posible por compensar esa carencia preocupante. La rueda exterior izquierda del tren principal de aterrizaje habría que cambiarla dentro de unos diez ciclos. Aparte de eso, el avión parecía capaz de volar ocho horas seguidas. Volvieron a entrar en la sala de tripulantes para probar un poco del (horrible) café local y de pan (bastante decente). Las cajas con su comida ya estaban en el aparato, apiladas por su ingeniero de a bordo, que estaba ocupado poniendo a punto los motores.

Treinta minutos después abandonaron la sala de tripulantes y subieron por la anticuada escalerilla de embarque para ponerse en camino. Un cuarto de hora más tarde, ya preparados, se dirigieron al final de la pista dieciocho para iniciar la carrera de despegue. El viejo aparato tenía treinta y siete mil horas de vuelo en el fuselaje: había empezado su andadura siendo un avión de pasajeros de United Airlines, principalmente para trayectos nacionales entre la Costa Este y la Costa Oeste, y había pasado alguna que otra temporada fletado por el Gobierno en vuelos desde Saigón, una época aquella que el avión, de haber tenido memoria, habría recordado con una sonrisa. Ascendió a su altitud de crucero predeterminada (treinta y dos mil pies) y puso rumbo al oeste antes de virar hacia el sur sobre Finlandia. Aminoró la velocidad al cruzar el Báltico y descendió luego para aterrizar en Estocolmo. Fue un vuelo perfectamente rutinario que acabó en la pista veintiséis, virando a la izquierda hacia la terminal de carga. Un camión de combustible se acercó de inmediato para rellenar los tanques de las alas y un minuto después llegó la tripulación de refresco, que preguntó cómo habían ido las cosas y qué tal se comportaba el avión. Todas las respuestas quedaban dentro de límites aceptables, y los tripulantes recién aterrizados bajaron los escalones y se acercaron al coche que los llevaría al hotel local donde solían alojarse las tripulaciones de vuelo. Les alegró ver que había un bar con cerveza fría de barril. Antes de que acabaran de tomarse la primera jarra, el DC-8 despegó de nuevo con su tripulación de refresco a bordo.

De vuelta en Rusia, Musa se hallaba en el aeropuerto Domodedovo de Moscú, en el edificio de la terminal principal (que parecía una nave espacial alienígena, aunque fuera preferible a la ampulosa y recargada escuela arquitectónica tan amada de Stalin), desde donde llamó por teléfono a un amigo de Berlín. Cuando se estableció la comunicación, le dijo a su amigo que el coche ya estaba arreglado y que podría pagarle la próxima vez que se vieran. Su amigo estuvo de acuerdo y la llamada terminó. Musa y sus hombres se fueron a continuación al bar del aeropuerto, donde disfrutaron durante dos horas de abundantes tragos de vodka ruso, que, aunque caro, era, al menos, de primerísima calidad, mientras esperaban el vuelo de KLM que les llevaría a los Países Bajos. En el bar les sirvieron también rodajas de pepino con pan para acompañar el tránsito del vodka hacia sus estómagos. Pagaron la cuenta en euros, dejando una mísera propina al camarero, y embarcaron en el KLM 747, en la cabina de primera clase, donde el alcohol era gratis y pudieron solazarse de nuevo. Musa, por su parte, no se detuvo a pensar en los dos asesinatos que había cometido. Había sido necesario. Había asumido esa parte de la misión antes de viajar a Rusia y alquilar la lancha de desembarco del infiel. Cuando echaba la vista atrás, le sorprendía que sus amigos y él no hubieran bebido mientras estuvieron a bordo, pero había un viejo dicho que recomendaba no mezclar el placer con el trabajo, y no mezclar el alcohol con el trabajo era sin duda una norma aún más inteligente. ¿Habría hablado aquel tal Vitali con sus amigos del viaje para el que le habían contratado? Era imposible saberlo. Pero dado que desconocía sus nombres y sus direcciones y nadie había hecho fotografías, ¿qué pruebas podía haber dejado atrás? El norte de Rusia le había recordado a esas viejas películas norteamericanas del Oeste, y saltaba a la vista que allí andaba todo tan manga por hombro que no habría verdadera investigación policial. Se habían deshecho de las pistolas que habían usado, y eso, imaginaba Musa, sería el punto y final. Tras llegar a esta conclusión, reclinó el asiento hacia atrás y se dejó adormecer por el alcohol.

El 747 aterrizó en el aeropuerto Berlín-Templehoff a la una de la madrugada, hora local. Musa y los demás desembarcaron por separado, pasaron por el laberinto de inmigración usando sus pasaportes holandeses y fueron luego a recoger su equipaje. Desde allí, Musa se dirigió a la parada de taxis, donde un alemán en un Mercedes recibió instrucciones en inglés de conducirle a cierta dirección. La calle estaba en lo que en Berlín se conocía como el «Barrio de las Parabólicas» por la cantidad de antenas vía satélite que permitían a sus habitantes, árabes en su mayoría, ver la televisión en su lengua materna.

Su anfitrión, avisado por un amigo de Ámsterdam, estaba esperándole, de modo que sólo tuvo que llamar una vez. Tras estrecharse las manos y besarse, Musa entró en el cuarto de estar del pequeño apartamento. Mustafá, el anfitrión, se llevó un dedo a los labios y luego al oído izquierdo. Sospechaba que podía haber micrófonos en el apartamento. En un país infiel siempre había que ser precavido. Mustafá puso la tele y sintonizó la repetición de un concurso.

—¿Tu misión tuvo éxito? —preguntó Mustafá.

—Completamente.

—Muy bien. ¿Puedo traerte algo?

—¿Vino? —preguntó Musa.

Mustafá entró en la cocina y sacó una jarra llena de vino blanco del Rin. Musa bebió un largo trago antes de encender un cigarrillo. Había tenido un día muy largo, aparte de los dos asesinatos, que no dejaban de inquietarle sin que lograra entender por qué. En cualquier caso, el sueño se apoderó de él en cuanto apuró el vino del Rin y Mustafá sacó la cama plegable. Al día siguiente se iría a París, esperaría a tener noticia de que el paquete había llegado a salvo, y luego le seguiría. Una vez en Dubái, podría disfrutar de algún tiempo libre. El ingeniero que debía hacerse cargo del paquete era fiable y competente, y necesitaría poca supervisión. Claro que, pensó Musa, ¿qué supervisión podía brindar él? Lo que había que hacer con el paquete rebasaba con mucho sus capacidades.

Era un nombre extraño para una ciudad, se dijo Kersen Kaseke. El escenario de la derrota final de Napoleón a manos de Wellington. Una metáfora idónea, quizá: un cambio de sino dispuesto por la divinidad para un tirano que había tenido al mundo bajo su yugo. Aun así, encontrarlo allí, en medio del «cinturón del maíz», había sido una sorpresa, como lo había sido los propios Estados Unidos. La gente parecía bastante honrada y le había tratado bien, a pesar de su curioso nombre y del fuerte acento con que hablaba inglés. Estaba seguro de que a ello había contribuido que hubiera logrado hacerse pasar por cristiano, hijo adoptivo de misioneros luteranos muertos dos años antes en un ataque con morteros a las afueras de Kuching. Por repugnante que le pareciera negar abiertamente el islam y al Único Profeta Verdadero, aquella historia había ablandado incluso los corazones de los vecinos más desconfiados del pueblo, habitado en su mayoría por obreros y agricultores. No, no era a la gente a la que despreciaba, sino a su Gobierno, y por triste que fuera, los ciudadanos llevaban miles de años pagando el precio de políticas brutales y equivocadas. En aquel caso, era simplemente cuestión de que el destino alcanzara por fin a aquella gente. El destino y la voluntad de Alá. Además, se recordó Kaseke, lo que iba a sufrir aquella gente no era más que una parte de lo que había sufrido su país. Aunque la historia de sus padres fuera técnicamente falsa, su trasfondo era verdadero. La sangre y el dolor de los musulmanes habían inundado las calles de Zagreb, Rijeka, Osijek y decenas de ciudades más durante décadas mientras Occidente no movía un dedo por ayudarles. ¿Qué habría pasado, se preguntaba, si en las calles de Londres o Los Ángeles se hubiera masacrado a niños cristianos de cabello rubio y ojos azules? ¿Qué habría ocurrido entonces?

Tal y como le ordenaba el correo electrónico, Kaseke fue al volante de su Ford Ranger de 1995 hasta la estación de autobuses Trailways de Sycamore, entre la calle Tres y Park Avenue. Dejó la camioneta en el aparcamiento del *pub* Doyle's, regresó a pie hasta la estación de autobuses y entró en ella. La llave que había recibido por correo una semana antes encajaba en la taquilla número 104. Dentro encontró una caja de cartón grueso, envuelta en papel de estraza marrón. Pesaba casi catorce kilos, pero llevaba refuerzos de cinta de embalar. No había nada escrito en el papel. Kaseke sacó la caja, la colocó en el suelo, entre sus pies, echó un vistazo alrededor para cerciorarse de que nadie le miraba y usó la manga de su sudadera para limpiar la cerradura de la taquilla. ¿Había tocado algo más? ¿Había dejado huellas por allí cerca? No, sólo en la llave.

Recogió la caja, salió a la calle y se dirigió de regreso a su camioneta. Dejó la caja sobre el asiento del copiloto. Montó al otro lado y giró la llave de contacto; luego se detuvo y se preguntó fugazmente si no haría bien en ponerla en el suelo. Si tenía un accidente... *No,* se dijo. *No es necesario.* Sabía lo que había en la caja o tenía una idea aproximada, al menos, dada la instrucción que había recibido en el campamento. Le habían adiestrado bien para hacer una cosa y sólo esa.

Aquel cargamento era absolutamente inofensivo. De momento.

58

Sus pistas acerca de lo que tramaban el Emir y el COR, en caso de que tramaran algo, eran tres: viejos mensajes de correo electrónico interceptados que habían resultado de escasa utilidad, con excepción del anuncio de un nacimiento que parecía haber sumido en el silencio a todas las células del COR, además de mover, quizás, algunas de sus piezas por el tablero; Hadi, un correo recién aparecido en escena; y la memoria portátil que Chávez le había requisado sin darse cuenta a uno de los secuestradores de la embajada de Trípoli. De momento, el hecho de que el COR estuviera utilizando esteganografía no les había aportado nada, excepto cientos de gigabytes de fotografías procedentes de páginas web afiliadas al COR que se remontaban a ocho años atrás. Intentar encontrar un mensaje de cinco kilobytes oculto en un archivo JPEG doscientas veces más grande no sólo era lento, sino también desalentador.

Su quinta pista, la más prometedora de todas, había surgido por accidente, gracias a un dedo que mantuvo pulsado el botón del obturador de una cámara unos segundos más de lo previsto.

De las cerca de veinte fotografías que Jack le había hecho a Hadi en Chicago, tres merecía la pena guardarlas porque mostraban la cara del correo de perfil o en ángulo oblicuo y estaban bien iluminadas. Pero, al final, resultó que no era la cara de Hadi lo que más interesaba al Campus, sino sus manos. El trabajo de espionaje (Jack lo sabía) no siempre consistía en encontrar lo que uno andaba buscando, sino más bien en ver lo que tenía delante de los ojos.

—Esta de aquí —dijo Jack, pulsando el botón de «siguiente» del mando a distancia. La siguiente fotografía se materializó en la pantalla plana de la sala de reuniones. Mostraba a Hadi subiendo a la acera y pasando junto a un transeúnte, camino de la puerta. Cerca de la parte inferior del encuadre, apenas visible en la sombra, la mano de Hadi y la del desconocido se tocaban, y entre ellas se veía un objeto indiscernible.

—Un intercambio de pasada —dijo Clark, inclinándose hacia delante—. Y muy limpio, además.

—Buen trabajo, Jack —dijo Hendley.

—Gracias, jefe, pero ha sido pura suerte.

—Eso no existe, *mano* —dijo Chávez—. ¿Qué nos dice esto?

—Nada. Por sí solo, al menos —contestó Jack—. Pero puede que nos lleve a alguna parte. —Volvió a pulsar el botón—. El maletín del tipo, ampliado y en detalle. Le dije a Gavin que usara el Photoshop para hacer un poco de magia. Fijaos en la esquina superior derecha, ese cuadrado blanco con los bordes doblados. —Apretó de nuevo el botón y el cuadrado blanco se agrandó y se hizo más nítido—. Es una pegatina de equipaje.

—Qué bárbaro —masculló Brian Caruso—. Me encantan los ordenadores.

Hendley se volvió hacia Dominic.

—Agente especial Caruso, creo que esto entra dentro de tu campo.

—Enseguida me pongo con ello, jefe.

Provisto del número de equipaje, una hora de llegada aproximada y su insignia del FBI, Dominic tardó menos de una hora en volver con un nombre: Agong Nayoan, vicecónsul de Asuntos Económicos del Consulado General de la República de Indonesia en San Francisco.

—No hay nada que destacar sobre él —explicó Dominic—. Voló de Vancouver a Chicago y de allí a San Francisco el mismo día que Hadi. La policía de San Francisco lo investigó hace un par de años. Y no encontró nada raro. No tiene vínculos conocidos con grupos extremistas, en cuestiones políticas es moderado y carece de antecedentes delictivos.

—Según Yakarta, al menos —dijo Granger—. O eso, o ha cubierto muy bien su rastro. Le hemos pillado pasándole algo a un correo del COR. Así que alguien tuvo que falsificar sus credenciales en algún momento.

Con una población de casi doscientos millones de musulmanes, Indonesia se estaba convirtiendo rápidamente, según numerosos organismos de espionaje tanto occidentales como de otras partes del mundo, en uno de los principales centros de reclutamiento del terrorismo islámico; de hecho, los grupos terroristas más poderosos del país (Yemaa Islamiya, Frente de Defensa Islámico —FPI—, Darul Islam y Laskar Yihad) no sólo mantenían lazos operativos y financieros con el COR del Emir, sino que contaban con simpatizantes en todos los niveles del Gobierno de Yakarta. A Jack no le sorprendió que Agong Nayoan, un miembro del consulado indonesio, tuviera tales inclinaciones, pero el hecho de que hubiera actuado como enlace para un correo del COR era harina de otro costal.

—Si Nayoan se ha metido en esto, tiene que tratarse de algo gordo —dijo Jack—. Si le pillan, por nuestra parte lo más que puede pasarle posiblemente sea que le declaren PNG. —O sea, persona non grata: un eufemismo burocrático que venía a significar que ya no sería bienvenido en el país. Un equivalente de la expulsión—. Pero Yakarta es otra historia. Eso conviene recordarlo.

La Bakorstanas, o Agencia Indonesia de Coordinación para el Mantenimiento de la Estabilidad Nacional, tenía el mandato, cuya amplitud y vaguedad resultaban inquietantes, de descubrir y eliminar posibles amenazas contra el Estado, a lo que había que sumar su escasez de supervisión y de restricciones legales. Si Nayoan era expulsado de Estados Unidos acusado de colaborar con el COR, lo menos que podía pasarle era acabar en un negro agujero del penal de Cipinang, donde dispondría de largos años para reflexionar sobre sus faltas. El Gobierno de Yakarta llevaba algunos años intentando alejarse de la sombra que proyectaba la economía china y venderse a Occidente como un contrapeso comercial a ésta. Y eso era difícil cuando se tenía fama de ser caldo de cultivo para terroristas.

—¿Alguna idea? —preguntó Hendley mirando a Clark.

—Habrá que seguirle la pista —contestó éste—. Sabemos que Hadi se dirigía a Las Vegas y que quizá su viaje no acabara ahí. Sabemos dónde está Nayoan y de dónde venía. Vamos a concentrarnos en él y a ver dónde nos lleva.

Hendley se quedó pensando. Miró a Granger, que asintió con la cabeza.

—Chávez y tú —dijo Granger— empezad por San Francisco y seguid por Vancouver. Quiero que sigáis todos sus pasos.

—¿Y Jack? —sugirió Clark—. Es una buena ocasión para que empiece a soltarse.

Hendley y Granger se miraron de nuevo. El jefe miró a Chávez y a los hermanos Caruso.

—Caballeros, ¿pueden dejarnos a solas unos minutos? —Cuando salieron, Hendley le dijo a Jack—: ¿Estás seguro de que esto es lo que quieres?

—Sí, jefe.

—Dinos por qué —añadió Granger.

—Ya he...

—Dínoslo otra vez.

—Creo que puedo contribuir a...

—Ya contribuyes donde estás. Además, así no corremos el riesgo de que te liquiden..., de que maten al hijo de un ex presidente. Eres un figura pública, Jack.

—Una figura con muy poca relevancia. Puedo contar con los dedos de una mano las veces que me han reconocido estos últimos dos años. Si la gente no te ve, no se acuerda de ti. John y yo ya hemos hablado de esto, ¿vale? Y no me hago muchas ilusiones sobre el oficio de espía.

Hendley miró a Clark, que extendió las manos.

—O es muy buen actor o es la verdad.

Jack sonrió.

—Además, en el peor de los casos, veré las cosas desde el otro lado y seré mejor analista, ¿no? Todo son ventajas.

—Está bien, a partir de ahora formas parte del equipo. Pero pórtate bien. Nada de ir clavando agujas por ahí esta vez, ¿entendido?

Jack asintió con la cabeza.

—Entendido.

—John, ¿cómo va lo de Driscoll?

—Hablé con él esta mañana y tanteé un poco el terreno. Creo que es un caso perdido: el Departamento Jurídico quiere su cabeza. Él se lo está tomando con bastante calma, mucho mejor de lo que se lo tomaría la mayoría. Le gusta su trabajo. Creo que, si puede quitárselos de encima y aun así seguir en la brecha, el trabajo va a interesarle. ¿Por tu lado ha habido suerte?

—Creo que tenemos suficiente material para conseguir que el fiscal general se descuelgue del asunto, pero no para que Driscoll siga en el Ejército. Cuando vuelvas de Chicago, ve a verle.

Clark asintió.

—Diles que vuelvan a entrar, Sam.

Cuando Chávez y los Caruso volvieron a entrar, Brian dijo:

—Bueno, ya que parece que por fin vamos a tomar la iniciativa en este asunto... Si el COR mandó matar a ese tal Dirar, tuvo que ser por una razón de peso. ¿Habéis vuelto a pensar en mandarnos a Trípoli a agitar un poco el avispero?

—¿Qué esperas encontrar? —preguntó Granger.

Fue Dominic quien contestó:

—A Dirar tuvo que matarle directamente el COR o algún grupo de su entorno. En cualquier caso, si averiguamos quién le mató, tendremos otra pieza del rompecabezas. Y quizá descubramos algo sobre sus protocolos de comunicación, sus rutas de financiación... ¿Quién sabe?

Hendley asintió con un gesto.

—Conseguid la documentación necesaria y decidle al departamento de viajes que empiece a trabajar en el itinerario. Veremos si podemos conseguiros algún contacto en Trípoli. Alguien de la embajada a quien no le importe hablar sin tapujos. Veremos también si podemos facilitaros un informe detallado. ¿Quizás ese proyecto nuevo en el que has estado trabajando con Gavin, Jack?

—Claro, jefe.

Hendley se levantó y paseó la mirada alrededor de la mesa.

—Muy bien, señores, cada uno a lo suyo. Necesitamos un punto de partida, un hilo del que tirar y en el que poder apoyarnos.

Hadi sabía que cada miembro del equipo necesitaría una habitación de hotel propia, a menos de una hora en coche de la planta y en establecimientos lo suficientemente desprovistos de lujos como para que una estancia de entre diez y catorce días no llamara la atención. Los extranjeros que llegaban a un país nuevo en busca de trabajo no solían disponer de dinero para hoteles elegantes, y aunque era lógico que en un viaje de esa índole los amigos permanecieran juntos, cuatro varones de aspecto árabe alojados en un mismo lugar podían despertar las sospechas de las fuerzas del orden público.

En São Paulo había montones de hoteles de dos estrellas; a Hadi no le preocupaba tener que buscarlos, pero aquélla era su primera incursión en el servicio activo y no quería dejar nada al azar, como no se había dejado nada al azar en lo tocante a las historias que les servían de tapadera.

Tenían todos ellos formación y conocimientos suficientes sobre el sector para que su llegada y su subsiguiente solicitud de trabajo no llamaran la atención, al menos durante el corto periodo que tenían previsto pasar en el país. La nueva prosperidad brasileña había atraído a gran cantidad de trabajadores, muchos de ellos de Oriente Próximo, cansados de que les pagaran sueldos de miseria por hacer un trabajo agotador y peligroso. No, pensó Hadi, mientras no se hicieran notar, nadie se fijaría en cuatro árabes más a la busca de trabajo.

Lo más difícil serían las labores de reconocimiento. Había muchos kilómetros de vía y cientos de coches que vigilar; horarios y rutas que comprobar dos y tres veces; infraestructuras y accidentes del terreno que estudiar. La planta propiamente dicha tenía su propio cuerpo de seguridad, aunque distara mucho de ser inexpugnable, y las pesquisas preliminares de Ibrahim sugerían que se llevaban a cabo simulacros rutinarios en los que participaban las fuerzas de intervención rápida de que disponían tanto el Ejército como la policía. Dichas fuerzas serían eficaces sólo hasta cierto punto, desde luego. Si lo planificaban todo bien y se mantenían firmes, guiados por Alá, nada podría detenerles.

59

Steve había pasado el último examen con nota, pensó Allison. Había cancelado su cita en Reno en el último minuto, pretextando que su jefe le había pedido que ocupara su lugar en un congreso de representantes farmacéuticos que se celebraba en Sacramento. El congreso era real, lo mismo que sus tarjetas de visita, las muestras de medicamentos y los folletos que llevaba en su maletín de piel cada vez que se encontraban para mantener un encuentro sexual. Pero eso era todo. Steve le caía bastante bien, pero en su oficio se aplicaba una escala variable para valorar esas cosas. Steve no era repulsivo, ni violento, de modo que ello le situaba cerca del extremo superior de la escala. Eso no afectaba a su actuación, naturalmente, pero hacía más llevaderos sus encuentros.

Como estaba previsto, Steve se había mostrado triste y desilusionado por que hubiera cancelado la cita en el último momento, y, como era de esperar, le había ofrecido de inmediato una solución: pediría vacaciones en el trabajo y se iría a pasar el fin de semana a Sacramento para que pudieran estar juntos. Ella podía asistir al congreso de día, y las noches las tendrían para ellos. Allison se mostró debidamente sorprendida y agradecida por su sugerencia, y prometió hacer que su primera escapada de fin de semana fuera digna de recordar. En algún momento durante el fin de semana clavaría un poco más adentro el anzuelo y le sugeriría tímidamente que le presentara a su familia. Tal vez incluso se las arreglara para que él la sorprendiera llorando, después de lo cual le confesaría que estaba desconcertada por la «conexión especial» que sentía con él.

Sabía desde el principio que lo más difícil sería plantear la cuestión. Su «tratante» (un término ruso que nunca le había gustado), el hombre de las manos quemadas, le había sugerido un enfoque que ella consideraba digno de explorar, pero que implicaría arriesgarse con una historia para la que carecía de respaldo y que Steve podría comprobar, si quería. Claro que, si para cuando abordara la cuestión no tenía dominado por completo a Steve, recularía y cambiaría de táctica. Él no era tonto, pero en cuestiones del corazón los hombres eran igual de irracionales, si no más, que las mujeres. El sexo, pese a su poder, sólo era un peldaño, y o mucho se equivocaba o estaba a un paso de su objetivo.

La cuestión en la que prefería no detenerse demasiado era la índole de la información que buscaban sus patronos. ¿Para qué querrían saber, se preguntaba, si había agua subterránea en medio del desierto?

Para ser un portacontenedores Panamax, el *Losan* era de pequeñas dimensiones: un buque de dos mil setecientos TEU (unidades equivalentes a veinte pies), con doce contenedores en línea y ciento sesenta y cinco metros de eslora, cuya capacidad habían superado hacía tiempo sus descendientes Post Panamax. Pero a Tarquay Industries, de Smithfield, Virginia, le interesaba menos la modernidad que recortar gastos.

De los ciento veinte tanques de propano de mil novecientos litros que había vendido al Gobierno de Senegal, cuarenta y seis habían resultado defectuosos: pese a haber pasado el control de calidad, tenían las orejas de izado mal soldadas. El problema no era insuperable por sí solo, y Tarquay se había ofrecido a solucionarlo in situ y sin coste adicional, pero el examen tanto de los inspectores del Gobierno senegalés como del ingeniero jefe de Tarquay en Dakar había revelado que las soldaduras habían dañado la integridad del casco: ninguno de los tanques podría haber soportado las doscientas cincuenta libras por pulgada cuadrada de presión de su capacidad obligatoria.

Como aquél era el primer contrato de Tarquay con Senegal (y el primero con un país extranjero, en realidad), la empresa emitió un rápido reembolso acompañado de una disculpa oficial de la junta directiva, y envió tanques de sustitución sin perder un momento. En Dakar, los tanques defectuosos se consignaron en la declaración aduanera con el código R3001c («Reexpedición de productos no petrolíferos rechazados por defectos de calidad tras su almacenamiento») y fueron trasladados a un depósito aduanero del Puerto Sur y descargados en una parcela vacante, cubierta de malas hierbas y rodeada por una valla de alambre de metro veinte de altura.

Ocho meses después, se hicieron preparativos para devolver los tanques defectuosos a Smithfield. Y el *Losan*, que estaba haciendo su última escala antes de cruzar el Atlántico rumbo a Estados Unidos, disponía de espacio suficiente para transportar la carga.

Dos días antes de que zarpara, los tanques se cargaron con la ayuda de carretillas elevadoras en vagones de plataforma. Se aseguraron y el convoy recorrió los tres kilómetros hasta el atracadero del *Losan*, donde fueron descargados mediante grúas y depositados en contenedores *bulktainer* con la parte de arriba abierta (cuatro tanques por contenedor). Los izaron a la cubierta del buque y los estibaron en filas, de doce en doce.

Como habían sido inspeccionados a la entrada, los tanques, que se hallaban bajo el control de las autoridades aduaneras desde su llegada, no fueron pesados ni examinados antes de cargarse a bordo del *Losan*.

El dolor de cabeza y las náuseas habían ido empeorando paulatinamente durante las diez horas anteriores, lo cual sorprendía un poco a Adnan, que no esperaba síntomas tan pronto. Le temblaban las manos y notaba la piel pegajosa. Estaba claro que las historias acerca de la toxicidad del barco no eran exageraciones. *No importa*, se dijo. Casi había llegado la hora. Según la carta náutica de Salichev, estaban sólo a veinte kilómetros del punto de entrega.

Gracias a Dios habían encontrado el barril de contención exactamente donde debía estar, descansando todavía en su soporte sujeto al mamparo del buque. Era más ligero de lo que esperaba Adnan, lo cual era al mismo tiempo una suerte y una condena. Sabía el peso aproximado del núcleo, así que era relativamente fácil calcular el peso del barril de contención. Estaba, obviamente, reforzado con plomo, pero de menor grosor del que sugerían sus informes de inteligencia. Eso significaba que la cámara acorazada se había ideado como el escudo principal de protección, pero eso no les serviría de nada. El barril, sin embargo, seguía sellado y no parecía haber sufrido daños durante el accidente, hace tantos años.

Tras descorrer los seguros del soporte, habían levantado el barril y lo habían sacado agarrándolo por sus cuatro asas soldadas en forma de D; después lo habían sacado de la cámara acorazada y habían cruzado con él la cubierta inundada hasta llegar a la escalerilla. Se habían movido despacio, con cautela, paso a paso, hasta llegar a la pasarela, y habían salido después al pasillo principal. Superaron sin incidentes los dos últimos grandes obstáculos (la escalerilla que llevaba a la cubierta de arriba y la que bajaba por el costado del barco, hasta las lanchas) y poco después estaban de nuevo en tierra. Se quitaron de buena gana los trajes protectores y las máscaras de gas, los guardaron en una mochila lastrada con una piedra y la arrojaron a la ensenada.

La caminata de regreso al cabo les llevó una hora. Adnan ordenó a sus hombres que dejaran el barril en el suelo y descansaran, y se acercó a la orilla para mirar hacia la bahía por entre la niebla. Distinguió a duras penas la silueta del barco de Salichev. Sacó una bengala de su mochila, quitó la anilla de encendido y agitó el tubo fosforescente por encima de su cabeza. Pasados treinta segundos vio el doble parpadeo de una linterna en el barco. Adnan se volvió hacia los demás y les ordenó acercarse con una seña.

Media hora después estaban de nuevo a bordo del barco y habían emprendido el camino de regreso. Cuando llegaron a la bahía principal, el barril de contención estaba ya guardado dentro de un segundo contenedor, más grueso, que habían llevado consigo. Salichev lo miraba con desconfianza, pero no decía nada mientras guiaba el barco hacia mar abierto.

Ahora, Adnan se hallaba junto a Salichev en la cabina de pilotaje. Era casi medianoche y a través de las ventanas sólo se veía oscuridad.

—Se ha ganado usted su sueldo, no hay duda, capitán —le dijo Adnan—. Le estamos muy agradecidos.

Salichev se encogió de hombros, pero no dijo nada.

Adnan notó junto a su cadera el contorno cuadrado de la radio, que sobresalía de la consola de madera del timón. Muy despacio, sacó la navajita que llevaba en el bolsillo de la chaqueta, abrió la hoja con el pulgar y la acercó al cable de alimentación de la radio. El cable emitió un chasquido casi inaudible al partirse.

—Voy a ver cómo están los hombres —dijo Adnan—. ¿Quiere que le traiga un café? ¿O algo más fuerte?

—Café.

Adnan bajó a la sala principal y descendió luego por la corta escalerilla que conducía al camarote. Estaba a oscuras, salvo por la escasa luz que se filtraba desde la sala. Los hombres estaban dormidos, cada uno en un catre, todos tumbados de espaldas. Poco antes les había dado otra dosis de yoduro de potasio, o eso les dijo; lo que les había repartido eran, en realidad, tres gramos de lorazepam embutidos en una cápsula genérica de celulosa. El triple de la dosis normal; el ansiolítico había bastado para sumirlos en un sueño profundo. *Una bendición*, pensó Adnan.

Llevaba cuatro horas luchando a brazo partido con lo que tenía que hacer a continuación: no porque creyera que no era necesario, sino por el método. Aquellos hombres se estaban muriendo ya, y eso nada podía cambiarlo; él también se estaba muriendo, y tampoco había remedio posible. Era el coste de la guerra y la carga de los verdaderos creyentes. Hallaba cierto consuelo en el hecho de que no volvieran a despertar, a sentir ningún dolor. Aparte de eso, sólo debía pensar en el ruido. Salichev era viejo, pero rudo y curtido por toda una vida en el mar. Sería preferible pillarle desprevenido.

Se acercó al banco de trabajo colocado junto al mamparo de popa y abrió el cajón de arriba a mano izquierda. Dentro estaba el cuchillo que había encontrado durante su registro previo. En forma de jota, con la punta aguda como una aguja y el borde bien afilado, se usaba, imaginaba Adnan, para destripar pescado.

Asió el mango de madera, con la hoja hacia arriba, y se acercó al primer camastro. Respiró hondo, apoyó la mano izquierda sobre la barbilla del hombre, le volvió la cabeza hacia el colchón, hundió la punta de la hoja en el hueco de debajo del lóbulo de la oreja y levantó el cuchillo siguiendo la línea de su mandíbula. La sangre brotó a borbotones de la carótida cortada; en la oscuridad, parecía negra. El hombre exhaló un suave gemido contra la palma de Adnan, se contrajo una, dos veces, y quedó inmóvil. Se acercó al siguiente, repitió el proceso y pasó al tercero. Tardó un minuto y medio en total. Tiró el cuchillo al suelo, subió a la sala y se lavó la sangre de las manos. Se arrodilló junto al fregadero, abrió el cajón de abajo y sacó la pistola Yarygin de nueve milímetros que había guardado allí. Retiró el cerrojo un par de centímetros para asegurarse de que había una bala en la recámara, amartilló la pistola, quitó el seguro y se guardó el arma en el bolsillo lateral de la chaqueta. Por último, cogió una taza de plástico del escurreplatos.

Volvió a subir por la escalerilla y entró en la cabina.

—El café —dijo, pasándole la taza a Salichev con la mano izquierda.

El capitán se volvió y alargó el brazo hacia ella. Adnan sacó la Yarygin del bolsillo y le disparó en la frente. La sangre y la masa encefálica salpicaron la ventana lateral. El hombre cayó hacia atrás y se deslizó por el mamparo. Adnan pulsó el botón del piloto automático en la consola del timón, agarró a Salichev por los tobillos, lo arrastró hasta la escalerilla y lo arrojó a la sala de abajo.

De regreso junto al timón, invirtió un minuto en comprobar su posición en la vieja unidad Loran-C, quitó el piloto automático y ajustó el rumbo.

La oscura franja de la isla apareció en el horizonte una hora después, y una hora más tarde Adnan aminoró la velocidad y siguió la línea costera hacia el este, hasta que en la pantalla del Loran-C aparecieron las coordenadas correctas.

La isla llevaba el nombre de Kolguyev y, según su carta náutica, formaba parte del *okrug* autónomo de los nenets, un círculo casi perfecto de ciénagas, humedales y suaves colinas de ochenta kilómetros de ancho en cuya costa suroccidental se hallaba el solitario asentamiento de Bugrino, habitado por unos pocos centenares de nenets dedicados a la pesca, la agricultura y la cría de renos.

Adnan puso el motor al ralentí y lo apagó. Miró la hora: llegaba diez minutos tarde. Descolgó el foco portátil del perchero de la pared y salió a cubierta. Al parpadeo cifrado de su foco siguió de inmediato la respuesta correcta desde la orilla.

Cinco minutos después oyó el suave rugido de un motor fueraborda. Una lancha salió de la oscuridad y se detuvo junto a la regala de babor. A bordo de ella iban cuatro hombres armados con sendas AK-47. Adnan no reconoció a ninguno. Tampoco importaba. El parpadeo de su luz coincidía y, si era una trampa, ya no podía hacer nada al respecto.

—¿Eres Abdul Baqi, siervo del Creador? —preguntó uno de ellos, el jefe, supuso Adnan.

—No, siervo del Eterno —contestó—. Me alegra veros aquí.

—Lo mismo digo, hermano.

—Échame el cabo y subid a bordo. Haréis falta por lo menos dos para levantarlo.

Mientras Adnan ataba el cabo en la cornamusa de la regala, dos de los hombres subieron a bordo, quitaron la cadena que sujetaba el recipiente de contención a la cubierta y lo llevaron a la regala, donde los dos tipos que se habían quedado en la lancha lo cogieron y lo depositaron en el suelo de su embarcación. Los que habían subido al barco volvieron a reunirse con sus compañeros.

—¿Algún problema? —preguntó el que llevaba la voz cantante.

—No. Todo ha salido como estaba previsto.

—¿Podemos ayudarte en alguna otra cosa?

Adnan negó con la cabeza.

—No, gracias. Esto casi se ha acabado. Aquí hay bastante profundidad, casi trescientos metros. El mar hará el resto.

60

El almirante Stephen Netters sabía que aquélla no iba a ser una reunión agradable, tanto por quien iba a asistir a ella como por quien estaría ausente. El hombre sentado frente a él al otro lado del escritorio debía ser por derecho Robby Jackson, pero no lo era. Y todo por culpa de un palurdo con el corazón rebosante de odio. En lugar de Robby, tenían a Edward Kealty. Un error de principio a fin. Netters y Jackson habían ascendido juntos: empezando por la Academia Naval, sus carreras se habían ido entrecruzando de vez en cuando a medida que ascendían en el escalafón, hasta que, finalmente, en los días postreros de la administración Ryan, Netters fue nombrado presidente de la Junta de Jefes de Estado Mayor. Había aceptado el puesto por diversos motivos, entre los que la ambición era el de menor importancia y el respeto que sentía por Ryan el primordial.

Había sido duro no marcharse después de aquello, y más aún cuando quedó claro que Kealty ocuparía el Despacho Oval no por méritos propios, sino por culpa de un destino trágico y absurdo. Pero mientras se contaban aún los votos y el mapa electoral iba inclinándose inexorablemente a favor de Kealty, Netters había comprendido que se quedaría, pese a todo; de lo contrario, el flamante presidente nombraría en su lugar a uno de los «príncipes perfumados» del Pentágono. Sólo había que fijarse en la profundidad (o falta de ella) de su gabinete para saber lo que esperaba aquel hombre de sus colaboradores. Y ahí estaba el problema. Si se le contradecía con demasiada frecuencia o con celo excesivo, el rey se buscaba un príncipe más complaciente. Pero si se dejaba de contradecir el rey, el reino acabaría en poder de los bárbaros.

—Dígame qué estoy mirando, almirante —dijo el presidente Kealty con aspereza, y empujó la fotografía tomada por satélite hacia Netters por encima de la mesa.

—Señor presidente, lo que vemos aquí es un movimiento a gran escala de tanques e infantería mecanizada hacia el oeste, en dirección a la frontera.

—Eso ya lo veo, almirante. ¿De qué cifra hablamos y qué están tramando?

—En cuanto a su primera pregunta, hemos identificado una división acorazada formada por tres brigadas de carros de combate con una mezcla de viejos tanques soviéticos Te-cincuenta y cuatro y Te-sesenta y dos y carros de combate Zulfiqar; cuatro batallones de artillería y dos divisiones de infantería mecanizada. En cuanto a qué se traen entre manos, señor presidente, ahora mismo está de más pensar en eso. Debemos concentrarnos en lo que son capaces de hacer y actuar en consecuencia.

—Explíquese —dijo Ann Reynolds, la consejera de Seguridad Nacional.

Traducción: *No sé de qué coño estás hablando*. Al igual que Scott Kilborn, la congresista demócrata por Michigan carecía de preparación para el puesto, pero el hecho de ser mujer y de formar parte del Comité de Inteligencia del Congreso le había abierto las puertas del gabinete de Kealty. Como consejera delegada de una empresa de Internet dedicada a las redes sociales con sede en Detroit, Reynolds se había mostrado astuta y capaz, y había dado por supuesto que sería fácil trasladar aquellas cualidades a su papel como política y legisladora. Netters sospechaba que aún no se había percatado de que estaba con el agua al cuello, lo cual le ponía los pelos de punta. La consejera de Seguridad Nacional se estaba defendiendo como gato panza arriba, confiando en que sus imponentes trajes de Donna Karan, sus gafas severas y su estilo ametrallado de hablar mantuvieran a los lobos a raya.

—Imaginemos que quiero batir el récord olímpico de maratón. Ésa es mi intención. El problema es que tengo las dos piernas rotas y una dolencia cardiaca. Ésas son mis capacidades reales. Y las unas condicionan las otras.

Reynolds asintió con la cabeza pensativo.

Scott Kilborn, el director de la CIA, dijo:

—Señor presidente, Teherán va a alegar que son maniobras, pero no podemos ignorar lo obvio. En primer lugar, esas tropas se dirigen hacia el saliente de Ilam, que, a vuelo de pájaro, es uno de los puntos más próximos a Bagdad de todo Irán. Está a unos ciento treinta kilómetros. En segundo lugar, acabamos de poner en marcha nuestro plan de reducción de efectivos en Irak. Como poco, están mandando un aviso a los suníes para que tengan cuidado con lo que hacen. En el peor de los casos, se trata de una operación bélica en toda regla y planean una incursión.

—¿Con qué fin?

Kealty había formulado la pregunta, y eso estaba bien, pensó Netters, pero no había verdadera curiosidad tras ella. En lo relativo a Irak, el presidente estaba excesivamente obsesionado con encontrar una salida. Desde el primer día había dejado claro que pensaba retirar a las tropas de Irak con la mayor celeridad posible, sin apenas consideración por las cuestiones de seguridad táctica. Kealty carecía de dos elementos esenciales para ser un buen líder: flexibilidad y curiosidad. Si de lo que se trataba era de batirse en la palestra política, poseía ambas cualidades en abundancia, pero eso era cuestión de poder, no de verdadero liderazgo.

—Están tanteando el terreno, a ver cómo reaccionamos —contestó Kilborn—. Cuanto más tardemos en reducir nuestros efectivos, más tiempo tendrá Teherán para trabajar entre bastidores con las milicias chiíes. Y si no consiguen detener nuestra retirada con una incursión en este momento, sabrán a qué atenerse.

—No estoy de acuerdo —dijo el almirante Netters—. No tienen nada que ganar y sí mucho que perder cruzando la frontera. Además, llevan poca artillería antiaérea.

—Explíquese.

—Los elementos antiaéreos que han sacado son sólo testimoniales. Y no se trata de un descuido. Saben que, si les atacamos, lo haremos primero desde nuestros portaaviones en el Golfo.

Ann Reynolds, la consejera de Seguridad Nacional de Kealty, preguntó:

—¿Intentan mandarnos algún mensaje?

—Eso, señora Reynolds, cae de nuevo en la categoría de las intenciones. Pero algo sí puedo decirles: a pesar de todos sus defectos, los iraníes no están ciegos y creen firmemente en el modelo de orden de batalla soviético, que se apoya fundamentalmente en sistemas antiaéreos móviles. Vieron lo que hicimos en las guerras del Golfo y no lo han olvidado. Uno no se desprende de sus elementos antiaéreos así, por las buenas.

—¿Y qué hay de la cobertura aérea? —preguntó la consejera Reynolds—. Los cazas.

—Sin cambios —contestó Netters—. No se aprecia movimiento, salvo los vuelos de patrulla rutinarios.

El presidente Kealty había fruncido el ceño. *Una mosca en su sopa*, pensó Netters. Había prometido al país sacar a Estados Unidos de Irak, y el tiempo corría, no para los tropas, ni para la guerra estratégica de Estados Unidos, sino más bien para sus posibilidades de conseguir un segundo mandato. Netters, desde luego, había tenido desde el principio sus reservas respecto a la guerra de Irak, y las tenía aún, pero la posibilidad manifiesta de cometer un error grave en la región eclipsaba por completo sus dudas. Le gustara o no, Estados Unidos estaba enfangado hasta las cejas en Oriente Próximo, quizá más que en toda su historia. Una retirada sin complicaciones era la quimera que Kealty le había vendido a un país cansado, como era lógico, de la guerra. El plan de retirada no tendría éxito, pero estaba calculado para que Irak se deslizara lentamente hacia el caos, en lugar de caer en él de cabeza, en cuyo caso Netters confiaba en que Kealty tuviera la sensatez de reagrupar a las tropas y escuchar a los comandantes destacados en el teatro de operaciones.

Scott Kilborn tenía razón en una cosa: aquel asunto en la frontera podía muy bien ser un anticipo de lo que le esperaba a Irak cuando Kealty retirara a sus tropas, aunque fuera imposible prever si Irán enviaría efectivos militares una vez que se marcharan las fuerzas estadounidenses. Sin embargo, si así fuera, se escudarían en la creciente violencia entre chiíes y suníes para justificar su intervención.

La actitud de los iraníes resultaba desconcertante. Un retraso en la retirada de las tropas americanas de Irak parecía contrario a los intereses de Teherán. O al menos a los intereses visibles desde Washington.

Kealty se recostó en su sillón y juntó las puntas de los dedos.

—Muy bien, almirante, ya que no está usted dispuesto a hablar de intenciones, lo haré yo en su lugar —dijo—. Los iraníes están enseñando los dientes. Poniendo a prueba nuestra determinación. Y nosotros vamos a hacer caso omiso, a seguir con el plan de retirada y a mandarles un mensaje por nuestra parte.

—¿Cuál? —preguntó el almirante Netters.

—Otro portaaviones.

Un mensaje. Otra misión sin objeto. Aunque era cierto que el despliegue de portaaviones era, ante todo, un alarde de poder, se trataba de un concepto análogo al de las precauciones elementales con un arma de fuego: no apuntar nunca a nada a lo que no se quisiera disparar. En este caso, Kealty sólo quería sacar a paseo la pistola.

—¿Con qué efectivos contamos? —preguntó el presidente.

Antes de que Netters pudiera contestar, Kilborn se le adelantó:

—El *Stennis*...

—Señor —le interrumpió Netters—, ya estamos al límite de nuestras posibilidades. El grupo *Stennis* fue relevado hace diez días. Hacía mucho tiempo que necesitaba un...

—Maldita sea, almirante, me estoy cansando de oírle hablar de lo que no podemos hacer, ¿queda claro?

—Sí, señor presidente, pero tiene usted que entender que...

—No, no tengo que entender nada. Para eso le pagan, almirante. Cumpla con su trabajo y tráigame el plan o buscaré a otro que lo haga.

Tariq entró en el cuarto de estar, donde el Emir estaba leyendo, y cogió el mando a distancia del televisor.

—Conviene que veas esto. —Encendió el televisor y puso una cadena de noticias por cable. La presentadora, una bella rubia de ojos azules, estaba en mitad de una frase.

«... de nuevo, un portavoz del Pentágono acaba de confirmar las informaciones previas de la BBC según las cuales el Ejército iraní está llevando a cabo maniobras en la frontera con Irak. Aunque el Pentágono admite que el Gobierno de Teherán no ha hecho públicas dichas maniobras, ha añadido que tales movimientos de tropas y armamento no son infrecuentes y ha recordado uno similar acaecido a principios de 2008...»

Tariq bajó el volumen del televisor.

—Extraños compañeros de cama —murmuró el Emir.

—¿Perdón?

Aunque Teherán no apoyaba en general la causa del COR, tampoco obstaculizaba sus actividades, consciente de que nunca se sabía dónde podían cruzarse sus intereses. En este caso, el VEVAK, el Ministerio de Inteligencia y Seguridad Nacional, tenía centrada su atención desde hacía varios años en el aspecto que presentaría el Irak posterior a la ocupación. Aunque bien representada por varias milicias y apoyada tanto por Hezbolá como por los *pasdaran*, la población chií iraquí seguía siendo minoritaria, y por lo tanto vulnerable a la persecución suní, un equilibrio de poder que Teherán despreciaba y del que el COR procuraba servirse en beneficio propio. Mientras Estados Unidos hacía sonar los tambores de guerra en 2002, el Emir hizo su propio análisis de costes y beneficios, desarrollando una estrategia para ensanchar el radio de acción del COR. Se basaba tangencialmente en el modelo económico americano, pero eso era algo que jamás se le ocurriría a Washington.

Estados Unidos acabaría por marcharse o reduciría a un nivel testimonial su presencia en la zona, momento en el cual Irán emprendería maniobras para apoderarse de Irak, una hazaña que sólo sería posible si antes lograba cierta ventaja sobre la mayoría suní. Irán, por tanto, tenía una demanda. Era un cliente en potencia.

La intervención del COR en Irak había empezado en agosto de 2003 con la afluencia de combatientes, expertos y equipamiento, todo lo cual se ofreció gratuitamente a los grupos de rebeldes suníes. Unidos en su odio al ocupante norteamericano, compartieron recursos y entrelazaron objetivos, y en 2006 el COR ejercía ya su influencia sobre gran parte de Bagdad y la mayoría del Triángulo Suní. Ése era el servicio, o la mercancía, por la que Teherán estaba dispuesto a pagar.

La disponibilidad de información en la era digital no sólo era un regalo del cielo para quienes se dedicaban al espionaje: también podía ser un estorbo, como muy bien sabían Mary Pat Foley y el NCTC, y como Jack Ryan hijo había descubierto hacía poco. Los ordenadores pueden clasificar, cotejar y distribuir cantidades ingentes de información, pero la mente humana sólo es capaz de absorber y utilizar una pequeña parte de ella. El uso de la información es el eje sobre el que pivota cualquier toma de decisiones, sean éstas buenas, malas o neutras, cosa que los ingenieros, los guardabosques, los casinos y cientos de disciplinas más sin ninguna relación aparente entre sí reconocían desde hacía mucho tiempo. ¿Quién hace qué, y dónde, y cuándo lo hace? Para un urbanista, un listado de cruces propensos a los atascos era prácticamente inservible; un plano dinámico en el que pudiera ver los puntos candentes y las tendencias del tráfico era, en cambio, de valor incalculable. Por desgracia, como sucedía a menudo, el Gobierno estadounidense estaba intentando ponerse al día en campos como la visualización de datos y la arquitectura de la información, y para ello había tenido que subcontratar los servicios de empresas informáticas privadas mientras la burocracia federal seguía malgastando tiempo y millones de dólares.

Para Jack y Gavin Biery, el proyecto al que habían bautizado con el nombre de *Reja de arado* comenzó siendo un reto técnico: cómo capturar el aluvión de información de acceso público que ofrecía Internet y convertirlo en algo útil. Una espada con la que poner coto a tanta sobrecarga. Metáforas rebuscadas aparte, hicieron rápidos progresos, empezando por un programa de *software* diseñado para recabar necrológicas de la Costa Este y plasmarlas en mapas conforme a diversas categorías: edad, ubicación, causa de la muerte, profesión, etcétera. Muchos de los resultados que arrojó el programa eran previsibles (muertes por ancianidad agrupadas en torno a residencias geriátricas, por ejemplo), pero algunos otros no lo eran tanto; así, por ejemplo, el reciente aumento de la edad mínima de consumo de bebidas alcohólicas en un estado precedía al aumento de las muertes de jóvenes en las carreteras que comunicaban dicho estado con otro cercano en el que la edad mínima para el consumo de alcohol era menor. Aquello también era previsible, ciertamente, pero ver los cúmulos en el mapa era como la imagen del dicho popular: valía más que mil palabras.

Otra sorpresa fue la profundidad y el alcance de la información de acceso público. Los datos verdaderamente útiles se hallaban bien escondidos en las páginas web de las instituciones federales, estatales y municipales, pero no por ello eran inaccesibles: por el contrario, estaban al alcance de cualquiera con paciencia y pericia tecnológica suficiente para encontrarlos. Los países del Segundo y el Tercer Mundo, aquellos con mayor número de atentados terroristas, eran la presa más fácil: a menudo fallaban a la hora de cerrar la brecha entre la accesibilidad en línea de sus archivos y la seguridad electrónica de sus bases de datos. Información confidencial como atestados de detenciones y expedientes de investigaciones en curso se almacenaban en servidores poco seguros sin un solo cortafuegos o una contraseña que los separara de los portales de las páginas web institucionales.

Tal era el caso de Libia. Cuatro horas después de que Hendley les diera luz verde, Jack y Gavin pusieron su *Reja de arado* a remover gigabytes en bases de datos institucionales y de acceso público. Dos horas más tarde, el programa regurgitó la información en la copia pirateada de Google Earth Pro que tenía Gavin. Jack llamó a Hendley, Granger, Rounds y los hermanos Caruso a reunirse en la sala de conferencias en penumbra. La fotografía agrandada de Trípoli, tomada por satélite, estaba recubierta de cúmulos, cuadrados y líneas multicolores que se cruzaban. Jack se situó junto a la pantalla, empuñando el mando a distancia. Biery se sentó al fondo, contra la pared, con el portátil abierto sobre las rodillas.

—Parece un cuadro de Jackson Pollock —comentó Brian—. ¿Quieres que nos dé un ataque, Jack?

—Tened paciencia —contestó él, y tocó un botón del mando. La «filigrana de datos», como la llamaban Gavin y él, desapareció. Jack les explicó en cinco minutos cómo funcionaba el programa y volvió a tocar el mando a distancia. La imagen se centró en el aeropuerto de Trípoli, recubierto ahora por lo que parecía ser la corola de una flor, con el estigma central dividido en raciones de tarta coloreadas y los pétalos cuadriculados y de distinta longitud.

—El estigma representa el volumen medio de llegadas por día. Por las mañanas hay más tráfico; por las tardes, menos. Los pétalos representan la cifra media de registros especiales llevados a cabo en los puestos de control del aeropuerto. Como veis, hay un pico por las mañanas, de siete a diez, y un descenso progresivo a medida que se acerca el mediodía. Es decir, que los jueves, entre las diez y media y las doce de la mañana, son los mejores días para intentar pasar algo por los controles.

—¿Por qué? —preguntó Granger.

—Los puestos de control funcionan a pleno rendimiento por la mañana, pero el personal se turna a la hora del almuerzo, a última hora de la mañana. Menos personal más un volumen de tráfico mayor, igual a menos seguridad. Además, casi dos tercios de los vigilantes y los guardias de seguridad trabajan de domingo a jueves.

—O sea, que los jueves son sus viernes —comentó Dominic—. Ya están pensando en el fin de semana.

Jack hizo un gesto afirmativo con la cabeza.

—Lo mismo pensamos nosotros. También tenemos el gráfico de salidas correspondiente. Puede que os sea más útil.

Jack fue pasando una serie de imágenes coloreadas que mostraban pautas de tráfico, actos de violencia, secuestros, redadas de la policía y de diversas unidades militares y manifestaciones antioccidentales, todo ello clasificado por fechas y horas, datos demográficos, barrios, etnias, implicación extranjera y afiliación política y religiosa, y finalmente resumió la información extrapolando diversos datos que podían ser de utilidad para Brian y Dominic: zonas que evitar y a qué horas del día, barrios en los que era probable que encontraran un fuerte apoyo al COR, calles en las que eran frecuentes los controles militares y las redadas de la policía...

—Esto es fantástico, Jack —comentó Brian—. Es como una guía de viajes, pero a lo bestia.

—¿Cuánto varían los datos? —preguntó Dominic.

—No mucho. Hay alguna fluctuación en torno a las grandes festividades islámicas, pero no os encontraréis con ninguna a no ser que os quedéis más de diez días.

Granger preguntó:

—¿Podrán acceder a todo esto cuando estén allí?

—Gavin se ha agenciado un par de VGN Sony Vaio con pantalla de ocho pulgadas y sistema operativo Ubuntu, además de un...

—En cristiano, Jack —dijo Rounds.

—Un ordenador muy pequeño. Llevará todos los datos en formato Flash. Podéis cambiar y revisar las gráficas en el avión. Cuando acabemos aquí, os explicaremos cómo funciona el programa.

Hendley dijo:

—Buen trabajo, Jack, Gavin. ¿Alguna pregunta, chicos?

Brian y Dominic negaron con la cabeza.

—Muy bien. Entonces, buen viaje.

61

Jack Ryan padre se anudó la corbata y se miró al espejo. Tenía buen aspecto, pensó. Su atuendo de la suerte: camisa blanca sencilla, con el cuello abotonado, y corbata roja. Se había cortado el pelo el día anterior y las canas que lucían sus sienes dejaban claro que ya no era un niño. Se conservaba, no obstante, bastante joven para tener más de cincuenta años. Ensayando una sonrisa, comprobó que se había lavado bien los dientes. *La hora de la verdad.*

Empezaría una hora después, delante de una veintena de cámaras de televisión y de cientos de periodistas y comentaristas, de los cuales muy pocos le tenían verdadera simpatía. Pero no tenían por qué tenérsela. Su labor consistía en informar de los hechos tal y como los veía, con honradez y ecuanimidad. Acabaría cayendo bien a la mayoría (o al menos a algunos), Dios mediante. Pero tenía que hacer bien su discurso, sin ofuscarse ni venirse abajo delante de las cámaras, por divertido que ello pudiera parecerle a Jay Leno en su programa de la noche.

Llamaron a la puerta y se acercó a abrir. No tenía por qué tomar precauciones. Su escolta del Servicio Secreto tenía el piso del hotel mejor acordonado que un silo de misiles nucleares de la Fuerza Aérea.

—Hola, Arnie, Callie —saludó.

Arnie van Damm le miró de arriba abajo.

—Bueno, señor presidente, me alegra ver que todavía sabes cómo vestirte.

—¿Tienes otra corbata? —preguntó Callie Weston.

—¿Qué tiene de malo el rojo? —contestó Ryan.

—Es demasiado agresivo.

—¿Cuál preferirías tú?

—Es mejor el azul celeste.

—Callie, me encanta tu trabajo, pero, por favor, deja que me vista yo solo, ¿de acuerdo?

Callie Weston refunfuñó, pero dejó correr el asunto.

—¿Todo listo? —preguntó Arnie.

—Es demasiado tarde para huir —respondió Ryan. Y lo era. De allí en adelante sería un candidato vehemente y dispuesto a todo. Con los ojos inyectados en sangre y la espalda de acero.

—Imagino que no puedo convencerte de que...

—No. —Arnie, Callie y él habían discutido si debía hablar o no del intento de asesinato que había sufrido en Georgetown. Ellos, como era de esperar, deseaban que lo mencionara en su discurso; Ryan, sin embargo, no había querido ni oír hablar del asunto. El suceso saldría a relucir en la campaña, pero no por boca suya. Aunque tampoco pensaba eludirlo.

—¿Qué tal el público? —preguntó Ryan, zanjando la cuestión.

—Expectante —contestó Arnie—. Hoy hay pocas noticias, además, así que se alegrarán de verte. Van a poder llenar casi cinco minutos de emisión. Gracias a ti venderán un montón de pasta de dientes, Jack. Qué demonios, si a algunos hasta les caes bien.

—¿De veras? ¿Desde cuándo? —preguntó Ryan.

—No son el enemigo. Son la prensa. Observadores neutrales. Deberías alternar con ellos, charlar extraoficialmente. Tomarte una cerveza con algunos de vez en cuando. Dejar que te tomen afecto. Eres un tipo simpático. Aprovéchalo.

—Me lo pensaré. ¿Un café?

—¿Es bueno el que hacen aquí?

—Yo no tengo queja —contestó Jack. Se acercó a la bandeja del servicio de habitaciones y se sentó para servirse otra taza. La tercera. Ése era su límite; si no, la cafeína le pondría nervioso. En la Casa Blanca el café del presidente era siempre Jamaica Blue Mountain, de la ex colonia británica, considerado por muchos el mejor del mundo. Eso sí que era café. Tal vez por la bauxita que contenían los granos, pensó Jack.

Volvió a considerar la cuestión decisiva: si ganaba, ¿cómo iba a volver a encarrilar el país? Gobernar un país tan complejo como Estados Unidos era una imposibilidad manifiesta. Demasiados intereses, todos ellos cuestión de vida o muerte para individuos que aparecían en la televisión o en los periódicos dispuestos a asegurarse de que sus opiniones recibían la atención, o el bombo, que consideraban merecer. El presidente podía prestarles atención o no. Disponía de personal para cerciorarse de que sólo le llegaran los asuntos importantes. Pero eso le convertía en rehén de su gabinete, y hasta con las mejores intenciones podía uno dejarse llevar por el camino equivocado por personas a las que él mismo había nombrado. Además, en la práctica la elección del gabinete se delegaba en los colaboradores más veteranos, los cuales solían darse mucha importancia, como si tener un despacho en el ala oeste de la Casa Blanca o en el edificio de Presidencia fuera un regalo concedido directamente por Dios. Tales personas podían conformar y conformaban las ideas de su presidente por el solo hecho de seleccionar las cosas que veía. *¿Y vas a* *luchar por pasar otros cuatro años por eso?*, se preguntó Ryan. *Eres un puto imbécil.*

—Yo conozco esa mirada —dijo Arnie—. Sé lo que estás pensando. No puedo decirte nada, Jack, salvo que creo que eres la persona idónea para el puesto, y eso no hace falta que lo diga. Lo creo de todo corazón. ¿Y tú?

—Estoy en ello —contestó Ryan.

—¿Has visto lo de Irán? —preguntó Arnie.

—¿Qué exactamente? ¿Lo de su programa nuclear o lo de las maniobras en la frontera?

—Las dos cosas.

—Es todo lo mismo —dijo el ex presidente—. Teherán sabe que sólo tiene que hacer un poco de ruido para que Kealty reaccione... desproporcionadamente, incluso. ¿Qué va a hacer, mandar a Netters? ¿Un grupo de combate entero?

—Sí. El *Stennis.* Acababa de volver a casa y han cancelado su permiso.

—Idiota. Tienen al presidente de Estados Unidos bailando al son que ellos tocan. —Echó un vistazo a su reloj—. ¿Cuánto tiempo falta?

—Diez minutos —contestó Callie—. ¿Puedo convencerte de que te maquilles un poco?

—¡Ni lo sueñes! —tronó Ryan—. Yo no soy una fulana de diez dólares de la calle Dieciséis.

—Ahora cuestan un poco más, Jack. La inflación, ¿recuerdas?

Ryan se levantó y entró en el cuarto de baño. Otra cosa que había que evitar era perder el control de la vejiga, y no podía ponerse a orinar delante de las cámaras. A medida que se hacía mayor, le gustaba cada vez menos hacer cola para mear. Sería cosa de la edad, imaginaba. Meó, en fin, se subió la cremallera y volvió a salir para ponerse la chaqueta.

—¿Vamos, chicos?

—A la boca del lobo, señor presidente. —Arnie sólo le llamaba Jack en privado. Callie Weston tenía el mismo privilegio, lo cual la hacía sentirse incómoda.

Cuando salieron de la habitación, Andrea Price-O'Day estaba allí, acompañada de otros miembros de su escolta con las armas bien enfundadas.

—El Espadachín se ha puesto en marcha —le dijo Andrea al resto del equipo a través del micrófono que llevaba en la solapa.

Jack se acercó al ascensor, que, como siempre, le estaba esperando con otro agente armado dentro.

—Adelante, Eddie —dijo Andrea.

Eddie soltó el botón que estaba sujetando y el ascensor descendió hacia la segunda planta, donde se encontraba la sala de reuniones reservada para la conferencia de prensa.

Cuarenta segundos después las puertas se abrieron y el equipo del Servicio Secreto salió para encabezar la comitiva. Se abrió un embudo entre los espectadores, algunos de los cuales eran, curiosamente, ciudadanos de a pie. La mayoría eran, sin embargo, periodistas de diverso pelaje acompañados por sus cámaras de televisión. Jack les sonrió (los candidatos tenían que sonreír constantemente) y saludó con la mano a unos cuantos cuyo nombre conocía de hacía cuatro años. Si seguía sonriendo así, se dijo, corría el riesgo de que se le resquebrajara la cara.

—Señor presidente, sígame, por favor —dijo el director del hotel, guiando a la comitiva hacia el fondo de la sala. Allí estaba el atril. Ryan se acercó a él de inmediato. Agarró con tanta fuerza el panel de madera que le dolieron un poco las manos. Era su práctica habitual, y le ayudaba a centrarse.

—Señoras y señores —comenzó—, gracias por venir. Estoy aquí para anunciar mi candidatura a la presidencia de Estados Unidos en las elecciones del próximo año.

»Desde que dejé el cargo, hace tres años, he asistido con desilusión al mandato del actual presidente. El presidente Kealty no ha respondido con acierto a los desafíos que afrontaba nuestro país. En Irak y Afganistán han muerto soldados innecesariamente, víctimas de una política de repliegue carente de sentido. Aunque una guerra sea desacertada, si se está en ella hay que afrontarla e intentar hallar una solución. Huir de un conflicto no es hacer política. Cuando era senador de Estados Unidos, el presidente Kealty hizo gala de escasa simpatía hacia nuestras fuerzas armadas, y ha agravado sus errores previos utilizando los efectivos de nuestro Ejército de manera ineficaz, haciendo oídos sordos a las recomendaciones de los comandantes de nuestras tropas y fiscalizando hasta tal punto sus acciones desde el Despacho Oval que su actitud ha tenido como consecuencia la muerte de numerosos soldados.

»Por otro lado, el presidente Kealty ha malbaratado nuestra economía nacional. Cuando dejé el cargo, Estados Unidos tenía una economía próspera y saludable. En sus primeros dos años de mandato, la desacertada política fiscal del presidente Kealty ha parado en seco nuestro crecimiento económico. Este último año nuestra economía ha tocado fondo y, si ahora empieza a remontar, no es gracias a la política del Gobierno, sino más bien a despecho de ella. Bajo mi administración, simplificamos la política fiscal, lo cual dejó sin trabajo a un sinfín de abogados y contables. Quizá recuerden, por cierto, que sigo siendo contable, y la nueva normativa tributaria es de tal índole que ni siquiera yo la entiendo. Puede que el presidente Kealty se alegre de que, por utilizar sus propias palabras, todo el mundo pague los impuestos que le corresponden, pero los ingresos del Gobierno federal han bajado, no subido, y el déficit resultante está dañando día a día a nuestro país.

»Sólo puedo considerar los tres primeros años de Kealty en la Casa Blanca como un error para nuestro país, y por ese motivo estoy aquí para intentar regresar a la presidencia y corregir sus errores.

»En materia de seguridad nacional, nuestro país necesita un enfoque nuevo y eficaz de la situación que atraviesa el mundo. Quiénes son nuestros enemigos y cómo vamos a tratar con ellos. Por de pronto, es preciso mejorar nuestros servicios de inteligencia. Reorganizarlos será una tarea de años, pero debemos acometerla cuanto antes. No podremos plantar cara a nuestros enemigos a no ser que sepamos quiénes son y dónde están. Para luchar contra el enemigo, es necesario apoyar al propio ejército y, a continuación, utilizar con eficacia sus recursos militares. Eso es algo que, evidentemente, el presidente Kealty no ha hecho bien. Preservar la seguridad nacional es el principal cometido del Gobierno federal. La vida, como dijo Thomas Jefferson, va antes que la libertad y que la búsqueda de la felicidad. Proteger la vida de la nación es la labor del Ejército, de la Marina, de la Fuerza Aérea y del Cuerpo de Marines. Para ello han de contar con el debido apoyo y estar entrenados a la perfección, y han de poder desempeñar su labor en concordancia con los deseos y la experiencia de sus oficiales de carrera y bajo la dirección estratégica del presidente electo. El presidente Kealty se niega a reconocer esa sencilla verdad.

»Señoras y señores, estoy aquí porque alguien tiene que sustituir al presidente, y creo que esa persona es John Patrick Ryan. Les pido su apoyo y el apoyo de nuestros ciudadanos. Estados Unidos se merece algo mejor, y yo me ofrezco a mí mismo, y ofrezco mi visión del futuro, para solucionar los problemas que se han creado estos últimos tres años. Mi misión es devolver a Estados Unidos los viejos valores que tan provechosos nos han sido durante dos siglos. Nuestro pueblo se merece algo mejor. Estoy aquí para dar a la gente lo que necesita. ¿Y qué es lo que necesita? —preguntó retóricamente—. Liberarse del miedo. La gente necesita saber que está a salvo en sus casas y en sus lugares de trabajo. Necesita saber que su Gobierno está alerta, que busca a quienes desearían perjudicar a nuestro país y está listo para llevar ante la justicia a quienes atentan contra ciudadanos norteamericanos dentro de nuestras fronteras o en cualquier otra parte del mundo.

»Los ciudadanos necesitan libertad para vivir su vida sin la interferencia de quienes, desde Washington, buscan imponer su voluntad a todo el mundo, ya sea en Richmond, Virginia o Cody, Wyoming. La libertad es el derecho que todos los norteamericanos compartimos desde la cuna, y yo estoy dispuesto a defender ese derecho hasta el límite de mis fuerzas.

»Señoras y señores, la tarea del Gobierno no consiste en ser la niñera de la nación. El ciudadano medio puede suplir sus necesidades sin ayuda de quienes trabajan aquí, en Washington. Estados Unidos se fundó porque hace doscientos años nuestros compatriotas no quisieron vivir bajo el gobierno lejano de personas que desconocían sus problemas y a las que no les importaba particularmente su bienestar. Nuestra nación se basa en la libertad. Libertad para que cada uno decida por sí mismo, libertad para vivir en paz con nuestros vecinos. Libertad para llevar a nuestros hijos a Disney World en Florida o a pescar truchas a un río de Colorado. La libertad equivale a decidir lo que cada uno quiere hacer con su vida. Es el estado natural del ser humano. Así es como quiso Dios que viviéramos. El cometido del presidente de este país es preservar, proteger y defender a nuestro país. Cuando el presidente cumple con su deber, los ciudadanos pueden vivir como gusten. Ése es el objetivo del presidente: proteger a la gente y, después, dejarla en paz.

»Eso es lo que me propongo hacer. Reconstruiré el Ejército, le permitiré formar como es debido a sus efectivos, le daré el apoyo necesario y también rienda suelta para que se enfrente a nuestros enemigos. Reconstruiré nuestros servicios de espionaje para que podamos identificar y detener a quienes pretenden hacer daño a nuestro país y a nuestros ciudadanos, antes de que puedan emprender acciones destructivas contra nuestra nación. Pondré de nuevo en vigor un sistema fiscal racional que sólo quite a la gente el dinero que necesita el país para funcionar adecuadamente, y que no asfixie a los ciudadanos al mismo tiempo que les dice cómo deben vivir.

»Hace poco, por último, tuve noticia de otro asunto. El presidente Kealty ha descargado todo el peso del Departamento de Justicia de Estados Unidos sobre un soldado condecorado de nuestro Ejército. Ese soldado estuvo en Afganistán buscando al Emir, Saif Rahman Yasin. La misión, destinada a detenerle, fracasó, probablemente debido al mal funcionamiento de nuestros servicios de inteligencia, pero durante su transcurso ese soldado mató a varios combatientes enemigos. Ahora, el Departamento de Justicia le está investigando por asesinato. He estudiado atentamente su caso. Ese soldado hizo exactamente lo que llevan haciendo los soldados desde tiempo inmemorial: eliminar a los enemigos de su país. Está claro que el presidente Kealty y yo tenemos ideas muy distintas respecto a la función que deben cumplir las fuerzas armadas de nuestro país. Ese proceso es una injusticia flagrante. Se supone que el Gobierno está para servir a los ciudadanos, y un soldado de Estados Unidos es, de hecho, un ciudadano uniformado. Desde aquí hago un llamamiento al presidente Kealty para que ponga fin a este desatino inmediatamente.

»En fin, gracias por venir. Mi campaña empieza aquí y ahora. Será larga y probablemente dura. Más dura, desde luego, que la anterior. Pero me he lanzado a la palestra y habrá que ver qué decide el pueblo norteamericano en noviembre. Gracias otra vez por venir.

Ryan se apartó del atril y respiró hondo. Necesitaba un trago de agua. Bebió del vaso que había sobre el atril. Miró a Arnie y a Callie, y ambos le hicieron una seña de aprobación levantando el pulgar. Bueno, ya estaba hecho. La carrera había comenzado. Que Dios se apiadara de él.

—Hijo de puta —refunfuñó Kealty, mirando la televisión—. ¡El jodido salvador viniendo al rescate de una nación atribulada! Y lo peor de todo es que ahí fuera hay millones de borregos que se están tragando todo ese rollo.

McMullen y su equipo sabían que Ryan estaba a punto de anunciar su candidatura y habían intentado preparar a Kealty para la noticia. Estaba claro que sus esfuerzos no habían servido de nada. McMullen sabía que el presidente había reaccionado principalmente con ira, pero tras ella había también verdadera preocupación. Gran parte del público estadounidense seguía desconfiando de él, debido en buena medida a cómo se habían resuelto las elecciones. La expresión «victoria por defecto» se había oído con frecuencia en las tertulias políticas durante el mes que siguió a la elección de Kealty, y aunque las cifras de las encuestas no podían encapsular el estado de ánimo del país, McMullen sospechaba que la mayoría de la gente tenía la sensación de que en las elecciones había faltado un elemento esencial: una pugna larga y difícil entre dos candidatos que hubieran desnudado sus almas para los votantes. Kealty lo había hecho, o casi, pero su rival no había tenido esa oportunidad.

—¿Cómo coño se ha enterado de ese asunto del Ranger? —preguntó Kealty—. Quiero saberlo.

—Es imposible, señor.

—¡No me vengas con ésas, Wes! Averígualo.

—Sí, señor. Vamos a tener que abandonar el proceso.

—¿El de ese patán? Sí, ya lo sé, maldita sea. Mételo en los teletipos del viernes por la noche. Líbrate de él. ¿Cómo van nuestras investigaciones sobre la oposición?

—Seguimos en ello. No hay nada a lo que podamos hincarle el diente. El problema es Langley. Muchas de las cosas que hizo Ryan para la CIA siguen siendo material reservado.

—Dile a Kilborn...

—Habrá filtraciones. Si la prensa descubre que estamos hurgando en el pasado de Ryan, el tiro podría salirnos por la culata. Tendremos que averiguarlo por otros medios.

—Haz lo que tengas que hacer. Si ese gilipollas quiere volver, muy bien. Pero no quiero que le salga barato.

—Madre mía —dijo Sam Driscoll en su cama del hospital—. Esto sí que es una cara del pasado. ¿Qué coño haces tú aquí?

John Clark sonrió.

—Me he enterado por ahí de que te habías jodido el hombro jugando al bádminton.

—Qué más quisiera yo. Siéntate, hombre.

—Te he traído un regalo —dijo Clark y, poniendo su maletín sobre la cama, lo abrió. Dentro había dos botellas de cerveza Sam Adams. Le dio una a Driscoll y abrió la suya.

El sargento primero bebió un trago y suspiró.

—¿Cómo lo sabías? Lo de la cerveza, quiero decir.

—Me acordaba de que hablamos de ella después de lo de Somalia.

—Tienes buena memoria. Y también unas cuantas canas más, por lo que veo.

—Mira quién habla.

Driscoll bebió otro largo trago.

—Bueno, ¿a qué has venido de verdad?

—Quería ver cómo estabas, sobre todo, pero también me he enterado de ese rollo del Departamento de Investigación de Delitos. ¿En qué punto están las cosas?

—Ni idea. Me han interrogado tres veces. Mi abogado cree que algún gilipollas con despacho intenta encontrar algo de lo que acusarme. Estoy entre la espada y la pared, John.

—Lo sé. Si hacías el trabajo, mal, y si no lo hacías, también. ¿Qué dicen los médicos de tu hombro?

—Tienen que operarme otra vez. La esquirla no tocó los vasos principales, pero me jodió los tendones y los ligamentos. Tres meses de convalecencia, imagino, y otros tres de rehabilitación. Ellos parecen muy convencidos, pero yo no creo que vuelva a colgarme de las paralelas.

—¿Tampoco vas a volver a colgarte un macuto?

—Seguramente tampoco. El médico que me operó cree que no podré volver a levantar el codo mucho más arriba de la oreja.

—Lo siento, Sam.

—Sí, yo también. Voy a echarlo de menos. Y a los chicos también.

—Llevas veinte años, ¿verdad?

—Y alguno más, pero con ese rollo del procesamiento... Quién sabe.

Clark asintió, pensativo.

—Bueno, te marcaste un buen tanto antes de irte. Sacaste información excelente de esa cueva. Qué coño, podrías haberte lanzado montaña abajo encima de ese tablero de operaciones.

Driscoll se echó a reír; luego dijo:

—Espera un momento. ¿Cómo sabes eso? Ah, bueno, borra lo que he dicho. Sigues dentro, ¿no?

—Depende de a qué te refieras con «dentro».

Entró una enfermera llevando un portafolios. Driscoll metió su cerveza bajo la sábana. Clark bajó la suya para que no se viera.

—Buenas tardes, sargento Driscoll. Soy Verónica. Estaré con usted hasta medianoche. ¿Cómo se encuentra?

—Muy bien, señorita, ¿y usted?

Verónica comprobó concienzudamente los casilleros de su portafolios y tomó algunas notas.

—¿Quiere que le traiga algo? ¿Cuánto le duele, en una escala del uno al...?

—Seis, y de ahí no baja —contestó Driscoll con una sonrisa—. ¿Quizás un poco de helado para cenar?

—Veré qué puedo hacer.

Verónica le lanzó una sonrisa, dio media vuelta y se dirigió hacia la puerta. Girando la cabeza añadió:

—Asegúrense de que esas botellas desaparecen cuando acaben con ellas, caballeros.

Cuando acabaron de reírse, Driscoll preguntó:

—Cuando he dicho que si estabas dentro, me refería al Gobierno.

—Entonces, no. He venido para ofrecerte un empleo, Sam. —Clark era consciente de que se estaba excediendo un poco en sus atribuciones, pero dudaba de que le costara convencer a Hendley de que Driscoll estaba cualificado para el trabajo.

—¿Haciendo qué?

—Más o menos lo que has estado haciendo hasta ahora, sólo que sin macuto y con mejor sueldo.

—¿Vas a meterme en algo ilegal, John?

—En nada con lo que no vayas a sentirte cómodo. Ni en nada que no hayas hecho antes. Además, el trabajo viene con una tarjeta de las que te sacan de la cárcel. Pero tendrías que mudarte. Y allí los inviernos son más fríos que en Georgia.

—¿Washington?

—Sus alrededores.

Driscoll asintió lentamente mientras pensaba en la oferta de Clark. Luego dijo:

—¿Qué es eso? —Cogió el mando a distancia que había encima de la mesilla y puso la voz al televisor fijado a la pared.

«... Kealty ha descargado todo el peso del Departamento de Justicia de Estados Unidos sobre un soldado condecorado de nuestro Ejército. Ese soldado estuvo en Afganistán buscando al Emir, Saif Rahman Yasin. La misión, destinada a detenerle, fracasó, probablemente debido al mal funcionamiento de nuestros servicios de inteligencia, pero durante su transcurso ese soldado mató a varios combatientes enemigos. Ahora, el Departamento de Justicia le está investigando por asesinato. He estudiado atentamente su casoo. Ese soldado hizo exactamente lo que llevan haciendo los soldados desde tiempo inmemorial: eliminar a enemigos de su país...»

Driscoll silenció el televisor.

—¿Qué cojones...? ¿Cómo coño..?

Clark estaba sonriendo.

—¿Qué? —dijo Driscoll—. ¿Es cosa tuya?

—No, joder. Han sido el general Marion Diggs y Jack Ryan.

—Pues tienes un sentido de la oportunidad increíble, John.

—Ha sido pura coincidencia. Tenía la corazonada de que Ryan iba a hacer algo así, pero aparte de eso... —Clark se encogió de hombros—. Bueno, supongo que después de esto se acabaron tus problemas con la justicia, ¿no?

—¿Tú crees?

—Ryan va a presentarse a presidente, Sam, y acaba de darle una buena tunda a Kealty en la televisión nacional. Éste puede dejar que ese rollo de la acusación ocupe los informativos un par de semanas o puede dejarlo correr y confiar en que la gente se olvide de ello. A nuestro actual presidente acaban de crecerle de golpe los problemas, y tú te has convertido en una menudencia.

—Qué fuerte. Gracias, John.

—Yo no he hecho nada.

—No creo que tenga oportunidad de hablar por teléfono con Jack Ryan, ni con el general Diggs, así que te doy las gracias a ti.

—Yo se las daré de tu parte. Piénsate lo que te he dicho. Lo dejaremos en el aire hasta que estés recuperado y luego nos reuniremos para que conozcas a la gente. ¿Qué te parece?

—Me parece estupendo.

Cuarenta y tres horas después de que Adnan abriera las válvulas de carena del pesquero Halmatic de Salichev y se hundiera junto con sus tres compañeros a doscientos metros de profundidad bajo las aguas del mar de Barents, el segundo paquete llegó al almacén de Dubái.

Desde la llegada de Musa, el ingeniero había trabajado con ahínco montando la tienda de contención forrada de plomo sobre el suelo del almacén y revisando el inventario de componentes. Como la tienda misma, fabricada en Malasia según las especificaciones extraídas del programa *online* del Curso de Seguridad Nuclear de Fort Leonard Wood, las piezas habían sido pulidas con láser y torneadas en Marruecos conforme a planos procedentes de Ucrania.

La belleza de la simplicidad, pensó Musa.

Cado uno de los componentes del dispositivo procedía bien de tecnología de uso dual y aplicación benigna, bien de proyectos que habían quedado interrumpidos hacía tiempo por considerarse obsoletos según los estándares modernos.

La pieza que habían recuperado su equipo y él existía únicamente gracias a la negligencia (en opinión de casi todos los grupos ecologistas) con que Rusia trataba su material nuclear, aunque Musa sabía que ése sólo era un factor de la ecuación: había que tener en cuenta, además, el idilio que mantenían las autoridades rusas con los programas de energía nuclear más innovadores y su tendencia a guardar silencio cuando se trataba de hacer públicos esos programas.

Dispersos a lo largo de las rutas navieras del norte de Rusia había varios faros 380 RTG (provistos de generadores termoeléctricos de radioisótopos), la mayoría de los cuales se alimentaban con núcleos de estroncio 90, un radioisótopo calorífico de bajo nivel con una vida media de veintinueve años y una potencia que variaba entre los dos y los ochenta vatios. Entre los cuatro modelos existentes de RTG (Beta-M, Efir-MA, Gorn y Gong) había un puñado diseñado para usar un núcleo de índole completamente distinta: plutonio 238, un material que, a diferencia del estroncio, que podía emplearse, como mucho, para fabricar una bomba sucia, era fisionable. La cantidad de plutonio que habían podido salvar del núcleo no bastaba por sí sola, sin embargo, para sus propósitos. Era necesaria otra provisión. Ésa había sido su tarea. Una misión por la que sus hombres y él habían dado la vida. El tesoro que habían extraído del rompehielos abandonado en aquella isla dejada de la mano de Dios era la pieza final del rompecabezas: un núcleo de reactor de agua presurizada OK-900A que contenía ciento cincuenta kilogramos, unas trescientas treinta libras, de uranio 235 enriquecido.

Ambos componentes a disposición de quien quisiera llevárselos, pensó Musa. Medidas de seguridad sólo nominales y registros de control prácticamente inexistentes. ¿Notarían aquellos necios su falta? Y, si la notaban, ¿cuánto tiempo tardarían?, se preguntaba. Sería, en cualquier caso, demasiado tarde.

Por complejos que fueran los procesos y la teoría que había tras el funcionamiento práctico del dispositivo (le había dicho el ingeniero), su construcción no era más complicada que fabricar desde cero un motor de automóvil de cuatro cilindros. Las medidas de las piezas tenían que ser extremadamente exactas, desde luego, incluso a escala micrométrica, lo cual hacía muy trabajoso el proceso de ensamblado, pero el almacén de Dubái que había elegido Musa les permitiría trabajar con completa discreción y sin que nadie les molestara. Y el calendario previsto por el Emir les dejaba tiempo de sobra para ensamblar a la perfección el dispositivo.

El ingeniero salió por la puerta con cremallera de la zona de trabajo de la tienda, se quitó el traje protector en el vestuario y apareció en el almacén.

—Las dos piezas venían bien embaladas —anunció al tomar la botella de agua que le ofrecía Musa—. Aparte de algún rastro de radiación residual en el exterior de los contenedores, no había fugas. Después de comer sacaré su contenido. Lo que más me preocupa es el segundo paquete.

—¿Por qué?

—Las bridas por las que los accionadores de la varilla entran en el recipiente podrían dar problemas. Es muy posible que las desmontaran en la primera operación de rescate, pero la cuestión es por qué medios lo hicieron y si tuvieron cuidado. Hasta que las vea no hay modo de saber si están intactas.

Musa se quedó pensando; luego asintió con la cabeza.

—¿Y el rendimiento?

—Lo mismo: cuando lo haya desmontado.

—Sabes cuál es el mínimo que necesitamos, ¿no?

—Sí, y creo que no habrá problema para conseguirlo, pero no puedo prometer nada. Una cosa importante: estás seguro de que ninguno de los núcleos procedía de plataformas militares, ¿verdad?

—¿Importa eso?

—Importa, y mucho. Lo es todo, amigo mío. Básicamente, estamos haciendo una réplica del dispositivo. Y para colmo estamos manejando fuentes muy distintas, que se han utilizado para fines completamente diferentes. El proceso de desmontaje es casi tan importante como el de montaje. ¿Entiendes?

—Entiendo, sí. Se han obtenido como tú nos dijiste. Los planos que tienes son para estos dos dispositivos.

—Eso está muy bien. Entonces no preveo ningún problema insuperable.

—¿Cuánto tardarás?

—En desmontar, un día más. En ensamblar..., dos o tres días. Cuatro, pongamos, para que esté listo para el envío.

62

El consulado general de la República de Indonesia tenía su sede en la avenida Columbus, unas manzanas al sur del Embarcadero, entre Telegraph Hill y la calle Lombard, desde donde podía divisarse la isla de Alcatraz. Clark encontró sitio para aparcar en la calle Jones, al sur del consulado, y estacionó su Ford Taurus alquilado.

—¿Habías estado en San Francisco alguna vez, Jack? —preguntó Chávez desde el asiento de atrás.

—De pequeño. Sólo me acuerdo del submarino museo de Fisherman's Wharf...

—El *Pampanito* —dijo Clark.

—Sí, ése. Y de la isla de Treasure. Según dice mi padre, me puse a llorar cuando me dijo que no era la isla del tesoro del libro.

Clark se echó a reír.

—¿Fue antes de que te dijera lo del conejito de Pascua y Papá Noel?

Jack se rió.

—El mismo día, creo.

Clark sacó su teléfono móvil, uno de los tres terminales de tarjeta de prepago que habían comprado en el aeropuerto. Marcó un número y pasado un momento dijo:

—Sí, buenos días, ¿el señor Nayoan está esta mañana en la oficina? Sí, gracias. —Colgó—. Está allí. Vamos a dar un paseo, a ver cómo está el patio.

—¿Qué debemos buscar? —preguntó Jack.

—Nada y todo —contestó Clark—. El mapa no es lo mismo que el territorio, Jack. Hay que aclimatarse. Ver dónde están las cafeterías, los cajeros automáticos, los callejones y las bocacalles, los puestos de periódicos, los teléfonos públicos... Cuáles son los mejores sitios para coger un taxi o para saltar a un tranvía. Aprender a sentirse como si uno viviera aquí.

—Ah, ¿eso es todo?

Fue Chávez quien contestó:

—No. Cómo se mueve la gente, cómo interactúa. ¿Esperan a que los semáforos se pongan en verde o cruzan en rojo? ¿Se miran a los ojos en la acera, se saludan amablemente? ¿Cuántos coches de policía se ven? ¿Los aparcamientos son gratis o hay parquímetros? Y hay que tener controladas las entradas del BART.

—El tren rápido de la zona de la Bahía —añadió Clark antes de que a Jack le diera tiempo a preguntar—. Su metro.

—Son muchas cosas...

—En eso consiste el trabajo —repuso Clark—. ¿Quieres volver a casa?

—Ni soñarlo.

—Hay que mentalizarse, Jack. Cambiar la forma que uno tiene de ver el paisaje. Los militares buscan puntos de cobertura y emboscada; los espías, lugares de vigilancia y posibles buzones. Dos preguntas que siempre debes hacerte: ¿cómo podría seguir a alguien hasta aquí y cómo despistaría a alguien que me siguiera?

—De acuerdo.

Clark comprobó su reloj.

—Nos damos una hora, luego nos encontramos en el coche y vemos si Nayoan está ya listo para irse a comer. Jack, tú ve por el sur. Ding y yo iremos por el noreste y el noroeste.

—¿Y eso por qué? —preguntó Jack.

—La zona sur es más residencial. Durante el día, al menos, Nayoan tendrá que cumplir un horario: reuniones, comida, esas cosas. Aprovecha el paseo para ir aclimatándote.

Tal y como le habían ordenado, Jack se dirigió hacia el sur por la calle Jones y, tomando a continuación Lombard en dirección oeste, recorrió a buen paso la calle empinada y sinuosa hasta que llegó a las pistas de tenis de lo alto de Telegraph Hill, donde volvió a dirigirse hacia el sur. En aquella parte se apiñaban casas multicolores, muchas de ellas con balcones y porches rebosantes de flores. Había visto numerosas fotografías del terremoto de 1906, pero le costaba superponerlas mentalmente al panorama que tenía ante sus ojos. La corteza terrestre se desliza medio metro, o incluso un par de centímetros, por una de sus costuras, y una ciudad entera queda asolada. La Madre Naturaleza, ciertamente, no se andaba con bromas. El huracán *Katrina* se lo había recordado a los norteamericanos últimamente, aunque en aquel caso la naturaleza hubiera sido sólo coprotagonista de la película. Lo demás había sido mala logística y falta de suministros. Cosas como ésa hacían que uno se preguntara qué pasaría si se daba una catástrofe aún peor, natural o provocada por el hombre. *¿De veras estamos preparados para algo así?*, se preguntaba Jack. O, mejor aún: ¿era posible estarlo? China, India e Indonesia llevaban enfrentándose a *tsunamis* y terremotos desde tiempo inmemorial, y aun así, cuando había alguno, la respuesta y la recuperación parecían un caos apenas controlado. Tal vez fuera un problema de conceptos. Cualquier organismo, ya fuera un Gobierno, un cuerpo de bomberos o un departamento de policía, tenía puntos de fractura en los que las circunstancias superaban con creces sus recursos materiales y humanos. Pensándolo bien, los humanos eran probablemente distintos, y, si lo eran, ¿acaso el concepto de preparación no se convertía en cuestión de vida o muerte, de supervivencia o extinción? Si después de la catástrofe te encontrabas con vida, ¿estabas preparado para sobrevivir?

Concéntrate, se ordenó Jack.

Cuando llevaba cuarenta minutos caminando, torció hacia el norte cerca de Feusier Octagon House y regresó al coche. Clark y Chávez no habían vuelto aún, así que buscó un banco al otro lado de la calle, bajo un árbol, y se puso a leer el periódico que había comprado durante el paseo.

—Has hecho bien no montando en el coche —oyó decir a su espalda.

Clark y Chávez estaban tras él.

—¿Por qué?

—¿Con un día tan bueno? ¿Quién hace una cosa así, a no ser que seas policía, detective o un acosador?

—Muy bien hecho, pero ahora levántate y ven aquí. El mismo principio: tres tíos no se quedan parados alrededor de un banco a no ser que estén esperando el autobús o que sean vagabundos. —Jack se reunió con ellos debajo del árbol y formaron un semicírculo—. Muy bien, somos compañeros de trabajo —dijo Clark—. Estamos hablando del partido de anoche o del gilipollas de nuestro jefe. ¿Qué has visto?

—El ambiente es más relajado que en Nueva York o Baltimore —contestó Jack—. La gente no parece tener mucha prisa. Se miran más a los ojos y sonríen más.

—Bien, ¿qué más?

—El sistema de transporte público es bueno, con muchas paradas. He visto cinco coches de policía, pero sin luces ni sirenas. Casi todo el mundo lleva chaqueta o jersey. No se oyen muchas bocinas. Muchos coches compactos, híbridos y bicicletas. Y montones de tiendecitas y cafés con entrada trasera.

—No está mal, Jack —dijo Chávez—. Puede que el chico tenga madera de espía, ¿eh, John?

—Quizá.

Cuando llevaban diez minutos más haciéndose pasar por oficinistas, Clark dijo:

—Muy bien, casi es la hora de la comida. Ding, coge tú el coche. Jack y yo vamos a merodear un poco por ahí. La entrada principal del consulado está en la esquina de Columbus y Jones, pero hay una entrada lateral, más al sur, en Jones.

—He visto parar allí un camión de reparto mientras paseábamos —comentó Chávez—. Y a un par de empleados fuera, fumando.

—Bien. En marcha.

Veinticinco minutos después, Jack estaba al teléfono.

—Le tengo. Está saliendo por la puerta principal. Va a pie y se dirige hacia el sur por Columbus.

—Quédate ahí, Ding. Jack, no le pierdas de vista. Síguele a veinte metros de distancia, como mínimo. Estoy a una manzana de allí, por el este, llegando a Taylor.

—Recibido. —Un minuto después—: Estoy pasando por el Motor Coach Inn. A unos treinta segundos de la esquina con Taylor.

—Estoy ahí, en dirección sur —contestó Clark—. Haga lo que haga cuando llegue a la esquina, cruza la calle y dirígete hacia el oeste por Chestnut. Yo te relevo.

—Entendido. Ya está en la esquina. Ha torcido hacia el norte por Taylor.

—Ya le veo. Apártate de él y sigue andando.

Jack cruzó el paso de peatones hasta Chestnut y siguió adelante. Por el rabillo del ojo veía a Nayoan.

—Le pierdo... ya —dijo.

—Viene derecho hacia mí —dijo Clark—. Mantente a la espera. —Un momento después cambió de voz—. No, no, te lo digo yo, sus lanzadores son una mierda. No tienen profundidad. Nada de eso, hombre. Diez pavos a que la cagan en el primer partido... —Pasaron unos segundos—. Acaba de pasar por mi lado. Está entrando en un restaurante. El Café de Pat, en el lado derecho de la calle. Jack, es hora de comer algo. Voy a buscar una mesa.

—Me pido un emparedado de *pastrami* —dijo Ding.

Jack torció hacia el norte en la esquina de Chestnut con Mason y volvió a doblar hacia el norte en dirección a Taylor. Encontró a Clark en una mesa cerca de la puerta, mirando hacia la cristalera del local. El restaurante empezaba a llenarse de gente que salía a comer temprano. Jack se sentó.

—En la barra —dijo Clark—. El tercero empezando por el final.

—Sí, ya le veo.

—¿A quién tiene a ambos lados?

—¿Qué?

—Seguirle la pista al protagonista principal es sólo la mitad del trabajo, Jack. ¿Habló con alguien mientras le seguías? ¿Hizo alguna parada?

—No, y tampoco pasó cerca de nadie.

Clark se encogió de hombros.

—Hasta los terroristas tienen que comer.

Jack pidió un bocadillo de atún con pan de centeno y Clark uno de beicon, lechuga y tomate y un emparedado para llevárselo a Ding.

—Está acabando —dijo Clark—. Yo me encargo de la cuenta. Nos damos la mano en la puerta, me dices «Nos vemos el mes que viene» y vuelves al coche. Yo acompaño a nuestro chico a casa y me reúno con vosotros en el Starbucks de la calle Bay.

Media hora después estaban tomando tres tazas de Gold Coast tostado oscuro en una mesa, cerca del ventanal. Fuera, a la luz brillante del sol, pasaban velozmente coches y peatones. En el televisor colocado en una esquina, Jack Ryan padre hablaba detrás de un atril. El televisor no tenía puesto el volumen, pero los tres sabían qué estaba pasando, como lo sabían también los demás clientes y los camareros, que o miraban fijamente la pantalla o le lanzaban ojeadas de vez en cuando mientras iban a lo suyo.

—Caramba, va a hacerlo de verdad —comentó Chávez—. Tu padre los tiene bien puestos, Jack.

El joven asintió con la cabeza.

—Te lo había dicho, imagino —dijo Clark.

Otro asentimiento.

—No creo que le entusiasme mucho la idea, pero, ya sabéis, es la llamada del deber. A quien mucho se le da, mucho se le pide.

—Bueno, él ya ha dado mucho. En fin, nosotros a lo nuestro. ¿Qué hemos descubierto?

Jack bebió un sorbo de café y dijo:

—Que a Nayoan le gusta la sopa de guisantes y es muy tacaño con las propinas.

—¿Eh? —dijo Chávez.

—Tomó sopa de guisantes y un sándwich club. Doce pavos, más o menos, según la carta. Dejó un par de monedas de veinticinco centavos. Aparte de eso, no estoy seguro de qué más hemos descubierto.

—No mucho —convino Clark—. Pero no esperábamos mucho. Si colabora con el COR, puede que sólo lo haga de vez en cuando. Las posibilidades de que lo pilláramos con las manos en la masa el primer día eran nulas.

—Bueno, ¿y ahora qué hacemos?

—Según la página web del consulado, esta noche tienen una recepción en el Holiday Inn Express. No sé qué fiesta benéfica en colaboración con el consulado polaco.

—Me he dejado el esmoquin en casa —dijo Chávez.

—No vas a necesitarlo. Lo que importa es que sabemos dónde va a estar Nayoan esta noche. Y no es en casa.

A trece mil kilómetros de allí, el ingeniero salió del vestuario de la tienda y usó un trapo para limpiarse el sudor de la frente y el cuello. Con piernas temblorosas se acercó a un taburete cercano y se sentó.

—¿Y bien? —preguntó Musa.

—Ya está.

—¿Y la potencia?

—Entre siete y ocho kilotones. Pequeña para los parámetros actuales. La bomba de Hiroshima, por ejemplo, tenía quince kilotones. Pero será más que suficiente para lo que tenéis planeado. Os dará unas quince libras por pulgada cuadrada a una distancia de quinientos metros, más o menos.

—No parece mucho.

El ingeniero sonrió cansinamente.

—Con eso basta para reventar el hormigón armado. ¿No dijiste que el suelo es casi todo de tierra?

—Sí, así es. Con algunas estructuras subterráneas rígidas.

—Entonces no tenéis de qué preocuparos, amigo mío. Ese espacio cerrado del que me hablaste... ¿Estás seguro de su volumen?

—Sí.

—¿Y del recubrimiento? ¿Cuál es su composición?

—Me han dicho que es de una cosa llamada ignimbrita. Es...

—Sí, lo conozco. También se le llama piroclasto volcánico o toba compacta. Básicamente, estratos compactos de roca volcánica. Eso está bien. Si el recubrimiento es lo bastante grueso, la onda expansiva se dirigirá hacia abajo con una atenuación mínima. Se cumplirán los requisitos de penetración que me diste.

—Si tú lo dices, te creo. ¿Está lista para su transporte?

—Claro. Tiene una señal de salida relativamente baja, así que no tendréis que preocuparos por las medidas de seguridad pasivas. Las activas ya son otra historia. Imagino que habréis tomado precauciones para...

—Sí, las hemos tomado.

—Entonces lo dejo en tus manos —dijo el ingeniero, y acto seguido se levantó y se dirigió hacia el despacho que había al fondo del almacén—. Me voy a dormir. Confío en que el resto de mis honorarios estará en mi cuenta por la mañana.

63

Se encontraron con su contacto cerca de la calle Al Kurnish, en el lado este del parque de Sendebad, a un tiro de piedra del consulado australiano. Hendley no había querido explicarles de qué índole era su relación con el australiano, ni había creído necesario decirles su nombre, pero ni a Brian ni a Dominic le pareció una coincidencia que sus pasaportes falsos y sus visados llevaran estampados el sello de Australia.

—Buenas tardes, señores. Imagino que sois los chicos de Gerry, ¿no?

—Imagino que sí —contestó Dominic.

—Archie. —Se estrecharon las manos—. ¿Qué os parece si damos un paseo? —Esperaron a que se despejara un poco el tráfico y cruzaron Al Kurnish a la carrera, hasta un aparcamiento de tierra que había junto al edificio en forma de rueda de carreta de Al Fatah, y bajaron luego hasta el borde del agua.

—Así que, por lo que tengo entendido, andáis buscando gamusinos —dijo Archie alzando la voz por encima del fragor de las olas.

—Supongo que podría decirse así —contestó Brian—. La semana pasada mataron a un tío aquí. Primero le ahorcaron y luego le cortaron la cabeza y los pies.

Archie asintió.

—Sí, lo oí comentar. Un asunto muy feo. Por aquí lo llaman «dar un mal paso». ¿Creéis que sacó los pies del tiesto? ¿Que hizo algo por su cuenta?

Dominic hizo un gesto afirmativo con la cabeza.

—La embajada sueca, ¿no?

Otro asentimiento.

—E imagino que queréis saber quién lo hizo y por qué.

—Todo lo que consigamos averiguar nos servirá —contestó Brian.

—Bueno, lo primero que tenéis que saber sobre Trípoli es que, a fin de cuentas, es una ciudad jodidamente segura. La tasa de delincuencia callejera es muy baja y los vecinos velan los unos por los otros. La policía no se preocupa especialmente porque un grupo mate a algún miembro de otro, a no ser que la cosa se desborde o alguno se extralimite. Al Coronel de Rizados Cabellos no le conviene la mala prensa internacional después del esfuerzo de relaciones públicas que ha hecho. La verdad es que el COR lleva ocho o nueve meses bastante callado. De hecho, en la calle corre el rumor de que lo de la embajada sueca no fue cosa suya.

—Autorizada, al menos —dijo Dominic.

—Ah, ya veo. Una cabeza y unos pies cortados son un buen escarmiento, ¿no es eso? Aun así, podría ser peor. Normalmente tampoco se salvan los huevos. Bueno, el piso donde hicieron picadillo a vuestro amigo está cerca de la calle Al Khums. Un barrio bastante cerrado. Según tengo entendido, ese piso en concreto estaba desocupado.

—¿Cómo te has enterado?

—Conozco a unos expatriados franceses que son muy amigos de la policía.

—¿Crees que sólo utilizaron el piso por comodidad? —preguntó Dominic—. ¿Como estudio?

—Sí. Seguramente a ese pobre diablo lo mataron en otra parte. ¿Lo visteis en una página web? ¿Del COR o del LIFG? —preguntó Archie, refiriéndose al Grupo de Lucha Islámica Libia.

—Del COR —contestó Brian—. ¿Hay algún otro grupo al que se le pudiera haber encargado el trabajito?

—Sí, muchos. Ni siquiera tendría por qué ser un grupo. En la medina, el barrio antiguo, hay delincuentes que te rebanan el pescuezo por veinte dólares. Y no son ladrones, ojo, sino asesinos a sueldo. Aunque ese vídeo... Parece muy sofisticado para uno de esos patanes.

—¿Y por qué no lo hicieron en la medina? —preguntó Brian—. Le matan, lo graban y luego dejan el cuerpo en la calle.

—Porque entonces la policía habría tenido que entrar en la medina, ¿comprendes? De este modo, todo el mundo hace como que le mataron en otro lado y el equilibrio natural se mantiene. ¿A cuántas páginas subieron el vídeo?

—A seis, que hayamos encontrado —respondió Dominic.

—Bueno, hay bastantes servidores de Internet por aquí, pero los grupos que administran esos sitios suelen hacer el alojamiento de las páginas ellos mismos, con un servidor específico para poder recoger sus bártulos y moverse tanto física como electrónicamente. Si el COR le encargó el asesinato a otro grupo, seguramente no tendréis suerte; si lo hicieron ellos mismos, eso significa que el mensaje venía de muy arriba. Uno de esos encargos que no se dejan al azar. Si es así, habrá algún solapamiento: algún jefe local del COR en contacto con uno de los servidores móviles.

—Supongo que esas cosas no se buscan en las páginas amarillas —dijo Brian.

—Supones bien. Pero puede que conozca a alguien. Dejad que haga un par de llamadas. ¿Dónde os alojáis?

—En el Al Mehari.

Archie echó una ojeada a su reloj.

—Nos vemos allí a las cinco. Tomaremos una copa.

Llegó con una hora de antelación y en su propio coche, un Opel verde oscuro de mediados de la década de 1980. Como casi todo en Trípoli, el coche estaba cubierto por una fina capa de polvo marrón rojizo.

—¿Habéis alquilado un coche? —preguntó Archie mientras doblaban a la izquierda por la calle Al Fat'h entre el estrépito de los cláxones y el chirrido de los frenos.

—¡Caray! —exclamó Brian desde el asiento de atrás.

—Aquí no hay normas de tráfico. Llámalo darwinismo elemental. La supervivencia del conductor más fuerte. Entonces, ¿tenéis coche?

—No, no tenemos.

—En cuanto acabemos podéis dejarme en la embajada y usar éste. Pero tened cuidado con la segunda. No entra bien.

—Mientras no esperes que te lo devolvamos de una pieza...

—Ésta es la hora punta. Dentro de un par de horas estará todo más tranquilo.

La actual medina de Trípoli, amurallada y laberíntica, nació durante la ocupación otomana y durante siglos sirvió no sólo para disuadir a posibles invasores, sino también como escenario de intercambios comerciales. Situada junto al puerto y flanqueada por los cuatro costados por las calles Al Kurnish, Al Fat'h, Sidi Omran y Al Ma'arri, era una maraña de callejuelas, sinuosos callejones cortados, pasadizos abovedados y pequeños patios.

Archie encontró aparcamiento cerca de la puerta de Bab Hawara, junto a la muralla sureste. Salieron del coche y recorrieron dos manzanas en dirección sur, hasta un café. Un hombre vestido con pantalón negro y camisa de manga corta marrón se levantó al ver que se le acercaba. Se estrecharon la mano, se abrazaron y Archie le presentó a Brian y Dominic como a «viejos amigos».

—Éste es Gasi —dijo—. Podéis confiar en él.

—Sentaos, por favor —dijo Gasi, y se acomodaron a la mesa, bajo una sombrilla. Apareció un camarero y Gasi dijo algo en árabe. El camarero se marchó y volvió a aparecer un minuto después con una tetera, cuatro vasitos y un cuenco con pastillas de menta. Una vez servido el té, les dijo:

—Archie me ha explicado que os interesan las páginas web.

—Entre otras cosas —respondió Dominic.

—Hay mucha gente que ofrece servicios como los que ha mencionado Archie, pero puede que os interese un individuo en particular. Se llama Rafiq Bari. Trasladó su negocio de repente y en plena noche el día después de que subieran ese vídeo a la red y un día antes de que se descubriera el cadáver de ese tipo.

—¿Eso es todo? —preguntó Brian.

—No. Corren rumores de que ha hecho trabajos para cierta gente. Páginas web que aparecen y desaparecen: servidores que reparten el ancho de banda, redirecciones, cambios de nombre de dominio, todo eso. Bari es especialista en eso.

—¿Y los ISP? —dijo Dominic, aludiendo a los proveedores de servicios de Internet—. ¿Cabe la posibilidad de que esa gente esté creando el suyo propio en lugar de servirse de empresas comerciales?

Fue Archie quien contestó:

—Demasiada molestia, creo. Aquí no se controlan mucho esas cosas. Sólo hacen falta un nombre y un número de tarjeta de crédito. Los nombres de dominio pueden registrarse a granel y cambiarse en menos que canta un gallo. No, así es como va, como lo hace ese tal Bari, por lo menos aquí.

Dominic le dijo a Gasi:

—¿Con quién vive? ¿Tiene familia?

—Aquí no. Tiene mujer y una hija en Bengasi.

—¿Qué probabilidades hay de que vaya armado?

—¿Bari? Muy pocas, creo. Pero a veces, cuando se mueve por ahí, lleva escolta.

—¿Del COR?

—No, no directamente, creo que no. Puede que contratada por ellos, quizá, pero son gente de la medina. Matones.

—¿Cuántos? —preguntó Brian.

—Las veces que yo le he visto, dos o tres.

—¿Dónde podemos encontrarle? —dijo Brian.

Cuando dejaron a Archie en el consulado, el arco solar casi tocaba la superficie del mar por el oeste. Por toda la ciudad comenzó a verse el parpadeo de las farolas, de los faros y las luces de neón. Habían decidido que Dominic, que había hecho el curso de conducción defensiva del FBI, se sentara tras el volante del Opel. Conforme a los augurios de Archie, el tráfico había amainado un poco, pero las calles seguían pareciendo, más que arterias urbanas, pistas de carreras.

Archie se bajó del asiento trasero y apoyó los brazos sobre la puerta del copiloto.

—El plano que tenéis de la medina es bastante bueno, pero no perfecto, así que mantened los ojos bien abiertos. ¿Seguro que esto no puede esperar a mañana?

—Seguramente no —contestó Brian.

—Bueno, entonces relajaos y sonreíd. Comportaos como turistas. Mirad escaparates, regatead un poco, comprad alguna cosilla. No vayáis por allí como si fuerais pies planos...

—¿Pies planos?

—Policías. Podéis aparcar en una de las bocacalles de los alrededores del Corinthia, esa monstruosidad de hotel por el que hemos pasado al venir aquí.

—Entendido.

—Se ve casi desde cualquier parte de la medina. Si os perdéis, id hacia él.

Brian dijo:

—Joder, tío, hablas como si fuéramos a meternos en la boca del lobo.

—No es mal símil. La medina no es peligrosa de noche, por lo general, pero si llamáis la atención se correrá la voz. Dos cosas más: abandonad el coche, si es necesario. Denunciaré su robo. Y segundo, en el maletero, debajo de la rueda de repuesto, hay una bolsa de papel de estraza con unas cosillas dentro.

—Me imagino que no será la merienda —dijo Dominic.

—Desde luego que no, amigo mío.

64

Nayoan salió de la embajada a las cinco de la tarde, cogió el autobús hasta un aparcamiento cerca de Columbus y montó en un Toyota Camry azul. Con Clark al volante, le siguieron hasta su apartamento en una planta baja, en el límite suroeste del famoso barrio de Tenderloin, entre el ayuntamiento y la calle Market. Posiblemente aquél era el peor barrio de la ciudad, con su buena ración de pobreza, delincuencia, mendicidad, restaurantes étnicos, hoteles de mala muerte, bares y galerías de arte. Sólo podía haber, pensaron, un motivo para que Nayoan hubiera elegido aquella zona para vivir: en Terderloin había una próspera comunidad de origen asiático, lo que le permitiría moverse con relativa discreción.

Tras pasar varias horas en casa, salió del apartamento vestido con un sobrio traje negro y volvió a montar en el Toyota. Le siguieron de vuelta al centro, hasta el Holiday Inn, esta vez con Jack al volante. Le vieron entrar en el vestíbulo, esperaron diez minutos y regresaron a Tenderloin.

—Tenderloin, «solomillo». ¿Por qué se llama así el barrio? —preguntó Chávez cuando Jack se apartó de la calle Hayes y empezó a buscar aparcamiento. Los faros del coche pasaban sobre cubos de basura volcados y figuras a oscuras, sentadas en las escaleras que daban entrada a las casas.

—Nadie lo sabe con certeza —dijo Jack—. Es una especie de leyenda urbana. Unos dicen que se llama así porque es el punto débil de la ciudad, y otros que antes los policías que patrullaban por esta zona cobraban una bonificación por peligrosidad, y que con el dinero extra podían comprar mejores piezas de carne.

—¿Has estado leyendo la guía de la ciudad, Jack?

—Eso y un poco a Sun Tzu. Ya sabéis, conocer al enemigo.

—El barrio tiene carácter, de eso no hay duda.

Jack encontró un sitio debajo de un árbol, entre dos farolas, y aparcó. Apagó los faros y el motor. El edificio de Nayoan estaba a una manzana de allí, al otro lado de la calle.

Clark echó un vistazo a su reloj.

—Las ocho. Nayoan estará en la recepción. Vamos a cambiarnos —dijo.

Cambiaron el atuendo que habían usado en el centro (pantalones chinos, jerséis, impermeables) por la ropa que, para moverse por Tenderloin, habían comprado poco antes en una tienda de segunda mano: sudaderas, camisas de francla, gorras de béisbol y gorros de punto.

—Dentro de veinte minutos, aquí —dijo Clark—. Un radio de tres manzanas. El mismo ejercicio de antes. Es un barrio peligroso, así que procura poner cara de circunstancias.

—¿Y qué cara es ésa? —preguntó Jack.

Fue Chávez quien contestó:

—Cara de «Tú no me tocas los cojones y yo no te los toco a ti».

Volvieron a encontrarse en el coche, caminaron calle abajo media manzana y se detuvieron junto a un portal vacío.

—Sólo he visto un coche patrulla —comenzó diciendo Chávez—. Parecía estar haciendo una ronda de rutina. No prestó mucha atención.

—¿Jack?

—No he visto luz en el apartamento. En la parte de atrás hay un callejón y una valla de madera medio rota, con una puerta sin cierre que da a un patio de cemento. Hay perros dos patios más allá, a ambos lados. Han ladrado al pasar yo, pero no he visto que nadie se acercara a las ventanas.

—¿Hay luz en el porche de atrás? —preguntó Clark.

Jack hizo un gesto afirmativo con la cabeza.

—Una bombilla pelada. Y no hay puerta mosquitera.

—¿Por qué importa eso?

El joven se encogió de hombros.

—Las mosquiteras chirrían. Hacen ruido.

—Te pongo un sobresaliente.

Rodearon la manzana con medio minuto de diferencia entre sí y se encontraron en el callejón. Chávez fue el primero en pasar por la puerta de la valla; subió los escalones, desenroscó la bombilla del porche y volvió a bajar. Pasaron Clark y Jack. Clark subió los peldaños y estuvo un minuto y medio agachado junto a la puerta, manipulando la cerradura y el cerrojo. Les indicó con una seña a los otros dos que esperaran y se deslizó dentro. Sesenta segundos después volvió a salir y les hizo señas de que entraran.

El interior del apartamento reflejaba como un espejo la arquitectura del edificio: era largo y estrecho, con pasillos agobiantes, suelos de tarima de listones estrechos, cubiertos con alfombras desgastadas, zócalos oscuros y molduras de escayola. Jack comprobó que a Nayoan no le interesaba mucho la decoración de interiores: una cocina utilitaria, un baño con baldosas de gres ajedrezadas y un cuarto de estar con un sofá modular, una mesa baja y un televisor de trece pulgadas. Posiblemente no pensaba pasar mucho tiempo allí, pensó Jack. ¿Para qué molestarse en poner más que lo imprescindible? ¿Significaría eso algo? Tal vez valiera la pena averiguar cuánto tiempo le quedaba de servicio en el consulado.

—Muy bien, vamos a registrarlo —ordenó Clark—. Cuando acabemos, todo de nuevo a su sitio.

Encendieron sus linternas y se pusieron manos a la obra.

Chávez encontró casi enseguida un portátil Dell sobre una mesa de cartas, en el dormitorio de Nayoan. Jack lo encendió y empezó a revisar las carpetas y los ficheros, el historial de Internet y el archivo del correo electrónico. Clark y Chávez le dejaron trabajar y pasaron media hora inspeccionando el apartamento habitación por habitación, registrando primero los escondrijos más obvios.

—Bueno —dijo Jack—. No hay contraseña, ni programa de captura de pulsación de teclas. Aparte de un cortafuegos estándar y de un antivirus, está abierto de par en par. Hay montones de cosas aquí, pero nada que destaque. Son casi todos asuntos rutinarios del consulado y correos electrónicos, algunos de ellos personales. De familiares y amigos de su país.

—¿Y la libreta de direcciones? —preguntó Clark.

—Lo mismo. Nada que hayamos visto en las listas de distribución del COR. Limpia su historial de Internet casi a diario, hasta los archivos temporales y las *cookies*.

—¿Las *cookies*? —preguntó Chávez.

—Fragmentos de información que las páginas web dejan en tu ordenador cada vez que las visitas. Una práctica muy común, por otra parte.

—¿Hasta dónde puedes indagar? —preguntó Clark.

—¿Aquí? No mucho. Puedo copiar todos sus archivos y carpetas y su buzón de correo, pero tardaría demasiado en duplicar su disco duro.

—Muy bien, copia lo que puedas.

Jack conectó un disco duro portátil al puerto Firewire del Dell y empezó a copiar archivos mientras Clark y Chávez seguían buscando. Cuarenta minutos después, Chávez susurró desde la cocina:

—Ya te tengo.

Entró en el dormitorio llevando una bolsa para conservar alimentos resellable.

—El cajón de los cubiertos tiene doble fondo.

Jack cogió la bolsa y le echó un vistazo.

—Un DVD regrabable. —Abrió el lector del Dell y metió el DVD. Pulsó la tecla adecuada y se abrió una ventana en la pantalla—. Aquí hay montones de datos, John. Unos sesenta gigabytes. Muchos son archivos de imagen.

—Abre alguno.

Jack abrió un archivo y mostró las imágenes en mosaico.

—¿Te suenan de algo?

—Ya lo creo que sí —contestó Clark.

Jack señaló tres fotografías con el dedo.

—Ésas son de páginas del COR, no hay duda.

Clark echó una ojeada a su reloj.

—Cópialo. Ding, vamos a recoger esto. Es hora de largarse.

Una hora después estaban de vuelta en su hotel, un La Quinta Inn cerca del aeropuerto. Jack usó un FTP seguro (un protocolo de transferencia de archivos) para descargar algunas de las imágenes al servidor del Campus, luego llamó a Gavin Biery, su genio de la informática, y puso el manos libres del teléfono.

—Esto lo hemos visto antes —dijo Biery—. ¿No son los mismos que había en la memoria portátil de Trípoli?

—Sí —dijo Jack—. Necesitamos saber si hay archivos esteganografiados.

—Le estoy dando los últimos toques al algoritmo de descodificación. El problema es que no sabemos qué tipo de programa utilizaron para el cifrado, si uno comercial o uno casero. Según el Centro de Investigación y Análisis de Esteganografía...

—¿Eso existe? —preguntó Chávez.

—...Actualmente hay setecientas veinticinco aplicaciones esteganográficas circulando por ahí, y son sólo las comerciales. Cualquiera con conocimientos medios de programación podría inventar una y meterla en una memoria portátil. La llevas encima, la conectas a un ordenador, y ya puedes ponerte a cifrar archivos.

—Bueno, ¿y cómo se descodifican? —preguntó Clark.

—He creado un proceso que consta de dos partes: primero busco discrepancias en el archivo, ya sea de vídeo, de imagen o de audio. Si hay alguna anomalía, se activa la segunda parte del programa, que pasa el archivo por los métodos de cifrado más corrientes. Es un proceso muy tosco, pero es probable que el COR tenga sus métodos preferidos. Y si los encontramos, la disección será mucho más rápida.

—¿Cuánto puede tardar? —preguntó Jack.

—Ni idea. Yo empiezo a dar de comer al monstruo y luego os llamo.

A las tres de la mañana sonó el teléfono. Se despertaron los tres al instante.

—Puede que esté echando las campanas al vuelo demasiado pronto —dijo Biery—, pero creo que hemos dado con el filón principal. Ésa es la buena noticia. La mala es que parece que están usando tres métodos de cifrado distintos, así que esto nos va a llevar algún tiempo.

—Somos todo oídos —contestó Clark.

—Primero: el *banner* que vimos en la página web del COR mostrando el asesinato de Dirar, creo que es una tabla digital de cifrado. Básicamente, un listado de descodificación para mensajes sencillos. Lo que no sé aún es si está vigente o desfasada.

Aquello no sorprendió a Jack. Sabía que no había nada nuevo bajo el sol. El sistema de las tablas de correspondencia era muy antiguo; los estudiosos de la criptografía debatían aún a qué época se remontaba, pero su reaparición en tiempos modernos, por obra de un ingeniero de la AT&T llamado Gilbert Vernam, podía fecharse en 1917. Y aunque había tablas de diversos tipos, su fundamento era siempre el mismo: una cifra de sustitución dispuesta de forma sumamente sencilla en una cuadrícula alfanumérica aleatoria, en la que un signo del margen izquierdo de la hoja se combinaba con un signo de su extremo superior, y allí donde se cruzaban se hallaba el carácter de sustitución. El cifrado y el descifrado eran laboriosos, pero la clave era prácticamente indescifrable si la tabla sólo estaba en posesión del emisor y el receptor. En este caso, algunos miembros del COR sabrían que debían revisar ciertas páginas web en determinada fecha y descargarse determinadas imágenes que, tras ser descifradas mediante procedimientos esteganográficos, desvelarían una tabla de correspondencia mediante la cual podrían transmitirse con seguridad mensajes cifrados en lenguaje corriente tanto por teléfono como por carta o correo electrónico.

La cuestión era, pensó Jack, con qué frecuencia cambiaba el COR sus tablas de correspondencia en la red. El único modo de averiguarlo era intentar encontrar correspondencias entre mensajes conocidos del COR e imágenes cifradas en el mismo marco temporal.

—Puede que esto explique por qué el correo electrónico del anuncio del nacimiento no tuvo respuesta —dijo Jack—. Cambiaron las tablas y nos tomaron la delantera.

Clark asintió y dijo:

—Continúa, Gavin.

—Segundo: uno de los archivos de imagen más pesados del DVD de Nayoan no tenía correspondencia con ninguno que hayamos sacado de páginas del COR. El algoritmo sigue intentando descifrarlo, pero por lo que he visto hasta ahora, me parece que son un montón de números de tarjetas de crédito y códigos de identificación bancaria.

—Nayoan es un tesorero del COR —dijo Chávez—. Está más claro que el agua.

—¿Has comprobado los números? —le preguntó Clark a Gavin.

—Todavía no. ¿Por dónde queréis que empiece?

—Por las tarjetas de crédito. Son más fáciles de conseguir y más fáciles de abandonar que una cuenta bancaria. Empieza por las cuentas que haya de San Francisco y la Costa Oeste. Ya que estamos aquí, podemos aprovechar para hacer averiguaciones.

65

Si su entrada en la medina había despertado curiosidad, pensaron los hermanos Caruso, no se notaba en absoluto. Todavía no había oscurecido, claro, así que había aún numerosos turistas notoriamente blancos y occidentales merodeando alrededor de los puestos callejeros y paseando por las estrechas y serpenteantes callejuelas; su presencia, por tanto, pasaba desapercibida. Pero el sol se estaba poniendo y, al escasear la luz, la medina se iría vaciando poco a poco de forasteros y sólo quedarían en ella tripolitanos y turistas desperdigados que o bien conocían bien Trípoli, o bien ignoraban sus peligros. Archie les había asegurado que había pocos asesinatos de turistas en la medina, pero de noche los atracos y el robo de bolsos se consideraban casi un deporte en aquella zona. Los ladrones tenían buen ojo para los débiles y los desprevenidos. Brian y Dom no parecían ni una cosa ni la otra, había comentado Archie, de modo que no tenían de qué preocuparse. La bolsa de papel que el australiano guardaba en el maletero (un par de semiautomáticas Browning Hi-Power Mark III de nueve milímetros, sin número de serie, y cuatro cargadores con balas de baja velocidad y punta hueca) redoblaba esa convicción. Los silenciadores que les había procurado Andy, hechos a mano con tubos de PVC y pintados de negro con espray, eran del tamaño aproximado de dos latas de refresco puestas una encima de la otra. No durarían más de cien disparos sin perder su eficacia, pero como sólo tenían cuarenta balas entre los dos, ese detalle carecía de importancia.

Pasaron veinte minutos deambulando por callejones de cal y ladrillo, parándose a mirar las mercancías de los tenderetes y las tiendas mientras seguían el plano de Archie, que Brian llevaba doblado en la mano. El australiano les había indicado varias rutas para llegar al piso de Rafiq Bari y varias rutas para alejarse de él, incluidos dos itinerarios de escapada y evasión, lo cual había reforzado su convicción de que era un ex militar, posiblemente del SASR, el Regimiento del Servicio Especial del Aire. Y era un alivio saber que la mentalidad del australiano estaba en sintonía con la suya.

—Qué bien huele —comentó Dom, olisqueando.

El aire estaba lleno de olores: humo de carbón, carne a la parrilla, especias, además del tufo de un millar de cuerpos sudorosos embutidos en un espacio reducido. El ruido, un guirigay de árabe magrebí, francés e inglés con fuerte acento, era también desconcertante al principio. El gentío se movía como guiado por un guardia de tráfico invisible: la gente se esquivaba y entraba y salía de los callejones sin apenas mirarse a los ojos o vacilar.

—¿Será carne de perro?

—Eso es en Asia, hermano, y menos corriente de lo que crees. Puede que aquí coman un poco de carne de caballo, pero yo juraría que casi siempre es cordero.

—¿Otra vez has estado leyendo folletos?

—Cuando estuvimos en Roma.

—Algo me dice que la limpieza no es una de sus prioridades —comentó Brian, y señaló con la cabeza a un vendedor que estaba cortando pollo crudo encima de una tabla. Tenía la tela del delantal salpicada de sangre.

Dominic se echó a reír.

—Pero, hombre, ¿no te hicieron comer bichos en el SERE? —preguntó, refiriéndose al Curso de Supervivencia, Resistencia, Escapada y Evasión.

—Sí, bichos en Bridgeport y serpientes en Warner.

Los niveles B y C del SERE del Cuerpo de Marines se impartían en diversos lugares, entre ellos el Centro de Instrucción Militar de Montaña en Bridgeport y la Base Aeronaval de Warner Springs, ambos en California.

—¿Qué más te da entonces un poco de carne de caballo?

—Puede que cuando nos vayamos, ¿vale? ¿Nos estamos acercando o qué?

—Sí, pero tenemos tiempo de sobra. Pasaremos por delante de la casa de Bari cuando se ponga el sol, a ver cómo está el patio. Pero esperaremos a que esté oscuro para entrar.

—Me parece bien. ¿Qué hora...?

En ese preciso momento, al fondo del callejón un altavoz se puso en funcionamiento y emitió la llamada del almuédano a la oración. A su alrededor, las calles comenzaron a quedar en silencio poco a poco a medida que los tripolitanos dejaban lo que estaban haciendo, desplegaban sus esteras y se arrodillaban para el ritual. Brian y Dominic, como todos aquellos que no profesaban la fe musulmana, se hicieron a un lado y guardaron silencio hasta que acabó la oración y se restableció la actividad normal. Los Caruso echaron a andar otra vez. El ocaso se difuminaba rápidamente y en las ventanas y las terrazas de los cafés comenzaban a encenderse las luces.

—No puedo decir que el islam sea de mi agrado —dijo Dominic—, pero hay que reconocer que son muy devotos.

—Ése es el problema, cuando se trata de radicales. Esa clase de entrega es el primer paso hacia los atentados suicidas y estrellar aviones contra edificios.

—Sí, pero a veces no puedo evitar preguntarme si no estaremos aplicando la teoría de la manzana podrida.

—¿De la qué?

—Una sola manzana podrida en el barril. En este caso hay muchas manzanas podridas, pero aun así seguramente son una minoría muy pequeña.

—Puede que sí y puede que no. Pero en todo caso eso supera nuestras competencias.

—Porque piénsalo: ¿cuántos musulmanes hay en el mundo?

—Mil quinientos millones, creo. Puede que dos mil.

—¿Y cuántos van por ahí haciéndose saltar por los aires? O, mejor aún, ¿cuántos son terroristas radicales?

—Veinte o treinta mil, probablemente. Entiendo lo que quieres decir, hermano, pero a mí las manzanas sanas no me preocupan. A quién rinda culto cada cual y cómo lo haga es asunto suyo, hasta que empieza a recibir mensajes divinos para que haga saltar por los aires a gente inocente.

—Eso no te lo discuto.

Habían tenido antes aquella conversación: ¿juzgar sin matices a todo un pueblo o una religión era simplemente un error ético o lo era también táctico? ¿Considerar hostiles a grandes grupos de población no hace indistintos a los verdaderos enemigos e impide reconocer a posibles aliados? Como casi todos los países del mundo, Estados Unidos había visto cómo sus enemigos se convertían en lo contrario y viceversa. Los muyahidines afganos eran un ejemplo paradigmático que Dominic citaba a menudo. Los mismos rebeldes a los que la CIA había ayudado a expulsar a los soviéticos de Afganistán se habían metamorfoseado en talibanes. Los libros de historia podrían debatir eternamente cómo y por qué había ocurrido, pero la verdad del enunciado mismo ofrecía pocas dudas. Una cosa en la que los hermanos Caruso estaban de acuerdo era en cuánto se parecían la perspectiva de un militar y la de un policía: conoce a tu enemigo lo mejor que puedas y sé flexible en tus tácticas. Además, ambos habían visto suficiente mierda en su vida como para saber que el mundo real no era en blanco y negro, y más aún en su trabajo en el Campus, donde el gris era la norma. Si a los espías y a los miembros de las Fuerzas Especiales se les llamaba a menudo «guerreros en la sombra» era por un buen motivo.

—No me malinterpretes —añadió Dominic—. Estoy encantado de apretar el gatillo contra cualquier fulano que amenace a mi país. Lo que digo es que las guerras suelen ganarlas quienes luchan con más inteligencia.

—Tienes razón. Pero en eso posiblemente podrían llevarte la contraria unos cuantos millones de soldados soviéticos. Stalin los mandaba al matadero del frente oriental como si fueran ganado.

—Siempre hay una excepción a la regla.

Brian se detuvo para comprobar dónde estaban en el plano.

—Casi hemos llegado. La siguiente a la izquierda y luego recto, por un callejón. La casa de Bari es la tercera puerta a la izquierda. Según Gasi, está pintada de rojo sangre.

—Esperemos que no sea un mal augurio.

Diez minutos después encontraron el callejón y pasaron bajo su arco de entrada. Brian, por ser militar, tenía más afinada la visión nocturna que su hermano y fue el primero en darse cuenta de que el hombre que caminaba hacia ellos por el callejón era Rafiq Bari en persona. No iba solo, sino flanqueado por otros dos individuos vestidos con pantalón negro y camisa blanca de manga larga, abierta por el cuello y suelta en la cintura.

—Gorilas autóctonos —masculló Dominic.

—Sí. Vamos a dejarles pasar.

Bari caminaba con paso rápido, lo mismo que sus guardaespaldas, pero tanto su actitud como la de sus escoltas convencieron a los hermanos Caruso de que Bari no iba coaccionado. Saltaba a la vista que la relación que les unía era de carácter contractual.

Los dos hermanos llegaron primero a la puerta roja y siguieron adelante, dejando que Bari y sus acompañantes pasaran por su izquierda. Brian giró fugazmente la cabeza y tras ver que Bari metía una llave en la cerradura de la puerta, volvió a mirar al frente. La puerta se abrió y se cerró de nuevo. Los Caruso torcieron a la izquierda en la esquina siguiente y se detuvieron.

—Ni nos han mirado —dijo Dominic. Los guardaespaldas de Bari eran probablemente matones de barrio convencidos de que su familiaridad con la violencia bastaba como entrenamiento para hacer su trabajo. Y seguramente tenían razón casi siempre.

—Peor para ellos y mejor para nosotros —contestó Brian—. Pero llevaba prisa. O no llegaba a tiempo para ver *La rueda de la fortuna*, o va a alguna parte.

—Más vale pensar que es lo último. Es hora de improvisar.

—Al estilo *marine*.

Seis metros más allá, en el callejón, encontraron a su izquierda un portal abierto y entraron en un pequeño patio con una fuente circular seca en el centro. Era ya casi completamente de noche y los rincones estaban sumidos en profundas sombras. Esperaron unos instantes para que sus ojos se acostumbraran. Apoyado contra la pared del fondo había un enrejado cubierto por una parra seca. Se acercaron e inspeccionaron la madera. Estaba reseca y quebradiza.

—Arriba —dijo Brian y, acercándose a la pared, formó un estribo con sus manos. Dominic apoyó el pie en él, se estiró y se agarró a lo alto de la pared. Se encaramó a ella, miró hacia abajo, le hizo a Brian señas de que esperaba y se alejó a gatas por el tejado. Regresó tres minutos después. Le indicó a su hermano que todo estaba en orden asintiendo con la cabeza y se inclinó para ayudarle a subir.

—La puerta de Bari da a un patio interior. Hay una puerta abierta en la pared de la derecha. Con un guardaespaldas. Bari y el otro están dentro. Se les oye trastear. Parece que tienen prisa.

—Vamos allá.

Cargaron sus Browning, colocaron los silenciadores y comenzaron a cruzar el tejado. A su izquierda, en el callejón, se oyó ladrar a un perro y, a continuación, un golpe seco. El perro gimió y se quedó callado. Brian levantó el puño cerrado para detener la marcha. Iban los dos a gatas. El ex *marine* siguió avanzando por el tejado, se asomó por su borde y volvió.

—Vienen cuatro tíos por el callejón —susurró—. Parecen agentes especiales. O policías.

—Quizá por eso Bari tenía tanta prisa —comentó Dominic—. ¿Esperamos a ver qué pasa?

—Si es la policía, no nos queda más remedio. Si no...

Dominic se encogió de hombros y asintió. Habían hecho un viaje muy largo para hablar con Bari; no iban a dejar que se les escapara, a no ser que no tuvieran elección. Pero si aquellos individuos iban a matar a Bari, ¿le matarían allí o se lo llevarían a otra parte? Ésa es la cuestión.

Brian y Dominic se acercaron al alero que daba al patio de Bari y, tumbados de bruces, avanzaron despacio hasta que pudieron ver. El guardaespaldas seguía de pie junto a la puerta, una silueta oscura entre las sombras. La roja brasa de un cigarrillo brilló un instante y se apagó.

A su izquierda se oyó, cada vez más fuerte, el roce de los pasos sobre la tierra del callejón; luego los pasos se detuvieron, presumiblemente frente a la puerta de Bari. Los Caruso sabían que los instantes siguientes les desvelarían todo cuanto necesitaban saber sobre sus rivales. Si eran policías, entrarían gritando; si no, entrarían a tiros.

No sucedió ninguna de las dos cosas.

Se oyó tocar suavemente a la puerta del patio. El guardaespaldas de Bari tiró su cigarrillo y se inclinó hacia la puerta abierta, dijo algo y se dirigió hacia la entrada del patio. Su cuerpo no mostraba signos de tensión. No hizo amago de sacar el arma que, suponían los Caruso, llevaba guardada en una funda a la altura del cinturón. Se miraron. ¿Bari esperaba una visita?

El guardaespaldas descorrió el cerrojo y abrió la puerta.

Pop, pop.

Los disparos sonaron suaves, no más fuertes que una palmada sobre una mesa de madera. El guardaespaldas cayó hacia atrás y quedó tendido en el suelo. Tres figuras pasaron rápidamente por su lado, camino de la puerta interior. Una cuarta las siguió y se detuvo junto al cadáver para meterle un último balazo en la frente; después siguió caminando.

Del interior de la casa les llegó el ruido amortiguado de otros dos balazos; después un grito y luego silencio. Diez segundos más tarde, Bari salió con las manos unidas detrás de la cabeza, empujado desde atrás por los tres intrusos. Le obligaron a ponerse de rodillas y luego el cuarto, que parecía el jefe, se inclinó por la cintura y le dijo algo. Bari negó con la cabeza. El otro le asestó una bofetada.

—Están buscando algo —susurró Dominic.

—Sí. ¿Crees que son del COR?

—Yo diría que sí. A no ser que Bari trabaje para alguien más.

El interrogatorio se prolongó dos o tres minutos más; después el cabecilla le hizo una seña a uno de sus hombres, y éste obligó a Bari a tumbarse en el suelo. Le ataron las manos con cinta aislante y le introdujeron un trapo en la boca. Luego volvieron a meterle en la casa a rastras.

—El señor Bari está a punto de perder varias uñas —comentó Brian.

—Eso si tiene suerte. Más vale que lleguemos antes de que le dejen hecho papilla.

—Espera unos minutos. Así se pondrá más contento cuando llegue la caballería —dijo Brian con una sonrisa que a su hermano le pareció a medias malévola.

—Joder, Bri, eso es muy bestia.

—Es jugar con ventaja, nada más.

Casi inmediatamente comenzaron a oírse gritos ahogados dentro de la casa. Pasados cinco minutos, Dominic apartó la vista del reloj y asintió con la cabeza. Brian se descolgó primero por el alero del tejado, dejándose caer suavemente de pie. Luego se agachó, apuntó con la Browning hacia la puerta, se acercó a la pared del fondo y, arrodillado, hizo a su hermano un gesto de asentimiento. Diez segundos después Dominic estaba en el patio, agachado junto a la pared más cercana al tejado.

Avanzaron a la vez, deslizándose pegados a la pared, a la sombra, hasta que Dominic ordenó parar. Avanzó un poco más, hasta que su posición le permitió ver a través de la puerta. Le indicó por señas a su hermano que veía a tres hombres en la habitación de la izquierda, según se entraba, y que más allá de la puerta había un pasillo corto. De los otros dos hombres no había ni rastro.

Brian asintió con la cabeza, le explicó por señas el plan de entrada y Dominic, tras responder con un asentimiento, cruzó los tres metros que le separaban de la pared de la puerta, avanzó por ella y se pegó al quicio. Brian avanzó también y se agachó junto al otro lado de la puerta. Dominic echó un último vistazo inclinándose lo justo para mirar por la puerta. Después hizo un gesto afirmativo.

Brian inclinó la cabeza una, dos, tres veces; luego se levantó, cruzó la puerta y torció a la izquierda con la pistola en alto, por delante de él. Su hermano avanzó un paso por detrás de él.

Dos de los hombres tenían a Bari apretado de bruces contra una mesa de madera de caballete; sobre el resbaladizo tablero de la mesa, la sangre brillaba, oscura, al resplandor de la lámpara de pie del rincón. Sentado frente a Bari, el cabecilla del grupo sostenía un cuchillo de mondar en la mano derecha; la hoja y su mano estaban ensangrentadas.

Uno de los que sostenían a Bari levantó los ojos y vio a Brian cuando éste entró en la habitación. El primer disparo del ex *marine* le acertó en la garganta; el segundo, en el centro de la frente. Luego apuntó de nuevo y abatió al otro hombre. El cabecilla se giró con una pistola en la mano. Pero Dominic ya estaba allí. Le golpeó con la culata de la Browning en la sien y el jefe del grupo cayó al suelo de lado.

—Listo.

—Listo —susurró Brian—. ¿Y Bari?

—Ponle a dormir.

Brian le golpeó detrás de la oreja con la culata del arma y luego le echó un vistazo.

—Bien.

Dieron media vuelta, volvieron por el pasillo, miraron por la puerta abierta y, al no ver nada, torcieron a la izquierda por el corto pasillo. En la puerta del fondo apareció una silueta. Dominic disparó dos veces. El hombre cayó. Desde la habitación les llegó un chirrido de madera.

—La ventana —dijo Dominic.

—Voy yo.

Brian sólo tuvo que dar tres pasos para llegar al umbral. Se asomó a la esquina y vio que un hombre trepaba a la ventana del otro lado de la habitación. Disparó. La bala de punta hueca del calibre nueve milímetros se incrustó en la cadera de aquel tipo. Le falló la pierna y cayó hacia atrás, en la habitación. Llevaba una pistola en la mano izquierda. Dominic se acercó y le disparó dos veces en el pecho.

—Listo.

—Listo.

El resto de la casa estaba formado por un cuarto de baño y otro dormitorio, ambos junto al pasillo. Las dos habitaciones estaban vacías, lo mismo que los armarios. Encontraron al otro guardaespaldas de Bari en la bañera, completamente vestido, con un limpio orificio de bala en la parte de atrás de la cabeza. Regresaron a la habitación de la entrada y se dieron cuenta de que era un cuarto de estar con una pequeña cocina. Bari seguía donde le habían dejado, de cara sobre la mesa, con los brazos extendidos.

—Por Dios —dijo Brian—, ¿qué cojones...?

En los cinco minutos escasos que habían estado con Bari, los intrusos le habían cortado dos dedos de la mano izquierda.

—Iban a matarlo —dijo Dominic.

—Sí. La cuestión es por qué.

66

Al margen de sus capacidades como funcionario, Clark, Chávez y Jack descubrieron muy pronto que, como agente secreto, Agong Nayoan o bien carecía de experiencia práctica, o bien había decidido saltarse todas las normas. Ello se hizo especialmente evidente en las contraseñas digitales que había elegido, que Gavin Biery logró forzar a las pocas horas de que Clark y compañía abandonaran su casa. El navegador de su portátil incluía los favoritos habituales (páginas de tiendas, sitios de referencia y otras cosas por el estilo), pero también varias cuentas de correo electrónico, una en Google, otra en Yahoo y otra en Hotmail. Cada una de aquellas cuentas contenía docenas de mensajes, la mayoría de familiares y amigos, al parecer, pero también correo basura cargado de *banners* cuyas imágenes revisaría Biery en busca de mensajes esteganografiados.

Nayoan usaba además con frecuencia mapas de Google que Jack encontró repletos de chinchetas digitales. La mayoría de aquellos puntos resultaron ser restaurantes, cafés o locales de moda de San Francisco a los que podía ir a pie desde su casa o desde el consulado. Una de las chinchetas, sin embargo, llamó su atención: una casa en San Rafael, unos veinticuatro kilómetros al norte de la ciudad, pasado el Golden Gate.

—¿Qué nombre lleva la chincheta? —preguntó Clark.

—Sinaga —contestó Jack.

—Parece un apellido.

—Voy a comprobarlo —dijo el joven antes de que se lo sugiriera Clark. Un minuto después tenía a Biery al teléfono—. Necesito que busques un nombre en las cuentas bancarias de Nayoan: Sinaga.

El informático volvió a llamar diez minutos después.

—Kersan Sinaga. Nayoan le ha extendido siete cheques en los últimos dos años, de entre quinientos y dos mil pavos. Uno de los extractos que he sacado de la página web de su banco lleva una anotación: «asesoramiento informático». Pero lo interesante viene ahora: tiene cuentas pendientes con Inmigración. Hace ocho meses tenía que presentarse a una vista y no apareció. También figura en la lista de personas sospechosas.

—Tuvo que meter la pata por partida doble —comentó Chávez—. Sólo por saltarte una vista de la Oficina de Inmigración no te ponen en la lista de sospechosos.

—No, claro —contestó Clark—. ¿Qué más?

—Le busca la POLRI —dijo Biery, refiriéndose a la Polisi Negara Republik Indonesia, la Policía Nacional indonesia—. Por lo visto, el tal Kersan Sinaga es un falsificador de primera clase. Llevan cuatro años buscándole.

El trayecto en dirección norte, más allá de los límites de San Francisco, les llevó media hora. Según el mapa de Google de Jack, Sinaga vivía a las afueras de San Rafael, en el lado este del pueblo, en un campamento de casas rodantes muy poco poblado. Lo atravesaron una vez, dieron la vuelta y aparcaron a cien metros de la casa de Sinaga, una amplia caravana rodeada por una valla de alambre oxidado, con setos, que llegaba a la altura de la cintura.

—Ding, en mi maletín hay un cuaderno —dijo Clark por encima del hombro—. Dámelo, ¿quieres?

Chávez se lo pasó.

—¿En qué estás pensando?

—Voy a darme un paseo por el vecindario. Vuelvo dentro de diez minutos.

Clark bajó del coche y Chávez y Jack le vieron alejarse por la calle que llevaba a la caravana más cercana; al llegar subió los escalones y llamó a la puerta. Unos segundos después apareció una mujer y Clark pasó treinta segundos charlando con ella; luego pasó a la siguiente, y fue repitiendo el proceso hasta que llegó a la de Sinaga. Cuando volvió a aparecer, se acercó a otras tres caravanas; después regresó al coche y subió a él. Le pasó el cuaderno a Jack. Estaba cubierto de nombres, firmas y direcciones.

—¿Podrías darnos alguna pista? —preguntó Jack.

—Les he dicho que quería abrir un restaurante en la carretera cercana, y que necesitaba quinientas firmas de vecinos de los alrededores para solicitar una licencia para vender licores. Sinaga no está en casa. Según su vecino trabaja media jornada en una tienda de informática. Sale a las dos.

Chávez miró su reloj.

—Falta una hora. No tenemos tiempo.

—Esperaremos a que se haga de noche —dijo Clark.

—¿Y luego? —preguntó Jack.

—Luego secuestraremos a ese cabrón.

El razonamiento de Clark era impecable. Nayoan rara vez contactaba con Sinaga, y cuando lo hacía era siempre por correo electrónico, de modo que su desaparición no haría saltar ninguna alarma. Y lo que era aún mejor: si ejecutaban bien la estratagema, quizá pudieran convertir la asociación electrónica entre Sinaga y Nayoan en un modo de extraer información a este último. En el peor de los casos, tendrían en sus manos a un delincuente que, casi con toda probabilidad, había falsificado documentos para el COR, quizá tanto en Estados Unidos como en el extranjero. No sabían, sin embargo, si a Gerry Hendley le agradaría la idea de que el Campus retuviera a un colaborador del COR.

—Es más fácil pedir perdón que pedir permiso —comentó Clark.

Fueron en coche a la tienda de informática y esperaron a que Sinaga saliera; después le siguieron hasta un supermercado cercano y luego a casa. Pasada media hora, Clark retomó su papel de hostelero y fue pasando por las caravanas del otro lado de la calle antes de dirigirse a la de Sinaga. Volvió cinco minutos después.

—Está solo, jugando a la Xbox y bebiendo cerveza. No he visto ningún toque femenino, así que creo que podemos suponer que está soltero —les informó—. Pero tiene perro, un cocker spaniel viejo. No ha ladrado hasta que he llamado a la puerta.

Mataron el tiempo hasta que se hizo de noche; después regresaron en coche al campamento y rodearon una vez la manzana. El coche de Sinaga, un Honda Civic de cinco años, estaba aparcado debajo de un techado, y en las ventanas de la caravana se veía luz. Una bombilla pelada bañaba el porche en luz blanca. Clark apagó el motor y los faros del Taurus y echó luego un vistazo a su cuaderno.

—Su vecino, el que sabía que estaba trabajando, se llama Héctor. Se parece un poco a ti, Ding.

—Déjame adivinar: voy a ir a pedirle una tacita de azúcar a Sinaga.

—Sí. No hay puerta mosquitera, así que tendrá que abrir la puerta. Cuando la abra, tú te abalanzas sobre él y yo agarro al perro y lo meto en el cuarto de baño. Jack, tú entra por la verja lateral y cubre las ventanas traseras. No creo que le dé tiempo a llegar a ellas, pero más vale prevenir que curar.

—De acuerdo.

—No te acerques como si estuvieras merodeando. Camina como si supieras dónde vas. Los vecinos han sido bastante amables, así que, si alguien te ve, saluda con la mano o di hola como si tal cosa. Vamos allá.

Salieron del coche y enfilaron la calle charlando tranquilamente y riendo de vez en cuando, como tres vecinos que volvieran de algún lado. Al llegar a la altura de la caravana, suegro y yerno torcieron hacia ella. Jack se adentró entre las sombras, junto a la verja, y vio que Clark se pegaba a la pared, al lado de la puerta, y que Chávez subía los escalones. El primero se volvió, le hizo un gesto de asentimiento y Jack abrió la verja sin hacer ruido y entró en el jardín. No había mucho césped, pero sí muchos hierbajos, manchas marrones y montones de excrementos de perro. Jack llegó a la parte trasera de la caravana y se agachó para poder ver el remolque entero. Había dos ventanas, pero una era demasiado pequeña para que cupiera por ella un adulto; la ventana más próxima a él era la única salida.

Oyó que Chávez llamaba a la puerta y unos segundos después escuchó la voz de alguien:

—Sí, ¿quién es?

—Héctor, el vecino. Oye, tío, mi teléfono no funciona. ¿Puedo usar el tuyo un momento?

Se oyeron pasos en el suelo de la casa. Chirriaron las bisagras.

—¡Hola!

Una puerta se cerró de golpe y un instante después se oyó un estruendo de pasos. Jack levantó la vista, alarmado. *Mierda, ¿qué...?*

—¡Va para allá! —gritó Clark—. ¡La ventana de atrás!

Clark no había acabado de hablar cuando se abrió la ventana y apareció una figura que se lanzó de cabeza. Aterrizó con un gruñido, rodó por el suelo y se levantó de un salto.

Jack se quedó paralizado un momento. Luego dijo:

—¡Alto ahí!

Sinaga se volvió y miró a uno y otro lado. Se abalanzó sobre él y, a la luz que se colaba por la ventana, Jack vio un destello de acero en su mano. *Un cuchillo*, le advirtió una parte lejana de su cerebro. Aquel tipo cargó contra él moviendo el cuchillo a un lado y a otro. Jack retrocedió. El falsificador siguió avanzando. Jack chocó de espaldas contra la valla y vio que Sinaga movía el brazo. Ladeó la cabeza, sintió un golpe en el hombro derecho. Desequilibrado por el impulso, el hombre se tambaleó hacia un lado. Jack le cogió del brazo, le asió la muñeca con la mano izquierda, dio un tirón y le rodeó con el brazo derecho el cuello, de forma que su laringe quedó a la altura del hueco de su codo. Sinaga inclinó la cabeza hacia delante y la echó bruscamente hacia atrás. Jack presintió el golpe, pero sólo logró ladear la cara. La parte de atrás de la cabeza de Sinaga golpeó su pómulo y sintió un estallido de dolor detrás de los ojos. El falsificador forcejeaba, intentando desasirse, y volvió a lanzarle contra la valla, pero al hacerlo perdió el equilibrio. Le fallaron las piernas y cayó de culo. Jack aguantó, sintió que se inclinaba hacia delante sobre la cabeza de su oponente. *No sueltes, no sueltes...* Apretando aún con el brazo la garganta de Sinaga, dio una voltereta. Oyó un crujido amortiguado. Cayó al suelo hecho un guiñapo y rodó hacia un lado, convencido de que Sinaga se echaría sobre él.

—¡Jack! —La voz de Chávez, que apareció y cruzó corriendo la verja. Sin detenerse, apartó de una patada el cuchillo de la mano de Sinaga. No se movía. Tenía la cabeza extrañamente torcida hacia un lado. Parpadeó varias veces, pero tenía los ojos fijos, inmóviles. Su brazo derecho temblaba sobre el suelo emitiendo un ruido suave.

—Dios mío... —murmuró Jack—. Dios todopoderoso.

Clark cruzó la puerta, se paró en seco y se arrodilló junto a Sinaga.

—Tiene el cuello roto. Está muerto. Jack, ¿estás bien?

El joven no podía apartar los ojos de Sinaga. Mientras le miraba, su brazo dejó de temblar.

Clark dijo:

—Jack, despierta. ¿Estás bien?

Asintió con la cabeza.

—Ding, métele dentro. Rápido.

Una vez dentro de la casa, Chávez sentó a Jack en el sofá, cruzó el pasillo hasta el dormitorio y ayudó a Clark a meter el cuerpo de Sinaga por la ventana. Volvieron a reunirse en el cuarto de estar. El cocker ladraba en el cuarto de baño.

—Fuera no se mueve nada —informó Clark mientras cerraba la puerta delantera—. Ding, echa un vistazo a la nevera, a ver si *Toby* se calla con un poco de comida.

—Vale.

Clark se acercó a Jack.

—Estás sangrando.

—¿Qué?

Clark señaló su hombro derecho. La sangre había teñido de rojo la tela de su camisa.

—Quítate la camisa.

El joven se la quitó, dejando al descubierto un desgarrón de cinco centímetros en la clavícula, a la altura del arranque del cuello. Un reguero de sangre le corría por el pecho.

—Eh... —masculló—. No lo sabía. He notado un golpe en el hombro, pero no me había dado cuenta.

—Unos centímetros más arriba y hubieras muerto, Jack. Ponte el dedo ahí. Oye, Ding, mira a ver si Sinaga tenía en algún lado pegamento rápido.

De la cocina les llegó un ruido de cajones abriéndose y cerrándose; luego apareció Chávez y le lanzó un tubo a Clark, que se lo pasó a Jack.

—Ponte un poco en el corte.

—Será una broma.

—No. Es mejor que los puntos. Póntelo.

Jack lo intentó, pero le temblaban las manos. Miró a Chávez y Clark.

—Lo siento.

—Sólo es la adrenalina, *mano* —dijo Chávez, y cogió el tubo—. No te preocupes.

—¿De verdad está muerto? —le preguntó Jack a Clark.

Éste asintió con la cabeza.

—Mierda. Le necesitábamos vivo.

—Ha sido culpa suya, Jack, no tuya. Puedes sentirte mal si quieres. Es natural. Pero no olvides que intentaba cortarte el cuello.

—Sí, supongo... No sé...

—No le des más vueltas —dijo Chávez—. Estás vivo y él está muerto. ¿Preferirías que fuera al revés?

—Claro que no.

—Entonces anótate un tanto y olvídate del asunto. —Chávez cerró el tubo de pegamento y se levantó.

—¿Que me olvide del asunto? ¿Así como así?

—Puede que tardes un tiempo en asimilarlo —contestó Clark—. Pero, si no puedes, conviene que no te muevas de tu despacho.

—Por Dios, John.

—Si te comes la cabeza con eso, podrías acabar muerto, o provocar la muerte de otra persona. Te lo aseguro. No todo el mundo sirve para este oficio, Jack. Y no hay por qué avergonzarse de ello. Más vale darse cuenta ahora que más adelante.

El joven exhaló un suspiro y se frotó la frente.

—Está bien.

—¿Está bien qué?

—Está bien, me lo pensaré. —Clark sonrió al oírle—. ¿Qué? —preguntó Jack.

—Que ésa era la respuesta adecuada. Acabas de matar a un hombre. Si no tuvieras que reflexionar un poco, me preocuparía.

Chávez dijo desde la cocina:

—He encontrado algo, John.

Tres días después de salir de Dubái en un vuelo chárter, el artefacto tomó tierra en el aeropuerto internacional de Vancouver, en la Columbia Británica. Musa, que había llegado la víspera, estaba esperando el avión. Su tarjeta de visita y una carta le franquearon las puertas del almacén de aduanas, donde se encontró con el inspector.

—Silvio Manfredi —se presentó al tiempo que le entregaba su documentación.

—Gracias. Phil Nolan. Su paquete está aquí.

Se acercaron a un palé que había allí cerca, en el que descansaba la caja de plástico.

No había sido difícil crear la tarjeta y el papel con membrete utilizando Photoshop y un buen programa de edición. Al inspector, claro está, le interesaría muy poco la carta de la secretaría del Departamento de Veterinaria de la Universidad de Calgary, pero había que tener en cuenta el efecto psicológico. El inspector estaba tratando con un compatriota y una prestigiosa universidad canadiense.

A lo largo de sus catorce meses de estudio, Musa había aprendido que los inspectores de aduanas de todo el mundo estaban mal pagados y tenían una sobrecarga de trabajo, y que vivían por y para las listas y los formularios. Tratándose de un cargamento como aquél (material radiactivo), al inspector le preocuparían tres impresos: la factura y el conocimiento de embarque del dispositivo; el documento sellado y timbrado de la agencia de la IATA (la Asociación Internacional de Transporte Aéreo) en Dubái, en el que figuraba el origen del cargamento; y los diversos papeles que exigían la Comisión para la Seguridad Nuclear de Canadá, el Ministerio de Transporte, la licencia de dispositivos radiactivos y materiales nucleares, el Reglamento de Materiales Nucleares de Canadá y la normativa de transporte de sustancias peligrosas. Aunque no había sido difícil reproducir todos aquellos papeles, Musa y sus hombres habían invertido ocho meses sólo en hacer las averiguaciones necesarias.

—Entonces, ¿qué es? —preguntó el inspector de aduanas.

—Se llama visualizador portátil PXP-40HF equino.

—¿Cómo ha dicho?

Musa se rió.

—Sí, ya sé. Menudo trabalenguas. Es una máquina de rayos equis para caballos. Un amigo del rector de la universidad vive en Dubái. Tiene un semental árabe que ha ganado un montón de premios y que vale más de lo que ganaremos nosotros en toda nuestra vida. Pero el caballo se puso enfermo, el amigo se lo explicó al rector y la universidad le prestó el aparato.

El inspector sacudió la cabeza.

—¿Se salvó el caballo?

—Sí. Y ojo: era sólo un cólico. Me he pasado una semana allí, cuidando una máquina de rayos equis, porque el veterinario de ese tío no reconoció un simple caso de indigestión.

—Bueno, por lo menos ha tomado un poco el sol. Muy bien... —dijo el inspector mientras hojeaba el papeleo—. Necesito el código de radioisótopos, el nivel de actividad, tasa de dosificación, límites de contaminación...

—Página cuatro. Y página nueve. En la parte de abajo de la tabla.

—Sí, muy bien, ya lo veo. Entonces, ¿es peligroso este cacharro?

—Es prácticamente inofensivo, a no ser que uno se haga unas doscientas radiografías de los huevos. Eso sí sería un problema.

El inspector se echó a reír.

—No es precisamente un arma de destrucción masiva, ¿no?

Musa se encogió de hombros.

—Las normas son las normas. Imagino que es mejor pasarse de prudente que lo contrario.

—Sí. Oiga, ¿y cómo es que no ha ido directamente a Calgary?

—Porque no había vuelo hasta el miércoles. Pensé que sería más fácil venir aquí y alquilar un coche. Con un poco de suerte estaré en casa antes de que se haga de noche.

El inspector firmó donde había que firmar y pegó los sellos adhesivos a la caja. Hizo que Musa firmara a su vez en los espacios destinados a ello, echó un último vistazo a los papeles y se los devolvió.

—Puede irse cuando quiera.

—Mi coche está en el aparcamiento...

—Acérquelo a la puerta. Les diré que le dejen pasar.

Musa le estrechó la mano.

—Gracias.

—No hay de qué. Buen viaje.

67

Tras detener la sangre que manaba a borbotones de sus dedos cortados, sentaron a Bari en una silla del cuarto de estar a cuyas patas le sujetaron los pies con cinta aislante. Al jefe del grupo le ataron a la mesa de caballete. Ambos seguían inconscientes. Por último, registraron los cadáveres y los amontonaron en la bañera, encima del guardaespaldas de Bari.

—Voy a darme una vuelta por la manzana —dijo Dominic—. A ver si los vecinos están inquietos. No creo que se haya oído nada, pero...

—Muy bien.

—Dentro de cinco minutos estoy aquí.

Brian se sentó en el cuarto de estar a observar a sus prisioneros y hacerles mentalmente la autopsia a los muertos. *Un trabajo cojonudo*, pensó. Dominic siempre había tenido buena mano para las pistolas y era un as en el Callejón de Hogan, pero aquélla era la primera vez que se metían juntos de verdad en faena. Estaba lo del centro comercial, claro, pero no era lo mismo. ¿No? Acababan de enfrentarse a verdaderos miembros del COR, y en su terreno. Pero no estaban acostumbrados a tomar prisioneros. Sobre ese tema, tendría que cambiar el chip. La culata de la Browning había dejado fuera de combate a los dos fulanos, claro, pero de forma poco eficaz. Quizás una porra de plomo y cuero fuera más práctica. Tendrían que mirarlo.

Oyó abrirse la puerta del patio. Se levantó, se acercó y se asomó a la ventana.

—Soy yo, hermano —dijo Dominic al entrar.

—¿Qué pinta tiene?

—Muy tranquila. De noche este barrio se queda muerto. Seguramente dentro de un par de horas será una ciudad fantasma.

—Lo cual me recuerda algo.

—¿Estos dos? —contestó Dominic, señalando con la cabeza a Bari y al otro.

—Sí. Si tienen información, podemos intentar sacársela aquí, o probar a llevárnoslos.

—Bueno, una cosa está clara: solos no vamos a poder sacarlos de Libia. Pero quizá podamos llegar a Túnez.

—¿A qué distancia está?

—A ciento sesenta kilómetros al oeste, poco más o menos. Pero no nos adelantemos. Primero vamos a hablar con Bari, a ver si llegamos a alguna parte.

Lograron despertarle vertiéndole un vaso de agua fría por la cabeza y dándole un par de bofetadas. Parpadeó varias veces, miró a su alrededor y fijó luego la mirada en Brian y Dominic.

Profirió unas pocas palabras en árabe y acto seguido dijo en un inglés con fuerte acento:

—¿Quiénes sois?

—La caballería —respondió Brian.

Bari apretó los ojos con fuerza y gimió.

—Mi mano.

—Sólo son dos dedos —dijo Dominic—. Hemos parado la hemorragia. Ten. —Le pasó una docena de aspirinas, de un frasco que habían encontrado en el cuarto de baño. El tipo se metió las pastillas en la boca y luego aceptó el vaso de agua que le ofreció Brian.

—Gracias. ¿Quiénes sois?

—Por lo visto, los únicos amigos que te quedan en la medina —contestó Dominic—. ¿Quiénes eran?

—¿Están todos muertos?

—Menos el del cuchillo de mondar —contestó Brian—. ¿Quiénes eran?

—No puedo...

—Del COR, suponemos. Alguien ha querido mandarle al otro barrio, señor Bari.

—¿Qué significa eso?

—Que alguien ha ordenado que te asesinaran. ¿Qué te estaban preguntando?

Bari no contestó.

—Mira, sin ayuda acabarán por encontrarte. Quizá puedas esconderte una temporada, pero te encontrarán. Y seguramente también a tu familia en Bengasi.

Bari levantó bruscamente la cabeza.

—¿Sabéis eso?

Dominic asintió con la cabeza.

—Y si lo sabemos nosotros...

—Sois norteamericanos, ¿verdad?

—¿Importa eso?

—No, supongo que no.

Brian dijo:

—Ayúdanos y nosotros te ayudaremos a ti. Intentaremos sacarte del país.

—¿Cómo?

—Deja que de eso nos preocupemos nosotros. ¿Quiénes eran?

—Gente del COR.

—¿Los mismos que liquidaron a Dirar al Karim?

—¿A quién?

—El del vídeo de Internet. Al que le cortaron la cabeza y los pics...

—Ah. Sí. Son los mismos.

Dominic preguntó:

—¿Cómo se llama el del cuchillo?

—Yo le conozco por Fajouri.

—¿A qué se dedica?

—A lo que habéis visto. A matar. A dar escarmientos. Un tipo de lo peor que hay. Iba por ahí fanfarroneando de lo de Al Karim. Hablaba de ello.

—¿Por qué quería matarte?

—No lo sé.

—Tonterías —dijo Brian—. Tus guardaespaldas y tú teníais prisa. Sabíais que Fajouri venía de camino. ¿Cómo lo averiguaste?

—Corría el rumor por el barrio de que estaba hablando con la policía. No es cierto. No sé quién lo dijo, pero con esta gente... la seguridad lo es todo. Matarme era una medida de precaución.

—¿Qué querían de ti? Eres tú quien lleva su página web, ¿no?

—Sí. Fajouri quería saber si me había quedado con algún dato.

—¿Como cuál?

—Nombres de dominio. Contraseñas. Imágenes...

—¿Imágenes de *banners*, por ejemplo?

—Sí. Sí, preguntó por eso.

Dominic miró a Brian y masculló:

—Esteganografía.

—Sí.

—¿De qué estáis hablando? —preguntó Bari.

—¿Y cuál es la respuesta? —preguntó Dominic—. ¿Te guardaste algún dato? ¿Un pequeño seguro, quizá?

Bari abrió la boca para hablar, pero Brian le atajó:

—Si nos mientes, soltaremos a Fajouri y nos marcharemos.

—Sí, me guardé información. Está en una tarjeta SD, como las de las cámaras. Está debajo de un azulejo, detrás del váter.

Brian ya se había puesto en marcha.

—La tengo. —Volvió dos minutos después con una tarjeta del tamaño de una uña.

Dominic le preguntó a Bari:

—¿Quién le dice a Fajouri lo que tiene que hacer?

—Yo sólo he oído rumores.

—Muy bien.

—Un tal Almasi.

—¿De Trípoli?

—No, tiene una casa a las afueras de Zuara.

Dominic miró a Brian.

—A unos cien kilómetros al oeste de aquí.

—¿Es un pez gordo? ¿Pudo ser él quien ordenó ejecutar a Al Karim?

—Es posible.

Dejaron solo al libio y salieron al patio.

—¿Qué opinas? —preguntó Brian.

—Bari es una buena pieza, pero estaría bien pescar a un pez mejor situado en la escala trófica. Quizá convenga intentarlo, si ese tal Almasi tiene autoridad suficiente para ordenar un asesinato.

Brian miró su reloj.

—Son ya casi las diez. Calculo una media hora para volver al coche y luego dos horas hasta Zuara. Podemos estar allí a eso de las dos y regresar enseguida.

—Entonces nos llevamos a Bari, y probamos con Almasi.

—Lo que deja sólo a Fajouri.

—Es mucho lastre, hermano.

Dominic se quedó pensando y suspiró.

—Es un asesino frío como una roca, Dom —dijo Brian.

—No me digas. Me cuesta pulsar ese interruptor dentro de mi cabeza, ¿sabes?

—Ya lo pulsaste una vez. En ese asunto del violador pedófilo.

—Eso fue un poco distinto.

—No tanto. Aquel tipejo no iba a parar por sí solo. Pues éste lo mismo.

Dominic se quedó pensando. Luego asintió con la cabeza.

—Yo me encargo.

—No, hermano, éste me toca a mí. Ve a decirle a Bari que se prepare para el traslado. Yo voy a hacer limpieza.

Cinco minutos después, Dominic y Bari estaban en el patio. Brian salió y dejó una bolsa de loneta a los pies de su hermano.

—Media docena de semiautomáticas y diez cargadores. Enseguida vuelvo. —Volvió a entrar.

—¿Qué está haciendo? —preguntó el libio.

Desde dentro les llegó un disparo amortiguado, y luego otro.

—¿Fajouri? —le preguntó Bari a Dominic—. Le habéis matado.

—¿Preferirías que estuviera vivo para ir en tu busca?

—No, pero ¿quién me dice que no haréis lo mismo conmigo cuando acabéis?

—Te lo digo yo. En el peor de los casos, dejaremos que te vayas a pie.

—¿Y en el mejor?

—Eso depende de lo bien que te portes.

Brian volvió a salir diez minutos después. Dominic y él se acercaron a la pared del fondo y él ayudó a su hermano a encaramarse al tejado. Diez segundos después regresó con sus mochilas. Se acercaron los tres a la puerta del patio.

Brian se volvió hacia Bari.

—Sólo para que quede claro: si huyes o intentas que alguien se fije en nosotros, te metemos una bala entre los sesos.

—¿Y por qué iba a hacer eso?

—No lo sé, ni me importa. Si nos metes en una encerrona, tú serás el primero en morir.

—Entiendo.

Cuarenta minutos después salieron de la medina por Sidi Omran y recorrieron dos manzanas en dirección este, hacia el Corinthia, donde habían aparcado el Opel. Cinco minutos más tarde estaban en Umar al Mujtar y se dirigían hacia el oeste, camino de los arrabales de la ciudad. Por encima de ellos, en el cielo diáfano, lucían la media luna y un campo de estrellas diamantinas.

Circularon en silencio, con Bari tumbado en el asiento trasero, hasta que pasaron Sabrata, a sesenta y cinco kilómetros de Trípoli por la costa.

—Ya puedes levantarte —le dijo Dominic desde el asiento del copiloto—. ¿Qué tal la mano?

—Me duele mucho. ¿Qué hicisteis con mis dedos?

—Los eché al váter y tiré de la cadena —respondió Brian.

De las cosas que había hecho en casa de Bari, aquélla había sido la más fácil. Había registrado a Fajouri y a sus hombres en busca de tatuajes y documentación. No encontró ningún tatuaje, pero sí muchos papeles que guardó en la bolsa. Después disparó tres balas apuntando a la parte de atrás de la cabeza de cada uno. Los proyectiles de punta hueca cumplieron su misión, convirtiendo sus caras en un amasijo de carne irreconocible. La policía acabaría por identificarlos, probablemente, pero para cuando el COR descubriera que había perdido a algunos de sus miembros, Dominic, Bari y él ya estarían fuera del país.

—¿Tiraste mis dedos al váter? —repitió Bari—. ¿Por qué?

Fue Dominic quien contestó:

—Para que no quede rastro de ti. Cuantas más incógnitas haya, mejor. ¿Dónde está la casa de Almasi?

—Al este de la ciudad. Cuando lleguemos al desvío, sabré cuál es. Está enfrente de una refinería vieja. —Veinte minutos después, Bari dijo—: Frena. Es el siguiente desvío a la izquierda.

Brian aminoró la velocidad y tomó el camino de tierra. La pendiente aumentaba casi inmediatamente; delante de ellos, el camino serpenteaba entre una serie de cerros bajos, cubiertos de matorrales. Pasados cinco minutos, torcía bruscamente a la derecha. Bari, que iba mirando por la ventanilla del lado del conductor, tocó el cristal.

—Ahí. Esa casa con las luces encendidas. Es la de Almasi.

Brian y Dominic distinguieron a cuatrocientos metros de allí, bajando por un terraplén erosionado, una casa de adobe de dos plantas rodeada por una tapia de ladrillo que les llegaría a la altura del hombro. Justo detrás de la casa había un establo.

—¿Era una granja? —preguntó Dominic.

—Sí. De cabras. Almasi la compró hace tres años, como casa de recreo.

—¿Ves las antenas del tejado, Bri? —preguntó Dominic.

—Sí. El tío está bien comunicado.

Siguieron adelante otros ochocientos metros, hasta que perdieron de vista la casa detrás de un cerro, y aminoraron la marcha al llegar a un cruce. Dejándose llevar por un impulso, Brian torció a la izquierda. El camino de tierra se estrechaba por espacio de cincuenta metros antes de abrirse para formar lo que parecía ser una gravera.

—Esto servirá —dijo Dominic.

Brian apagó los faros, detuvo el coche y apagó el motor. Se volvieron en sus asientos para mirar a Bari.

—¿Qué más sabes de este sitio? —le preguntó Brian.

—Sólo dónde está, nada más.

—¿No has estado aquí nunca?

—Una vez. Pero sólo pasé en coche.

—¿Y eso cómo fue? ¿Por simple curiosidad?

Bari titubeó.

—En este negocio conviene saber con quién estás tratando. Yo sabía que Fajouri respondía ante Almasi. Pensé que quizás algún día podía convenirme tratar directamente con él, así que hice algunas averiguaciones.

—Eres muy aplicado —comentó Dominic—. Entonces, ¿nunca has estado, en la casa?

—No.

Brian:

—¿Y en cuanto a guardaespaldas?

—Estoy seguro de que los tiene, pero no sé cuántos. —Los dos hermanos le miraron fijamente—. Es la verdad, lo juro por mi familia.

—¿Y perros?

—No lo sé.

—Dame tus manos —dijo Brian—. Ponlas encima de los cabeceros.

Bari obedeció, cauteloso. Los Caruso le ataron las manos a los cabeceros con cinta aislante.

—¿De verdad es necesario?

—Todavía no hemos alcanzado ese grado de confianza —explicó Dominic—. No te lo tomes como algo personal. Volveremos.

—¿Y si no volvéis?

—Entonces, mala suerte para ti —dijo Brian.

Salieron, sacaron la bolsa del maletero y se sentaron en el suelo a revisar su arsenal. Además de las Browning, tenían cuatro MAB P15 semiautomáticas de nueve milímetros y fabricación francesa, y dos revólveres de cañón recortado del calibre 32.

—Tenemos sesenta balas de las pe quince —dijo Brian—. Nueve milímetros Parabellum. Sirven para las Browning. De todos modos, si nos hacen falta más de sesenta, vamos de culo.

Rellenaron los cargadores de las pistolas, se repartieron el resto de las balas de las P15 y se las guardaron en los bolsillos de los muslos de sus pantalones de estilo militar. Por último, metieron algunas cosas sueltas en sus mochilas. Dominic se acercó a la ventanilla de atrás del Opel. Bari dijo:

—Necesito más aspirinas.

Brian sacó el frasco de su mochilla y le dio la vuelta. Dominic le metió media docena al libio en la boca y le dio a beber un trago de agua de su cantimplora.

—No te muevas de aquí y no hagas ruido —le ordenó. Se volvió hacia su hermano—. ¿Listo?

—Pues claro. Venga, vamos a pescar un pez bien gordo.

68

—¿Qué tal te encuentras? —le preguntó Gerry Hendley a Jack cuando éste se sentó frente a su mesa. De pie, a un lado, Sam Granger se apoyaba contra la ventana con los brazos cruzados.

—Bien, si no fuera por la cantidad de veces que me hacen esa pregunta —contestó Jack—. Sólo fue un rasguño, Gerry. Nada que no pudiera arreglarse con un poco de pegamento.

—No me refería a eso.

—Sé a qué te referías.

—Mataste a un hombre hace menos de doce horas. Si me dices que no te preocupa, te encadeno a tu mesa.

—Jefe...

—Habla en serio —dijo Granger—. Nos guste o no, eres el hijo del presidente Jack Ryan. Si crees que eso no nos da que pensar, estás muy equivocado. Y si pensamos aunque sea por un segundo que no tienes la cabeza bien puesta sobre los hombros, te vas al banquillo.

—¿Qué queréis que os diga? La verdad es que todavía me tiemblan un poco las manos y que tengo el estómago revuelto. Le puse la inyección a Moha porque se lo merecía. Pero ese tal Sinaga... No sé. Quizá se lo mereciera y quizá no. Se me echó encima, intentó matarme... —Titubeó, carraspeó—. Pero ¿quería matarle? No. ¿Me alegro de que muriera él y no yo? Claro que sí, joder.

Gerry se quedó pensando un momento; luego inclinó la cabeza, asintiendo.

—Piénsatelo despacio y mañana me dices algo. Sea lo que sea lo que quieras hacer, aquí tienes tu puesto.

—Gracias.

—Sam, diles que pasen, ¿quieres?

—Espera un segundo —dijo Jack—. Ya he hablado de esto con John y Ding. ¿Te acuerdas de ese correo electrónico sobre el nacimiento de un bebé que nos llegó? —Hendley asintió—. No fue a ninguna parte. No hubo respuestas, ningún seguimiento. Sólo silencio total, prácticamente en todas partes. Creo que ese mensaje ordenaba cambiar de canal.

—Explícate —dijo Granger.

—Sabemos que el COR está utilizando esteganografía en sus comunicaciones, seguramente en las imágenes de los *banners* de sus páginas web. Es probable que lleven haciéndolo algún tiempo. ¿Y si el mensaje era una señal comunicando a las células que cambiaran a un protocolo exclusivamente esteganográfico? Como si hubieran mandado enmudecer la radio, por decirlo de algún modo.

—¿Con qué fin?

—Los miembros de las fuerzas especiales prohíben cualquier comunicación por radio cuando están a punto de lanzarse a la piscina. Puede que el Emir haya dado luz verde a una operación.

—Antes del Once de Septiembre advertimos una disminución en las comunicaciones —comentó Granger—. Y también cuando lo de Bali y lo de Madrid.

Hendley asintió con la cabeza.

—Jack, quiero que te pegues a Biery. Revisad a fondo lo que sacasteis del ordenador de Nayoan.

—De acuerdo.

—Diles que pasen, Sam.

Granger abrió la puerta y Clark y Chávez entraron y tomaron asiento junto a Jack. Hendley le dijo a Clark:

—¿Te has enterado?

—¿De qué?

—Han retirado los cargos contra Discroll.

—Vaya, qué sorpresa —comentó Clark con una sonrisa.

—El secretario de prensa de Kealty lo anunció ayer a última hora. Justo antes de que empezara el fin de semana. Sam ha hablado con un amigo suyo de Benning. Driscoll está limpio. Rehabilitación con honores, pensión completa y paga por invalidez. ¿Su hombro represdenta un problema?

—No, a no ser que vayas a contratarle para que te tabique el despacho, Gerry.

—De acuerdo, entonces. Bueno, contadnos.

—En casa de Sinaga sólo encontramos una cámara réflex digital —dijo Clark—. Una Nikon de precio medio. Tenía dentro una tarjeta de memoria con unas doscientas imágenes. Paisajes, la mayoría, pero puede que haya una docena de fotografías de caras en primer plano.

—Fotos de pasaporte —añadió Chávez—. Todos varones, la mayoría árabes o indonesios, por lo que parece. A uno de ellos ya lo conocemos. ¿Os acordáis de Shasif Hadi, el correo al que seguimos?

—¿En serio? —terció Granger.

—Pero atención —contestó Jack—: en la foto que tenía Sinaga, Hadi tiene la cabeza afeitada. Cuando le seguimos, llevaba barba y bigote. Se afeitó, usó el pasaporte nuevo y adiós muy buenas.

Clark comentó:

—Puede que eso conteste al interrogante de adónde fue después de Las Vegas. Al menos, en parte. Salió del país.

Hendley asintió con la cabeza.

—Pero ¿adónde y por qué? Sam, ¿qué más sabemos de Sinaga?

—En Yakarta es muy conocido. Hablé con el amigo de un amigo que es el delegado de la CIA en Surabaya. El tío era bueno. Un lince para los pasaportes.

—¿Cómo vamos con el reconocimiento facial?

Fue Jack quien contestó:

—Biery está haciendo el testeo inicial de su ordenador, pero no sabemos mucho del sistema que utilizan Inmigración y Seguridad Nacional. Puede que sus parámetros sean distintos de los nuestros.

—¿Y el FBI? —preguntó Granger.

—El mismo sistema, seguramente. Pero aunque no lo sea todos comparten información, de todos modos.

—Cuando vuelva Dominic le diremos que tantee un poco el terreno. Dado que Hadi es el único factor conocido, vamos a centrarnos primero en él. Averiguad adónde fue después de Las Vegas. Señor Clark, ¿cómo quedaron las cosas en San Francisco?

—Con Nayoan, hemos terminado. Lo dejamos todo como estaba, pero descargamos un montón de datos. Gavin los está procesando. Una cosa está clara: Nayoan era un importante operador logístico del COR. Dinero, documentación... Quién sabe qué más. En cuanto a Sinaga, simulamos un robo con fuerza. Luchó con el atracador, perdió la pelea y acabó muerto. Nos llevamos su DVD y algún dinero para que pareciera más realista.

—Estaremos pendientes de las noticias de aquella zona, a ver si ha colado. Debería. Tuvimos mucho cuidado.

—Muy bien, entonces habrá que esperar a que nuestro cerebrito encuentre algo. Gracias, caballeros. Señor Clark. ¿puede quedarse un minuto? —Cuando Jack y Chávez se marcharon y la puerta estuvo cerrada, Hendley añadió—: ¿Y bien?

Clark se encogió de hombros.

—Está bien. En cuanto a si le gusta el trabajo en activo, eso sólo el tiempo lo dirá. Pero está asimilándolo. Es un chico listo.

—¿Qué tiene que ver que sea listo? —preguntó Granger.

—Bueno, es muy equilibrado, entonces. Igual que su padre.

—¿Volverías a llevarle contigo?

—Sin pensármelo dos veces, jefe. Tiene instinto y una fina capacidad de observación, y aprende muy deprisa. Tiene un poco de gris, además, lo cual nunca viene mal.

—¿Un poco de gris? —preguntó Hendley.

—El hombre gris —respondió Clark—. Los mejores espías saben confundirse con su entorno: cómo caminar, cómo vestirse, cómo hablar. Te cruzas con ellos por la calle y no te das cuenta. Jack tiene eso, y es un don natural.

—¿La genética Ryan?

—Puede ser. No hay que olvidar que creció bajo el microscopio. Es probable que, sin saberlo, asimilara un montón de cosas de su entorno. Los niños son muy espabilados. Jack descubrió muy pronto qué hacían todos esos tíos con pistola y traje oscuro merodeando a su alrededor constantemente. Y puso a trabajar sus antenas.

—¿Crees que se lo contará a su padre?

—¿Lo del Campus? Sí. No es culpa de nadie, en realidad, pero Jack vive bajo la sombra de su padre. Y es una sombra muy larga. Cuando tenga claro a qué quiere dedicarse aquí, encontrará un modo de sacar a relucir el tema.

Con ayuda de un empleado de aduanas, Musa cargó el contenedor en la parte de atrás de su Subaru Outback alquilado, saludó al inspector con la mano y salió por la puerta. Pero, naturalmente, no comenzó su largo viaje hasta Calgary, como le había dicho al inspector, sino que recorrió unos veinticinco kilómetros en dirección este, hasta el barrio residencial de Surrey y se detuvo en el aparcamiento del Holiday Inn Express. Encontró un sitio justo enfrente de su habitación en la planta baja, entró y pasó el resto del día dormitando y pasando de un insulso programa de televisión a otro, hasta que por fin se decidió por la CNN. Su habitación estaba equipada con acceso inalámbrico a Internet, así que tuvo que resistirse a la tentación de conectar su ordenador y echar un vistazo para ponerse al día de lo que estaba ocurriendo. Tenía una memoria portátil con las últimas tablas de correspondencia y el *software* de descodificación esteganográfica (aunque no entendía del todo ninguna de las dos cosas), pero era poco prudente conectarse a una de sus páginas satélites estando tan avanzada la operación. La próxima comunicación estaba prevista para el día siguiente a mediodía, y sería muy breve. A no ser que le dijeran lo contrario, daría por sentado que las otras fases del plan seguían su curso conforme a lo previsto.

Así que se quedó mirando el techo, dejó que la cháchara de la televisión se difuminara hasta convertirse en el ruido de fondo y repasó mentalmente su lista. Se sabía de memoria las distancias y las rutas, y su documentación soportaría hasta el examen más meticuloso, o casi. El inspector de aduanas del aeropuerto había sido un obstáculo, claro, pero eso no era nada comparado con las medidas de seguridad que habría en territorio estadounidense. Allí la policía era curiosa y exhaustiva y estaba siempre alerta. Claro que, se recordó Musa, en cuestión de días tanto las fuerzas de seguridad federales como las estatales tendrían tantas cosas de las que ocuparse que no darían abasto, y él ya estaría en su destino.

Estuvo durmiendo hasta que, a las siete de la tarde, le despertó la alarma de su reloj. Se sentó y se frotó los ojos. A través de las cortinas descorridas vio cómo se desvanecían los últimos vestigios de luz solar. Encendió la lámpara de la mesilla de noche. En el televisor, un presentador entrevistaba a un experto de Wall Street dando vueltas y más vueltas a la economía norteamericana.

—¿Ha tocado ya fondo? —estaba preguntando el presentador—. ¿Está empezando a recuperarse el país?

Idiotas. Estados Unidos no ha tocado fondo aún. Pero lo tocará muy pronto.

Musa entró en el cuarto de baño, se echó agua en la cara y se puso la chaqueta. Luego se quedó parado en medio de la habitación, pensando, volvió a entrar en el cuarto de baño y descolgó una toalla pequeña del toallero. Después fue limpiando cada superficie que había tocado al tiempo que iba retrocediendo: la encimera, el inodoro, el picaporte, el interruptor de la luz... Acabó con la mesilla de noche, el mando a distancia y la lámpara. Ya había pagado la habitación, así que no hacía falta que se parara en recepción. El recepcionista le había dicho que podía dejar en la habitación la tarjeta con la que se abría la puerta, y eso hizo: primero la limpió bien y luego la dejó sobre el televisor. La toallita se la guardó en el bolsillo delantero del pantalón. ¿Qué más? ¿Olvidaba algo? No, pensó. Salió, cerró la puerta y se acercó a la parte de atrás del Subaru. El contenedor seguía en su sitio. Abrió las puertas, montó en el coche y encendió el motor.

Una vez fuera del aparcamiento, tomó la autopista 1 y recorrió treinta y cinco kilómetros en dirección sureste, hasta el desvío de la autopista Fraser, que siguió con rumbo este por espacio de once kilómetros, hasta la calle Doscientos sesenta y cuatro. Allí viró hacia el sur y siguió circulando cuatro minutos más. Muy pronto vio delante de sí el resplandor de las luces del estadio. Era el cruce 13/539, un nudo en forma de trébol situado a caballo entre la frontera de Estados Unidos y Canadá. Notó que se le aceleraba el corazón. Siguió avanzando.

A unos centenares de metros al norte del nudo de carreteras, la carretera se bifurcaba: el carril de la izquierda llevaba al cruce; el de la derecha desembocaba, tras describir una curva, en lo que según su mapa era la avenida Zero; después torcía hacia el oeste. Musa puso a cero el cuentakilómetros y miró por el retrovisor. No había nadie tras él. Aceleró el Subaru hasta alcanzar el límite máximo de velocidad, frenó ligeramente y activó el control de velocidad.

Qué extraño, pensó, que aquella anodina carretera de dos carriles, bordeada a ambos lados por arboledas y campos de labor, fuera la frontera entre dos países. La única señal que veía de ello era una alambrada de media altura, en la parte sur de la carretera. Los estadounidenses adoraban las alambradas. ¿No?

Condujo por espacio de doce kilómetros, viendo ponerse el sol y salir las estrellas. Sus faros rozaban el asfalto gris y la línea amarilla que separaba los carriles desaparecía bajo el coche, hasta que, después de una eternidad, o eso le pareció, sus faros iluminaron un cruce. Leyó la señal mientras se acercaba: calle Doscientos dieciséis. Bien. Ya estaba cerca. Después venía la calle Doscientos doce, y después la Doscientos diez. Puso el cambio de marchas en punto muerto. Delante, a su derecha, vio las luces de algunas casas tras una cortina de árboles. Se asomó por la ventanilla de su lado y miró atentamente mientras el coche iba perdiendo velocidad. *Ahí.*

Junto a un grupo de pinos, una abertura en la alambrada. En una señal se leía «Propiedad privada. Prohibido el paso». Musa miró hacia delante, no vio los faros de ningún coche y volvió a mirar por el retrovisor. Todo despejado. Apagó los faros, pisó el freno, torció a la izquierda cruzando el carril contrario y pasó por la verja.

Estaba en Estados Unidos.

El camino descendía casi inmediatamente, y la tierra lisa daba paso a profundos surcos. A su derecha, se destacaban en el paisaje los tocones de media hectárea de pinos. Alguna empresa maderera había comprado aquella parcela de bosque y había decidido talarla.

El camino era cada vez más desigual, pero la tracción a las cuatro ruedas del Subaru superaba los baches sin dificultad. El camino maderero zigzagueaba en dirección sureste, bajando por el monte por espacio de un kilómetro más, hasta que llegaba a una intersección en la que se cruzaban tres caminos de tierra. Musa torció a la izquierda. El camino se alisaba allí y unos minutos después desembocaba en otro cruce. Musa torció a la izquierda y durante unos centenares de metros se dirigió de nuevo hacia el este antes de volver a virar en dirección sur. Cinco minutos más tarde apareció una carretera asfaltada. La carretera de la calle H. Entonces dejó escapar un suspiro. Si alguien le hubiera visto cruzar la frontera, ya le habrían dado el alto. Todo iban bien. Por ahora.

Encendió los faros y torció a la derecha para tomar la carretera. Ocho kilómetros después llegaría a la autopista 5 justo al norte de Blaine, Washington. Desde allí pondría rumbo al sur. Tres días de cómodo viaje por grandes autopistas.

69

La casa de Almasi daba por la parte de atrás a una colina cubierta de pinos y matorrales cuya falda conducía directamente a la gravera. Dominic y Brian avanzaron sin prisas, pegados a las cárcavas pedregosas que subían zigzagueando por la colina. Tardaron media hora en alcanzar la cumbre. Allí se tumbaron boca abajo y avanzaron un poco, arrastrándose.

Pendiente abajo, a unos veinte metros de distancia, se alzaba la tapia trasera del establo y, a la derecha de éste, un grupo de cabañas de adobe. No vieron luz en las ventanas. El porche trasero de la granja se hallaba a su izquierda, delante de ellos. Había luz en una ventana de la planta de arriba.

—Son casi las tres —susurró Brian—. Vamos a quedarnos aquí, agachados. Si Almasi tiene gente patrullando fuera, acabaremos viéndoles.

Pasaron diez minutos, luego veinte. No vieron movimiento alguno.

—¿Probamos? —sugirió Dominic—. ¿El establo primero?

—¿Por qué no?

Brian se apartó del risco de lo alto de la colina, recogió un puñado de piedras y volvió. Arrojó la primera describiendo un amplio arco. La piedra cayó en el tejado del establo, rodó por los listones de madera que hacían las veces de tejas y se estrelló en el suelo.

Nada se movió, ni se oyó ningún ruido.

Brian arrojó otra piedra, esta vez en línea recta. La piedra chocó contra la pared del establo. Pasaron cinco minutos.

—Ha pasado media hora.

—¿El establo primero y luego las cabañas? —preguntó Dominic.

—Sí. Si tiene refuerzos, estarán ahí.

Se apartaron de la cima de la colina y avanzaron pegados al suelo, hacia su derecha, hasta que estuvieron detrás del establo. Entre los tablones, viejos y quebradizos, había grandes huecos. Echaron un vistazo dentro, pero no vieron moverse nada. Brian hizo señas a su hermano: «A las cabañas. Yo voy delante.»

Salieron de detrás del establo, encorvados, y se deslizaron a lo largo del pie de la colina manteniendo la cabeza agachada por debajo del nivel de los matorrales. Quince metros más allá llegaron a un estrecho camino de tierra. Las cabañas de adobe quedaban justo enfrente. Veinte metros al descubierto. A su izquierda, a una distancia de treinta metros, se alzaba la casa. La ventana de encima del porche trasero seguía iluminada.

Brian hizo un gesto: «Ve tú, yo te cubro».

Dominic asintió con la cabeza, echó un último vistazo alrededor y cruzó el camino corriendo, hasta que llegó a la pared exterior de la cabaña situada más al oeste. Inspeccionó ambas esquinas y le hizo señas a Brian de que cruzara. Su hermano llegó diez segundos después. Dominic se tocó la oreja y tocó la pared. Un metro por encima de sus cabezas se abría un ventanuco horizontal. A través de él oyeron ronquidos.

«Yo me ocupo de las dos del norte», gesticuló Dominic.

Volvieron a encontrarse dos minutos después. Brian rodeó la oreja de su hermano con las manos y susurró:

—Dos hombres, uno en cada cabaña. Tienen fusiles de asalto.

Dominic asintió con la cabeza, levantó dos dedos y luego cuatro. Cuatro en total. Se pasó el pulgar por el cuello y se encogió de hombros. «¿Los liquidamos?»

Su hermano negó con la cabeza y señaló la casa. El ex agente del FBI asintió con un gesto. Brian abrió la marcha; siguieron el contorno de las cabañas hasta el lado este, el punto más cercano al porche trasero de la casa. Otra vez terreno abierto, aunque ahora sólo fueran seis metros.

Brian los cruzó con la Browning en alto, moviéndola a derecha e izquierda, arriba y abajo, y se agazapó luego junto a los escalones. Pasados dos minutos, le indicó a su hermano que cruzara. Señaló los escalones de madera y se pasó el pulgar por la garganta. «Son viejos, harán mucho ruido.» Dominic asintió. Caminó de lado hasta el borde del porche e inspeccionó la barandilla. Se volvió y le hizo una seña a Brian levantando el pulgar. Tres minutos después habían saltado la barandilla y estaban en el porche. Se acercaron a la puerta y cada uno se situó junto a una jamba. Brian probó el picaporte. La puerta estaba abierta. La abrió cinco centímetros y se detuvo. Esperó. La abrió del todo, se asomó a la esquina y se retiró. Negó con la cabeza.

Cruzaron el umbral con las pistolas en alto, buscando movimiento. Estaban en un vestíbulo con suelo de baldosas. Delante, a la derecha, un tramo de escaleras llevaba a una galería flanqueada por puertas. A su izquierda y a su derecha había sendos cuartos de estar. Las paredes encaladas parecían refulgir en la oscuridad. Dominic se señaló. «Permíteme.» Brian asintió y se apartó, y juntos entraron en el cuarto de estar y en el comedor que había más allá, junto al cual encontraron la cocina. Al cruzar la puerta del otro lado se hallaron en el cuarto de estar de la izquierda del vestíbulo.

Brian señaló la escalera y obtuvo una respuesta afirmativa. Dominic retrocedió hasta el rincón de la entrada para vigilar mientras Brian subía la escalera; una vez arriba, se encargó de cubrir a su hermano mientras éste subía a reunirse con él.

Había cuatro puertas a lo largo de la galería y una en la pared del fondo. Empezaron por la primera. Un dormitorio. Vacío, con la cama hecha. El aire olía a moho, como si llevara algún tiempo desocupada. Pasaron a la segunda puerta, y luego a la tercera, y encontraron otros dos dormitorios vacíos. Detrás de la cuarta había una especie de despacho provisto de un escritorio de roble, un teléfono, una impresora multifunción y un monitor de ordenador de pantalla plana. Brian entró y echó un vistazo alrededor. Frente al escritorio, embutida en un aparador, había una caja fuerte.

Se acercaron a la última puerta. Dominic aplicó el oído a la madera, se apartó y dijo gesticulando sin emitir sonido: «Roncando.» Luego añadió por señas: «Yo me ocupo de Almasi; tú despeja la habitación.»

Brian asintió.

Dominic giró el pomo, abrió la puerta un par de centímetros y pegó el ojo a la rendija. Se volvió, asintió mirando a Brian y abrió la puerta de par en par. En tres zancadas llegó a la cama de cuatro columnas. Almasi estaba tendido de espaldas, con los brazos a los lados. Brian se movía por el dormitorio revisando sus rincones. Hizo un gesto de asentimiento y Dominic cogió a Almasi de un brazo y, tirando de él, le tumbó boca abajo al tiempo que le apretaba la cara contra la almohada. El hombre se despertó de inmediato y comenzó a hacer aspavientos. Dominic pegó el silenciador de la Browning a su nuca.

—Un ruido y eres hombre muerto. Di que sí con la cabeza si me has entendido.

Almasi asintió.

—Nos vamos y tú te vienes con nosotros. Si nos complicas las cosas, me encargaré de que mueras de la peor manera posible. Tienes un ordenador y una caja fuerte en el despacho. Vas a darnos la contraseña y la combinación, ¿vale?

El tipo asintió otra vez.

Brian pasó a su hermano un rollo de cinta aislante. Dominic ató las manos al prisionero y le devolvió el rollo. Se apartó de la cama e indicó a Almasi que se levantara. El libio obedeció. Salieron a la galería precedidos por Brian y entraron en el despacho.

Dominic encendió el ordenador, un Dell de gama alta. Apareció el logotipo de Windows Vista, seguido por la ventana de la contraseña. Dominic encontró una libreta y un bolígrafo en el cajón del escritorio y los empujó hacia Almasi.

—Nombre de usuario y contraseña.

Almasi no se movió.

Brian acercó una silla desde el otro lado de la habitación y le obligó a sentarse. Pegó la Browning a su rodilla derecha.

—Por aquí es por donde empezaré. Las rodillas, luego los tobillos y después los codos. —Recogió la libreta y el bolígrafo de la mesa y los arrojó sobre el regazo del libio—. Nombre de usuario y contraseña.

Esta vez, Almasi no vaciló. Cuando acabó, Brian le pasó la libreta a Dominic y éste introdujo las claves y comenzó a revisar los directorios del ordenador.

—Poneos con la caja fuerte —dijo—. Yo voy a empezar a descargar esto; luego registraré su habitación. —Insertó una memoria portátil en el puerto USB de la torre y comenzó a transferir archivos.

Brian obligó a Almasi a levantarse y le empujó hacia la caja fuerte.

—Ábrela.

—Mis manos.

—Te las arreglarás.

El libio se puso de rodillas y comenzó a girar al rueda.

—Enseguida vuelvo —dijo Dominic, y salió del despacho.

Almasi miró a Brian.

—Ya está.

—Ábrela y apártate.

El hombre obedeció, retrocediendo de rodillas. Brian se agachó delante de la caja fuerte. Estaba vacía, salvo por un CD-ROM metido en una funda de papel. Alargó la mano hacia su interior. Por el rabillo del ojo, vio que Almasi acercaba las manos atadas al estante que tenía a su lado. Se volvió, vio que había empuñado una pistola, se giró bruscamente y levantó la Browning al tiempo que se apartaba. Se oyó un estallido. Un fogonazo anaranjado iluminó la habitación. Brian disparó desde la altura de la cadera y dio en el centro del esternón al libio, que cayó de lado.

—¡Brian! —Dominic cruzó la puerta, dio dos pasos y apartó de un puntapié la pistola de la mano de Almasi. Se arrodilló y le tomó el pulso—. Está muerto.

—Sacó una pistola —dijo Brian, jadeando—. Le quité el ojo un segundo. Maldita sea.

—Vamos, tranquilo, siéntate. Siéntate.

—¿Qué?

—Estás sangrando.

—¿Eh?

Dominic le obligó a sentarse en la silla, agarró su mano derecha y se la apretó contra la parte alta del vientre. Al notar la humedad, Brian apartó la mano y se miró los dedos.

—Mierda.

—Apriétate la herida.

—Vamos a tener compañía. Más vale que eches un vistazo.

Dominic se acercó a la ventana y abrió las cortinas. Abajo, comenzaban a encenderse luces en las cabañas de adobe.

—Vienen para acá. —Se volvió hacia Brian, que se había abierto la camisa. Tenía un orificio del tamaño de la yema de un meñique unos diez centímetros por debajo del pezón derecho. Apretó con los dedos alrededor de la herida e hizo una mueca. Sangraba abundantemente.

—¿Tienes la costilla rota? —preguntó Dominic desde la ventana.

—Sí, creo que sí. Ha frenado la bala. Ay, Dios, cómo duele. Mierda, mierda, mierda. Coge ese CD que se me ha caído, ¿quieres? Estaba en la caja fuerte.

Dominic recogió su mochila del suelo, hurgó dentro y sacó media docena de compresas. Se las pasó a Brian y volvió a la ventana.

—Deberíamos haber traído de las de verdad.

—Éstas son mejores, hombre. Absorben de verdad la sangre. —Abrió una compresa y se la aplicó al pecho—. ¿Ves algo?

—Las luces están encendidas. Van a venir. ¿Puedes moverte?

—Sí.

—Voy a ver si puedo retrasarles.

Recogió del suelo la pistola de Almasi, una Bereta Tomcat semiautomática del calibre 32.

—¿Qué clase de balas lleva? —preguntó Brian.

Su hermano sacó el cargador y le echó un vistazo.

—De punta hueca.

—Uf. Está bien. En marcha.

Dominic cruzó rápidamente la puerta, bajó las escaleras y salió. Se agachó junto a los escalones, apuntó a la cabaña situada más al oeste y disparó tres veces en dirección a la ventana. Se oyeron gritos dentro. Las luces se apagaron. Volvió a entrar corriendo en la casa, cerró la puerta, torció a la derecha y corrió a la ventana de la esquina. La abrió y disparó cuatro veces a la cabaña del lado este, y luego cinco veces a través de la puerta delantera. El cargador de la pistola se quedó sin balas. Lo tiró al suelo y subió corriendo las escaleras. Brian estaba de pie, apoyado contra la mesa.

—Estoy bien. Ya sangra menos. ¿Tienes algún plan?

—Sí. —Dominic recogió el CD-ROM del suelo, lo guardó en su mochila e, inclinándose sobre la mesa, separó la memoria portátil del puerto USB del ordenador—. Estamos justo encima del porche. En cuanto se pongan en acción, sales por la ventana. Te tumbas en el tejado. Cuando empieces a oír disparos aquí dentro, baja al suelo y dirígete al establo. Si te sientes con fuerzas, vete al coche. Yo te alcanzaré por el camino. Dame tu pistola.

—Dom...

—Cállate y dame tu pistola. ¿Puedes con tu mochila? —Brian asintió. Dominic se la pasó—. Tienes mala cara, hermano. ¿Seguro que puedes moverte?

—¿Hay alternativa?

—No. Vigila la ventana y ve dándome detalles.

—Entendido.

Dominic puso ambas Browning sobre la mesa y recorrió la habitación con la mirada. Cogió la silla del escritorio de Almasi y la empujó hacia la puerta; luego hizo lo mismo con una mesa auxiliar que había allí cerca. Los pasó por la puerta, avanzó por el pasillo y los arrojó escalera abajo. Cayeron hasta el final y quedaron amontonados.

—¿Cómo vamos? —preguntó Dominic alzando la voz.

—Todavía nada. Espera. Ha salido uno y se dirige hacia el oeste dando un rodeo. Lleva una AK.

Dominic entró en el primer cuarto de invitados, agarró una mesilla de noche, una lámpara de pie y una silla y las arrojó por la escalera.

—¿Qué coño estás haciendo, Dom?

—Una barricada casera.

Repitió la maniobra en la habitación siguiente y luego regresó al despacho. Cogió la mochila de Brian y se la puso; después agarró la suya, asió las Browning, les quitó los silenciadores y se las guardó en el cinturón.

Brian dijo desde la ventana:

—Adelante, vaquero. Los otros tres acaban de salir. Dos van hacia el porche y otro está dando la vuelta por la fachada. El primero viene por el lado este. Oye, he encontrado una sorpresa en el armario. —Señaló el rincón, donde había apoyada una escopeta—. Una Mossberg ochocientos treinta y cinco del calibre doce. Cargada con seis cartuchos.

Dominic se acercó a él y abrió la ventana sin hacer ruido. Ayudó a salir a Brian y le sujetó hasta que estuvo tumbado sobre los tablones del tejado.

—Voy a esperar hasta que estén todos en la casa —dijo—. Pediré a gritos más munición. Cuando me oigas, vete. ¿Cuánto tiempo necesitarás?

—Dos minutos.

—Te alcanzaré enseguida. No podemos permitir que nos sigan.

Dominic cerró la ventana, se volvió, agarró la escopeta y salió a la galería. Desde el cuarto de estar del lado oeste llegó un ruido de cristales rotos. Abajo, en la entrada, algo golpeó la puerta. Una vez y otra. La puerta se resquebrajó y se abombó hacia dentro. El ex agente del FBI terció la escopeta, se tumbó boca abajo y sacó el cañón unos dos centímetros por entre los huecos de la barandilla. Oyó chirriar la pata de una silla sobre el suelo en el cuarto de estar. Una cabeza asomó por la esquina, se retiró y volvió a aparecer. Dominic permaneció inmóvil. Contuvo el aliento. *Aquí no hay nada que ver, capullo.* Los golpes de la puerta se hicieron más fuertes, más insistentes. El del cuarto de estar se asomó una última vez por la esquina, se hizo a un lado y, con la AK-47 en alto, siguió el trazado de la galería. Apartó una de las mesillas de noche y retrocedió hacia la puerta. Apartó la mano izquierda de la AK-47 y la alargó hacia el picaporte.

Dominic ajustó la puntería, centró la mira en el pecho del hombre y disparó. El tipo se tambaleó hacia atrás, chocó contra la puerta y se deslizó hacia abajo. Se oyeron fuertes pasos cruzando el porche; después el ruido se alejó. Un momento más tarde se oyó un estrépito de cristales rotos. *Uno menos. Quedan tres,* pensó Dominic. De pronto se le ocurrió una idea. Se levantó, volvió corriendo al despacho y abrió la ventana. Le pasó una de las Browning a Brian.

—Por si acaso les da por trepar. —Cerró la ventana y regresó a la galería.

Abajo nada se movía. Pasó un minuto; luego, en alguna parte a su derecha, Dominic oyó un susurro. A la izquierda, una mano asomó por la esquina y lanzó algo escalera arriba. *Una granada,* pensó mientras caía rebotando en la galería. Supo por su forma que no era una granada de fragmentación, sino de aturdimiento. No querían arriesgarse a matar a Almasi. *Demasiado tarde, chicos.* Se incorporó y se lanzó rodando por la puerta del despacho al tiempo que se tapaba los oídos y cerraba con fuerza los ojos. Se oyó un fuerte estallido. Un centelleo blanco atravesó sus párpados. Sintió que el suelo temblaba bajo sus pies. Se tumbó boca abajo y se acercó a la puerta a rastras. A su izquierda, una figura subía velozmente por la escalera, disparando. Las balas se incrustaban en la pared. Al llegar a lo alto de la escalera, el hombre se detuvo y se agachó detrás del poste de la esquina. Dominic sacó la Browning de su cinturón, apuntó y disparó. La bala atravesó la rodilla visible del libio, que gritó y cayó hacia atrás por la escalera. El ex agente del FBI volvió a coger la escopeta, se levantó y corrió por la galería. Disparó a la cabeza que asomó por la entrada del cuarto de estar. Falló el tiro. Disparó de nuevo hacia la habitación, basculó hacia la derecha y disparó desde la altura de la cadera, acertando al herido en el centro de gravedad. El libio cayó sobre el suelo del vestíbulo y quedó inmóvil. Dominic giró a la izquierda, se metió en el primer cuarto de invitados y se tumbó boca abajo.

—¡Me estoy quedando sin munición! —gritó—. ¡Traedme más!

Miró su reloj. Dos minutos. Hizo recuento. Casi dos cargadores llenos para la Browning y seis balas en la escopeta. Rodó hacia la izquierda, se puso en pie y se asomó por la esquina. En el vestíbulo nada se movía. Dio un paso hacia el pasillo, manteniéndose detrás del poste de la esquina. Echó otro vistazo, giró y corrió por la galería. Detrás de él, un reguero de balas cubrió la pared. Se encorvó, recorrió los últimos dos metros y medio y se metió en el dormitorio de Almasi.

—¡Hermano! ¿Dónde está la puta munición? —gritó.

Contó hasta diez, salió y disparó dos veces más hacia el vestíbulo; luego cerró la puerta del despacho y volvió a entrar en el dormitorio. Cerró de un portazo, para que no quedara duda de lo que había hecho. Cuando subieran la escalera, tendrían que inspeccionar los cuartos de invitados, luego el despacho y, por último, el dormitorio de Almasi. La cuestión era cuánto tardarían. ¿De cuánto tiempo disponía antes de que uno de ellos volviera a salir para cortarle la salida por las ventanas?

Cerró la puerta con llave y pegó el oído a la madera. Pasó un minuto; luego dos. Oyó el chirrido de los muebles sobre las baldosas de la entrada. Luego el crujido de un peldaño de la escalera. Se acercó a la ventana, la abrió y salió al tejado. Dejó la ventana abierta. Miró a su alrededor, pero no vio a nadie. Se acercó agazapado hasta el borde. Había tres metros hasta el suelo. Metió la escopeta entre su mochila y sus omóplatos, se tumbó boca abajo y descolgó las piernas y el tronco. Se soltó. En cuanto sus pies tocaron el suelo, dobló las rodillas y se dejó rodar. Se levantó y rodeó corriendo la casa hasta el lado este; después subió al porche y buscó la ventana rota. Se coló dentro y cruzó en silencio el cuarto de estar hasta llegar al vestíbulo. Se asomó a la esquina. En la galería se veía a una persona. Estaba de pie, de espaldas a él, en el umbral del segundo cuarto de invitados. Dominic salió al vestíbulo y pasó con cuidado entre el montón de muebles que ocupaba su centro. Sacó la Browning, apuntó y disparó al hombre a la nuca. Mientras se desplomaba, se hizo a un lado y se agachó bajo la escalera. Se guardó la Browning y sacó la escopeta.

Se oyó un estruendo de pasos en la galería. Después el ruido cesó. Los pasos se reanudaron. Esta vez eran más cautos. Una puerta se abrió de golpe con un fuerte chirrido. *El despacho*, pensó Dominic. Pasaron treinta segundos. Los pasos salieron del despacho y se detuvieron. La puerta del dormitorio principal se abrió de una patada.

Mira la ventana, gilipollas.

Pasaron otros treinta segundos.

—*Yebnen kelp!* —gritó alguien.

Dominic hablaba un árabe mediocre, pero comprendió por el tono que era un exabrupto: algo por el estilo de «mierda» o «hijo de puta».

Se oyeron pasos en la galería, por las escaleras y luego por el vestíbulo. Dominic oyó el traqueteo de una cerradura al abrirse. Dio dos pasos hacia un lado, levantó la escopeta y disparó al hombre en la parte de atrás de las piernas. El impacto le lanzó contra la puerta. Su AK-47 cayó sobre las baldosas con estrépito mientras se desplomaba. El ex agente del FBI se incorporó y tiró la escopeta. Sacó la Browning y se acercó al hombre, que se retorcía y gemía en el suelo, y que, al verlo, levantó las manos.

—Por favor...

—Es demasiado tarde para eso.

Dominic le disparó en la frente.

Encontró a Brian sentado en el suelo, detrás del establo, con la espalda apoyada en la cuesta. Cuando vio a Dominic, levantó la mano para saludarle.

—¿Te los has cargado?

—Hasta el último. ¿Cómo estás?

Brian sacudió débilmente la cabeza. Su cara lívida brillaba de sudor.

—Tengo que confesarte una cosa.

—¿Cuál?

—La bala no me ha dado en las costillas, ha pasado limpiamente. Es el hígado, Dom.

—Dios mío, ¿estás seguro? —Se acercó para abrirle la camisa, pero Brian le rechazó con un ademán.

—La sangre es muy oscura, casi negra. La bala debe de haberme hecho trizas el hígado. Además, casi no noto las piernas.

—Voy a llevarte al hospital.

—No. Harán demasiadas preguntas.

—A la mierda. Zuara está a quince kilómetros de aquí.

Dominic se arrodilló, agarró a Brian por el brazo y se lo cargó al hombro. Afianzó los pies y se levantó.

—¿Estás bien?

—Sí —masculló Brian.

Dominic tardó diez minutos en remontar la colina y otros diez en bajar por la ladera opuesta. Cuando llegó a la gravera, echó a correr hacia el Opel.

—¿Sigues ahí? —preguntó.

—Ajá.

Llegó al Opel, se puso de rodillas y tumbó a Brian en el suelo.

—¿Qué ha pasado? —preguntó Bari desde el asiento trasero.

—Le han disparado. ¿Hay hospital en Zuara?

—Sí.

Dominic abrió la puerta trasera y usó su navaja para desatar al libio. Juntos metieron a Brian en el asiento de atrás.

—¿Sabes dónde está? —le preguntó Dominic a Bari, y éste asintió con un gesto—. Entonces conduce tú. Toma un solo desvío mal y te vuelo la cabeza, ¿entendido?

—Sí.

Bari se sentó en el asiento del conductor y encendió el motor. Dominic rodeó el coche y montó detrás, con Brian.

—¡Vamos, vamos!

70

Su objetivo no estaba en el mismo São Paulo, sino ciento veintiocho kilómetros al norte de la ciudad, punto neurálgico de la floreciente petroeconomía brasileña. La planta de Replan en Paulinia, la mayor refinería de todo Brasil, procesaba cerca de cuatrocientos mil barriles de crudo al día, unos setenta y seis millones de litros. Suficiente, había leído Shasif Hadi, para llenar más de treinta piscinas olímpicas. Naturalmente, sabotear una planta de esas características no era tarea fácil, como le había advertido Ibrahim la primera vez que le habló del plan. Había un sinfín de sistemas redundantes de seguridad que tener en cuenta; eso por no hablar de las medidas de seguridad físicas. Entrar en los terrenos de la refinería no sería problema (la valla exterior más elevada medía tres metros de alto), pero una vez dentro podrían hacer muy poca cosa. Podían destruir con explosivos algunos tanques de almacenamiento, pero los tanques estaban tan separados entre sí que no había esperanzas de causar un efecto dominó. Del mismo modo, los centenares de válvulas de control de la planta (conocidas oficialmente como DCE, o dispositivos de cierre de emergencia) que regulaban el paso de sustancias químicas por el laberinto de columnas de destilación, torres de fraccionamiento, unidades de craqueo y depósitos de mezcla y almacenaje eran prácticamente invulnerables: hacía poco que habían sido reforzadas con un sistema llamado Neles Valvguard, que, a su vez, se regulaba desde el centro de control de la refinería. Y desde sus primeros viajes de reconocimiento sabían que dicho centro se hallaba bajo tierra y defendido por fuertes medidas de seguridad. Sashif no entendía ninguno de aquellos pormenores, pero, en lo esencial, estaba claro lo que había querido decirle Ibrahim: que las probabilidades en contra de causar una fuga catastrófica dentro de la planta de Paulinia eran astronómicas. La palabra «dentro», sin embargo, era crucial, se recordó Shasif. ¿No? Había otros modos de hacer caer las primeras fichas de dominó.

Tal y como estaba planeado, cada uno de ellos se alojaba en un hotel distinto y tenía su propio coche de alquiler. Salieron a horas distintas, escalonadamente, tomaron por separado la autopista SP-348 para salir de São Paulo y se dirigieron hacia el norte, hasta llegar a Campinas, treinta y dos kilómetros al sur de Paulinia. Se encontraron a mediodía en un restaurante llamado Fazendão Grill. Shasif fue el último en llegar. Vio a Ibrahim, Fa'ad y Ahmed en una mesa situada en un rincón y se acercó a ellos.

—¿Qué tal el viaje? —preguntó Ibrahim.

—Sin novedad. ¿Y vosotros?

—Lo mismo.

—Me alegro de veros —dijo Shasif. Miró en torno a la mesa y los demás respondieron con una inclinación de cabeza.

Llevaban cinco días en el país, cada uno con sus propias tareas que ultimar en São Paulo. Los explosivos (Semtex H de fabricación checa) habían llegado al país mediante empresas de transporte urgente, gradualmente, cincuenta y seis gramos cada vez, a fin de reducir las posibilidades de que fueran interceptados. El Semtex, pese a ser muy fiable, tenía un peligroso inconveniente: un marcador químico que se añadía durante el proceso de fabricación para que su presencia fuera más fácilmente detectable para los perros antiexplosivos. Antes de 1991 no se añadía dicho marcador, pero como las remesas inodoras tenían una fecha de caducidad máxima de diez años, el año 2000 no fue únicamente un hito histórico, sino que también marcó un antes y un después para los terroristas. A partir de ese momento, tuvieron que empezar a fabricar sus propios explosivos desprovistos de marcadores químicos, o a idear técnicas de manipulación específicas para las nuevas remesas, que se rociaban con dinitrato de glico o bien con un compuesto conocido como DMDNB (2,3-dimetil-2,3-dinitrobutano), ambos «vaporizadores de ritmo lento», o sea, perfume para la nariz de los perros policía.

Por suerte para Shasif y los demás, sólo necesitaban cuatrocientos cincuenta gramos de explosivos para sus fines, de modo que los envíos escalonados tardaron pocas semanas en llegar. De aquella provisión de Semtex habían sacado seis cargas: cinco de cincuenta y seis gramos y una de ciento setenta.

—Ayer hice mi última inspección de la planta. Como esperábamos, la zanja y el canal de desvío aún no están terminados. Si hacemos bien nuestro trabajo, no podrán hacer nada para detenerlo.

—¿Cuántos litros calculas tú? —preguntó Ahmed.

—Es difícil saberlo. La tubería funciona al cien por cien y tiene una capacidad anual de casi treinta y dos mil millones de litros: más de treinta y cuatro millones de litros diarios. A partir de ahí, los cálculos se complican. Pero basta con decir que será suficiente para nuestros propósitos.

—¿El plan de huida no ha cambiado? —preguntó Fa'ad.

Ibrahim le miró fijamente. Bajó la voz.

—No hay ningún cambio. Pero no lo olvidéis: vivos o muertos, debemos tener éxito. Alá tiene sus ojos puestos en nosotros. Si es su voluntad, sobreviviremos todos, o algunos. O no. Esas preocupaciones son secundarias, ¿está claro?

Asintieron todos, uno por uno.

Ibrahim echó una ojeada a su reloj.

—Siete horas. Nos vemos allí.

Tras la emoción inicial de su primer viaje de fin de semana juntos y después de que se disipara el acaloramiento de su encuentro amoroso, Allison comenzó a distanciarse de él, se puso a mirar por la ventana, dijo que no cuando él le sugirió que salieran y dejó que un mohín asomara a sus labios. Cuando llevaba así media hora, Steve le preguntó:

—¿Qué te pasa?

—Nada —contestó ella.

—A ti te pasa algo. Te lo noto en la cara. Estás haciendo eso con el labio. —Se sentó a su lado en la cama—. Cuéntamelo.

—Es una tontería. No es nada.

—Allison, por favor. ¿He hecho algo mal?

Aquélla era la pregunta que ella estaba esperando. El bueno de Steve. Tan cobardica, tan preocupado por perderla.

—¿Seguro que no vas a reírte?

—Te lo prometo.

—Ayer estuve hablando con mi hermana Jan. Me dijo que había visto no sé qué documental en Discovery Channel o en National Geographic, creo. Era sobre la geología de...

—¿Del sitio donde trabajo? Allison, ya te lo dije...

—Has prometido que no ibas a reírte.

—No me estoy riendo. Está bien, sigue.

—Jan me dijo que hay un montón de científicos en contra. Hay protestas continuamente. Los opositores esgrimen cuestiones legales para intentar cerrar la planta. Han visto que hay fallas sísmicas en toda la zona. Y hablaban de la capa freática si hubiera una fuga.

—No va a haber ninguna fuga.

—Pero ¿y si la hay? —insistió Allison.

—Si hubiera alguna fuga, por minúscula que fuera, se detectaría. Hay sensores por todas partes. Además, la capa freática está a trescientos metros de profundidad.

—Pero el suelo... ¿no es blando? ¿Permeable?

—Sí, pero hay sistemas redundantes de seguridad en todos los niveles y el material irá en barriles sellados. Deberías ver esos cacharros, son como...

—Estoy preocupada por ti. ¿Y si pasa algo?

—No va a pasar nada.

—¿No puedes buscarte otro trabajo? Si nos... Quiero decir que si seguimos juntos... Estaría todo el tiempo angustiada.

—Mira, ahora mismo ni siquiera está en funcionamiento. Apenas están a punto de hacernos la primera entrega de prueba.

—¿Qué es eso?

—Un simulacro, sólo eso. Un ensayo. Llega un camión y descargamos el contenedor. Ya sabes, comprobamos todos los procedimientos para asegurarnos de que todo va como debe.

Allison suspiró y cruzó los brazos.

Steve añadió:

—Oye, no voy a mentirte: me encanta que te preocupes por mí, pero no hay nada de que preocuparse.

—¿En serio? Pues mira esto. —Allison se acercó a la mesilla de noche, agarró su bolso y volvió. Rebuscó dentro un momento y sacó una hoja de papel doblada—. Me lo ha mandado Jan. —Le pasó la hoja.

Aunque sólo se trataba de un croquis, el plano era lo bastante detallado como para mostrar el nivel principal de la planta, dos subniveles y, mucho más abajo, entre diversos estratos de «roca» marrón y gris, una franja horizontal, pintada de azul, que llevaba el rótulo «capa freática».

—¿De dónde ha sacado esto? —preguntó Steve.

—De Google.

—Ally, la planta es mucho más compleja que este... dibujito.

—Ya lo sé. No soy idiota. —Se levantó, se acercó a la ventana de la terraza y miró afuera.

—No quería decir eso —dijo Steve—. Sé que no eres idiota.

—Entonces, ¿Jan se equivoca? ¿Me estás diciendo que estas cosas no os preocupan lo más mínimo?

—Claro que nos preocupan. Es un asunto muy serio. Eso lo sabemos todos. El DOE ha...

—¿El qué?

—El Departamento de Energía. Lleva años haciendo investigaciones. Ha gastado decenas de millones solamente en estudios de viabilidad.

—Pero en ese documental no paraban de hablar de fallas en el terreno. De puntos débiles.

Steve titubeó.

—Ally, no puedo hablar de...

—Muy bien, olvídalo. Dejaré de preocuparme así, sin más. ¿Qué te parece?

Allison le sentía allí parado, mirando su nuca. Tendría las manos metidas en los bolsillos de los vaqueros, y aquella mirada de perrito acobardado. Dejó que el silencio quedara suspendido en el aire. Pasados treinta segundos, él dijo:

—Muy bien, si es tan importante para ti...

—No es que sea importante para mí. Se trata de ti.

Con los brazos todavía cruzados, se volvió parar mirarle. Hizo asomar unas lágrimas a sus ojos. Steve le tendió la mano.

—Ven aquí.

—¿Para qué?

—Tú ven aquí.

Se acercó a él, a su mano. Steve dijo:

—Pero no le digas a nadie que te he contado estas cosas, ¿de acuerdo? Me meterían en la cárcel.

Allison sonrió y enjugó una lágrima de su mejilla.

—Te lo prometo.

El carguero Panamax *Losan* se hallaba a tres días de su destino tras hacer el grueso de la travesía del Atlántico con el mar en calma y el cielo despejado. Su capitán, un alemán de cuarenta y siete años llamado Hans Groder, llevaba ocho años al mando del buque y había pasado en el mar diez meses de cada uno de ellos. El calendario era mucho más duro que en su trabajo anterior como capitán de un navío de reabastecimiento Tipo 702, clase Berlín, de la Armada alemana. Pero la paga era mucho mejor, y las presiones mucho menores. Además, el *Losan* era un buque de alta mar: un cambio agradable para Groder después de pasarse veintidós años navegando por las laberínticas aguas que rodeaban las bases navales de Eckendorf y Kiel. Era tan placentero enfilar el Atlántico y navegar con cientos y miles de metros bajo la quilla y ni una sola mota de tierra en el radar... Naturalmente, cuando un día se levantaba especialmente reflexivo, Groder se dejaba llevar por esa melancolía que experimentan marineros y soldados cuando dejan las fuerzas armadas, pero al mismo tiempo disfrutaba de la vida y de la autonomía que le permitían. Respondía sólo ante una persona, el armador, y no ante un cuadro de oficiales de camisa almidonada que no sabían distinguir entre un zapato y un calzador.

Groder cruzó el puente y echó un vistazo al radar. No se veía ningún otro barco en un radio de treinta kilómetros. Su radar no era el más potente del mundo, pero bastaba para sus propósitos. Para una tripulación y un capitán atentos, en treinta kilómetros daba tiempo de sobra de ajustar el rumbo y esquivar a otros navíos. Groder se acercó a las ventanas y miró hacia la cubierta mientras repasaba automáticamente los contenedores estibados. Habían sufrido algún que otro corrimiento, casi siempre por culpa de aquellos dichosos tanques de propano. Había cuatro colocados en cada contenedor y estaban bien sujetos, pero los cilindros carecían de la práctica geometría de los palés y las cajas. Podría ser peor, pensó el capitán. Por lo menos los dichosos armatostes estaban vacíos.

71

Más tarde, Gerry Hendley se diría que lo más difícil de todo aquel maldito asunto (aparte del suceso mismo que lo había desencadenado, claro está) había sido encontrar un avión privado en el que traerlos. Finalmente había intervenido el ex presidente Ryan, que se había puesto en contacto con el jefe del Estado Mayor de la Fuerza Aérea, quien a su vez había llamado al comandante de la Escuadrilla 316, la unidad con sede en la base de la Fuerza Aérea en Andrews.

Llegaron en dos Chevy Tahoe: Hendley, Jerry Rounds, Tom Davis, Rick Bell, Pete Alexander y Sam Granger en el primero; Clark, Chávez y Jack Ryan hijo, en el segundo. Ambos vehículos torcieron a la izquierda para tomar la calle C y se detuvieron junto a un hangar, al borde de la pista. El ex presidente Ryan llegó cinco minutos después en un Lincoln Town Car, acompañado por su escolta del Servicio Secreto, en dos Suburban.

El Gulfstream V tocó tierra once minutos después, con tres de retraso respecto al horario previsto, y se detuvo a cincuenta metros de distancia. Los motores se apagaron y la escalerilla fue llevada hasta el avión y fijada a su puerta principal.

Jack Ryan hijo se bajó del Tahoe y los demás le siguieron, manteniéndose unos pasos por detrás.

Se abrió la puerta del Gulfstream y medio minuto después apareció Dominic Caruso. Parpadeó, deslumbrado por el sol, y comenzó a bajar la escalerilla. Estaba demacrado y hacía cinco días que no se afeitaba. Jack fue a su encuentro. Se abrazaron.

—Lo siento muchísimo, tío —susurró.

Dominic no respondió, pero se apartó y asintió con la cabeza.

—Sí —fue lo único que dijo.

—¿Dónde está?

—En la bodega de carga. No han dejado que le llevara en la cabina.

Tras dejar la gravera, Bari condujo lo más deprisa que se podía con los faros del Opel apagados, y en menos de diez minutos estaban otra vez en la carretera

503

principal. Brian recobraba el sentido por momentos mientras circulaban a toda velocidad por la costa, en dirección oeste, y Dominic le agarraba la mano y sostenía su cabeza sobre el regazo. Con la otra mano taponaba la herida de bala, de la que seguía manando una sangre negra que cubría su mano y su antebrazo y empapaba el asiento bajo sus piernas. A once kilómetros de Zuara, Brian comenzó a toser, poco al principio y luego espasmódicamente, convulsionándose sobre el asiento mientras su hermano se inclinaba sobre él y le susurraba que aguantara. Unos minutos después, Brian pareció relajarse y su respiración se aquietó. Luego se detuvo. Dominic no se dio cuenta hasta mucho después, pero había sentido aquel momento, aquel sutil abismo que separaba la vida y la muerte de su hermano. Se irguió y vio que Brian tenía la cabeza colgando hacia un lado y los ojos inermes clavados en el respaldo del asiento.

Le dijo a Bari que se apartara a la cuneta y parara el coche, cosa que hizo, y luego sacó la llave del contacto, salió y se alejó diez metros. En el horizonte, por el este, se adivinaban, tenues y rosados, los primeros rayos de sol. Dominic permaneció en silencio, mirando cómo amanecía; no quería mirar a Brian: esperaba a medias que, cuando por fin se volviera hacia él, su hermano respirara de nuevo y le mirara con una sonrisa bobalicona. No fue así, desde luego. Pasados diez minutos, volvió al coche y ordenó al libio apartarse de la carretera principal y buscar un sitio donde esconderse. Cuando llevaban media hora en marcha, Bari aparcó a la sombra de un palmeral.

Dominic llamó a Archie a su móvil: el Campus habría tardado demasiado en enviarle ayuda. En dos frases le contó al australiano lo que había pasado y luego le pasó el teléfono a Bari, quien le dio indicaciones de cómo llegar hasta allí. Pasaron dos horas. Archie llegó en un Range Rover y, sin decir palabra, sacó a Dominic del Opel y le hizo sentarse en el asiento trasero de su coche. Cogió una bolsa para cadáveres del maletero y regresó al Opel, donde, Bari y él sacaron con cuidado el cuerpo de Brian del asiento trasero, lo metieron dentro de la bolsa y volvieron a colocarla en la parte trasera del Rover. El australiano regresó al Opel, lo limpió y metió todo el equipo y las armas en el maletero. Cuando estuvo seguro de que el coche estaba limpio, roció su interior con el contenido de una lata de gasolina y le prendió fuego.

A mediodía estaban de vuelta en Trípoli. Archie pasó de largo frente al consulado y se fue derecho a un piso franco, o eso dedujo Dominic, situado cerca de Bassel el Asad, en las inmediaciones del estadio. Encerró a Bari en el cuarto de baño, atado de pies y manos, se aseguró de que el emisor de interferencias de la línea fija funcionaba y dejó solo a Dominic para que llamara a casa.

—¿Quién más lo sabe? —le preguntó Dominic ahora a su primo.

—Nadie —contestó Jack—. Sólo los que estamos aquí. Pensé que preferirías dar tú la noticia. Pero si quieres puedo...

—No.

—¿Quieres irte a casa? —preguntó Jack.

—No. Conseguimos algunas cosas. Os van a interesar. Vamos a la oficina. Hendley o quien sea tiene que ponerse en contacto con Archie, en Trípoli. Si queremos traer a Bari, vamos a tener que...

—Dom, no tienes por qué preocuparte de eso ahora. Nosotros nos encargaremos.

El ex presidente Ryan se acercó y Dominic y él se abrazaron.

—Ya sé que no sirve de nada decirlo, hijo, pero lo siento en el alma.

Dominic asintió con la cabeza.

—Vámonos, ¿de acuerdo? —le dijo a Jack.

—Claro.

Jack se volvió para hacer una seña a Clark y Chávez, que se acercaron y acompañaron a Dominic al segundo Tahoe. Jack preguntó a su padre:

—¿Puedo ir contigo?

—Claro.

Jack inclinó la cabeza mirando a Hendley y siguió a su padre al Lincoln.

Fueron en silencio hasta que los coches cruzaron la verja principal. Después Ryan padre dijo:

—La putada es que seguramente nunca sabremos qué ha pasado. Me gustaría hacerlo, pero no voy a preguntárselo a Gerry.

—Pregúntamelo a mí —dijo Jack.

—¿Qué?

—Estaban en Trípoli siguiendo una pista, papá.

—¿De qué estás hablando? ¿Cómo lo sabes?

—¿Tú qué crees?

Ryan padre no respondió enseguida. Se limitó a mirar fijamente a su hijo.

—Hablas en serio.

—Sí.

—Dios mío, Jack.

—Siempre me has dicho que tengo que abrirme paso por mí mismo en la vida. Es lo que estoy haciendo.

—¿Desde cuándo?

—Desde hace año y medio. Até cabos y me di cuenta de que el tinglado de Gerry no era lo que parecía. Así que fui a hablar con él. Supongo que le convencí para que me contratara.

—¿Para hacer qué?

—Análisis, sobre todo.

—Sobre todo. ¿Qué quieres decir con eso? —La voz de Ryan padre se había endurecido.

—He hecho un poco de trabajo de campo. No mucho, sólo para ir soltándome.

—Ni lo sueñes, Jack. Se acabó. No voy a permitir que...

—No es decisión tuya.

—Claro que lo es. El Campus fue idea mía. Fui a ver a Gerry y...

—Y ahora es cosa suya, ¿no? No soy tonto, papá. No necesito que veles por mí. Hemos hecho algunas cosas estupendas. Del mismo tipo que hacías tú antes. Y si estaba bien para ti, ¿por qué no va a estarlo para mí?

—Porque eres mi hijo, maldita sea.

Jack dedicó una media sonrisa a su padre.

—Entonces quizá lo lleve en la sangre.

—Tonterías.

—Mira, yo me dedicaba a las finanzas, y estaba bien, pero no tardé mucho en darme cuenta de que no quería seguir dedicándome a eso el resto de mi vida. Quiero hacer algo. Cambiar las cosas, servir a mi país.

—Pues vete a dar clases a una escuela dominical.

—Es lo próximo que pienso hacer.

Ryan padre suspiró.

—Ya no eres un niño, imagino.

—No.

—Bueno, no tiene por qué gustarme, y seguramente nunca me gustará, pero supongo que eso es problema mío. Lo de tu madre, en cambio, va a ser otra historia.

—Yo hablaré con ella.

—No, no hables con ella. Hablaré yo, cuando llegue el momento.

—No me gusta mentirle. —Ryan padre abrió la boca para hablar, pero Jack se apresuró a añadir—: Ni me gustaba mentirte a ti. Si no hubiera sido por John, quizá no te lo hubiera dicho nunca.

—¿Por John Clark?

El joven asintió.

—Es como mi instructor de facto. Ding y él.

—No los hay mejores en este oficio.

—Entonces, ¿te parece bien?

—Más o menos. Voy a contarte un secreto, Jack. Cuanto mayor te haces, menos te gustan los cambios. La semana pasada, en Starbucks dejaron de vender mi café favorito. Me he pasado días cabreado.

Su hijo se echó a reír.

—Yo soy más bien de Dunkin' Donuts.

—También están bien. Ten cuidado, ¿de acuerdo?

—¿Con el café? Sí...

—No te pases de listo.

—Sí, tengo cuidado.

—Bueno, ¿en qué estás trabajando?

Otra sonrisa de Jack.

—Lo siento, papá, pero tu autorización para acceder a secretos de Estado expiró hace tiempo. Si ganas las elecciones, volveremos a hablar.

Ryan padre sacudió la cabeza.

—Malditos espías...

Frank Weaver había pasado cuatro años en el Ejército, de modo que conocía bien lo puntilloso que podía ponerse el Gobierno cuando se trataba de asuntos de su incumbencia, pero creía haber dejado todo eso atrás cuando, tras retirarse con honores, se apuntó a la autoescuela para sacarse el carné de camionero. Se había dedicado a aquello diez años: hacía largos portes de costa a costa y a veces se llevaba a su mujer, pero casi siempre trasegaba kilómetros escuchando rock clásico. *Bendito sea Dios por la radio por satélite*, pensó, y dio gracias al cielo por que las autoridades le hubieran permitido seguir escuchándola en su nuevo empleo. No le hacía mucha gracia la idea de volver a trabajar para el Gobierno, pero, con los pluses por peligrosidad y todo eso, la paga era tan buena que no podía dejarla pasar. Ellos no lo llamaban así exactamente, pero eso eran, de hecho: pluses de peligrosidad. Había pasado por un curso de formación especial y sufrido las pesquisas del FBI sobre sus antecedentes, pero no tenía nada que esconder y era un conductor de primera. En realidad, lo que le habían mandado hacer no tenía nada de extraordinario, de no ser por la mercancía, claro. Pero él no tenía que tocar aquello en ningún momento. Sólo presentarse, dejar que otros cargaran el camión, llevarlo sano y salvo a su destino y dejar que otros lo descargaran. Le habían formado, sobre todo, en procedimientos de emergencia: qué hacer si alguien intentaba secuestrar la carga; o si tenía un accidente; o si aterrizaba un ovni y una luz alienígena le hacía salir de la cabina. Los instructores del Departamento de Energía y de la Comisión de Regulación Nuclear tenían cursos casi para cualquier «por si acaso» que uno pudiera imaginar, y para cien más que a uno jamás se le pasarían por la cabeza. Además, nunca haría la ruta solo. Aún no le habían dicho si sus escoltas irían en coches con distintivos o sin ellos, pero era de esperar que fueran armados hasta los dientes.

Esta vez, sin embargo, no habría guardias, lo cual le sorprendió un poco. Era sólo un viaje de prueba, sí, y llevaría el camión vacío, pero teniendo en cuenta que el Departamento de Energía actuaba siempre como si todo fuera real, esperaba que le pusieran escolta. Claro que quizá le estuvieran mintiendo; tal vez llevaría escolta, sólo que no la vería. Aunque, de todos modos, eso en nada afectaba a su trabajo.

Weaver cambió de marcha y frenó para tomar la carretera de entrada a la planta de energía nuclear de Callaway. A cien metros de distancia, delante de él, vio la caseta del guardia. Detuvo el camión y le entregó su documentación. Cinco columnas de cemento con núcleo de acero bloqueaban la entrada.

—Apague el motor, por favor.

Weaver obedeció.

El guardia miró su carné, se lo guardó en el bolsillo delantero de la camisa y le hizo firmar en la carpeta de pinza. Weaver llevaba el compartimento de carga vacío, pero el guardia hizo su trabajo: primero rodeó por completo el camión y luego revisó los bajos con un espejo rodante.

Volvió a aparecer por la puerta del conductor.

—Salga del camión, por favor.

Salió. El guardia volvió a examinar su carné, tomándose diez largos segundos para comprobar que las caras coincidían.

—Quédese junto a la caseta, si es tan amable.

Él obedeció y el guardia subió a la cabina y pasó dos minutos registrando el interior; después volvió a apearse y le devolvió su identificación.

—Muelle número cuatro. Le darán indicaciones por el camino. El límite de velocidad son quince kilómetros por hora.

—Entendido.

Montó en la cabina y encendió el motor. El guardia se llevó el transmisor a la boca y dijo algo. Un momento después comenzaron a bajar las columnas de hormigón y le indicó que pasara.

El muelle cuatro estaba sólo a cien metros de allí, en la parte de atrás de la planta. A medio camino, un hombre con casco y mono le hizo señas de que siguiera. Weaver giró, rctroccdió hacia el muelle y apagó el motor.

El encargado del muelle se acercó a la puerta del camión.

—Puede esperar en la sala, si quiere. Tardaremos aproximadamente una hora.

Tardaron casi hora y media. Weaver había visto fotografías de aquel chisme durante el curso de formación, pero nunca lo había tenido delante. Los otros camioneros y él lo habían apodado «la mancuerna de King Kong», y la gente del Departamento de Energía había insistido machaconamente en que se aprendieran al dedillo todas sus particularidades. Conocido oficialmente como «cuba de residuos de combustible GA-4 para camión de tara homologada», el contenedor era una pieza de ingeniería imponente. Weaver ignoraba por qué se habían decantado por darle forma de mancuerna, pero imaginaba que sería por cuestiones de resistencia. Según los instructores, los diseñadores habían sometido la cuba a toda clase de torturas: la habían hecho caer desde gran altura, la habían incinerado, sumergido y expuesto a posibles riesgos de perforación. Por cada tonelada de residuos nucleares (desechos de combustible procedentes tanto de reactores de agua a presión como de reactores de agua en ebullición), el casco de la GA-4 tenía cuatro toneladas de blindaje.

Joder, pensó Weaver, *es igual de difícil meterse en ese puto trasto que robarlo, como no sea con un camión, una grúa o un helicóptero de carga.* Sería como esos idiotas que de vez en cuando se veían en la tele, que ataban una cadena a un cajero automático, se lo llevaban a rastras y luego lo dejaban por ahí abandonado porque no podían abrirlo.

—Nunca había visto una de cerca —le dijo Weaver al encargado.

—Parece de una película de ciencia ficción, ¿eh?

—Y en parte lo es.

Rodearon los dos el remolque, como mandaba el protocolo, tachando casilleros en su listado de comprobación mientras avanzaban. Todas las cadenas de anclaje eran nuevas y habían sido sometidas a pruebas de resistencia en la planta, lo mismo que los fiadores, asegurados todos ellos mediante candados dobles. Convencidos de que la cuba no iría a ninguna parte antes de alcanzar su destino, Weaver y el encargado firmaron y volvieron a firmar sus impresos, quedándose cada uno con una copia.

Weaver se despidió agitando la mano y montó en su cabina. Tras poner en marcha el motor, encendió el GPS que llevaba montado en el salpicadero y fue pasando el menú en la pantalla táctil para seleccionar la ruta: el Departamento de Energía había preprogramado el aparato con docenas de itinerarios distintos. Otra salvaguarda, le habían dicho. Ningún conductor tendría conocimiento de su ruta hasta que llegara el momento de salir de la planta de recogida.

La ruta apareció en pantalla en forma de línea morada superpuesta a un mapa de Estados Unidos. *No está mal*, pensó Weaver. Grandes autopistas la mayor parte del trayecto y 2.624 kilómetros en total. Cuatro días de viaje.

72

—Un mensaje de texto de nuestra pequeña rusa —dijo Tariq al entrar en el cuarto de estar.

El Emir estaba junto a la ventana, contemplando el desierto. Se volvió.

—Buenas noticias, espero.

—Lo sabremos dentro de un minuto.

Tariq encendió su portátil, abrió el navegador y fue a una página web llamada storespot.com, una de las muchas dedicadas al almacenamiento de archivos que podían encontrarse en Internet. Lo único que hacía falta para abrir una cuenta era un nombre de usuario, una contraseña y una dirección de correo electrónico, y había páginas que ofrecían cuentas de correo electrónico desechables que se «autodestruían».

Tariq accedió a la cuenta, activó tres vínculos y se encontró en la zona de carga y descarga de la página. Había uno esperando: un fichero de texto sencillo. Según los datos que aparecían, hacía doce minutos que se había cargado. Lo abrió, copió el contenido en su escritorio y borró el archivo de la cuenta. Abrió luego el procesador de texto de su portátil y copió el contenido en un nuevo archivo. Tardó dos minutos en leerlo.

—Está todo aquí. Todo lo que necesitamos.

—¿Qué entrada?

—La sur.

El Emir sonrió. Alá estaba de su lado. De las dos entradas de la planta, la sur registraba menos actividad que la principal, situada al norte. Lo cual significaba que tenía menos personal de seguridad.

—¿Dónde exactamente?

—El estrato de la tercera galería, a quinientos metros de la entrada y a trescientos de la superficie. Según Jenkins, ésa es la zona que más preocupa al departamento de ingeniería. La semana que viene van a tener una reunión con el Departamento de Energía y la Comisión de Regulación Nuclear para hablar de colmatar y cerrar la galería antes de que empiecen a recibir cargamentos.

El Emir sabía, no obstante, que utilizar la entrada sur tenía un inconveniente. Era muy posible que, a los pocos minutos de que el camión se desviara de la carretera 95 y tomara la vía de servicio, los sensores y las cámaras registraran su paso y alertaran al centro de seguimiento situado en la entrada principal de la planta. ¿Cómo reaccionaría el personal cuando se diera cuenta de que el camión se dirigía hacia la entrada sur? Parecía improbable que se diera la alarma inmediatamente; era, a fin de cuentas, el primer porte de prueba. Lo más probable era que el personal diera por sentado que el conductor se había equivocado de desvío. Se efectuarían diversas llamadas y se mandaría quizás a un vehículo a la entrada sur para guiar al camión extraviado. Musa y sus hombres se encargarían de él.

Entre todos los estudios de viabilidad que había hecho el COR en las fases preliminares de Lotus, la cuestión más preocupante y nebulosa atañía a la seguridad in situ de la planta, un asunto sobre el que ni el Departamento de Energía ni la Comisión de Regulación Nuclear habían hecho declaraciones, ya fuera por cuestiones de seguridad o por cierta indecisión interna. A medida que avanzaba la planificación de Lotus, el Emir comenzó a ver con claridad que debían ponerse en el peor de los escenarios y que éste incluiría, puesto que se trataba de una instalación atómica, la presencia de efectivos de la NNSA, la Administración Nacional de Seguridad Nuclear, una fuerza paramilitar bien equipada y entrenada bajo control del Departamento de Energía.

El 11 de Septiembre había puesto de relieve (entre muchas otras cosas concernientes al Gobierno y la sociedad estadounidenses) la necesidad de programas más estrictos de control de materiales, y había que reconocer que el Departamento de Energía no había escatimado en gastos a la hora de conseguir dicho objetivo. Las fuerzas de protección de la NNSA se formaban en tácticas de comandos de lucha antiterrorista y estaban dotadas con vehículos blindados y armas de calibre grueso, incluidos lanzagranadas, balas antiblindaje y, en lugares escogidos, ametralladoras Dillon M134D fijas y móviles con sistema Gatling.

Según los datos que obraban en poder del COR, la NNSA aún no se había hecho cargo de la seguridad de la planta. El Emir, sin embargo, había sido claro con Musa: *Dad por sentado que vais a encontrar fuerte resistencia. Que sólo dispondréis de unos minutos para completar vuestra misión.*

—¿Cómo vamos con los otros elementos? —le preguntó el Emir a Tariq—. El camión.

—Salió de la planta esta misma tarde. El trayecto es de cuatro días. Ibrahim y su equipo están allí. A menos que ordenemos abortar la misión, se pondrán en movimiento dentro de... —Tariq miró su reloj— tres horas. El barco llegará dentro de dos días. Nuestra gente en Norfolk está preparada. Al parecer, el barco pasará probablemente la noche anclado antes de que le asignen atracadero.

—Bien. ¿Y los hombres del señor Nayoan?

—En su sitio y listos. No se moverán hasta que les des la orden. Tendrá que ser con veinticuatro horas de antelación. —El Emir asintió con la cabeza y Tariq preguntó—: ¿Qué quieres que hagamos con la chica?

—Dejadla ir. No sabe nada de nosotros y Beketov está muerto. El vínculo entre su gente y nosotros ha desaparecido. Aunque la cojan, las únicas pistas que puede ofrecer no irán a ninguna parte, o irán donde nosotros queremos que vayan. Se ha ganado el dinero.

—Sabe lo de la planta.

—¿Y qué? La contrató un grupo ecologista marginal para que consiguiera información perjudicial sobre la planta. Eso es todo. Es una mercenaria. Cogerá su dinero y seguirá a lo suyo.

Tariq se quedó pensando; luego asintió con una inclinación de cabeza.

—Muy bien.

—Un último detalle: voy a unirme a Musa en esta misión.

—¿Cómo dices?

—Grabaré un mensaje antes de marcharme. Cuando cumplamos nuestra misión, tú te encargarás de que llegue a las manos adecuadas. —Tariq abrió la boca para decir algo, pero el Emir le atajó con un ademán—. Amigo mío, tú sabes que es necesario. Mi muerte, y lo que hacemos aquí, alentará nuestra guerra durante generaciones.

—¿Cuándo lo has decidido?

—Estaba previsto desde el principio. ¿Por qué, si no, íbamos a venir a este sitio dejado de la mano de Dios?

—Deja que te acompañe.

El Emir negó con un gesto.

—Tu hora no ha llegado aún. Debes confiar en mí. Prométeme que harás lo que te pida.

Tariq asintió inclinando la cabeza.

73

Cuando entró en la localidad de Paulinia, justo después de ponerse el sol, Shasif Hadi divisó las luces de la refinería, todavía a unos seis kilómetros y medio de distancia, mucho antes de ver el complejo. Setecientas treinta hectáreas de columnas de destilación, torres de fraccionamiento y cables de alto voltaje, todo ello festoneado con luces rojas parpadeantes ideadas para ahuyentar a aviones que volaran a baja altura, y completamente innecesarias, en opinión de Hadi. Si un piloto no veía las decenas de focos de estadio que, montados en altísimos postes, iluminaban las zonas de trabajo del complejo, merecía estrellarse.

La SP-332, la carretera que llevaba a Campinas, serpenteaba por los arrabales del norte de Paulinia antes de virar primero hacia el oeste y luego hacia el norte, dejando por último el complejo de la refinería a la izquierda. Hadi pasó de largo y siguió hacia el norte un kilómetro y medio más, hasta que llegó a su desvío: una carretera asfaltada de dos carriles con dirección este. La siguió por espacio de dos kilómetros y medio, hasta un lugar en el que, tras describir una curva, daba paso a un camino de grava. A cien metros de distancia, delante de él, sus faros iluminaron lo que parecía ser un puente que se extendía sobre el camino. Hadi sintió que se le aceleraba el pulso. Sabía que no era un puente, sino un gasoducto de etanol. Al pasar por debajo, miró por la ventanilla del copiloto y vio un claro cubierto de hierba y con una verja para ganado. Aparcada delante de la valla, en batería, y de frente, había una camioneta blanca. Hadi siguió adelante y tomó un desvío más, éste en dirección sur, hacia un camino de tierra. Pasados cincuenta metros aminoró la marcha y escudriñó la línea de árboles que se levantaba a su izquierda. Divisó la abertura entre los árboles, se apartó del camino y apagó las luces mientras dejaba que el coche se detuviera. Comprobó su reloj: llegaba puntual.

Bajó del vehículo, cerró la puerta y salió de entre los árboles para acercarse al borde de la carretera. Miró a la derecha. Camino abajo, más allá de un recodo, a unos ochocientos metros de distancia, aparecieron unos faros. El Volkswagen Fox azul de Ibrahim se detuvo junto a Hadi, y sus frenos chirriaron suavemente.

—¿Algún problema? —preguntó Ibrahim.

—Ninguno.

Hadi montó en el asiento trasero. Fa'ad se había sentado también atrás, y Ahmed iba en el asiento del copiloto. Como parte de su plan de huida, habían aparcado sus coches en carreteras secundarias, al sureste y noreste de la refinería, donde los recogió Ibrahim. Si se separaban por algún motivo, se encontrarían en uno de aquellos vehículos y regresarían a la costa.

Ahmed le pasó a Hadi una pistola, una Glock 17 de nueve milímetros provista de silenciador.

—La camioneta está allí —dijo Hadi—. No estoy seguro, pero me ha parecido ver dos personas dentro.

—Bien. Ahmed, encárgate tú.

Ibrahim puso el coche en marcha y avanzó con las luces apagadas, siguiendo la misma ruta que había tomado Hadi para llegar hasta allí. Faltaban cincuenta metros para llegar al gasoducto cuando detuvo el coche. Ahmed salió, cruzó por detrás del coche y se internó entre los árboles. Aguardaron en silencio mientras Ibrahim cronometraba el tiempo con su reloj. Pasados dos minutos encendió los faros y se puso en marcha de nuevo.

—Agachaos ahí detrás —les dijo.

Hadi y Fa'ad se agacharon por debajo de las ventanillas. Cuando el coche llegó al nivel de la camioneta, Ibrahim frenó y se apeó. Llevaba un mapa en la mano derecha.

—Disculpen —dijo en portugués mientras caminaba hacia la camioneta—. Me he perdido. ¿Podrían indicarme cómo volver a Paulinia?

No hubo respuesta.

—Perdonen, necesito ayuda. ¿Pueden...?

Una mano apareció por la ventanilla del conductor y le hizo señas de que se acercara. Ibrahim obedeció. La pegatina de la puerta decía: «Petrobras. Seguridad».

—Creo que me he saltado algún desvío. ¿A qué distancia está Paulinia?

—No muy lejos —contestó el guardia—. Siga esta carretera en dirección oeste hasta salir a la autopista y gire luego a la izquierda.

A través de la ventanilla abierta del copiloto, Ibrahim vio salir la silueta de Ahmed de entre los árboles y dirigirse a la camioneta.

—¿A cuánto está? —preguntó.

Antes de que el conductor pudiera responder, Ibrahim dio un paso atrás. El primer disparo penetró en la sien del guardia sentado en el lado del copiloto; el segundo acertó en el cuello al conductor, que se desplomó de lado. El silenciador, hecho con latas de sopa y aislante de fibra de vidrio, cumplió su función. Las detonaciones no se oyeron más que una palmada sorda.

—Uno más a cada uno —ordenó Ibrahim.

Ahmed disparó otra bala al primer guardia. Metió luego la pistola en la cabina, apuntó y disparó al oído del conductor. Ibrahim se volvió para hacer una seña al Volkswagen. Hadi se sentó detrás del volante y metió el coche en el claro. Ibrahim y Ahmed ya habían sacado los cuerpos de la camioneta.

—El llavero —dijo Ahmed, y se lo lanzó a Ibrahim.

Empezaron a arrastrar los cadáveres hacia la hilera de árboles. Hadi sacó un par de toallas blancas que se había llevado del hotel, le lanzó una a Fa'ad y juntos limpiaron el interior de la camioneta. Las balas semiencamisadas de punta hueca de la Glock se habían desintegrado dentro de los cráneos de los guardias, en los que no habían dejado orificio de salida, de modo que había más sangre que masa encefálica. Una vez hecho esto, Hadi le tiró su toalla a Fa'ad, que se adentró corriendo entre los árboles para deshacerse de ellas.

Ibrahim regresó al claro, abrió la verja para el ganado y le lanzó el llavero a Hadi. Éste montó con Fa'ad en la camioneta y cruzó la verja marcha atrás, seguido por Ibrahim y Ahmed en el Volkswagen. Hadi cerró la verja con llave mientras Ibrahim se alejaba entre los árboles con el Volkswagen, perdiéndose de vista.

La vía de servicio corría paralela al gasoducto, levantada sobre columnas de metro y medio espaciadas cada quince metros. Bordeada por árboles a ambos lados y repleta de surcos, la carretera se había construido para llevar materiales de construcción durante las obras de tendido de la tubería y servía ahora como acceso para el personal de seguridad y mantenimiento de la refinería.

Pasado poco más de un kilómetro y medio, viraba hacia la derecha; el gasoducto, en cambio, torcía hacia la izquierda. En medio había una arboleda por encima de la cual se divisaban las luces de la refinería. Ibrahim detuvo la camioneta y salieron.

—A cambiarse de ropa —ordenó.

Habían elegido los monos azules oscuros no tanto por su color, que les permitiría camuflarse, como por su abundancia, que garantizaría su anonimato: la mayoría de los trabajadores de la refinería llevaba monos parecidos. Confiaban en que, si alguien les veía desde lejos, les tomara por una cuadrilla de mantenimiento. Estaban ahora a menos de ochocientos metros de la carretera y la valla que rodeaba la refinería.

Tras ponerse los monos, cruzaron la arboleda hasta llegar a un claro. Allí el gasoducto discurría en zigzag antes de enderezarse de nuevo, pasar por encima de la carretera y luego, unos quinientos metros más adelante, cruzar la valla de seguridad y entrar en la refinería propiamente dicha.

El gasoducto de etanol que se extendía por encima de sus cabezas tenía menos de un año de antigüedad y partía de Goiás, ochocientos kilómetros al norte, y atravesaba Paulinia antes de seguir su camino hacia la terminal de Japeri en Río de Janeiro, trescientos veinte kilómetros al noreste. Doce mil millones de litros de etanol al año, a través de un gasoducto que recorría un cuarto de la anchura de Brasil.

Aunque el COR no había podido descubrir el caudal exacto del gasoducto, las cantidades medias habían bastado para convencer al Emir de que el plan era factible. Con un rendimiento aproximado del ochenta y cinco por ciento, el gasoducto bombeaba sus doce mil millones de litros a lo largo de un periodo de trescientos diez días, lo que a su vez significaba que, en un día cualquiera de funcionamiento, circulaban treinta y nueve millones de litros entre Goiás y Río. A cualquier hora del día, en cualquier tramo de quince kilómetros de gasoducto, había etanol suficiente para llenar veinte camiones cisterna.

—Cuatro válvulas DCE entre este punto y el perímetro —susurró Ibrahim—. Una carga para inutilizar cada válvula, una para el punto medio entre los últimos soportes y una para la detonación. De esas dos me encargo yo. Ahmed, tú ocúpate de la primera válvula; Fa'ad, de la segunda; Shasif, tú encárgate de la tercera y la cuarta. Cuando haya colocado mis cargas, me apartaré y me rascaré la cabeza. Poned en marcha los temporizadores. Cuatro minutos exactamente. Y recordad: volved caminando a la camioneta. No corráis. El que no haya llegado cuando estalle la primera carga, se queda aquí. ¿Alguna pregunta? —No había ninguna—. Que Alá nos acompañe —concluyó Ibrahim.

Partieron juntos, charlando y caminando tranquilamente, como cualquier cuadrilla de mantenimiento que intentara pasar lo mejor posible el turno de noche. A doscientos metros de la arboleda se encontraron la primera válvula DCE. Ahmed se apartó y se arrodilló detrás de la válvula, del tamaño de un barril; después se apartó Fa'ad y, por último, Shasif.

—Nos vemos en la camioneta —dijo Ibrahim, y siguió caminando.

La carretera que bordeaba la refinería estaba a cincuenta metros, delante de él. Por la derecha apareció una camioneta blanca que avanzaba despacio, mientras el guardia sentado del lado del copiloto alumbraba la valla con una linterna. Ibrahim miró su reloj. *Temprano. ¡Quince minutos antes de tiempo!* Cassiano, su informante, estaba seguro de las rutas y los horarios de las patrullas de seguridad. O se había equivocado, o el horario había cambiado. Si era así, ¿cuál podía ser el motivo? ¿Simple rutina, u otra cosa? Ibrahim sabía que la camioneta recorrería la carretera del perímetro de la refinería, saldría por la entrada oeste del complejo y volvería a torcer hacia el norte hasta que, un rato después, pasara por delante de la verja de ganado por la que habían entrado ellos. ¿Qué harían los guardias cuando no vieran allí la camioneta? Ibrahim decidió que era preferible no averiguarlo.

Tenían doce minutos. Cuatro minutos más para colocar las cargas y ocho para volver corriendo a la verja de ganado. Llegarían por los pelos. O había otra opción, se dijo.

Con el corazón acelerado, aflojó el paso. La camioneta frenó hasta casi detenerse. Ibrahim saludó agitando el brazo y dijo en portugués, alzando la voz:

—*Boa tarde.* —«Buenas tardes.» Arqueó ligeramente la espalda para asegurarse de que la Glock seguía en su sitio.

Pasados cinco largos segundos, el conductor le devolvió el saludo.

—¿Qué tal va eso? —preguntó.

Ibrahim se encogió de hombros.

—*Bem.* —«Bien.» Echó a andar despreocupadamente hacia la camioneta. *¿Cuánto me acerco?*, se preguntaba. Para matar a los dos guardias antes de que tuvieran tiempo de echar mano a la radio, tendría que estar a diez o doce metros. ¿Sospecharían de su cara o de su uniforme antes de que llegara a esa distancia? ¿Debía cargar contra ellos y empezar a disparar? No, decidió. La camioneta se alejaría a toda velocidad. Ibrahim se detuvo.

—¿Qué están haciendo por aquí? —preguntó el conductor.

—Estamos revisando soldaduras —contestó Ibrahim—. Nuestro jefe ha decidido que teníamos que entretenernos con algo.

El conductor se echó a reír.

—Sé lo que es eso. Hasta luego.

Metió la marcha y la camioneta siguió avanzando. Luego se detuvo. Se encendieron las luces de marcha atrás y el vehículo retrocedió hasta que estuvo de nuevo a la altura de Ibrahim.

—¿Viene de la verja de ganado? —preguntó el conductor.

El árabe asintió con el corazón en un puño.

—¿Había una camioneta?

—No he visto ninguna. ¿Pasa algo?

—Paiva y Cabral no contestan a la radio.

Ibrahim señaló con el pulgar a los demás, diseminados a lo largo del gasoducto, tras él.

—La nuestra también lleva toda la noche haciendo cosas raras.

—Serán manchas solares o algo así, seguramente —dijo el hombre—. Tiene usted un acento muy curioso.

—De Angola. Vivía allí hasta hace un año, más o menos.

El conductor se encogió de hombros.

—Muy bien. Que le sea leve.

La camioneta siguió adelante y desapareció por la carretera. Ibrahim esperó hasta que dejó de oír su motor; luego dejó escapar un suspiro. *Ya casi está. Que Alá me guíe.* Cruzó la carretera, descendió con cuidado a la zanja de drenaje y subió por el otro lado. Desde allí, a cien metros, se veía la valla. Pasó delante del último soporte del gasoducto y comenzó a contar pasos. En el punto medio, se detuvo y se arrodilló. La tubería quedaba justo encima de él. Oía el gorgoteo del combustible corriendo por el conducto de acero.

La primera de sus dos cargas, la más grande de las seis, pesaba doscientos veintiséis gramos, pero aun así cabía sin dificultad en el bolsillo del muslo de su pantalón. La segunda, de cincuenta y seis gramos, cabía en la palma de su mano. Programó en cuatro minutos y diez segundos el temporizador digital de la carga principal; el de la segunda, en cinco minutos. Cerró los ojos con fuerza, rezó rápidamente una plegaria, se levantó, fijó la carga principal a la parte de debajo de la tubería y puso en marcha el temporizador. Vio pasar dos segundos, salió al descubierto, se volvió y se rascó la cabeza. Esperó el tiempo justo para asegurarse de que sus tres compañeros habían visto los tres la señal; después activó el temporizador de la última carga y lo embutió en su envoltorio de plástico de burbujas y cinta aislante.

Lanzó el lío por encima de la valla, dio media vuelta y echó a andar.

74

Hendley, Granger y Rick Bell pasaron parte de la tarde y la noche interrogando a Dominic en la sala de reuniones. Sentados en sendas sillas, junto a la pared, John Clark y Jack hijo escuchaban el informe. Este último era primo y amigo de Dominic, y Hendley pensó que su presencia podía serle de ayuda, aunque el ex jefe del FBI parecía estar muy entero. En cuanto a Clark, a Hendley le interesaba su opinión profesional.

Jack observaba atentamente a su primo mientras éste iba desgranando su misión en Trípoli: su primer encuentro con Archie, su incursión en la medina para secuestrar a Bari, su viaje a casa de Almasi y, por último, la muerte de Brian. Dominic tenía que detenerse a cada paso para responder a sus preguntas, cosa que hacía con sequedad pero minuciosamente, sin perder la paciencia, ni titubear. Y sin mostrar rastro alguno de emoción, como pudo comprobar Jack. Ni el rostro ni los ademanes de su primo evidenciaban su estado anímico. Parecía apático.

—Háblanos otra vez de Fajouri —dijo Sam Granger.

—Según Bari, era un colaborador de poca monta, un simple matón. Así que decidimos que era mejor ir por Almasi. No queríamos dejar testigos de la desaparición de Bari, así que hablamos sobre qué hacer con él.

—¿Quién tomó la decisión de matarle?

—Lo decidimos los dos. Yo no estaba tan seguro, pero Brian... Sus argumentos tenían sentido.

—¿Lo hiciste tú?

Dominic negó con la cabeza.

—Brian.

—¿Cuántos muertos, contando a Fajouri? —preguntó Bell.

—Seis. A cuatro los matamos nosotros.

—Pasemos a lo de la casa de Almasi —dijo Hendley.

Dominic volvió a contarlo: cómo habían aparcado en la gravera, cómo se habían infiltrado en la casa, lo del ordenador y la caja fuerte, el disparo sufrido por Brian, el tiroteo y la huida. Se detuvo ahí.

—El resto ya lo sabéis.

—¿Muertos? —preguntó Granger.

—¿Cinco?

—¿Ningún herido?

Dominic se encogió de hombros.

—Cuando salí de la casa, no.

—¿Qué quieres decir? —preguntó Rick Bell.

—Que me aseguré de que no quedaran testigos. Para que el COR no pudiera saber qué había pasado, ni quién había sido. De eso se trataba, ¿no?

Hendley asintió con la cabeza.

—Cierto. —Miró a Bell y a Granger—. ¿Algo más? —Ambos negaron con la cabeza—. Muy bien, Dom, gracias.

Se levantó para marcharse.

Hendley dijo:

—Sentimos mucho lo de Brian.

Dominic se limitó a asentir con un gesto.

—Voy a pedir que un coche te lleve a casa.

—No, sólo voy a buscar un sofá para echarme.

Granger intervino:

—Si quieres que nos encarguemos de los preparativos del...

—No, lo haré yo.

Dominic salió, cerrando la puerta tras él.

—¿Jack? —dijo Hendley.

—Es difícil saberlo. Nunca le había visto así, claro que no son circunstancias corrientes. Para nadie. Creo que está simplemente aturdido. Y agotado. Ha visto morir a su hermano gemelo en su regazo y, con razón o sin ella, seguramente se siente jodidamente culpable por ello. Cuando lo asimile, se derrumbará, y luego volverá a recobrar el dominio de sí mismo.

—¿Estás de acuerdo, John?

Clark se tomó un momento para contestar.

—Sí, en casi todo, aunque está claro que Dominic es otro hombre. Como si se hubiera pulsado un interruptor.

—Explícate —dijo Bell.

—Dudó de si liquidar a Fajouri. Brian le convenció, y seguramente lo hizo él mismo porque sabía que Dom no estaba preparado. Tres horas después, están en casa de Almasi. Brian recibe un disparo y, antes de salir de la casa, Dom tiene que rematar a los heridos. Es como pasar de la noche al día en un segundo.

—Entonces, supongamos que tienes razón en eso del interruptor —terció Hendley—. ¿Es algo malo?

—No lo sé. Depende de cómo reaccione, si es que reacciona. Ahora mismo tiene esa expresión en los ojos, como si estuviera mirando a mil metros de aquí. En estos casos, los agentes suelen reaccionar de dos modos distintos: o aprenden a asimilar su trabajo y a verlo con perspectiva, o dejan que la mala conciencia les reconcoma.

—¿Está en situación de volver al servicio activo?

—Esto no es una ciencia exacta, Gerry. Todos somos distintos.

—En tu opinión. ¿Podrá volver al servicio activo?

Clark se quedó pensando.

—Solo, no.

—¿Qué sabemos de lo que ha traído Dom? —le preguntó Hendley a Rick Bell.

—Una memoria portátil llena de archivos de Almasi y un CD-ROM. Vamos a tardar un tiempo en analizar el contenido de los archivos; el CD es una mina de oro: trescientas sesenta y cinco imágenes JPEG con tablas de correspondencia, cuadrículas de nueve por nueve con caracteres de sustitución alfanuméricos. Desconozco la cifra exacta, pero estamos hablando de millones de combinaciones distintas.

—Un año, más o menos —comentó Hendley—. Una tabla para cada día. Por favor, dime que están fechadas.

Bell sonrió.

—Ya lo creo. Se remontan a casi diez meses, lo que significa que, a no ser que cambien de táctica, tenemos en nuestras manos tablas de correspondencia para los próximos dos meses.

—Así es como lo están haciendo —masculló Jack.

—¿Qué? —preguntó Clark.

—Las están duplicando. Utilizan esteganografía para ocultar las tablas en imágenes de páginas web. Los destinatarios sacan una imagen de la página, utilizan un programa para descifrar el código esteganográfico y así consiguen la tabla de ese día. Después es sólo cuestión de números: entran en algún foro de una página del COR, buscan un mensaje con una serie de unas doscientas combinaciones alfanuméricas, las pasan por la tabla de correspondencia y ya tienen sus órdenes.

—Estoy de acuerdo contigo en casi todo —dijo Granger—, pero no en lo del foro. No creo que el COR se arriesgue a colgar así un mensaje. Querrán asegurarse de que llega solamente a los destinatarios que les interesan. Sabemos que no usan el correo electrónico, ¿no?

—Lo dudo. Su tráfico de correo es prácticamente nulo.

—¿Y las cuentas *online*? —sugirió Bell—. Google, Yahoo... Agong Nayoan tenía una cuenta en Google, ¿verdad, John?

—Sí, pero los informáticos la han destripado. No hay nada de interés. En mi opinión, si el COR dejó inactivas sus cuentas de correo habituales, probablemente prohibió también las cuentas *online*.

—Entonces lo que necesitan es un centro de conexión —comentó Hendley—. Un sitio al que puedan conectarse cada día y recibir mensajes destinados sólo a ellos.

—Joder —dijo Jack—. Eso es. —Empezó a teclear en su portátil—. Almacenamiento de archivos *online*.

—¿Cómo dices? —preguntó Clark.

—Son páginas web que ofrecen almacenamiento de archivos como copias de seguridad. Imagínate que tienes un montón de canciones MP3 y te preocupa perderlas si se te avería el ordenador. Te apuntas a una de esas páginas, descargas los archivos y se quedan ahí, en el servidor.

—¿Cuántas páginas de ésas hay?

—Cientos. Para usar algunas hay que pagar, pero la mayoría son gratuitas, si cuelgas sólo archivos pequeños. Por debajo de un gigabyte de datos, normalmente.

—¿Cuánto es eso?

Jack se quedó pensando un momento.

—Pensando en términos de un archivo tipo de Microsoft Word... En un gigabyte cabrían medio millón de páginas, quizá.

—Maldita sea.

—Pero eso es lo fantástico de todo esto. Un fulano del COR en Tánger accede a una de esas páginas, cuelga un documento de texto con una hilera de un par de cientos de números, luego otro fulano accede desde Japón, se descarga el archivo, lo borra de la página y mete los números en una tabla de correspondencia esteganografiada que ha sacado de la página del COR, y ya tiene su mensaje.

—¿Qué hace falta para inscribirse en una de esas páginas? —preguntó Hendley.

—En las gratuitas, una dirección de correo electrónico, y de ésas las hay a patadas. Joder, hay sitios en Internet que hasta te proporcionan una dirección que se autodestruye pasados quince minutos.

—Eso sí que es anonimato —dijo Rick Bell—. Mirad, yo todo esto me lo creo. Tiene sentido, pero ¿qué hacemos con ello?

Se abrió la puerta de la sala de reuniones y entró Chávez.

—Creo que esto os va a interesar. —Cogió el mando a distancia, encendió la pantalla plana y puso la CNN. El presentador estaba en medio de una frase.

«... de nuevo, una panorámica en vivo desde el helicóptero de Record

News en Brasil. El incendio comenzó poco después de las ocho de la tarde, hora local...»

Jack se inclinó hacia delante en la silla.

—Dios mío.

El helicóptero parecía estar filmando desde una distancia de ocho kilómetros o más, pero aun así las llamas y el humo denso y negro llenaban dos tercios de la pantalla. A través del humo se vislumbraban algunas estructuras verticales, tuberías que se cruzaban y depósitos de almacenamiento esféricos.

—Es una refinería —dijo John Clark.

El presentador volvió a tomar la palabra:

«Según Record News, el fuego se halla localizado en la refinería Replan de Paulinia, cuyo titular es la empresa Petrobras. La localidad de Paulinia, de sesenta mil habitantes, se encuentra a ciento veintiocho kilómetros al norte de São Paulo.»

Hendley se volvió hacia Jack.

—¿Puedes..?

Jack ya había abierto su portátil.

—Estoy en ello.

—La refinería Replan de Paulinia es la mayor de Brasil, con un área de casi setecientas treinta hectáreas y una producción de casi cuatrocientos mil barriles diarios...

—¿Un accidente? —sugirió Rick Bell.

—No creo —contestó Clark—. Setecientas treinta hectáreas son casi nueve kilómetros cuadrados. El complejo está envuelto en llamas casi por completo. Mirad, cuando yo estaba empezando en esto, hacíamos constantemente simulacros con estas cosas. Las refinerías son blancos muy jugosos, pero para incendiar una planta entera harían falta por lo menos media docena de bombas Paveway. Joder, nuestras refinerías tienen casi treinta y cinco años y se pueden contar con los dedos de una mano los accidentes que ha habido. Disponen de innumerables sistemas de seguridad de emergencia.

—La de Paulinia es bastante nueva —adelantó Jack mientras tecleaba en su ordenador—. Aún no tiene diez años.

—¿Con cuántos empleados cuenta?

—Puede que unos mil. O mil doscientos, quizás. Es el turno de noche, así que habrá menos personal de guardia, pero seguramente habrá al menos cuatrocientas personas ahí dentro.

—Ahí —dijo Clark—. Justo ahí... —Se acercó a la pantalla y tocó una zona situada dentro del complejo de la refinería—. Esas llamas se mueven. Eso es líquido, y hay un montón.

Mientras miraban, el helicóptero de Record News se acercó al incendio, bordeando la refinería hasta que se hizo visible su lado norte.

Jack anunció:

—Muy bien, ya lo tengo: Paulinia también es la terminal de un gasoducto de etanol. Viene del norte.

—Sí, ya la veo —corroboró Rick Bell. Se acercó al televisor y señaló una zona que corría paralela al perímetro norte del complejo. A poca distancia de la alambrada, el gasoducto reventado lanzaba al aire un géiser de etanol en llamas.

—Sí —dijo Clark—. Habrán tenido que inutilizar algunas válvulas de cierre de emergencia... —Pasó el dedo por la pantalla a lo largo del gasoducto, por el lado norte, hasta que llegó a una zona de llamas aisladas—. Ésa es una.

—Y hay tres más a lo largo de la tubería —añadió Granger—. ¿Cuánto medirá ese tramo?

—Ochocientos metros, más o menos —contestó Clark.

—Unos treinta y ocho mil litros —dijo Jack, levantando la mirada del ordenador.

—¿Qué? —preguntó Clark.

—Por ese gasoducto circulan más de once mil millones de litros al año. Haced la cuenta. Ese tramo contenía posiblemente unos treinta y ocho mil litros. Etanol suficiente para llenar un camión cisterna. Una parte lo absorberá el suelo, pero es de suponer que unos veinticinco o treinta mil litros hayan entrado en el complejo.

—Se va a quemar entero —dijo Clark—. Los tanques de almacenamiento y de mezclado, las torres... Empezarán a achicharrarse.

Mientras hablaba, la cámara del helicóptero captó tres explosiones, cada una de las cuales lanzó al cielo un hongo de llamas y humo negro de casi dos kilómetros de altura.

—Van a tener que evacuar toda la región —comentó Sam Granger—. Así que estamos de acuerdo: no es un accidente.

—Imposible —rezongó Clark—. Algo así requiere mucha planificación. Un montón de preparativos y de labores de espionaje.

—El COR —sugirió Chávez.

—¿Por qué Brasil? —preguntó Hendley.

—No creo que tenga nada que ver con Brasil —contestó Jack—. El objetivo somos nosotros. Kealty acaba de firmar un acuerdo con Petrobras. El barril de petróleo brasileño es más barato que el de la OPEP. Les sale por las orejas. Sólo con los yacimientos de Lara y Tupí, las reservas petrolíferas de Brasil se sitúan en torno a los veinticinco mil millones de barriles. Ése es uno de los factores de la ecuación. El otro es lo retrasada que va Petrobras en cuanto a la construcción de refinerías. Paulinia era su caballo de batalla. La nueva refinería de Maranhão procesará seiscientos mil barriles, pero todavía tardará un año en entrar en funcionamiento.

—Así que Brasil tiene petróleo, pero no tiene modo de procesarlo —dijo Hendley—. Lo que significa que nuestro acuerdo se va al garete.

—Durante un año, por lo menos. Puede que dos.

Un pitido le anunció a Jack que había recibido un correo electrónico. Leyó rápidamente el mensaje.

—Biery ha encontrado algunas coincidencias mientras cotejaba las fotografías de pasaportes de Sinaga con los programas de reconocimiento facial. Dos son indonesios que llegaron a Norfolk hace dos semanas. Citra y Purnoma Salim.

—Citra es nombre de chica —dijo Rick Bell—. ¿Marido y mujer?

—Hermanos. Diecinueve y veinte años, respectivamente. Según los impresos de Inmigración, están aquí de vacaciones. El tercero es nada menos que nuestro correo misterioso, Shasif Hadi. Viaja con el nombre de Yasin Qudus. Dos días después de que le perdiéramos la pista camino de Las Vegas, cogió un vuelo de United desde San Francisco a São Paulo.

—Qué coincidencia —comentó Sam Granger.

—No creo en las coincidencias —contestó Hendley—. Señor Chávez, ¿le apetece darse una vuelta por allí?

—Por mí, estupendo.

—¿Te parece bien llevarte a Dom?

Chávez se lo pensó. Había visto a muchos hombres en el estado de Dominic: aturdidos, cargados de remordimientos, jugando al juego del «¿Qué otra cosa hubiera podido hacer?» Sintiéndose culpables por la muerte de otro, o por alegrarse de seguir vivos. Y era una putada. Pero Chávez había mirado a los ojos al ex agente del FBI, y advirtió que, aunque Dominic estaba dolido y buscaba venganza, era dueño de sus actos.

—Claro —contestó—. Si él está dispuesto, yo también. Pero tengo una pregunta: ¿qué hacemos cuando lleguemos allí? El país es muy grande y Hadi y sus colegas ya se habrán escondido, probablemente.

—O habrán salido del país —añadió Clark.

—Vamos a dar por sentado que siguen allí —contestó Hendley—. Jack, volviendo a la pregunta de Rick, suponiendo que tengas razón con eso de los archivos almacenados en línea, ¿cómo podemos sacarle partido?

—Haciéndoles una jugada —contestó Jack—. Ahora mismo, Hadi es el principal miembro del COR del que tenemos una pista, ¿no es cierto?

—Sí —contestó Chávez.

—Y sabemos que voló de Las Vegas a San Francisco antes de viajar a São Paulo, seguramente para que Agong Nayoan le diera su pasaporte a nombre de Qudus, lo que significa que posiblemente estuvieron en contacto directo. Como mínimo, para que Nayoan le dijera cómo recogerlo.

—Continúa —dijo Hendley.

—Nayoan es un vago. Cuando registramos su casa, descubrimos que nunca limpia el historial de su navegador. —Jack dio la vuelta a su ordenador para que todos pudieran verlo. La pantalla mostraba un texto de cientos de líneas con direcciones de páginas web—. Mientras hablábamos, he estado echándoles un vistazo. Desde que el COR prohibió las comunicaciones por correo electrónico, Nayoan ha visitado un portal de almacenamiento de archivos a diario, tres veces al día, cambiando de portal cada dos días.

—Qué barbaridad —comentó Sam Granger—. Buen trabajo, Jack.

—Gracias. Hasta ahora, Nayoan ha pasado por trece portales de almacenamiento. Me juego algo a que encontraríamos los mismos en el ordenador de Hadi.

—Pero eso sólo nos ayuda en parte —dijo Bell—. Necesitaríamos su nombre de usuario y su contraseña.

—Estadística —respondió Jack—. El ochenta y cinco por ciento de los internautas utiliza como nombre de usuario su dirección de correo o alguna variante del prefijo del correo electrónico, lo que va antes de la arroba. Le diremos a Biery que nos haga un listado, comprobaremos cada página y probaremos con distintas variaciones del correo electrónico de Hadi. Cuando encontremos la correcta, tendremos que forzar su contraseña. Y una vez dentro, usaremos las tablas de correspondencia que encontró Dom en casa de Almasi para empezar a tirar de los hilos de Hadi.

—Hay un inconveniente —dijo Hendley—. Todo eso depende de que Hadi revise su portal de almacenamiento en línea.

—Entonces démosle una razón para hacerlo —propuso John Clark.

—¿Tienes algo en mente?

—Asustémosle. Mandamos una filtración anónima a Record News. Una descripción vaga de Hadi y unos cuantos detalles superficiales. Lo ve, se asusta y se conecta para pedir instrucciones. Nos aseguraremos de que haya alguien esperándole.

—Eso tiene una pega —dijo Rick Bell—. Si la policía brasileña le atrapa antes que nosotros, la cagamos.

Clark sonrió.

—Quien no se la juega, no consigue nada.

Hendley se quedó callado un momento.

—Es una posibilidad remota, pero merece la pena intentarlo. Jack, dile a Biery que se ponga con ello.

El joven asintió con la cabeza.

—¿Qué hay de los indonesios de Norfolk?

—Encargaos John y tú.

—Siento ser un aguafiestas, pero todo esto me da mala espina —comentó Chávez.

—¿En qué sentido? —preguntó Granger.

—En el sentido de que ese asunto de la refinería sea sólo el principio.

75

Poco después de las nueve de la mañana, Musa pasó por Yakima, Washington, y unos kilómetros más allá llegó a Toppenish, donde dejó la autopista y entró en el pueblo. Encontró un restaurante llamado Pioneer Kitchen y paró. El aparcamiento estaba medio vacío. Musa había descubierto hacía tiempo que a los estadounidenses les gustaban las cosas rápidas y sin complicaciones, especialmente si se trataba de comida. Aunque no había visto ninguno, supuso que Toppenish tendría sus McDonald's, sus Burger King y sus Arby's. Siempre en marcha, atareados en asuntos para ellos importantes, los estadounidenses no se sentaban a comer a menos que fuera en su sofá, delante del televisor. Una pastilla para cada dolencia y un síndrome para cada defecto del carácter.

Musa encontró aparcamiento cerca de la puerta del restaurante y entró. Un cartel colocado en la caja registradora le indicó que se sentara. Buscó una mesa junto al ventanal para poder vigilar el Subaru y se sentó. Se acercó una camarera con delantal de color mostaza y camisa blanca.

—Buenas, ¿quiere que le traiga café?

—Sí, gracias.

—¿Necesita un momento para mirar la carta?

—No. Una tostada sin mantequilla y una macedonia de frutas, da igual las que sean.

—Claro, no hay problema. Enseguida vuelvo. —Regresó con una taza y una jarra de café y volvió a marcharse.

Musa oyó que alguien preguntaba detrás de él:

—Oiga, ¿ese coche es suyo?

Se volvió. Detrás de él había un policía de uniforme. Tenía unos cincuenta y cinco años, panza y el pelo cortado al cero. Sus ojos, en cambio, mostraban una expresión penetrante. Ojos de policía. Musa respiró hondo para calmarse y dijo:

—¿Cómo dice?

—Ese coche. ¿Es suyo?

—¿Cuál?

—Esa ranchera de ahí.

—¿El Subaru? Sí.

—Tiene la luz de dentro encendida. Me he fijado al entrar.

—Ah, gracias, no me había dado cuenta. No voy a tardar mucho. No creo que me quede sin batería.

—Seguramente no. Sólo por curiosidad, ¿qué es ese cacharro que lleva detrás? Parece una caja de cebo enorme.

—Si se lo digo, no se lo creerá.

—Póngame a prueba.

—Es una máquina portátil de rayos equis para caballos.

El policía soltó un bufido.

—No sabía que existían esas cosas. ¿Adónde se dirige?

—A la Facultad de Veterinaria de la UNLV. La Universidad de Las Vegas.

—Un viaje muy largo.

—Hubo un lío con el papeleo. La línea aérea no quería llevarlo en la bodega del avión, así que pensé que no me vendría mal hacerme un viajecito por carretera. Y, además, me pagan cincuenta centavos por cada kilómetro y medio.

—Bien, buena suerte.

—Gracias.

El policía fue a sentarse en un taburete, junto a la barra. Unos minutos después volvió la camarera con la tostada y la macedonia de Musa.

—¿Willie le estaba dando la lata? —preguntó.

—¿Perdón?

Señaló al policía con el pulgar.

—Willie es el jefe de policía. Es bueno en lo suyo, pero muy entrometido. El año pasado rompí con mi novio, y él se enteró antes que mi madre.

Márchate, mujer. Musa se encogió de hombros.

—Los pueblos pequeños...

—Sí, claro. Que disfrute del desayuno. Dentro de un rato vuelvo, a ver si le falta algo. —Se marchó.

Alá me dé paciencia, pensó Musa. A decir verdad, los estadounidenses solían parecerle bastante soportables, aunque un poco charlatanes. Seguramente no habría sido así si él tuviera la piel algo más oscura o acento extranjero. Era curioso el destino. Gente por lo demás honrada que iba por la vida despreocupadamente rendía culto a un falso dios e intentaba dar sentido a una existencia que, fuera del islam, carecía de significado. Los estadounidenses adoraban su elemento. Tan seguros estaban de que el resto del mundo no tenía nada que ofrecer, salvo, quizás, algún destino turístico atractivo, que la gran mayoría no había salido ni saldría nunca de los confines de Estados Unidos. Ni siquiera lo sucedido el 11 de Septiembre había logrado abrirles los ojos al verdadero mundo que se extendía fuera de su burbuja. Más bien al contrario. Animados por su Gobierno, muchos se habían encerrado más aún en su caparazón, satisfechos con sus tópicos y sus etiquetas: islamofascistas, extremistas, malhechores que odian nuestra libertad, dispuestos a destruir Estados Unidos de América.

Pero Estados Unidos de América no podía destruirse desde fuera, de eso Musa estaba seguro. En eso, el Emir había sido clarividente. Todos los imperios que habían caído a lo largo de la historia se habían podrido desde dentro, y lo mismo le pasaría al Imperio americano. Dos guerras inviables que librar, una economía tambaleante, bancos y gigantes industriales en bancarrota... Esas circunstancias podían cambiar con el paso del tiempo, incluso podían mejorar, pero los historiadores futuros señalarían aquellos acontecimientos como los primeros indicios de decadencia. La triste verdad era que Estados Unidos no podía destruirse per se, ni desde dentro ni desde fuera, y ningún esfuerzo humano lograría esa hazaña. Si tenía que pasar, sería por voluntad de Alá y cuando Él decidiera. Y a diferencia de todos los caudillos que le habían precedido, el Emir reconocía la verdad de ese hecho y había diseñado su estrategia en consecuencia.

Cuatro días más, pensó Musa, y el mundo aterrador que Estados Unidos tanto se esforzaba por mantener a raya irrumpiría sin llamar a la puerta.

Clark y Jack tenían billetes reservados para el vuelo de US Airways que salía a las seis de la mañana del aeropuerto de Dulles con destino a Norfolk; Chávez y Dominic, por su parte, volarían esa misma noche a Río de Janeiro en un vuelo de Northwest. Llegarían a sus respectivos destinos aproximadamente a la misma hora.

Hora y media después de que se declarara el incendio en Paulinia y de que el humo comenzara a ennegrecer el cielo sobre la costa, São Paulo cerró por completo su espacio aéreo. Hendley y Granger se lo tomaron como un buen augurio: con un poco de suerte, los responsables materiales del ataque a la refinería no habrían logrado salir antes de que se cerrara el aeropuerto. Era casi seguro que tendrían un plan de huida alternativo, pero resultaba imposible prever con qué rapidez podrían abandonar el país.

Mientras los demás veían las noticias sobre el atentado en la sala de reuniones, Jack encontró a Dominic sentado en la sala de descanso, con las manos unidas sobre la mesa, frente a él. Tenía la mirada perdida. No levantó la vista hasta que su primo se puso a su lado.

—Hola, Jack.

—¿Ding te ha puesto al corriente de lo de São Paulo?

—Sí.

—Estoy seguro de que si no te sientes con ánimos...

—¿Por qué no iba sentirme con ánimos?

La pregunta sorprendió a Jack.

—Creo que a mí me pasaría, si estuviera en tu lugar. Dom, Brian era mi primo y le quería, pero era tu hermano.

—¿Qué quieres decir?

—Quiero decir que vas a volver a salir veintitantas horas después de que muriera, y que cuando te pregunto me contestas lo primero que se te pasa por la cabeza. Es un poco raro, eso es todo.

—Perdona.

—No busco una disculpa. Quiero que hables conmigo.

—Brian está muerto, Jack. Lo sé, ¿vale? Le vi apagarse. —Chasqueó los dedos—. Así como así. ¿Sabes qué fue lo primero que pensé después?

—¿Qué?

—Que si no hubiera sido por ese cretino de Bari, Brian posiblemente seguiría vivo.

—¿Estás seguro?

—Qué va, pero me costó un enorme esfuerzo no bajarme del coche y volarle la cabeza a ese tío. Hasta puse la mano en el tirador de la puerta. Quería matarle y volver a casa de Almasi para ver si quedaba algún hijo de puta vivo al que pudiera rematar.

—Estabas en estado de choque. ¿Sigues sintiendo lo mismo?

—No siento gran cosa, Jack. Eso es lo que me asusta.

—Se llama «trauma». Puede que te sientas así un tiempo. Todos somos distintos. Cada uno lo asimila como puede.

—Sí, ya, ¿qué sabrás tú?

—¿Te has enterado de lo de Sinaga?

—¿El falsificador? ¿Qué pasa con él?

—Yo estaba vigilando la parte de atrás de la casa cuando John y Ding llamaron a su puerta. Saltó por la ventana y se me echó encima con un cuchillo. Luchamos. Yo le agarré del cuello y tropecé. Cuando miré, estaba tendido en el suelo. Mirándome fijamente. No sé cómo fue, pero le rompí el cuello.

Dominic se quedó pensando, pero su semblante permaneció impasible.

—Supongo que ahora me toca a mí preguntarte qué tal estás.

—Bien, supongo. Creo que nunca podré quitarme su cara de la cabeza, pero era cuestión de vida o muerte: o él, o yo. Me siento mal por lo que pasó, pero te aseguro que no me arrepiento de estar vivo.

—Entonces ya estás mejor que yo, primo. Si pudiera cambiarme por Brian, lo haría.

—¿Intentas decirme algo?

—¿Qué, por ejemplo?

—Que conviene que esconda los cuchillos de la carne la próxima vez que vayas a casa a ver un partido.

—No, Jack. Pero una cosa sí te digo: antes de que acabe todo este asunto voy a tomarme la revancha por Brian, y voy a empezar en São Paulo.

Su primo abrió la boca para responder, pero Dominic le atajó levantando la mano.

—La misión es lo primero, Jack. Sólo digo que, si uno de esos fulanos se me pone delante, me lo cargaré a la salud de Bri.

Aparte de la curiosidad de quienes circulaban por la carretera, que miraban extrañados la cuba GA-4 al adelantarle, el primer día de viaje de Frank Weaver transcurrió sin contratiempos. Como el viaje era de prueba, la cuba no era más que un cascarón desprovisto del blindaje para neutrones y rayos gamma que llevaría el verdadero contenedor. Tampoco llevaba adhesivos ni letreros. Nada que permitiera adivinar su función. Sólo una gigantesca mancuerna de acero inoxidable pulido colocada en el remolque de un camión. Los críos, sobre todo, eran graciosísimos: pegaban la cara a la ventanilla al pasar, con los ojos como platos.

Seiscientos setenta y dos kilómetros y siete horas después de salir de la planta de Calloway, Weaver tomó la salida 159 de la autopista 70 y, virando hacia el sur, enfiló la calle Vine. El Motel Super 8 estaba ochocientos metros calle abajo. Siguió un indicador («Entrada de camiones») para entrar en el aparcamiento y se detuvo entre las líneas amarillas de una plaza para tráileres. Había otros tres camiones aparcados allí cerca.

Weaver se bajó de un salto de la cabina y se desperezó.

Día uno superado, pensó. *Quedan tres.*

Cerró el camión, dio una vuelta para comprobar que los fiadores seguían bien cerrados y probó la tensión de las cadenas. Todo estaba bien firme. Cruzó el aparcamiento camino del restaurante.

A cincuenta metros de allí aparcó un Chrysler 300 azul oscuro. El hombre que iba en el asiento delantero levantó unos prismáticos y vio a Weaver cruzar la puerta del restaurante.

Como hacía cuatro veces al día desde dos semanas antes, Kersen Kaseke encendió su ordenador portátil, abrió su navegador y accedió al portal de almacenamiento de archivos en línea. Le sorprendió ver un archivo en su buzón. Era una imagen JPEG, algún tipo de pájaro: un arrendajo azul, quizá. Kaseke copió el archivo en la carpeta de documentos de su disco duro, borró la fotografía de la página web y cerró el navegador.

Buscó el archivo, hizo clic en el botón derecho del ratón y eligió «Abrir con Image Magnifier». Cinco segundos después se abrió una ventana mostrando la fotografía del arrendajo azul, que pasó de color a blanco y negro antes de volverse granulosa. Lentamente al principio y más deprisa después comenzaron a disolverse grupos de píxeles. Pasados treinta segundos sólo quedaban dos líneas de parejas alfanuméricas: ciento sesenta y ocho en total. Finalmente, Kaseke hizo un doble clic en la tabla de correspondencia de ese día para abrirla. El proceso de desciframiento era pesado y le llevó casi diez minutos, pero al acabar tenía un texto de dos líneas:

Domingo, 8:50 horas
Iglesia Congregacionista Corazón Abierto

Una iglesia cristiana, pensó. Mucho mejor que una biblioteca o que una escuela, incluso. Sabía dónde estaba la iglesia y sospechaba que, como en casi todas las de Waterloo, se oficiaban en ella varios servicios a lo largo de la mañana. A las nueve menos diez la gente estaría saliendo del primer servicio y llegando para el segundo. Habría que darles unos minutos para que recogieran sus cosas y se dirigieran hacia la puerta. Durante su reconocimiento previo, Kaseke había estudiado las idas y venidas de los feligreses. Les encantaba congregarse en la puerta entre oficio y oficio, estrecharse la mano, reír y charlar sobre lo que quiera que charlaran. Cuánta frivolidad. Lo que allí pasaba por ser religión era una vergüenza.

Las nueve menos diez. Sí, era perfecto. Habría unas cien personas reunidas en los escalones o en la acera. Pero seguramente habría niños, y a Kaseke no le gustaba mucho la idea. Alá se lo perdonaría, sin embargo. Sacrificar a unos cuantos por una buena causa era aceptable.

Era viernes por la noche. Invertiría casi todo el sábado en reconocer el lugar y por la noche se aseguraría de que el artefacto estaba en perfecto estado. Sabía que no le llevaría mucho tiempo. Su trabajo era muy sencillo: colocar el artefacto, activar el temporizador, marcharse y buscar un mirador desde donde contemplar el resultado.

76

El incendio era espléndido, pensó Shasif Hadi. Incluso a cinco kilómetros de distancia, el cielo brillaba casi tanto como el Sol por encima de las copas de los árboles. Y luego estaban las explosiones: grandes hongos de llamaradas y volutas de humo negro que se alzaban en silencio hacia el cielo oscuro, seguidos unos segundos después por un estruendo tan brutal que lo sentía atravesar la carretera, alzarse por las ruedas de su coche y sacudir su asiento. *A través de nosotros cuatro*, se dijo, *la mano de Alá ha herido de muerte esa refinería.*

Tras colocar las cargas, siguiendo las órdenes de Ibrahim, habían vuelto uno a uno siguiendo el gasoducto hasta llegar a la arboleda, donde se quitaron los monos. Sin dar ninguna explicación, Ibrahim ordenó:

—¡Corred! —Y salió a la carrera.

Estaban a doscientos metros de la verja de ganado cuando hizo explosión la primera carga.

Mirando por la ventanilla trasera del coche, Hadi había visto estallar las cargas sincopadas de las válvulas, seguidas por la carga principal, mucho más potente. Después, durante un minuto y cincuenta segundos, no se oyó nada, salvo la alarma de la refinería. Los equipos de emergencia acababan probablemente de llegar al gasoducto hecho pedazos cuando la última carga prendió el etanol que entraba en el complejo como una marea. Aquellos hombres habrían muerto casi en el acto, seguramente. Un final casi indoloro, confiaba Hadi. Brasil era un país de mayoría cristiana, lo cual le convertía en enemigo del islam, pero eso no significaba que aquellas personas no merecieran piedad. Si habían sufrido, habría sido por voluntad de Alá. Si habían muerto enseguida, también. En todo caso, sus compañeros y él habían cumplido su misión.

Una vez en la verja, se adentraron con la camioneta entre los árboles, volvieron a subir al Volkswagen, cruzaron la verja y la cerraron tras ellos. Noventa segundos después estaban otra vez en el coche de Hadi. Como estaba previsto, éste siguió a Ibrahim y a los demás hasta donde Fa'ad había dejado su vehículo, en un camino de tierra a unos kilómetros de allí. Al llegar, Ibrahim se bajó e indicó a Hadi que se acercara.

—No hemos tenido en cuenta un detalle crucial —les dijo Ibrahim—. El tiempo.

—No entiendo —dijo Ahmed.

Ibrahim señaló en dirección oeste, hacia la refinería. Las llamas se elevaban ya a una altura de varios cientos de metros, coronadas por un techo de humo denso y negro. Al mirar, vieron cómo el humo se desplazaba hacia el suroeste.

—Se dirige hacia São Paulo. Pronto cerrarán el aeropuerto, si no lo han cerrado ya.

—Tienes razón —contestó Hadi—. Pero, aun así, de todos los errores que podríamos haber cometido, ése es el menos preocupante. Si conseguimos salir, bien. Y, si no, moriremos sabiendo que hemos cumplido con nuestro deber.

Fa'ad se rió.

—Tienes razón, claro, pero yo preferiría estar vivo para ver el fruto de nuestros esfuerzos. Y que Alá perdone mi vanidad.

—Lo que tenga que ser, será —respondió Ibrahim—. Todavía tenemos una oportunidad. Todos conocemos la ruta alternativa. —Comprobó su reloj—. Nos veremos mañana a mediodía en el jardín botánico de Río. Si por algún motivo alguno se retrasa, nos reuniremos en el punto de encuentro secundario cuatro horas después. Buena suerte.

Ninguno de los dos había dormido más de un par de horas antes de salir del aeropuerto, pero pese a ello la hora de salida de su vuelo, en ese vértice entre la madrugada y el alba, los desveló a ambos. Lo bueno era que no había sitio en clase turista, de modo que pudieron viajar en primera a cuenta del Campus. Y el café tampoco estaba del todo mal.

—¿Sabes?, no lo entiendo, John —dijo Jack.

—¿El qué? —contestó Clark.

—Esos dos a los que vamos a buscar, los hermanos. Son casi unos adolescentes. ¿Qué les mueve a ir a otro país a matar gente a la que no han visto nunca?

—En primer lugar, no sabemos nada, excepto que han entrado en el país con pasaportes falsos.

—Puede que sí, pero es muy probable que no hayan venido a jugar al vóley-playa.

—Estoy de acuerdo. Lo que quiero decir es que en este oficio conviene tomarse las cosas como se presentan. Las corazonadas pueden ser muy útiles, pero también pueden resultar mortíferas.

—Te escucho.

—Para contestar a tu pregunta, no creo que haya respuesta. Por lo menos, una respuesta sencilla. Lo que te estás cuestionando es cómo se hace un terrorista. La pobreza, la desesperanza, el fervor religioso mal encaminado, la necesidad de sentir que uno forma parte de algo mayor que uno mismo... Elige tú.

—Caray, John, casi pareces comprenderles.

—Y les comprendo. Hasta el instante en que esas motivaciones les llevan a coger una pistola o a atarse una bomba alrededor del cuerpo. Después de eso, ya no hay razones que valgan.

—Entonces, ¿qué? ¿Pulsas un botón y se acabó la comprensión?

—Eso depende de cada cual, Jack, pero para dedicarse a este oficio a veces hay que estar dispuesto a ponerse anteojeras. Aprender a asimilar lo que tienes delante. Todos los terroristas tienen padre y madre. Y quizás hijos, y gente que les quiere. Qué demonios, puede que seis de cada siete días sea un ciudadano decente, pero el día en que decide empuñar una pistola o poner una bomba, se convierte en una amenaza. Y si eres tú el que se interpone entre él y personas inocentes, lo único que debe preocuparte es esa amenaza. ¿Entiendes lo que digo?

Jack hizo un gesto afirmativo con la cabeza.

—Sí, creo que sí. —La realidad era, casi toda ella, de distintos tonos de gris, pero a la hora de la verdad, sólo había espacio para el blanco y el negro. Sonrió y levantó su taza de café hacia Clark en señal de brindis—. Eres todo un sabio, John.

—Gracias. Cuanto más viejo te haces, más listo eres. Por lo menos así se supone que funcionan las cosas. Claro que siempre hay excepciones. Tu padre, por ejemplo. Siempre ha sido más sabio de lo que correspondía a su edad. Lo supe la primera vez que le vi.

—Sí, ¿cuándo fue eso?

—Buena pregunta, Jack. ¿Has hablado ya con él?

—¿Sobre el Campus? Sí, en el coche, cuando volvíamos de Andrews. Al principio se cabreó, pero luego se lo tomó mucho mejor de lo que esperaba.

—Déjame adivinar: quiere ser él quien se lo diga a tu madre.

Jack asintió.

—Y, entre tú y yo, me alegro un montón. Mi padre es un hueso duro de roer, pero mi madre... Tiene esa mirada..., esa mirada que sólo sabe poner una madre, ya sabes.

—Sí.

Se quedaron callados un rato, bebiendo café.

—He estado pensando en Dom —dijo Jack.

—Lo superará. Tienes que recordar que, aparte de la tuya, quizá, su transición ha sido la más dura de todas. Pasó de agente del FBI a espía. De una agencia que actúa conforme al reglamento, a una correduría de Bolsa ficticia que en realidad se dedica a perseguir a criminales fuera de la ley. Y ahora esto de Brian... —Se encogió de hombros—. Lo mires por donde lo mires, es una putada.

—Estaba pensando que es demasiado pronto para que vuelva al servicio activo.

—Ding no lo cree, y a mí con eso me basta. Y a Gerry también. Además, ahora sólo somos cuatro, y hay muchas bases que cubrir. —Clark sonrió—. Recuerda con quién va a ir, hombre. Le confié a ese tío a mi propia hija, Jack, y nunca lo he lamentado. Ding se asegurará de que Dom vuelva sano y salvo.

Aunque les separaban algo menos de seiscientos cincuenta kilómetros, tanto Raharyo Pranata como Kersen Kaseke llevaban semanas siguiendo prácticamente la misma rutina: iban a clase, intentaban pasar desapercibidos y esperaban órdenes. El mensaje de Pranata había llegado apenas unas horas después que el de Kaseke, mientras hacía su última comprobación del día en busca de instrucciones. Le sorprendió tanto ver el archivo de texto esperando en su buzón de almacenamiento de archivos que la primera vez que intentó descifrar el mensaje falló.

El lugar que habían elegido para él estaba a menos de un kilómetro y medio de su apartamento. Pasaba por delante casi todos los días. Como blanco, era casi ideal: lo bastante grande como para que cupieran cientos de personas y al mismo tiempo rodeado de edificios por los cuatro costados. El momento del atentado era también lógico. Pranata había visto carteles anunciando el evento en cuestión por toda la ciudad, aunque había prestado poca atención a los pormenores. Una inauguración de algo. De una estatua o una fuente. Poco importaba.

De los tres objetivos para los que le habían dicho que se preparara, aquél era el que tenía mayor potencial en cuanto a número de víctimas. Aquello, como decía el refrán americano, iba a ser como ir a cazar pavos.

Le había costado poco conseguir los planos de los que se había servido para los preparativos; algunos de ellos hasta se los habían dado en la oficina de turismo municipal. El mapa topográfico lo había descargado de una página web de senderismo muy conocida, y aunque las rutas no le interesaban lo más mínimo, las cotas y las distancias estaban claramente señaladas, y un paseo por la ciudad con su GPS portátil había bastado para confirmar su precisión.

Cuando estuvo seguro de tener todos los datos necesarios, se limitó a introducir los números en las ecuaciones adecuadas para obtener los puntos exactos de ubicación.

Ahora venía lo más difícil: esperar. Pasaría el tiempo practicando, montando y desmontando su equipo.

El segundo día de trayecto se le hizo a Musa relativamente corto: le llevó de Toppenish, Washington, a Nampa, Idaho, cuyo único dato destacable, según un cartel que había a las afueras, era ser la localidad más grande del condado de Canyon, Idaho, con una población de 79.249 habitantes, y la que registraba mayor índice de crecimiento. A menos de cien metros de allí, sin embargo, un segundo cartel proclamaba que Nampa era «¡Un lugar fantástico para vivir!»

Al planificar la ruta que seguiría desde Blaine, Musa había decidido que sólo pararía a pernoctar en ciudades de tamaño medio: ni tan grandes como para que las fuerzas policiales fueran agresivas o estuvieran especialmente bien entrenadas, ni tan pequeñas que la llegada de un desconocido de piel oscura despertara una curiosidad inconveniente. Toppenish, con una población de ocho mil habitantes, podría haberse englobado entre estas últimas, de no ser por su proximidad a Yakima. Pero su encuentro con Willie, el entrometido jefe de policía de Toppenish, había sembrado la semilla de la duda en su mente, como era lógico. No había pasado nada, claro, ni habría pasado aunque el policía hubiera seguido interrogándole. Iba provisto de tarjetas de visita, cartas con membrete e impresos con el sello de la Universidad de Nevada en Las Vegas muy parecidos a los que le había enseñado al inspector de aduanas de Vancouver. La historia que le servía de tapadera era básicamente la misma: el adinerado y neurótico propietario de un caballo, afincado en Bellingham, no se fiaba del equipo de rayos equis de su veterinario local.

Era media tarde cuando dejó la autopista 84/30 y entró en el aparcamiento del Fairfield Inn & Suites. Apagó el motor y abrió la guía de carreteras que llevaba en el asiento del copiloto. No había escrito nada, ni hecho ninguna marca en ella. No hacía falta: se sabía de memoria la ruta y las distancias.

Quedan mil treinta kilómetros, pensó Musa. Si quería, al día siguiente podía salir temprano; así posiblemente haría el resto del viaje hasta Beatty, Nevada, en una sola jornada. Era tentador, pero decidió no hacerlo. Las órdenes del Emir eran muy estrictas. Seguiría el calendario marcado.

538

77

Al sobrevolar Río de Janeiro, Chávez y Dominic vieron la cortina de humo oleaginoso que pendía sobre São Paulo, a trescientos veinte kilómetros de Río costa abajo. Al norte de São Paulo, el incendio de Paulinia seguía desbocado. La noche anterior, camino del aeropuerto, habían oído en las noticias que los bomberos y los operarios de emergencias de la zona habían cambiado de estrategia y centrado sus esfuerzos no en extinguir el incendio de la refinería, sino en las labores de contención y evacuación. El gasoducto había dejado de verter etanol una hora después de la primera explosión, pero durante ese lapso de tiempo entraron en la refinería unos treinta y ocho mil litros de combustible, y aunque parte de él seguía ardiendo aún, ahora le estaba tocando el turno a decenas de tanques de mezcla y almacenamiento. El incendio acabaría por extinguirse, pero los expertos, tanto brasileños como estadounidenses, no se ponían de acuerdo respecto a cuánto tardaría. Algunos hablaban de cuatro días; otros, de dos semanas o más. En lo que todos ellos coincidían, sin embargo, era en su impacto medioambiental. La carbonilla del petróleo empezaba ya a ennegrecer los campos y los hogares de ciudades situadas tan al sur como Colombo, y las urgencias de los hospitales estaban repletas de pacientes que se quejaban de problemas respiratorios.

—Si eso no es el infierno en la Tierra, no sé qué puede ser —comentó Dominic, mirando por la ventanilla.

—Tienes razón. ¿Cómo te encuentras? —Ding había pasado gran parte del viaje dormitando sólo a ratos; Dominic, en cambio, había dormido como un tronco hasta una hora antes.

—Mejor, creo. Estaba hecho polvo.

—En más de un sentido, *mano*. Sé que ya te lo he dicho, pero siento lo de Brian. Era un buen compañero.

—Gracias. Bueno, ¿cuál es el plan cuando aterricemos?

—Llamar a casa y echar un vistazo a las noticias para ver si ya se ha difundido la información sobre Hadi. Si es así, saldremos de cacería. Si no, habrá que esconderse y esperar.

Tras pasar el control de migración, se fueron derechos al mostrador de Avis para alquilar un coche. Diez minutos después estaban en la acera, esperando a que les llevaran su Hyundai Sonata.

—¿Tiene aire acondicionado? —preguntó Dominic.

—Sí, pero la transmisión es manual. No se puede tener todo.

El Sonata verde oscuro apareció por la esquina. El empleado salió, hizo firmar un impreso a Chávez, asintió con la cabeza y se alejó. Montaron en el coche y arrancaron. Dominic sacó el teléfono por vía satélite que llevaba en su maletín y marcó el número del Campus.

—Estamos en tierra —le dijo a Hendley, y activó el manos libres.

—Bien. He conectado el altavoz. Sam y Rick también están aquí. Biery viene para acá. —Dominic oyó abrirse una puerta y, a continuación, el chirrido de una silla.

Biery dijo:

—¿Estás ahí, Dom?

—Sí, estamos los dos.

—Vamos por buen camino. Tuvimos que revisar diez páginas de almacenamiento *online* antes de dar en el clavo. Está usando un sitio llamado filecuda. com. Como suponía Jack, utiliza una variación de su correo electrónico para acceder a la página. Tardamos diez minutos en forzar la contraseña. Ahora mismo el buzón de la cuenta está vacío.

—Hemos redactado un mensaje que creemos hará reaccionar a Hadi en el sentido que nos interesa —añadió Rick Bell—. Sam os dará los detalles.

Granger continuó:

—Nos preocupa un poco que la filtración a los medios de comunicación asuste de verdad a Hadi, así que vamos a ir con pies de plomo. Hay que conseguir que se mueva de un sitio a otro. Estará en guardia, así que, si va al primer sitio y no le tienden una emboscada, empezará a relajarse. En cuanto creamos que ha mordido el anzuelo, le diremos que se encuentre con un contacto en la Rocinha...

—¿En la qué?

—Es portugués —contestó Ding—. Significa «finquita». Aquí, a los barrios marginales se les llama favelas, y la Rocinha es el más grande de Río.

—Hemos decidido moverle dos veces, tres, quizás, antes de mandarle a la Rocinha. Depende del tono de sus respuestas. Os mandaré por correo electrónico una lista y un horario.

—¿Por qué allí?

—La policía de Río no entra en el barrio a no ser que sea absolutamente necesario. Os será más fácil operar allí.

Dominic preguntó:

—¿Cuándo vais a filtrar la información sobre Hadi?

—Dentro de unos cuarenta minutos. Enviaremos un fax a Record News. Hemos redactado una descripción y hecho un retrato robot, confío en que lo bastante precisos para que él se reconozca, pero no lo suficiente para que le cacen enseguida.

—¿Cómo sabemos que van a utilizar la información? —preguntó Chávez.

—La supervivencia del más fuerte —contestó Hendley—. Son un canal de noticias y están luchando por liderar la audiencia en pleno desastre, el mayor de la historia de Brasil. La filtración les parecerá un regalo del cielo.

—Adoro el periodismo a degüello —comentó Ding.

—Tenemos sintonizados todos los canales. En cuanto se difunda la noticia, os llamaremos.

Dominic colgó y le dijo a Chávez:

—¿Vamos de cacería?

—Ya lo creo que sí. Pero primero tenemos que hacer una parada. Conozco a un tío que conoce a otro...

—¿Que sabe dónde conseguir armas?

—Exacto.

Frank Weaver se despertó a las cinco de la mañana, tomó dos tazas de café de la cafetera que había en la habitación, pasó veinte minutos leyendo el periódico y luego se duchó y bajó al vestíbulo a tomar su desayuno continental, incluido en el precio de la habitación. A las siete y cuarto había recogido sus cosas y salido por la puerta.

Su camión seguía exactamente donde lo había dejado, lo mismo que la cuba, pero eso Weaver ya lo sabía. El Departamento de Energía había equipado el camión con un inmovilizador: si se arrancaba el motor sin la llave, el sistema de alimentación de combustible se bloqueaba. Un equipamiento estupendo. En cuanto al depósito, nadie iba a escaparse con aquel armatoste. Tal vez King Kong, si notaba que le faltaba una pesa, pero nadie más.

Hizo su ronda de inspección habitual, comprobando fiadores, candados y cadenas, y, al no encontrar nada fuera de lo normal, abrió la puerta del conductor y subió a la cabina. Ya había alargado la mano hacia el contacto cuando se detuvo.

Había algo...

Al principio no supo qué era; lentamente, sin embargo, comenzó a darse cuenta: alguien había entrado en el camión. Pero eso no podía ser. Como todo en aquel camión, la cerradura de la puerta estaba reforzada. Ningún ladrón de medio pelo podría forzarla. Entonces miró a su alrededor. No parecía haber nada fuera de su sitio. Revisó la guantera y el salpicadero intentando ver si faltaba algo. Pero estaba todo allí. Y lo mismo en el compartimento para dormir. Estaba todo tal y como lo había dejado.

El arma.

Metió la mano debajo de su asiento. El revólver del calibre 38 seguía allí, metido en su funda de cuero, fijada al bastidor del asiento.

Weaver se quedó en silencio medio minuto; después se sacudió aquella extraña sensación. Quizás el café del hotel fuera más fuerte de lo que creía. Le había puesto nervioso.

Encendió el GPS del salpicadero y esperó a que el aparato hiciera sus comprobaciones de rutina; después hizo aparecer su ruta. Día tres de cuatro. Quinientos cómodos kilómetros hasta Saint George, Utah.

Tariq encontró al Emir en su dormitorio, metiendo en una caja las pocas posesiones que había llevado consigo.

—Cuando haya grabado mi testamento y vaya a encontrarme con Musa, quema estas cosas.

—Así lo haré. Tengo dos noticias. Los cuatro hombres de Nayoan han contestado a los mensajes dándoles luz verde. El primero será en Waterloo, el domingo por la mañana.

—Bien.

—Segundo, nuestro hombre interceptó el camión sin problemas. Tenemos la ruta del conductor, incluidas paradas de descanso y repostaje. Está previsto que llegue a la planta pasado mañana, entre las dos y media y las tres.

El Emir asintió con la cabeza y cerró los ojos, recordando el calendario previsto.

—Eso es perfecto, amigo mío. Musa estará allí al menos cuatro horas antes. Ve a preparar la cámara. Es la hora.

78

Eran las siete de la mañana cuando a Clark y Jack les entregaron el coche de alquiler: hora de desayunar y de llamar a casa. Provistos únicamente del nombre de los hermanos (Citra y Purnoma Salim) y de la fecha de su llegada a Norfolk, no tenían más remedio que confiar en que el Campus les diera alguna pista con la que emprender su búsqueda.

Encontraron una cafetería a cosa de kilómetro y medio al sur del aeropuerto, en Military Highway, se sentaron a una mesa y pidieron café, huevos y tortitas. Mientras esperaban, Clark llamó a Rick Bell.

—Lo único que tenemos es el nombre del hotel que pusieron los Salim en su impreso de entrada —le dijo Bell—. Si no llegaron a alojarse allí, habrá que estrujarse el ingenio. La embajada indonesia en Washington mantiene una lista de ciudadanos de su país que están de vacaciones en Estados Unidos, pero dado que entraron con pasaporte falso, es probable que no figuren en ella.

—Empezaremos por el hotel —contestó Clark—. En alguna parte tienen que dormir.

Bell le dio el nombre del hotel y colgó.

—Econo Lodge, en Little Creek —le dijo Clark a Jack—. Atibórrate bien. Hoy puede que hagamos mucho ejercicio.

Encontraron el Econo Lodge a unos tres kilómetros de la base naval anfibia de Little Creek y a unos cuatrocientos metros del canal Little Creek. Jack preguntó:

—En la base hay SEAL, ¿no?

—Sí. El Grupo Dos de Fuerzas Especiales, Equipos Dos, Cuatro y Ocho, además de un equipo de SDV, vehículos de traslado de nadadores.

—¿Lo echas de menos?

—A veces, aunque la mayor parte del tiempo. Echo de menos a la gente, sobre todo, y el trabajo, pero hubo también momentos muy desagradables.

—¿Te importaría explicarte?

Clark le miró de soslayo y sonrió.

—No. Se trata de la naturaleza misma de lo que hacen los SEAL, Jack. Van a sitios donde nadie quiere ir y hacen lo que nadie más puede hacer. Hoy en día se llama a esos sitios «zonas renegadas». En mis tiempos las llamábamos «territorio apache». Los SEAL son mucho más conocidos ahora que en mi época, y en mi opinión es una pena. Cuanto menos hable la gente de ti, mejor trabajas.

—¿Qué ha cambiado, entonces?

—No lo sé, la verdad. Me mantengo en contacto con tíos que todavía siguen dentro, y ellos tampoco lo entienden. Les llegan un montón de chicos que vienen pensando que, con darse unas cuantas carreras por la playa y hacer unas flexiones, podrán colgarse la Budweiser. —Clark se refería a la insignia del tridente de los SEAL—. Ésos suelen durar menos de una semana.

—Hay que separar el trigo de la paja —comentó Jack.

—Con un porcentaje de abandonos del setenta y cinco por ciento. Ya estamos aquí. —Clark dejó Shore Drive y aparcó junto al vestíbulo del hotel—. Quizá tengamos que utilizar una pequeña treta para conseguir la información que necesitamos —añadió.

—Adelante, yo te sigo.

Entraron y se acercaron al mostrador de recepción.

—Buenos días —les saludó una chica rubia de poco más de veinte años y bronceado de aerosol.

—Buenos días. —Clark sacó su insignia de la policía judicial y se la enseñó—. Policía judicial. Estamos buscando a un chico y una chica que se alojaron en el hotel hace un par de semanas.

—Caray. ¿Qué han hecho?

—Eso depende de cuánto tardemos en encontrarles. Después de medianoche, tendremos que emitir una orden de comparecencia. Sólo estamos intentando aclarar algunos detalles de un caso antiguo. El apellido es Salim: Citra y Purnoma Salim.

—Suena a árabe. —La chica frunció los labios.

—¿Qué quiere decir?

Clark había hablado con cierta dureza. La joven se acobardó y dijo:

—Nada, lo siento. Eh... ¿Sólo quieren saber si estuvieron aquí?

—En principio, sí.

La recepcionista se sentó delante de su ordenador y empezó a teclear.

—¿Saben la fecha?

Clark se la dio.

—Un día o dos de más o de menos.

—Sí, muy bien, aquí están. Se quedaron una noche y luego se fueron.

—¿Pagaron en metálico o con tarjeta? —preguntó Jack.

—En metálico, pero cogimos el número de su tarjeta de crédito para la fianza.

—¿Lo tienen en el archivo?

—No sé si puedo dárselo. Podría meterme en un lío, ¿no?

Clark se encogió de hombros.

—Entiendo, no pasa nada. —Se volvió hacia Jack—. Llama al ayudante del fiscal.

El joven no perdió un instante. Sacó su teléfono móvil, marcó un número de la agenda y se alejó hacia el otro lado del vestíbulo.

—¿A quién? —preguntó la chica.

—Al ayudante del fiscal general. Vamos a necesitar su nombre para la orden.

—¿Qué?

—La orden tiene que ir a nombre de una persona concreta. Así es como funciona. También vamos a necesitar el de su jefe. Así que ¿cómo se llama?

—Lisa.

Clark levantó la voz dirigiéndose a Jack:

—Lisa... —Jack asintió y dijo su nombre al teléfono. Clark volvió a mirar a la chica—. Dígame su apellido y su número de la Seguridad Social.

—Eh, espere. Espere un segundo. Entonces, ¿sólo necesita los datos de la tarjeta de crédito?

—Sí. Pero no se preocupe. Dentro de unos veinte minutos tendremos un equipo aquí. ¿A qué hora sale?

—A las nueve.

Clark se rió.

—Lo siento, pero hoy no.

Lisa estaba tecleando de nuevo.

—Usaron una Visa. El número de la tarjeta es...

—Muy astuto —comentó Jack cuando volvieron a montar en el coche.

—Nadie quiere complicaciones. Yo lo llamo la teoría de lo grande y lo pequeño. Hacer el favor que te piden parece muy poca cosa, comparado con las consecuencias. Bueno, ¿qué te ha parecido? ¿Era tu tipo?

—¿Esa chica? Era bastante mona, pero algo me dice que no es de las que hacen los crucigramas con bolígrafo.

Clark se echó a reír.

—Entonces, ¿te estás reservando para una belleza con cerebro?

—¿Hay algo de malo en ello?

—En absoluto. Llama para darles los datos de la tarjeta. Que Bell se ponga con ello.

Sólo hicieron falta veinte minutos.

—No más cargos a nombre de hoteles, pero el día que salieron del hotel usaron la tarjeta unas cuentas veces en tiendas de regalos, en McDonald's y Starbucks... Gastos sin importancia, y sólo ese día. Voy a mandaros por correo electrónico los datos y un mapa de Google.

—¿Para qué el mapa? —preguntó Jack.

—Hicieron todas las compras dentro de un radio de dos kilómetros y medio cuadrados.

Jack colgó y puso al corriente a su compañero.

—Cambiaron de tarjeta y de nombre —dijo Clark—. Buena señal.

—¿Buena por qué?

—Los ciudadanos honrados no hacen esas cosas.

El teléfono de Jack emitió un tintineo cuando éste recibió un correo electrónico. Le echó una ojeada.

—¿Adónde vamos? —preguntó Clark.

—A Virginia Beach.

—Muy bien, chicos, tenemos que tomar una decisión —dijo Sam Granger—. ¿Cifrado o sin cifrar?

Granger, Hendley y Bell llevaban una hora discutiéndolo. Hadi y su equipo se habían escondido tras el atentado de Paulinia, y dado que el COR cambiaba diariamente sus tablas de correspondencia, ¿tenía Hadi alguna posibilidad de descifrar mensajes? O quizá fuera mejor preguntar: ¿disponía de medios para «desesteganografiar» las imágenes en las que se ocultaban dichas tablas? Granger y Bell no lo creían, pero Hendley estaba preocupado.

En el pasado, el COR había utilizado el principio del «relé de hombre muerto» en sus grandes operaciones: una vez dada la orden ejecutiva, no había marcha atrás, ni forma de detener la maquinaria. El cambio se había producido tras el fracaso del atentado en el metro de Berlín, cuando, poco después de dada la luz verde a la operación, el líder de la célula del COR en Múnich fue capturado por la BfV y persuadido para que detuviera el ataque. Naturalmente, en un contexto más amplio nada de eso importaba: con principio del relé de hombre muerto o sin él, Hadi recibiría el mensaje o no lo recibiría. Si tenía medios para descifrarlo, un mensaje sin codificar podía ahuyentarle y sus posibilidades de atraparle se esfumarían.

—Mirad, hay que arriesgarse —dijo Bell—. Tenemos que usar el mensaje para asustarle, pero en provecho nuestro. Si se pone suficientemente nervioso, puede que ni siquiera se cuestione un mensaje sin cifrar.

Hendley se quedó pensando; luego miró a Granger.

—¿Sam?

—Está bien, adelante. Moveremos a Hadi una vez y le diremos que sólo se trata de una maniobra de despiste, por si alguien anda tras su pista. Luego le atraeremos a la Rocinha, y Chávez y Dominic se encargarán de él.

Bell se levantó y se dirigió hacia la puerta.

—Voy a ordenar que lo envíen. —Se marchó.

Un minuto después sonó el teléfono de Hendley. Era Gavin Biery.

—¿Habéis colgado ya el mensaje?

—Rick acaba de ir a colgarlo.

—Mierda. Paradle. Decidle que vuelva. Voy para allá.

79

Dos minutos después, Biery estaba arriba y entraba en el despacho de Hendley.

—He encontrado una pauta recurrente —anunció—. Si mandamos ese mensaje sin cifrar, Hadi sabrá que es una trampa.

Había logrado cortarle el paso a Rick Bell en el último momento como resultado de una noche maratoniana, pasada observando cómo su nuevo algoritmo procesaba las tablas de correspondencia del COR. Aunque por su propia naturaleza los caracteres de una tabla debían estar elegidos al azar y, por tanto, ser indescifrables para quien no dispusiera de la clave, era muy propio de Biery buscar patrones fijos allí donde parecía no haberlos. Era un poco, le había dicho una vez a Jack, como el proyecto SETI de Búsqueda de Inteligencia Extraterrestre: seguramente no había nada ahí fuera, pero ¿no sería genial que lo hubiera? En este caso, lo que había encontrado era una pauta común a todas las tablas de correspondencia del COR.

—Las tablas de correspondencia son fantásticas, seguramente la forma más simple de clave «indescifrable» del mundo, aunque nada sea de verdad indescifrable —explicó cuando regresó Rick Bell—. Todo es cuestión de probabilidades, en realidad...

Granger le atajó:

—Deja eso para otra ocasión, Gavin.

—Está bien. Bueno, como suponíais, al Emir, o a quien haya inventado esto, le preocupaban posiblemente sus agentes en activo. Es una estupidez llevar encima una tabla de correspondencia, o tenerla en un portátil que llevas de un lado a otro, así que idearon un sistema para rehacer las tablas diarias mientras los agentes estaban en movimiento. Lleva tiempo, pero puede hacerse.

—Continúa —dijo Bell.

—Están usando una fórmula llamada «método del medio cuadrado». La creo en 1946 un tal Von Neumann, un matemático húngaro. Básicamente se trata de coger un número matriz, la longitud no importa, siempre y cuando tenga un número regular de dígitos, y luego elevarlo al cuadrado, coger los dígitos centrales de la cifra resultante, en la cantidad que se quiera, y utilizarla como nuevo número matriz. Como esos tíos seguramente lo estarán haciendo en papel, utilizarán números bajos y seguirán a partir de ellos. Esperad...

Biery cogió el cuaderno que había sobre la mesa de Hendley y empezó a escribir:

$$49 \times 49 = 2\text{-}4\text{-}0\text{-}1. \text{ Nuevo número matriz} = 40$$

—Como no pueden usarse ceros, hay que redondear por arriba. Así que el nuevo número matriz es 41. Luego lo elevas al cuadrado, y así sucesivamente, hasta que has rellenado toda la tabla.

—¿Y los números están dispuestos al azar? —preguntó Granger.

—Sólo aparentemente, pero no se nota a no ser que tengas un montón de tablas cuyos dígitos puedas analizar. Cuanto más complicada es la fórmula, más aleatorios son los números, pero en algún momento no puedes seguir haciendo los cálculos con lápiz y papel.

—Entonces, ¿qué fórmula están usando?

—Día, mes y año, todo sumado. Hoy, por ejemplo: 21 de mayo de 2010. —Escribió:

$$21 + 5 + 2010 = 2036$$

—Habría que usar los dos dígitos del medio. Redondeando el cero, claro.

—Así que el nuevo número matriz es el trece —dijo Hendley.

—Exacto.

—¿Y usan el mismo método en todas sus tablas de correspondencia?

—En todas las que sacamos de la caja fuerte de Almasi.

—Un trabajo cojonudo, Gavin.

—Gracias. —Se marchó.

—Ese chaval acaba de salvarnos el pellejo —comentó Granger.

Consciente de que Alá se lo tomaría como una señal de poca fe, Hadi siempre se había resistido a creer en malos augurios, pero aun así el hecho de que el jardín botánico de Río estuviera tan cerca de la estatua del Cristo Redentor no dejaba de inquietarle. Claro que, se dijo, en Río todo parecía estar cerca del Cristo Redentor. Situada a setecientos metros por encima del nivel del mar, en la cumbre del monte Corcovado, desde donde se divisaban cientos de kilómetros cuadrados de selva y urbe desparramada, la estatua de treinta y seis metros y medio de alto y seiscientas toneladas de cemento y esteatita era el monumento más célebre de la ciudad, y, para Hadi, un recordatorio constante de que se hallaba en un país de mayoría infiel.

Tras separarse de Ibrahim y los demás, había seguido su viaje conforme al horario previsto, pese a lo cual había pasado las dos primeras horas apretando con tanta fuerza el volante que las manos se le pusieron blancas, y mirando por el retrovisor cada veinte segundos.

Una hora después de que amaneciera entró en el municipio de Seropédica, situado a las afueras de Río, por el lado este. A unos cincuenta kilómetros de allí, hacia el este, se veía la ciudad propiamente dicha: mil doscientos noventa kilómetros cuadrados de territorio urbano en los que habitaban unos doce millones de personas: casi la mitad de la población total de Arabia Saudí en una sola metrópoli. São Paulo era todavía mayor, pero Hadi había llegado allí de noche y se había limitado a circunvalar en coche el lado norte de la ciudad, camino de su hotel en Caieiras.

En la puerta del jardín, la persona que se encargaba de la caja le vendió una entrada y un folleto con plano. En el folleto figuraban los datos más relevantes del jardín: ciento cincuenta y ocho hectáreas, siete mil especies de plantas tropicales, laboratorios de investigación... Hadi pasó las hojas hasta que encontró la lista de zonas del jardín. El aviario estaba el primero de la lista. Se orientó sirviéndose del plano y echó a andar. Hacía un día luminoso y soleado y la humedad era ya insoportable. Muy al sur podía ver el casquete de humo negro que cubría São Paulo, tan denso que la noche parecía haber caído sobre aquella parte de la costa.

A medio camino de su destino, pasó por delante de una heladería y miró por el ventanal. El pequeño televisor fijado en la esquina del local estaba sintonizado en Record News. Junto a la cara de la presentadora pasaban imágenes del incendio en la refinería, algunas tomadas desde el suelo y otras desde un helicóptero. La presentadora se volvió para mirar a otra cámara (un cambio de tema) y de pronto apareció un retrato robot en la pantalla. El retrato no era perfecto, pero se le asemejaba tanto que Hadi notó que el corazón le daba un vuelco dentro del pecho.

No puede ser, pensó. *¿Quién me ha visto?* No habían dejado testigos, de eso estaba seguro. La camioneta de seguridad que había pasado mientras colocaban las cargas estaba demasiado lejos para que los guardias le vieran. *¿Una cámara de vigilancia, quizá?* No, no podía ser. Si tuvieran imágenes reales de él, las habrían emitido en lugar de mostrar un retrato robot.

Siguió mirando la noticia, esperando ver su retrato seguido por el de Ibrahim, el de Fa'ad, el de Ahmed... Pero sólo el suyo permanecía en la pantalla.

Piensa, piensa.

Vio una tienda de *souvenires* al otro lado de la zona habilitada para comer. Cruzó y entró en ella. Buscó aparatos de televisión o de radio; al no ver ninguno, pasó un rato curioseando para que no pareciera que tenía prisa y por fin eligió una gorra de béisbol con el escudo del jardín botánico. Pagó en metálico, rechazó la bolsa y al salir se caló la gorra sobre las cejas. Miró su reloj. Quedaban casi setenta minutos para la hora de la cita. Se acercó a una plataforma de cemento rodeada de helechos y se sentó.

¿Habrían visto Ibrahim y los otros lo del retrato robot? Si lo habían visto, quizá no aparecieran. Habían hablado de diversas contingencias en caso de persecución, captura o muerte de los miembros del equipo en el transcurso de la misión. Pero no de esto.

Se quedó allí sentado cinco minutos, pensando con la mirada perdida, y luego tomó una decisión. Pasó las páginas del folleto hasta que encontró lo que necesitaba.

El cibercafé estaba en el lado este del jardín botánico. Pagó media hora de conexión a la encargada y ésta le asignó una terminal. Se sentó en el reservado y abrió el navegador. Tardó un momento en recordar la dirección del sitio. Ese día era el quinto, así que había cambiado a... bitroup.com

Cuando la página apareció en pantalla, Hadi introdujo sus datos y accedió a la zona de mensajes. Le sorprendió ver un archivo de texto en la sección de carga. Hizo doble clic en el archivo. Contenía dos renglones de pares alfanuméricos. Anotó los pares en la parte de atrás de su folleto. Había trescientos cuarenta y cuatro. Cerró la sesión y se marchó.

Tardó media hora en hacer la tabla y otros veinte minutos en descifrar y revisar el mensaje:

> Vimos retrato robot en TV. Un miembro del equipo bajo sospecha. Rompe contacto. Dirígete al cibercafé Tá Ligado de Rua Braulio Cordeiro para recibir instrucciones. 14:00 h. Acusa recibo de este mensaje mediante código: 9M, 6V, 4U, 4D, 7Z.

Hadi leyó dos veces el mensaje. *¿Un miembro del equipo bajo sospecha?* La mente le daba vueltas. Era imposible. ¿Ibrahim o alguno de los otros le había traicionado? ¿Por qué? Aquello era absurdo, pero el mensaje era auténtico. *Rompe contacto*. Miró la hora: eran las 11:45. Cifró los pares del acuse de recibo a toda prisa, regresó al cibercafé, copió la respuesta en un archivo de texto y lo colgó en la página web.

Ibrahim pasó junto a los coches de Fa'ad y Ahmed al entrar en el aparcamiento. Encontró un sitio libre, aparcó y apagó el motor. Fa'ad y Ahmed habían aparcado una fila por detrás de él, separados por media docena de coches. Por la ventanilla del copiloto vio salir a Hadi por la puerta principal del jardín. Caminaba con prisa y parecía tenso. ¿La policía?, se preguntó Ibrahim. Siguió mirando, temiendo a medias ver salir corriendo a alguien detrás de él. Pero no ocurrió nada.

¿Qué pasa?

Hadi llegó a su coche y montó.

Ibrahim se decidió en un instante. Esperó a que el coche de Hadi enfilara la calle de entrada al jardín, salió marcha atrás y le siguió. Al pasar junto al coche de Ahmed aminoró la marcha y le hizo señas de que le siguiera.

¿Qué estás tramando, amigo mío?

80

—Ha picado el anzuelo —dijo Chávez al apagar el teléfono vía satélite—. A las dos, en un cibercafé de Rua Bráulio Cordeiro.

—Genial. ¿Dónde coño está eso? —contestó Dominic, dando un volantazo cuando un taxi cuyo conductor pitaba y vociferaba estuvo a punto de arrollarles—. Aunque da igual. De todos modos no vamos a llegar de una pieza.

Chávez estaba pasando el dedo por un plano de la ciudad.

—Sigue hacia el este. Yo te guío.

—Imagino que no vamos a llevárnoslo de allí.

—No. Primero tendremos que asegurarnos de que está solo. Le hemos dicho que rompa el contacto con el resto del equipo, pero ¿quién sabe? Además, para lo que tenemos que hacer necesitamos un sitio discreto.

—¿Y qué es lo que tenemos que hacer?

—Lo que haga falta.

Dominic sonrió con acritud.

Encontraron el cibercafé y rodearon la manzana dos veces para reconocer el terreno; después aparcaron en la calle, cincuenta metros al norte, al otro lado de un cruce. Salieron y se dirigieron hacia el sur. Entre una farmacia y un taller de neumáticos vieron un corto callejón que conducía a una chatarrería improvisada, llena de lavadoras oxidadas, ejes de coches y montones de tuberías viejas. Seguido por Dominic, Chávez se adelantó y, al llegar al fondo del descampado, se escondió detrás de un montón de desechos. Desde allí, a través de una valla de listones anchos, veían el cibercafé situado al otro lado de la calle.

—Mierda —dijo Chávez.

—¿Qué?

—Acabo de fijarme en ese pasillo que hay a la derecha del local.

—Puede que sea la entrada trasera —dijo Dominic. Comprobó su reloj. Faltaban aún veinte minutos—. Voy a dar la vuelta, a ver si puedo echar un vistazo.

Diez minutos después sonó el teléfono de Chávez. Cogió la llamada pulsando una tecla.

—Dime.

—Hay una puerta trasera, pero está bloqueada con un contenedor —dijo Dom.

—Contraviene la normativa contra incendios, pero a nosotros nos viene muy bien. De acuerdo, vuelve aquí.

Acababa de apartar el dedo de la tecla cuando un Chevrolet Marajó verde redujo la velocidad al pasar frente al cibercafé. A pesar de que el ángulo era oblicuo, Chávez pudo ver que dentro sólo iba el conductor. El Marajó recorrió otro trecho, frenó y comenzó a aparcar marcha atrás.

—¿Dónde estás, Dom?

—Casi en el cruce.

—Ve despacio. Puede que haya llegado nuestro hombre.

—Recibido.

Calle arriba, el conductor del Marajó salió del coche y se dirigió hacia el cibercafé.

Chávez pulsó de nuevo la tecla del teléfono.

—Es él. —Describió el coche de Hadi y añadió—: Vuelve al Hyundai. No creo que tarde mucho.

Oyó un doble clic en respuesta: recibido. Marcó el teléfono del Campus. Contestó Sam Granger.

—Está aquí —dijo Chávez.

—El mensaje ya está cargado. Le mandamos a una sala de billar en la esquina entre Travessa Roma y Travessa Alegria, en el extremo sur de la Rocinha.

—¿A qué hora?

—A las siete.

Chávez colgó. Pasaron diez minutos; después Hadi salió del café. Miró a uno y otro lado de la calle, se acercó a su coche y subió a él.

—Está en marcha —dijo Chávez. Cruzó corriendo el descampado y el callejón y salió a la calle. A su izquierda, el Chevrolet Marajó se detuvo al llegar al cruce.

—Le veo —dijo Dominic.

Hadi torció a la izquierda.

—Voy a buscarte —añadió el ex agente del FBI.

—Negativo. Quédate ahí. —Chávez corrió calle arriba y llegó al Hyundai en treinta segundos—. Está bien, vamos allá. A la izquierda al llegar al cruce, otra vez a la izquierda y párate en la señal de stop.

Dominic siguió sus instrucciones. Cuando llegaron al stop, Hadi pasó por delante de ellos en dirección norte. Dominic dejó pasar dos coches. Luego arrancó.

Quince minutos después:

—Nos vienen siguiendo —dijo Dominic—. A nosotros, o a Hadi.

Chávez miró por el retrovisor lateral.

—¿El Lancia azul?

—Y otros dos detrás. Un Fiat verde compacto y un Ford Corcel rojo.

—¿Qué cojones...? ¿Estás seguro?

—Vi al Fiat y al Ford dar la vuelta a la manzana dos veces cuando fui a echar un vistazo a la parte de atrás del cibercafé. No pueden ser policías.

—No. ¿Por qué?

—Los policías lo harían mejor. Son un puto convoy.

Chávez echó un vistazo a su plano.

—Vamos a verles las caras.

Dominic frenó junto a un aparcamiento y puso el intermitente. Tras ellos se oyó el claxon del Lancia. Chávez sacó la mano por la ventanilla y le indicó que pasara. Cuando el Lancia les esquivó y pasó por su lado acelerando, le lanzó una ojeada.

—Parecía de la misma etnia que Hadi. ¿Crees que serán sus cómplices?

—Puede ser. Quizás Hadi se haya despedido a la francesa.

Dominic dejó pasar el tercer coche, el Corcel, y tras esperar cinco segundos arrancó y les siguió.

El tercer día de viaje de Musa transcurrió con tan pocos contratiempos como los dos primeros, y a última hora de la tarde llegó a su última parada para pernoctar: Winnemucca, Nevada, un pueblo de siete mil treinta habitantes, quinientos sesenta y dos kilómetros al noroeste de Las Vegas.

81

Hadi, eso había que reconocerlo, hizo todo lo que pudo para despistar a posibles perseguidores de camino a la Rocinha: durante dos horas condujo en círculos por la favela, volviendo una y otra vez sobre sus pasos en busca de unos indicios que deberían haberle resultado evidentes. El Lancia, el Fiat y el Corcel seguían circulando en convoy, sin cambiar de orden de marcha y nunca a más de cien metros de su parachoques trasero.

—Tenemos que tomar una decisión —dijo Dominic—. Y más vale que la tomemos ahora, antes de que se nos adelanten.

Si tenían ocasión de atrapar a Hadi y a sus tres cómplices, ¿lo harían o se centrarían sólo en Hadi?

—Cuantos más, mejor —contestó Chávez—, pero tenemos que recordar que sólo estamos tú y yo, y que si las cosas se tuercen la policía de Río no hará distingos entre el grupo de Hadi y nosotros.

A las seis y cuarto abandonaron la persecución y regresaron a la entrada sur de la Rocinha. Sabían que era arriesgado dejar solo a Hadi, pero no tenían ningún dato sobre el lugar de la cita; tendrían que confiar en que los que le perseguían no decidieran secuestrarle durante los siguientes cuarenta y cinco minutos.

El sol, que iba ocultándose detrás de las montañas del oeste, bañaba las chabolas en luz dorada.

Aunque en portugués Rocinha significaba «finca pequeña», Dominic y Chávez no vieron allí nada de pequeño. El poblado, que tenía unos mil doscientos metros de longitud de norte a sur y unos cuatrocientos de este a oeste, estaba situado en una suave vaguada, flanqueada a ambos lados por barrancos y cerros densamente arbolados. Las calles estrechas, a las que daban sombra cuerdas de tender entrecruzadas e improvisados toldos de lona, subían serpenteando por laderas repletas de barracas de madera de varios pisos, pintadas en colores pastel, algunas de ellas tan pegadas las unas a las otras que sus balcones se tocaban y sus tejados se confundían. Ruinosas escaleras de cemento y ladrillo, cubiertas con plantas trepadoras, brotaban del pavimento y se perdían tras los edificios. Los postes del teléfono y la electricidad, engalanados con metros y metros de cables desnudos, se extendían en todas direcciones. Las chavolas, hechas de planchas de chapa ondulada y madera, se amontonaban por docenas en todos los callejones. Las aguas de albañal corrían por desaguaderos poco profundos, llenos de basuras.

—Increíble —comentó Dominic.

—¿Cuánta gente vive en este sitio?

—Cien mil personas, como mínimo. Puede que ciento cincuenta mil.

Encontraron sitio para aparcar en la manzana del salón de billar y salieron del coche.

—Tú ve por detrás. Yo me ocupo de la fachada. Dame quince minutos y luego entra.

—Entendido.

Dominic echó a andar calle abajo y dobló la esquina. Chávez cruzó, compró una botella de coca-cola en un puesto callejero y se recostó contra una pared, bajo un toldo. Calle abajo, una farola se encendió parpadeando. Pasaron diez minutos. Ni rastro de Hadi ni del Lancia ni del Fiat o del Corcel. Apuró su coca-cola, le devolvió la botella al vendedor, cruzó la calle y entró en el salón de billar.

El local era, más que un salón, una habitación del tamaño de un garaje para dos coches, con dos mesas de billar en medio, una barra a la derecha y una fila de sillas de respaldo rígido pegada a la pared de enfrente. Al fondo del bar había una zona para sentarse con cuatro mesas redondas y varias sillas. En el rincón, tres escalones bajaban a una puerta en la que se leía «salida» en portugués. Bajo las lámparas de plástico imitando cristal de colores, vio a varios hombres reunidos alrededor de las mesas de billar. El aire estaba cargado de humo.

Ding tomó asiento junto a la barra y pidió una cerveza. Cinco minutos después se abrió la puerta trasera y entró Dominic. Se acercó a la barra, pidió una cerveza y se la llevó al fondo del local, donde eligió una mesa.

A las siete y cinco se abrió la puerta delantera y apareció Hadi. Se quedó cerca de la entrada, mirando con nerviosismo a su alrededor. Dominic levantó su botella de cerveza a la altura del hombro e inclinó la cabeza, mirándole. Hadi titubeó; luego se dirigió hacia él.

La puerta delantera volvió a abrirse. Entró el conductor del Lancia. Al igual que Hadi, se quedó medio minuto parado, observando el interior del bar. Llevaba la camisa suelta y en su cadera derecha Chávez vio un abultamiento que le resultaba familiar. El hombre cesó bruscamente en su escrutinio al ver a Hadi, que se estaba acercando a la mesa de Dominic. Echó a andar hacia él. Chávez le dejó pasar; después se levantó de su taburete.

—Tú, gilipollas, ¿dónde está mi dinero? —dijo en portugués.

El hombre se volvió, levantando los puños. Chávez levantó las manos a la altura de las orejas.

—Tranquilo, tranquilo...

Asestándole un golpe con la palma de la mano derecha en la cara, le rompió la nariz. El hombre se tambaleó hacia atrás y Chávez le siguió para asestarle un puñetazo debajo de la laringe. El tipo cayó al suelo. Los otros clientes miraban con curiosidad, pero no hicieron amago de intervenir. Una deuda era una deuda.

Al fondo del local, Dominic se había levantado de su silla y estaba sacando a Hadi por la puerta de atrás.

Chávez se acercó al del Lancia, pisó su mano derecha y le sacó la pistola del cinturón.

—¿Hablas inglés?

El hombre comenzó a balbucear.

—Di que sí con la cabeza si hablas inglés.

Asintió.

—Levántate o te mato aquí mismo.

Era ya plena noche. Dominic estaba esperando en el callejón, que por el lado izquierdo, acababa en un muro con una escalera de subida que se perdía en la oscuridad, y que a la derecha, a unos veinte metros de distancia, tenía la entrada.

Hadi estaba contra el muro de ladrillo, junto a un grupo de cubos de basura. Dominic había sacado su pistola y la ocultaba detrás de su muslo. Chávez empujó al del Lancia desde atrás y el árabe chocó contra la pared, al lado de Hadi.

—¿Quiénes sois? —preguntó éste.

—Cállate —gruñó Dominic.

Chávez veía cómo se abrían y se cerraban los dedos de Dom en torno a la culata de su pistola.

—Calma, amigo mío. —Cogió del suelo una hoja de periódico arrugada y se la lanzó al del Lancia—. Límpiate la nariz.

—Que te jodan.

La puerta se abrió tras ellos. Recortada a la luz tenue que salía del salón de billar, Chávez vio una figura a unos pasos del umbral. El hombre levantó la mano y la extendió hacia ellos. Chávez le disparó dos veces al pecho, y el árabe se desplomó hacia atrás. Cerró la puerta de una patada.

—Vámonos, Dom. —Apuntó a Hadi y al del Lancia—. Moveos.

A la entrada del callejón, alguien corrió hacia él. El cañón de un arma despidió un fogonazo naranja, y luego otro y otro más. Chávez se parapetó tras unos cubos de basura y disparó dos veces. El hombre se apartó a un lado.

—Las escaleras —ordenó Chávez.

Empujando a Hadi y al otro, Dom se dirigió hacia las escaleras. Chávez fue retrocediendo hasta que notó que sus hombros chocaban con la pared; entonces dio media vuelta y les siguió.

Subió los escalones a toda velocidad, pisando los talones a Dominic; al llegar arriba, miró a su alrededor. Un callejón se extendía a derecha a izquierda; por encima de ellos se veían los voladizos de varios balcones. Detrás y a la derecha, otro hueco rectangular encajado en otra tapia de ladrillo. Señaló hacia allí. Dominic asintió y empujó a Hadi y al del Lancia peldaños arriba. Chávez oyó a su espalda un ruido de pasos y miró hacia abajo. El hombre que les perseguía estaba asomado a la esquina. Chávez se echó hacia atrás y esperó, inmóvil. Pasados diez segundos de silencio, comenzó a oírse el eco de los pasos de su perseguidor en la escalera.

Se guardó la pistola en el cinturón, dio dos pasos a la derecha, levantó los brazos por encima de la cabeza y se asió al travesaño de debajo de un balcón. Se impulsó hacia arriba, volvió a estirar el brazo y, agarrándose al travesaño superior de la barandilla, se encaramó al balcón y allí se tumbó de bruces.

Los pasos seguían acercándose: una pisada y... silencio. Una pisada y... silencio. A lo lejos se oía el chillido de las sirenas. ¿Bastaba un tiroteo para que la policía entrara en la Rocinha?, se preguntó Chávez. Cerró los ojos y aguzó el oído, esperando a que el eco cambiara.

Pisada... y silencio. De nuevo aquel arrastrar de pies. Esta vez no se oía ningún eco. El hombre pasó bajo el balcón de Chávez; saltaba a la vista que intentaba tomar una decisión. ¿El callejón o las escaleras? Eligió las escaleras. Chávez se puso lentamente de rodillas, apoyó la pistola en la barandilla y disparó, metiéndole una sola bala en la nuca.

Saltó al suelo, corrió hacia el cuerpo, le registró rápidamente y enfiló las escaleras. Dominic estaba esperándole arriba, agazapado detrás de un contenedor, con Hadi y el otro. A cien metros de allí, el callejón daba a un aparcamiento tenuemente iluminado por farolas. Allí cerca se oía rebotar una pelota de baloncesto y niños gritando de acá para allá.

—Ya sólo quedan estos dos —dijo Chávez—. Tendremos que apañárnoslas con esto.

Dejó en el suelo las cosas que le había quitado al muerto tendido en el suelo: un pasaporte, un fajo de billetes, un juego de llaves de coche. Cogió las llaves y las agitó delante de Hadi y el otro.

—¿De cuál son, del Fiat o del Corcel?

No contestaron.

Dominic agarró a Hadi del pelo, le echó la cabeza hacia atrás y le puso el cañón de la pistola entre los labios. El terrorista se resistió, apretando los dientes, y el ex agente del FBI le asestó un fuerte golpe a un lado de la tráquea que le hizo soltar un gemido y le metió la pistola en la boca.

—Cinco segundos y desparramo tus sesos por el callejón. —Hadi no respondió. Dominic le hundió aún más la pistola en la boca. El árabe comenzó a tener arcadas—. Cuatro segundos. Tres segundos.

Chávez observaba a su compañero, escudriñaba sus ojos. Las expresiones faciales podían forzarse cuando era necesario; los ojos, en cambio, eran algo más difícil de controlar. La mirada de Dominic le convenció de que iba en serio.

—Dom...

—Dos segundos...

—¡Dom! —gritó Chávez.

Hadi asentía con la cabeza, levantaba las manos en señal de súplica. Dominic retiró la pistola y el terrorista dijo:

—El Ford Corcel.

—Eres un traidor —masculló el del Lancia.

Dominic le apuntó con la pistola al ojo izquierdo.

—Tú eres el siguiente. ¿Dónde está aparcado?

El del Lancia no respondió.

—Esta vez te doy tres segundos —dijo Dominic y, moviendo la pistola, la pegó a la rodilla del árabe—. Llevarás bastón de por vida.

—Una manzana al este del salón de billar, en medio del bloque del lado sur.

Chávez le dijo a Dom:

—Ve a buscarlo. Yo me quedo cuidando de nuestros amigos.

Quince minutos después, Chávez oyó un claxon y miró callejón abajo. El Corcel estaba allí, con la puerta lateral abierta. Hizo levantarse y echar a andar a Hadi y al del Lancia. Al llegar al coche, les hizo sentarse a los dos en el asiento trasero.

—He encontrado esto en el maletero —dijo Dominic, levantando un pequeño ovillo de alambre de empacar oxidado.

Chávez se inclinó sobre el asiento.

—Las manos, dádmelas.

Dominic arrancó.

—Vamos a necesitar un sitio tranquilo —dijo Chávez. Iba sentado de lado en el asiento del copiloto, con la pistola apoyada sobre el respaldo.

—Creo que sé adonde podemos ir. Lo he visto de camino aquí.

El edificio era casi idéntico a todos los demás (rectangular, de cuatro plantas, con una puerta y ventanas con balcón), salvo porque tenía tapadas con maderas la puerta y las ventanas. A un lado, un tramo de escaleras repletas de hierbajos ascendía hacia la oscuridad. La puerta delantera tenía pegado un precinto de aspecto oficial. Decía en portugués: «Ruina».

—Es aquí —dijo Dominic—. Enseguida vuelvo.

Salió, se abrió paso por los escalones cubiertos de maleza y desapareció. Volvió dos minutos después. Hizo un gesto afirmativo mirando a Chávez, que se bajó del coche y condujo a Hadi y al del Lancia escalera arriba, siguiendo a Dominic. Diez metros más allá la maleza se despejaba y los escalones torcían a la derecha y daban a un porche. La puerta trasera estaba precintada, lo mismo que la de abajo, pero colgaba únicamente de su bisagra inferior. Dominic la levantó y la apartó. Chávez les ordenó entrar.

A la luz de la linterna LED de Dominic, vieron de inmediato por qué el edificio había sido declarado en ruinas. Las paredes, el suelo y el techo estaban cubiertos de carbonilla y, en algunas partes, quemadas hasta el armazón. El suelo era un damero de baldosas de linóleo fundidas, contrachapado calcinado y agujeros a través de los cuales se veían los pisos inferiores.

—Sentaos —les ordenó Chávez.

—¿Dónde? —le espetó el del Lancia.

—En cualquier sitio donde no haya un agujero. Vamos.

Obedecieron.

—Voy a echar un vistazo por ahí —dijo Dominic.

Chávez se sentó frente a sus prisioneros mientras su compañero rebuscaba en las otras habitaciones. Volvió con una lámpara de keroseno deslustrada. La sacudió. Dentro se oyó agitarse el líquido. La dejó en el rincón y la encendió. Una luz amarilla y siseante llenó la estancia.

Chávez le miró y se encogió de hombros. Dominic dijo:

—El jefe eres tú. Tú mandas.

Chávez se levantó, se acercó a los dos árabes y se arrodilló de nuevo.

—Voy a hablar un ratito. Quiero que me escuchéis. Con atención. No voy a vacilaros, ni quiero que me vaciléis. Si nos llevamos bien, tendréis muchas más oportunidades de ver amanecer. ¿Cómo os llamáis?

No contestaron.

—Vamos, sólo vuestros nombres de pila, para que podamos hablar.

—Hadi.

El otro titubeó, apretando con fuerza los labios. Por fin dijo:

—Ibrahim.

—Bien, gracias. Escuchadme, sabemos que lo de la refinería de Paulinia es cosa vuestra y de vuestros dos amigos muertos. Lo sabemos, así que no vamos a hablar de ese asunto. No somos policías y no vamos a deteneros por lo de la refinería.

—Entonces, ¿quiénes sois? —preguntó Hadi.

—Otros.

—¿Qué os hace pensar que tenemos algo que ver con eso? —preguntó Ibrahim.

—¿Tú qué crees? —dijo Chávez con una media sonrisa y una mirada fugaz a Hadi.

—¿Por qué me miras?

Chávez le preguntó a Ibrahim:

—¿Por qué seguíais a Hadi? —El árabe no respondió, así que Chávez añadió—: Voy a lanzar una teoría: hicisteis lo de la refinería, pero no contabais con que cerraran el aeropuerto de São Paulo por el humo, así que pasasteis al plan B: venir a Río. Llegáis aquí y entonces las cosas se tuercen. Hadi se larga y, tú, Ibrahim, vas tras él. ¿Por qué?

—¿Por qué no os importa lo de la refinería? —insistió Ibrahim.

—No es nuestro país, así que no es problema nuestro. ¿Por qué le seguíais?

—Es un traidor.

—Mientes —replicó Hadi—. El traidor eres tú. Tú, o Ahmed, o Fa'ad. Vosotros filtrasteis ese retrato robot.

—¿Qué retrato robot?

—El que salió en televisión. Lo vi. Se parecía a mí. ¿Quién iba a dárselo, si no?

—¿Quién te ha dicho todo eso?

—El Em... Contacté cuando vi el retrato. Había un mensaje esperando. Decía que me habíais traicionado y que tenía que huir.

—Te tendieron una trampa.

—Lo verifiqué. Era auténtico.

Ibrahim sacudió la cabeza.

—No, te equivocas. Nosotros no te traicionamos.

Chávez dijo:

—Entonces, tus amigos y tú sólo queríais verle y charlar con él, ¿no es eso?

—Sí.

Chávez se inclinó hacia Hadi.

—Eso es una gilipollez y tú lo sabes. Puede que ese mensaje fuera auténtico o que no lo fuera, pero ellos sólo sabían que estabas huyendo. Seguramente para entregarte a la policía. Y no iban a permitirlo. Tú sabes que es la verdad.

Hadi no dijo nada.

—Bueno, vamos a hacer una cosa —añadió Chávez—. Por lo que a nosotros respecta...

—Todavía no sabemos quiénes sois.

—¿No os suena nuestro acento?

—Sois norteamericanos.

—Exacto. Por lo que a nosotros respecta, lo de la refinería carece de interés. Lo que queremos saber es quién está operando en Estados Unidos. Cuántas células, dónde están ubicadas... Todo eso.

—Que te jodan —dijo Ibrahim.

Chávez oyó que Dominic se levantaba a su espalda. Al girarse, le vio entrar en la cocina. Se volvió hacia Hadi.

—¿Y tú? Danos...

Oyó de regreso los pasos de Caruso, rápidos y decididos. Se volvió. Se estaba acercando a Ibrahim con la pistola envuelta en un paño de cocina lleno de moho, apoyó la pistola en la rodilla izquierda del árabe y apretó el gatillo. El paño amortiguó el disparo, que sonó como un petardazo sordo. El árabe comenzó a gritar. Dominic le metió otro paño en la boca.

—Dios mío, Dom... —dijo Chávez.

El ex agente del FBI movió otra vez la pistola y disparó otra bala a la rodilla derecha de Ibrahim. Éste se retorcía y gritaba con la toalla metida en la boca, golpeándose con la cabeza en la pared que tenía detrás. Dominic se agachó a su lado y le abofeteó con fuerza una, dos, tres veces. El árabe se quedó callado. Las lágrimas le corrían por la cara. Hadi se había apartado de su compañero e intentaba deslizarse por la pared.

Chávez le apuntó.

—Ni un centímetro más. —Cogió a Dominic por el brazo e intentó levantarle, pero él no se movió; se quedó allí, encorvado junto a Ibrahim, mirando su cara.

—Levántate, Dom.

Éste apartó los ojos del árabe y se puso en pie. Chávez le llevó a la cocina.

—¿A qué coño ha venido eso?

—La charla no estaba funcionando, Ding.

—Eso no eres tú quien tiene que decirlo. Dios, intenta dominarte. Ahora no nos sirve de nada. Un balazo en cada rodilla... Tendremos suerte si es capaz de decir dos palabras seguidas.

Dominic se encogió de hombros.

—De todos modos, el que nos interesa es Hadi. Es un correo. Ibrahim es un jefe de célula. Sabe lo de Paulinia y nada más.

—Eso no lo sabemos. ¿Vas a dejarme que lo haga a mi manera?

—Sí, claro.

—¿Me estás oyendo?

—Sí, joder, ya te he dicho que sí.

Chávez volvió a la habitación y se arrodilló de nuevo. Le dijo a Ibrahim:

—Te voy a sacar el paño de la boca. Si gritas, vuelvo a metértelo.

El terrorista asintió con la cabeza. Tenía la cara empapada de sudor. Debajo de sus rodillas, charcos de sangre del tamaño de discos empapaban el entablado del suelo.

Dominic retiró el paño. Ibrahim jadeó, pero cerró con fuerza la mandíbula y se quedó callado. Le temblaba el labio inferior.

—Mi amigo está un poco nervioso hoy. Perdona. Hablemos de Estados Unidos. Danos algo y te llevaremos a un hospital.

Ibrahim sacudió la cabeza.

Chávez se volvió hacia Hadi.

—¿Y tú? Danos lo que buscamos y no te llevaremos con nosotros.

—No, Shasif... —dijo Ibrahim con voz ronca.

Dominic se acercó y se arrodilló junto a Chávez, haciéndole una seña de que estaba bien.

—Hadi —dijo—, deja que te aclare una cosa. ¿Te vio alguien cuando lo de la refinería?

—No, creo que no.

—Entonces, ¿quién sabía qué aspecto tenías? ¿Quién pudo filtrar ese retrato? O Ibrahim o alguien de más arriba. Nadie más.

—Pero ¿por qué?

—Cabos sueltos. Puede que alguien pensara que no eras de fiar. Piénsalo. Los mandamases ordenan a Ibrahim que te mate. El retrato robot y el mensaje te impulsan a huir. Ibrahim lo utiliza para convencer a los otros dos de que se unan a la persecución. Si no, habría tenido que convencerles de que mataran a un amigo sin ningún motivo. ¿Qué es más fácil?

Hadi se lo pensó un momento; luego miró de reojo a Ibrahim, que sacudía la cabeza. La saliva le caía por las comisuras de los labios y resbalaba por su barbilla.

—No es verdad.

Dominic intervino:

—Te ha traicionado, Hadi, y ahora está aquí, sentado a tu lado, y te está mintiendo. ¿Eso no te cabrea?

Hadi asintió con la cabeza.

—A mí me saca de quicio, te lo aseguro.

Dominic levantó la pistola, la acercó a Ibrahim y le disparó en el ojo. La pared quedó salpicada de sangre y masa encefálica. El árabe cayó de lado y se quedó quieto, excepto por su brazo izquierdo, que siguió temblando y agitándose diez segundos, hasta que por fin ya no se movió.

Chávez apartó el brazo a Dominic de un manotazo.

—¡Por todos los santos! ¡Qué cojones...!

El ex agente del FBI se levantó y retrocedió unos pasos. Hadi se acurrucó en posición fetal y comenzó a gimotear. Dominic dio dos pasos hacia él y le puso la pistola en la sien.

Chávez gritó:

—¡No! ¡No des un paso más, Dom!

Éste miró de soslayo. Su compañero tenía la pistola levantada a medias hacia él, pero él sacudió la cabeza y volvió a mirar a Hadi.

—No lo hagas, Dom.

Dominic se inclinó y le dijo a Hadi:

—A menos que tengas algo que decirnos, cerdo, para mí eres hombre muerto. Voy a meterte una bala por la oreja. Cuando diga «ya», o dices que sí, o mueres.

82

Jack y Clark llegaron a Virginia Beach en veinte minutos y encontraron un aparcamiento público a una manzana de la playa. Todas las compras que habían hecho los hermanos Salim se concentraban en un radio de tres manzanas.

—Bueno, ¿qué opinas? —preguntó Jack cuando salieron del coche.

—Que se alojaron en algún hotel de por aquí usando una tarjeta nueva, pero hicieron algunas compras con la antigua. Vamos a volver a hacer de agente de la policía judicial y su ayudante, y a enseñar sus fotos por ahí.

Durante la hora siguiente fueron de hotel en hotel, tachándolos de la lista de Jack a medida que avanzaban. Estaban entrando en el aparcamiento del Holiday Inn entre las calles Veintiocho y Atlantic cuando Jack dijo:

—Están aquí.

—¿Sí? ¿Dónde?

—En la piscina. En dos tumbonas, junto al trampolín.

—Ya los veo. Sigue andando.

Entraron en el vestíbulo. Clark se detuvo, frunció los labios.

—¿Te acuerdas de esa floristería por la que hemos pasado en la calle Veintisiete? Vuelve y compra unas margaritas o algo así. Y trae también uno de esos sobrecitos para tarjetas.

—¿Eh?

—Ya te lo explicaré. No vuelvas por el mismo camino. Nos vemos en el aparcamiento de atrás.

Jack estaba de regreso quince minutos después. Encontró a Clark en el aparcamiento trasero, de pie junto a un contenedor de basura.

—Se han registrado en el hotel con sus nombres de pila y el apellido Parasibu. Su habitación está en el lado norte, el que no da a la piscina.

—Entonces, forzamos la cerradura y entramos.

—Hay camarcras arriba. Las flores darán mejor resultado.

Jack subió primero, llevando las margaritas. Clark subió por la escalera contraria y se paró al llegar arriba, oculto al otro lado de la esquina. Al llegar ante la puerta de la habitación de los Salim, Jack se detuvo y llamó con los nudillos; esperó diez segundos y volvió a llamar. Una camarera salió de otra habitación, cuatro puertas más allá, y cogió unas toallas de su carrito.

—Perdone, señorita —dijo Jack.

—¿Sí, señor?

—Le he traído estas flores a mi novia. Tengo que volver a la base y quería dejárselas. El problema es que ya he entregado la llave en recepción. ¿Cree que podría abrirme un momentito? Dejo las flores en la cama y salgo en cinco segundos.

—Se supone que no debo...

—Entro y salgo en cinco segundos.

Un silencio.

—Bueno, está bien.

Abrió la puerta y se apartó.

—Gracias —dijo Jack.

Clark aprovechó ese momento para doblar la esquina.

—Señorita, oiga, señorita...

—¿Sí, señor?

—Necesito unas toallas. —Clark se acercó al carrito y comenzó a revolverlo, tirando al suelo pastillas de jabón y frasquitos de champú. La camarera se acercó.

—Déjeme a mí, señor.

Dentro de la habitación de los Salim, Jack dejó las flores encima de la cama y miró a su alrededor. La tarjeta llave... La vio encima del cenicero, la cogió y se dirigió a la puerta. Una vez fuera, gritó:

—Gracias. —Y se dirigió a las escaleras.

Clark cogió sus toallas y se fue en dirección contraria, dio un rodeo hasta las otras escaleras y allí se encontró con Jack. Esperaron a que la camarera entrara en la habitación que estaba limpiando; se acercaron luego a la puerta de los Salim, pasaron la tarjeta y entraron.

—¿Cómo sabías lo de la tarjeta? —preguntó Jack.

—Siempre ofrecen dos tarjetas, y la mayoría de la gente se lleva las dos, pero no para ir a la piscina.

—¿Qué estamos buscando?

—Tarjetas de crédito y documentación. Aparte de eso, cualquier cosa que te llame la atención.

Tardaron tres minutos en salir. Clark marcó el número del Campus mientras volvían al coche.

—Tienen cuatro tarjetas bancarias más y tres pasaportes cada uno —le dijo a Rick Bell—. Ahora mismo os mandamos los datos por correo electrónico.

Aparte de su nuevo hotel en Virginia Beach, de algunas comidas en McDonald's y unos cuantos *frapuccinos* de Starbucks, los Salim sólo habían hecho un gasto: un coche de alquiler de Budget. Jack y Clark volvieron al Holiday Inn y encontraron el Intrepid gris metalizado en el aparcamiento trasero.

—Ahora, a esperar —dijo Clark.

Poco antes de las dos de la tarde, Citra y Purnoma bajaron por la escalera de atrás del hotel y montaron en el Intrepid.

Tomaron la 264 en Virginia Beach, rumbo este, cruzaron Norfolk y entraron en Portsmouth por la 460 antes de virar hacia el norte y tomar el túnel que cruzaba la bahía de Hampton Roads. Al llegar al otro lado, salieron por la avenida Terminal y tomaron luego Jefferson hasta el parque King Lincoln, en el extremo sur del cabo de Newport News. Clark les siguió hasta el aparcamiento y les vieron salir del coche y entrar en el parque. Les dieron cien metros de ventaja, luego salieron, se separaron y les siguieron.

El parque sólo tenía cuatrocientos metros de largo. Al llegar al centro, Clark y Jack volvieron a encontrarse en las canchas de baloncesto, donde se estaba jugando un partido improvisado.

—¿Adónde coño van? —preguntó Jack. El parque estaba rodeado de agua por dos de sus lados—. Acaban de cambiar la capital del sol y el surf de Virginia por esto.

—Es raro, sí —reconoció Clark.

Los Salim llegaron al final del parque, donde éste formaba una punta de flecha entre la playa y la avenida Jefferson. Mientras les observaban, la chica sacó una cámara y empezó a hacer fotografías. No del mar, sino de más allá de la carretera.

—La terminal de carga —masculló Clark.

—Están reconociendo el terreno —les dijo Clark a Hendley y a los demás por teléfono una hora después.

Acababan de seguir el Intrepid de los Salim hasta el hotel y estaban sentados en la avenida Atlantic, a una manzana de distancia, desde donde podían ver los coches que entraban y salían.

—La terminal portuaria de Newport News. No sabemos qué les interesa exactamente, pero hicieron un montón de fotografías.

—¿Había algún buque militar anclado allí? ¿Algún depósito de combustible o de sustancias químicas?

—Nada —contestó Clark—. Ya lo hemos comprobado. La mayoría eran buques mercantes de carga seca. Les hemos estado siguiendo desde esta mañana. No han ido a ningún sitio, aparte de la piscina y la terminal, y nadie ha subido a su habitación.

—Si están localizando objetivos —dijo Granger—, podrían seguir así semanas. Y no estamos preparados para operaciones de vigilancia a largo plazo. Propongo que filtremos este asunto al FBI y dejemos que se encarguen ellos.

—Dadnos un día más —dijo Clark—. Si no surge nada nuevo, lo dejamos y volvemos a casa.

En el Hotel Claridge Inn de Saint George, Utah, Frank Weaver estaba desprendiéndose del sudor del día bajo la ducha y ansiando que llegara el momento del minimaratón de *Ley y orden* en TNT cuando oyó que llamaban a su puerta. Se envolvió en una toalla y cruzó descalzo la habitación.

—¿Quién es?

—De recepción, señor Weaver. Tenemos un problema con su tarjeta de crédito.

Quitó la cadena a la puerta y la abrió el ancho de una rendija. La puerta se abrió de golpe y chocó contra la pared. Entraron dos hombres, uno de ellos cerró la puerta y el otro dio dos rápidos pasos hacia Weaver, que comenzó a retroceder, pero no lo bastante deprisa. Algo duro se apretó contra su plexo solar, sintió luego un mazazo y después otro. Ahora, caía hacia atrás. Rebotó una vez contra el pie de la cama y cayó al suelo de espaldas. Levantó la cabeza y se miró el pecho. Justo por debajo de su esternón, dos agujeros del tamaño de una goma de borrar vertían sangre burbujeante. El individuo que le había disparado se acercó y se cernió sobre él, una pierna a cada lado de su pecho. Frank Weaver vio bajar el cañón de la pistola hacia su cara y cerró los ojos.

83

Los hermanos Salim salieron del hotel a las nueve de la noche y Jack y Clark comprendieron casi de inmediato que se disponían a seguir la misma ruta que horas antes les había llevado a la terminal portuaria de Newport News. En Portsmouth dejaron la autopista y se dirigieron a un edificio de almacenes de alquiler de la calle Butler. Clark pasó por delante de la entrada, torció hacia la calle Conrad, apagó los faros y, tras cambiar de sentido, se detuvo a tres metros del cruce.

Calle abajo, el Intrepid había entrado en el aparcamiento y se había parado junto a la primera fila de almacenes. Citra Salim salió del coche y se acercó a la carrera al almacén, cuya puerta abrió con una llave.

—Esto no me gusta —dijo Jack—. ¿Para qué necesitan un almacén dos jovencitos que están de vacaciones?

—Para nada bueno —respondió Clark.

Citra volvió a salir. Cerró el almacén con llave y regresó al Intrepid. Llevaba dos pequeñas mochilas de lona.

Minutos después estaban de nuevo en la autopista y se dirigían hacia el túnel de la bahía. Una vez al otro lado, el Intrepid retomó la ruta de esa tarde y se dirigió de nuevo al parque King Lincoln. Esta vez, sin embargo, no se detuvieron en el parque; pasaron de largo, doblaron a la derecha por Jefferson y regresaron por el mismo camino.

—¿Crees que nos han visto? —preguntó Jack.

—No. Sólo están tomando precauciones. No pasa nada.

Estaban en una zona industrial: empresas de transporte, almacenes de áridos, desguaces y talleres de reparación de barcos. El Intrepid torció de nuevo a la derecha.

—Calle Doce —dijo Jack—. Otra vez se dirigen al este.

Clark dejó que se adelantaran un poco; después apagó los faros, dobló la esquina y se acercó a la acera. A trescientos metros de allí, el Intrepid estaba girando a la izquierda, hacia un complejo de apartamentos.

—¿Irán a visitar a algún amigo? —se preguntó Jack.

—Vamos a averiguarlo.

Clark encendió los faros y arrancó otra vez. Al pasar por delante de los apartamentos, dos personas salieron del aparcamiento y echaron a andar por la acera. Los Salim. Con sus mochilas. Clark pasó junto a ellos y miró por el retrovisor. Volvían hacia Jefferson. Torció en la siguiente esquina, se detuvo de nuevo y apagó los faros.

—¿Los ves? —preguntó.

—Sí, ahí están.

En Jefferson cruzaron la calle y desaparecieron por una mediana cubierta de hierba, detrás de una empresa de transportes.

—Hora de moverse —dijo Clark.

Con las luces todavía apagadas, cambió de sentido y bajó por la calle Doce hasta Jefferson. Al llegar al cruce vieron que los Salim torcían a la izquierda y desaparecían detrás de la valla de la empresa de transportes.

—Se están quedando sin espacio —comentó Jack. La empresa daba por la parte de atrás a la 664, una autovía elevada de cuatro carriles.

—Vamos a pata —dijo Clark.

Aparcaron, salieron del coche y cruzaron la calle al trote, hasta la mediana cubierta de hierba. Por detrás de la empresa de transportes encontraron un arroyo pantanoso bordeado por espesos matorrales y un estrecho sendero. Estaban bajando cuando Clark se dio cuenta de dónde se hallaban.

—Es el canal de la seis seis cuatro. ¿Te acuerdas? A la derecha, cuando salimos del túnel. —Habían visto docenas de yates y lanchas motoras atracadas en el canal.

Sendero abajo se oyó arrancar un motor. Clark y Jack echaron a correr. A cincuenta metros de distancia, en el extremo de un muelle, los Salim habían tomado asiento en una lancha motora. El chico, sentado en el lado del piloto, movió la palanca de gas hacia delante. La lancha se apartó del muelle y enfiló el canal.

Un minuto después, Jack y Clark estaban otra vez en su coche. Tomaron Jefferson y se dirigieron hacia el sur. Pasadas unas manzanas pudieron ver el canal por la ventanilla del copiloto. Vieron la lancha de los Salim dirigirse hacia la entrada del canal.

—Van hacia la terminal —dijo Clark.

—¿Y la patrulla del puerto?

—Jack, en cuanto rodeen el malecón, estarán a cuatrocientos metros de la primera dársena. Tenemos cinco minutos, máximo.

Dio media vuelta y arrancó en sentido contrario.

Pasaron por debajo de la 664 y, girando hacia el sur, tomaron la avenida Terminal. Al final de la rampa, a la altura de un parque de depósitos, la carretera se bifurcaba. Clark viró a la derecha y siguió el sinuoso camino de tierra. En medio del parque de depósitos, se paró en seco. A cien metros de allí había una caseta de seguridad iluminada. Una puerta batiente cortaba el paso.

—Mierda.

—¿Nos dejarán pasar con tu insignia de la policía judicial? —preguntó Jack.

—Una vez dentro, sí, pero en las entradas principales piden desde enero el Documento Acreditativo de Personal de Transporte. Si no lo tienes, no pasas.

—¿Cómo sabes eso?

—En Rainbow teníamos gente dedicada a mantenernos informados de los protocolos de identificación —contestó Clark—. Los terroristas se mueven por todas partes. Si descubres qué cosas intentan falsificar, es mucho más fácil deducir cuál es su objetivo.

Clark retrocedió por el camino, mirando por la luna trasera con el brazo apoyado en el respaldo del asiento, hasta que llegaron a la bifurcación. Dobló a la izquierda y paró en una rotonda de grava, junto a la valla del parque de depósitos.

—Otra vez andando —dijo.

A su derecha, al otro lado del parque de depósitos, se oía el tráfico de la 664. A su izquierda, al otro lado del camino, había un talud de tierra repleto de maleza. Lo subieron corriendo, se abrieron paso entre la vegetación y bajaron por la ladera contraria. Se encontraron en una explanada cubierta de matorrales, del tamaño aproximado de un campo de fútbol. Al fondo vieron la caseta de vigilancia que habían divisado poco antes. Cruzaron corriendo el descampado, subieron por otra ladera y, tras atravesar una zona de maleza, salieron a un camino sin asfaltar. A su izquierda había un aparcamiento de tierra con filas y filas de contenedores para barcos del tamaño de vagones de carga y dos casetas prefabricadas. Bajaron por el camino y treinta segundos después estaban entre los contenedores. Pararon para recuperar el aliento y siguieron.

Avanzando entre las hileras de contenedores, llegaron al borde del aparcamiento. Los muelles quedaban a sesenta metros de allí; en los tres que se adentraban en el puerto había un buque atracado a cada lado: seis en total.

—Hay mucho terreno descubierto hasta allí. Y un montón de luces. Esto parece un estadio. ¿Qué barco?

—Es sólo una corazonada, pero yo diría que el que no hayan descargado todavía. —Señaló un mercante atracado al fondo, a la derecha, cuya cubierta de proa estaba repleta de contenedores—. ¿Distingues el nombre?

Jack entornó los ojos.

—*Losan*.

A trescientos metros de allí, Citra y Purnoma Salim estaban arrimando su lancha al muelle, a popa del *Losan*.

—¿Estás seguro de que es éste? —susurró Citra.

—Sí, estoy seguro. Toma. —Cogió la otra mochila y se la puso. Alargó el brazo, se agarró a la escalerilla de mantenimiento y ató el cabo a un travesaño. Enderezó la lancha y su hermana comenzó a subir. Al llegar al peldaño de arriba, Citra alzó los brazos por encima de la cabeza, se asió a la barandilla y, levantando los pies, consiguió agarrarse a ella con los tobillos. Cuando casi se había encaramado, Purnoma la siguió. Un minuto después estaban en cubierta.

—No debería haber más de dos tripulantes a bordo. Tú ocúpate de ellos; yo me voy a los tanques. Cuando acabes, avísame y empiezo.

—Recuerda: compórtate como si estuvieras en tu elemento y lo estarás —dijo Clark y, tras levantarse, entró en el aparcamiento. Jack le siguió. Tres hombres que fumaban junto a una de las casetas prefabricadas les observaban. Clark levantó el brazo—. Hola, chicos. ¿Qué tal va eso?

—Bien. ¿Y vosotros?

Clark se encogió de hombros exageradamente.

—Otro día, otros ciento cincuenta pavos.

Los hombres se echaron a reír.

Clark y Jack siguieron caminando, dejaron atrás el aparcamiento y enfilaron un callejón formado por remolques de carga. Salieron al muelle, torcieron a la derecha y pasaron por delante de los barcos. Por fin llegaron al embarcadero del *Losan*.

—No puede ser tan fácil —masculló Jack.

—No seas gafe, hijo.

Doblaron a la izquierda por el muelle. A cincuenta metros de allí vieron que la escalerilla del *Losan* estaba bajada y que su base descansaba a unos sesenta centímetros del muelle.

—¿Habrá guarda? —preguntó el joven.

—Vigía, Jack. En el lenguaje marinero les llamamos «vigías». Pronto lo sabremos.

Empezaron a subir, apoyando con cuidado los pies en los peldaños de hierro para no hacer ruido. Arriba, la puerta de la barandilla estaba abierta, pero cruzada por un cable. Clark desenganchó su extremo y pasaron. A su derecha, más adelante, un arco conducía a la cubierta de proa; a la izquierda, la cubierta de carga se extendía hasta la popa. En el mamparo se abrían tres escotillas. Clark sacó su pistola. Jack hizo lo mismo. Se dirigieron a la primera escotilla, descorrieron el cierre sin hacer ruido y la abrieron. Desde las bodegas les llegó un ruido que parecía el de dos palas de pimpón al entrechocar. Clark imitó con la mano una pistola y su compañero asintió.

Un segundo disparo.

Luego, desde la cubierta inferior, el suave pitido de una radio o un teléfono móvil.

Clark se señaló y señaló la escalerilla; después señaló a Jack e indicó hacia la cubierta de proa. Éste asintió con un gesto y Clark desapareció dentro.

Jack sólo había dado dos pasos por cubierta cuando se detuvo. Su corazón latía violentamente. Respiró hondo para calmarse. Se pasó la pistola a la mano izquierda y se secó la palma en la pernera del pantalón. *Tranquilo, Jack. Respira.* Igual que en el Callejón de Hogan. No era así, claro, y lo sabía, pero hacía lo posible por alejar aquella idea de su mente. *John se las arreglará. No te preocupes por él. Concéntrate en lo que tienes delante.* Siguió andando por la cubierta, paso a paso, cuidadosamente, precedido por la pistola que llevaba en alto, asida con las dos manos, mientras escudriñaba la estructura que se alzaba por encima de su cabeza. Llegó al arco de la cubierta de proa. Se detuvo. Las esquinas eran un infierno, le habían dicho Dominic y Brian. A ningún policía le gustaban las esquinas. *Nunca avances al llegar a una esquina*, se recordó. *Echa una ojeada, hazte una composición de lugar y retírate.*

Eso hizo: se asomó y se apartó. A su izquierda había una pared de hierro de doce o quince metros de alto. Eran los contenedores, pensó. Cuatro en altura y doce de través. Sus bordes delanteros lindaban con el reborde elevado de la bodega de proa. Jack se asomó de nuevo, escudriñando esta vez el puente que se extendía delante de la bodega. Estaba a punto de apartarse cuando vio que una figura salía rápidamente de detrás de los contenedores, al otro extremo de la cubierta, y se arrodillaba junto a la escotilla de la bodega. Aquella figura comenzó a abrir los cierres. Una vez hecho esto, abrió la escotilla unos cincuenta centímetros y volvió a desaparecer a toda prisa.

Por el lado de estribor se oyó el chirrido de una trampilla al abrirse y cerrarse de nuevo. Sonaron pasos en la cubierta. Y un murmullo de voces. Jack salió y se deslizó por el mamparo, hasta el primer contenedor. Se acercó con sigilo a su lado delantero, se asomó a la esquina. Nada.

Luego un ruido, y otro, y otro. Tardó un momento en localizar aquel sonido: era el que hacían unos pies sobre los peldaños de hierro de una escalerilla. Miró hacia arriba. A unos palmos de su cabeza se veía el travesaño de una escalerilla. *¿Qué estás tramando, chaval?* Sólo había un modo de averiguarlo. Enfundó su pistola, se agarró al peldaño inferior de la escalerilla y empezó a subir. Al llegar arriba, tuvo que estirarse hacia un lado, asirse a un peldaño de la escalerilla del contenedor siguiente, a medio metro de distancia, y descolgar los pies.

Oyó algo debajo de él y miró. Aunque la cubierta estaba a oscuras y no podía verle la cara, reconoció la larga melena negra de Citra Salim. Ella levantó la pistola. Jack soltó el peldaño con la mano derecha e intentó coger su arma. Desequilibrado, se balanceó hacia un lado y otro. El cañón de la pistola de Citra despidió un fogonazo anaranjado. Jack sintió que algo áspero y abrasador le rozaba la mandíbula y se incrustaba con estrépito en la pared de hierro, detrás de su cabeza.

Desde el otro lado del contenedor, una voz de hombre preguntó:

—¿Citra?

Jack intentó de nuevo coger su pistola, pero mientras sus dedos tocaban la culata comprendió que era ya demasiado tarde.

Qué muerte más ridícula, pensó.

Detrás de Citra, una silueta cruzó el arco. John Clark dio una rápida zancada, levantó su arma y disparó a Citra en la nuca. La chica cayó de bruces sobre la cubierta.

—¡Citra! ¿Estás ahí?

Jack señaló hacia el lado de babor. Clark asintió con un gesto y empezó a moverse en esa dirección. El joven se llevó la mano a la cara. Notó los dedos manchados de sangre. *No sangra mucho*, se dijo. Buena señal. Comenzó a trepar otra vez y pasó del segundo nivel al tercero. Cuando estaba en medio del contenedor superior, se detuvo, sacó su arma y siguió avanzando. Al llegar arriba se paró de nuevo. A su izquierda, a casi un metro de su cabeza, se hallaban las ventanas y los aleros del puente de mando. Miró por encima del borde y se asomó al interior del contenedor.

Cuatro tanques de propano cilíndricos, blanquísimos en la oscuridad, uno al lado del otro, dos delante y dos detrás. A cinco contenedores de distancia, Jack vio que un objeto plateado volaba por el aire y caía con estruendo en su contenedor. Estiró el cuello intentando localizar aquella cosa y descubrió un chisporroteante resplandor amarillo bajo el borde delantero de uno de los tanques.

—¡John!

—¡Aquí!

—¡Tiene algo! ¡Una bomba, una granada! ¡Algo!

Otro objeto voló por el aire describiendo una elipse. Esta vez Jack pudo verlo mejor. Una bomba de tubo. Se encaramó arriba y comenzó a avanzar poco a poco por el borde de los contenedores, tacón contra puntera. A estribor vio aparecer la cabeza de Clark por encima del borde de un contenedor.

En equilibrio sobre su borde, Jack se asomaba a cada contenedor y, haciendo una pasada con la pistola, buscaba movimiento. Otra bomba de tubo surcó el aire y chocó contra un tanque. Luego otra.

Jack saltó al tanque más próximo, se balanceó, recuperó el equilibrio y saltó de nuevo. Resbaló y chocó de frente con el borde del cuarto contenedor. Por el lado de estribor, Clark se había encaramado también al borde y se dirigía a su encuentro.

—¡Las mechas están encendidas, John! —gritó Jack.

Se impulsó hacia arriba, se enganchó con la pierna al borde y se puso de rodillas.

—¿Le ves? —gritó Clark, dando un paso.

Una silueta apareció por encima de uno de los contenedores, disparó a Clark y volvió a perderse de vista.

—Cabrón —masculló Jack, y echó a correr con los brazos extendidos, como un funambulista. Estaba cruzando el sexto contenedor cuando Purnoma Salim apareció por encima del borde del octavo y se lanzó de bruces dentro del siguiente. Al ponerse en pie se volvió hacia Clark, que estaba saltando entre dos contenedores. Purnoma levantó la pistola. Sin dejar de correr, Jack cogió la suya y, con el brazo izquierdo todavía extendido para mantener el equilibrio, comenzó a disparar intentando apuntar al pecho. Purnoma se desplomó. Jack dejó de disparar. A su espalda, dos contenedores más allá, se oyó un estruendo. La pila de contenedores se estremeció. *Cramp.*

—¡Salta, John! —gritó Jack, y siguió corriendo.

Cramp.

El borde tembló bajo sus pies y Jack cayó de lado en el contenedor. Vio que se precipitaba hacia la blanca curva de un tanque de propano. Se volvió hacia un lado y recibió el impacto en el brazo y el hombro; luego se deslizó por la curva del tanque y se encontró aprisionado contra la pared del contenedor.

En algún lugar del puerto comenzó a sonar una alarma.

—¿Jack? —gritó Clark.

—¡Estoy bien!

Oyó un siseo. Miró a su alrededor. Justo debajo de él, bajo el borde inferior del tanque, vio un resplandor amarillo. *Ay, mierda.*

—¡John! ¡Muévete! ¡Vamos!

Un tanque más allá, otro estruendo.

Jack se volvió, se tumbó de espaldas y se sentó; luego rodó de nuevo para colocarse a horcajadas sobre el tanque. Se levantó, miró alrededor. No tenía dónde ir. Había quince metros de caída por todos lados y la escalerilla más próxima estaba a seis metros de distancia. *El puente de mando.* Dio unos pasos sobre la pendiente del tanque y saltó fuera. Se agarró al saledizo del puente, levantó la pierna y, afianzándose con el tobillo, se encaramó y rodó por el tejado.

Cramp.

Jack rodó de nuevo y miró hacia abajo. Del interior del tanque llegaba un ruido de chapoteo. Un olor penetrante le asaltó. Comenzaron a llorarle los ojos.

—¡John! —gritó.

—¡Sí! ¡Por babor!

—¿Hueles eso?

—Sí. Mueve el culo.

Jack se levantó, encontró la escalerilla y comenzó a bajarla. Clark le esperaba abajo.

—¿Qué diablos es eso?

—Gas cloro, Jack.

Cuarenta minutos después, llegaron a su coche mojados y exhaustos y enfilaron de nuevo la avenida Terminal. Por el espejo retrovisor, de un extremo a otro de la terminal portuaria, veían grupos de centelleantes luces rojas y azules. Sabedores de que, lejos de resolverlos, su presencia causaría problemas, se habían lanzado por el costado del *Losan*, nadado hasta la orilla, unos doscientos metros más allá, y atravesado con cautela la terminal, esquivando camiones de bomberos y coches de policía, hasta llegar al parque de depósitos.

Clark volvió a la 664 y, poniendo rumbo este, entró en Newport News, donde encontraron una cafetería abierta toda la noche. Jack marcó el número del Campus. Fue Hendley quien respondió.

—Eso de Newport News... ¿Habéis sido vosotros?

—¿Ya ha salido en las noticias?

—En todos los canales. ¿Qué ha pasado?

Jack le refirió lo ocurrido. Luego preguntó:

—¿Es muy grave?

—Podría ser peor. De momento, sólo hay una treintena de trabajadores del puerto hospitalizados. Ningún muerto. ¿De qué eran esos tanques?

—De propano, creo, unos cincuenta. Sólo lanzaron media docena de bombas de tubo, pero estamos seguros de que llevaban muchas más en las mochilas.

—¿Están los dos muertos?

—Sí.

—Necesito que os vayáis al aeropuerto. Os hemos reservado billetes de vuelta en el vuelo de las tres y media.

—¿Qué ocurre?

—Hemos tenido noticias de Chávez y Caruso: tienen a Hadi y está hablando.

84

Hendley y Granger les esperaban con un Suburban cuando aterrizaron en Dulles.

—¿Adónde vamos? —preguntó Clark.

—A Andrews. Hay un Gulfstream esperando —contestó Hendley—. El equipo y la ropa ya están a bordo. Pero vamos por partes. Ese barco, el *Losan*... Tenías razón, Jack. Los Salim tenían una veintena de bombas de tubo. En el manifiesto de embarque figuraban cuarenta y seis tanques de propano, todos defectuosos y vacíos, que Senegal había devuelto al fabricante, Tarquay Industries, en Smithfield.

—Bueno, sabemos que no estaban vacíos —dijo Clark.

—Exacto. Tardarán un par de días en confirmarlo, pero los equipos especializados en materiales peligrosos que hay en la zona calculan que había unos setecientos cincuenta litros de amoniaco o hipoclorito de sodio en cada tanque.

—Lejía —dijo Jack.

—Sí, eso parece. Lejía normal y corriente. Si se mezclan, se obtiene gas cloro. Haced la cuenta: estamos hablando de al menos treinta y cinco toneladas de precursores de gas cloro. Al final, sólo se mezclaron unos setecientos cincuenta litros. La situación está controlada.

—Santo cielo —dijo Jack—. Treinta y cinco toneladas. ¿Cuánto daño podrían haber causado?

Fue Granger quien contestó:

—Depende mucho del viento, de la humedad y de la temperatura, pero podría haber habido miles de muertos. Y miles de heridos con quemaduras en la piel y las mucosas, con edemas pulmonares, ceguera... Una auténtica barbaridad.

Ahora fue el turno de Hendley:

—Siguiente asunto. Chávez y Caruso han capturado a Hadi.

—¿Y los otros miembros del grupo? —preguntó Clark.

—Muertos en la Rocinha. Puede que eso influyera, pero el caso es que, cuando Hadi empezó a hablar, se fue de la lengua.

—¿Está en nuestro poder?

—No. Le ataron como un pavo de Acción de Gracias y le dejaron en una comisaría con una nota adjunta. No volverá a salir de una prisión brasileña.

—Dimos en el clavo con Hadi en casi todo. Era un correo del COR desde hacía tiempo y le incluyeron en la operación de Paulinia en el último momento. En su última misión como correo, de Chicago a Las Vegas y de allí a San Francisco, paró para visitar a un viejo amigo.

La expresión de Hendley contestó a su siguiente pregunta antes de que Jack o Clark pudieran formularla.

—¿Será una broma?

—No. El Emir llegó en un Dassault Falcon desde Suecia hará cosa de un mes. Desde entonces vive a las afueras de Las Vegas.

—¿Y Hadi sabía dónde...?

—Sí.

—Menuda mierda —dijo Jack—. Si está aquí, es por algo. Lo de Paulinia, lo del *Losan*... Ding tenía razón. Esto es sólo el principio.

—Estoy de acuerdo —contestó Granger—. Por eso vais a ir a buscarle. Chávez y Caruso ya están volando de regreso. Aterrizarán aproximadamente una hora después que vosotros.

—Entonces, ¿le cogemos y se lo dejamos en la puerta al FBI? —preguntó Clark.

—No enseguida, ni antes de que nosotros hayamos tenido oportunidad de exprimirle del todo.

—Eso podría llevar algún tiempo.

—Ya veremos —contestó Hendley con una sonrisa que Jack sólo podía calificar de levemente malévola.

En Andrews, el Gulfstream estaba listo para despegar, con la puerta abierta y la escalerilla extendida para ellos. Jack y Clark sacaron su equipo de la parte de atrás del Suburban, intercambiaron apretones de manos con Hendley y Granger y subieron a bordo. El copiloto salió a recibirles a la puerta.

—Siéntense donde quieran. —Subió la escalerilla, cerró la puerta y la aseguró—. Nos dirigiremos a la pista de despegue dentro de cinco minutos y despegaremos dentro de diez. La nevera y el minibar están a su disposición.

Jack y Clark se dirigieron a la parte de atrás de la cabina. Sentada en la última fila de asientos había una persona cuya cara les resultaba familiar: el doctor Rich Pasternak.

—Gerry no me ha contado gran cosa —dijo Pasternak—. Por favor, decidme que hay un buen motivo para que cruce el país en plena noche.

Clark sonrió.

—No hay nada seguro, doctor, pero creo que esto bien vale su tiempo.

Atravesaron cuatro zonas horarias y el vuelo duró cuatro horas y veinte minutos, de modo que, técnicamente, aterrizaron en el aeropuerto Norte de Las Vegas sólo veinte minutos después de abandonar Andrews. Jack entendía aquel fenómeno, claro está, pero pensar mucho en la flexibilidad del tiempo oficial, tan surrealista, podía darle a uno dolor de cabeza.

Entre cabezada y cabezada, Clark y él habían analizado la misión del *Losan*, hablado de béisbol y hurgado en el frigorífico y el minibar. Pasternak, por su parte, se quedó en su asiento y, aunque dormitó de cuando en cuando, pasó casi todo el tiempo con la mirada perdida. Jack sabía que tenía muchas cosas en la cabeza. Había perdido a un hermano aquella fea mañana de septiembre, y ahora estaba aquí, ocho años después, cruzando el país en un avión para conocer, quizás, al hombre que lo había planeado todo. Claro que «conocer» no era la palabra más adecuada, ¿no? Lo que Pasternak le tenía reservado al Emir, Jack no se lo deseaba a nadie. O a casi nadie.

El avión se detuvo y los motores fueron apagándose. Jack, Clark y Pasternak recogieron sus pertenencias y se dirigieron hacia la puerta. El copiloto salió de la cabina de mando, abrió la puerta y desplegó la escalerilla.

—Doctor, ¿quiere que mandemos su equipo a la zona de transporte terrestre?

—No, esperaremos aquí a que lo bajen.

Ya en la pista, Clark le preguntó:

—¿Qué equipo?

—Herramientas de mi oficio, señor Clark —contestó Pasternak sin asomo de sonrisa.

Un autobús les dejó junto a la zona de transporte terrestre y diez minutos después enfilaron Rancho Drive en dirección sur montados en un monovolumen Ford. Entraron en el aparcamiento por horas del aeropuerto McCarran y encontraron un sitio. Jack marcó el número de Dominic. Éste contestó a la segunda señal.

—¿Habéis aterrizado? —preguntó.

—Hace cinco minutos. ¿Dónde estáis?

—Vamos hacia la zona de llegadas.

Chávez y Dominic metieron sus bolsas en el maletero y subieron al coche. Hubo una ronda de saludos. Ding dijo:

—Joder, John, nunca pensé que te vería conduciendo un coche de ama de casa de clase media.

—Muy gracioso.

Clark arrancó y se dirigió hacia la autopista.

Apenas quince minutos después entraban en la lujosa urbanización. Siguiendo las indicaciones de Chávez, Clark pasó frente a la casa sin detenerse, dobló la esquina y regresó a la entrada del bloque. Al llegar a la señal de stop, puso el coche en punto muerto y apagó los faros.

—Faltan unas dos horas para que amanezca y no sabemos qué puede haber ahí dentro, ¿verdad, Ding?

—Hadi vio el garaje, la cocina y el cuarto de estar. Nada más.

—¿Sistema de alarma?

—No recordaba haber visto ningún panel. Sabe de buena tinta que el Emir tiene un guardaespaldas, un tal Tariq. Un tío de aspecto normal, de mediana estatura y pelo castaño, pero con las manos completamente quemadas.

—Entonces, hay dos dentro, seguro —dijo Clark—. Probablemente hace bastante tiempo que el Emir no se entrena, pero debemos dar por sentado que los dos son unos cabrones. ¿Alguna pregunta?

No había ninguna.

—Entraremos sin hacer ruido por la puerta del garaje lateral y pasaremos a la cocina. Dos equipos. ¿Alguien cree necesario que cambiemos de pareja?

—No —contestó Chávez.

Jack notó que Dominic bajaba ligeramente la cabeza y miraba por la ventanilla lateral. Clark preguntó:

—¿Dom?

—Nos las hemos apañado bien juntos. Yo la cagué un poco, pero conseguimos arreglarlo, ¿verdad?

Ding asintió con la cabeza.

—Por mí, listo.

—Muy bien —dijo Clark—. Dos equipos, despeje habitual de una casa. Necesitamos coger vivos a cuantos más mejor, pero el Emir es nuestro objetivo primordial. Sería preferible no disparar ni un solo tiro. En un barrio como éste, tendríamos a la policía aquí en menos de cinco minutos. Doctor, voy a pedirle que se quede aquí guardando el fuerte. Le avisaremos cuando hayamos acabado. Si hay sitio en el garaje, entre directamente. Si no, aparque en la entrada.

Dejaron el monovolumen al final de la manzana y recorrieron a pie la distancia restante. El cielo estaba despejado y había luna llena; el aire era frío, con ese frescor propio de las noches en el desierto.

Clark abrió la marcha, subió por la entrada para coches, cruzó la verja y se acercó a la puerta lateral. El picaporte era de pomo: cuarenta segundos después lo había abierto con una ganzúa. Entraron en el garaje en fila india. Dominic, que iba el último, cerró la puerta sin hacer ruido. El garaje estaba vacío. No había ningún coche. Se quedaron quietos un minuto entero, aguzando el oído y dejando que sus ojos se acostumbraran a la penumbra.

Clark se acercó a la puerta de la cocina y probó el pomo. Miró a los demás y asintió con la cabeza. Sacaron sus armas. Giró el pomo, se detuvo, escuchó y abrió la puerta. Permaneció veinte segundos inmóvil en el umbral, examinó el quicio de la puerta y aguardó a oír el pitido característico de una alarma. La casa estaba en silencio. La cocina y la encimera del desayuno quedaban a la derecha; a la izquierda, cruzando un arco, había un cuarto de estar.

Clark cruzó la cocina y se dirigió a la derecha, seguido por Jack, y luego por Dominic y Chávez; cambió luego de dirección y se acercó al arco. A una señal suya los demás comenzaron a moverse por la casa. Al otro lado de la cocina había una puerta abierta y, más allá, un pasillo. Clark se asomó a la esquina. A tres metros de allí, a la izquierda, Ding se asomó por otra esquina. El pasillo se alargaba a la derecha de Clark. Tres puertas, una a cada lado y una al fondo del pasillo. Clark indicó a Ding y a Dominic que se encargaran de la puerta izquierda. Mientras se acercaban, Jack y él se deslizaron hasta la de la derecha. Ambos equipos entraron al mismo tiempo y salieron diez segundos después. Las dos eran habitaciones de invitados y las dos estaban vacías.

Se acercaron los cuatro a la puerta del fondo: Clark, Jack, Chávez y Caruso. El primero ordenó por señas: «Dos y dos, izquierda y derecha». Todos asintieron en silencio. Clark probó el pomo, luego se volvió e hizo un gesto afirmativo con la cabeza. Empujaron la puerta y se apartaron a izquierda y derecha, moviendo sus armas de un lado a otro. Clark levantó el puño («alto») y señaló el bulto que había bajo la ropa de la cama. Señaló a Chávez y al armario. Ding echó un vistazo y sacudió la cabeza.

Clark se acercó con sigilo a la cama. Jack y Dominic se colocaron a un lado y Ding al otro. Apuntaron los cuatro a la figura que se adivinaba bajo las sábanas. Clark se enfundó la pistola, encendió su linterna, agarró el borde de la sábana y tiró de ella.

—Mierda —maldijo.

85

Kersen Kaseke salió de su casa a las cuatro de la madrugada, recorrió en coche dos manzanas, hasta una gasolinera que abría toda la noche y pidió un café en vaso grande. Todavía no sabía a ciencia cierta si el café era o no *haraam* (tabú) para los musulmanes y, mientras no resolviera esa duda, seguiría permitiéndose ese vicio. A fin de cuentas, era el único que tenía. No fumaba, ni bebía, ni dejaba que sus ojos se detuvieran demasiado en la relativa desnudez de las mujeres de aquel país.

Volvió al coche y se dirigió a la iglesia congregacionista Corazón Abierto. Las calles de la ciudad, si bien rara vez atestadas de gente, estaban especialmente tranquilas. Había estado lloviendo desde la tarde anterior y las pocas personas que circulaban por la calle eran las que no tenían más remedio que hacerlo: repartidores, empleados que entraban temprano a trabajar, policías... De estos últimos no vio ningún coche: señal, pensó él, de que Alá estaba de su lado.

Rodeó la iglesia una vez, estacionó a un par de manzanas al norte, en el aparcamiento de un videoclub, se cargó la mochila al hombro y salió. Por costumbre, no se fue derecho a la iglesia, sino que dio un rodeo. Convencido por fin de que nadie le seguía, cruzó el césped delantero de la iglesia hasta los setos que bordeaban los escalones de la entrada y allí se arrodilló.

Extrajo la primera mina de su mochila. Conocida oficialmente como M18A1 y coloquialmente como «Claymore», había sido diseñada como arma de alejamiento y antipersonal. Con forma de rectángulo convexo, era un artefacto con pocas complicaciones: una capa de explosivo plástico C4 y, encima de ella, otra de setecientos balines de acero del tamaño de perdigones del cuatro, embutida en una capa de resina. Al hacer explosión, el C4 lanza los setecientos fragmentos de metralla hacia fuera a una velocidad de mil doscientos metros por segundo. Siguiendo el entrenamiento que había recibido, y tal como le habían ordenado, la noche anterior Kaseke había quitado la carcasa exterior de la Claymore y colocado cuidadosamente ciento setenta gramos de bolitas de raticida entre los balines. El principio activo del veneno, la difetialona, un anticoagulante, lograría, con un poco de suerte, que ni las heridas más pequeñas pudieran coagularse. Ésta era una táctica que sus hermanos los palestinos habían usado con gran eficacia tanto en la Franja de Gaza como en Cisjordania. Los israelíes no habían tardado en ponerle coto, pero durante ese breve espacio de tiempo muchos murieron desangrados como consecuencia de heridas que, de otro modo, no habrían pasado de ser rasguños. El personal médico, que nunca había visto agresiones de ese tipo, tendría que enfrentarse a ese mismo espanto y esa misma confusión.

Tras asegurarse de que los perdigones estuvieran uniformemente distribuidos, Kaseke tapó el veneno con una fina capa de cera de vela, dejó que se endureciera y volvió a colocar la carcasa exterior de la mina. El manual recomendaba papel de seda recubierto con una fina película de adhesivo para telas en espray, pero él sabía que la cera funcionaría igual de bien. Acto seguido revisó los tornillos y la rendija para asegurarse de que las carcasas encajaban bien. El manual también era muy explícito al respecto: si la funda exterior estaba mal colocada, podía disminuir la fuerza de la explosión. Aquella indicación la siguió al pie de la letra.

Ahora, Kaseke extendió las patas de tijera de la mina. Se aseguró a continuación de que la etiqueta («Parte frontal de cara al enemigo») apuntara hacia la entrada de la iglesia que, unas horas después, rebosaría actividad, y clavó las patas en la tierra blanda del interior del seto. Se tumbó boca abajo, se abrió paso entre los arbustos, se giró y miró la mina.

Bien. Había elegido el lugar perfecto. El radio de la explosión abarcaría no sólo la entrada y los escalones de la iglesia, sino también parte de la acera.

Sincronizó el reloj de la mina con el suyo. Programó el temporizador, pulsó el botón de inicio, vio pasar unos segundos en el marcador y luego se levantó y se alejó.

Como tenía por costumbre los fines de semana, el domingo por la mañana Hank Alvey se levantó temprano, sacó a sus tres hijos de la cama sin hacer ruido, les dio copos de avena y gofres con arándanos para desayunar y los dejó después sentados frente al televisor, con el volumen bajado, para que vieran los dibujos. Las nubes cargadas de lluvia de la noche anterior se habían alejado, dejando tras de sí un cielo azul y luminoso. El sol entraba a raudales por las ventanas del cuarto de estar y se extendía por el suelo de tarima sobre el que se habían acomodado sus hijos, hipnotizados por el televisor.

Poco antes de las siete, Hank preparó a Katie su café con tostada y la despertó llevándole el desayuno a la cama. El taller de neumáticos que regentaba cerraba los domingos, de modo que aquél era el único día que podía aliviar a su mujer de un trabajo que, de otro modo, le ocuparía los siete días de la semana. Cuidar de los niños para que ella pudiera dormir una hora más, solía decirle Katie, era muy romántico y muy sexy, y casi todos los domingos por la noche, después de que los niños se fueran a la cama, su esposa le demostraba hasta qué punto le agradecía aquel detalle.

Pero eso sería después, se recordó Hank mientras servía el café, que puso en la bandeja, junto a la tostada recién untada con mantequilla. La mayoría de las mañanas casi llegaba a la cama antes de que Katie se volviera y le dedicara una sonrisa soñolienta. Eso fue lo que hizo ahora.

—¿Qué hay para desayunar? —preguntó sonriendo.

—Adivina.

—Ah, mi desayuno favorito. —Se sentó y amontonó las almohadas a su espalda—. ¿Qué has hecho con los niños? ¿Encerrarlos en el armario?

—Están viendo *Yo Gabba Gabba*. Creo que Jeremy está enamorado de Fufa.

Katie dio un mordisco a la tostada.

—¿Cuál es ésa?

—Esa flor rosa redondeada.

—Ah, sí. ¿Vamos a ir a la iglesia?

—Más nos vale. Los dos últimos domingos no hemos ido. Podemos ir a las nueve y luego llevar a los niños al parque.

—Vale. Voy a ponerme guapa.

—De acuerdo —dijo Hank, y se dirigió a la puerta—. Yo voy a sacarlos ya del armario.

Katie estaba abajo, vestida, peinada y maquillada, antes de que Hank hubiera acabado con los zapatos. Josh, su hijo mayor, podía atárselos solo, pero Amanda y Jeremy no, así que Hank se encargó de uno y Katie de otro; después se levantaron, cogieron sus abrigos y las llaves del coche y se aseguraron de que la puerta trasera estaba cerrada.

—Vamos a llegar tarde —dijo Katie alzando la voz.

Hank echó un vistazo a su reloj.

—Todavía no son menos cuarto. Llegamos en cinco minutos. Bueno, chicos, en marcha.

Y salieron por la puerta.

Sentado en el banco de una parada de autobús, media manzana al noroeste de la iglesia, Kaseke bebía su tercer café de ese día. Desde aquel ángulo tenía una perspectiva perfecta de los escalones de entrada. *Ya está*. Se abrieron las puertas y la gente empezó a salir. Comprobó su reloj: las 8:48. Por el camino que rodeaba la iglesia y llevaba al aparcamiento de atrás apareció un grupo de feligreses que se dirigía al servicio de las nueve. A la cabeza del grupo iba una pareja joven con tres hijos, dos niños y una niña, los tres cogidos de la mano, dando saltos delante de sus padres. Kaseke cerró los ojos y pidió fuerzas a Alá. Aquello era necesario. Y los niños, tan pequeños, morirían en el acto, tan rápidamente que sus mentes ni siquiera tendrían tiempo de registrar dolor alguno.

El grupo llegó al final del camino, donde éste desembocaba en la explanada que rodeaba los escalones.

Kaseke miró su reloj. Menos de un minuto.

No vio que, a cien metros de donde había colocado la mina, su plan empezaba a deshacerse. Sólo posteriormente, después de su detención, la policía explicaría cuál había sido su error.

Durante cinco horas, mientras la Claymore permanecía primero bajo la lluvia y más tarde al sol de primera hora del día, la cera de vela que había usado Kaseke para pegar los perdigones de raticida a los balines de la mina y a su resina, comenzó a resquebrajarse. Ello por sí solo no habría alterado el funcionamiento de la mina, pero lo que no sabía Kaseke era que aquella Claymore en concreto, junto con otras ocho, tenía más de veinte años y había pasado los últimos ocho mal almacenada en un cajón de madera, en alguna cueva húmeda, o enterrada bajo el árido suelo de la provincia de Nangarhar, en Afganistán.

Al resquebrajarse la cera en el interior de la carcasa, la resina, deteriorada por el paso del tiempo y tan quebradiza como una galletita de la suerte, se resquebrajó también, aunque sólo unos milímetros. Ello bastó, no obstante, para aflojar los huecos en los que descansaban catorce de sus balines. Con sucesivos tintineos metálicos que ninguno de los que estaban en los escalones de la iglesia pudo oír entre la algarabía de las conversaciones, los catorce balines se desprendieron y cayeron contra la parte inferior de la carcasa. De no ser porque la tarde anterior había llovido diez horas seguidas, esto tampoco habría obstaculizado la explosión de la mina. Pero las patas que la sujetaban al suelo, ablandado hasta alcanzar la consistencia del barro, cedieron al peso de los balines caídos. A las 8:49:36, veinticuatro segundos antes de su detonación, la Claymore que Kaseke había colocado con tanto cuidado se venció hacia delante y quedó apoyada en un ángulo de cuarenta y cinco grados, con media cara apuntando hacia el suelo y la otra media hacia el cemento de la calle.

Cuando ese mismo día, horas después, Katie Alvey despertara en el hospital, sus primeros pensamientos serían: *Mi marido está muerto y creo que mis hijos están vivos*, para comprender a continuación que posiblemente la suerte (una suerte absurda) había desempcñado un papel decisivo en ambos hechos.

Mientras la mina de Kaseke se inclinaba hacia delante, la familia Alvey subía los escalones de la iglesia junto con una veintena de feligreses más que llegaban en el último momento. Hank era el que iba más cerca de los setos que bordeaban los escalones, con Josh y Amanda a su izquierda; luego iban Katie y Jeremy, cogidos de la mano de su madre.

Los testigos describirían más tarde la explosión como un fogonazo seguido de una granizada infernal. Katie no vio ni oyó esas cosas, pero por algún motivo volvió la cabeza para mirar a Hank cuando estalló la Claymore. De los setecientos balines que había en el interior de la mina, unos cuatrocientos se estrellaron contra el suelo, abriendo un cráter en el parterre y arrancando un boquete de un metro de ancho en el cemento. El resto pasó rozando el suelo, atravesando pies y pantorrillas, rompiendo huesos y arrancando trozos enteros de carne, o rebotó sobre el cemento y cruzó los escalones con trayectorias y ángulos diversos. Quienes tuvieron la mala suerte de verse golpeados por esos proyectiles murieron en el acto o sufrieron espantosas mutilaciones. Hank Alvey, cuyo cuerpo sirvió de parapeto a su hijo mayor y a su hija, recibió un perdigonazo por debajo de la mandíbula, del lado izquierdo de la cara, que partió su cabeza en tres pedazos. Katie lo vio, pero no tuvo tiempo de reaccionar, ni tiempo de coger a los niños, ni de proteger a Jeremy con su cuerpo. Al final, nada de ello fue necesario.

Se quedó parpadeando, ensordecida e incapaz de asimilar la carnicería que había a su alrededor. A sus lados, Josh, Jeremy y Amanda estaban también perplejos. Pero eso pasó enseguida; luego comenzaron a fluir las lágrimas. Los escalones estaban bañados en sangre y cubiertos de brazos, piernas y trozos inidentificables de... ¿de quién? Katie no reconocía a nadie. Había decenas de personas tiradas sobre el cemento. Algunas se movían y otras se retorcían de dolor o trataban de alejarse a rastras o de acercarse a sus familiares. Sus bocas se movían, pero de ellas no salía ningún sonido.

Entonces los oídos de Katie se despejaron y comenzó a oír los gritos. Y las sirenas.

86

Tras asegurarse de que todas las cortinas estaban cerradas, encendieron las luces de toda la casa y Jack llamó a Pasternak y le dijo que metiera el monovolumen en el garaje.

—¿Es él?

—No —contestó Jack—, es Tariq, el guardaespaldas del Emir.

Habían tardado diez minutos en convencer al árabe, sólo con palabras, de que les dijera su nombre. Aparte de eso, no había dicho nada. Chávez y Dominic estaban registrando el resto de la casa, que, de momento, parecía tener tan poco carácter como un piso de muestra: no había en ella ningún toque personal.

—Por lo visto hemos llegado tarde —añadió Jack—. Vaya a sentarse al cuarto de estar, doctor. Nosotros le llamaremos. —Se reunió con Clark a la mesa, frente a Tariq. Le habían atado las manos y los tobillos con cinta aislante y sujetado los pies a la pata de la mesa de la cocina.

—¿Qué te pasó en las manos? —preguntó Clark.

El terrorista las apartó de la mesa y las apoyó sobre su regazo.

—Un incendio.

—Eso ya me lo imagino. ¿Qué más?

—Invaden mi casa, me sacan de la cama. No son de la policía. ¿Quiénes son? ¿Qué quieren?

—Tú sabes por qué estamos aquí —dijo Jack—. ¿Cuándo se fue?

—¿Quién? Yo vivo aquí solo.

—No es eso lo que nos ha dicho Shasif Hadi —repuso Clark.

Al oír mencionar el nombre de Hadi, los ojos de Tariq se entornaron ligeramente y volvieron luego a su estado normal.

—¿No quieres saber cómo encontramos a Hadi? —preguntó Jack—. Le cogimos en Río de Janeiro. Después del atentado en la refinería de Paulinia, el Emir le ordenó romper contacto con Ibrahim, Fa'ad y Ahmed. Le dijo que los demás le habían traicionado.

—Eso no es... —Tariq se detuvo en plena frase.

Clark dijo:

—¿No es cierto? Tienes razón. La verdad es que desciframos vuestra clave. Todas esas tablas de correspondencia ocultas en *banners* de páginas web... Las desciframos y luego colgamos un mensaje en la página de almacenamiento que Hadi tenía que mirar ese día, y le hicimos huir... y caer en nuestros brazos. —Clark miró a Jack—. ¿Tardó, cuánto, diez minutos en derrumbarse?

—Menos incluso. Y tengo otra noticia para ti, Tariq: el *Losan*, el carguero... A eso también le hemos puesto coto. Los hermanos Salim están muertos y los bomberos de Newport News están descargando los tanques de propano en estos precisos instantes.

Esta vez, Tariq no pudo refrenarse.

—¡Eso es mentira!

—¿Qué exactamente? —preguntó Clark—. ¿Lo de Hadi o lo del *Losan*?

—Las dos cosas.

—Entonces reconoces quién eres y que conoces al Emir.

Tariq juntó las manos sobre la mesa, delante de él, y miró fijamente hacia delante.

Ding gritó desde el pasillo:

—John, esto va a interesarte.

Clark y Jack encontraron a Ding y a Dominic en el dormitorio principal. Encima de una cajonera había un ordenador portátil.

—Estaba en la mesilla de noche —dijo Ding, y pulsó la tecla de retorno.

Un momento después, la cara del Emir apareció en la pantalla. De fondo se veía el sofá y la pared del cuarto de estar.

«Me llamo Saif Rahman Yasin. Se me conoce también como "el Emir", y soy el comandante del Consejo Omeya Revolucionario. Me dirijo hoy a vosotros como musulmán devoto y humilde siervo y soldado de Alá. A estas horas, el mundo ha sido ya testigo de la venganza que Alá ha descargado sobre la nación infiel de Estados Unidos...»

Clark pulsó la tecla de retorno para detener el vídeo.

—Es el testamento de ese hijo de puta.

—¿De qué fecha es? —preguntó Jack.

—De ayer —respondió Dominic.

—Santo Dios.

Clark avanzó por el pasillo, hasta la zona del desayuno, seguido por el resto y se sentó a la mesa; los demás se quedaron detrás.

—Tariq.

—¿Qué?

—Quiero que me digas dónde está Saif y qué va a hacer. Antes de que respondas, debes conocer la regla de partida: tienes una sola oportunidad para contestar; después...

Tariq siguió mirando hacia delante.

—¿Vais a matarme? Adelante. No temo la muerte. Seré recibido en el paraíso como un...

—No vamos a matarte, Tariq, pero dentro de una hora desearás estar muerto.

El árabe volvió la cabeza para mirarle.

—No tengo miedo.

Clark le miró solemnemente unos segundos; luego, sin apartar los ojos de él, le dijo a Ding por encima del hombro:

—Ve llenando la bañera.

Clark nunca había entendido por qué se debatía si la técnica de la inmersión en agua era o no tortura. Cualquiera que la hubiera sufrido o visto con sus propios ojos sabía que lo era. Arrojaba resultados cuya validez sólo podía determinar un interrogador especialmente astuto, o corroborar informes posteriores de inteligencia. Él poseía astucia, pero carecía de tiempo y recursos para dedicarse a esto último.

Sólo hicieron falta ocho minutos, una toalla mojada y nueve litros de agua, exactamente. Satisfecho, Clark se incorporó por encima de Tariq, que farfullaba apenas consciente, y se volvió hacia Ding, que, apoyado contra la pared del cuarto de baño, esperaba cruzado de brazos.

—Se acabó —ordenó Clark—. Aseadle y atadle.

—¿Te lo crees, John?

—Sí. —Miró su reloj—. Y, en todo caso, no queda tiempo.

87

Clark volvió a la cocina.

—Jack, coge la guía telefónica. Necesitamos saber cuál es el aeródromo más cercano. Busca primero vuelos comerciales en helicóptero, es lo más indicado.

—Enseguida.

—Dom, tú conducirás. Doctor, ¿le importa quedarse con él aquí? —Ding llegaba por el pasillo, arrastrando a Tariq—. Volveremos a buscarles.

—No hay problema.

—Vuelos en helicóptero Paragon Air —dijo Jack—, en la carretera doscientos quince. A cinco kilómetros de aquí.

Treinta segundos después habían salido de la casa y dos minutos más tarde estaban en la carretera. Clark usó el teléfono satélite para llamar al Campus. Contestó Rick Bell.

—Necesito hablar con Gerry, con Sam y contigo ahora mismo —le dijo.

—No cuelgues.

Pasaron treinta segundos. Hendley se puso al teléfono.

—¿Qué hay, John?

—También tengo a Jack al teléfono. Nuestro hombre se fue ayer, pero su guardaespaldas todavía estaba en la casa. Tienen una bomba, Gerry, posiblemente inferior a diez kilotones, pero con potencia suficiente para conseguir lo que se proponen.

—Espera, ¿qué has dicho? ¿Eso es verídico?

—Creo que sí. Tenemos que dar por sentado que lo es.

—¿De dónde la han sacado?

—Ni idea. El guardaespaldas no tenía ese dato.

—Está bien, ¿qué más?

—El Emir va a encontrarse con otros seis hombres a unos ciento sesenta kilómetros al norte de aquí. El guardaespaldas no conocía los detalles, pero su objetivo es monte Yucca.

—¿El cementerio nuclear?

—Sí.

—Pero si todavía no está en funcionamiento. Allí no hay nada.

—Hay aguas subterráneas —contestó Jack.

—¿Cómo dices?

—Considéralo una prueba nuclear subterránea. Se hace estallar una bomba bajo ciento cincuenta metros de roca y la onda expansiva va directamente hacia abajo. Los ingenieros de la planta ya han excavado túneles de almacenamiento hasta una profundidad de trescientos metros. La capa freática está ciento cincuenta metros más abajo. Es un colador geológico —explicó Jack—. Toda la radiación de la bomba pasa directamente al acuífero, y de allí al resto del suroeste del país. Quizás incluso hasta la Costa Oeste. Estamos hablando de miles de kilómetros cuadrados envenenados para los próximos diez mil años.

Se hizo el silencio al otro lado de la línea. Luego Granger dijo:

—¿De dónde coño han sacado la bomba?

Fue Clark quien contestó:

—Es de fabricación casera. Posiblemente un dispositivo de cañón corriente: se hace impactar un trozo de uranio llamado «posta» contra un trozo más grande llamado «fosa» y se consigue material fisible.

—¿Y los componentes? ¿De dónde los han sacado?

—No estoy seguro. El guardaespaldas dice que uno de los lugartenientes del Emir estuvo en Rusia hasta hace un par de semanas.

Hendley dijo:

—Tú eres quien lleva la operación, John. ¿Qué quieres hacer?

—Estamos en desventaja, Gerry. Aunque llamemos a alguien, no van a mandar a la caballería. Quiénes somos, de dónde hemos sacado la información, qué pruebas tenemos... Ya sabes lo que pasaría.

—Sí.

—Estamos a unos dos minutos de un aeródromo. Vamos a ver si podemos tomar prestado un helicóptero. Dependiendo del que consigamos, podemos estar en Yucca dentro de media hora. Si llegamos antes que ellos, defenderemos el fuerte hasta que consigas que alguien te haga caso.

—¿Y si llegáis después?

—No quiero ni pensarlo. Volveré a llamaros cuando estemos en el aire.

Ciento cuarenta y cuatro kilómetros al norte de Las Vegas, en la carretera 95, en el Valle de la Muerte, el Emir aminoró la marcha y, cruzando la mediana, se apartó a la cuneta. El camino de tierra apenas se distinguía más allá del terraplén cubierto de cactos, pero descendió con cuidado hasta una hondonada y poco después se encontró siguiendo un par de surcos de neumáticos. Por el parabrisas, a ochocientos metros de allí, los montes Skeleton se elevaban sobre el terreno pelado como promontorios lunares.

El camino seguía descendiendo, luego viraba hacia el norte y comenzaba a discurrir en paralelo a un cañón poco profundo. A cuatrocientos metros de distancia, el Emir vio un coche aparcado. Al acercarse vio que era un Subaru. Musa estaba de pie junto a la puerta del conductor. El Emir frenó a su lado y Musa montó. Se abrazaron.

—Me alegro de verte, hermano —dijo Musa.

—Y yo de verte a ti, amigo mío. ¿Están aquí?

—Sí, un poco más adelante.

—¿Y el artefacto?

—Ya está cargado a bordo.

El Emir siguió las indicaciones de Musa por espacio de otros ochocientos metros, hasta donde el camino se curvaba para bordear un cerro bajo. El camión de Frank Weaver estaba aparcado con el morro hacia la carretera. La cuba GA-4 centelleaba al sol. Junto a la puerta del conductor había tres hombres reunidos.

El Emir y Musa salieron y se acercaron.

—Mi equipo de Rusia —dijo Musa—. Numair, Fauaz e Idris.

El Emir saludó a los tres con una inclinación de cabeza.

—Lo habéis hecho muy bien. Alá os sonreirá a todos. —Miró su reloj—. Salimos dentro de quince minutos.

Había poco sitio, pero consiguieron meterse todos en la cabina del camión. Fauaz, que era quien más se parecía a Frank Weaver, se encargó de conducir. Cinco minutos después estaban de vuelta en la carretera, rumbo al norte.

En la cuneta, un letrero decía «Autopista 373, 10 kilómetros».

Chávez entró en el aparcamiento de Paragon Air. En la pista, a través de la valla vieron dos helicópteros modelo Eurocopter EC-130. Paró junto a la oficina y Clark y Jack salieron del coche.

—Ding, da la vuelta hasta la puerta de mantenimiento. Nosotros te abrimos.

Clark y Jack entraron en la oficina. Detrás del mostrador se sentaba una mujer de más de sesenta años, con el cabello rojo cardado. A la derecha, más allá de una puerta con media hoja de cristal, se hallaba el taller.

—Buenos días —dijo Clark.

—Buenos días. ¿En qué puedo ayudarles?

—Quería saber si hay por ahí algún piloto con el que pueda hablar.

—Quizá yo pueda ayudarle. ¿Le interesa un paseo en helicóptero?

—No, la verdad. Quería hacerle una pregunta técnica sobre la palanca de marcación rotatoria del EC-130. Aquí mi hijo está estudiando aviación, y sería de gran ayuda que pudiera ver una de cerca.

—Un segundo, voy a ver si Marty tiene un momento.

Cogió el teléfono, estuvo hablando un minuto y luego dijo:

—Enseguida viene.

Clark y Jack se colocaron al lado de la puerta. Un hombre con mono gris se acercó y la abrió. Clark le tendió la mano.

—¡Hola, Marty! Steve Barnes. Éste es mi hijo Jimmy. —Mientras hablaba cruzó la puerta, obligando a Marty a retroceder—. Queríamos hacerte una pregunta sobre el EC-ciento treinta.

En el hangar sólo se veía a otras dos personas, ambas al fondo, cerca de un Cessna.

—Claro —contestó Marty—. Pero sería mejor que volviéramos a la oficina...

Clark se levantó el faldón de la camisa y le enseñó la culata de su Glock.

—Ah, mierda, eh...

—Relájate —dijo Clark—. Sólo queremos coger prestado un helicóptero.

—¿Qué?

—Y queremos que tú lo pilotes.

—¿Es una broma?

—No. O nos ayudas o te pego un tiro en la pierna y me llevo tu helicóptero de todos modos. Hazme caso: si nos llevas a donde queremos ir, dentro de una hora estarás aquí. Di que sí.

—Sí.

—¿Cuál de los helicópteros está preparado para despegar?

—Bueno, ninguno...

—No me mientas, Marty. Es fin de semana. El mejor momento para dar clases de vuelo y paseos en helicóptero.

—Está bien. Ése. —El piloto señaló.

—Ve a decirle a la recepcionista que vas a ir a dar una vueltecita. Si haces algo raro, te pego un tiro en el culo.

Marty abrió la puerta, asomó la cabeza e hizo lo que le habían ordenado.

Jack le susurró a Clark:

—¿Qué es una palanca de marcación rotatoria?

—Ni idea.

Marty se apartó de la puerta y Jack le preguntó:

—¿Dónde están los mandos de la puerta lateral?

—En la pared de fuera, al fondo del hangar.

El joven echó a andar hacia allí. Clark sonrió a Marty.

—Vamos.

—¿De qué va todo esto? —preguntó el piloto mientras se dirigían al EC-130—. ¿Qué vamos a hacer?

—Vas a salvarnos el pellejo.

Cuando estaban cerca del helicóptero, Jack, Chávez y Dominic doblaron la esquina del hangar y se acercaron. Montaron detrás y Clark ocupó el asiento del copiloto. Marty subió, se abrochó el cinturón y empezó a hacer las comprobaciones previas al despegue.

—¿Adónde vamos? —preguntó.

—Al noroeste —contestó Jack—. Cuando llegues al cruce de la noventa y cinco y la tres siete tres, dirígete al noreste. —Le dio la latitud y la longitud.

—Eso es espacio aéreo restringido, hombre —contestó Marty—. Es el campo de tiro de Nellis, el campo de pruebas nucleares de Nevada. No podemos...

—Claro que podemos.

Ocho minutos más tarde estaban en el aire. Clark llamó a Hendley y le dijo:

—Vamos para allá.

—Rick Bell también está al teléfono. Ha habido nuevos atentados. La CNN, la MSNBC, la Fox, lo están emitiendo en todas. Una explosión en una iglesia, en Waterloo, Iowa. Hablan de cincuenta o sesenta muertos y quizás el doble de heridos. Y también ha sucedido algo en Springfield, Misuri. Una cadena de noticias local estaba allí, cubriendo la inauguración de una estatua. Parecía el desembarco de Normandía. Y un pueblo en Nebraska... Brady. Alguien entró en una competición de natación de un instituto y lanzó granadas debajo de las gradas. Dios Todopoderoso.

—Ése es su oficio —dijo Clark—. Sembrar el terror. El *Losan*, el incendio en Paulinia, esos atentados. El COR nos está mandando un mensaje: no hay ningún lugar seguro.

—Pues después de esto va a haber mucha gente que se lo crea.

—Y eso no es lo peor —añadió Bell—. Acordaos de cómo cayó en picado la economía después del Once de Septiembre. Multiplicadlo por mil y ése es el panorama que nos espera. El Emir y el COR intentan acabar lo que empezaron: conseguir que nuestra economía devore al país de dentro afuera. Atacan nuestra nueva fuente de suministro petrolífero, intentan atacar un gran puerto, matan a Dios sabe cuánta gente en el interior del país y ahora quieren hacer estallar una bomba atómica. La gente es la economía. Si la una se paraliza, la otra también. Si a eso se le añade Kealty, que ya la está cagando, nos enfrentamos a un problema muy gordo.

—Tiene sentido —contestó Clark—. Nada de lo que hace ese tío tiene una sola lectura.

—¿Vuestra hora de llegada prevista? —preguntó Hendley.

—¿Cuánto falta? —le preguntó Clark a Marty.

—Veintidós minutos.

88

A veinticinco kilómetros de la salida de la 373, la carretera 45 apareció bajo el EC-130 como una línea recta y gris que cruzaba el desierto de color marrón.

—¿A qué distancia está el campo de tiro de Nellis? —le preguntó Clark a Marty.

—Si saca el brazo por la ventanilla, casi podrá tocarlo. Eso es lo que intento decirles: en cuanto pongamos rumbo noroeste, empezaremos a aparecer en las pantallas de radar. Y esos tíos no se andan con bromas.

—Tenemos que llegar a Yucca.

—Mierda. Por favor, dígame que no son terroristas.

—Somos de los buenos.

—¿Qué clase de buenos?

—Es difícil de explicar. ¿Podrás dejarnos allí antes de que salgan en nuestra persecución?

—¿En qué entrada, en la norte o la sur?

—En la sur.

—Si estoy con el agua al cuello, puedo poner este cacharro a trescientos por hora, y si volamos a baja altura... Podríamos estar allí cuatro minutos después de apartarnos de la carretera. Pero hágame un favor, ¿quiere?

—¿Cuál?

—Amenáceme otra vez. Cuando me pongan las esposas, quiero tener un eximente.

Cinco minutos después vieron por el parabrisas otra línea gris que, procedente del sur, se cruzaba con la 95.

—La tres siete tres —anunció el piloto. Al pasar sobre el cruce, viró hacia el noroeste y empezó a descender, hasta que estuvieron a nueve metros del suelo del desierto.

Un cerro se alzaba ante ellos.

—Vamos allá —dijo Marty, haciendo ascender el helicóptero y nivelándolo luego—. Cinco kilómetros. Sesenta segundos. —Viró de nuevo, primero a la izquierda y luego a la derecha, y descendió hacia un valle poco profundo.

Una explanada cubierta de grava de una hectárea de superficie apareció por el parabrisas. En la ladera del cerro, al fondo a la izquierda, se había excavado una abertura en forma de ojo de cerradura; en su centro se abría la entrada a un enorme túnel.

—Tenemos compañía —dijo Jack.

Por el norte de la explanada, una carretera se adentraba en el desierto. Un tráiler que parecía transportar una gigantesca mancuerna de acero inoxidable estaba entrando en el descampado.

—¿Qué cojones es eso? —gritó Dominic.

—Una cuba GA-4 —contestó Jack—. Para transportar residuos nucleares.

—Creía que este sitio no estaba en funcionamiento.

—Y no lo está. —Jack miró con los prismáticos hacia el norte, carretera arriba, en dirección a una caseta de seguridad blanca del tamaño de una cabina telefónica. Vio dos figuras tumbadas sobre el asfalto—. Dos muertos en el puesto de control —dijo alzando la voz.

Clark le preguntó a Marty:

—¿Puedes aterrizar en...?

—Con ese camión ahí, no. Se partiría el rotor. Pero puedo aterrizar un poco más allá, a unos cincuenta metros.

—Hazlo.

—Marchando.

Marty viró bruscamente y regresó por donde habían venido antes de dejar suspendido el helicóptero sobre la carretera. En la explanada, el camión se había detenido. Empezaron a salir hombres de la cabina.

—Cuento cinco —gritó Dominic.

Mientras miraban, dos de ellos corrieron en dirección al EC-130. Sin dejar de correr, levantaron sus AK-47 y empezaron a disparar.

—¡Mierda! —gritó Marty—. ¿Qué coño está pasando?

—Ésos son los malos —le dijo Clark.

El piloto desplazó el helicóptero hacia la derecha, apartándose de la carretera hasta que estuvieron detrás del cerro.

—Con esto servirá —dijo Clark.

Marty hizo descender el EC-130, que aterrizó con un golpe seco. Todos los demás bajaron del aparato. Clark se inclinó hacia el interior y gritó:

—Busca cobertura y aterriza. No toques la radio. Y más te vale estar aquí cuando volvamos.

—Oh, vamos...

Clark le apuntó con la pistola.

—¿Mejor así?

—¡Sí!

Cerró la puerta y corrió hacia donde se habían reunido los demás, a diez metros de allí. La arena les azotó cuando Marty levantó el vuelo y, virando hacia la izquierda, enfiló la carretera; un trecho más allá, viró de nuevo para esconderse detrás de una colina de poca altura. Veinte segundos después dejó de oírse el ruido de los rotores.

—Escuchad —dijo Jack.

El camión se había puesto en movimiento.

Corrieron ladera arriba, con Chávez a la cabeza. Estaban a tres metros de la cima cuando oyeron el tableteo de las ametralladoras. Ráfagas controladas de tres disparos. Los gritos resonaban en las paredes del barranco. Chávez se tumbó boca abajo y avanzó arrastrándose. Un momento después indicó a los otros que se acercaran. Allá abajo, el remolque estaba entrando en el túnel de la ladera. Mientras observaban, un hombre con casco amarillo cruzó corriendo el descampado, camino de la carretera. Se oyeron tres detonaciones en rápida sucesión y el hombre cayó hacia delante y quedó inmóvil.

—Cuento otros cuatro —dijo Dominic—. No veo que ninguno se mueva. ¿Y vosotros, chicos?

Nadie respondió.

Bajaron por la ladera corriendo, hasta el zócalo de cemento que remataba la explanada y lo siguieron por la ladera opuesta, hacia el boquete que daba acceso al túnel. Se acercaron con cautela a su borde, se asomaron y oyeron un fuerte chirrido metálico. La cabina del camión estaba desapareciendo por la boca del túnel. La cuba pasó por la entrada arañando su borde superior. El camión se detuvo, avanzó unos metros sacudiéndose y se paró otra vez. Su motor se apagó.

Por la parte de atrás del remolque apareció un individuo con un AK-47 apoyado contra el hombro. Las balas comenzaron a incrustarse en la tierra, a los pies de Clark y sus hombres. Chávez se acercó arrastrándose, levantó la cabeza, alzó una rodilla e, incorporándose, hizo tres disparos; después volvió a echarse a tierra.

—Uno menos —dijo.

—¿Sabemos cómo es de grande esa cosa? —preguntó Jack.

—No más que un baúl pequeño, imagino —contestó Clark—. Entre dos hombres podrían llevarlo. Vamos, en marcha.

Avanzaron cuidadosamente a lo largo del borde de cemento, volviendo sobre sus pasos, y después se descolgaron por el filo, uno a uno, y se dejaron caer al suelo. Más adelante, a lo largo del muro de cemento, había cajones amontonados, bobinas de cable, cofres de herramientas con ruedas, cabezas cortadoras de acetileno y unidades de soldadura con arco eléctrico. Más allá, la esquina que llevaba a la entrada del túnel.

Avanzaron hacia ella por parejas, hasta que Clark pudo ver más allá de la esquina. Se volvió, señaló a Jack, le indicó que pasara delante y señaló luego a Dominic y, por último, a Chávez. En la entrada nada se movía. El remolque se había encajado en el túnel: sus lados se apretaban contra las paredes y la cuba presionaba el techo.

Desde el interior del túnel les llegó el zumbido de un motor. Después el sonido se difuminó.

—Parece un cochecito de golf —dijo Dominic.

—Un vehículo multiusos Cushman. Más o menos lo mismo, sólo que más veloz.

—¿Qué sabemos del plano del complejo? —preguntó Clark.

—He visto un par de ilustraciones en Internet, pero como todavía ni siquiera está acabado, no sé...

—En tu opinión.

—Este túnel principal lleva posiblemente hasta la entrada norte. A lo largo de él habrá a intervalos rampas de bajada.

—¿Rectas o curvas?

—Rectas.

—¿De qué profundidad?

—Unos treinta metros. Al fondo, las rampas se nivelarán en un rellano, aunque no sé de qué tamaño. Y del rellano saldrán varios túneles de almacenamiento para las cubas de residuos. Lo bueno es que querrán colocar esa cosa lo más abajo posible, lo cual significa que tendrán que tomar una rampa. Desde el túnel principal al fondo, tardarán seguramente unos diez minutos.

A una señal de Clark, Jack y Chávez corrieron a la parte de atrás del remolque, subieron a él y empezaron a avanzar, dejando la cuba atrás. Cuando casi habían llegado a la cabina, Dominic y Clark doblaron la esquina, se separaron y corrieron hacia las paredes de ambos lados de la entrada. Clark avanzó a lo largo de la pared, se arrodilló y se asomó por debajo del chasis del camión. Al incorporarse le hizo una seña a Jack: «Hay dos hombres». El chico asintió con la cabeza y le pasó la información a Ding, que se la transmitió a Caruso al otro lado.

Lentamente, con cuidado, Jack abrió la ventanilla trasera de la cabina, se dejó aupar por Chávez y, metiéndose por ella, entró en el compartimento de la litera. Se deslizó hasta el suelo y avanzó a rastras hasta el salpicadero. Más allá de las ventanillas, las paredes de roca quedaban a menos de treinta centímetros de la cabina.

Levantó la cabeza hasta que pudo ver por el parabrisas. El túnel era más grande de lo que imaginaba. Inmensas vigas de arco sostenían las paredes y el techo, como en el esqueleto de un submarino. Las lámparas halógenas fijadas al techo se sucedían hasta muy lejos.

Jack vio que la cabeza de un hombre se movía a derecha e izquierda por encima del capó y que luego desaparecía. A seis metros, en el interior del túnel, vio a otro hombre agachado junto a un cochecito amarillo. Procurando mantener la cabeza fuera de su vista, Jack se deslizó en el asiento del conductor. Oyó un toque procedente del compartimento de la litera. Uno... y luego otro. Dos.

Al tercero, Jack apretó el claxon con la palma de la mano.

A ambos lados de la cabina comenzaron a oírse disparos. El hombre situado junto al Cushman se levantó y disparó una ráfaga con su AK. Se oyó un solo *pop* y luego otro. El sujeto se tambaleó hacia atrás, rebotó en el cochecito y cayó al suelo.

—Ya puedes salir, Jack —gritó Clark.

Se arrastraron de dos en dos por debajo del camión y entraron en el túnel. El primer hombre al que había visto Jack yacía, inmóvil, a unos pasos de allí. Dominic se acercó al Cushman y echó un vistazo al otro hombre. Al volver, se pasó el pulgar por la garganta.

Recogieron los dos AK-47 y, con Dominic al volante, subieron al Cushman y enfilaron el túnel.

—¿Hasta qué punto será estable ese artefacto? —le preguntó Jack a Clark.

—Es bastante estable. La posta de uranio tiene que impactar en la fosa con muchísima fuerza. Hace falta una carga de buen tamaño, y hay que prepararla. ¿Por qué?

—Se me está ocurriendo una idea.

A quince metros de allí, la hilera de lámparas halógenas del techo formaba un círculo.

—La primera rampa —anunció Jack.

—Despacio, Dom —ordenó Clark.

Avanzaron hasta llegar a unos seis metros de la rampa, se detuvieron, bajaron del cochecito y se acercaron a pie a la entrada. Iluminada desde arriba por más lámparas halógenas, la rampa tenía una pendiente de unos veinticinco grados.

—¿Oís su coche? —murmuró Jack.

Se quedaron callados y aguzaron el oído. Nada.

Volvieron al Cushman y siguieron adelante. El túnel doblaba a la derecha. Dominic paró en seco y Jack se bajó y se asomó al recodo. Regresó.

—Despejado.

Siguieron avanzando. Al llegar a la segunda rampa se detuvieron a escuchar, pero no oyeron nada. Y lo mismo en la tercera y la cuarta. Cuando se acercaban a la quinta, oyeron el eco de una voz por la rampa. Bajaron del vehículo, avanzaron a pie y miraron hacia abajo.

Vieron a lo lejos el brillo amarillo de un Cushman al pasar bajo una lámpara halógena; el cochecito se adentró luego en las sombras y volvió a salir a la luz.

—Ha bajado tres cuartas partes del camino —comentó Jack.

—Si tienes alguna idea, éste es el momento —dijo Clark.

—Depende de lo seguro que estés de la estabilidad de ese chisme.

—Al noventa por ciento.

Jack asintió con la cabeza.

—Ding, necesito tu ayuda.

Subieron al Cushman, cambiaron de sentido y volvieron por el túnel. Regresaron treinta segundos después y sacaron de la parte de atrás del cochecito sendas bombonas de acetileno.

—Torpedos —dijo Jack.

—¿Están llenas?

—Casi llenas.

—No va a ser fácil dar con el momento justo.

—Eso te lo dejo a ti. Tú eres el jefe.

—Adelante.

Jack y Chávez llevaron las bombonas a la entrada de la rampa, las tumbaron en el suelo y les dieron un empujón. Las bombonas salieron rodando de inmediato, rebotando con estrépito contra las paredes a medida que bajaban. Jack y Chávez regresaron corriendo al Cushman y subieron a él. Dominic acercó el cochecito a la rampa y se detuvo.

Clark contó hasta diez. Luego dijo:

—En marcha.

Casi enseguida se hizo evidente que los frenos del Cushman no daban abasto. Cuando llevaban recorridos cincuenta metros, la aguja del velocímetro ya marcaba más de cincuenta kilómetros por hora. Las luces del techo pasaban vertiginosamente. Dominic frenó y el cochecito perdió algo de velocidad, pero empezó a salir humo de las ruedas. Doscientos metros más abajo, las bombonas rodaban y brincaban como pelotas de fútbol. El vehículo del Emir casi había llegado al fondo.

—Casi, casi —dijo Chávez.

Clark dijo:

—Más despacio, Dom.

Éste frenó, sin resultado. Pisó a fondo el pedal. No ocurrió nada.

—No saquéis las manos —gritó, y viró a la derecha. La parte delantera del vehículo rozó la pared del túnel, levantando una lluvia de chispas. Se frenaron ligeramente. Caruso se apartó de la pared y volvió a arrimarse a ella.

Cien metros más allá, rampa abajo, las bombonas alcanzaron el Cuhsman del Emir. Una de ellas rebotó y pasó de largo sin tocar el vehículo, pero la otra se estrelló contra su parachoques trasero. El cochecito derrapó, se puso de lado, volcó y salió al rellano deslizándose por el suelo.

—Para —ordenó Clark.

Dominic dio un volantazo, estrellando toda la parte izquierda del Cushman contra la pared. El vehículo se detuvo lentamente. Salieron y empezaron a bajar por la rampa. El cochecito del Emir yacía en el rellano, volcado. A unos metros de distancia se veía un cuerpo tendido sobre el cemento. Se detuvieron a la entrada del rellano. A su izquierda, el túnel se extendía otros quince metros antes de torcer bruscamente a la izquierda. No había nadie allí. Chávez se acercó al cuerpo y se arrodilló.

—No es él —dijo.

Descendieron corriendo por el túnel. Al doblar el recodo, se encontraron en un pasillo de unos nueve metros de ancho. Por encima de sus cabezas, las vigas abovedadas ensanchaban el techo. Vieron las entradas circulares de las galerías de almacenamiento, separadas por trechos de seis metros a lo largo del pasillo, a ambos lados.

—Cuento doce a cada lado —dijo Dominic.

—Separaos —ordenó Clark—. Jack y yo iremos por la derecha; vosotros dos, por la izquierda.

Clark y Jack cruzaron el pasillo hasta la pared de enfrente. Este último dijo por señas: «Yo me ocupo de los seis últimos». Su compañero asintió con la cabeza. Jack echó a correr, asomándose a cada galería al pasar. Al otro lado del pasillo, Dominic hacía lo mismo.

Jack dejó atrás la quinta galería, no vio nada y pasó junto a la séptima y la octava. Allí se detuvo, retrocedió y miró de nuevo. Doscientos metros más allá, en el interior de la galería, vio un destello. Distinguía dos figuras agazapadas junto a lo que parecía una caja de cebo de tamaño industrial. Miró a su alrededor. Clark iba hacia allá, pero estaba aún demasiado lejos. Y lo mismo Dominic y Chávez.

—Al diablo.

Entró corriendo en la galería.

Había recorrido la mitad de la distancia que le separaba de los dos hombres cuando uno de ellos levantó la cabeza. Se vio el centelleo anaranjado del cañón de un arma. Jack siguió corriendo. Levantó su pistola y disparó dos veces. Clark gritó desde el pasillo:

—¡Por aquí!

El hombre avanzó unos pasos, disparando a la altura de la cadera. Jack se agachó y se pegó a la pared, intentando acurrucarse. Ajustó la puntería, centrando la mira en el torso del terrorista, y efectuó dos disparos. El tipo giró sobre sí mismo y cayó. El otro siguió trabajando sin hacer caso de su compañero muerto. Sus manos se movían en el interior de la caja. Levantó la vista, vio a Jack y siguió a lo suyo. A nueve metros de distancia, el joven Ryan levantó su arma y continuó disparando hasta que el cargador se quedó vacío. Seis metros. Una cabeza se asomó por un lado de la caja y desapareció de nuevo. Jack recorrió los últimos tres metros en dos zancadas, se inclinó y arremetió contra la caja. Sintió un chasquido en el hombro, notó cómo el dolor le subía por el cuello. La caja se deslizó hacia atrás. Le fallaron los pies y cayó de bruces contra el cemento. Con la nariz sangrando, rota, se puso de rodillas. Veía chispas. Miró alrededor. El cuerpo del primer hombre yacía junto a la pared curvada, con el AK-47 a unos pasos de distancia. Jack se acercó al arma a rastras, agarró la correa con la mano derecha y la atrajo hacia sí. Se levantó y rodeó la caja, tambaleándose.

El Emir ya se había puesto en pie y caminaba hacia la caja. Al ver a Jack se detuvo. Miró un instante la caja y volvió a clavar los ojos en su cara.

—Alto —bramó Jack—. Estás acabado. Esto es el final.

Por el túnel, detrás de él, se oía el estruendo de unos pasos.

—No, no lo es —dijo el Emir, y se arrodilló delante de la caja.

Jack disparó.

89

Más tarde, al preguntarle Hendley y Granger, Jack Ryan hijo se resistió a decirles si había sido su intención simplemente herir al Emir o si, en el calor de la refriega, había errado el tiro. Lo cierto era que ni él mismo estaba seguro. En el momento crítico, la oleada de adrenalina que inundó sus venas y el martilleo de su corazón se combinaron para estirar y comprimir simultáneamente el tiempo dentro de su cerebro. Ideas contradictorias pugnaban por tomar el control de sus habilidades motoras: tirar a matar y parar al Emir; o disparar únicamente para herirle y conseguir de ese modo un filón de oro en términos de información, pero arriesgarse a que le diera tiempo a apretar el botón.

Al ver a Jack delante de él en la galería en penumbra, el Emir dudó sólo unos segundos antes de volver a centrar su atención en la bomba. Sus ojos dilatados tenían una expresión febril mientras sus dedos se movían dentro del panel abierto del artefacto. Jack tardó sólo una fracción de segundo en comprender que se hallaba ante un hombre al que no le importaba morir. Ya fuera mediante un disparo o una explosión nuclear, el Emir había ido allí a poner punto y final a su sagrada tarea.

El arma de Jack brincó en su mano empujada por el retroceso, el túnel se iluminó con un fogonazo, y cuando el estruendo se disipó y volvió la oscuridad, vio al Emir tendido de espaldas, con los brazos extendidos y la luz de una linterna iluminando su cara. Vio que la bala de 7,62 milímetros del AK había penetrado en ángulo en su muslo derecho, viajado hacia arriba y salido por su glúteo. Había dado dos rápidos pasos adelante con el arma levantada, listo para disparar de nuevo, cuando oyó retumbar unos pasos tras él. Entonces aparecieron Chávez, Clark y Dominic, y tiraron de él, apartándole a un lado.

Aunque no descubrirían el motivo hasta el día siguiente, gracias a un mensaje de Seguridad Nacional que lograron interceptar, al salir por la entrada principal del túnel con su presa, ahora atada y amordazada, Clark y compañía no fueron recibidos por el estruendo de los rotores de los helicópteros y el chillido de las sirenas, sino más bien por un silencio mortal. Tal y como sospechaba Clark, la red de radares que cubría el campo de tiro de la Fuerza Aérea en Nellis y el Campo de Pruebas Nucleares de Nevada registró el trayecto de su helicóptero a lo largo de la carretera 95 y su intrusión posterior en el espacio aéreo del monte Yucca. Pero, pese a ello, la alerta, que normalmente habría provocado la aparición de helicópteros y efectivos del Tercer Escuadrón de Operaciones Especiales de la base de la Fuerza Aérea en Creech, quedó anulada por el cargamento de prueba que el Departamento de Energía había hecho mandar desde la central nuclear de Callaway. En algún punto del inevitable procedimiento burocrático, a menudo indescifrable, el Departamento de Energía olvidó avisar a la Fuerza Aérea de que finalmente había decidido que el cargamento no fuera escoltado por un helicóptero. Por lo que respectaba a Creech, el EC-130 robado en el que viajaron Clark y su equipo era la escolta del camión de transporte.

Ya fuera por miedo o por sospechar que sus pasajeros eran, en efecto, de los buenos, Marty se tomó muy a pecho la orden de regresar que le había dado Clark y estuvo esperando con el EC-130 hasta que él y los demás aparecieron a la carrera por la vía de servicio. Veinticinco minutos después todos estaban de vuelta en el aeródromo de Paragon Air, donde descubrieron que el piloto tampoco había hecho uso de la radio.

—Espero no tener que lamentarlo —les había dicho mientras salían.

—Seguramente no lo sabrás nunca, pero hoy has hecho una buena obra, amigo mío —le dijo Clark y, tras limpiar su Glock, la puso en el suelo, junto al asiento del copiloto—. Espera una hora y luego llama a la policía. Enséñales esa pistola y dales mi descripción.

—¿Qué?

—Haz lo que te digo. Así no irás a la cárcel.

Y, además, no soy precisamente fácil de encontrar, añadió Clark para sus adentros.

Veinte minutos después de abandonar Paragon Air estaban otra vez en casa del Emir; allí entraron en el garaje y cerraron la puerta. Chávez y Jack pasaron a recoger a Tariq mientras Pasternak y Dominic sacaban al Emir de la parte trasera del vehículo y le tendían en el suelo del garaje, donde el doctor se arrodilló para hacerle un reconocimiento.

—¿Sobrevivirá? —preguntó Clark.

Pasternak retiró el vendaje que le habían colocado apresuradamente antes de salir de Yucca, palpó la carne fruncida alrededor del orificio de entrada de la bala y deslizó las manos bajo la nalga del Emir.

—Ha salido limpiamente —declaró—. Ni arterias, ni huesos, creo. La sangre de la herida se está coagulando. ¿Qué munición era?

—Siete, seis, dos, encamisada.

—Bien. Entonces no habrá fragmentos. A no ser que se le infecte, saldrá de ésta.

Clark asintió con la cabeza.

—Dom, ven conmigo.

Volvieron a entrar para recorrer por última vez la casa. Aunque todos ellos habían usado guantes, el FBI llegaría tarde o temprano, y el FBI era especialista en encontrar pruebas allí donde no debía haberlas.

Satisfecho, Clark le indicó a Dom que volviera al vehículo y marcó el número del Campus. Unos segundos después tenía a Hendley, Rounds y Granger al teléfono. Tras ponerles al corriente de lo sucedido añadió:

—Tenemos dos alternativas: dejarle anónimamente a la entrada del cuartel general del FBI o acabar esto por nuestra cuenta. En cualquier caso, cuanto menos tiempo estemos aquí, mejor.

Hubo un silencio al otro lado de la línea. Era Hendley quien debía decidir en aquel asunto.

—No cuelgues —dijo el director del Campus. Volvió a ponerse dos minutos después—. Volved al Gulfstream. El piloto sabe dónde ir.

Cuarenta minutos después llegaron al aeropuerto Norte de Las Vegas y aparcaron en la pista, junto al avión, donde salió a recibirles el copiloto, que les condujo a bordo. Una vez en el aire, Clark llamó de nuevo a Hendley, que ya había iniciado el complejo y delicado proceso de informar al Gobierno estadounidense de que el cementerio nuclear del monte Yucca había sido atacado por terroristas del COR ahora fallecidos y que, a pesar de que la bomba atómica que habían dejado se consideraba segura, convenía ponerla a buen recaudo lo antes posible.

—¿Cómo puedes estar seguro de que esto no va a perjudicarnos? —le preguntó Clark.

—No lo estoy, pero no tenemos elección.

—Cierto.

—¿Qué tal nuestro paciente?

—El doctor ha limpiado los orificios, los ha cosido y le ha dado unos antibióticos. Está estable, pero tiene muchos dolores. Es probable que Jack le haya dejado cojo de por vida.

—Eso es lo que menos debería preocuparle en estos momentos —comentó Hendley—. ¿Ha dicho algo?

—Ni una palabra. ¿Adónde vamos?

—Al aeropuerto de Charlottesville-Albermale. Irán a recogeros.

—¿Y de allí adónde? —insistió Clark.

Tenían en su poder al terrorista más buscado del mundo; cuanto antes encontraran un lugar seguro donde reagruparse y planear su siguiente movimiento, mejor.

—A un sitio tranquilo. Un sitio donde el doctor Pasternak podrá trabajar.

Clark sonrió al oír esto.

Apenas cuatro horas después de salir de Las Vegas, el avión tomó tierra en la única pista del aeropuerto y se dirigió hacia la terminal principal. Fiel a su palabra, Hendley tenía un par de Chevy Suburban esperándoles: se acercaron a la escalerilla del Gulfstream en formación, maniobraron simultáneamente y retrocedieron para acercarse al primer peldaño. Hendley se asomó por la puerta del primero e hizo una seña a Clark y a Jack, que montaron en el asiento de atrás, mientras Caruso y Chávez, seguidos por Pasternak, acompañaban a sus prisioneros al otro vehículo. Unos minutos después salían del aeropuerto y tomaban la carretera 29 en dirección norte.

Hendley les puso al tanto de la situación. Por lo poco que había podido deducir Gavin Biery del flujo de tráfico electrónico codificado, el Tercer Escuadrón de Operaciones Especiales de la base de la Fuerza Aérea en Creech había llegado a Yucca cuarenta minutos después de llamar Hendley. Dos horas más tarde, el flujo de información cesó, señal segura de que el Departamento de Energía, Seguridad Nacional y el FBI habían caído en tropel sobre el monte Yucca.

—¿Están ya en casa del Emir? —preguntó Jack.

—Todavía no.

—No tardarán en dar con Paragon Air —comentó Clark—. Así que suéltalo de una vez, Gerry. ¿Adónde vamos?

—Tengo unas pocas hectáreas de tierra y una casa de campo a las afueras de Middleburg.

—¿Cuántas son unas pocas?

—Trece. Eso nos dará un respiro. —Hendley comprobó su reloj—. El equipo del doctor Pasternak ya debería estar allí.

90

Tras la efusión casi constante de adrenalina que habían experimentado Clark y su equipo desde que tomaran tierra en Las Vegas veinticuatro horas antes, lo que se encontraron al llegar a la casa de campo de Hendley les supo a poco. Pasternak anunció con visible decepción que su paciente tardaría uno o dos días en hallarse lo bastante recuperado para soportar un interrogatorio. Lo cual les dejaba tiempo de sobra para malgastar y nada que hacer, excepto jugar a las cartas y ver las noticias en las cadenas de televisión por cable. Como era de esperar, no se dijo ni una palabra de lo sucedido en el monte Yucca; los ataques que los medios de comunicación llamaron universalmente «los atentados del corazón del país» recibieron, en cambio, una cobertura informativa exhaustiva. La explosión de una mina Claymore en Waterloo (Iowa) había dejado treinta y dos muertos y cincuenta heridos; el ataque con mortero en Springfield (Misuri) durante la inauguración de una estatua, veintidós fallecidos y catorce heridos; el atentado con granadas en Brady (Nebraska) en el transcurso de una competición de natación, sólo seis muertos y cuatro heridos, gracias a que un agente de policía fuera de servicio reaccionó rápidamente y mató al culpable de un disparo después de que hubiera lanzado solamente tres granadas bajo las gradas. Los autores materiales de los atentados de Waterloo y Brady, a los que se había seguido la pista hasta sus casas a las pocas horas de los hechos, se habían quitado la vida. Sumadas a las de los otros atentados, las víctimas alcanzaban los tres dígitos.

Por obra de Seguridad Nacional y el FBI, el atentado abortado a bordo del *Losan*, en Newport News, se había atribuido a un incendio en la cocina del barco.

A las cuatro de la tarde de su primer día en la casa de campo de Hendley, mientras la guapa y operada presentadora y el presentador de mandíbula cuadrada que dominaban las noticias vespertinas anunciaban conjuntamente que el presidente Edward Kealty se dirigiría a la nación a las ocho de la tarde, hora de la Costa Este, Clark se levantó y se fue en busca de Pasternak. Encontró al médico en el taller de carpintería de Hendley, un establo perfectamente acondicionado situado detrás de la casa. El banco de trabajo, con su tablero de arce, se había transformado en mesa de operaciones, provista de luces halógenas, respirador Drager y electrocardiógrafo-resucitador de Marquette, con desfibriladores externos manuales capaces de convertir el latido irregular de un corazón en un ritmo sinusal normal. Ambos aparatos estaban por estrenar, recién sacados de las cajas de embalaje, que yacían apiladas a unos metros de allí. Todo estaba listo y en su sitio, salvo el invitado de honor, que se hallaba a buen recaudo en una de las habitaciones de invitados, vigilado por turnos por Chávez, Jack y Dominic.

—¿Todo listo? —preguntó Clark.

Pasternak apretó varios botones del electrocardiógrafo y obtuvo en respuesta una serie de pitidos aparentemente satisfactorios. Apagó el aparato y miró a Clark.

—Sí.

—¿Se lo está replanteando?

—¿Qué le hace pensar eso?

—No es usted precisamente un jugador de póquer, doctor.

Pasternak sonrió al oírle.

—No, nunca se me ha dado bien. Supongo que será por todo eso del juramento hipocrático. Es difícil sacudírselo de encima. Pero he tenido más de diez años para reflexionar sobre ello. Después del Once de Septiembre, no sabía si se trataba de simple venganza o de algo más trascendental, del bien común y todo eso.

—¿Y qué sacó en claro?

—Que se trata de ambas cosas, pero más bien de lo segundo. Si conseguimos sacarle a ese sujeto algo que ayude a salvar vidas, encontraré el modo de asumir lo que he hecho..., lo que voy a hacer. Cuando llegue el momento, si Dios quiere.

Clark se quedó pensando; luego asintió con un gesto.

—Doctor, en mayor o menor medida, todos estamos en ese mismo barco. Lo único que puede hacerse es decidir qué considera uno justo, actuar en consecuencia y dejar que pase lo que tenga que pasar.

La expectación que sentían todos ellos hizo que al día siguiente se levantaran al alba. Dominic, el mejor cocinero del grupo, preparó un cuenco de copos de avena y una tostada para su huésped, quien, despierto y visiblemente afectado por los dolores, se negó tercamente a comer.

A las siete, el doctor Pasternak fue a examinarle. Sólo tardó unos minutos. Miró a Hendley, que estaba en la puerta, delante del resto del grupo.

—No hay fiebre ni síntomas de infección. Está listo.

Hendley asintió con la cabeza.

—Vamos a trasladarle.

El Emir no se resistió, pero tampoco les facilitó las cosas cuando Chávez y Dominic le sacaron por la puerta trasera y le metieron por la puerta lateral del establo. Sólo le cambió la cara al ver el banco de trabajo alumbrado por lámparas halógenas y las correas de cuero fijadas a su superficie. Jack reparó en aquella expresión fugaz, pero no supo a qué atribuirla: ¿era miedo o alivio? ¿Miedo a lo que iba a pasar o alivio por sospechar que el martirio estaba al alcance de su mano?

Chávez y Dominic tendieron al Emir sobre el banco de trabajo tal y como lo habían ensayado la noche anterior. Le sujetaron el brazo derecho con una correa y el izquierdo, el del lado de las máquinas, quedó estirado sobre una toalla doblada y sujeto del mismo modo. Finalmente, le ataron ambas piernas. Chávez y Dominic se apartaron del banco.

Pasternak empezó a encender el equipo: primero el electrocardiógrafo, luego el respirador y, a continuación, el desfibrilador manual externo, al que sometió a un test de autodiagnóstico. El doctor fijó luego su atención en el carrito con ruedas que había junto a la mesa, en el que había desplegada una panoplia de viales y jeringas. El Emir observó atentamente cada uno de sus pasos.

Tenía que sentir curiosidad, se dijo Jack, y estar aterrorizado. Nadie podía sentir tal indiferencia a lo que estaba sucediendo a su alrededor, y menos aún un hombre acostumbrado a controlar por completo cuanto ocurría en su entorno y a que sus órdenes se cumplieran sin perder un instante. El mundo que le rodeaba había escapado a su control. Era imposible que se sintiera cómodo ante aquella situación, y pese a todo conservaba una dignidad que, a su modo, resultaba impresionante. Era valiente, sí, pero la valentía no era una virtud inagotable. Tenía sus límites, y los presentes en la habitación se disponían a explorarlos.

El doctor Pasternak le subió la manga y le desabrochó la camisa; luego se apartó de la mesa, alargó el brazo hacia el carrito y tomó una jeringuilla de plástico y un frasquito de cristal. Echó un vistazo a su reloj y levantó la mirada.

—Voy a empezar con siete miligramos de succinilcolina —dijo mientras extraía el émbolo de la jeringuilla y medía cuidadosamente la dosis—. Que alguien lo anote, por favor.

Ding escribió en el gráfico del que Pasternak le había pedido que se encargara: «7 mg @ 8:58».

—Bueno... —dijo el médico.

Clavó la jeringuilla en la vena braquial del Emir, en el hueco interior del codo, y empujó el émbolo.

Saif Rahman Yasin no sintió verdadero dolor: únicamente el pinchazo momentáneo de algo que atravesaba la piel de la concavidad de su codo; la aguja, sin embargo, se retiró enseguida. ¿Estaban envenenándole?, se preguntó. Aparentemente, no sucedía nada. Miró al hombre que acababa de pincharle y vio en su cara una expresión expectante. Aquello le asustó vagamente. Pero era ya demasiado tarde para sentir miedo. Se decía que debía ser fuerte, que debía mantenerse fiel a Alá y confiar en su propia fe, porque nada de cuanto pudieran hacer los hombres escapaba al poder de Alá y porque él, el Emir, era fuerte en su fe. Se repitió íntimamente su profesión de fe, aprendida de su padre cuando era un niño, hacía más de cuarenta años, en la casa familiar de Riad. *No hay más Dios que Alá, y Mahoma es su profeta.* Allahu akbar. *Dios es grande*, se dijo, gritando su credo con tanta fuerza como pudo en medio del silencio de su propia mente.

Pasternak observaba y esperaba. Su cerebro funcionaba a marchas forzadas. ¿Estaba haciendo lo correcto?, se preguntaba. Era demasiado tarde para preocuparse por eso, claro, pero aun así su mente se formulaba la pregunta. El sujeto le miró a los ojos y el médico se dijo que no debía dar un respingo. Era él quien dominaba la situación. Controlaba por completo el destino del hombre que había matado a su pariente más próximo, su querido hermano Mike; el hombre que había ordenado estrellar el avión contra el World Trade Center y que había, por tanto, causado el incendio que debilitó la estructura de acero e hizo que la oficina de Cantor Fitzgerald se desplomara desde una altura de trescientos metros sobre las calles de la parte baja de Manhattan, aplastando a más de tres mil personas, más de las que murieron en Pearl Harbor. Aquél era el puto rostro del asesino. No, no se mostraría débil ahora, delante de aquel puto bárbaro.

Aquel hombre estaba esperando algo, se dijo el Emir. Pero ¿qué? No sentía dolor, ni molestia alguna. El hombre había inyectado algo en su flujo sanguíneo. ¿Qué sería? Si era veneno... En fin, vería pronto el rostro de Alá y podría contarle que había cumplido Su voluntad, como hacían todos los hombres, lo supieran ellos o no, porque todo lo que sucedía en este mundo era voluntad de Dios, y todo cuanto ocurría en el Cielo y la Tierra estaba escrito por Su propia mano. Él, sin embargo, había elegido libremente cumplir la voluntad de Alá.

Pero nada pasaba. Él no sabía, no podía saber, que su mente discurría a la velocidad de la luz, más aprisa aún que la sangre que iba difundiendo por sus arterias lo que le hubiera inyectado el doctor. Deseaba que fuera veneno, porque así vería pronto la cara de Alá, y podría referirle su vida y cómo había cumplido Su voluntad lo mejor que había podido... ¿O no?, se preguntó, asaltado por una duda postrera. Era la hora definitiva de la verdad. Había cumplido los deseos de Alá. ¿Verdad? ¿Acaso no había estudiado el santo Corán toda su vida? ¿No lo había memorizado prácticamente por completo? ¿No había debatido sobre su significado más profundo con los principales estudiosos del islam del Reino de Arabia Saudí? Sí, había discrepado con algunos de ellos, pero sus desacuerdos habían sido siempre francos y honestos, fundados en su visión personal de las escrituras, en su interpretación de la palabra de Dios tal y como la anotó y la difundió entre las gentes el profeta Mahoma, la paz fuera con él. El profeta había sido un gran hombre, un hombre bueno, como era lógico dado que Dios mismo le había escogido para ser su Sagrado Mensajero, el encargado de trasladar la voluntad divina al pueblo terrenal.

Pasternak vigilaba el segundero de su reloj. Había pasado un minuto. Treinta segundos más, se dijo. Siete miligramos, administrados directamente en la sangre, debían ser suficientes para sus fines. La succinilcolina ya se habría propagado por completo, introduciéndose en todos los tejidos del organismo del sujeto. Y lo primero serían... los arcos reflejos. Sí, eso sería lo primero. Las fibras nerviosas repartidas por todo el cuerpo, las que hacían funcionar los sistemas periféricos, tales como los párpados, como... como justo ahora.

El doctor Pasternak acercó bruscamente la mano a la cara del terrorista más buscado en todo el mundo amagando un golpe hacia sus párpados, que no se movieron.

Sí, estaba empezando.

El Emir vio el amago de bofetada y vio detenerse la mano a escasa distancia de su cara. Parpadeó involuntariamente..., pero sus ojos no se movieron. *¿Eh?* Intentó levantar la cabeza y consiguió moverla aproximadamente un centímetro; después se le fue hacia atrás. ¿Qué...? Ordenó a su puño derecho que se cerrara y tirara de las esposas, y su mano comenzó a ejecutar la orden, pero un instante después se detuvo y volvió a caer en posición de reposo sobre el tablero de la mesa, relajándose los dedos como por voluntad propia.

Su cuerpo ya no le obedecía. ¿Qué era aquello? ¿Qué era? Movió las piernas, y se desplazaron a una orden de su cerebro; sólo un poco, pero no se movieron como debían, como se habían movido desde su infancia, desde que tenía uso de razón, siguiendo los dictados de su cerebro, como hacía siempre el cuerpo. Da una orden a tu brazo, había escrito un filósofo infiel, y se mueve; da una orden a tu mente, y se resiste. Pero su mente funcionaba bien, y su cuerpo no. ¿Qué era aquello? Volvió la cabeza para recorrer la habitación con la mirada. Su cabeza no se movió, pese a sus órdenes. Y tampoco se movieron sus ojos. Veía los paneles blancos del falso techo. Intentó enfocar la mirada en ellos, pero sus ojos no le respondían como debían. Era como si su cuerpo perteneciera a otro hombre; podía sentirlo, pero no doblegarlo a su voluntad. Les dijo a sus piernas que se movieran, y, tras estremecerse ligeramente, quedaron inermes. Como las de un cadáver.

¿Qué era aquello? *¿Me estoy muriendo? ¿Es esto la muerte?* Pero no, aquello no era la muerte. Lo sabía, de algún modo, y...

Por primera vez sintió despertar el miedo. No entendía qué estaba pasando. Sólo sabía que sería atroz.

A Clark le pareció que el hombre se iba quedando dormido. Su cuerpo había dejado de moverse. Había sufrido algunas sacudidas, algunos leves espasmos, como cuando uno empezaba a dormirse en la cama, pero aquellos movimientos reflejos habían cesado con sorprendente rapidez. El semblante se volvió inexpresivo y difuso; ya no mostraba fortaleza, ni poder, ni ausencia de miedo. Ahora era la cara de un maniquí. El rostro de un cadáver. Clark lo había visto muchas veces a lo largo de su vida. Pero nunca había pensado qué experimentaba la mente que se ocultaba tras el rostro. Cuando sobrevenía la muerte, la amenaza que significaba aquel cuerpo se acababa de una vez por todas, y ello le permitía pasar al siguiente problema y dejar aquél atrás para siempre jamás. Nunca se había visto en la necesidad de destruir un cuerpo. Cuando moría, el cuerpo se acababa, ¿no era así? Deseaba en parte acercarse al doctor y preguntarle qué estaba pasando, pero no lo hizo, temeroso de molestar al hombre a cargo de la operación que estaba aún por empezar...

Sentía todo su cuerpo. Saif lo entendía ahora con claridad cristalina. No podía moverse, pero sentía todo su cuerpo. Sentía la sangre que circulaba por sus arterias. Pero no podía mover los dedos. ¿Qué era aquello? Le habían robado su cuerpo. Ya no era suyo. Podía sentirlo, pero no hacerle obedecer. Era un prisionero en una celda y la celda era... ¿él mismo? ¿Qué era aquello? ¿Le estaban envenenando? ¿Era aquello el comienzo de la muerte? Y, si lo era, ¿no debía recibirla de buen grado? ¿Acaso no le separaban apenas unos instantes del rostro de Alá? Si así era, debía sonreír, le dijo a su mente. Aunque su cuerpo no pudiera moverse, su alma sí podía, y Alá vería su alma tan claramente como una enorme roca en medio del mar. Si aquello era la muerte, la acogería como la culminación de su vida, como un regalo que él mismo había entregado a tantos hombres y mujeres, como la oportunidad de ver el rostro de Alá. Y lo vería pronto... Sí... Sintió que el aire entraba en sus pulmones, proporcionándole un último instante de vida mientras aquellos infieles le despojaban de su existencia. Pero Alá les haría pagar por ello. De eso estaba seguro. Completamente seguro.

Pasternak miró de nuevo su reloj. Iban a cumplirse dos minutos. Llegaba la parte final. Se volvió a mirar el resucitador. El piloto verde estaba encendido. Y lo mismo el del respirador. Estaban listos para cuando los necesitara. Podía devolverle la vida a aquel cabrón. Se preguntó qué pensaría Mike de aquello, pero en ese momento aquella idea era demasiado distante para que lograra aferrarse a ella. Lo que sucedía después de la muerte era un enigma para los vivos. Todo el mundo lo averiguaba tarde o temprano, pero nadie volvía para referírselo a los que seguían en este mundo. El gran misterio de la vida, el meollo de la filosofía y la religión, objeto de fe, quizá, pero no de conocimiento. En fin, aquel tipo, el Emir, estaba echándole una ojeada, en cierto modo. ¿Qué vería? ¿Qué aprendería?

—Ya sólo falta un momento —les dijo Pasternak a quienes le rodeaban.

El Emir oyó y comprendió sus palabras. Sólo un momento para que viera el rostro del Creador. Un momento para alcanzar el paraíso. Bien, no había llegado todo lo lejos que esperaba. No se había convertido en el líder mundial de los musulmanes. Pero lo había intentado. Había hecho todo lo que estaba en su poder, y era mucho. Pero no lo suficiente. Era una lástima. Una gran lástima. Podría haber hecho tantas cosas... Ahora tendría que hacerlas otro. ¿Ahmed, quizá? Un buen hombre, Ahmed, devoto y culto, de buen corazón y sólida fe. Tal vez estuviera a la altura... El Emir sentía que el aire entraba y salía de sus pulmones. Lo sentía con extrema claridad. Era una sensación maravillosa, la sensación de la vida misma. ¿Cómo era posible que nunca hubiera apreciado su belleza, su misterio?

Entonces sucedió otra cosa.

Sus pulmones se detuvieron. Su diafragma no... no se movía. El aire ya no entraba en sus pulmones. Había estado respirando desde el momento de su nacimiento. Ése era el primer signo de vida, cuando un recién nacido anunciaba chillando que estaba vivo... Pero sus pulmones no se llenaban de aire. Ya no quedaba aire en sus pulmones. Era la muerte, que venía. Bien, él llevaba treinta años encarando la muerte. A manos de los rusos, de los americanos, de los afganos que no aceptaban su visión del islam y del mundo. Había encarado la muerte muchas, muchas veces, tantas que no entrañaba para él ningún horror. Le aguardaba la gloria. Intentó cerrar los ojos para aceptar su sino, pero sus ojos se negaban a cerrarse. Veía aún los paneles del falso techo por encima de su cabeza, rectángulos de blanco roto que le miraban sin ojos. ¿Era aquello la muerte? ¿Era aquello lo que tanto temían los hombres? Qué cosa tan extraña, se dijo su mente, esperar no con paciencia, sino con confusión, que la negrura definitiva le embargara. Su corazón seguía latiendo. Lo sentía palpitar, bombear sangre a través de su cuerpo, portador de vida y de conciencia, de una vida y una conciencia que se agotarían muy pronto, desde luego, pero que aún estaban presentes. ¿Cuándo alcanzaría el paraíso?, se preguntaba. ¿Cuándo vería el rostro de Alá?

—La respiración ha cesado a los tres minutos, dieciséis segundos —informó Pasternak.

Chávez también anotó aquello. El doctor tomó la máscara del respirador y la revisó de nuevo para asegurarse de que la máquina estaba encendida. Pulsó el botón de la máscara de goma y oyó el ruido mecánico del aire al entrar en ella. Cogió entonces las paletas del desfibrilador y las acercó al pecho del sujeto al tiempo que fijaba la mirada en el electrocardiograma del pequeño monitor informático. Vio que el ritmo sinusal era normal.

Pero eso no duraría mucho.

El Emir oía sonidos raros a su alrededor y sentía cosas extrañas, pero ni siquiera podía mover los ojos para buscar el origen de aquellos ruidos: los tenía fijos en los blancos paneles del techo. Su corazón palpitaba. *De modo*, pensó rápidamente, *que esto es la muerte*. ¿Había sido así para Tariq, muerto de un disparo en el pecho? Había fallado a su señor, no por negligencia, seguramente, sino porque, en este caso, el enemigo había demostrado ser extremadamente hábil y astuto. Eso podía pasarle a cualquiera, y sin duda en el momento de su muerte Tariq había experimentado la vergüenza de no haber cumplido su misión en la vida. Pero su fiel compañero estaba ahora en el paraíso (el Emir estaba seguro de ello), gozando, quizá, de sus huríes, si eso era de verdad lo que sucedía allí. Él sabía, sin embargo, que seguramente no era así. El Corán, en realidad, no decía eso. Disfrutando del favor de Alá. Eso sí era seguro, como él, el Emir, estaba a punto de descubrir. Con eso bastaría.

Empezaba a sentir dolor allí, justo en el centro del pecho. Ignoraba que, al detenerse su respiración, se había interrumpido también la entrada de oxígeno en su organismo. Su corazón, un músculo poderoso, necesitaba oxígeno para funcionar, y al verse privado de oxígeno los tejidos cardiacos empezaban a sufrir síntomas de colapso y a morir poco después; el corazón estaba lleno de nervios, y los nervios transmitían la falta de oxígeno en clave de dolor al cerebro, que aún seguía en funcionamiento. Un dolor enorme, el mayor que podía sufrir un hombre.

Aún no había llegado a eso, pero iba de camino...

Su rostro, desde luego, no reflejaba nada. Pasternak sabía que los nervios motores periféricos estaban muertos, o como si lo estuvieran. Las sensaciones, sin embargo, estarían ahí. Tal vez pudieran medirlas con un electroencefalograma, pero éste sólo mostraría trazos de tinta negra sobre papel plegado blanco, no la abrasadora agonía que representaban aquellas líneas.

—Muy bien —dijo en voz baja—. Ya está empezando. Le daremos un minuto, un poco más, quizá.

Atrapado en su cuerpo inerme, Saif sintió el principio del dolor. Comenzó siendo difuso, pero fue aumentando de forma constante, con rapidez. Le estaban arrancando el corazón del pecho, como si alguien hubiera metido la mano dentro de él y tirara y tirara, desgarrando vasos sanguíneos y arrancándole pedazos como trozos de papel mojado de un libro destrozado. Pero aquello no era papel. Era su corazón, el centro mismo de su cuerpo, el órgano que daba vida al resto de su organismo. De pronto parecía estar en llamas, ardía como un montón de astillas en un claro rodeado de piedras. Ardía, ardía, ardía... Dentro de su pecho, ardía. Su corazón se quemaba vivo, y él lo sentía abrasarse. Ya no latía, ya no mandaba sangre a su cuerpo, pero ardía como leña seca, como gasolina, como papel, ardía, ardía, ardía... Ardía, y él aún estaba vivo. Si aquello era la muerte, la muerte era terrible, pensó su mente. Lo peor de todo. Él se la había administrado a otros. Había disparado a soldados rusos;

infieles todos ellos, sí, pero aun así había puesto fin a sus vidas, les había hecho pasar por esto... ¿y había pensado que era divertido? ¿Entretenido? ¿Que era voluntad de Alá? ¿Se regocijaba también Alá ahora con esto? El dolor seguía aumentando, se volvía insoportable. Pero tenía que soportarlo. No se iría. Ni él tampoco. No podía huir del dolor, ni rezar en voz alta para que Alá le pusiera fin, ni podía negarlo. Estaba allí. Se había convertido en la única realidad. Embargaba por completo su conciencia. Lo era todo. Era un incendio en medio de su cuerpo, y le quemaba por dentro; nunca había imaginado que fuera tan espantoso. ¿No sobrevenía rápidamente la muerte? ¿No era Alá misericordioso en todas las cosas? Quería rechinar los dientes para defenderse del dolor; quería, necesitaba gritar para protegerse de la agonía que habitaba su cuerpo.

Pero no podía ordenar a su cuerpo que hiciera nada en absoluto. El dolor era la única realidad. Todo lo que veía, oía y sentía era dolor. Incluso Alá, el Creador, era dolor...

Alá le estaba haciendo aquello. Si todo en el mundo era voluntad suya, ¿le había deparado Dios aquella suerte? ¿Cómo era posible? ¿No era Alá un dios de infinita misericordia? ¿Dónde demonios estaba ahora Su piedad? ¿Le había abandonado Alá? *¿Por qué?*

¿Por qué?

¿Por qué?

Su mente se deslizó entonces en la inconsciencia, con un postrero epílogo de punzante dolor a modo de despedida.

El electrocardiograma comenzó a mostrar las primeras irregularidades. Aquello llamó la atención de Pasternak. En el quirófano, como anestesista, su labor consistía en vigilar las constantes vitales del paciente. Eso incluía el electrocardiógrafo, y el médico era, de hecho, un cardiólogo clínico muy hábil. Ahora tenía que prestar mucha atención. No querían matar a aquel cabrón inmundo, por desgracia. Él podría haberle dado una muerte que muy pocos hombres experimentaban, un castigo acorde con sus crímenes. Pero era médico, no verdugo, se dijo, apartándose del borde de aquel alto y mortífero precipicio. No, tenían que devolver a la vida a aquel sujeto. Así que cogió la máscara del respirador. El «paciente» (así pensaba en él) estaba inconsciente. Le acercó la máscara a la cara, apretó el botón y la máquina comenzó a insuflar aire en sus pulmones flácidos y deprimidos. Pasternak levantó la mirada.

—Está bien, anotad la hora. Se ha iniciado la ventilación. Es indudable que el paciente está ya inconsciente, y estamos insuflando aire en sus pulmones. Esta fase no debería llevarnos más de tres o cuatro minutos, creo. ¿Alguno de ustedes puede acercarse?

Chávez, el que estaba más próximo, se acercó de inmediato.

—Ponga esas paletas sobre su pecho y sujételas ahí.

Ding obedeció, volviéndose para mirar el electrocardiograma. Los trazos electrónicos se habían estabilizado y se repetían regularmente, pero no con ritmo sinusal. Su mujer habría sabido interpretar aquello; para él, en cambio, sólo eran cosas que a veces veía en televisión. A su izquierda, el doctor Pasternak pulsaba el botón del respirador a intervalos regulares de ocho o nueve segundos.

—¿Qué está pasando, doctor? —preguntó Chávez.

—Su corazón está recibiendo oxígeno y se ha estabilizado. La succinilcolina se disipará por completo dentro de un par de minutos. Cuando vean moverse su cuerpo, ya casi habrá acabado. Yo seguiré ventilándole cuatro minutos más, aproximadamente —informó el médico.

—¿Qué ha sentido?

—Más vale que no lo averigüe usted nunca. Le hemos suministrado el equivalente a un infarto masivo. El dolor habrá sido muy intenso. Quiero decir verdaderamente espantoso. Es él, así que, por mí, que se joda. Pero habrá sido un auténtico horror. Dentro de un par de minutos veremos cómo responde, chicos, pero ha pasado por una experiencia que nadie querría repetir. Seguramente cree que acaba de visitar el último círculo del infierno. Dentro de unos minutos veremos qué efecto surte, o ha surtido, sobre él.

Pasaron cuatro minutos y medio antes de que empezaran a moverse las piernas. El doctor Pasternak miró el electrocardiograma del resucitador y se relajó. El Emir ya no se hallaba bajo los efectos de la succinilcolina y los nervios habían recuperado el control sobre sus músculos, como debía ser.

—Pasará unos minutos más inconsciente, hasta que la sangre oxigenada bañe por completo su cerebro —explicó el anestesista—. Dejaremos que se despierte normalmente y luego podremos hablar con él.

—¿En qué estado mental va a encontrarse? —Fue Clark quien formuló la pregunta. Nunca había visto nada ni remotamente parecido a aquello.

—Depende. Supongo que es posible que siga mostrándose fuerte y resistente, pero yo no lo esperaría. Acaba de pasar por una experiencia singular y muy, muy traumática. No querrá que se repita. Comparado con los dolores que ha sufrido, un parto es como una merienda en Central Park. Sólo puedo imaginar lo espantoso que habrá sido para él. No conozco a nadie que haya pasado por esto. A algunas personas que han sufrido infartos masivos, sí, pero normalmente no recuerdan la intensidad del dolor. El cerebro no funciona así. Como mecanismo de defensa, borra el dolor extremo. Esta vez es distinto. Recordará la experiencia, aunque no recuerde el dolor mismo. Y si esa experiencia no le asusta más que cualquier otra cosa que haya vivido, en fin, entonces estaremos hablando de una especie de John Wayne atiborrado de anfetaminas. En el mundo real no hay gente así. Está el problema de sus creencias religiosas. Pueden ser muy fuertes. Ya veremos cuánto, pero, en cualquier caso, me sorprendería que a partir de ahora mostrara resistencia.

—Si así es, ¿podemos repetir el experimento? —preguntó Clark.

Pasternak se volvió hacia él.

—Sí, podemos... casi indefinidamente. En Columbia he oído contar que la Stasi de la Alemania Oriental utilizaba esta técnica para interrogar a espías y presos políticos, y que tenía éxito invariablemente. Dejaron de usarla, no sé por qué. Puede que fuera demasiado malvada incluso para ellos. Como les dije ayer, esto parece sacado del plan de estudios de la Facultad de Medicina Josef Mengele. El que dirigía la Stasi era judío, si no recuerdo mal. Marcus Wolf, creo que se llamaba. Puede que fuera por eso.

—¿Cómo te encuentras, Rich? —preguntó Hendley.

—Bien. No como él. —El doctor hizo una pausa—. ¿Es seguro que ejecutarán a este tipo?

—Depende de en manos de quién acabe —contestó Hendley—. Si le coge el FBI, pasará por los tribunales federales y, si es así, acabarán ejecutándole en Terre Haute, Indiana, después del consabido proceso judicial. Pero eso no es asunto nuestro, en realidad.

Porque lo que acaba de experimentar es mucho peor que eso, se abstuvo de decir Pasternak. Su mala conciencia se estaba haciendo notar, pese a que la tenía controlada. Aquello parecía verdaderamente sacado del manual de Josef Mengele; no podía, por tanto, hacer las delicias de un judío neoyorquino. El cadáver de su hermano, sin embargo, nunca había sido hallado, reducido a átomos por el derrumbe del World Trade Center. Ni siquiera tenía una tumba que visitar con los hijos de Mike. Y todo por culpa de aquel cabrón. Eso le decía Rick Pasternak a su conciencia para acallarla. Estaba actuando en nombre de su familia, si no de Dios, y con eso le bastaba. Su conciencia tendría que guardar silencio al respecto.

—¿Cómo se llama exactamente este tío? —preguntó Pasternak.

Fue Clark el encargado de contestar.

—Saif Rahman Yasin. Hijo cincuenta y pico de su padre, un hombre de energía encomiable, muy unido a la familia real saudí.

—¿Ah, sí? No lo sabía.

—Odia a la realeza saudí incluso más que a Israel —explicó Clark—. Intentaron cargárselo hace seis años, pero la misión fracasó. Los odia por su corrupción, o eso dice. Un número relativamente pequeño de gente controla bastante dinero, o más bien una inmensa cantidad de él, así que imagino que algo de corrupción habrá. Pero comparada con la que hay en Washington, no es para tanto. He estado allí. Aprendí su idioma en la década de 1980. Los saudíes que conozco son muy buena gente. Su religión es distinta a la mía, pero qué coño, también lo es la de los baptistas. Lo crea o no, a los saudíes les interesa aún más que a nosotros que este fulano muera. Les encantaría llevarlo a la plaza donde ejecutan a la gente en Riad y cortarle la cabeza con una espada. A su modo de ver, ha escupido sobre su país, sobre su rey, sobre su religión. Tres de tres. Y eso, allí, es lo peor. Los saudíes no son como nosotros, doctor, pero tampoco lo son los británicos, ¿sabe? También he vivido allí.

—¿Qué deberíamos hacer con él, en su opinión?

—Eso no me compete, señor. Siempre podemos matarle, pero sería mejor hacerlo en público. Joder, en el intermedio de la Super Bowl, con repetición de la jugada y retransmisión en vivo de los comentaristas de televisión. Eso no me importaría. Pero se trata de una cuestión más trascendental. Es una figura política, y su eliminación será también un acto político. Eso siempre fastidia las cosas —concluyó Clark.

Tenía escaso instinto político, y en realidad no le interesaba tenerlo. Su mundo era más sencillo: si alguien cometía un asesinato, moría por ello. No era elegante, ni muy «sensible», pero antaño había funcionado. Como funcionaba mucho mejor el sistema legal antes de que los abogados se apoderaran de su país. No había vuelta atrás, sin embargo, ni él podía forzarla. No pretendía gobernar el mundo, ni se hacía ilusiones al respecto. Su cerebro no daba para tanto.

—Lo que acaba de hacerle, doctor..., ¿es de verdad tan malo?

—Mucho peor que cualquier cosa que yo haya sufrido, peor que nada que haya visto en veintiséis años de profesión, peor que cualquier cosa que se le pueda hacer a una persona sin matarla del todo. Mi conocimiento sobre este tema es sólo teórico, en realidad, pero yo no querría pasar por ello bajo ningún concepto.

Clark pensó en un tipo llamado Billy, y en el tiempo que había pasado en su cámara de descompresión. Recordaba con qué frialdad había torturado a aquel violador de mierda, y lo poco que había afectado a su conciencia. Pero eso había sido algo personal, no un asunto de trabajo, y a su conciencia seguía sin importarle demasiado. Le había dejado con vida en un campo de labor, en Virginia; de allí le llevaron a un hospital en el que le trataron sin éxito durante una semana, más o menos, hasta que el barotraumatismo segó por fin su inmunda vida de violador. A veces, Clark se preguntaba en parte si Billy estaría a gusto en el infierno. Pero eso no sucedía muy a menudo.

Así que ¿esto era peor que aquello? *Maldita sea.*

Pasternak bajó la mirada y vio aletear los párpados del Emir. Estaba volviendo en sí. *Estupendo. Más o menos.*

Clark se acercó a Hendley.

—¿Quién va a interrogarle? —preguntó.

—Jerry Rounds, para empezar.

—¿Quieres que le sirva de apoyo?

—Seguramente es buena idea que nos quedemos todos aquí. Sería conveniente tener un psiquiatra a mano, o, mejor, un teólogo islámico. Pero no puede ser. Tenemos que apañárnoslas solos, como siempre, ¿no?

—Anímate. Langley no habría tenido huevos para hacer lo que acabamos de hacer nosotros, por lo menos sin toda una Facultad de Derecho a la que consultar y un periodista del *Post* para que tomara notas y se inflara de indignación moral. Ésa es una de las cosas que más me gustan de este sitio: que no hay filtraciones.

—En parte me gustaría discutir este asunto con Jack Ryan. No es psiquiatra, pero tiene mucha intuición. Pero tampoco puedo hacerlo. Ya sabes por qué.

Clark asintió con la cabeza. Lo sabía, en efecto. Jack Ryan también había tenido problemas de conciencia. Nadie era perfecto.

Hendley se acercó a un teléfono y marcó unos cuantos números. Dos minutos después entró Jerry Rounds.

—¿Y bien? —preguntó.

—Nuestro invitado ha tenido una mala mañana —explicó Hendley—. Ahora tenemos que hablar con él. Es tu turno, Jerry.

—Parece inconsciente —comentó Rounds.

—Estará así un par de minutos —aclaró Pasternak—. Pero se recuperará —les aseguró el doctor.

—Santo cielo, cuánta gente hay aquí —comentó Rounds a continuación. Más gente que en una reunión normal. Luego llegó la cámara de televisión, que Dominic montó sobre un trípode, y colocaron alrededor del banco de trabajo las cortinas de lona que habían pegado con cinta aislante la noche anterior. A una señal de Rounds, Caruso apretó el botón de grabación de la cámara, y Hendley se encargó de enunciar el día y la hora fuera de plano. Más tarde, Gavin Biery alteraría digitalmente su voz, como era lógico. Dominic rebobinó la secuencia y declaró que la grabación se había efectuado sin problemas.

—¿Juegos mentales? —preguntó Rounds casi para sí mismo, pero Clark, que estaba a su lado, respondió:

—¿Por qué no? En esto no hay reglas, Jerry.

—Ya. —Clark siempre se las arreglaba para ir al meollo de la cuestión, se dijo el jefe de inteligencia.

Clark se preguntó si, para confundir de veras a Saif, para alterar por completo su percepción de las cosas, no deberían llevar todos pantalones vaqueros, atuendo de *cowboys*, pistolera y sombrero de ala ancha. Pero seguramente convenía no complicar las cosas. Pensar demasiado en un asunto solía enmarañarlo todo y acababa por no llevar a ninguna parte. Lo mejor solía ser lo más sencillo. Casi siempre.

Clark se acercó a la mesa y vio que Saif ya se movía; se movía y se retorcía en sueños. Estaba a punto de despertar. ¿Le sorprendería estar vivo?, se preguntó. ¿Creería que estaba en el infierno? En el paraíso no estaba, eso desde luego. Miró atentamente su cara. Pequeños músculos se movían en ella. El Emir estaba a punto de volver al mundo de los vivos. Clark decidió quedarse donde estaba.

—¿John? —Era Chávez.

—¿Sí, Ding?

—Así que lo ha pasado realmente mal, ¿eh?

—Eso dice el doctor. El experto es él.

—Jesús bendito.

—Te equivocas de deidad, hijo —comentó Clark—. Seguramente espera ver a Alá... o al diablo, quizás. —*Aunque ese papel podría hacerlo yo, supongo*, pensó automáticamente. Miró a su alrededor.

Jerry Rounds parecía intranquilo. Hendley le había hecho entrar en el terreno de juego en el momento crítico. Pero no sería humano si no estuviera un poco nervioso, se dijo John.

Se sintió arrastrado a intervenir. Iba a tocarle a él, de pronto estaba seguro de ello.

Mierda, pensó. ¿Qué iba a decirle a aquel cabrón? Aquélla era tarea para un psiquiatra. O quizá para un docto clérigo musulmán o un teólogo... ¿Cómo se llamaban? ¿Muftíes? Algo así. Alguien que conociera el islam mucho mejor que él.

Pero ¿de veras era musulmán aquel individuo? ¿O era sólo un aspirante a político? ¿Sabía él mismo lo que era? ¿En qué momento se convertía un hombre en lo que proclamaba ser? Eran preguntas muy profundas para Clark. Demasiado profundas. Pero los párpados de aquel hombre se movían. Luego se abrieron y Clark se descubrió mirando sus ojos.

—Es agradable respirar, ¿verdad? —preguntó. No hubo respuesta, pero el semblante del Emir reflejaba confusión—. Hola, Saif. Bienvenido de nuevo.

—¿Quién es usted? —preguntó, algo aturdido.

—Trabajo para el Gobierno de Estados Unidos.

—¿Qué me han hecho? ¿Qué ha pasado?

—Te hemos provocado un ataque al corazón y luego te hemos resucitado. Dicen que es un procedimiento extremadamente doloroso.

Clark no obtuvo respuesta, pero advirtió un destello de terror en los ojos del Emir.

—Quiero que sepas una cosa: lo que acabas de experimentar puede repetirse indefinidamente y sin daños a largo plazo. Si no cooperas, tus días se reducirán a un infarto tras otro.

—No pueden hacer eso. Tienen...

—¿Leyes? No, aquí, no. Sólo estamos tú, yo y la jeringa, el tiempo que sea necesario. Si no me crees, puedo hacer volver al doctor dentro de dos minutos. Tú eliges.

El Emir tardó menos de tres segundos en decidirse.

—Formule sus preguntas.

Clark y Rounds descubrieron casi enseguida que su conversación con el hombre conocido como «el Emir» no iba a ser un interrogatorio, sino más bien una entrevista cordial. Estaba claro que Yasin se había tomado muy en serio la advertencia de Clark.

La primera sesión duró dos horas y abarcó asuntos prosaicos y trascendentales, cuestiones para las que ya tenían respuesta y misterios que aún estaban por resolver: cuánto tiempo llevaba en Estados Unidos; dónde y cuándo se había sometido a una operación de cirugía plástica; su itinerario tras abandonar Pakistán; cómo había comprado la casa de Las Vegas; cuál era el presupuesto operacional del COR; la ubicación de sus cuentas bancarias; la estructura organizativa del COR; las sedes de sus comandos; sus células dormidas; sus objetivos estratégicos...

Siguieron así hasta última hora de la tarde, cuando Hendley ordenó parar. A la mañana siguiente, el grupo se reunió en la cocina de la casa principal para analizar la sesión de la víspera y planear el interrogatorio de ese día. Tenían poco tiempo, explicó Hendley. Pese a que íntimamente desearan lo contrario, el Emir no pertenecía al Campus, y su labor no consistía en administrar justicia. Aquel hombre pertenecía al pueblo norteamericano, y la justicia debía dispensarse conforme a sus leyes. Además, una vez que estuviera en su poder, el FBI podía pasar meses, o incluso años, extrayendo de él hasta la última gota de información. Entre tanto, el Campus sacaría partido a lo que les había revelado Yasin. Tenían numerosas pistas que seguir e información suficiente para mantenerse ocupados entre ocho meses y un año.

—Yo diría que ya sólo nos queda una cosa que sacarle —dijo Jack Ryan hijo.

—¿Cuál? —preguntó Rounds.

—El porqué de todo esto. La mente de ese tío tiene muchas capas. Todas las partes y las piezas de Lotus: el monte Yucca, el *Losan*, los atentados en Oriente Próximo... ¿Se trataba únicamente de sembrar el terror, o de algo más trascendental? Todo esto tiene que ser algo más que un Once de Septiembre a lo bestia, ¿no?

Clark ladeó la cabeza pensativo y miró a Hendley, que, pasado un momento, dijo:

—Una pregunta cojonuda.

A media mañana tenían ya lo que querían y centraron su atención en el espinoso asunto de cómo entregar a Yasin al FBI. Por atractiva que fuera la idea, tanto en un plano simbólico como estético, atar al Emir como un ganso de Navidad y lanzarle desde un coche en marcha a la puerta del edificio Hoover, la sede del FBI, estaba descartado. El Campus llevaba semanas rozando la línea gris que separaba la clandestinidad, donde debía operar, de una notoriedad que sin duda atraería la atención del Gobierno estadounidense.

Así pues, la cuestión era cómo «despachar» al terrorista más buscado del mundo sin que ello les perjudicara. Al final fue Dominic Caruso, que había aprendido la lección de Brian, quien dio con la solución.

—NTCI —dijo—. «No te compliques, idiota.»

—Explícate —dijo Hendley.

—Estamos dándole demasiadas vueltas. Tenemos el contacto perfecto: Gus Werner. Fue él quien me sopló lo del Campus, y es uña y carne con Dan Murray, el director del FBI.

—Se trata de un caballo regalado de la hostia, Dom —dijo Chávez—. ¿Crees que dirá que sí? O mejor: ¿crees que él sabrá arreglarlo?

—¿Qué pasará después? —preguntó Jack.

—Le detendrán inmediatamente y le encerrarán en una prisión de alta seguridad. Ya sabes, le leerán sus derechos, le ofrecerán un abogado, intentarán hablar con él. Intervendrá la fiscalía. Informarán al fiscal general, que a su vez informará al presidente. Después la bola de nieve empezará a engordar. La prensa se meterá por medio y nosotros nos quedaremos de brazos cruzados, viendo el espectáculo. Mirad, Gus sabe cómo funcionamos y sabe cómo funciona el FBI. Si alguien puede hacer que esto cuele, es él.

Hendley se lo pensó un momento; luego asintió con la cabeza.

—Llámale.

En el edificio Hoover sonó el teléfono de Gus Werner. Era su línea privada, a la que muy poca gente tenía acceso.

—Werner.

—Soy Dominic Caruso, señor Werner. ¿Tiene unos minutos esta tarde? Veinte, por ejemplo.

—Eh, claro. ¿Cuándo?

—Ahora mismo.

—Está bien, vente para acá.

Dominic aparcó a una manzana del edificio Hoover y, al entrar en el vestíbulo principal, mostró su insignia del FBI a los guardias de recepción. Ello le permitió eludir los detectores de metales: era de esperar que los agentes del FBI llevaran armas. Caruso, sin embargo, no llevaba ninguna en ese momento. Había olvidado la suya en su mesa, lo cual le sorprendía.

Augustus Werner tenía una secretaria a la que consideraba subdirectora de pleno derecho del FBI y un despacho situado en la última planta, a escasa distancia del de Dan Murray, mucho más grande que el suyo. Dominic se anunció a la secretaria y ésta le hizo pasar rápidamente. Tomó asiento frente a la mesa del subdirector. Eran, según su reloj, las tres y media en punto.

—Bueno, Dominic, ¿qué quieres? —preguntó Werner.

—Tengo una oferta que hacerle.

—¿Qué oferta es ésa?

—¿Quiere al Emir? —preguntó Dominic Caruso.

—¿Qué?

Dominic repitió la pregunta.

—Bueno, sí, claro. —La expresión de Werner parecía decir: *¿Es un chiste?*

—Esta noche, en Tysons Corner. En el aparcamiento superior, a eso de las nueve y cuarto. Venga solo. Sé que tendrá gente cerca, pero no lo suficiente para que vean el canje. Se lo entregaré personalmente.

—Hablas en serio. ¿Le tenéis?

—Sí.

—¿Y eso cómo coño ha sido?

—No pregunte, es mejor así. Le tenemos y puede quedarse con él. Pero déjenos fuera de esto.

—Eso va a ser difícil.

—Pero no imposible. —Dominic sonrió.

—No, no imposible.

—Un soplo anónimo, un suceso inesperado... Lo que prefiera.

—Sí, sí... Tendré que hablarlo con el director.

—Es lógico.

—Quédate junto al teléfono. Estaremos en contacto.

Tal y como esperaban, la llamada llegó enseguida (noventa minutos después, de hecho), y la hora y el lugar de la cita se confirmaron. Pronto llegaron las ocho y media y el momento de prepararse. Dominic y Clark salieron al taller y encontraron a Pasternak haciendo un último reconocimiento al Emir bajo la atenta mirada de Domingo Chávez, que tenía a mano su Glock.

—¿Está listo, doctor? —preguntó Caruso.

—Sí. Pero cuidado con la pierna.

—Lo que usted diga.

Yasin fue levantado por Clark y Dominic, quien se sacó las esposas flexibles del bolsillo de atrás y se las puso en las muñecas. Luego sacó un rollo de venda elástica que pasó alrededor de la cabeza del Emir media docena de veces. Así no vería nada. Hecho esto, Clark cogió a Yasin del brazo y le condujo a la puerta, cruzaron el jardín y entraron en el garaje por la puerta de atrás. Hendley, Rounds, Granger y Jack estaban junto al Suburban. Guardaron silencio mientras Dominic abría la puerta trasera del coche y ayudaba a subir a Yasin. Clark rodeó el coche y se sentó a su lado. Caruso montó delante y arrancó. Irían por la US 29 hasta la circunvalación de Washington y se dirigirían luego hacia el oeste, adentrándose en Virginia septentrional. Dominic no superó el límite de velocidad, contrariamente a su costumbre. Llevar una insignia del FBI en el bolsillo solía eximirle de todos los límites de velocidad del país, pero esa noche respetaría las normas al pie de la letra. Cruzaron el American Legion Bridge y, tomando un desvío en suave cuesta arriba, entraron en Virginia. Veinte minutos después Dominic tomó la salida de la derecha a Tysons Corner. Allí el tráfico era más denso, pero los coches circulaban en su mayoría en dirección contraria al centro comercial. Eran ya las nueve y veinticinco. Caruso enfiló la rampa de subida al nivel superior, en el lado sur del centro comercial.

Ahí está, pensó. Saltaba a la vista que el coche, un Ford Crown Victoria con una antena de más, pertenecía al FBI. Dominic paró a diez metros de él y se quedó allí sentado. Se abrió la puerta del conductor del Ford y bajó Gus Werner, vestido con su habitual traje de oficina. El ex agente del FBI salió para reunirse con él.

—¿Le tienes? —preguntó Werner.

—Sí, señor —respondió—. Ahora está un poco cambiado. Se ha blanqueado un poco la piel usando esto. —Le pasó el tubo de Benoquin utilizado que habían encontrado en la casa de Las Vegas—. Y también se ha rehecho la cara. En Suiza, nos ha dicho. Voy a buscarle.

Volvió al Suburban, abrió la puerta trasera, ayudó a salir a Yasin, la cerró y le condujo hacia Werner.

—Necesita que le atienda un médico. Tiene una herida de bala en el muslo. Nos hemos ocupado de ella, pero puede que necesite más cuidados. Aparte de eso, está sano al cien por cien. No ha comido mucho. Puede que tenga hambre. ¿Va a llevarle a la división en Washington?

—Sí.

—Bien, pues ya es todo suyo, señor.

—Dominic, algún día quiero oír toda la historia.

—Puede que algún día se la cuente, señor, pero esta noche no.

—Entendido.

—Una cosa más: pregúntele primero por los atentados en el corazón del país. Pregúntele por sus células durmientes.

—¿Por qué?

—Intenta escamotearnos algo. Conviene que no se salga con la suya.

—De acuerdo. —La voz de Werner adquirió de pronto un tono formal—. Saif Yasin, queda usted detenido. Tiene derecho a permanecer en silencio. Cualquier cosa que diga quedará consignada por escrito y podrá usarse en su contra en un tribunal de justicia. Tiene derecho a que le asista un abogado. ¿Entiende lo que acabo de decirle? —preguntó Werner, agarrándole del brazo.

El Emir no contestó.

Werner miró a Dominic.

—¿Entiende nuestro idioma?

Caruso sonrió.

—Oh, sí. Sabe perfectamente lo que está pasando, se lo aseguro.

Epílogo

Cementerio Nacional de Arlington

Aunque la escolta de Jack Ryan padre hacía innecesaria cualquier precaución para evitar que se tomaran fotografías no autorizadas, casi todos los miembros del Campus (Gerry Hendley, Tom Davis, Jerry Rounds, Rick Bell, Pete Alexander, Sam Granger y Gavin Biery) llegaron con unos minutos de antelación, en tres coches distintos. Chávez y Clark lo hicieron en un cuarto vehículo, acompañados de Sam Driscoll, quien, tras retirarse del Ejército, había sido contratado por el Campus, en cuyas oficinas pasaba la mitad de su tiempo poniéndose al día. El resto del tiempo lo dedicaba a buscar casa en la ciudad y a hacer rehabilitación en el Johns Hopkins. Driscoll no había conocido a Brian Caruso, pero era un soldado hasta la médula y, familiar o no, conocido o no, un compañero de armas era siempre un hermano.

—Aquí vienen —murmuró Chávez y señaló con la cabeza la carretera bordeada de árboles.

Conforme al protocolo del Cuerpo de Marines, la familia directa de Brian, escoltada por Dominic, llegó en la primera limusina, que se detuvo detrás del coche fúnebre, donde los ocho *marines* del pelotón encargado de portar el féretro esperaban en posición de firmes, mirando fijamente al frente con rostro inexpresivo. Segundos después apareció la limusina que llevaba al clan Ryan y se detuvo suavemente. A una señal de la agente especial Andrea Price-O'Day se abrieron las puertas traseras de ambos vehículos y salieron los asistentes al funeral.

Junto a la tumba, el uno al lado del otro, Gerry Hendley y John Clark vieron cómo los miembros del pelotón sacaban con estoica suavidad el ataúd cubierto con la bandera y se situaban detrás del capellán para cruzar la suntuosa pradera de césped.

—Estamos empezando a asimilarlo —murmuró el director del Campus.

—Sí —contestó Clark.

Habían pasado seis días desde los sucesos del monte Yucca y algunos más desde que el cadáver de Brian volviera a casa procedente de Trípoli. Ahora, al

631

fin, tenían tiempo de asimilar todo lo ocurrido. El Campus había conseguido una gran victoria para el país, pero a un precio muy alto.

La lluvia, que había estado cayendo casi toda la mañana, había cesado una hora antes, y las hileras de blanquísimas lápidas casi parecían relucir al sol de mediodía. Siguiendo el trayecto del pelotón fúnebre hacia la tumba, una banda de *marines* marchaba en formación compacta mientras tocaba un lúgubre redoble de tambores.

El féretro llegó al pie de la tumba y los familiares ocuparon sus puestos. El comandante del pelotón ordenó suavemente:

—¡Compañía..., alto! —Y a continuación—: ¡Descansen!

A instancias de Dominic, el capellán abrevió la ceremonia.

—¡Compañía..., atención! ¡Presenten... armas!

Vinieron después el himno del Cuerpo de Marines y la salva de honor, y el pelotón de fusileros ejecutó sus movimientos enérgicos, casi maquinales, hasta que el último disparo resonó en el cementerio. Aún no se había disipado su eco cuando una corneta dio el toque de silencio mientras se doblaba cuidadosamente la bandera, que un momento después le fue entregada a la familia Caruso. La banda tocó entonces el himno de la Marina, *Padre eterno, salvador*.

Y así terminó el entierro.

A la mañana siguiente, lunes, el Campus retomó sus actividades en medio de un ambiente taciturno, como era de esperar. Cada uno de ellos había redactado y presentado su informe durante los días previos al funeral de Brian, pero ésta iba a ser la primera vez que los miembros del extinto grupo *Pescador de Reyes* se reunieran para analizar la operación. Entraron en la sala de reuniones con semblante sombrío y por acuerdo tácito dejaron vacía una de las sillas que rodeaban la mesa, en recuerdo de Brian.

La respuesta al gran porqué de Jack les había sorprendido a todos. El Emir tenía, en efecto, aspiraciones de mayor alcance para Lotus. Las masacres en el interior del país y el atentado frustrado en el *Losan* habían sido ideados como golpes directos y en corto, y la explosión en el monte Yucca como un gancho a la mandíbula que despertaría al gigante dormido. A pesar de un presidente tan inepto y reaccionario como Edward Kealty al mando del país, el FBI y la CIA desentrañarían a su debido tiempo la identidad de los responsables de los ataques, sólo para descubrir historias ficticias que, cuidadosamente elaboradas y respaldadas, les conducirían directamente a la dirección de los servicios secretos de Pakistán y a diversos elementos radicalizados del Estado Mayor de su ejército, ambos organismos sospechosos desde hacía tiempo de apoyar con escaso entusiasmo la guerra contra el terror.

Estados Unidos reaccionaría con rapidez y sin tapujos extendiendo sus operaciones militares hacia el este, a través de los macizos de Safed Koh y del Hindu Kush, del mismo modo que invadió Afganistán inmediatamente después del 11 de Septiembre. La inevitable desestabilización de Pakistán, un Estado ya casi frustrado, crearía, según el Emir, un vacío de poder que el Consejo Omeya Revolucionario aprovecharía para apoderarse del sustancioso arsenal nuclear pakistaní.

—Es plausible —comentó Jerry Rounds—. En el peor de los casos, el plan tendría éxito. Como mínimo, tendríamos que meternos en la región a lo grande, cuadruplicando quizá nuestra presencia en la zona.

—Y quedarnos allí un par de décadas —añadió Clark.

—Si creíamos que lo de Irak era un auténtico semillero de militantes... —comentó Chávez.

—Una victoria en toda regla para el Emir y el COR —añadió Jack.

—Le dije a Werner que se ocupara primero de esas historias ficticias. Él se dará cuenta —afirmó Dominic Caruso—. La cuestión es si ese cabrón tenía más ases escondidos en la manga.

En ese preciso instante sonó el teléfono que Hendley tenía junto a su codo. Lo cogió, escuchó y dijo:

—Dile que suba. —Colgó y les dijo—: Quizás haya una pregunta menos que necesite respuesta.

Mary Pat Foley apareció en la puerta sesenta segundos después. Tras intercambiar saludos, puso una carpeta marrón sobre la mesa, delante de Hendley, que la abrió y empezó a leer.

Mary Pat le dijo a Sam Driscoll:

—El programa *Collage* ha encontrado por fin una respuesta al misterio del tablero de operaciones.

—¿En serio?

—Déjame adivinar —dijo Chávez—. Agua pasada. El monte Yucca.

—No —contestó Hendley. Deslizó la carpeta por la mesa, hacia Clark y Jack, que la hojearon juntos. Jack miró a Mary Pat.

—¿Estás segura de esto?

—Lo hemos comprobado una docena de veces. Tenemos ochenta y dos coincidencias perfectas de datos geográficos.

—Soltadlo de una vez —dijo Dominic.

—Kirguizistán —contestó Clark sin levantar la vista del informe.

—¿Qué coño se le ha perdido al Emir en Kirguizistán? —dijo Chávez.

—La pregunta del millón —contestó Gerry Hendley—. Habrá que empezar a buscar la respuesta.

La reunión se prolongó todavía una hora. A las once, Jack almorzó algo y se fue a Peregrine Cliff. Acababa de subir al porche cuando Andrea Price-O'Day abrió la puerta delantera.

—Esto sí que es eficiencia —dijo Jack—. ¿Qué tal van las cosas?

—Como siempre. Siento lo de tu primo.

Él asintió con la cabeza.

—Gracias. ¿Y mi padre?

—En su despacho. Escribiendo —añadió con intención.

—Llamaré con cuidado.

Así lo hizo, y le sorprendió oír que su padre contestaba alegremente:

—Adelante.

Jack se sentó y esperó unos segundos mientras su padre acababa una frase en el teclado. Ryan padre se giró en la silla y sonrió.

—¿Qué tal estás?

—Bien. ¿Ya te queda menos? —preguntó su hijo, señalando con la cabeza la autobiografía que aparecía en el monitor del ordenador.

—Por fin veo la luz al final del túnel. Después la dejaré reposar un tiempo, antes de empezar a corregirla. Has ido a trabajar esta mañana.

—Sí. Hemos estado analizando la operación.

—¿Cuáles son las últimas noticias?

—Está en poder del FBI. Es lo único que sabemos. Y quizá nunca sepamos nada más.

—Se derrumbará —predijo Ryan padre—. Puede que tarde un par de semanas, pero se derrumbará.

—¿Cómo puedes estar tan seguro?

—En el fondo, es un cobarde, hijo. La mayoría lo son. Se hará el valiente, pero no durará. Tenemos que hablar de una cosa. Kealty ya está en pie de guerra.

—¿Buscando trapos sucios?

El ex presidente hizo un gesto afirmativo.

—Arnie todavía está haciendo averiguaciones, pero por lo visto la gente de Kealty empieza a hablar de espionaje ilegal. Puede que la semana que viene salga un artículo en el *Post*.

—Espionaje ilegal —repitió Jack—. Eso me suena al Campus. ¿Podrían...?

—Es pronto para saberlo. Puede que sí. Si es así, lo usarán para abrir fuego. Intentarán hundirnos el barco antes de que empiece la campaña.

—¿Qué podemos hacer?

—Tú, nada, hijo —contestó Ryan suavemente, y luego sonrió—. Yo me ocupo de esto.

—No pareces preocupado. Y eso me preocupa.

—Es política, nada más. Las cosas van a ponerse feas, pero Kealty tiene los días contados. La única duda es cuánto tardará en darse cuenta. Lo que de verdad me preocupa es otra cosa, caray.

—¿Cuál?

—Decirle a tu madre que te has metido en el negocio familiar.

—Mierda.

—Si se hace público lo del Campus y lo lee en el periódico o se entera por algún reportero, acabaremos los dos en la caseta del perro.

—Entonces, ¿qué hacemos?

—No darle detalles. Yo me encargo de la parte del Campus. Tú cuéntale a qué te dedicas allí.

—No todo, ¿no? Lo de las misiones en activo, no.

—No.

—Conviene que tú tampoco lo sepas, ¿mmm?

Ryan asintió con un gesto.

—¿Y si pregunta? —dijo Jack.

—No va a preguntar. Es demasiado lista.

—Te aseguro que no me apetece nada, papá. Se va a llevar un disgusto.

—Eso es poco. Pero cuanto antes, mejor. Créeme.

Jack Ryan hijo se quedó pensando. Luego se encogió de hombros.

—De acuerdo.

Ryan se levantó y dio a su hijo una palmada en el hombro.

—Vamos, capearemos juntos el temporal.